D1605878

Fièvre
d'ombres

Du même auteur aux Éditions J'ai lu

KAREN MARIE MONING

Chroniques de MacKayla Lane - 5

Fièvre d'ombres

Traduit de l'américain par Cécile DESTHUILLIERS

Titre original :
Shadowfever

Published in the United States by Delacorte Press, an impriment of The Random House
Publishing Group, a division of Random House, Inc., New York.

© **Karen Marie Moning**, 2011

Pour la traduction française :
© **Éditions J'ai lu**, 2012

À l'irrésistible M.

Première partie

*Entre l'idée
et la réalité
Entre l'élan
et l'acte
S'abat l'Ombre*

T.S. ELIOT

*C'est profondément en moi
C'est juste sous ma peau
Je dois l'avouer, j'ai l'impression d'être un monstre.*

SKILLET, « *Monster* »

VOUS VOULEZ ME CONNAÎTRE ?

IMAGINEZ QUE VOUS ÊTES LE CENTRE PARFAIT DE L'UN DE VOS KALÉIDOSCOPES ET CONSIDÉREZ LE TEMPS COMME DES ÉTINCELLES COLORÉES JAILLISSANT DE VOUS EN UNE MULTITUDE DE DIMENSIONS EN EXPANSION CONSTANTE, EN UN FLOT INFINI, TOUJOURS PLUS LARGE ET SANS CESSE MOUVANT. VOYEZ QUE VOUS POUVEZ CHOISIR DE VOUS DÉPLOYER DEPUIS N'IMPORTE LAQUELLE DE CES INNOMBRABLES DIMENSIONS ET QUE CELLES-CI, À CHACUNE DE VOS DÉCISIONS, RECOMMENCENT À S'ÉLARGIR ET À SE MOUVOIR. L'INFINI SE MULTIPLIANT DE FAÇON EXPONENTIELLE. COMPRENEZ QUE LA RÉALITÉ, CE FAUX DIEU QUE VOTRE RACE VÉNÈRE AVEC UNE AVEUGLE DÉVOTION, N'EXISTE PAS. LA RÉALITÉ N'ADMET QU'UNE SEULE POSSIBILITÉ.

VOUS M'ACCUSEZ DE TROMPERIE. VOUS, AVEC VOTRE ABSURDE INVENTION D'UN TEMPS LINÉAIRE. VOUS FORGEZ VOUS-MÊME VOTRE PRISON AVEC VOS MONTRES, VOS

11

HORLOGES, VOS CALENDRIERS. VOUS SECOUEZ DES BARREAUX FAITS D'HEURES ET DE JOURS, MAIS VOUS AVEZ CADENASSÉ LA PORTE AVEC LE PRÉSENT, LE PASSÉ ET LE FUTUR.

LES ESPRITS ÉTRIQUÉS ONT BESOIN DE CAVES ÉTRIQUÉES.

VOUS NE POUVEZ PAS PLUS OBSERVER LE VÉRITABLE VISAGE DU TEMPS QUE VOUS NE POUVEZ REGARDER LE MIEN.

SE CONSIDÉRER COMME LE CENTRE, PERCEVOIR SIMULTANÉMENT TOUTES LES COMBINAISONS DE TOUS LES POSSIBLES, QUELLE QUE SOIT LA DIRECTION DANS LAQUELLE VOUS ALLEZ – « DIRECTION » ÉTANT UNE TENTATIVE TRÈS LIMITÉE D'EXPRIMER UN CONCEPT POUR LEQUEL VOTRE RACE N'A PAS DE MOT – *VOILÀ* CE QUE C'EST QUE D'ÊTRE MOI.

CONVERSATIONS AVEC LE *SINSAR DUBH*.

1

L'espoir renforce. La peur tue.

Quelqu'un de très intelligent m'a dit cela, un jour. Chaque fois que je me crois plus sage, plus maîtresse de mes actes, je me heurte à une situation qui me rend cruellement consciente que tout ce que j'ai accompli, c'est d'échanger une construction chimérique contre une autre, plus élaborée, plus séduisante. Je suis la reine de l'auto-illusion.

En ce moment, je me hais. Plus que je ne l'aurais jamais cru possible.

Dans un hurlement, je m'accroupis sur le rebord de la falaise en maudissant le jour où je suis venue au monde et en regrettant que ma mère biologique ne m'ait pas noyée à la naissance. La vie est trop dure, trop vaste pour moi. Personne ne m'a dit qu'il y aurait des jours comme celui-ci. Pourquoi m'a-t-on laissée dans une telle ignorance ? Comment a-t-on pu me laisser devenir ainsi – heureuse, rose bonbon, stupide ?

La douleur que j'éprouve est pire que tout ce que le *Sinsar Dubh* m'a fait subir. Au moins, quand le Livre me broie, je sais que ce n'est pas de ma faute.

Et maintenant ?

Mea culpa. Du début à la fin, je suis entièrement responsable de cette souffrance. Impossible de me voiler la face.

Je croyais avoir tout perdu.

Que j'étais naïve ! Il m'avait avertie. J'avais bien plus à perdre !

Je voudrais mourir.

Ce serait la seule façon de faire cesser la douleur.

Des mois plus tôt, par une nuit si longue que c'en était insupportable, dans une grotte sous le Burren, j'avais voulu mourir aussi, mais c'était différent. Mallucé s'apprêtait à me torturer à mort et c'était ma seule chance de lui refuser ce plaisir pervers. Ma mort semblait inévitable. Je ne voyais pas l'intérêt de prolonger le supplice.

J'avais tort. J'avais renoncé à tout espoir, et j'avais failli en mourir.

Je serais *effectivement* morte... sans Jéricho Barrons.

C'était lui qui m'avait enseigné ces paroles.

Ce simple adage est la clef de chaque situation, de chaque décision. Tous les matins au réveil, nous devons choisir entre l'espoir et la peur, et appliquer l'une de ces deux émotions à tout ce que nous faisons. Accueillons-nous avec joie ce qui nous arrive ? Ou avec méfiance ?

L'espoir renforce...

Pas une seule fois je ne m'étais permis de ressentir le moindre espoir à propos de la personne étendue, face contre terre, dans une mare de sang. Pas une seule fois je ne m'étais appuyée sur l'espoir pour renforcer nos liens. J'avais laissé le fardeau de nos relations reposer sur ses larges épaules. La peur, le soupçon, la méfiance inspiraient mes moindres gestes.

Et maintenant, il est trop tard pour revenir en arrière.

Je cesse de hurler et me mets à rire. J'entends la folie dans ma voix.

Je m'en moque bien.

Ma lance dépasse, cruel javelot qui semble se moquer de moi. Je me revois en train de la voler.

L'espace d'un instant, je suis de nouveau dans les rues sombres, luisantes de pluie, de Dublin, m'introduisant dans le réseau d'égouts en compagnie de Barrons, puis dans l'entrepôt secret d'objets religieux de Rocky O'Bannion. Barrons porte un jean et un tee-shirt noirs. Ses muscles roulent sous sa peau tandis qu'il soulève le couvercle de la trappe d'accès aussi facilement que s'il lançait un frisbee dans un parc.

Il rayonne d'une énergie charnelle qui trouble autant les hommes que les femmes et vous met les nerfs en pelote. Avec Barrons, on ne sait jamais si on va se faire baiser ou se faire retourner comme une crêpe et se retrouver dans la peau d'un parfait étranger, errant à la dérive sur une mer sans fond ni lois.

Je ne suis jamais restée indifférente à son charme. J'ai seulement expérimenté différents degrés de déni.

Mon répit est trop bref. Les souvenirs disparaissent et je suis de nouveau confrontée à la réalité qui menace de faire voler en éclats ma raison.

La peur tue…

Littéralement.

Je ne peux pas le dire. Je ne peux pas le penser. Je ne peux même pas l'admettre.

Je referme les bras autour de mes genoux tout en me balançant d'avant en arrière.

Jéricho Barrons est mort.

Il gît à plat ventre, immobile. Il n'a pas esquissé un geste, il n'a pas respiré pendant la petite éternité où j'ai hurlé. Je ne le perçois pas, sous sa peau. Toutes les autres fois, j'ai ressenti sa présence près de moi – électrique, débordante de vitalité, une immensité contenue dans trop peu d'espace. Un génie dans un flacon. Voilà ce qu'est Barrons : un pouvoir formidable comprimé à grand-peine sous un couvercle.

Je continue de me bercer.

La question à un million de dollars : Qu'êtes-vous, Barrons ? Sa réponse, dans les rares occasions où il m'en a donné une, était toujours la même.

Celui qui ne vous laissera jamais mourir.

Je le croyais. Maudit soit-il !

— Et voilà, vous avez tout gâché, Barrons ! Je suis toute seule et je suis dans un sacré pétrin, alors levez-vous !

Il ne bouge pas. Il y a trop de sang. Je déploie mes sens *sidhe-seers*. Je ne capte rien d'autre que la falaise et moi.

Je hurle.

Pas étonnant qu'il m'ait dit de ne jamais appeler le numéro qu'il a programmé sur mon portable sous le code SVEETDM – *si vous êtes en train de mourir* – à moins que ce ne soit réellement le cas. Après quelques instants, j'éclate à nouveau de rire. Ce n'est pas lui qui a tout gâché. C'est moi. Ai-je été manipulée, ou ai-je orchestré ce fiasco toute seule ?

Je croyais que Barrons était invincible.

Je continue d'attendre qu'il bouge. Se retourne. S'assoie. Guérisse par magie. Et me jette un de ces regards acérés en me disant *Du nerf, Mademoiselle Lane. Je suis le roi unseelie. Je ne peux pas mourir.*

Cela avait été l'une de mes pires craintes, chaque fois que je m'abandonnais à l'une des mille peurs que je nourrissais à son sujet. Qu'il soit celui qui avait créé le *Sinsar Dubh*, y avait infusé toute la noirceur qu'il avait en lui, et qu'il veuille le retrouver pour une raison quelconque, mais n'y parvienne pas par ses propres moyens. À un moment où à un autre, j'avais tout envisagé : qu'il soit faë, demi-faë, loup-garou, vampire, créature maudite depuis l'aube des temps, peut-être même l'entité que Christian et lui avaient tenté d'invoquer la nuit de Halloween à Castle Keltar – le point clef ici étant l'immortalité. Comme dans « intuable ».

— Debout Barrons ! hurlai-je. Bougez, nom de nom !

J'ai peur de le toucher. Si je le fais, je crains de voir son corps se refroidir encore plus. De percevoir la fragilité de sa chair. La mortalité de Barrons. *Fragilité, mortalité* et *Barrons* rassemblés dans la même pensée me semblent aussi blasphématoires que traverser le Vatican en abattant les croix à coup de marteau.

Je rampe à dix pas de lui.

Je reste à l'écart, parce que si je m'approche de lui, je devrai le retourner et regarder ses yeux. S'ils étaient aussi vides que ceux d'Alina ?

Alors, je saurai qu'il s'en est allé, comme j'ai su qu'elle était partie, trop loin de moi pour distinguer de nouveau ma voix et m'entendre dire : Je suis désolée, Alina, j'aurais dû t'appeler plus souvent, j'aurais dû entendre la vérité derrière nos discussions futiles entre sœurs, j'aurais dû venir à Dublin et me battre à tes côtés, ou me fâcher contre toi parce que tu as agi par peur, toi aussi, Alina, sans espoir, car sinon tu m'aurais fait confiance pour t'aider. Ou peut-être : Excusez-moi, Barrons, d'avoir été trop jeune pour savoir ordonner mes priorités comme vous le faisiez, ; je n'ai pas souffert l'enfer que vous avez enduré, quel qu'il soit. J'aurais dû vous plaquer contre un mur, vous embrasser jusqu'à perdre haleine et faire tout ce dont j'ai eu envie le jour où je vous ai vu pour la première fois dans cette fichue saleté de librairie. Vous troubler comme vous me troubliez, vous obliger à me voir, à me désirer – moi, la fille rose bonbon ! J'aurais dû vous faire perdre votre sang-froid, vous obliger à tomber à genoux devant moi, même si je me disais que je ne voudrais jamais d'un homme comme vous, parce que vous étiez trop vieux, trop sensuel, plus animal qu'humain, un pied dans le marécage et aucun désir d'en sortir, alors que la vérité, c'est que j'étais terrifiée par les sensations que vous éveilliez en moi. Cela ne ressemblait pas aux envies que les garçons donnaient aux filles – des rêves d'avenir avec bébés et barrières de bois blanc – mais plutôt à une perte de soi radicale, terrifiante. Comme quand on ne peut plus vivre sans cet homme-là à l'intérieur de soi, autour de soi, avec soi tout le temps, que rien d'autre ne compte que ce qu'*il* pense de soi, que le reste du monde peut bien aller au diable, alors que dès cette époque, je savais que vous étiez capable de me transformer ! Qui voudrait s'unir à quelqu'un qui détient ce pouvoir ? On ne peut pas laisser l'autre exercer une telle puissance ! C'était plus facile de vous combattre que d'admettre qu'il y avait en moi des espaces inconnus, des appétits inacceptables dans n'importe quel type d'univers que je connaissais. Le pire, c'est que vous m'avez tirée de mon rêve de poupée Barbie, et que maintenant je suis là, pleinement consciente, espèce de salaud, je ne pourrais pas être plus présente, et vous, vous m'avez *abandonnée…*

Je pense que je vais hurler jusqu'à ce qu'il se lève.

C'est lui qui m'a dit un jour de ne jamais croire qu'une créature est morte tant que je n'ai pas brûlé son corps, tisonné ses cendres et attendu un jour ou deux pour voir si rien ne s'en relevait.

Tout de même, je ne suis pas censée l'incinérer.

Je n'imagine aucune situation dans laquelle je pourrais faire cela.

Je vais m'accroupir.

Je vais hurler.

Il va se réveiller. Il déteste que je tombe dans le mélodrame.

Tout en attendant qu'il ressuscite, je tends l'oreille en quête de grattements sur le bord de la falaise. Je m'attends à moitié à voir Ryodan hisser son corps brisé et ensanglanté jusqu'au sommet. Peut-être n'est-il pas vraiment mort, lui non plus. Après tout, peut-être sommes-nous en Faëry, ou du moins dans le réseau des Miroirs. Qui sait quel est ce royaume ? L'eau d'ici pourrait-elle avoir des pouvoirs de régénération ? Dois-je essayer d'y emmener Barrons ? Peut-être sommes-nous dans le Rêvement, peut-être cette chose effrayante qui est arrivée est-elle un cauchemar, peut-être vais-je m'éveiller sur un canapé chez *Barrons – Bouquins & Bibelots*, dont l'illustre – et exaspérant – propriétaire me jettera un de ces regards dont il a le secret. Je répliquerai par une remarque acerbe, et la vie sera de nouveau amusante, pleine de monstres et de crachin dublinois, exactement comme je l'aime.

Je m'accroupis.

Pas de grattements sur les pierres ni sur le schiste.

L'homme avec une lance plantée dans le dos ne bouge pas.

J'ai le cœur plein de trous.

Il a donné sa vie pour moi. Barrons a donné sa vie pour moi. Mon égoïste, arrogant, constant enquiquineur était solide comme un roc sous mes pieds. Il est mort volontairement. Pour que je vive.

Pourquoi diable a-t-il fait cela ?

Comment puis-je *vivre* avec cela ?

Une idée terrible me vient – si effrayante que, l'espace d'un instant, elle éclipse ma douleur. Jamais je ne l'aurais tué si Ryodan n'était pas apparu. Ryodan s'est-il servi de moi ? Est-il venu ici pour assassiner Barrons, qui n'a jamais été invincible, mais simplement difficile à tuer ? Peut-être Barrons ne pouvait-il être tué que sous sa forme animale, et Ryodan avait-il prévu qu'il prendrait cette apparence pour me protéger ? Tout ceci n'était-il qu'un piège sophistiqué sans aucun rapport avec moi ? Ryodan travaillait-il avec le Haut Seigneur, et voulaient-ils éliminer Barrons afin de me rendre plus malléable ? L'enlèvement de mes parents n'a-t-il été qu'un habile trucage ? *Regarde donc par là, pendant que nous abattons l'homme qui représente une menace pour nous tous.* Ou peut-être Barrons a-t-il été condamné à subir je ne sais quelle infernale malédiction, et ne pouvait-il être tué que par quelqu'un en qui il avait confiance. Quelqu'un comme moi. Derrière son arrogance glaciale, son ironie, ses provocations permanentes, m'avait-il cédé cette part de lui-même la plus intime, une confiance que je n'ai jamais méritée – ce que je n'aurais pu prouver de façon plus flagrante qu'en le poignardant dans le dos ?

Eh, flûte. Oui, je l'ai fait. Il a suffi d'un mot de Ryodan pour que je l'attaque.

L'accusation de trahison dans le regard de la bête n'était pas une illusion. Il s'agissait bien de Jéricho Barrons, qui m'observait de sous ces sourcils préhistoriques, dénudant ses crocs, le reproche et la haine illuminant ses yeux jaunes de fauve. J'ai brisé notre pacte tacite. Il était mon gardien et je l'ai tué.

M'a-t-il méprisée pour ne pas avoir reconnu l'homme qu'il était sous le cuir animal qu'il portait ?

Voyez-moi. Combien de fois m'a-t-il répété cela ? *Voyez-moi quand vous me regardez !*

J'ai été aveugle au moment où voir était essentiel. Il ne m'a pas lâchée d'un pas, avec cette combinaison d'agressivité et de possessivité animale qui lui était caractéristique, mais pas un instant je ne l'ai reconnu.

Je l'ai trahi.

Il est venu à moi sous une apparence barbare, inhumaine, afin de me garder en vie. Il a répondu à SVEETDM, quel qu'en soit le prix pour lui-même. Conscient qu'il serait mué en une bête féroce, ivre de sang, prête à abattre tout ce qui passerait à sa portée, à l'exception d'une seule créature.

Moi.

Seigneur, ce regard !

J'enfouis mon visage entre mes mains, mais l'image refuse de disparaître. Barrons et la bête. La peau mate et le visage typé du premier ; le cuir rugueux et les traits primitifs de la seconde. Ces yeux si anciens, qui ont vu tant de choses et ne demandaient qu'à être vus en retour, brillant de mépris. *Ne pouviez-vous pas me faire confiance, au moins une fois ? N'auriez-vous pas pu espérer le meilleur, pour changer ? Pourquoi avez-vous préféré Ryodan à moi ? Je vous gardais en vie. J'avais un plan. Vous ai-je jamais abandonnée ?*

— Je ne savais pas que c'était vous !

Je me griffe les paumes avec mes ongles. Elles saignent quelques instants, puis elles guérissent.

Seulement, la bête-Barrons qui me torture dans mon esprit n'en a pas fini avec moi. *Vous auriez dû. J'ai pris votre pull. J'ai reconnu votre odeur et vous ai laissée passer. J'ai tué pour que vous ayez de la viande tendre et fraîche. J'ai uriné autour de vous. Je vous ai montré que sous cette apparence, comme sous n'importe quelle autre, vous êtes à moi. Et je prends toujours soin de ce qui est à moi.*

Les larmes m'aveuglent. Je me plie en deux. Cela fait si mal que j'en ai le souffle coupé. Je ne peux plus bouger. Je me recroqueville sur moi-même et je me balance.

Au-delà du chagrin, si un tel endroit existe, il y a des choses que je sais.

Des choses comme : d'après Ryodan (s'il n'est pas un traître – et s'il l'est et qu'il est toujours vivant, je le tuerai aussi sûrement que lui et moi avons tué Barrons), j'ai à l'arrière du crâne une marque apposée par le Haut Seigneur, lequel détient probablement mes parents puisque, si Barrons est ici, c'est qu'il n'est manifestement pas allé à Ashford.

À moins… que le temps ne s'écoule pas de la même façon dans les Miroirs, et qu'il ait eu le temps de se rendre à Ashford avant que je saisisse SVEETDM pour l'appeler ici, dans la septième dimension que j'explore depuis que j'ai pénétré dans le tunnel rose et glissant du Haut Seigneur, à Dublin.

Je ne saurais dire combien de temps j'ai erré dans le Hall de Tous les Jours, ni quelle durée s'est écoulée dans la réalité ordinaire pendant que je prenais un bain de soleil avec Christian sur le rivage du lac.

Un jour, grâce à V'lane, j'ai passé un seul après-midi sur une plage en Faëry, en compagnie du fantôme de ma sœur. Cela m'a coûté un mois entier dans le monde des humains. À mon retour, Barrons était furieux. Il m'a enchaînée à une poutre dans son garage. Je ne portais qu'un bikini string rose fuschia.

Nous nous sommes bagarrés.

Je ferme les yeux pour retrouver ce souvenir.

Il est là, fou de rage, équipé d'aiguilles et de flacons de teinture, sur le point de me tatouer – ou, plus exactement, feignant de le faire alors qu'il a *déjà* accompli son forfait, mais je ne m'en suis pas encore aperçue – afin de pouvoir me pister si jamais il me prenait de nouveau l'envie d'accepter un séjour en Faëry pour une durée indéterminée.

Je lui explique que s'il me tatoue, nos chemins se sépareront. Je l'accuse de ne jamais éprouver d'autres sentiments que l'avidité et le mépris, d'être incapable d'amour. Je le traite de mercenaire, je lui reproche d'avoir perdu son sang-froid et d'avoir ravagé la librairie en s'apercevant de ma disparition. Puis je lui concède avec dédain que s'il est capable à l'occasion d'avoir une érection, cela ne peut être que pour de l'argent, un objet, un livre... mais en aucun cas pour une femme.

Je me souviens de sa réponse, au mot près. *J'ai aimé, Mademoiselle Lane, et même si cela ne vous regarde pas, sachez que j'ai perdu. Bien plus que vous ne pouvez l'imaginer. Je ne suis pas comme mes concurrents, et encore moins comme V'lane. Quant à mes érections, je vous rassure, elles n'ont rien d'occasionnel. Il arrive même que ce soit pour une gamine insolente et pas féminine pour deux sous. Dernier point, c'est bien moi qui ai tout cassé dans le magasin, en ne vous trouvant pas. Vous devrez d'ailleurs vous choisir une nouvelle chambre, la vôtre est inutilisable. Je suis navré que votre gentille petite vie ait été chamboulée, mais vous n'êtes pas la seule dans ce cas, et il faut bien continuer. Ce qui fait la différence entre vous et les autres, c'est la façon dont vous vous adaptez.*

Rétrospectivement, je me vois telle que j'étais, avec une facilité presque gênante.

Je suis là, enchaînée à une poutre, presque nue, seule avec Jéricho Barrons. Cet homme est bien au-delà de ce que je peux comprendre, mais Dieu qu'il m'excite ! Il a l'intention de travailler sur ma peau, lentement, soigneusement, pendant des heures. Son corps dur, couvert de tatouages, est une promesse tacite d'initiation à un monde secret où je pourrai ressentir des choses que je n'imagine même pas, et je *veux* qu'il travaille sur moi pendant des heures. Je le veux désespérément... mais pas pour qu'il me tatoue. Je le provoque avec maladresse et naïveté, du mieux que je peux. Je voudrais qu'il prenne ce que je n'ai pas le courage de lui offrir de moi-même.

Quel comportement ridicule, compliqué, autodestructeur ! J'ai peur de demander ce que je veux. D'assumer mes propres désirs. Je me conforme aux restrictions de mon éducation au lieu de suivre ma nature. Je suis arrivée à Dublin, enfermée à double tour dans mes limitations. Je n'étais que culture.

Il n'était que nature. Et il tentait de me montrer comment changer.

Comme je le disais : différents degrés de déni.

Il s'était penché vers moi dans ce garage, tout de désir et de violence à peine contenus, et lorsque son sexe durci s'était plaqué contre moi, je m'étais sentie si vivante, si ivre de joie que par la suite, j'avais ôté mon bikini sous la douche pour soulager mon excitation, plusieurs fois de suite, en imaginant une tout autre conclusion dans ce garage. Une conclusion qui aurait duré toute la nuit.

Je m'étais dit que c'était parce que j'avais passé la journée en compagnie d'un faë-de-volupté-fatale. Encore un mensonge.

Il m'avait libérée et m'avait laissée partir.

Si j'étais enchaînée à cette poutre maintenant, je n'aurais aucun scrupule à lui dire exactement ce que je veux. Et ma priorité ne serait pas qu'il m'enlève mes chaînes. Du moins, pas immédiatement.

À travers mes larmes, je focalise ma vision.

L'herbe. Les arbres. Lui.

Il gît à plat ventre. Il faut que j'aille auprès de lui.

La terre est détrempée, boueuse à cause de la pluie de la nuit, et de son sang.

Il faut que je le lave. Il devrait pas rester dans cet état. Barrons a horreur de la négligence. Il est méticuleux et s'habille avec un raffinement exquis. Si j'ai plus d'une fois rajusté les pans de sa veste, ce n'était que pour le plaisir de le toucher. De pénétrer dans son espace intime. De me montrer familière afin de prouver que j'en avais le droit. Aussi imprévisible qu'un lion affamé, il effrayait peut-être tous les autres, mais jamais il ne m'avait égorgée. Il n'avait fait que me donner des coups de langue, et si celle-ci était parfois un peu râpeuse, cela valait la peine de marcher aux côtés du roi de la jungle.

Mon cœur va exploser.

Je ne peux pas faire cela. Je viens juste de vivre la même chose avec ma sœur. Des regrets par-dessus les regrets. Les occasions manquées. Les mauvaises décisions. Le chagrin.

Combien de personnes devront-elles encore mourir avant que j'apprenne à vivre ? Il avait raison. Je suis une calamité ambulante.

Je fouille ma poche à la recherche de mon portable. Je commence par composer le numéro de Barrons. L'appel ne passe pas. Je sélectionne SVNPPMJ – *si vous ne pouvez pas me joindre*. L'appel ne passe pas. Je choisis SVEETDM et, retenant mon souffle, j'observe Barrons avec attention. L'appel ne passe pas.

Toutes les lignes sont hors-service. Comme lui.

Je commence à trembler. J'ignore pourquoi, mais c'est le fait que le téléphone ne fonctionne pas qui, plus que tout autre argument, me convainc que Barrons est hors de ma portée.

Je penche la tête en avant, ramène mes cheveux sur mon visage et, après plusieurs tentatives pour trouver le bon angle, je prends une photo de ma nuque. Je le savais. Deux tatouages. La marque de Barrons est un dragon orné au centre d'un Z qui luit d'une légère irisation.

Sur sa gauche, il y a un cercle noir empli de symboles étranges que je n'identifie pas. Apparemment, Ryodan a dit vrai. Si c'est le Haut Seigneur qui m'a imprimé ce second tatouage, cela explique bien des choses. Pourquoi Barrons a bardé de protections si solides le sous-sol dans lequel il m'a guérie de mon état de *Pri-ya*. Comment le Haut Seigneur m'a localisée à l'Abbaye une fois que les symboles ont été recouverts de peinture, puis dans la maison où Dani et moi avions trouvé refuge, et enfin suivie jusque chez mes parents, à Ashford.

Je sors le petit coutelas que j'ai dérobé chez *Barrons – Bouquins et Bibelots*.

Mes mains tremblent.

Je pourrais mettre fin à ma souffrance. Me recroqueviller sur moi-même près de lui et me vider de mon sang. Tout serait rapidement terminé. J'aurais peut-être une autre chance à une autre époque, dans un autre lieu. Peut-être lui et moi pourrions-nous nous réincarner, comme dans ce film, *Au-delà de nos rêves*, qu'Alina et moi avons tant détesté parce que le mari et les enfants mouraient et que la femme se suicidait.

Maintenant, j'adore ce film. J'ai compris l'argument – partir volontairement vers l'Enfer pour quelqu'un. Et y rester, même si on y laisse sa raison, parce que l'on préfère encore subir la démence auprès des siens qu'endurer une vie sans eux.

Je regarde la lame.

Il est mort pour que je puisse vivre.

— Soyez maudit ! Je refuse de vivre sans vous !

Ce qui fait la différence entre vous et les autres, c'est la façon dont vous vous adaptez.

— Oh, taisez-vous, s'il vous plaît. Vous êtes mort, alors silence. Silence !

Au même instant, une effrayante vérité se fait jour en moi.

C'est moi qui ai crié *Au loup !*

C'est moi qui ai appuyé sur SVEETDM. C'est moi qui n'ai pas cru que je pourrais survivre seule face au sanglier. Et devinez quoi ?

Je l'ai fait.

Je l'avais semé et j'étais en sécurité au moment où Barrons est apparu et a foncé sur lui.

Tout compte fait, je n'étais pas vraiment en train de mourir.

Il est mort pour moi alors que ce n'était pas nécessaire.

J'ai été trop réactive.

Et maintenant, il est mort.

Je considère le coutelas. La mort serait une récompense. Je ne mérite qu'une punition.

Je regarde la prise de vue de l'arrière de ma tête. Si le Haut Seigneur me retrouvait en cet instant, je ne sais pas si je tenterais de me défendre.

J'envisage d'effectuer un geste chirurgical sur mon propre crâne, avant de m'aviser que je ne suis sans doute pas dans les meilleures dispositions pour cela. Je pourrais couper un peu trop. Ma colonne vertébrale est trop proche. Ce serait la solution de facilité.

Je plonge la lame dans la terre avant de la tourner contre moi-même.

Qu'est-ce que cela ferait de moi – le tuer, puis me suicider ? Une lâche. Pourtant, ce n'est pas cela qui me tracasse. C'est ce que cela ferait de *lui*. Un homme mort pour rien.

Le décès de quelqu'un comme lui mérite mieux que cela.

Je ravale un nouveau hurlement. Le cri se bloque en moi, se loge dans mes entrailles et me brûle le fond de la gorge, m'empêchant de déglutir. Il résonne à mes oreilles, même si aucun son ne sort de mes lèvres. C'est un cri silencieux. La pire espèce. J'ai déjà connu cela autrefois, pour empêcher Papa et Maman de s'apercevoir que la mort d'Alina me tuait, moi aussi. Je sais ce qui va suivre, et je sais que ce sera encore pire que la première fois. Que je souffrirai plus.

Infiniment plus.

Je me souviens des scènes de carnage que Barrons m'a laissée voir dans son esprit. Maintenant, je les comprends. Je saisis ce qui peut pousser quelqu'un à agir ainsi.

Je m'agenouille près de son corps nu et couvert de sang. C'est sans doute la métamorphose de l'homme en bête qui a déchiré ses vêtements et arraché le bracelet d'argent de son poignet. Sa peau est tatouée aux deux tiers de runes de protection rouges et noires.

— Jéricho, l'appellé-je. Jéricho, Jéricho, Jéricho.

Pourquoi ai-je toujours éprouvé tant de réticence à l'appeler par son prénom ? *Barrons* était un mur de pierre que j'avais érigé entre nous ; dès que la moindre lézarde le fendillait, je me hâtais de la combler au mortier de ma peur.

Je ferme les paupières et je me raidis. Puis je rouvre les yeux, referme les mains sur la lance et tente de la retirer de son corps. Elle refuse de venir. Elle est logée dans un os. Il faut que je force.

Je m'immobilise. Je recommence. Je pleure.

Il ne bouge toujours pas.

Je peux le faire. Je le peux.

Je finis par libérer la lance.

Après un long moment, je le fais rouler sur le dos.

Si j'entretenais encore le moindre doute sur sa mort, celui-ci s'évanouit. Ses yeux sont ouverts. Ils sont vides.

Jéricho Barrons n'est plus ici.

J'ouvre mes sens à l'espace autour de moi. Je ne capte rien de son essence.

Je suis seule sur cette falaise.

Jamais je n'ai été aussi seule.

Je tente tout ce qui me vient à l'esprit pour le ramener à la vie.

Je me rappelle alors de la chair *unseelie* que nous avons mise dans mon sac à dos, dans ce qui me semble une vie antérieure, alors que nous étions à la librairie et que je me préparais à affronter le Haut Seigneur. Elle s'y trouve encore, pour la plupart.

Si seulement j'avais su alors ce que je sais à présent – que la prochaine fois que je verrais Jéricho Barrons, il serait mort ! Que les dernières paroles que je l'entendrais prononcer seraient « Et la Lamborghini », ponctuées par son sourire carnassier et sa promesse qu'il serait toujours derrière mon dos, tout près, pour me couvrir.

Les morceaux encore frétillants de Rhino-boy sont toujours enfermés dans leurs petits pots de nourriture pour bébé. J'en introduis de force entre ses lèvres gonflées et ensanglantées et tiens sa bouche fermée. En les voyant s'échapper par l'ouverture déchiquetée dans sa gorge, le cri enfermé en moi jaillit, au risque de m'assourdir.

Je n'arrive plus à réfléchir. La panique et le chagrin me submergent. Barrons dirait *Émotions inutiles, Mademoiselle Lane. Cessez de réagir et agissez.* Et voilà, il me parle de nouveau.

Que ne ferais-je pas pour lui ? Rien n'est trop répugnant, trop barbare. C'est Barrons. Je le veux de nouveau entier.

Avant de lui trancher la gorge, Ryodan l'a déchiré des entrailles jusqu'au thorax. J'écarte délicatement les chairs de son abdomen tatoué et insère des morceaux d'*Unseelie* dans son estomac lacéré. Ils s'en échappent. Je lui recoudrais bien le ventre pour obliger son corps à digérer la viande de faë noir – je me demande si cela marcherait – mais je n'ai ni fil, ni aiguille, ni aucun autre moyen de réparer cette boucherie.

Je tente de rentrer ses entrailles à l'intérieur de son corps et de les arranger en un semblant d'ordre, vaguement consciente que ce n'est peut-être pas la façon la plus normale et la plus saine de procéder.

Un jour, il m'a dit *Entrez en moi, voyez jusqu'où vous pouvez aller.* Mes mains sur sa rate, je pense *Je suis là. Un peu trop tard.*

J'utilise la Voix – un talent récemment découvert – pour lui ordonner de se lever. Un jour, il m'a dit que le maître et l'élève développaient une immunité réciproque. J'en suis presque soulagée. J'ai eu peur que la Voix appelle un zombie, ranimé mais pas vraiment ressuscité.

J'écarte ses lèvres à l'aide d'un bâton, m'ouvre le poignet et fait tomber du sang dans sa bouche. Il faut que je m'entaille profondément pour obtenir quelques gouttes et que je m'y prenne à plusieurs fois, car je cicatrise aussitôt. Cela ne fait que le couvrir un peu plus de sang.

Je sonde la zone *sidhe-seer* dans mon esprit à la recherche d'un rituel de guérison magique. Je n'ai rien de tel en moi.

Soudain, je suis furieuse.

De quel droit est-il mortel ? Comment ose-t-il ? Jamais il ne m'a dit qu'il pouvait mourir ! Si je l'avais su, je l'aurais traité différemment !

— Debout, debout, debout ! hurlé-je.

Ses yeux sont toujours ouverts. Je déteste les voir ainsi, vides et inexpressifs, mais les refermer serait un renoncement, une défaite que je refuse.

Jamais je ne fermerai les yeux de Jéricho Barrons.

Vivant, il les avait grands ouverts. Il voudrait qu'ils le restent dans la mort. Pour lui, des obsèques seraient absurdes. Quoi que soit Barrons, il rirait si je tentais quelque chose d'aussi commun que des funérailles. Ce serait bien trop mesquin pour un être hors norme tel que lui.

Le mettre dans une boîte ? Jamais.

L'enterrer ? Pas question.

L'incinérer ?

Cela aussi serait une reculade. Une façon d'admettre sa mort. Cela n'arrivera jamais.

Même privé de vie, il semble invulnérable, avec son corps d'athlète tatoué de rouge et de noir, tel celui d'un géant de légende tombé au combat.

Je m'installe sur le sol, soulève sa tête avec douceur, glisse mes jambes dessous et berce son visage entre mes mains. Avec ma chemise et mes larmes brûlantes qui ne cessent de couler, j'ôte la poussière et le sang, et le lave avec des gestes tendres.

Son visage si dur, si effrayant, si beau.

Je le caresse. Je le souligne du bout des doigts, puis je recommence, jusqu'à ce que je sache par cœur les nuances les plus subtiles de chaque méplat, de chaque fossette, jusqu'à ce que je sois capable de le sculpter dans la pierre, même si j'étais aveugle.

Je l'embrasse.

Je me couche et m'étends à ses côtés. Je plaque mon corps contre le sien et je reste immobile.

Je le serre dans mes bras comme jamais je ne me suis autorisée à le faire lorsqu'il était vivant.

Jusqu'à ce que je ne sache plus où il finit et où je commence.

Le Dani Daily

91 jours ACM

FABRIQUEZ VOTRE ANTI-OMBRE !!!

TOUS LES DÉTAILS CI-DESSOUS !!!

Ouais, vous avez bien lu ! Ces saletés peuvent être éliminées ! Le *DD*, votre unique source d'info ACM. (*Après la chute des murs*, bande de niais. Je ne vais pas passer mon temps à tout vous expliquer.)

L'ANTI-OMBRE DE DANI « MEGA » O'MALLEY

— Un morceau de chair *unseelie* ;
— Un détonateur ;
— De la poudre explosive (uniquement le mélange pyrotechnique standard. NE PAS utiliser de chlorate ni de soufre, HAUTEMENT instables. Croyez-moi, je sais de quoi je parle !).

Fabriquez un pétard. Logez-le au milieu du morceau de chair. Allumez le détonateur. Faites une boule avec la chair *unseelie* pour qu'elle roule plus facilement. Coincez une Ombre, lancez-lui l'ANTI-OMBRE et couvrez-vous les oreilles. Ces saletés sont cannibales ! Regardez l'Ombre engloutir son quatre-heures et se désintégrer quand la bombe explose en elle. Si elle mange de la LUMIÈRE, elle meurt !

ATTENTION

— Enfants de moins de 14 ans : demandez de l'aide. Vous aurez l'air malin si vous vous faites exploser les mains. On a besoin de vous pour ce combat. Restez cool. Et soyez intelligent, c'est tendance !

— C'est le moment d'être rapide ! Si vous tombez sur un gros nid d'Ombres, écrivez son adresse sur votre DD, collez celui-ci sur le mur à l'intérieur du bureau de poste central de O'Connell Street, Dublin 1, et je m'en occuperai. Ce n'est pas pour rien qu'on m'appelle la MEGA.

— N'utilisez PAS de SOUFRE. Cela rend le mélange TRÈS instable. J'attends encore que mes sourcils et mes poils de nez repoussent.

— Quelquefois, le pétard explose avant que l'Ombre l'ait bouffé. Certaines sont assez stupides pour manger le second morceau que vous lui enverrez.

CLAUSE DE RESPONSABILITÉ

Le *Dani Daily* (*DD, LLC*) et ses affiliés déclinent toute responsabilité en cas de dégâts collatéraux ou de blessure.

2

Quand quelqu'un meurt, les gens disent de drôles de choses.

Il est dans un monde meilleur.

Qu'est-ce qu'ils en savent ?

La vie continue.

C'est supposé me consoler ? Je suis douloureusement consciente que la vie continue. Cela me fait mal à chaque maudite seconde. Comme c'est agréable de savoir que cela va durer ! Merci de me le rappeler.

Le temps guérit.

Certainement pas. Au mieux, le temps nivelle tout, en nous poussant tous dans la tombe. Nous trouvons des façons d'échapper à la douleur. Le temps n'est ni un scalpel, ni un bandage. Il est indifférent. La cicatrice n'est pas une bonne chose. Ce n'est que l'autre côté d'une plaie.

Je vis chaque jour avec le spectre d'Alina. Et maintenant, je dois cohabiter avec le fantôme de Barrons. Marcher entre eux. Un sur ma droite, l'autre sur ma gauche. Ils n'arrêteront pas de me parler. Je ne pourrai jamais les fuir et je resterai coincée entre mes deux plus grands échecs.

Lorsque je réussis enfin à bouger, le jour fraîchit. Je sais ce que cela signifie. Cela veut dire que la nuit est sur le point de tomber sur moi aussi abruptement qu'un volet d'acier sur la vitrine d'une boutique chic dans un quartier mal famé. J'essaie de m'arracher à lui. Je n'en ai pas envie. Après une demi-douzaine de tentatives, je réussis à m'asseoir. J'ai tant pleuré que j'en ai la migraine. J'ai tant hurlé que ma gorge est douloureuse. Lorsque je m'assois, il n'y a que la coquille de mon corps qui se lève. Mon cœur gît toujours sur le sol aux côtés de Jéricho Barrons. Un dernier battement, et il s'arrête.

Enfin, je suis en paix.

Je croise les jambes sous moi et me redresse péniblement. Puis je me mets debout comme si j'avais cent ans, avec des craquements dans tous mes os.

Si le Haut Seigneur est à ma poursuite, je me suis attardée bien trop longtemps sur cette falaise.

*Le Haut Seigneur, Darroc, le meneur des faës noirs, le monstre qui a fait tomber les murs la nuit d'Halloween et lâché ses hordes d'*Unseelies *sur mon monde.*

Le salaud par qui tout cela est arrivé. Il a séduit Alina, l'a tuée ou fait tuer, m'a fait violer par les princes *unseelies*, lobotomiser, transformer en esclave. Il a enlevé mes parents, m'a contrainte à m'engager dans le réseau des Miroirs et m'a amenée jusqu'au bord de cette falaise, où j'ai assassiné Barrons.

Sans un certain faë déchu s'acharnant à recouvrer sa grâce perdue et à assouvir sa vengeance, *rien* de tout ceci ne serait advenu.

La revanche ne suffira jamais. Tout serait fini trop vite. Cela ne satisferait pas les envies complexes de la créature que je suis devenue pendant que j'étais étendue là, le tenant dans mes bras.

Je veux qu'on me rende tout.

Tout ce qu'on m'a pris.

Un geyser de rage explose en moi, envahissant chaque coin et recoin que mon chagrin occupait. Je l'accueille, l'encourage, m'agenouille devant ma nouvelle idole. Je me baptise dans ses vapeurs sifflantes de la fureur. Je m'y abandonne. Prends-moi, emporte-moi, possède-moi. Je suis à toi !

Il n'y a que quelques lettres de *sidhe-seer* à *ban-sidhe*[1], cette créature mythique et hurlante gouvernée par la rage, annonciatrice de la mort dans mon pays de naissance.

Je cherche le lac aux eaux sombres et luisantes dans mon esprit. Je me tiens sur son rivage de petits cailloux noirs. Des runes dérivent sur l'onde aux scintillants reflets d'ébène, étincelantes de puissance.

Je me penche, fais courir mes doigts à travers l'onde ténébreuse dont je prends deux poignées, et j'offre au *loch*[2] sans fond une profonde révérence de gratitude.

Il est mon ami. Maintenant, je le sais. Il l'a toujours été.

Ma fureur est trop vaste pour les coins et les recoins.

Je ne tente plus de la contenir. Je la laisse former une obscure et effrayante mélopée. Rejetant la tête en arrière, je lui fais de la place pour s'élever. Elle se déploie, jaillit de ma gorge, me fait gonfler les joues. Lorsqu'elle franchit mes lèvres, c'est un cri inhumain qui fuse à travers les arbres, déchire le ciel et fait voler en éclats la paix de la forêt.

---

1. *Ban-sidhe*, ou *banshee* : femme du *Sidh* (Autre Monde) et messagère des dieux. *(N.d.T.)*

2. *Loch* : lac écossais. *(N.d.T.)*

Des loups s'éveillent en sursaut dans leur tanière et se mettent à hululer en un chœur sinistre. Des sangliers grommellent. Des créatures dont j'ignore le nom font entendre leurs glapissements. Notre concert est assourdissant.

La température chute, puis les bois alentour sont soudain pris sous une épaisse couverture de glace argentée, depuis le plus petit brin d'herbe jusqu'aux rameaux les plus élevés.

Gelés en un instant, des oiseaux occupés à nourrir leurs petits meurent le bec encore ouvert.

Des écureuils se figent, glacés, au milieu d'un bond, avant de retomber sur le sol telles des pierres et de se briser en mille morceaux.

Je regarde mes mains. Elles sont marbrées de noir et mes paumes couvertes de runes argentées.

Maintenant, je sais où Barrons finit et où je commence.

Quand Barrons a fini, c'est *moi* qui ai commencé.

Moi.

Mac O'Connor.

La *sidhe-seer* que le monde, selon un certain prince *seelie*, devrait craindre.

Je m'agenouille pour donner un dernier baiser à Barrons.

Je ne le recouvre pas ; je n'accomplis aucun rituel. Ce serait pour moi et non plus pour lui. Il ne reste qu'une seule chose que je vais faire pour moi.

Bientôt, rien de tout cela ne comptera plus, de toute façon.

Il a fallu que je sois déchirée en deux pour ne plus avoir l'impression d'être partagée, divisée, incapable de choisir à qui faire confiance.

La femme que je suis maintenant n'a plus qu'un seul but.

Je sais exactement ce que je vais faire.

Et je sais comment je vais le faire.

3

Après avoir quitté le corps de Barrons, je prends la direction vers laquelle mon démon gardien me guidait. Je crois qu'il devait avoir une raison pour m'emmener par là.

Je lui fais plus confiance maintenant qu'il est mort que lorsqu'il était vivant.

Je suis vraiment bizarre.

Je longe la rivière pendant des kilomètres. Tandis qu'il disparaît derrière moi, j'en fais autant. À chacun de mes pas, je me défais d'un lambeau de moi-même – des éléments les plus faibles, ceux qui ne m'aideront pas à atteindre mon but. Et s'ils représentent la fameuse part humaine, tant pis. Je ne dois plus rien ressentir si je veux survivre à ce que je suis sur le point d'affronter.

Une fois certaine d'être prête, je fais halte pour attendre mon ennemi.

Il ne me déçoit pas.

— Je pensais que vous n'arriveriez jamais, dis-je d'une voix rauque d'avoir tant crié.

Parler me fait mal. Je savoure ma douleur. Je l'ai bien méritée.

Le Haut Seigneur est encore à quelque distance, dissimulé dans la forêt, mais je vois des ombres mouvantes, trop sinueuses pour être projetées par les arbres.

— Montrez-vous.

Je m'adosse à un tronc, une main sur la taille, l'autre dans ma poche, en me déhanchant légèrement.

— C'est moi que vous voulez, n'est-ce pas ? C'est moi que vous êtes venu chercher jusqu'ici. Vous n'êtes là que pour ça, alors pourquoi hésiter maintenant ?

Ma lance est dans mon holster sous mon bras, mon poignard glissé au creux de mes reins. Le sac de cuir noir couvert de runes contenant les trois pierres que veut le Haut Seigneur – les trois quarts de ce qui, nous l'espérons tous, peut former une sorte de cage pour le *Sinsar Dubh* – est en sécurité dans mon sac à dos, glissé à mon épaule.

Des ombres émergent de l'obscurité. Le Haut Seigneur et les deux derniers princes *unseelies*.

Jack et Rainey Lane ne sont pas avec eux.

Cela me déstabiliserait si la Mac qui aime tant ses parents n'avait pas disparu avec les autres parts de moi que j'ai abandonnées auprès du cadavre de Barrons. Barrons est mort. Par ma faute. Je n'ai pas de parents. Pas d'amour. Pas de faiblesse. Il ne reste pas un seul rayon de soleil dans toute mon âme.

J'en suis immensément allégée… et renforcée.

Darroc – je ne l'appellerai plus jamais le Haut Seigneur, ni même le HS, car même l'abréviation de son titre prétentieux exprimerait encore trop de supériorité – a ingéré de la chair *unseelie* à haute dose. Entre lui et moi, l'air bourdonne de puissance contenue. J'aurais du mal à distinguer ce qui vient de lui de ce qui vient de moi. Je me demande ce que pensent ses mignons en le voyant dévorer leurs frères. Peut-être ce qui représente une abomination aux yeux de la Cour de Lumière n'est-il qu'un vice banal devant la Cour des Ténèbres, un effet secondaire mineur lié à l'état d'*Unseelie*.

Alors qu'il s'approche du cercle de lumière argentée dans lequel je me tiens, ses yeux s'agrandissent imperceptiblement.

Je laisse échapper un rire feutré. Je sais à quoi je ressemble. Je me suis lavée après avoir quitté Barrons et je me suis préparée avec soin. Mon soutien-gorge est dans mon sac à dos. Mes cheveux bouclent librement autour de mon visage. Il m'a fallu du temps pour enlever les taches noires de mes mains. Il n'y a rien sur moi qui ne soit une arme, un atout, un outil pour parvenir à mes fins, y compris mon corps. J'ai appris une ou deux petites choses auprès de Barrons. Le pouvoir rend excitant. Mes reins se cambrent. Mes mains lancent une gracieuse invitation.

Je n'ai pas été détruite par la mort de Barrons. L'alchimie du deuil a forgé un nouveau métal.

J'ai été *transmutée*.

Il n'y a qu'une façon pour moi d'accepter sa mort : la rendre nulle et non avenue.

Ainsi que celle d'Alina, tant que j'y suis.

Tous ceux que j'ai croisés qui savaient quelque chose au sujet du *Sinsar Dubh* sont restés mystérieux. Personne n'a voulu me dire exactement ce qu'il contient. Tout ce que l'on me répétait, c'est qu'il était impératif que je le retrouve, et vite, parce qu'il pouvait servir à empêcher les murs de s'effondrer.

Eh bien, les murs sont par terre, à présent. Il est trop tard.

Si l'on considère que j'ai pourchassé ce Livre avec acharnement pendant des mois, il est surprenant que j'aie si peu réfléchi à son contenu. J'ai avalé tout ce que l'on me disait et j'ai docilement continué à le chercher.

Maintenant, je soupçonne tout le monde d'avoir mis l'accent sur l'urgence de le retrouver pour garder les murs debout, afin que je n'aie pas le temps de penser à d'*autres* usages possibles du *Sinsar Dubh*.

Voilà comment je me suis obstinée à pister cet objet d'une puissance indicible, entourée de gens qui le voulaient pour des raisons qui leur restaient personnelles, sans me dire une seule fois : Eh, minute. Et pour *moi*, à quoi pourrait-il servir ?

Darroc m'expliquait qu'avec le *Sinsar Dubh*, il pourrait ressusciter Alina. Il affirmait le vouloir pour retrouver son état de faë et assouvir sa vengeance.

V'lane affirmait que le Livre noir renfermait tout le savoir du roi *unseelie*, tous ses plus sombres secrets. Il prétendait le rechercher pour le compte de la reine *seelie*, afin qu'elle puisse rendre à son peuple sa gloire perdue et ramener les *Unseelies* dans leur prison. Il suppose qu'il contient des fragments du Chant-qui-forme, égaré par les siens depuis une éternité, et estime que la souveraine pourrait s'en servir pour recréer l'ancienne mélodie. J'ignore ce qu'est exactement le Chant-qui-forme, ou ce qu'il fait, mais il semble qu'il représente la plus puissante magie faë.

C'est Barrons qui m'en a dit le plus. D'après lui, le *Sinsar Dubh* contient des sorts permettant de faire et défaire des mondes. C'est en relation avec ces extraits du Chant. Il a toujours refusé de me révéler pourquoi il le voulait. Il expliquait qu'il était bibliophile. C'est ça. Et moi, je suis le roi *unseelie*.

Alors que j'étais étendue, tenant le corps de Barrons contre moi, j'avais pour la première fois songé aux utilisations possibles du *Sinsar Dubh* pour un usage personnel.

En particulier à sa capacité de faire et défaire des mondes.

Tout était devenu d'une limpidité de cristal pour moi.

Avec le *Sinsar Dubh*, on pouvait forger un univers doté d'un passé – et d'un avenir – différents.

Et surtout, on pouvait remonter le temps.

Effacer ce que l'on n'aimait pas.

Remplacer ce que l'on ne supportait pas d'avoir perdu, y compris les personnes sans qui l'on ne pouvait pas vivre.

Je m'étais arrachée au corps de Barrons avec un unique but en tête.

Retrouver le *Sinsar Dubh* et ne le rendre à personne. Il serait pour *moi*. J'allais l'étudier. La douleur m'avait donné la puissance d'un laser. Je pouvais tout apprendre. Aucun obstacle ne me résisterait. J'allais reconstruire le monde comme je voulais qu'il soit.

— Allons, dis-je avec un sourire. Venez ici.

Mon visage n'exprime que chaleur, invitation, plaisir de sa présence. La dernière chose à quoi il s'attendait. Il croyait trouver une fille terrorisée, hystérique.

Je ne le suis pas et ne le serai plus jamais.

D'un geste, il indique aux princes de rester en arrière et s'avance vers moi avec nonchalance, mais je décèle dans sa démarche une grâce étudiée. Il se méfie de moi. Il a raison.

Des yeux faës aux reflets cuivrés croisent mon regard. Comment Alina n'a-t-elle pas vu qu'il n'était pas humain, malgré son apparence si réaliste ?

La réponse est simple. Elle l'a vu. Elle l'a compris. C'est pour cela qu'elle lui a menti et a prétendu être une orpheline sans aucune famille. Elle nous a protégés depuis le début. Elle savait qu'il était dangereux, mais elle le désirait tout de même. Elle voulait goûter cette sorte de vie.

Je ne la blâme pas. Nous sommes maudites. Nous *aurions dû* être bannies d'Irlande, pour le bien de tout le monde.

Il me jauge. Je sais qu'il a croisé le corps de Barrons. Il essaie de comprendre ce qui s'est passé, mais il n'a pas envie de le demander. Je soupçonne que rien n'aurait pu le convaincre plus sûrement que le cadavre de Barrons que la MacKayla avec qui il pensait négocier n'est plus là. Son regard descend sur le sol, vers la fine ligne de runes argentées au tracé déchiqueté qui m'encercle, me baignant d'une lumière froide et irréelle. Ses yeux s'agrandissent encore tandis qu'il les parcourt. L'espace d'un bref instant, il semble nerveux.

— Joli travail.

Ses yeux passent plusieurs fois des runes à mon visage.

— De quoi s'agit-il ?

— Vous ne les reconnaissez pas ? répliquai-je.

Je perçois sa méfiance. Il sait ce que sont ces signes. Moi pas. J'aimerais bien.

Une seconde plus tard, son regard cuivré est vrillé dans le mien et une intense lumière d'un noir bleuté jaillit de sa main fermée. Je ne l'ai même pas vu chercher l'Objet de Pouvoir dans sa chemise.

— Maintenant, sors de ce cercle, m'ordonne-t-il.

Il n'utilise pas la Voix. Il tient l'Amulette, l'un des quatre Piliers des Ténèbres, un collier aux motifs complexes dans lequel est enchâssée une pierre grosse comme le poing faite d'une matière inconnue. C'est le roi qui forgea ce bijou afin de permettre à sa concubine de modeler la réalité selon ses caprices. L'Amulette renforce les intentions de celles et ceux qui ont un destin à accomplir. Il y a plusieurs mois, j'avais assisté à une vente aux enchères très privée, dans un abri souterrain antiaérien. Là, j'avais vu un vieux Gallois débourser une fortune colossale pour l'acquérir. La compétition avait été rude. Mallucé avait par la suite assassiné le vieillard et emporté le collier avant que Barrons et moi ayons le temps de nous en emparer, mais le vampire à la manque n'avait pu l'utiliser.

Darroc en est capable. Je pense que moi aussi… à condition que je réussisse à le lui prendre.

Je l'ai déjà tenu une fois entre mes mains, et il a réagi. Toutefois, comme c'est le cas de nombreux objets faës, il a acquis avec le temps un certain niveau de conscience. Il a exigé quelque chose de moi – un lien, un serment. Je n'ai pas compris, ou si c'est le cas, je n'ai pas eu envie d'accepter, effrayée par ce que cela pourrait me coûter. J'ai abandonné le Pilier à Darroc lorsque celui-ci, usant de la Voix, m'a contrainte à le lui rendre. C'était avant que je maîtrise la Voix à mon tour. Je n'aurais aucun scrupule à explorer les désirs de l'Amulette, à présent. Aucun prix ne serait trop élevé.

Je perçois la formidable vibration d'un noir bleuté qu'elle irradie, et qui rend presque irrésistibles les ordres de Darroc. La pression est insoutenable. Je suis tentée de quitter le cercle. Je pourrais respirer, manger, dormir, vivre éternellement sans la moindre souffrance, si seulement je sortais de ce cercle.

Je ris.

— *Lance-moi l'Amulette. Tout de suite.*

La Voix a jailli de mes lèvres.

Les princes *unseelies* tournent vivement la tête vers moi. Avec eux, cela est difficile à dire, mais j'ai l'impression qu'ils me trouvent soudain très intéressante.

Un frisson glacial me parcourt l'échine. Il ne reste plus de peur ni de terreur en moi, et cependant ces… créatures… ces froides aberrations contre nature parviennent encore à me déstabiliser. Je ne les ai pas encore regardées droit dans les yeux.

La main de Darroc se crispe sur l'Amulette étincelante.

— *Sors de ce cercle !*

La pression est intenable. Je ne peux l'alléger qu'en obéissant.

— *Lance-moi l'Amulette.*

Il tressaille, lève la main et, dans un grondement, baisse le bras.

Pendant les minutes qui suivent, nous tentons chacun de plier l'autre à notre volonté, jusqu'à ce que nous soyons forcés d'admettre que nous sommes dans une impasse. Ma Voix n'a pas de pouvoir sur lui. Ni l'Amulette ni sa Voix ne peuvent me contraindre.

Nous sommes à égalité. C'est fascinant. Je suis à son niveau ! Quelle créature suis-je devenue ?

Il tourne autour de moi pendant que je pivote sur moi-même, un léger sourire aux lèvres, le regard acéré. Je vibre d'énergie. C'en est presque euphorisant. Je suis chargée de la puissance des runes ainsi que de mon propre pouvoir. Nous nous scrutons mutuellement comme si nous étions en train d'étudier une nouvelle espèce.

Je lui tends la main pour l'inviter à me rejoindre.

Il désigne du regard les signes magiques.

— Je ne suis pas naïf à ce point.

Sa voix est feutrée, mélodieuse. Il est d'une beauté à couper le souffle. Je comprends que ma sœur l'ait désiré. Grand, le teint doré, il rayonne d'un érotisme surnaturel que la malédiction de sa reine, qui l'a rendu mortel, n'a pas éradiqué. La cicatrice sur son visage attire le regard et donne envie de la souligner du bout du doigt dans l'espoir d'en comprendre l'origine.

Impossible de lui demander jusqu'à quel point *exactement* irait sa naïveté, au risque de lui révéler que j'ignore ce que signifient ces runes.

— Qu'est-il arrivé à Barrons ? demande-t-il après quelques instants.

— Je l'ai tué.

En le voyant scruter mon visage, je comprends qu'il tente d'élaborer un scénario expliquant comment Barrons a été mutilé et assassiné. S'il a examiné son corps, il a vu la blessure causée par la lance et sait donc que je détiens celle-ci. Il a compris que je l'ai frappé au moins une fois.

— Pourquoi ?

— Je commençais à me lasser de sa goujaterie.

Je lui décoche un clin d'œil. Il peut bien s'imaginer que je suis folle. Je le suis. Folle à lier. Folle de rage...

— Je ne pensais pas qu'on pouvait le tuer. Les faës le craignaient depuis longtemps.

— Il se trouve qu'il avait un point faible : la lance. C'est pour cela qu'il ne voulait jamais la toucher.

Il enregistre mes paroles. Je sais qu'il est en train d'essayer de comprendre comment une arme faë a pu tuer Jéricho Barrons. Moi aussi, j'aimerais savoir. Est-ce bien la lance qui lui a porté le coup fatal ? Serait-il mort de cette blessure, que Ryodan lui ait ou non tranché la gorge ?

— Et il te l'a tout de même offerte ? Tu crois que je vais avaler ça ?

— Comme vous, il me croyait parfaitement inoffensive. Trop stupide pour qu'il se méfie de moi. L'agneau que l'on mène à l'abattoir, comme il se plaisait à le répéter. Eh bien, le petit agneau a tué le lion. Je lui ai montré qui j'étais, pas vrai ?

Je cligne de nouveau de l'œil.

— J'ai brûlé le cadavre. Il ne reste que des cendres, dit-il en m'observant avec attention.

— Parfait.

— S'il lui restait la moindre chance de ressusciter, c'est maintenant impossible. Les princes ont éparpillé ses cendres dans une centaine de dimensions.

À présent, son regard se fait perçant.

— J'aurais dû y penser moi-même. Merci d'avoir si bien fini le travail.

Mon esprit est entièrement tourné vers le nouveau monde que j'ai l'intention de créer. J'ai déjà dit adieu à celui-ci.

Ses pupilles cuivrées s'étrécissent, étincelantes de mépris.

— Tu n'as pas tué Barrons. Que s'est-il passé ? À quoi joues-tu ?

Je décide de mentir.

— Il m'a trahie.

— De quelle façon ?

— Cela ne vous regarde pas. J'avais mes raisons.

Je le regarde m'observer. Il se demande si mon viol par les princes *unseelies* et mon séjour dans le Hall de Tous les Jours ne m'ont pas fait perdre la tête. Et si je suis devenue assez cinglée pour avoir tué Barrons au simple motif qu'il m'agaçait. En le voyant baisser de nouveau les yeux vers les runes, je comprends qu'il pense que j'ai assez d'énergie pour y arriver.

— Sors de ce cercle. J'ai tes parents. Si tu n'obéis pas, je les tue.

— Je m'en fiche, dis-je en ricanant.

Il ouvre de grands yeux. Il a entendu la vérité dans mes paroles.

Je m'en fiche réellement. Une part essentielle de moi est morte. Je ne la pleure pas. Ceci n'est plus mon monde. Ce qui s'y passe n'a plus d'importance. Dans cette réalité, je suis en sursis. Je vais en reconstruire une autre, même si c'est la dernière chose que je fais.

— Je suis libre, Darroc. Totalement, absolument libre.

Je hausse les épaules et rejette la tête en arrière dans un grand éclat de rire.

Il prend une inspiration saccadée lorsque je prononce son nom d'un ton hilare. Je sais que je viens de lui rappeler ma sœur. Lui a-t-elle un jour dit la même chose ?

Entend-il la joie dans mon rire, comme il l'a autrefois entendue dans le sien ?

D'un pas lourd, les sourcils froncés, il décrit un cercle resserré autour de moi.

— Qu'est-ce qui a changé ? Entre le jour où j'ai enlevé tes parents et aujourd'hui, que t'est-il arrivé ?

— Ce qui m'est arrivé a commencé il y a très long-temps. Vous auriez dû laisser Alina en vie. Je vous ai haï pour ne pas l'avoir fait.

— Et maintenant ?

Je le parcours du regard, de haut en bas.

— Maintenant, c'est différent. Les choses sont différentes. *Nous* sommes différents.

Il observe mes yeux – d'abord l'un, puis l'autre, avant de recommencer rapidement.

— Que veux-tu dire ?

— Je ne vois pas ce qui nous empêcherait d'être... amis.

Il répète le mot.

— Amis ?

Je hoche la tête.

Il envisage la possibilité que je sois sincère. Jamais un être humain n'aurait une idée pareille. Les faës ne sont pas comme nous. Malgré le temps qu'ils passent parmi nous, ils sont incapables de percevoir la subtilité des émotions que ressentent les mortels. C'est précisément sur ce point que je table. Lorsque j'ai quitté Barrons, ma seule envie était de rester étendue en attendant Darroc pour faire usage de mes runes et de mon nouvel allié aux eaux noires afin de le tuer dès qu'il arriverait.

J'ai vite chassé cette idée.

Cet ancien faë transformé en humain en sait plus que quiconque sur les cours *seelie* et *unseelie*, ainsi que sur le Livre dont j'ai résolu de m'emparer. Une fois qu'il m'aura livré toutes ses connaissances, je me ferai un plaisir de l'éliminer. J'ai songé à faire équipe avec V'lane – et quand j'aurai pris de Darroc tout ce qu'il me faut, je le ferai peut-être. Après tout, je vais avoir besoin de la quatrième pierre. Seulement, V'lane ne semble pas avoir de profondes connaissances au sujet du Livre, à part quelques anciennes légendes.

Mieux vaut faire le pari que les *Unseelies* sont mieux informés au sujet du Livre noir que le premier lieutenant de la reine *seelie*. Peut-être savent-ils même où trouver la Prophétie. Comme Barrons, Darroc a vu des pages du mystérieux grimoire. J'ai dû admettre que la chasse au *Sinsar Dubh* resterait un passe-temps inutile tant que je n'aurais pas découvert comment le maîtriser. Darroc l'a cherché sans repos. Pourquoi ? Que sait-il que j'ignore ?

Plus vite je lui aurai arraché ses secrets, plus vite j'apprendrai à contenir et à utiliser le *Sinsar Dubh*, plus vite je pourrai cesser de vivre dans cette douloureuse réalité que je détruirai sans hésitation pour la remplacer par *mon* monde. Le bon. Celui où tout connaîtra une fin heureuse.

— Les amis unissent leurs efforts dans un but commun, dit-il.

— Comme rechercher un livre, acquiescé-je.

— Les amis se font confiance. Ils ne se barricadent pas chacun de son côté.

Il baisse les yeux vers le sol.

Les runes proviennent de l'intérieur de moi. Je *suis* mon cercle, mais il ne le sait pas. Je les écarte d'un coup de pied. Je me demande s'il a oublié ma lance. Dopé à l'*Unseelie* comme il l'est, un seul petit coup de lance suffirait à le condamner à la même mort lente et cruelle que celle de Mallucé.

Lorsque j'avance d'un pas, il me parcourt lentement du regard, de la tête aux pieds.

Je lis les pensées qui passent rapidement dans ses yeux et défilent jusqu'à sur moi : *La tuer ? La prendre ? L'assaillir et la ligoter ? Voir à quoi elle peut servir ?* Il en faut beaucoup pour obliger un homme à descendre une jolie femme qu'il n'a pas mise dans son lit. Surtout s'il a apprécié la sœur de celle-ci.

— Les amis ne tentent pas de prendre le contrôle l'un sur l'autre, dis-je en décochant un regard appuyé en direction de l'Amulette.

Il incline la tête et range l'objet sous sa chemise.

Le sourire aux lèvres, je lui tends la main. Avec Barrons, j'ai été à bonne école. *Gardez vos amis proches de vous...*

Darroc prend mes doigts et se penche pour y déposer un baiser léger. La tension entre nous devient palpable. Un geste un peu trop brusque de la part d'un de nous deux, et nous nous jetons l'un sur l'autre pour nous entre-tuer. Nous le savons. Il s'efforce de rester souple. Je me fais languide. Nous sommes deux scorpions retenant leur dard, essayant de s'accoupler. Je ne mérite pas mieux que cela – la punition de le laisser me toucher ainsi. J'ai condamné Barrons à mort.

J'écarte mes lèvres sous les siennes, mais avec réserve, les dents serrées. Je laisse échapper un doux soupir sur sa bouche. Il aime cela.

... et vos ennemis encore plus proches.

Derrière nous, les princes *unseelies* commencent à émettre un léger tintement de cristal noir. Je me souviens de ce son. Je sais ce qu'il annonce. Je serre ma main sur la sienne.

— Pas eux. Plus jamais.

Darroc se tourne alors vers eux et aboie un ordre dans une langue qui heurte mes oreilles.

Ils se volatilisent.

Dès l'instant où je ne vois plus où ils se trouvent, je cherche ma lance, de peur qu'ils fondent sur moi. Elle aussi a disparu.

Les princes *unseelies* ne maîtrisent pas leurs transferts dans le réseau des Miroirs. Darroc m'explique que chaque fois qu'ils s'y essaient, ils jouent gros. La malédiction de Cruce n'a pas fini de semer la pagaille.

Je lui réponds que les pierres ne valent pas mieux, et que quelle que soit la dimension dans laquelle je me trouve, elle tente de les expulser dès qu'elles deviennent visibles, dans un effort pour ramener les pierres bleu-noir couvertes de runes vers les falaises de la glaciale prison *unseelie* dont elles furent extraites.

Je suis surprise qu'il ne sache pas cela, et je le lui dis.

— Tu ne comprends pas à quoi ressemble la vie à la cour *seelie*, MacKayla. Ceux qui détiennent le véritable savoir, les authentiques souvenirs de notre passé, les gardent jalousement. Il y a autant de versions des Jours Anciens et de récits conflictuels sur nos origines qu'il y a de destinations possibles à partir du Hall de Tous les Jours. Les seuls *Unseelies* que nous avons jamais vus sont ceux que nous avons vaincus le jour où le roi et la reine se battirent, et où le souverain assassina son épouse. Depuis, nous avons bu d'innombrables fois au Chaudron.

Il longe le bord de la falaise avec une souplesse et une grâce surnaturelles. Les faës possèdent la démarche fluide et royale des prédateurs, que leur donne la certitude d'être immortels – ou du moins, de ne pouvoir être tués que très rarement, dans des circonstances tout à fait exceptionnelles. Il ne s'est jamais départi de cette arrogance... à moins qu'il l'ait retrouvée grâce à la quantité de chair *unseelie* qu'il a ingérée. Il ne porte pas la tunique pourpre qui m'a tant impressionnée, voilà longtemps. Grand, doté d'une musculature tout en finesse, il est vêtu comme un baroudeur dans une publicité pour Versace, sa longue crinière aux reflets de lune et d'argent rassemblée en catogan. Il est indéniablement très sexy. Auréolé de pouvoir et d'assurance, il me rappelle un peu Barrons.

Je ne demande pas pourquoi ils boivent. Je comprends. Si je trouvais le Chaudron et que je m'y désaltérais, cela effacerait toutes mes souffrances et me permettrait de recommencer une nouvelle vie. D'effacer l'ardoise. Je ne pleurerais pas ce dont je ne me souviens plus. Le fait que les faës boivent suppose qu'à un certain niveau, ils éprouvent des émotions. Sinon de la douleur, du moins un inconfort significatif.

— Dans ce cas, comment allons-nous sortir d'ici ? demandai-je.

Sa réponse me donne le frisson. Une sensation plus puissante, plus incompréhensible que la simple impression de déjà-vu. La manifestation de l'inévitable.

— La Maison blanche.

4

La nuit où les murs se sont effondrés, je me suis terrée dans un beffroi et mon seul but était de survivre
jusqu'à l'aube.

Je ne savais même pas si le monde survivrait avec
moi.

Je croyais que c'était la nuit la plus longue de ma
vie. J'avais tort.

Ceci est la nuit la plus longue de ma vie, alors que
je marche aux côtés de mon ennemi, pleurant Jéricho
Barrons et me noyant dans ma propre duplicité.

Le temps s'étire à l'infini. Quelques heures en
contiennent un millier. Je compte en silence de un à
soixante, indéfiniment, pour faire passer les minutes
que je traverse, en me disant que si j'en mets assez entre
moi et la mort de Barrons, les angles de la douleur
s'émousseront, et que je serai capable de respirer sans
recevoir chaque fois un coup de poignard en plein
cœur.

Nous ne nous arrêtons pas pour manger ou dormir.
Mon compagnon transporte de la chair *unseelie* dans
un sac. De temps en temps, il en mâchonne tout en cheminant, ce qui lui permet de résister plus longtemps que
moi. À un moment ou à un autre, je vais être obligée

de prendre un peu de repos. L'idée de sombrer dans l'inconscience en sa présence ne me plaît guère.

J'ai dans mon arsenal des armes que je n'ai pas testées sur lui. Il en dissimule aussi, je n'en doute pas. Nous avons signé une trêve mais nous marchons sur des œufs avec des bottes de combat.

— Où est le roi *unseelie* ? demandé-je dans l'espoir qu'une distraction fera passer les minutes plus vite. C'est son Livre qui se promène en liberté. Il paraît qu'il veut qu'il soit détruit. Pourquoi ne s'en occupe-t-il pas lui-même ?

Tant que j'y suis, autant lancer une reconnaissance en territoire *unseelie* pour pêcher toutes les informations utiles que je pourrai y trouver. Jusqu'à ce que j'aie une idée de la puissance de Darroc et que je comprenne mieux ce qu'il y a dans mon lac sombre et brillant, je devrai faire preuve de subtilité. Éviter tout acte irréfléchi qui pourrait faire échouer ma mission. La résurrection de Barrons en dépend.

Darroc hausse les épaules.

— Voilà longtemps qu'il a disparu. Certains disent qu'il est trop fou pour s'en préoccuper. D'autres le croient incapable de quitter la geôle *unseelie* et pensent qu'il gît dans une tombe de glace noire, frappé d'un sommeil éternel. D'autres encore affirment qu'il n'est jamais allé dans la prison et que le seul lien qu'il reconnaisse, ce soit ses regrets après la mort de sa concubine.

— Ce qui suppose qu'il éprouve de l'amour. Les faës ne le peuvent pas.

— C'est discutable. Je me reconnais en toi et je trouve cela… attirant. Cela atténue ma solitude.

Traduction : je sers de miroir aux faës qui aiment y contempler leur reflet.

— Un faë peut-il désirer cela – être moins seul ?

— Peu des nôtres supportent la solitude. Certains font le postulat que l'énergie projetée dans un tempérament qui ne parvient pas à la réfléchir ou à la renvoyer est dissipée jusqu'à ce que plus rien n'en reste. Peut-être est-ce une faiblesse.

— Comme d'applaudir pour la Fée Clochette, ironisé-je. Un miroir. Une confirmation.

Il me jette un regard noir.

— C'est de cela que sont faits les faës ? d'énergie ?

Il me lance un nouveau coup d'œil qui me rappelle V'lane. Je sais qu'il ne discutera jamais de quoi sont faits les faës avec moi, ni avec n'importe quel être humain. Son complexe de supériorité n'a en rien été diminué par son statut provisoire de mortel. Au contraire, je le soupçonne d'avoir pris de l'ampleur. Maintenant, Darroc a fait l'expérience des deux états. Cela lui donne un avantage tactique sur les autres faës. Il comprend ce qui nous motive et cela le rend d'autant plus dangereux. Je mets de côté cette réflexion sur l'énergie pour y songer plus tard. Le fer affecte les faës. Pourquoi ? Sont-ils constitués d'une sorte d'énergie qui pourrait être « court-circuitée » ?

— Vous admettez avoir des faiblesses ? insistai-je.

— Nous ne sommes pas parfaits. Quel dieu l'est ? Regardez le vôtre. D'après vos mythes, il a été tellement déçu par sa première tentative de création de votre race qu'il a recommencé. Nous, au moins, avons mis nos erreurs en prison. Votre Dieu a laissé les siennes se promener en liberté. Vos mythes de création n'ont que quelques milliers d'années mais ils sont bien plus absurdes que les nôtres. Et cependant, tu t'étonnes que nous ayons oublié nos origines, qui remontent à un million d'années ou plus.

Tout en parlant, nous nous sommes rapprochés l'un de l'autre. Nous nous en apercevons en même temps. Nous nous écartons aussitôt et retrouvons assez de distance pour voir venir une attaque. Une partie de moi trouve cela amusant.

Les princes n'ont pas encore réapparu. J'en suis soulagée. Même s'ils n'exercent plus aucune séduction sensuelle sur moi, leur présence est profondément déstabilisante. Ils me donnent la bizarre impression d'être en deux dimensions, de manquer de quelque chose d'essentiel, d'être coupable, trahie d'une façon que je ne comprends pas et ne veux pas comprendre. J'ignore si je ressens cela parce que j'ai été un jour sous eux, brutalement dépouillée de ma conscience de moi-même, ou parce qu'ils représentent un anathème absolu pour tout être humain. Je me demande si la matière dont ils furent fabriqués par le roi *unseelie* est si effroyable, si étrangère à ce que nous sommes, qu'ils représentent à nos yeux l'équivalent d'un trou noir psychique. Leur indicible beauté ne fait qu'ajouter à l'horreur. Leur séduction est l'horizon d'un trou noir, le point de non-retour. Je frémis.

Je me souviens.

Je n'oublierai jamais. Trois d'entre eux, et un invisible quatrième, bougeant au-dessus de moi. En moi.

Parce que Darroc l'avait ordonné. Cela non plus, je ne l'oublierai jamais.

Je croyais que ce viol était insupportable, que cela avait creusé de profondes failles en moi, modifié ma constitution naturelle. Je ne savais rien de la douleur ni de la transformation. Maintenant, je sais.

Nous quittons la forêt et le sol commence à descendre doucement. Guidés par la clarté lunaire, nous traversons une sombre prairie.

J'interromps pour l'instant ma pêche aux informations. J'ai la gorge irritée par les cris et le simple fait de mettre un pied devant l'autre en conservant une expression impassible absorbe toute mon énergie. J'erre dans un enfer sans fin, au milieu de l'interminable nuit qui précède l'aube.

Un millier de fois, je rejoue la scène sur la falaise en imaginant une issue différente.

L'herbe épaisse et les minces joncs à tige plate bruissent autour de ma taille et viennent se frotter sous mes seins. S'il y a des animaux dans les épais buissons, ils se tiennent à distance. Si j'étais une bête, moi aussi je resterais loin de nous. La température se fait plus douce. L'air se réchauffe dans les senteurs exotiques du jasmin et du chèvrefeuille qui s'épanouissent la nuit.

De manière aussi abrupte que le crépuscule est tombé, l'aube se lève. Le ciel noir est soudain rose, puis bleu. En trois secondes, il fait jour.

J'ai survécu à cette nuit. Je prends une respiration prudente, mesurée.

Quand ma sœur a été tuée, j'ai découvert que la lumière du jour exerçait un inexplicable effet lénifiant sur le chagrin. Je ne saurais dire pourquoi. Peut-être n'est-ce que pour nous rendre assez d'énergie pour survivre à la prochaine nuit de solitude et de désespoir.

Je ne m'aperçois que nous sommes sur une haute plaine qu'à l'instant où nous parvenons au bord du plateau. Je considère avec stupéfaction la vallée abrupte qui plonge devant moi.

De l'autre côté, *elle* s'élève d'un promontoire aux allures de vague gigantesque. S'élance vers le ciel. S'étend dans toutes les directions, à perte de vue.

La Maison blanche.

Une fois de plus, je suis saisie par l'étrange impression qu'inévitablement, d'une façon ou d'une autre, la vie m'amènerait ici, et que dans n'importe quelle réalité, j'aurais fait les mêmes choix que ceux qui m'ont guidée jusqu'à sa porte.

La demeure de la concubine tant aimée, pour qui le roi *unseelie* a tué la reine *seelie,* est si vaste que c'en est inconcevable. Je tourne la tête d'un côté à l'autre, de haut en bas, en tentant de l'embrasser d'un seul regard. On ne peut espérer la contempler dans sa totalité qu'à des kilomètres de distance, comme nous le sommes à présent. Est-ce ici que Barrons voulait m'amener ? Et si oui, pourquoi ? Ryodan a-t-il menti lorsqu'il m'a dit, quand il m'a trouvée sur le rebord de la falaise, que le chemin pour rentrer à Dublin passait par un OFI – une ornière faë interdimensionnelle, comme j'appelle les fragments de réalité faë qui transpercent notre monde –, maintenant que les murs se sont écroulés ?

La Maison est en albâtre. Dans les rayons du soleil, elle brille si vivement que je dois plisser les yeux. Le ciel au-dessus de la Maison – dans mon esprit, le M majuscule s'impose car elle est bien plus qu'une simple maison – est d'un bleu profond, étincelant, qui n'existe qu'en Faëry. Jamais on ne verra cette nuance dans le monde des humains. Certaines couleurs, ici, possèdent une dimension. Elles sont faites d'une myriade de nuances subtiles, si séduisantes que l'œil pourrait s'y attarder indéfiniment. Ce ciel est presque aussi addictif que le sol doré du Hall de Tous les Jours.

Je m'oblige à baisser les yeux vers la Maison blanche. J'explore ses contours, des fondations aux toits, des terrasses aux donjons, des jardins aux fontaines et aux tourelles... Tel un anneau de Moebius fait de structures superposées sur un paysage à la Escher, elle se retourne sur elle-même ici et là, en une ligne continue que rien ne vient briser, toujours changeant, se déployant sans cesse. Ce spectacle est une épreuve pour le regard et un défi pour l'esprit. Cependant, j'ai déjà vu les faës sous leur véritable apparence. Je trouve cela... apaisant. Au fond de mon cœur si noir, je ressens quelque chose. Je ne comprends pas comment quoi que ce soit peut encore en jaillir, mais c'est pourtant le cas. Ce n'est pas un ressenti très intense – juste l'écho d'une émotion. Faible, mais indéniable.

Darroc m'observe. Je feins de ne rien remarquer.

— Ta race n'a jamais rien bâti d'une telle beauté, d'une telle complexité, d'une telle perfection, déclare-t-il.

— Pas plus qu'elle n'a créé le *Sinsar Dubh*, répliqué-je, un peu évasive.

— Les petites créatures réalisent de petites choses.

— Et l'ego des grandes est si volumineux qu'elles ne voient pas venir les petites, murmuré-je.

Comme les pièges, mais cela, je ne le dis pas.

Il le devine. Il éclate de rire et répond :

— Je me souviendrai de l'avertissement, MacKayla.

Darroc m'explique qu'après avoir déniché les deux premiers Miroirs dans une vente aux enchères de

Londres, il a dû apprendre à les utiliser. Il lui a d'abord fallu des dizaines de tentatives pour établir un lien stable entre les royaumes faës, puis, une fois dans le réseau des Miroirs, encore des mois pour trouver le chemin de la prison *unseelie*.

Sa voix vibre de fierté lorsqu'il évoque ses épreuves et ses triomphes. Privé de son essence faë, il n'a pas seulement survécu contre toutes les attentes des siens, il a atteint le but qu'il s'était fixé en tant que faë, celui-là même pour lequel il a été banni. Il se sent plus fort que ses frères.

Je l'écoute, analysant tout ce qu'il me dit, cherchant la faille dans son armure. Je savais déjà que les faës éprouvaient des « émotions » telles que l'arrogance, la supériorité, la raillerie et la condescendance. En l'entendant, j'ajoute à cette liste la fierté, l'esprit de vengeance, l'impatience, la vantardise et l'ironie.

Voilà un moment que nous discutons de tout et de rien, tout en nous surveillant du coin de l'œil. Je lui ai parlé de mon enfance à Ashford, de mes premières impressions de Dublin et de mon amour pour les voitures rapides. Il m'a donné plus de détails sur sa disgrâce, sur ce qu'il a commis, sur ses motifs. Nous faisons assaut de confidences banales qui ne révèlent rien et n'ont d'autre but que de désarmer l'autre.

Alors que nous traversons la vallée, je demande :

— Pourquoi nous rendre à la prison *unseelie* ? Pourquoi pas à la cour *seelie* ?

— Pour donner à Aoibheal l'occasion de m'éliminer définitivement ? La prochaine fois que je croise cette garce, je l'assassine.

Est-ce dans ce but qu'il m'a pris ma lance ? Pour tuer la reine ? Il a pu s'en emparer sans que je m'en aperçoive, exactement comme V'lane. Comment est-ce possible ? Il n'est plus faë. A-t-il mangé tant de chair *unseelie* qu'il est maintenant un mutant aux capacités imprévisibles ? Je me souviens du jour où, dans l'église, captive des princes *unseelies*, j'ai retourné la lance vers moi avant de l'envoyer au loin. Elle a heurté le pied d'une vasque et l'eau bénite a projeté des éclaboussures dans un sifflement de vapeur. Comment s'y est-il pris, alors, pour m'obliger à la lancer ? Comment me l'a-t-il subtilisée, tout à l'heure ?

Je jette de nouveau mes filets.

— La reine est-elle à la cour *seelie*, en ce moment ?

— Que veux-tu que j'en sache ? On m'a chassé. Même si je trouvais une façon de revenir, le premier *Seelie* m'abattrait à vue.

— N'avez-vous pas des alliés à la cour de Lumière ? V'lane n'est-il pas votre ami ?

Il émet un reniflement de dédain.

— Nous avons siégé ensemble au Haut Conseil. Bien qu'il clame haut et fort la suprématie faë et en appelle au jour où nous foulerons de nouveau la Terre, libérés du joug de l'odieux Pacte qui nous lie – *nous*, comme si les humains pouvaient gouverner leurs dieux ! – lorsqu'il s'agit de passer à l'action, V'lane est le toutou d'Aoibheal et l'a toujours été. À présent que je suis un mortel aux yeux de mes chers frères, ceux-ci me méprisent.

— Je croyais que vous aviez dit qu'ils vous vénéraient comme un héros pour avoir fait tomber les murs et les avoir libérés ?

Il plisse les yeux.

— J'ai dit qu'ils le feraient. Bientôt, je serai acclamé comme le sauveur de notre race.

— Donc, vous êtes allé à la prison *unseelie*. C'était risqué.

Je le provoque pour l'inciter à poursuivre la discussion. Tant qu'il parle, je peux me concentrer sur ses mots et sur mon but. Le silence n'est pas d'or, il est mortel. C'est un vide peuplé de spectres.

— J'avais besoin des Traqueurs. En tant que faë, je pouvais les invoquer. En tant que mortel, il m'a fallu les rechercher physiquement.

— Je suis surprise qu'ils ne vous aient pas tué immédiatement.

Les Traqueurs haïssent les humains. Ces démons ailés à la peau noire n'ont d'amour que pour eux-mêmes.

— Donner la mort ne leur suffit pas. C'est trop définitif.

Un souvenir passe dans son regard. Je comprends que lorsqu'il les a trouvés, ce qu'ils lui ont infligé l'a fait hurler pendant longtemps.

— Ils ont accepté de m'aider si je les libérais une fois pour toutes. Ils m'ont appris à manger de l'*Unseelie*. Après avoir localisé dans les murs de la prison les failles par lesquelles des *Unseelies* s'étaient échappés, je les ai comblées.

— Pour devenir le seul qui compte.

Il hoche la tête.

— Si mes frères noirs devaient recouvrer leur liberté, il faudrait qu'ils m'en remercient. Après avoir découvert comment relier les Miroirs entre eux, j'ai créé un passage vers Dublin, par la Maison blanche.

— Pourquoi ici ?

— De tous les plans que j'ai explorés, celui-ci reste le plus stable, à l'exception de quelques petits… inconvénients. Il semble que la malédiction de Cruce ait eu peu d'effets sur ce royaume, à part fragmenter des dimensions que l'on peut facilement éviter.

Je les appelle des OFI, mais je ne le lui dis pas. Cela faisait sourire Barrons. Il n'y a pas grand-chose qui fasse sourire Barrons…

Je pensais avoir le contrôle sur moi-même, m'être dépouillée de toutes mes faiblesses. Je croyais que si je m'engageais totalement dans ma mission, rien ne pourrait m'affecter. La pensée de Barrons en train de sourire entraîne d'autres idées.

Barrons nu.

En train de danser.

Rejetant en arrière son beau visage brun.

Éclatant de rire.

L'image ne flotte pas doucement dans mon esprit, à la manière des rêves, comme je l'ai vu dans certains films. Elle pénètre sous mon crâne avec la force d'un missile nucléaire, explose dans mon cerveau en détails vivaces, tandis qu'un nuage de douleur radioactif me fait suffoquer.

J'en ai le souffle coupé. Je ferme les paupières.

Avec sa peau si mate, son sourire révèle des dents d'un blanc éclatant. *On me frappe, je tombe mais je me relève. Jamais on ne m'obligera à rester à terre.*

Je manque de trébucher.

Il ne s'est pas relevé, le traître ! Il est resté à terre.

Avec ma lance dans le dos. Comment suis-je censée continuer, jour après jour, s'il n'est pas là pour m'aider ? Je ne sais pas quoi faire, ni prendre de décisions.

Je ne peux pas survivre à une telle perte. Mon pied bute, je tombe sur un genou. J'enfouis ma tête entre mes mains.

Darroc est soudain à mes côtés. Il m'aide à me relever. Ses bras sont autour de moi.

Je rouvre les yeux.

Il est si près de moi que je peux voir des étincelles d'or danser dans ses pupilles cuivrées. Il y a de petites rides aux coins de ses yeux. D'autres aux commissures de ses lèvres. A-t-il donc ri si souvent, lorsqu'il était mortel ? Je serre les poings.

D'un geste très doux, il écarte mes cheveux de mon visage.

— Que s'est-il passé ?

Ni l'image, ni la douleur n'ont quitté mon esprit. Je ne peux pas fonctionner dans cet état. Il s'en faut de peu que je tombe à genoux en hurlant de rage et de chagrin, envoyant ma mission au diable. Darroc verra ma faiblesse et me tuera... ou pire. Il faut que je survive, d'une façon ou d'une autre. Je n'ai aucune idée du temps qu'il me faudra pour trouver le Livre et apprendre à m'en servir. Je passe ma langue sur ma bouche.

— Embrassez-moi, dis-je. Pas la peine d'être tendre.

Il pince les lèvres.

— Je ne suis pas si naïf, MacKayla.

— Allez-y ! insistai-je dans un grondement.

Je le regarde soupeser cette idée. Nous sommes deux scorpions. Il est sceptique. Et fasciné.

Lorsqu'il s'exécute enfin, Barrons disparaît de mes pensées. La douleur s'estompe.

Sur les lèvres de mon ennemi, l'amant de ma sœur, le meurtrier de ma sœur, je goûte la punition que j'ai méritée. L'oubli.

Je suis de nouveau froide et forte.

Toute ma vie, j'ai rêvé de maisons. Il y a dans mon subconscient une ville entière où je ne peux me rendre qu'en dormant. Seulement, je ne maîtrise pas plus mes visites nocturnes que je ne peux éviter mes rêves du Lieu glacé. Parfois on m'accorde le passage, et parfois non. Certaines nuits, les portes s'ouvrent facilement, tandis que d'autres, je reste sur le seuil car on m'a refusé l'entrée, et je songe avec nostalgie aux merveilles qui se cachent de l'autre côté.

Je ne comprends pas les gens qui disent qu'ils ne peuvent pas se souvenir de leurs rêves. À l'exception de ceux du Lieu glacé, que j'ai appris voilà longtemps à ignorer, je me rappelle tous les autres. À mon réveil le matin, leurs lambeaux flottent encore dans mon esprit, et je peux soit sauter du lit et les oublier, soit en rassembler les fragments épars pour les examiner.

J'ai lu quelque part que les rêves de maisons nous parlent de notre âme. Dans ces résidences de notre psyché, nous abritons nos secrets et nos désirs les plus intimes. Peut-être est-ce pour cela que certaines personnes ne s'en souviennent pas. Elles ne le veulent pas. Une camarade de lycée m'a dit un jour qu'elle aussi rêvait de maisons, mais que celles-ci étaient toujours plongées dans l'obscurité et qu'elle ne trouvait jamais l'interrupteur. Elle détestait ces rêves. Cette fille n'était pas une lumière.

Mes maisons sont sans fin, emplies de soleil et de musique, de jardins et de fontaines. Et pour une raison que j'ignore, elles sont toujours pleines de lits. De grands lits. Il y en a bien plus que nécessaire dans n'importe quelle habitation. J'ignore ce que cela veut dire mais cela pourrait signifier, me semble-t-il, que je pense souvent au sexe.

Au fil des années, j'ai commencé à soupçonner que toutes les maisons dont j'avais rêvé n'étaient que des ailes d'une seule et même vaste demeure.

Aujourd'hui, j'en ai la confirmation.

Pourquoi ai-je rêvé de la Maison blanche toutes ces années ?

Comment ai-je seulement pu savoir qu'elle existait ?

À présent que j'ai de toute façon passé les limites, je peux bien l'admettre : toute ma vie, j'ai secrètement eu peur d'être, derrière mes apparences de fille hyper stylée, légèrement... comment dire... psychotique.

Ne sous-estimez jamais une bimbo bien sapée.

Les vrais penseurs ne sont pas les mieux habillés. Se maintenir au top de la mode, trouver les bons accessoires, soigner sa présentation, tout cela prend du temps. Cela demande une énorme somme d'efforts, d'énergie et de disponibilité mentale d'être en permanence de bonne humeur et vêtue avec soin. Quand vous croisez quelqu'un comme cela, vous pouvez vous demander ce qu'il fuit.

Dès le lycée, j'ai commencé à me douter que j'étais bipolaire. Par moments, sans raison aucune, je me sentais d'humeur franchement... comment dire... *homicide* est le seul mot qui convienne. J'ai appris que plus j'avais d'occupations, moins j'avais de risques de ressentir cela.

Je me demande parfois si avant ma naissance, quelqu'un m'a montré le script de ma vie, ou m'en a donné les grandes lignes. C'est du déjà-vu, dans ce qu'il y a de pire. Je refuse de croire que j'aie pu passer une audition pour ce rôle.

Tout en regardant la Maison blanche, je me dis que je sais à quoi ressemblent certaines parties – bien que je sois consciente que cela est impossible – et je me demande si je ne suis pas bonne pour l'asile, et si rien de tout ceci n'est en train d'arriver, pour la simple raison que je suis effectivement enfermée quelque part dans une cellule capitonnée, en proie à des hallucinations. Eh bien, si c'est le cas, j'espère qu'ils vont bientôt me donner d'autres tranquillisants, parce que ceux que j'ai en ce moment ne sont pas très efficaces.

Je ne veux pas rentrer là-dedans.

Je veux y rentrer et ne jamais en sortir.

Plus contradictoire que moi, il n'y a pas.

La Maison a de nombreuses entrées, à travers des jardins soigneusement entretenus.

Darroc et moi passons par l'un d'entre eux. C'est si beau que j'en ai presque mal aux yeux. Des allées pavées d'or scintillant serpentent entre des buissons exotiques et parfumés ou contournent des bosquets de grands arbres au feuillage argenté. D'extraordinaires bancs de nacre permettent de s'abriter du soleil sous des frondaisons légères, et des méridiennes tendues de soie sont disposées sous des dais d'organdi flottant dans le vent. Des fleurs ploient et se balancent, bercées par une brise légère, parfaite, offrant le degré idéal d'hygrométrie – ni trop chaude ni trop moite, mais tiède et humide, comme le sexe peut l'être.

J'ai rêvé d'un jardin comme celui-ci, à quelques menus détails près.

Nous passons devant une fontaine dont jaillissent vers le firmament des arcs-en-ciel d'eau doucement irisée. Autour de celle-ci, il y a des milliers de fleurs de toutes les nuances de jaune les plus extraordinaires – des boutons d'or veloutés et des tulipes aux reflets de cire, des lis à la matité crémeuse et des espèces inconnues dans notre monde. Un instant, je songe à Alina, parce qu'elle adore le jaune, mais comme ce souvenir à la puanteur de mort en amène d'autres, j'oublie la beauté de cette fontaine et me concentre sur la voix et le visage détestés de mon compagnon.

Il commence à me donner des instructions. Il m'explique que nous devons chercher une pièce contenant un miroir au cadre doré, orné de motifs complexes, d'environ trois mètres de haut par un mètre cinquante de large. La dernière fois qu'il y est entré, elle ne comportait aucun meuble à l'exception de la glace. Le couloir qui donnait sur cette chambre était clair, ouvert, avec un sol de marbre blanc d'un seul tenant. Ses murs étaient également blancs, et ornés de fresques lumineuses entre de hautes fenêtres.

Il m'enjoint à focaliser mon attention sur les sols de marbre blanc, car seules deux ailes de la Maison en sont dotées – du moins était-ce le cas la dernière fois qu'il y est venu. Dans les autres parties, les sols sont d'or, de bronze, d'argent, irisé, rose, vert menthe, jaune, lavande et divers tons pastel. On trouve parfois une aile au sol pourpre. Si je vois un sol noir, je dois immédiatement faire demi-tour.

Nous pénétrons dans un hall circulaire dont le dôme de verre laisse passer la lumière du jour. Les murs et le sol, d'une matière translucide argentée, reflètent le ciel avec des détails si précis que, lorsqu'un nuage aux vapeurs blanches passe au-dessus de nous, j'ai l'impression de le traverser. Quelle admirable idée ! Une pièce en plein ciel. Est-ce la concubine qui l'a conçue ? Ou bien le roi *unseelie* pour elle ? L'être qui a créé ces horreurs que sont les *Unseelies* aurait-il été capable d'inventer tant de merveilles ? Les rayons du soleil m'enveloppent, tombant du ciel et rebondissant des murs et du sol vers moi.

Mac 1.0 aurait allumé son iPod et serait restée allongée ici pendant des heures.

Mac 5.0 frissonne. Tout ce soleil est impuissant à réchauffer les parts d'elle-même qui sont mortes.

Je m'aperçois que j'ai oublié mon ennemi. Je me tourne de nouveau vers lui.

— En supposant, est-il en train d'ajouter, que la pièce que nous cherchons ouvre toujours sur l'un de ces couloirs dallés de marbre blanc.

Voilà qui attire mon attention.

— *En supposant* ? répétai-je.

— La Maison se modifie sans cesse. C'est l'un des inconvénients que j'ai mentionnés.

— Mais vous avez un problème, vous les fées, à la fin ! m'emportai-je. Pourquoi faut-il que tout se transforme ? Pourquoi les choses ne peuvent-elles pas rester comme elles sont ? Pourquoi une maison ne peut-elle pas être une maison normale, ou un livre, un livre normal ? Pourquoi faut-il que tout soit si compliqué ?

Je veux rentrer à Dublin *tout de suite*, mettre la main sur le Livre, trouver ce qui doit être fait et quitter cette fichue réalité !

Il ne répond pas, mais en ce qui me concerne, c'est inutile. Si un faë me demandait pour quelle raison une pomme finit par pourrir ou un humain par mourir, je hausserais les épaules et répondrais que c'est la nature qui le veut.

La transformation est dans la nature faë. Les faës sont sans cesse en train de devenir autre chose. C'est un point crucial, à ne jamais oublier lorsque l'on a affaire à quoi que ce soit de faë, comme je l'ai appris des Ombres. À ce propos, je me demande jusqu'où celle-ci ont évolué depuis la dernière fois que j'en ai vu…

— Parfois, poursuit Darroc, la Maison se réorganise en profondeur mais la plupart du temps, elle modifie seulement quelques détails. Il ne m'est arrivé qu'une seule fois de devoir chercher une pièce pendant des jours avant de la trouver. En général, c'est beaucoup plus rapide.

Des jours ? Je tourne brusquement la tête vers lui pour le regarder. Je pourrais rester coincée avec lui aussi longtemps ?

Plus vite nous nous y mettrons, mieux cela vaudra !

Une dizaine de couloirs donnent sur le hall, certains bien éclairés, d'autres plongés dans une apaisante lueur tamisée. Rien n'est effrayant. La Maison baigne dans une atmosphère de paix et de bien-être. C'est malgré tout un immense labyrinthe, aussi j'attends que mon compagnon prenne une direction. Bien que j'aie souvent rêvé de cet endroit, je ne suis jamais venue dans ce hall. Je soupçonne la Maison d'être si vaste que tous les rêves d'une vie humaine ne suffiraient pas à l'explorer dans sa totalité.

— Il y a plusieurs pièces dans cet endroit qui abritent des Miroirs. Celle que nous recherchons n'en a qu'un.

Il me décoche un regard acéré.

— Évite les autres glaces si tu en croises sur ton chemin. Ne regarde pas leur reflet. Je n'essaie pas de te priver de connaissances mais de te protéger.

C'est ça. Et moi, je suis la reine *seelie*.

— À vous entendre, on dirait que nous allons nous séparer ?

Je suis surprise. Après tout le mal qu'il s'est donné pour me garder près de lui, il me laisse partir ? Ai-je donc été si convaincante ? Ou bien garde-t-il dans sa manche un atout dont je ne sais rien ?

— Nous ne pouvons pas nous permettre de perdre du temps ici. Plus longtemps je m'attarderai, plus il y aura de risques que quelqu'un d'autre trouve mon Livre.

— *Mon* Livre, rectifié-je.

Il éclate de rire.

— *Notre* Livre.

Je ne réponds pas. C'est mon Livre. Darroc sera mort dès l'instant où je l'aurai trouvé et où j'aurai compris comment m'en servir… voire plus tôt s'il ne m'est plus d'aucune utilité.

Il s'adosse au mur en croisant ses bras sur son torse. Dans cette pièce en plein ciel, on dirait un ange doré appuyé contre un nuage.

— Nous pouvons tous les deux avoir ce que nous voulons, MacKayla. Si nous faisons alliance, toi et moi, nous n'aurons pas de limite. Rien ni personne ne pourra nous arrêter. En es-tu consciente ?

— Je veux pouvoir l'utiliser la première.

Et lorsque j'aurai fini, Darroc n'existera plus et ne pourra plus s'en servir. Non, minute. Cesser d'exister serait encore une mort trop douce pour lui.

Je vais l'*assassiner*.

— Nous aurons tout le temps de décider qui l'aura le premier et ce qu'il en fera, mais pour l'instant, sommes-nous amis, oui ou non ?

L'envie me brûle la langue de me moquer de lui, de lui répondre que les mots ne veulent rien dire. Pourquoi me pose-t-il des questions absurdes ? Il est si facile de lui mentir ! C'est plutôt mes actes qu'il devrait juger, mais je n'ai pas de conseils à donner à mon ennemi.

— Nous sommes amis, dis-je sans hésiter.

D'un geste, il m'ordonne de prendre le premier couloir sur ma droite, avec un sol rose foncé, tandis qu'il s'engage dans le premier sur sa gauche, aux sombres lueurs de bronze.

— Que dois-je faire si je le trouve ? demandai-je.

Après tout, nous n'avons pas de portables avec nos numéros mémorisés sous des codes à l'humour subtilement décalé…

— Je t'ai marquée à la base du crâne. Appuie dessus avec ton doigt et appelle-moi.

Il s'est déjà détourné pour s'engager dans le couloir. J'émets un sifflement agacé dans son dos. Un jour viendra, et vite, où j'ôterai sa marque, en me scalpant s'il le faut. Je le ferais bien maintenant, mais je ne veux pas prendre le risque d'abîmer celle de Barrons. C'est tout ce qui me reste de lui. Ses mains se sont posées ici, douces et possessives.

Un sourire dans la voix, Darroc m'avertit :

— Si tu trouves le Miroir et rentres à Dublin sans moi, je te pourchasserai.

— Autant pour vous, Darroc, réponds-je sur le même ton gentiment sévère. N'envisagez pas un instant de partir sans moi. Je ne vous ai peut-être pas marqué mais je vous trouverai. Je vous trouverai *toujours*.

Je suis très sérieuse. Le chasseur est maintenant la proie. Je l'ai à présent dans mon viseur et je vais l'y garder. Jusqu'à ce que je décide d'appuyer sur la gâchette. Je ne fuirai plus. Devant rien ni personne.

Il fait halte et me jette un regard par-dessus son épaule. Les petites étincelles d'or dans ses iris brillent d'un éclat plus vif, puis il prend une profonde inspiration.

Si je connais aussi bien les faës que je le pense, je viens de l'exciter.

Je plaque la dernière édition de ma feuille de chou contre le lampadaire et je le cloue. Je leur dis ce qui va marcher pour moi, mais pas le reste. Quelquefois, faut savoir mentir.

J'enfourne une barre de céréales dans ma bouche et, en mode supersonique, je me rends jusqu'au réverbère suivant. Je sais que les gens lisent mes dazibaos. J'ai vu le résultat. Deux *sidhe-seers* ont déjà quitté l'Abbaye. Je reprends le flambeau là où Mac l'a laissé – je fiche un maximum le souk et je me fiche éperdument de Ro, avec ses règlements à la noix, tout en lui jouant du pipeau.

Le Dani Daily

97 jours ACM

DANI « MEGA » O'MALLEY ABAT UN TRAQUEUR !!!

TOUS LES DÉTAILS DANS LE DD,
VOTRE SEULE SOURCE D'INFORMATION
À DUBLIN ET DANS SA RÉGION !

C'est un jour de fête pour les *sidhe-seers* ! On l'a fait ! On en a eu un !!!

Cela nous a pris toute la nuit, mais Jayne et les Gardiens ont finalement attrapé une de ces saloperies volantes ! Ils lui ont envoyé tellement de fer qu'elle s'est crashée dans la rue. J'ai poignardé cette p... de saleté dans le cœur avec l'Épée de Lumière ! C'était un sacré spectacle, vous auriez dû voir ça ! Le truc a pissé un sang noir sur l'épée, jusqu'à la garde, et pendant un instant, j'ai eu peur que ça la casse ou que ça l'abîme, mais elle est de nouveau en bon état, alors dites à Ro de ne pas en faire tout un binz.

Appel aux armes, les filles ! Sortez de cette p... d'Abbaye et battez-vous, nom de nom ! Fini les sorties de reconnaissance ! Ça rime avec vacances, mes vieilles ! ON N'AVANCE PAS ! Bougez-vous le c... ! Vous POUVEZ faire quelque chose ! Ramenez-vous au château de Dublin. C'est le nouveau QG des nouveaux *gardai*, et ils sont super cool. Ils disent que toutes les *sidhe-seers* sont les bienvenues. Surtout les **célibataires** !

Va falloir repeupler Dublin, les filles. Ça va pas se faire tout seul. Il y a des tas de héros dans les rues, en train de risquer leur peau pour casser du faë. C'est le moment de vous caser !

VENEZ CE SOIR !
CHÂTEAU DE DUBLIN !
VINGT HEURES !
ENGAGEZ-VOUS !

PS : Mac est désolée de ne pas être des nôtres. Elle est retenue ailleurs mais elle sera de retour TRÈS bientôt.

Deux snacks et une ration de protéines plus tard, j'ai bouclé mon parcours et je fonce en direction de mon endroit favori. J'ai maintenant quelques heures devant moi. Je vais les passer à rôder autour de Chez Chester et à tailler en pièces tout ce que je croiserai dans un rayon de dix rues alentour.

Je descends la chaussée d'un pas assuré.

Ry-O et ses hommes sont là, en tout cas, il me semble. Je ne les ai pas vus depuis un bail, mais je ne perds pas l'espoir. Ils me gonflent un max, ceux-là. Ils m'ont *menacée*.

Personne ne menace la Mega.

Je ricane. Un rade ne vaut rien si les clients ne peuvent pas y entrer. Je ne vais pas pouvoir les en empêcher toute la nuit, parce que je chasse avec les Gardiens et que j'abats tout ce qu'ils prennent, mais je fais assez de dégâts pendant le jour. Jayne m'a surprise un après-midi et m'a dit qu'ils me tueraient pour ça. Il a entendu parler d'eux et il se tient à carreau. Il dit qu'ils ne sont pas plus humains que les faës.

Qu'ils y viennent, ces c… ! je lui ai répondu. Il y a autre chose que je n'ai dit à personne. Quand j'ai enfoncé l'épée dans le Traqueur, il s'est passé un truc bizarre. Le noir a remonté le long de mon épée et est entré dans mon bras, juste un peu. Ça m'a infectée, comme une écharde. Pendant deux jours, ma main avait les veines noires et elle était froide, comme si elle était morte. J'ai dû porter un gant pour la cacher. J'ai cru que j'allais la perdre et j'ai dû apprendre à me battre de la main droite.

Elle a l'air d'aller mieux, maintenant.

Je suis pas pressée de tuer un autre Traqueur.

Par contre, j'ai l'impression d'être plus rapide. Et les ordres de Ro ne me mettent plus dans un tel état de conflit intérieur.

Mon petit doigt me dit que Ry-O et ses gus ne peuvent plus grand-chose contre moi, et je voudrais vérifier ça. J'aimerais le montrer à Mac, mais voilà plus de trois semaines qu'elle a disparu. Depuis qu'on est entrées par effraction dans les bibliothèques.

Barrons aussi s'est volatilisé.

Je ne m'affole pas. Ce n'est pas dans ma nature. Je vis. Je laisse l'inquiétude aux trouillards.

Quand même, j'aimerais bien qu'elle ramène sa fraise. Dès que possible, de préférence.

Ces derniers jours, le *Sinsar Dubh* a écumé la ville. Il a pris une douzaine d'hommes à Jayne en une nuit. Comme s'il jouait avec nous. Il s'amuse à nous isoler et à nous abattre.

Je commence à me demander si ce n'est pas moi qu'il cherche.

5

Dans la Maison, loin de mon ennemi, je goûte un réconfort provisoire. Le chagrin, la perte, la douleur s'apaisent. Je me demande s'ils peuvent exister, entre ces murs.

Le poids de ma lance dans son holster sous mon bras est de retour, appuyant contre mes côtes. Comme V'lane, Darroc a la manie de me l'enlever, mais lorsque nous nous séparons, il me la rend. Peut-être pour que je puisse me défendre. Je n'imagine pas que je puisse en avoir besoin dans un endroit tel que celui-ci.

Il n'a jamais existé, il n'existera jamais, dans aucun autre royaume ni aucune autre dimension, un lieu qui exerce sur moi autant de fascination que la Maison blanche. Même la librairie n'est pas de taille à lutter, en ce qui me concerne.

La Maison m'hypnotise. Si, tout au fond de moi, là où j'ai l'impression d'être psychotique, cela me met en colère, je suis trop anesthésiée par les drogues qu'elle instille en moi pour m'en souvenir longtemps.

Je marche le long du couloir au sol rose, telle une somnambule perdue dans son rêve. Le côté droit est percé d'une rangée de fenêtres aux panneaux de verre taillé, derrière lesquelles l'aube pâlit au-dessus des jardins plantés de roses roses, dont les fleurs en coupe se balancent paresseusement dans la douce brise matinale.

Les salles qui ouvrent sur ce couloir arborent toutes les nuances de l'aurore. Les couleurs du corridor, des pièces qu'il dessert et du ciel qui s'étend au-delà s'harmonisent à la perfection, comme si, de quelque angle qu'on les regarde, cette aile avait été conçue comme une tenue idéalement accessoirisée, que l'on pourrait porter selon son humeur.

Lorsque, au soudain détour d'un couloir, le sol rose cède la place à un dallage lavande, des cieux violets apparaissent derrière les vitres. Des créatures nocturnes gambadent dans la clairière d'une forêt sous une lune cernée d'une brillante ligne bleu de céruléum. Les salles de ce couloir sont meublées dans des nuances de crépuscule.

Les sols jaunes réfléchissant la lumière donnent sur des jours ensoleillés et des pièces auréolées de clarté.

Les couloirs bronze n'ont pas de fenêtres mais de hautes portes cintrées ouvrant sur d'immenses salons aux voûtes élevées, aux proportions majestueuses, certaines servant aux repas, d'autres emplies de livres et de confortables fauteuils, ou destinées à la danse, ou encore à d'autres formes de distractions que je ne comprends pas. Il me semble entendre l'écho de rires. Dans la faible lueur des bougies, les salles desservies par les couloirs bronze sont masculines et embaument des senteurs épicées. Ces effluves capiteux me troublent.

Je n'en finis pas de marcher, regardant une pièce après l'autre, ravie par les merveilles que j'y découvre et par celles que je reconnais. Dans cet endroit, chaque heure du jour ou de la nuit est toujours disponible.

Je suis déjà venue ici bien des fois.

Voici le piano sur lequel j'ai joué.

Et là, le solarium où je me suis assise pour lire.

Voilà la cuisine où j'ai savouré des truffes noyées dans de la crème et garnies de fruits délicats qui n'existent pas dans notre monde.

Là-bas, une flûte est posée sur une table à côté d'un livre ouvert, près d'une théière décorée de motifs qui me sont aussi familiers que le dos de ma propre main.

Voici le jardin en terrasse, tout en haut d'une tourelle d'où j'ai contemplé avec un télescope une mer d'azur.

Et plus loin, une bibliothèque aux murs couverts d'interminables rayons de livres, où j'ai passé une éternité.

Chaque pièce est une ode à la beauté, chaque objet est orné de détails complexes, comme si son créateur avait disposé de l'infini pour travailler.

Je me demande combien de temps la concubine a séjourné ici. J'aimerais savoir dans quelle mesure cette Maison est sa création.

Ici, je savoure l'éternité, mais contrairement à celle qui règne dans le Hall de Tous les Jours, celle-ci est paisible et exquise. La Maison est une promesse de paradis sans fin. Elle n'est ni terrifiante ni intimidante. La Maison est le temps, tel qu'il aurait toujours dû être : sans fin, serein.

Ici, une salle pleine de milliers de robes ! Je longe les rangs en courant, bras grands ouverts, caressant de la main les étoffes fabuleuses. J'adore ces vêtements !

J'en prends un sur son cintre et tourne sur moi-même comme si je dansais avec lui. Les faibles échos d'un orchestre flottent jusqu'à moi et je perds toute notion du temps.

Là, un cabinet de curiosités abritant des objets dont je ne connais pas le nom, mais que je reconnais pourtant. J'empoche quelques babioles. Puis j'ouvre une boîte à musique dont s'élève un chant qui me donne l'impression de dériver dans l'espace, gigantesque et libre, plus *à ma place* dans ma peau que je n'ai jamais été, au bord de tous les possibles. Pendant quelques instants, je me dissous dans une joie plus vaste encore que la Maison et j'oublie tout.

Dans chaque salle, je retrouve quelque chose de familier, qui me rend heureuse.

Je vois le premier d'une longue série de lits. Comme dans mes rêves, il y en a tant qu'au bout d'un moment, je perds le compte.

Je visite une pièce après l'autre, toutes aussi magnifiques. Je vois des lits, encore des lits... Certaines chambres n'ont que des lits.

Je commence à éprouver une sensation de... malaise. Je n'aime pas voir tous ces lits.

Ils me déstabilisent.

Je détourne le regard car devant ces lits, je ressens des choses dont je n'ai pas envie.

Désir. Besoin. Solitude.

Des lits vides.

Je ne veux plus être seule. Je suis si lasse de n'avoir personne, si lasse d'attendre...

Après quelques instants, je cesse de regarder dans les salles.

Je me suis trompée en croyant qu'il était impossible d'éprouver quoi que ce soit de négatif à l'intérieur de la Maison blanche.

Le chagrin me submerge de nouveau.

J'ai vécu si longtemps. J'ai tant perdu...

Je m'oblige à concentrer mon attention. Je me rappelle que je suis supposée chercher quelque chose. Un Miroir.

J'aime ce Miroir.

Je secoue la tête. Non, je ne l'aime pas. J'en ai seulement besoin. Il n'éveille en moi aucune émotion !

Il me procure un tel plaisir ! Il nous relie.

Du marbre blanc, a dit Darroc. Je dois trouver des sols de marbre blanc. Pas pourpre, ni bronze, ni rose. Et surtout pas noir.

Je me représente le Miroir tel qu'il me l'a décrit. Trois mètres de haut, un et demi de large.

Avec un cadre doré, comme ceux du 1247, LaRuhe.

Le Miroir fait partie d'une vaste relique *unseelie* – le réseau des Miroirs. Je peux percevoir la présence des reliques. Je peux capter tous les OP faës – les Objets de Pouvoir. C'est peut-être mon plus solide atout.

J'ouvre mes sens *sidhe-seers*, je les déploie et je cherche.

Je ne capte rien. Cela n'a pas non plus fonctionné dans le Hall de Tous les Jours. Je suppose qu'il est impossible de détecter un Miroir dans le réseau des Miroirs.

Mes pieds pivotent d'eux-mêmes et je prends une autre direction, confiante. J'ai soudain l'impression d'avoir vu à de nombreuses reprises le Miroir dont j'ai besoin, et que je sais exactement où il est.

Je vais trouver la sortie bien avant Darroc. Même si je n'ai pas l'intention de m'en aller sans lui – il peut encore m'être utile – j'aurai au moins le plaisir de le coiffer au poteau.

Je longe rapidement un couloir vert menthe, tourne sans hésitation dans un passage iridescent, et remonte au pas de course un corridor bleu saphir. Le suivant, qui est argenté, devient plus loin rose pâle.

Le Miroir est un peu plus loin. Il m'appelle. Je suis impatiente de le retrouver.

Je suis tendue – si tendue que le dallage pourpre pénètre à peine dans ma conscience.

Je suis concentrée – si concentrée sur mon but que, le temps que je comprenne ce que j'ai fait, il est trop tard.

Quelque chose attire mon regard vers le bas, mais je ne sais quoi.

Je me fige.

Je suis à l'intersection de deux couloirs.

Je peux aller vers l'est, l'ouest, le nord ou le sud – si de telles directions existent dans la Maison – mais quel que soit mon choix, le sol est de la même couleur.

Noire.

Je reste là, indécise, en me reprochant d'avoir *une fois de plus* tout fichu en l'air, quand soudain, une main se glisse dans la mienne.

Elle est chaude, familière. Et bien trop réelle.

Je ferme les yeux. J'ai déjà été trompée, en Faëry. Pourquoi me torture-t-on, cette fois ? Quelle sera ma punition ? Quel fantôme va-t-il me mordre de ses dents acérées ?

Celui d'Alina ?

De Barrons ?

Les deux ?

Je serre l'autre poing, pour que rien ne puisse le prendre.

Je ne suis pas assez sotte pour croire qu'il me suffirait de fermer les yeux pour que le spectre s'en aille. Cela ne fonctionne pas ainsi. Quand vos démons intérieurs décident de s'amuser avec vous, ils exigent leur poids de chair. Mieux vaut payer et en finir au plus vite.

Je peux à présent réfléchir et chercher comment quitter le sol noir. Je me raidis – je sais que cela va faire mal. Je fais la supposition que si les sols dorés du Hall de Tous les Jours étaient dangereux, les sols noirs de la Maison blanche sont un piège mortel.

Des doigts entrelacent les miens. Je connais cette main aussi bien que la mienne.

Dans un soupir, je rouvre les paupières.

Je m'écarte en sursaut et je recule, prise de panique, mais mes bottes glissent sur la surface noire et brillante. Je tombe sur le dos, si violemment que je me mords la langue.

Je suis prise d'étourdissements. Me voit-elle ? Me connaît-elle ? Est-elle bien là ? Et moi ?

Elle émet un rire argentin qui me serre douloureusement le cœur. Je me souviens d'avoir ri comme cela, autrefois. J'étais si heureuse !

Sans même tenter de me relever, je reste sur le sol, les yeux fixés sur elle. Je suis… excusez le jeu de mot… *atterrée*. Hypnotisée. Déchirée en deux parties irréconciliables.

Ce n'est pas Alina. Ni Barrons.

À la jonction de l'est, de l'ouest, du nord et du sud, elle se tient.

Elle.

La femme très belle et très triste qui hante mes rêves.

Elle est si merveilleuse que j'ai envie de pleurer.

Pourtant, elle n'a pas l'air malheureux.

Elle paraît même si heureuse qu'elle en deviendrait presque détestable.

Elle sourit, radieuse, incurvant ses lèvres avec tant de douce et divine perfection que je tends involontairement la bouche pour recevoir son baiser.

Est-ce elle – la concubine du roi *unseelie* ? Pas étonnant qu'il ait été fou d'elle !

Lorsqu'elle s'éloigne d'un pas souple dans l'un des couloirs – le plus sombre des quatre, celui qui absorbe la lumière que projettent les bougies dans les appliques – je me redresse.

Tel un papillon attiré par la flamme, je la suis.

D'après V'lane, la concubine était une mortelle. En réalité, sa mortalité n'était que le premier d'une longue série de dominos qui se sont fait tomber les uns les autres pour parvenir à cet instant.

Voilà près d'un million d'années, le roi *seelie* demanda à la reine *seelie* – depuis la mort de celle-ci, de nombreuses souveraines se sont chacune hissées jusqu'au trône avant d'en être chassées par une autre, plus puissante et plus influente – de faire de sa concubine une faë, de la rendre immortelle afin de la garder pour toujours auprès de lui. Devant le refus de la souveraine, il construisit pour sa maîtresse la Maison blanche, dans le réseau des Miroirs. Il y enferma sa bien-aimée à l'abri de sa vindicative épouse, pour qu'elle y vive sans jamais vieillir, jusqu'au jour où il serait capable de maîtriser le Chant-qui-forme et de la rendre lui-même faë.

Si seulement la reine avait accepté cette simple requête ! Hélas ! La souveraine de la Vraie Race était autoritaire, jalouse et mesquine.

Par malchance, les efforts du roi pour copier le Chant-qui-forme – cette mystérieuse énergie de création dont la reine de leur nation matriarcale se réservait égoïstement la puissance et la légitimité – forgea les *Unseelies*, des ectoplasmes pervers qu'il ne put se résoudre à éliminer. Ils vécurent donc. Et ils devinrent ses fils et ses filles.

Il instaura un nouveau royaume, la Cour des Ténèbres, où ses enfants pourraient jouer pendant qu'il poursuivait ses recherches, son œuvre d'amour.

Puis vint le jour où, trahi par l'un de ses rejetons, il fut découvert par la reine *seelie*.

Ils s'affrontèrent en un combat dantesque. Les *Seelies* battirent leurs frères noirs, qui ne demandaient que le droit d'exister.

Les dominos tombèrent, l'un après l'autre. Le roi tua de ses mains la reine *seelie*. La concubine se donna la mort. Le roi *seelie*, par contrition, créa le terrible *Sinsar Dubh*.

Puis il prit le titre de roi *unseelie*. Plus jamais il ne voulait être associé aux péchés véniels des *Seelies*. Désormais, il serait *unseelie* – littéralement, non-*seelie*. Il n'appela plus Cour des Ténèbres son foyer, dans lequel il se cachait pour achever son œuvre d'amour. Celui-ci devint simplement la cour *unseelie*.

À cette époque, cependant, celle-ci s'était transformée en prison pour ses enfants, une macabre geôle de glace et d'obscurité. Le dernier geste de la cruelle reine *seelie* avait été de faire usage du Chant-qui-forme, non pas pour créer, ni pour rendre immortelle sa concubine, mais pour détruire, enfermer et torturer pour l'éternité tous ceux qui avaient eu l'audace de lui désobéir.

Et les dominos continuèrent de tomber…

Le Livre rassemblant la connaissance du roi *unseelie*, toute sa noirceur et ses maléfices, se retrouva dans mon monde, sous la protection d'êtres humains. Il me reste à déterminer la façon dont il s'en échappa, mais j'ai une certitude : le meurtre d'Alina, la catastrophe qui s'est abattue sur ma vie et la mort de Barrons sont tous le résultat d'une suite d'événements qui commença en Faëry voici un million d'années à cause d'une simple mortelle.

Mon monde, et nous, les humains, ne sommes que des pions sur un échiquier faë.

Des obstacles.

C'est le roi *unseelie* et non Darroc que Jack Lane, avocat surdoué, poursuivrait devant les tribunaux, avant de faire condamner sa concubine pour culpabilité par association.

Parce que l'impensable est arrivé et que la première souveraine décéda sans avoir eu le temps de transmettre le Chant-qui-forme à l'une des dames de sa cour pour qu'elle lui succède, la race faë commença à décliner. De nombreuses princesses accédèrent au trône *seelie*, mais peu parvinrent à s'y maintenir longtemps avant qu'une autre lui arrache son pouvoir. Certaines furent assassinées, d'autres simplement déchues et bannies. Les clans se formèrent, les complots se multiplièrent. La nation faë s'enferma à l'intérieur de ses propres limitations. Rien de plus que ce qui existait déjà ne pourrait *jamais* être.

Rien de neuf ne pouvait plus être créé. Les pouvoirs millénaires étaient perdus et, au fil des ères, l'ancienne magie fut oubliée. Jusqu'au jour où la souveraine en exercice ne fut plus capable de renforcer les murs fragilisés entre les royaumes, ni de maîtriser les effroyables *Unseelies*.

Darroc, mettant à profit cette situation si précaire, fit tomber les murs entre nos mondes. À présent, faës et humains s'affrontent pour la domination d'une planète trop petite et trop faible pour accueillir leurs deux peuples.

Tout cela à cause d'une simple humaine – le domino qui a fait tomber tous les autres.

Le long du couloir sombre, je marche dans le sillage de la femme que je soupçonne d'être une « simple » – quoique... pas si simple que cela ! – mortelle.

Si elle est la concubine, je ne parviens pas à me mettre en colère contre elle, malgré mes efforts.

Sur le grand échiquier faë, elle aussi n'a été qu'un pion.

Elle rayonne de l'intérieur. Sa peau translucide irradie une lueur qui illumine les murs du tunnel. Le couloir est de plus en plus sombre, de plus en plus noir, de plus en plus mystérieux à chacun de nos pas. Par contraste, elle paraît sainte, presque divine. Un ange descendant aux Enfers.

Elle est la chaleur, la protection, le pardon. Mère, amante, fille, vérité universelle... Elle est tout.

Accélérant le pas, elle se met à courir dans le corridor, foulant sans un bruit le sol d'obsidienne et riant de joie.

Je connais ce son. Je l'aime. Il signifie que son amant n'est pas loin.

Il vient. Elle a perçu son approche.

Il est si puissant !

C'est ce qui l'a d'abord attirée vers lui. Jamais elle n'avait rencontré quelqu'un comme lui.

Elle a été surprise qu'il la choisisse.

Elle est surprise qu'il continue chaque jour de la choisir.

Ce dont il est fait jaillit depuis la Cour des Ténèbres, lui annonçant sa venue, emplissant toute sa maison (sa prison), où elle mène cette existence de rêve (où elle endure cette punition contre sa volonté), entourée de tout ce qu'elle désire (où elle pleure son monde, si loin d'elle, et les siens, morts depuis si longtemps) et l'attend avec espoir (avec un désespoir croissant).

Il va l'emporter dans son lit et lui faire des choses, puis il déploiera ses ailes noires, éclipsant le reste du monde, et lorsqu'il sera en elle, rien d'autre n'existera plus que l'instant, leur désir obscur et brûlant, la passion sans fin qu'ils partagent.

Peu importe ce qu'il est par ailleurs ; il est *à elle*.

Ce qu'il y a entre eux ne peut être condamné.

L'amour ignore le bien et le mal.

L'amour *est*. Il est, c'est tout.

Elle (je) court (cours) dans le couloir si sombre, si chaud, si attirant, vers son (mon) lit. Nous avons besoin de notre amant. Cela fait trop longtemps.

Dans sa chambre, je contemple la dualité dont je suis faite.

La moitié du boudoir de la concubine est d'un blanc lumineux, brillamment éclairé. L'autre est plongée dans une profonde obscurité, aussi séduisante qu'accueillante. Il est divisé au milieu, en deux parties égales.

La lumière et l'absence de lumière.

Je savoure les deux. Aucune ne me dérange. Je ne ressens aucun conflit devant des questions sur lesquelles un esprit plus simple se sentirait contraint d'apposer les étiquettes Bien et Mal, ou de sombrer dans la folie.

Contre l'un des murs de givre cristallin de la moitié blanche de la chambre, il y a un vaste lit rond sur une estrade, avec des draps de soie et des plaids en hermine couleur de neige. Des pétales d'albâtre sont semés ici et là, embaumant l'air. Le sol est couvert d'épais tapis blancs. Des bûches blanches dont jaillissent en crépitant des flammes argentées brûlent dans un immense foyer d'albâtre. Dans l'air, flottent paresseusement de minuscules diamants étincelants.

La femme court vers le lit. Ses vêtements fondent, et elle est (je suis) nue.

Oh, mais non ! Ce n'est pas pour son plaisir à lui – pas cette fois. Ce soir, ce qu'il désire est différent. Plus profond. Plus impérieux.

Elle tourne sur elle-même et nous regardons, lèvres entrouvertes, vers la moitié sombre de la pièce.

Drapée de velours et de fourrures noires, jonchée de doux pétales d'ébène qui portent l'odeur de cet homme et s'écrasent moelleusement sous notre peau, la chambre n'est qu'un gigantesque lit.

D'un mur à l'autre.

Il a besoin de cela. (Lorsqu'il déploie ses ailes, aucun mortel ne peut voir au-delà !)

Il vient. Il est tout proche.

Je suis nue, prête, impatiente. J'ai besoin de lui. J'ai tant besoin de lui ! Voilà ma raison de vivre !

Elle et moi restons là, regardant le lit.

Soudain, il est là. Il la soulève entre ses bras… mais je ne le vois plus. De vastes ailes se referment autour de nous.

Je sais qu'il est là ; elle est enveloppée d'énergie, de ténèbres, tiède et moite comme le sexe est tiède et moite, et je respire son désir. Je ne suis plus que désir. J'essaie de le voir, de le percevoir, mais soudain…

Je ne suis qu'une bête étendue sur des draps pourpres et Barrons est en moi. Je laisse échapper un petit cri, car même ici, dans ce boudoir où tout n'est que dualité et illusion, je sais que ce n'est pas vrai. Je sais que je l'ai perdu. Il est parti, il est parti pour toujours.

Je ne suis pas de retour dans ce sous-sol avec lui, encore *Pri-ya* mais ayant assez retrouvé mes esprits pour saisir qu'il vient de me demander ce que je portais pour le bal de la promo, refusant de toutes mes forces de comprendre, fuyant la réalité pour me réfugier dans ma folie et ne pas avoir à regarder en face ce qui m'est arrivé, ou accepter ce que je commence à soupçonner que je vais devoir faire.

Je ne suis pas là, quelques jours plus tard, contemplant son lit et ces menottes de fourrure avec une folle envie de m'y allonger de nouveau en feignant de n'avoir pas encore guéri, pour pouvoir continuer à faire… toutes les choses sauvages, animales que nous avons faites lorsque j'étais dans cet état de désir sexuel insatiable, mais cette fois en étant pleinement consciente de ce que je fais, et de la personne avec qui je le fais.

Mort. Il est mort. J'ai tant perdu.

Si seulement j'avais su alors ce que je sais maintenant…

Le roi soulève la concubine entre ses bras. Je la vois qui glisse le long d'un corps que je ne distingue pas dans l'obscurité. Puis (je me place à califourchon sur Barrons et le prends en moi – Dieu que c'est bon !) la concubine se cambre et rejette la tête en arrière avant de laisser échapper un son qui n'est pas de notre monde (je ris tandis que la jouissance m'emporte, je suis vivante, tellement vivante !), et lorsqu'il déploie ses immenses ailes, lorsqu'elles emplissent l'obscurité de son boudoir et bien au-delà, il ressent plus de joie qu'il n'en a jamais éprouvée de toute son existence. Et cette garce de reine voudrait le priver de cela ? (Et je connais plus de joie en cet instant que jamais, parce qu'il n'y a plus de bien ni de mal – rien que le moment présent.)

Eh, mais… attendez. Barrons disparaît !

Il s'éloigne de moi et se fond dans l'obscurité. Je ne veux plus le perdre !

Je bondis sur mes pieds, reste un instant prisonnière des draps, puis je m'élance à sa poursuite.

Il fait de plus en plus froid. Mon souffle glace l'air.

Devant moi, je vois du noir, du bleu, et une tache blanche vidée de toute lumière.

Je cours vers le noir aussi vite que mes jambes peuvent me porter.

Hélas ! Des mains se posent sur mes épaules pour me faire pivoter ; elles me retiennent de force et se battent contre moi !

Elles sont trop puissantes. Elles m'entraînent le long d'un corridor noir tandis que je roue de coups l'être qui ose nous interrompre.

Personne d'autre n'est admis, ici !

C'est chez nous ! L'intrus doit mourir ! Ne serait-ce que pour avoir *posé les yeux* sur nous !

Des mains cruelles me poussent et me plaquent contre un mur. Sous le choc, mes oreilles bourdonnent. Je suis tirée, poussée à plusieurs reprises. Je rebondis contre les murs et je me cogne de nouveau. Enfin, cela s'arrête.

Je tremble. Je me mets à pleurer.

Des bras se referment sur moi et me serrent très fort. J'enfouis mon visage contre la chaleur d'un torse dur et musclé.

Je suis un vaisseau trop petit pour voguer sur un tel océan d'émotions ! Je le prends par le col et je m'agrippe à lui. J'essaie de respirer. Je suis tellement ivre de désir que c'en est douloureux, et je suis vide, affreusement vide.

J'ai tout perdu. Et pour quoi ?

Impossible d'arrêter de trembler.

— Qu'est-ce que tu ne comprends pas, dans « Si tu vois un sol noir, fais immédiatement demi-tour » ? gronde Darroc. Enfer, tu as foncé directement vers le plus noir de tous. Quel est ton problème ?

Je lève la tête de son torse, mais à peine. Pendant un instant, tout ce que je peux faire, c'est regarder par terre. Le sol est rose pâle. Il m'a traînée tout le long du chemin pour me ramener vers l'une des ailes aux couleurs de l'aurore. Je cherche ma lance. Elle est revenue.

Je reprends peu à peu mes esprits.

Je le repousse brusquement.

— Je t'avais avertie, dit-il d'un ton froid.

Ma colère l'a irrité.

Grand bien lui fasse. Moi aussi, sa colère m'a irritée.

— Vous ne m'en avez pas dit assez – juste de me tenir à l'écart. Il fallait être plus précis !

— Je n'ai pas à expliquer aux humains des affaires faës, mais puisque, manifestement, c'est la seule façon de te faire obéir, sache que les sols noirs sont ceux des appartements du roi. Ne les foule jamais. Tu n'es pas assez forte pour y survivre. Les spectres de tout ce qui s'est jamais déroulé ici hantent encore ces quartiers. Tu pourrais en rester prisonnière. En m'obligeant à aller te chercher, tu nous as mis en danger tous les deux !

Nous nous défions du regard, le souffle court. Il a beau être dopé à l'*Unseelie*, ce qui le rend bien plus fort que moi, je lui ai tout de même donné du fil à retordre. Il a eu du mal à me faire sortir de là.

— Que fabriquais-tu, MacKayla ? me demande-t-il finalement d'un ton radouci.

J'esquive sa question.

— Comment m'avez-vous retrouvée ?

— Avec ma marque. Tu étais dans un état de grande détresse.

Les pépites d'or au fond de ses iris s'illuminent.

— Et de vive excitation, ajoute-t-il.

— Vous pouvez capter mes sensations avec votre marque ?

Je suis folle de rage. Une fois de plus, il me soumet à un abus de pouvoir.

— Seulement les plus intenses. Ce sont les princes qui t'ont localisée avec précision. Réjouis-toi qu'ils l'aient fait ; je t'ai trouvée à la dernière seconde. Tu étais en train de te précipiter vers la moitié noire de la chambre.

— Et alors ?

— La ligne qui sépare la pièce en deux n'en est pas une. C'est un Miroir. Le plus grand que le roi ait jamais créé. C'est aussi le premier et le plus ancien de tous, et il est très différent des autres. En cas de besoin, il était utilisé pour les condamnations à mort. Tu courais vers le Miroir qui mène directement à la chambre du roi *unseelie*, dans sa forteresse de glace noire au cœur de la prison *unseelie*. Encore une poignée de tes secondes humaines et tu étais morte.

— Morte ? répétai-je d'une voix étranglée. Pourquoi ?

— Seuls deux êtres au monde ont jamais pu traverser ce Miroir : le roi *unseelie* et sa concubine. Toute autre personne qui le touche est aussitôt tuée. Même les faës.

6

Le Dani Daily – 102ᵉ jour ACM…

Je regarde la feuille de papier, mais à part le titre de mon journal et la date, rien ne vient. Voilà une heure que rien ne vient.

Assise dans le réfectoire de l'Abbaye, au milieu de ce p… de troupeau de *sidhe-biques* sans cervelle si dociles qu'elles devraient porter un licol et une fourrure sur les fesses, je cherche l'inspiration. Qui ne vient pas. Il faut que je meuble en attendant le retour de Mac. Ces gourdes de *sidhe-seers* ont recommencé à obéir à Ro, qui les a de nouveau mises au pas et les occupe en leur faisant chasser les Ombres de l'Abbaye.

Il y a du neuf, les gars. *Elles se reproduisent.* Parole. Elles mangent, grandissent, se divisent. Comme des p… d'amibes. Je les surveille. Je les connais tellement bien que je peux les appeler par leur petit nom. Quelquefois, je joue avec elles, je fais joujou avec la lumière pour voir jusqu'où elles peuvent vraiment s'approcher de moi. C'est comme ça que je suis devenue incollable à leur sujet, mais on ne m'écoute pas. Sauf quand on lit mon journal. Personne n'en parle, mais tout le monde utilise mon anti-Ombre, maintenant. Vous croyez qu'on m'a dit merci ?

Que dalle ! Pas un « Bon boulot, Mega ». On veut même pas reconnaître que c'est moi qui l'ai inventé.

J'ai besoin de Mac. Ça fait un mois, maintenant. Je commence à flipper qu'elle soit... Non, on m'y prendra pas.

Bon sang, où elle est passée ? Je l'ai pas vue depuis qu'on s'est invitées dans les Bibliothèques interdites. Est-ce qu'elle est retournée en Faëry ? Elle ne le sait pas mais j'ai lu son journal quand elle était enfermée dans la cellule, *Pri-ya*, et que personne ne faisait attention à ses affaires, à part Ro. Elle aussi, elle l'a lu, mais je l'ai repris. Il fallait que je sache ce que savait Ro. C'est une de mes obsessions. Il faut que je sache tout ce que sait Ro, que je devine où elle va avant qu'elle s'y rende. Si j'en suis capable, *man*, je peux être le boss, ici !

Comme je sais que le temps passé en Faëry ne s'écoule pas à la même vitesse que dans notre monde, je ne suis pas trop inquiète pour Mac. Vous voyez, V'lane aussi a disparu, donc je suppose qu'elle est avec lui.

Le truc bizarre, c'est que je passe régulièrement chez *Barrons – Bouquins et Bibelots*, et on dirait que Barrons aussi s'est volatilisé !

J'ai essayé d'entrer hier soir chez Chester pour poser des questions sur lui, mais ces crétins de videurs m'ont rembarrée.

Moi. La Mega !

Je souris et je me dandine un peu sur mon siège.

Ils ont dû s'y mettre à six. Six des gros bras de Barrons ont dû se démener pour me flanquer dehors, et ça leur a pris plus d'une heure.

Je voulais pas lâcher le morceau, mais quand je me déplace en zappant, ça me pompe littéralement et je n'avais pas assez de barres de céréales dans mes poches. J'avais faim. Fallait que je bouffe. J'ai dit laisse béton et je me suis cassée. L'un d'entre eux m'a suivie jusqu'à la sortie de Dublin, comme s'il s'imaginait que c'était *lui* qui me fichait dehors. Bien sûr Simone ! Je réessaie dès que possible.

Quand même, je commence à trouver que ça craint.

Où sont-ils partis, tous ? Pourquoi est-ce qu'on n'entend plus parler du Haut Seigneur ? Où est passé le *Sinsar Dubh* ?

C'est calme. Bien trop calme. Ça va bientôt finir par me faire flipper. La seule fois où les choses ont été aussi calmes... Oui, bon. C'est du passé, les gars. M'intéresse pas.

Le passé, c'est bon pour ceux qui ont un train de retard.

Moi, mon truc, ce serait plutôt le futur. Je préfère toujours demain.

Je déteste aujourd'hui, ça c'est sûr. Ça m'est jamais arrivé, mais je crois que j'ai l'angoisse de la page blanche. Peut-être parce que ça fait des heures que je suis là, à regarder deux cents *sidhe-biques* faire du tricot, ou l'équivalent. Elles ont installé une chaîne de montage dans le réfectoire pour fabriquer des balles en fer. Attention, pas pour *nous*.

Pour Jayne et ses Gardiens.

Je sais pas comment Ro s'y est prise, mais elles ont de nouveau peur de leur ombre. Les plus petites c...eries qu'elle raconte les font douter d'elles-mêmes. Il lui a pas fallu deux semaines après la disparition de

Mac pour les convaincre que Mac était morte et qu'il fallait l'oublier.

Des moutons, je vous dis ! Je dois me faire violence pour ne pas bondir et remuer mes fesses en bêlant « Bêêê ! »

Je dois être engluée jusqu'au cou dans leur crottin parce que je reste là, à mâchouiller mon stylo en attendant l'inspiration.

Pendant que je glandouille, je regarde Jo. On était copines, elle et moi. Je trouvais qu'elle avait un peu de personnalité. Elle est futée – vraiment futée. Elle comprend des choses que les autres *sidhe-seers* ne captent pas.

Et puis voilà quelques mois, elle a perdu la boule. Elle s'est mise à traîner avec Barb et Liz, et elle n'a plus eu de temps pour moi. Elle était la seule à ne pas me parler comme à un bébé, autrefois. Elles me traitaient toutes comme une gamine. Maintenant, elles ne me traitent plus du tout. Personne ne s'assoit avec moi.

Eh ben, c'est tant mieux. Y a pas de place pour les moutons à ma table.

Jo est assise, super calme, et elle regarde Liz. Comme si elle allait la bouffer.

Je me demande si elle a tourné lesbienne ou je sais pas quoi. Ça expliquerait qu'elle ait changé. Elle est peut-être sortie du placard pour se mettre au lit avec Liz et Barb. Je ris toute seule de mes jeux de mots. Mon vieux, si tu sais pas rigoler tout seul, tu feras jamais marrer personne.

Au début, les coups de feu sont si faibles que même avec ma super-audition, je ne comprends pas de quoi il s'agit. Puis, quand je pige enfin, je me dis que les gars de Barrons sont de retour pour une raison ou pour une autre et que, comme la dernière fois, ils envoient des tirs d'avertissement. On a beau être blindées d'Uzis et autres flingues, on s'en sert pas, ici. Sur les Ombres, ça sert à rien. On n'apporte pas nos armes dans l'Abbaye ; on les laisse dans le bus.

C'est débile, et je suis en train de le comprendre à toute vitesse.

Plus tard, je m'aperçois que ça a commencé à l'extrémité ouest de l'Abbaye. Là où Mac dormait quand elle était ici, et où je crèche depuis quelque temps. Dans la bibliothèque de la *Dragon Lady*.

Quand ça commence à brailler, je passe en mode arrêt sur image, mais en faisant gaffe. Faut que j'intègre le facteur tir automatique dans mon équation de super-vitesse.

Je suis rapide, *man*, mais les rafales qui font ra-ta-ta-ta-ta le sont aussi. Pas facile de passer entre les balles. Et d'après ce que j'entends, ça défouraille sans faire de pause.

Je remonte l'un des couloirs en direction des cris, mais d'un seul coup, tout est aussi noir que là où Ro a sa tête : dans son c… Je ricane encore. Qu'est-ce qu'on se marre, ce soir.

Je fais halte, je me plaque contre le mur et je me mets à marcher comme un *marine*, le cou tendu pour scruter le fond du couloir plongé dans l'obscurité. Je n'ai pas mon MacHalo mais j'ai deux lampes torches dans mes poches. J'en sors une et l'allume.

On n'a jamais réussi à virer toutes les Ombres de l'Abbaye. Plus aucune d'entre nous n'enfile ses bottes sans avoir d'abord éclairé l'intérieur avec sa lampe et les avoir bien secouées – et seulement quand il fait grand jour.

Personne – je veux dire, personne de chez personne – ne se balade dans les couloirs obscurs, ici.

Alors pourquoi est-ce qu'il fait noir, et bon sang, qui tire comme ça ?

J'entends des gémissements. Il y a des blessées. Ce ne sont pas des tirs d'avertissement. C'est du vrai.

Avec tout le calme dont je suis capable, j'avance d'un pas, comme un *ranger*. Il y a du verre pulvérisé sous mes baskets. Je comprends mieux pourquoi il fait nuit. Le tireur a cassé les lampes.

Un petit rire effrayant s'élève, qui me glace le sang. Je braque le rayon de ma torche devant moi, mais on dirait que les ténèbres l'*absorbent*.

J'entends un souffle saccadé.

Puis encore un crissement de verre, sauf que ce n'est pas moi.

Dix contre un que le tireur me cherche !

Je plie les doigts et les referme sur la poignée de mon épée. Ro a essayé de me la confisquer. Je lui ai dit que je serais son garde du corps personnel si elle me la laissait. Pendant qu'elle dort, je fais le guet. J'apprends à négocier.

P..., qu'est-ce qui vient à ma rencontre, dans ce couloir ?

Plus tard, quand je raconte ce qui s'est passé, je ne dis pas toute la vérité.

Parce que la vérité est inconcevable. J'ai eu la trouille, dans ce couloir. Quelque chose s'approchait de moi et j'ai paniqué.

J'ai dit que je n'étais pas allée dans le corridor.

Pas question d'admettre que j'ai battu en retraite, la queue entre les jambes, vers la lumière, avant de retourner au réfectoire en mode supersonique !

Les tirs reprennent, les cris aussi. Tout le monde se met à courir mais il n'y a qu'une sortie, qui est aussi l'entrée. Alors nous renversons les tables pour nous abriter derrière.

Jo et moi nous retrouvons ensemble. Tant qu'elle essaie pas de me draguer, je veux bien partager mon espace vital. Je tapote la table. Elle est épaisse, en bois solide. Elle peut tenir le coup, selon le calibre des balles et la distance du tireur.

Encore des cris. Je voudrais me boucher les oreilles.

Je suis une lâche. Je me dégoûte.

Il faut que je regarde. Il faut que je sache qui est ce p... d'agresseur !

Au même moment, Jo et moi rampons jusqu'aux extrémités de la table et nous nous cognons la tête. Elle me jette un regard noir.

— Comme si c'était ma faute ! je murmure, sur la défensive. Toi aussi, tu as bougé.

— Où est Liz ? demande-t-elle dans un souffle.

Je hausse les épaules. À quatre pattes, je remue le derrière. L'Abbaye est en train de partir en purée mais Jo s'inquiète pour sa petite chérie !

— Bêêê ! je bêle.

Elle me regarde comme si j'étais cinglée. Puis nous nous penchons depuis derrière la table, pour voir.

Les balles sifflent à travers la salle, rebondissent sur les murs et sur le bois. Il y a du sang partout, un vrai film gore, et ça continue de hurler. Le tireur se tient dans l'encadrement de la porte du réfectoire.

Jo pousse un petit cri de surprise, et je manque de m'étrangler.

C'est Barb.

Qu'est-ce que c'est que ce délire ?

Elle porte des ceintures de cartouches, et le plus grand Uzi que j'aie jamais vu. Elle est livide. Et elle nous tire comme des pigeons, tout en nous hurlant des grossièretés. J'en suis sur le c...

— Barb ? je murmure.

Ça n'a aucun sens !

Le plus bizarre, c'est que Jo s'exclame d'un air stupéfait :

— Je croyais que c'était Liz !

Je me tourne vers elle. Je ne vois que sa tête. Elle la secoue.

— C'est une longue histoire.

Je regarde de nouveau le réfectoire pour évaluer la situation. Nous sommes tout au fond de la salle. Nous serons les dernières à mourir. Qu'est-ce que je dois faire, p... ? Pourquoi est-ce que Barb nous tire dessus ?

Je glisse un coup d'œil en direction de Jo. Elle n'est d'aucun secours. Aussi blanche que la page de mon *Dani Daily* !

Bon sang, si seulement Mac était là ! Que ferait-elle ? Est-ce que je devrais me jeter sur Barb en mode arrêt sur image pendant qu'elle tire sur tout le monde et essayer de lui prendre son flingue ? Suis-je assez rapide ? Je suis trop jeune pour mourir. Demain, c'est le grand soir ! Je sais que ce sera énorme ! Et puis, j'ai trop de choses à faire. Il faut bien que quelqu'un surveille Ro.

D'un autre côté, ça tombe comme des mouches autour de moi. P..., Barb est en train de faire un massacre !

J'avale une barre chocolatée et la mâche aussi vite que possible. Je vais avoir besoin de toute mon énergie pour régler ça. Il faut que je fasse quelque chose. Barb en a encore pour un moment avant de manquer de munitions. La Mega ne va pas rester planquée sous sa table sans rien faire !

Je sors la tête pour jeter un coup d'œil, j'enregistre la scène et la fixe dans mon esprit. Je localise chaque personne, chaque table ou chaise, chaque obstacle.

Le problème, c'est Barb. Elle est le facteur inconnu. Elle se déplace et tire de façon tellement aléatoire que je suis incapable d'appliquer une grille de probabilités sur ma carte mentale du territoire.

M... !

Je cherche du regard un schéma logique.

Je recule derrière la table – une balle vient de siffler à mon oreille. Je passe de nouveau la tête. Y a *pas* de schéma logique.

Je prends quelques inspirations super-rapides qui me font gonfler les joues, pour faire monter mon adréna-line. Je regarde de nouveau, plaque ma grille de lecture de mon mieux sur la scène. Je suis sur le point de donner des ailes à mes pieds quand Barb devient soudain floue. La pièce est soudain si glaciale que mon souffle forme un nuage blanc.

Jo pousse un cri étranglé.

Nous voyons ce qui se passe au même moment.

Ce n'est pas Barb qui nous tire dessus.

Enfin... si, c'est elle, et elle pousse des hurlements, mais pas comme la psychotique mortellement enragée que je croyais.

Elle crie, mais d'horreur.

Elle essaie de maîtriser l'arme, sans succès. Elle tente de l'abaisser pour tirer vers le sol, mais le flingue remonte. Elle s'efforce de la braquer vers la gauche, vers le mur. L'Uzi bondit vers la droite. Et tout le temps, son doigt appuie sur la gâchette.

Elle devient floue de nouveau.

C'est seulement Barb.

Non, c'est pas elle ! C'est… p…, qu'est-ce que c'est que ce truc ? Elle a trop de têtes, trop de dents ! On dirait un monstre ! Et c'est pas une Ombre non plus !

C'est de nouveau Barb.

Contrainte de nous tuer.

Derrière elle, une ombre grimpe le long du mur. Immense. Elle s'élève, se déploie, et quand elle rit, mon sang se fige dans mes veines et ne parvient plus à mon cerveau, pris par les glaces.

— Où est la Grande Traîtresse ? rugit la chose. Je veux sa p… de tête !

Jo et moi échangeons un regard.

Nous venons de comprendre.

Nous savons qui s'est emparé d'elle, qui nous tire vraiment dessus. Je me dis alors, et c'est comme si on venait de m'enfoncer un clou dans le crâne, que ne suis pas la meilleure, comme Mac le croit.

Jo et moi rampons derrière la table, liquéfiées par la trouille.

Deux gentils petits moutons.

Qui se cachent devant un livre.

Le Livre.

Celui qu'on a tant cherché. Celui qu'on était tellement sûres de reprendre. Ouais, et qu'est-ce qu'on s'imaginait qu'on allait en faire ?

Il manque pas d'air ! Venir *ici* ! Là où il est resté si longtemps enfermé ! Il doit se sentir invincible. Ça me fait tellement enrager que j'en tremble. Il est venu ici. P..., ça fout les boules !

J'ai lu les notes de Mac ; je sais comment il fonctionne. Il oblige les gens à le prendre. Avec Jo, Barb et une quinzaine d'autres, on est allées ce matin à Dublin faire des courses. On n'est pas restées ensemble tout le temps. On s'est séparées pour chercher différentes fournitures.

Il a dû isoler Barb et l'obliger à le ramasser.

Un frisson glacial me remonte le long du dos, si vite que j'en ai la cervelle qui se fige quand il atteint ma tête.

P... de m... ! Le *Sinsar Dubh* est rentré à l'Abbaye avec nous ce matin. Il était avec nous dans le bus !

J'étais dans le même véhicule que le livre du roi *unseelie* et je ne le savais pas !

Je réfléchis à mes options. Je ne suis pas à l'abri des balles. Mourir aujourd'hui n'aidera personne, et surtout pas moi. Je ne sais pas comment arrêter le Livre. Pas la peine de me flageller – *personne* ne sait comment l'arrêter.

Je n'ose pas m'approcher assez pour qu'il me prenne.

Avec moi, il pourrait rayer l'Abbaye de la carte en moins de deux.

Je déglutis péniblement. Je commençais à me demander si c'était moi qu'il cherchait. Je suppose qu'il cherchait n'importe quelle *sidhe-seer* isolée, afin de pouvoir nous faire tomber de l'intérieur et prendre sa revanche pour ses années de captivité.

Elles sont en train de mourir. Elles vont toutes y passer, là, de l'autre côté de ma table. Ça me tue de les laisser se faire buter.

Et pas moyen de trouver une idée pour empêcher ça.

Ma seule chance, ce n'est pas de l'arrêter. Je prends Jo et je sors de là en mode arrêt sur image.

Ro est livide, comme vidée de son sang. Je ne l'ai jamais vue comme ça. On dirait qu'elle a vieilli de vingt ans en une journée. Cent dix-huit *sidhe-seers* ont été abattues avant que Barb sorte de l'Abbaye en tirant autour d'elle, prenne notre bus avec tout notre arsenal et disparaisse.

Une autre centaine ont été blessées.

Le *Sinsar Dubh* nous a rendu visite, nous a jeté un petit coup d'œil et nous a fait un pied de nez... ou plutôt, un bras d'honneur modèle de compétition.

Jo et moi sommes assises devant le bureau de Ro.

— Vous n'avez même pas essayé de l'arrêter, dit finalement celle-ci.

Elle nous a fait mijoter. Elle adore ça. Les pommes de terre et les carottes tombent en purée, si on les laisse cuire assez longtemps. Autrefois, j'étais comme ça, moi aussi. Maintenant, je suis un peu plus dure à cuire.

Je n'avais pas besoin que Ro me le rappelle. Voilà cinq minutes que je vois l'accusation briller dans son regard bleu de cobalt. J'ai renoncé à lui donner des réponses. Elle aurait dû nous le dire. Elle aurait dû nous avertir. Jamais je n'aurais imaginé que le *Sinsar Dubh* nous jouerait un tour pareil. Elle ne nous prépare à rien. Elle nous oblige à rester minables. Trouillardes.

Comme Mac l'avait dit. Quoi, il aurait fallu que je me fasse buter pour qu'elle puisse dire *Dani a essayé* ? Rien à battre. Je vais pas sacrifier ma peau pour lui donner bonne conscience !

— Grande Maîtresse, plaide Jo, nous avions l'impression que Barb tentait de résister. D'après les informations que Jayne et ses hommes ont rassemblées au sujet du Livre, nous étions certaines de ce que cela signifiait.

— *Och !* Vous faites confiance à Jayne, maintenant ? C'est *moi*, votre professeur ! C'est *moi*, votre guide !

En voyant Jo détourner brièvement le visage, je me souviens que Barb était l'une de ses meilleures amies. À ma grande surprise, elle fait preuve de fermeté. Quand elle se tourne de nouveau pour répondre, sa voix est résolue.

— Elle était sur le point de se suicider, Rowena. Notre priorité était d'empêcher le Livre de s'emparer d'un autre corps. Si Dani s'en était approchée, il aurait pris un organisme virtuellement indestructible.

Ro me décoche un regard plein de mépris.

— Décidément, tu poses toujours des problèmes, n'est-ce pas Danielle ?

Je fais la gueule – c'est plus fort que moi. Elle a toujours quelque chose à me reprocher. Ras le bol de lui raconter des salades. Plein les Converse de faire semblant d'être quelqu'un d'autre !

— Ça dépend de la façon dont vous voyez les choses, Ro, dis-je froidement. Et vous les regardez chaque fois sous le mauvais angle.

Jo pousse un petit cri de surprise étranglé.

Je suis allée trop loin… et j'ai bien l'intention de continuer. Je m'en fiche. Depuis que Mac a disparu, Ro m'a clairement fait comprendre que je pourrais rentrer dans ses bonnes grâces, à condition de coopérer un peu. J'ai tourné autour du pot en feignant de jouer son jeu, juste assez pour qu'elle s'imagine que j'allais me soumettre.

Elle peut toujours rêver !

Je viens de voir une centaine de mes sœurs – qu'est-ce que ça fait, si c'est des brebis ? C'est quand même mes sœurs ! – se faire massacrer. Et cette vieille bique me prend de haut ? Moi au moins, je reconnais mes erreurs. Je m'endors chaque soir avec elles. Je me réveille chaque matin avec elles. Je les vois dans la glace, qui me regardent. Et je dis, ma vieille, tu as déjà vu pire.

— Comment le Livre s'est-il enfui, Ro ?

Je suis debout, mon épée à la main.

— Pourquoi vous nous avez jamais rien dit ? Parce que c'est vous qui l'avez laissé filer ? C'est ça ?

Elle pâlit encore et, d'une voix tendue, elle glapit en direction de Jo :

— Ramène *immédiatement* cette gamine dans sa chambre. Et enferme-la !

Compte là-dessus et bois de l'eau fraîche ! Ici, personne ne peut me contraindre. Depuis que j'ai abattu le Traqueur, j'ai l'impression d'être ce gus qui a tué un géant avec son lance-pierres. Ro ne peut plus me manipuler comme autrefois.

— Je dis seulement ce que tout le monde pense mais n'a pas le cran de dire à voix haute. Je n'ai plus peur de vous, Ro. J'ai vu le *Sinsar Dubh*, ce soir. Je sais de quoi j'ai peur.

Je repousse ma chaise si brusquement qu'elle se va se cogner dans le mur derrière moi.

— Je m'en vais. Je n'ai plus rien à faire ici.

Je suis sincère. C'est vraiment le cas. Je croyais que j'avais une relative sécurité à l'Abbaye mais les Ombres rôdent dans l'obscurité, et maintenant, le Livre s'est introduit chez nous, et la vérité, c'est que je pourrais trouver un coin plus sûr que celui-ci dans une p... de Zone fantôme.

De toute façon, ici, personne ne s'apercevra de mon départ. J'irai peut-être voir Jayne et traîner un moment avec les Gardiens.

— Tu vas aller tout de suite dans ta chambre, Danielle Megan !

Que je déteste ce prénom ! Il est ringard. Il est pour les nulles.

— Que penserait ta mère de toi ? réplique-t-elle.

— Que penserait-elle de ce que vous avez fait de moi ? Je rétorque.

— J'ai fait de toi une arme solide et forte au service du Bien.

— Je suppose que c'est pour ça que la plupart du temps, je suis comme mon épée. Froide. Dure. Pleine de sang.

— Toujours les grands mots ! Il est temps de grandir, Danielle O'Malley ! Et assieds-toi.

— Allez vous faire foutre, Ro.

Je quitte la pièce en mode arrêt sur image.

L'air glacé irlandais me fait suffoquer. Et s'il y a deux points sur mes joues particulièrement froids, je les ignore. Je ne pleure pas. Je ne pleure jamais.

Même si quelquefois, ma mère me manque un peu.

Le monde est grand.
Moi aussi.
P..., me voilà à la rue !
Je m'enfonce dans la nuit d'un pas assuré.
Enfin libre !

7

— Pourquoi avoir accroché un Miroir pour Dublin dans l'une des ailes blanches si vous savez que la Maison se réorganise sans cesse ? Pourquoi ne pas l'avoir installé dans un endroit plus stable et plus facile d'accès ?

La sensation d'être bipolaire, comme à l'époque du lycée, me revient soudain, décuplée. Il est tout ce que je méprise. J'ai tellement envie de le tuer que je dois enfoncer mes mains dans mes poches, poings serrés.

Il est également celui qui a été le plus proche de ma sœur pendant les derniers mois de sa vie. Le seul qui puisse répondre à toutes les questions qui me hantent... et qui soit capable de réduire sérieusement le temps que je dois encore passer dans cette réalité aux allures de terrain vague.

Avez-vous pris son journal ? Connaissait-elle Rowena, ou n'importe quelle sidhe-seer *? Vous a-t-elle parlé de la Prophétie ? Pourquoi l'avez-vous tuée ? A-t-elle été heureuse ? S'il vous plaît, dites-moi qu'elle a été heureuse avant de mourir !*

— Aucune salle de la Maison blanche n'est jamais totalement plongée dans l'obscurité, même là où la nuit tombe. La première fois que j'ai ouvert un Miroir, j'ai commis une erreur. Je l'ai suspendu dans un endroit où il faisait noir. Une créature que je croyais solidement enfermée – une que je n'avais absolument pas l'intention de libérer de la prison *unseelie* – s'est échappée.

— Qui était-ce ? demandai-je.

Cet homme qui ressemble à une pub pour Versace marche et parle comme un être humain, mais il n'en est pas un. Il est pire qu'un individu possédé par un Envahisseur – l'un de ces *Unseelies* si délicats, si beaux, qui se glissent sous la peau des gens et les privent de toute volonté. Il est cent pour cent faë dans un corps qui n'aurait jamais dû être le sien. Il tue de sang-froid ; il est responsable de la mort de milliards d'humains mais il n'a pas l'ombre d'un remords. S'il y a une créature dans l'enfer de glace *unseelie* qu'il n'avait pas l'intention de libérer, il faut que je sache pourquoi, qui elle est et comment la tuer. Si elle l'inquiète, elle me terrifie.

— Surveille le sol, MacKayla.

C'est lui que j'observe. Il ne va pas me répondre. Insister ne ferait que révéler ma faiblesse.

Nous avons repris nos recherches ensemble. Il est réticent à l'idée de me laisser seule. Je ne suis pas pressée de l'être. Je suis encore sous le choc après ce que j'ai vécu dans l'aile noire. J'ai été engluée dans mes souvenirs, et si Darroc ne m'en avait pas arrachée, je ne m'en serais peut-être jamais échappée.

Dans ma quête de Barrons, je n'aurais peut-être pas *voulu* m'échapper. Je me souviens des ossements, dans le Hall de Tous les Jours. Je pense à la plage en Faëry, avec Alina. Si j'avais choisi de rester avec elle, serais-je morte de consommer des aliments sans substance, de boire une eau qui n'était pas plus réelle que ne l'était ma sœur ?

Maudites soient Faëry et ses illusions fatales !

Je repousse les images torrides où je suis avec le roi, avec Barrons. Je me concentre sur ma haine envers l'homme qui a tué ma sœur.

Alina a-t-elle été heureuse ? La question est de nouveau sur le bout de ma langue.

— Très, réplique-t-il.

Je prends conscience que non seulement je l'ai prononcée à voix haute, mais qu'il semblait *attendre* que je la pose.

Je suis effarée par ma propre faiblesse. J'offre à mon ennemi l'opportunité de me mentir !

— Foutaises !

— Tu es impossible.

Le mépris se peint sur son beau visage.

— Elle n'était pas du tout comme toi. Elle était ouverte. Son cœur n'était pas enfermé derrière une muraille.

— Regardez où ça l'a menée. Elle est morte.

D'un pas impatient, je le devance le long d'un couloir jaune brillant. Les baies vitrées donnent sur le genre de jour d'été qu'Alina et moi avons toujours adoré. Je n'arrive pas à échapper à son fantôme ! J'accélère l'allure.

Nous remontons rapidement un corridor vert menthe, puis un autre, indigo, avec des portes-fenêtres ouvrant sur une furieuse nuit d'orage, avant de tourner dans un troisième d'un rose très pâle... et enfin, nous y sommes. Un haut passage cintré menant à un couloir de marbre blanc. Au-delà du seuil, des baies vitrées donnent sur une lumineuse journée d'hiver, avec des arbres couverts de givre scintillant tels des diamants dans le soleil.

La paix m'envahit. Je suis venue ici dans mes rêves. J'aimais cette aile.

Autrefois, voici bien longtemps, dans son monde, un jour de printemps ensoleillé était ce qu'elle préférait, mais à présent, un jour d'hiver ensoleillé la ravit encore plus. C'est une métaphore parfaite de leur amour.

Le soleil sur la neige.

Elle réchauffe le froid qui le glace. Il apaise la fièvre qui la consume.

— Tu as dit qu'Alina t'avait appelée... commence Darroc derrière moi. Tu as dit qu'elle pleurait au téléphone, qu'elle se cachait de moi. A-t-elle passé cet appel le jour où elle est morte ?

Il m'arrache à ma rêverie. Sans réfléchir, je hoche la tête.

— Qu'a-t-elle dit exactement ?

Je lui jette un regard par-dessus mon épaule, façon de lui demander *Vous pensez vraiment que je vais vous le dire ?* Si quelqu'un doit répondre à des questions au sujet d'Alina, c'est *lui* qui me donnera des informations. Je m'engage dans le couloir de marbre blanc.

Il me suit.

— Tout ce que tu obtiendras en t'obstinant à croire contre toute raison que j'ai tué Alina, c'est que jamais tu ne trouveras son véritable meurtrier. Il y a chez les humains un animal à qui tu me fais penser. L'autruche.

— Je n'ai pas la tête dans le sable.

— Non, tu l'as dans le c... ! rétorque-t-il.

Je pivote brusquement sur mes talons.

Nous nous défions du regard mais ses paroles me font réfléchir. Et si j'étais une autruche, après tout ? Si j'étais en train de me priver de la possibilité de venger ma sœur, en refusant de sortir de l'impasse où je suis bloquée ? Vais-je laisser courir le *véritable* assassin d'Alina parce que je suis trop bornée pour sortir de mes préjugés ? Barrons m'avait avertie dès le début de ne pas supposer aveuglément que le meurtrier ne pouvait qu'être Darroc.

Un muscle de ma mâchoire tressaille. Chaque fois que je me souviens d'un détail au sujet de Barrons, je déteste un peu plus Darroc de me l'avoir enlevé. Alors je me rappelle pourquoi je suis ici, et pourquoi je ne l'ai pas encore tué.

Pour atteindre mon but, j'ai besoin d'un certain nombre de réponses.

Je l'observe, curieuse. Et il y en a d'autres que je *veux*, tout simplement.

Une fois que j'aurai mis la main sur le Livre et changé les choses, je n'aurai plus l'occasion de l'interroger. Il aura disparu. Je l'aurai tué. Ma seule chance, c'est ici et maintenant.

— Elle a dit qu'elle allait essayer de rentrer à la maison, mais qu'elle avait peur que vous ne la laissiez jamais quitter le pays, dis-je d'un ton raide. Elle a dit qu'il fallait que je trouve le *Sinsar Dubh*. Puis elle a paru terrifiée et elle a dit que vous veniez.

— Moi ? Elle a prononcé mon nom ? Elle a dit que « Darroc » venait ?

— Elle n'en a pas eu besoin. C'était évident, après ce qu'elle venait de m'expliquer.

— Qu'a-t-elle dit ? Qu'est-ce qui me désignait de façon si claire ?

Je connais par cœur son message. Je l'entends parfois dans mes rêves, mot pour mot.

— Elle a dit « Je croyais qu'il voulait m'aider. Comment ai-je pu être aussi naïve ? J'étais tellement amoureuse de lui… mais il est l'un d'entre eux. L'un d'entre *eux*, Mac ! » De qui d'autre aurait-il pu s'agir ? Vous me répétez qu'elle était amoureuse de vous. Avait-elle une liaison avec un autre homme dont elle pensait qu'elle…

— Non ! Il n'y avait que moi. Elle n'avait pas besoin d'un autre. Je lui donnais tout.

— Alors vous comprenez pourquoi je pense que vous êtes son meurtrier.

— Non, et ce n'est pas moi. Il y a des trous plus gros qu'un Traqueur dans ton minable raisonnement humain !

— Qui d'autre cela aurait-il pu être ? Qui d'autre redoutait-elle ?

Il se tourne et se dirige vers l'une des fenêtres, devant laquelle il se poste pour regarder l'étincelant jour d'hiver. Des arbres couverts de givre brillent comme s'ils étaient incrustés de diamants. Des nuages de neige poudreuse scintillent dans les rayons du soleil. La scène semble éclairée de l'intérieur, comme la concubine elle-même.

Pourtant, à l'intérieur, je ne suis que ténèbres. Je sais qu'elles m'envahissent peu à peu.

— Tu es certaine que le jour où tu as eu cette conversation avec elle est bien celui de sa mort ?

Ce n'était pas une conversation, mais je ne le lui dis pas.

— Les *gardai* n'ont retrouvé son corps que deux jours plus tard, mais ils estiment que son décès a eu lieu environ quatre heures après qu'elle m'a appelée. D'après le coroner d'Ashford, il est possible qu'elle soit morte jusqu'à huit ou dix heures plus tard. Elle a dit qu'il était difficile de déterminer de façon précise l'heure de la mort étant donné les blessures qu'elle avait subies.

Je n'ose dire « les morsures ».

Sans détacher son regard de la fenêtre, me tournant toujours le dos, il dit :

— Un matin, après mon départ, elle m'a suivi jusqu'à la maison de LaRuhe.

Je retiens mon souffle. Voilà les mots que j'espère entendre depuis le jour où j'ai identifié le corps de ma sœur. Des informations sur ce qu'elle a fait durant les dernières heures de sa vie. Où elle est allée. Comment elle a connu une fin aussi effroyable.

— Vous le saviez ? demandai-je.

— Je mange de l'*Unseelie*.

Il savait. Bien sûr qu'il savait. Cela amplifie tous les sens – l'audition, la vue, le goût, le toucher… C'est ce qui rend tellement accro – et la force décuplée est la cerise sur le gâteau. On se sent vivant, incroyablement vivant. Tout prend plus de relief.

— Nous avions passé la nuit au lit, à baiser comme…

— VPLS, nom de nom, grondé-je.

— Tu crois que je ne comprends pas ce que cela signifie. Alina le disait aussi. *Veux pas le savoir*. Cela te dérange que je parle de la passion que ta sœur et moi avons partagée.

— Cela me dégoûte.

Lorsqu'il pivote vers moi, son regard est glacial.

— Je la comblais.

— Vous ne l'avez pas protégée. Même si vous ne l'avez pas tuée, elle est morte alors que vous étiez supposé veiller sur elle.

Il tressaille imperceptiblement.

Je me dis : *Bravo, l'artiste ! Finement jouée, cette prétendue émotion !*

— Je pensais qu'elle était prête. Je croyais que ses sentiments pour moi l'emporteraient dans l'une de vos stupides controverses morales. Je me suis trompé.

— Donc, elle vous a suivi. Vous a-t-elle demandé des explications ?

Il secoue la tête.

— Elle m'a vu par les fenêtres, à LaRuhe…

— Elles sont peintes en noir.

— Pas à cette époque. Je l'ai fait plus tard. Elle m'a vu retrouver mes gardes et a épié notre conversation, où il était question de libérer d'autres membres de la Cour des Ténèbres. Elle les a entendus m'appeler Haut Seigneur. Après le départ de mes hommes, une fois seul, j'ai attendu pour voir comment elle allait réagir, si elle me rejoindrait, si elle me donnerait une chance. Elle ne l'a pas fait. Elle s'est enfuie. Je l'ai suivie à distance. Elle a marché pendant des heures dans Temple Bar en pleurant sous la pluie. J'ai attendu sans m'imposer. Je lui ai laissé du temps pour clarifier ses pensées. Les humains ne réfléchissent pas aussi vite que les faës. Ils ont du mal avec les concepts les plus simples. Il est stupéfiant que votre race n'ait jamais réussi à…

Je l'interromps.

— Épargnez-moi vos remarques condescendantes et j'en ferai autant.

Je ne suis pas d'humeur à l'écouter condamner les miens. Ses frères s'en sont déjà chargés. Des milliards de morts. Uniquement à cause de leurs mesquines luttes de pouvoir.

Il hoche la tête d'un air supérieur.

— Plus tard ce jour-là, je me suis rendu à son appartement. Je l'ai trouvée dans la chambre, en train de passer par la fenêtre pour s'enfuir par l'escalier de secours.

— Vous voyez ? Elle *avait* peur de vous.

— Elle était terrorisée. Cela m'a mis en colère. Je ne lui avais donné aucune raison de me craindre. Je l'ai ramenée à l'intérieur. Nous nous sommes battus. Je l'ai traitée de stupide petite humaine. Elle m'a traité de monstre. Elle m'a accusé de l'avoir trahie. De ne lui avoir dit que des mensonges. Ça ne l'était pas – ou plutôt, ça l'avait été au début, mais pas ensuite. J'aurais fait d'elle ma reine. Je le lui ai dit. Et je lui ai dit que c'était toujours mon intention, mais elle a refusé de m'écouter. Elle ne voulait même pas me regarder. Finalement, je suis parti. Et je ne l'ai pas tuée, MacKayla. Comme toi, j'ignore qui est son meurtrier.

— Qui a ravagé son appartement ?

— Je t'ai dit que nous nous étions battus. Notre colère était aussi intense que notre désir.

— Avez-vous pris son journal ?

— Je suis revenu le chercher après sa mort. Il n'était plus là. J'ai emporté ses albums photo. C'est alors, en trouvant son agenda, que j'ai découvert que son « amie » Mac était en réalité sa sœur. Elle m'avait menti. Je n'étais pas le seul à avoir caché quelque chose.

J'ai vécu assez longtemps parmi les tiens pour savoir que ceci signifie qu'elle savait dès le début que certaines parts de moi n'étaient pas ce qu'elles semblaient être. Elle me désirait tout de même. Je crois que si elle n'avait pas été assassinée, avec le temps, elle serait revenue à moi. Elle m'aurait choisi, volontairement.

Oui, me dis-je, *elle serait revenue à vous. Avec une arme à la main. Comme je vais le faire.*

— Il fallait que je sache si tu possédais ses précieux talents. Si tu n'étais pas venue à Dublin, je t'aurais fait venir à moi.

Je réfléchis à ces paroles, folle de rage. Il est très important pour moi de trouver le moment précis où ma vie a commencé à dérailler. Surtout maintenant.

Cela remonte à plus loin que je ne l'avais pensé.

Dès l'instant où Alina est partie pour Dublin et s'est rapprochée du jour où elle devait le rencontrer, il n'y a plus eu aucun espoir que ma vie prenne une autre direction. Le piège avait commencé à se refermer autour de moi. J'aurais pris exactement le même chemin, en passant par une autre porte. Si je ne m'étais pas enfuie pour l'Irlande en désobéissant à mes parents afin d'enquêter sur le meurtre d'Alina, aurait-il envoyé les Traqueurs me chercher ? les princes ? Peut-être aurait-il libéré les Ombres pour qu'elles dévorent ma ville et m'en chassent ?

D'une façon ou d'une autre, j'aurais fini ici, avec lui, au milieu de ce désastre.

— Si j'ai refusé de te faire du mal, c'est à cause de ta sœur.

De tout ce qu'il m'a jamais dit, ce sont ces paroles qui me surprennent le plus. Leur écho résonne dans mon esprit empli de confusion et vient frapper de plein fouet certaines notions conflictuelles pour les déloger et les déposer là où elles ne rencontreront plus d'opposition. Sans prévenir, mes convictions changent et se disposent selon de nouveaux schémas. Je suis médusée par la conclusion à laquelle elles aboutissent, mais elles se sont organisées de façon si simple et si logique que je ne peux contester leur véracité.

Darroc tenait *vraiment* à Alina.

Je le crois.

Il y avait un élément que je n'étais jamais parvenue à expliquer de façon satisfaisante : je me demandais pourquoi Darroc n'avait pas été plus agressif, plus brutal envers moi dès le début. Cela n'avait aucun sens. Il avait paru manquer singulièrement d'enthousiasme dans ses efforts pour m'enlever, et m'avait sans cesse offert la possibilité de venir à lui de ma propre volonté. Quel monstre assoiffé de sang se comporte ainsi ? Ce n'était certainement pas ce à quoi je m'étais attendue de la part du meurtrier de ma sœur. Mallucé s'était montré infiniment plus dangereux, plus brutal. Des deux, c'est le prétendu vampire qui m'avait de loin le plus effrayée à mon arrivée à Dublin.

Le rasoir d'Occam : l'explication la plus simple qui embrasse toutes les variables est très probablement la vérité. Darroc s'était interdit de me faire du mal à cause d'Alina. Il s'était retenu parce qu'il aimait ma sœur.

À quel point et jusqu'où pourrais-je m'en servir contre lui, cela restait à déterminer.

— Mon respect a commencé à saper mes efforts et les Traqueurs se sont mis à douter de mes convictions.

— Alors vous m'avez fait violer et transformer en *Pri-ya*, dis-je d'un ton amer.

Il était passé rapidement du respect au meurtre – car faire de moi une *Pri-ya* revenait virtuellement à cela. Jusqu'à ce que Barrons me guérisse, personne ne s'était jamais remis d'avoir été esclave sexuel des faës, au point d'en perdre la raison.

— Il fallait que je consolide ma position. Voilà pourquoi j'ai renoncé à toi avant d'avoir eu la possibilité de t'utiliser.

— Qui était le quatrième, Darroc ? Pourquoi ne me le dites-vous pas tout simplement ?

Il était là lorsque les princes *unseelies* me détruisaient. Il m'a vue nue sur le sol, éperdue, en larmes. Je me calme en songeant à toutes les façons dont je pourrai le mettre à mort lorsque l'heure viendra.

— Je te l'ai déjà dit, MacKayla, il n'y avait pas de quatrième. Le dernier prince de la Cour des Ténèbres que créa le roi fut le premier des princes noirs à mourir. Cruce fut tué au cours de la bataille entre le roi et la reine. Certains affirment que c'est la reine elle-même qui l'assassina.

— Cruce était le quatrième prince *unseelie* ? m'écriai-je.

Il hoche la tête. Puis, fonçant les sourcils, il ajoute :

— Si une quatrième créature se trouvait dans l'église, ni moi ni mes princes n'avons été capables de la voir.

Il semble aussi troublé par cette idée que je le suis.

— Je t'ai proposé de faire alliance à plusieurs reprises. J'ai besoin du Livre. Tu peux le trouver. Certains pensent que tu peux t'en emparer. Certains croient que tu *es* la quatrième pierre.

Je me hérisse. Il n'y a plus grand-chose dont je sois sûre aujourd'hui, mais il me reste au moins une certitude :

— Je ne suis *pas* une pierre.

J'étais persuadée que c'était V'lane qui détenait la quatrième et dernière pierre.

— Les objets faës changent. Ils deviennent autre chose.

— Pas les gens, ricané-je. Regardez-moi. Je n'ai pas été taillée dans les falaises de l'enfer *unseelie* ! Je suis née dans un corps de femme humaine !

— En es-tu si certaine ? D'après mes sources, Alina et toi avez été adoptées.

Je garde le silence, curieuse de savoir qui sont ses sources.

Il rit.

— Personne ne sait ce qu'a vraiment fait le roi après avoir perdu la raison. Peut-être a-t-il forgé une pierre différente des autres, pour mieux la cacher ?

— Les pierres ne se transforment pas en personnes !

— C'est pourtant ce que le *Sinsar Dubh* essaie de faire.

Je plisse les yeux. Ryodan avait-il raison ? Est-ce là le fond de la question – le Livre tentant de prendre une forme corporelle, consciente ? Darroc et lui en sont donc persuadés… Intéressant ! Peut-être en ont-ils discuté tout en formant d'autres plans, comme par exemple assassiner Barrons pour l'écarter de leur chemin ? Après tout, c'est Barrons qui m'a sauvée de mon état de *Pri-ya*, dans lequel il aurait été si facile de m'utiliser. Voilà qui a dû être sacrément contrariant pour eux…

— Mais les gens dont il s'empare se suicident tous, objecté-je.

— Parce que le Livre n'a pas encore trouvé la seule et unique personne qui est assez forte pour supporter la fusion.

— Que voulez-vous dire par *supporter la fusion* ? Êtes-vous en train de m'expliquer qu'il existe quelqu'un d'assez solide pour porter le *Sinsar Dubh* sans se donner la mort ?

— Et le contrôler, ajoute-t-il d'un ton supérieur.

Je prends une brusque inspiration. C'est la première fois que j'entends une telle hypothèse. Il semble tellement sûr de lui !

— L'utiliser, plutôt qu'être utilisé par lui ?

Il hoche la tête.

Je suis incrédule.

— Juste le ramasser et l'ouvrir ? Pas de souffrance, pas de coup en douce ?

— L'absorber. Prendre tout son pouvoir.

— Comment ? Qui est cette « seule et unique personne » ? demandai-je.

S'agirait-il de moi ? Est-ce pour cela que j'ai pu le traquer ? Est-ce pour cela que tout le monde m'a recherchée, en vérité ?

Il me décoche un sourire moqueur.

— Oh, petite humaine pleine d'illusions, tu te crois plus importante que tu n'es ! Non MacKayla, cela n'a jamais été toi.

— Alors qui est-ce ?

— C'est moi.

Je le regarde. Est-ce lui ? Je l'observe de la tête aux pieds. Pourquoi ? Comment ? Que sait-il que j'ignore ? que Barrons ne savait pas ?

— Qu'avez-vous de si spécial ?

Il éclate de rire et me jette un regard qui signifie « Crois-tu vraiment que je vais te le dire ? » Je déteste quand les gens me renvoient ma propre expression.

— Je te l'ai déjà dit. J'ai répondu à tes questions.

— À celles sans importance.

Je fronce les sourcils.

— Si vous savez comment fusionner avec le Livre, pourquoi avez-vous insisté pour que j'apporte les pierres dans le tunnel quand vous avez enlevé mes parents ? Pourquoi vous intéressaient-elles autant ?

— Il est dit que les pierres peuvent immobiliser le Livre. Je n'ai pas réussi à l'approcher. Voilà pourquoi je vais avoir besoin des pierres. Je t'ai pour le trouver, j'ai les pierres pour le capturer, et je suis capable de faire le reste moi-même.

— Est-ce parce que vous mangez de l'*Unseelie* ? Est-ce cela qui vous le permet ?

Je peux tailler, trancher et décorer comme une autre. Voyez Mac se goinfrer !

— Pas exactement.

— Est-ce quelque chose que vous êtes ? quelque chose que vous avez fait ? quelque chose que vous savez faire ?

J'ai parlé avec des inflexions si frénétiques que j'en ai honte, mais si Darroc connaît un moyen de m'épargner une suite d'opérations aussi absurde qu'obtenir les quatre pierres de V'lane, rassembler les cinq druides – Barrons affirmait que Christian était l'un d'entre eux, et celui-ci est toujours perdu dans le réseau des Miroirs –, découvrir quelle est la Prophétie, puis accomplir je ne sais quel rituel compliqué, je veux savoir ce que c'est ! S'il existe un raccourci, si j'ai la moindre chance d'atteindre mon but en quelques heures ou quelques jours plutôt que d'endurer encore des semaines, voire des mois de calvaire, je veux le connaître ! Moins j'aurai à passer de temps dans cette réalité infernale, mieux ce sera.

— Regarde-toi, MacKayla, toute rouge d'excitation à l'idée de fusionner avec le Livre !

Les étincelles d'or dans ses pupilles s'illuminent de nouveau.

Je sais lire ce regard sur le visage de n'importe quel homme.

— Tu es tellement semblable à Alina, murmure-t-il. Et en même temps, tellement différente…

Une différence qu'il semble apprécier !

— Qu'avez-vous de spécial ? De quoi êtes-*vous* capable, pour fusionner avec lui ? m'impatientai-je. Dites-le-moi !

— Trouve le Livre, Mac, et je te montrerai.

Lorsque nous localisons enfin la salle qui contient le Miroir, elle est exactement telle que Darroc me l'a décrite : sans aucun meuble, à l'exception d'une unique glace d'un mètre cinquante par trois.

Le Miroir semble avoir été enchâssé, sans joint visible, dans la matière dont sont faits les murs de la Maison.

Cependant, mon esprit est ailleurs. Je suis encore sous le choc après révélations de Darroc.

Une autre pièce du puzzle qui m'a tant exaspérée vient de se mettre en place. Je ne comprenais pas sa détermination à s'emparer du Livre, alors qu'aucun de nous ne savait comment le toucher, le déplacer, l'enfermer, ou en faire quoi que ce soit, sans être possédé par lui, transformé en monstre puis tué, avant d'avoir été forcé à assassiner tout le monde autour de soi.

En même temps que je me demandais pourquoi Darroc ne s'était pas montré plus brutal envers moi, je m'étonnais qu'il traque le Livre alors qu'il ne pouvait pas s'en servir, et que même Barrons et moi avions fini par admettre qu'il était inutile de le rechercher.

Darroc, lui, n'a jamais renoncé. Sans relâche, il a lancé ses *Unseelies* à sa poursuite à travers Dublin. Pendant que je tâtonnais dans l'obscurité à la recherche des quatre, des cinq et de la Prophétie, Darroc suivait un chemin bien plus facile.

Il savait comment fusionner avec le *Sinsar Dubh*… et le contrôler !

Je ne doute pas un instant qu'il dise la vérité. Je ne saurais dire où ni comment il a obtenu ces informations, mais il est manifestement capable d'utiliser le *Sinsar Dubh* sans être corrompu par lui.

Il faut que je comprenne comment !

Je le regarde en plissant les paupières. Je ne suis plus si pressée de l'éliminer. En fait, je pourrais *tuer* pour protéger ce salaud, à présent.

Mentalement, je révise mon plan. Je n'ai plus besoin de la Prophétie, des pierres ni des druides. Je ne serai plus jamais contrainte de faire alliance avec V'lane à l'avenir.

Tout ce qu'il me faut, c'est découvrir le secret de Darroc.

Une fois que je l'aurai, je pourrai m'emparer du Livre toute seule. Je n'ai aucun problème à l'approcher. Il adore jouer avec moi.

Mes mains tremblent d'une excitation que j'ai du mal à contenir. Tenter de remplir les absurdes conditions de la Prophétie m'aurait pris une éternité. Mon nouveau plan pourrait être accompli en quelques *jours*, ce qui me permettrait de mettre rapidement un terme à mon chagrin.

— Pourquoi avoir fait passer les *Unseelies* par le dolmen de l'entrepôt, dans LaRuhe, alors que vous disposiez d'un Miroir ?

Je l'interroge sur des sujets sans intérêt, façon d'endormir ses soupçons. Ensuite, je lui poserai la question cruciale. Comme la plupart des hommes qui rêvent d'être calife à la place du calife, il adore s'écouter parler.

— Les *Unseelies* de basse caste se laissent distraire par tout ce dont ils peuvent se nourrir. Il me fallait une porte rapide à franchir, sans aucune vie alentour, pour laisser entrer le troupeau. Jamais je n'aurais réussi à leur faire quitter ce monde pour se rendre dans le tien. En outre, la plupart d'entre eux ne passeraient pas par une si petite ouverture.

Je me souviens de la horde d'*Unseelies* – certains petits et légers, d'autres énormes et plantureux – qui s'était déversée à travers le dolmen géant, la nuit où j'avais aperçu pour la première fois le Haut Seigneur en tunique pourpre et compris, à ma grande horreur, qu'il avait été l'amant de ma sœur. Cette même nuit où Mallucé m'avait presque tuée, et l'aurait fait si Barrons n'était pas apparu par miracle pour me sauver… J'essaie de chasser ces images, mais il est déjà trop tard.

Je suis dans l'entrepôt, prise au piège entre Darroc et Mallucé.

Barrons atterrit à mes côtés, son grand manteau noir flottant autour de lui.

Je ne vous fais pas mes félicitations, Mademoiselle Lane, dit-il avec ce sourire moqueur dont il possède le secret. *Pourquoi leur dire qui vous êtes ? Ils l'auraient découvert bien assez tôt !*

Nous nous battons contre Darroc et ses mignons. Mallucé me blesse grièvement. Barrons m'emporte jusqu'à sa librairie, où il me soigne. Il m'embrasse pour la première fois. Jamais je n'ai rien vécu de pareil.

Une fois de plus, il m'a sauvée. Et qu'ai-je fait lorsqu'il avait besoin de moi ?

Je l'ai tué.

Le cri silencieux est de retour, il monte en moi. Il me faut toute ma force pour le contenir.

Je trébuche.

Darroc me rattrape par le bras et me retient.

D'un geste, je l'écarte.

— Ça va. J'ai juste faim.

Faux. C'est tout mon corps qui est hors service.

— Sortons d'ici, ajouté-je.

J'entre dans le Miroir. Comme je m'attends à rencontrer une résistance, ce qui a toujours été le cas lorsque je passais par un Miroir, je rentre la tête et imprime une forte poussée en avant. La surface argentée est épaisse et gluante.

Soudain, je suis aspirée de l'autre côté et je m'étale de tout mon long. Je me remets sur mes pieds et pivote vers Darroc, qui vient de sortir du Miroir avec élégance.

— Qu'avez-vous fait ? Vous m'avez poussée ?

— Certainement pas. Peut-être est-ce la façon dont le Miroir dit « Bon débarras ! » aux pierres ? suggère-t-il d'un ton ironique.

Je n'avais pas réfléchi à l'effet qu'elles pourraient exercer. Je les avais oubliées, tout au fond de mon sac à dos, dans leur sac de cuir couvert de runes. Mes sens *sidhe-seers* semblent inopérants dans le réseau des Miroirs. Je ne perçois pas leur feu sombre et froid au fond de mon esprit.

Il ricane.

— Ou peut-être est-ce à *toi* qu'il dit « Bon vent ! », MacKayla. Donne-les-moi. Je vais les porter quand nous franchirons le prochain Miroir et nous verrons ce qui se passera.

Le prochain Miroir ? Ce n'est qu'à ce moment que je prends conscience que nous ne sommes pas à Dublin mais dans une autre salle blanche sur le mur de laquelle sont suspendus *dix* Miroirs. Il a fait en sorte que l'on ait du mal à le suivre. Je me demande où mènent les neufs autres.

— Comptez là-dessus, bougonné-je.

Je rajuste mon sac avant de m'épousseter.

— Tu n'as pas envie de savoir… Es-tu humaine ou es-tu pierre ? demande-t-il d'un ton provocant. Si c'est moi qui les porte et que le Miroir t'expulse de nouveau avec force, nous serons fixés.

Je ne suis *pas* un caillou.

— Dites-moi seulement quel est le Miroir qui mène à Dublin.

— Le quatrième en partant de la gauche.

Je m'y enfonce, cette fois avec méfiance. Je n'ai pas envie de tomber une fois de plus. Ce Miroir est étrange.

Il m'entraîne dans un long tunnel où je traverse l'un après l'autre des murs de brique, comme s'il avait empilé des *Tabh'rs*, à l'image de celui qui se trouvait à l'intérieur d'un cactus dans le désert de Christian, à la différence qu'ils sont cachés dans des murs de brique.

Où suis-je ?

À travers le Miroir suivant, j'entrevois confusément une rue plongée dans la nuit, et je suis frappée par une rafale glacée. Puis je suis poussée à travers une allée pavée et plaquée contre un nouveau mur de brique, si brutalement que j'en suis étourdie. Celui-ci est solide, impénétrable.

Je reconnaîtrais ma ville les yeux bandés. Nous sommes de retour à Dublin. Je me retiens à la paroi, résolue à rester debout. J'ai passé assez de temps par terre aujourd'hui.

Je tremble comme une feuille mais je suis sur mes pieds au moment où mes sens *sidhe-seers* me reviennent avec violence, comme furieux de se réveiller après un long sommeil forcé dans le réseau des Miroirs. Une vibration malsaine fait irruption dans mon esprit. La cité grouille de faës.

Autrefois, les Objets de Pouvoir et les faës me donnaient la nausée, mais une exposition permanente a changé quelque chose en moi. Leur présence ne me handicape plus. Désormais, ils déclenchent en moi une puissante et noire bouffée d'adrénaline. Le manque de sommeil et de nourriture me fait déjà suffisamment trembler. Je me fiche de savoir où sont les *Unseelies*, et je n'ai pas l'intention de commencer à chercher le Livre ! Je ferme les paupières tout en m'efforçant de baisser le bouton du « volume », jusqu'à obtenir le silence.

C'est alors que Darroc referme les bras autour de moi. Il m'attire à lui et me retient. L'espace d'un instant, j'oublie qui je suis, ce que je ressens, ce que j'ai perdu. Tout ce que je sais, c'est que deux bras solides me soutiennent.

Je hume les parfums de Dublin.

Je suis dans les bras d'un homme.

Il me fait pivoter contre lui, penche sa tête vers la mienne, me serre contre lui comme s'il voulait me protéger, et pendant un moment, je m'imagine que c'est Barrons.

Il presse ses lèvres contre mon oreille.

— Tu as dit que nous étions amis, MacKayla, murmure-t-il. Et pourtant, je ne vois rien de cela dans ton regard. Si tu te donnes à moi, si tu te donnes entièrement, jamais je ne... Comment dis-tu ? Jamais je ne te laisserai mourir alors que je suis supposé veiller sur toi. Je sais que tu es en colère à cause de ta sœur, mais ensemble, nous pouvons changer cela... ou pas, si tu préfères. Tu as des attaches dans ton monde, mais ne pourrais-tu pas imaginer une place pour toi dans le mien ? Tu es encore moins humaine qu'Alina. Tu n'es pas d'ici. Tu ne l'as jamais été. Tu es appelée à plus que cela.

Sa voix mélodieuse se fait plus profonde, plus envoûtante.

— Ne le comprends-tu pas ? Ne l'as-tu pas toujours pressenti ? Tu es... plus vaste que les autres de ton espèce. Ouvre les yeux. Regarde autour de toi. Est-ce que ces minables humains grouillants et belliqueux valent que tu te battes pour eux ? Que tu meures pour eux ? Ou bien oseras-tu goûter l'éternité ? Une vie sans fin. La liberté absolue. Marcher parmi d'autres, eux aussi plus vastes que d'insignifiants mortels...

Ses mains se referment en coupe sur ma tête et caressent mon visage. Ses lèvres bougent contre mon oreille. Son souffle est saccadé, haletant, et il se presse contre ma cuisse, durci par le désir. Ma respiration se fait plus rapide.

J'imagine de nouveau qu'il est Barrons. Soudain, j'ai la sensation d'être avec Barrons, et j'ai le plus grand mal à garder les idées claires. Des images me traversent l'esprit – ces longues et merveilleuses heures passées dans des draps humides de passion.

J'ai l'odeur de Barrons sur ma peau et son goût sur ma bouche. Je me rappelle. Je n'oublierai jamais. Les souvenirs sont si vivaces ! Je pourrais presque, en tendant la main, toucher ces draps de soie pourpre.

Il est étendu sur le lit, si viril, si massif, si mat sous ses tatouages, les bras croisés derrière la tête, et il me regarde danser nue.

Manfred Mann chante une vieille reprise de Bruce Springsteen sur mon iPod : Je suis venu pour toi, pour toi, je suis venu pour toi...

Il l'a fait. Et je l'ai tué.

Je donnerais tout pour retourner là-bas, rien que pour une journée. Revivre cela. Le toucher de nouveau. L'entendre gémir. Lui sourire. Être tendre. Ne plus avoir peur d'être tendre. La vie est si fragile, si exquise, si brève... Pourquoi dois-je toujours m'en apercevoir trop tard ?

Une marque à l'arrière de mon crâne me brûle mais je ne saurais dire si c'est celle de Darroc qui me fait si mal, ou si c'est celle de Barrons qui proteste parce que Darroc est en train de l'effleurer.

— Oublie ton vœu de me faire tomber et de me détruire, MacKayla, murmure-t-il à mon oreille. Ah, oui, je le lis dans tes yeux chaque fois que tu me regardes. Il faudrait que je sois aveugle pour ne pas le voir. J'ai vécu pendant des centaines de milliers d'années à la Cour des Illusions. Tu ne peux pas me duper. Renonce à ta vaine quête de vengeance car elle ne peut que te mener à ta perte, et non à la mienne. Laisse-moi t'élever, t'apprendre à voler. Je te donnerai tout. Et je ne te perdrai pas, *toi*. Je ne commettrai pas deux fois la même erreur. Si tu viens à moi en sachant ce que je suis, ni la peur ni la méfiance n'auront leur place entre nous. Accepte mon baiser, MacKayla. Accepte mon offre. Vis avec moi. Pour toujours.

Sa bouche quitte mon oreille. Il dépose une pluie de baisers sur ma joue, avant de s'immobiliser et d'attendre que je tourne la tête pour franchir le peu d'espace qui sépare encore nos lèvres. Que je choisisse.

Je m'apprête à lui cracher toute ma haine à la figure. Il prétend avoir éprouvé des sentiments pour ma sœur et maintenant, il tente de me séduire ! Ce qu'il ressentait pour Alina peut-il être aussi facilement oublié ? Je le déteste de l'avoir conquise. Je le déteste de ne pas être fidèle à son souvenir.

Aucune de ces émotions n'est ce que Barrons aurait qualifié d'« utile ». J'ai une mémoire dont je dois être digne. Deux fantômes à ramener à la vie.

Je me concentre sur l'ici et maintenant. Ce qui peut me servir. Ce qui ne le peut pas.

Derrière son épaule, je vois où nous sommes. Si j'avais encore des émotions, je serais pliée en deux, un poing sur l'estomac.

Décidément, l'ex-faë est rusé. Ignoblement rusé !

Nous sommes dans l'allée diagonalement opposée à *Barrons – Bouquins et Bibelots*. Il a caché un Miroir dans le mur de brique du premier immeuble de la Zone sombre, en face de ma librairie.

Il était situé juste de l'autre côté, depuis tout ce temps. Dans ma cour. Il me regardait toujours. *Nous* regardait.

La dernière fois que je suis venue ici, même si je savais que je me jetais dans un piège, je suis partie d'un pas énergique. Barrons venait de me dire qu'à mon retour, une fois Darroc mort et mes parents sauvés, il me *donnerait* officiellement *Barrons – Bouquins et Bibelots*.

Je ne doutais pas un instant qu'il le ferait. J'étais tellement confiante, tellement sûre de moi !

Darroc m'observe attentivement.

J'avance en terrain miné. Cela fait déjà longtemps, mais je ne voyais pas les choses aussi clairement qu'à présent.

Il a joué sur ma haine envers lui et fait quelque chose que probablement seul un être ayant été faë pendant une petite éternité pourrait faire : il l'a acceptée et m'a offert son pardon. Il m'a proposé bien plus qu'un simple accord. Maintenant, il attend ma réponse. Je comprends son jeu. Il a étudié les miens avec son esprit faë froidement analytique et appris à bien nous connaître.

En acceptant une relation intime avec lui, je m'expose doublement. Sur le plan physique, je serai assez proche de lui pour qu'il puisse me blesser. Sur le plan émotionnel, je cours le même risque que toute femme lorsqu'elle noue une relation avec un homme. Là où va le corps, un petit peu du cœur tente de suivre...

Par chance, je n'ai plus de cœur. Sur ce point, je suis en sécurité. Et je suis devenue sacrément résistante aux chocs...

Mes fantômes échangent des murmures à travers moi mais je ne les écoute pas. Si je veux les entendre un jour de nouveau, je n'ai qu'une solution.

Je tourne la tête vers le baiser de Darroc.

Tandis que ses lèvres s'approchent des miennes, la dualité en moi menace de me déchirer en deux. Si elle y parvient, je perdrai ma meilleure chance d'accomplir ma mission.

J'ai mal.

Je dois être punie pour mes péchés.

J'enfouis mes mains dans ses cheveux et je canalise tous mes sentiments dans la passion, je les déverse dans mes caresses, je l'embrasse à perdre haleine, violemment, en laissant libre cours à ma fougue. Je nous fais tous les deux pivoter et je le plaque contre le mur pour l'embrasser comme s'il était ma vie, avec toute l'humanité qu'il y a en moi. Voilà quelque chose que les faës ne pourront jamais ressentir, quelle que soit leur apparence. L'humanité. C'est pour cela qu'ils adorent coucher avec nous.

Il vacille un instant, recule et baisse les yeux vers moi.

Mon regard est fou. Il y a en moi quelque chose qui me terrifie et je ne peux qu'espérer que je pourrai m'accrocher au rebord de la falaise où je me trouve. Je laisse échapper un soupir impatient, passe ma langue sur mes lèvres, et je le pousse.

— Encore !

Lorsqu'il m'embrasse de nouveau, la dernière part de moi-même qui me gardait droite rend l'âme.

8

Enfer, j'ai mis un mois pour rentrer !

Je suis mort trois fois.

Ça a été pire que dans les années 1800, quand j'ai dû prendre un bateau à vapeur pour traverser ce maudit océan.

Partout, des fragments de réalité faë abattaient tous les avions que je prenais.

Je n'exclus pas le risque que, le temps que je revienne, il ait mis la main sur elle, retiré ma marque de son crâne et l'ait rendue impossible à localiser.

Puis je commence à la percevoir.

Elle est vivante. Elle porte toujours mon tatouage.

Pourtant, ce que je ressens ne cadre pas avec sa situation. Je m'attends à du chagrin. Cette femme m'a tué. Chez les humains, la familiarité crée un certain lien émotionnel.

Du désir, en revanche... Juste après m'avoir assassiné, de qui a-t-elle envie ?

Je me distrais en imaginant que je brûle ma marque pour l'effacer de son crâne.

Et lorsque j'arrive enfin devant ma librairie, que vois-je dans l'allée de derrière ?

La femme qui m'a invoqué pour que je la sauve, avant de me poignarder dans le dos à la première occasion. Elle n'est pas perdue dans le réseau des Miroirs, en détresse.

Elle se tient dans mon allée, en train d'embrasser ce salaud qui l'a violée et transformée en *Pri-ya*.

Non, soyons tout à fait précis. Elle se frotte contre lui en lui enfonçant sa langue dans la bouche jusqu'aux amygdales.

Le monstre en moi secoue les barreaux de sa cage.

Violemment.

9

— Mac ! Eh, Mac ! Tu m'entends pas ? Je suis en train de te demander ce que tu fiches, p... !

Je me raidis. J'ai dérivé vers des ténèbres où je ne ressens plus rien. Si j'éprouvais des émotions, je me tuerais. Il n'y a plus de bien ni de mal. Juste de la distraction.

— Ignore-la, gronde Darroc, ses lèvres contre ma bouche.

— Mac, c'est moi, Dani ! Eh, c'est qui que t'embrasses, là ?

Je sais qu'elle saute d'un pied sur l'autre derrière moi. Je me hérisse sous le courant d'air qu'elle déplace en essayant de voir l'homme que je plaque contre le mur.

Elle l'a déjà croisé deux fois ; elle le reconnaîtrait. La dernière chose dont j'ai besoin, c'est qu'elle aille claironner la nouvelle à l'Abbaye. Mac fait équipe avec le Haut Seigneur, comme sa sœur ! Comme Ro l'avait dit ! Sale traîtresse... Ça doit être inscrit dans son sang !

Rowena en profiterait sans vergogne et enverrait toutes ses troupes de *sidhe-seers* à ma poursuite pour me prendre. Cette garce à la vue bornée déploierait plus d'efforts pour me pourchasser qu'elle n'en a jamais consacré à traquer les faës.

Un soudain courant d'air soulève ma chemise, faisant voler mes cheveux.

— C'est pas Barrons ! s'indigne Dani.

Le nom me transperce comme un couteau. Non, *c'est pas* Barrons. Et ça ne le sera plus jamais… à moins que je ne me montre particulièrement convaincante.

— Et c'est pas non plus V'lane ! s'écrie-t-elle d'une voix où se mêlent la colère et l'incrédulité. Mac, qu'est-ce que tu fiches ? Où t'étais ? Je t'ai cherchée partout. Ça fait un mois. *Maaac !*

Voilà qu'elle se met à geindre.

— J'ai du neuf. Écoute-moi, p… !

— Veux-tu que je nous en débarrasse ? murmure Darroc.

— Elle est du genre tenace, réponds-je sur le même ton. Donne-moi une minute.

Je recule en lui souriant. Au rayon « Désir », personne ne pourra accuser les faës de manquer de ressources. La passion étincelle dans son regard presque humain. Puis, au milieu de ce brasier, j'entrevois une lueur de surprise qu'il tente sans succès de dissimuler. Je crois que ma sœur était un peu plus… subtile que moi.

— Je reviens tout de suite, promets-je.

Puis je pivote lentement sur moi-même pour me donner le temps de me préparer à affronter Dani. Je vais devoir lui faire du mal pour la décourager.

Son visage rayonne de joie et d'impatience. Sa masse rebelle de boucles rousses est rassemblée sous un casque à vélo noir aux lampes allumées. Elle porte un long manteau de cuir noir et des baskets montantes noires. Quelque part dans les plis de son vêtement, il y a l'Épée de Lumière, à moins que Darroc ne l'ait perçue et la lui ait également prise. En supposant qu'elle soit toujours là, je me demande si je pourrais la dégainer assez rapidement pour me la passer en travers du corps avant que Dani ait le temps de m'arrêter.

J'ai une mission. Je me concentre dessus. Je n'ai pas le temps de soulager ma conscience lourde de culpabilité et d'ailleurs, cela n'aurait aucun sens. Quand j'aurai atteint le but que je me suis fixé, tout ce qui se passe ce soir dans cette allée n'aura jamais existé, alors cela ne compte pas si je fais de la peine à *cette* Dani. Dans l'avenir que je vais créer, elle n'aura pas à endurer cela.

Cette formidable liberté me coupe le souffle. À partir de cet instant, rien de ce que j'aurai fait ne reviendra me hanter. J'évolue sur un terrain où tous les coups sont permis. Je m'y trouve depuis l'instant où j'ai décidé de tout recommencer à zéro.

J'étudie Dani avec un détachement étrange, en me demandant ce que je devrais changer pour elle. Je pourrais empêcher sa mère d'être tuée. Lui offrir une vie qui ne l'endurcirait pas, où elle pourrait être douce et ouverte. Lui donner l'occasion de s'amuser, comme Alina et moi, de jouer sur la plage au lieu de courir les rues pour chasser des monstres dès l'âge de… Quel âge avait-elle lorsque Rowena a fait d'elle une arme de guerre ? Huit ans ? Dix ?

À présent qu'elle a capté mon attention, elle s'illumine, et lorsque Dani s'illumine, c'est tout son visage qui resplendit. Elle saute d'un pied sur l'autre comme pour brûler un excédent d'énergie et d'excitation.

— Où t'étais passée, Mac ? Tu m'as manqué ! *Man...* je veux dire, whaou !

Elle a rectifié en hâte, dans un sourire enfantin, avant que je mette à exécution une menace que j'ai faite dans ce qui me semble une autre vie – l'appeler par son nom de baptême si elle me donnait encore une seule fois du « *man* ».

— Tu vas jamais croire ce qui s'est passé ! J'ai inventé un anti-Ombre, et toute l'Abbaye s'en sert, même si y en a pas une pour me dire à quel point je suis intelligente. Comme si j'étais tombée par hasard sur l'idée, alors que pas une seule de ces *sidhe-biques* n'y aurait pensé en un milliard d'années.

Elle a dit cela dans un marmonnement plein d'amertume, puis son visage s'éclaire de nouveau.

— Tu le croiras jamais – même moi j'ai du mal ! J'ai descendu un Traqueur et je l'ai tué, le sale rat !

Elle fronce les sourcils d'un air vaguement irrité.

— Enfin, Jayne m'a peut-être un peu aidée, mais c'est *moi* qui l'ai abattu ! Et p..., tu vas jamais croire celle-là, *man* !

Elle recommence à sautiller d'un pied sur l'autre si vite, et avec une telle fébrilité, que je ne vois plus qu'une ombre couleur de cuir noir aux contours flous dans l'obscurité.

— Ce p... de *Sinsar Dubh* est venu à l'Abbaye et il...

Tout d'un coup, elle se fige. Elle regarde derrière moi, puis elle ramène les yeux vers moi, avant de les poser de nouveau derrière mon épaule. Elle pince les lèvres, plisse les paupières. Glisse prestement sa main sous son manteau.

Je vois à son expression que ses doigts ne trouvent que le vide à la place de son épée. Pourtant, elle ne recule pas. Ce n'est pas son genre ! Elle se carre plus fermement sur ses pieds. S'il me restait une once d'humanité, je sourirais. Elle n'a que treize printemps, mais un cœur de lion.

— Il se passe quelque chose ici que j'ai pas capté, Mac ? demande-t-elle d'une voix tendue. Parce que tu vois, je suis là, en train de chercher une raison, n'importe laquelle, pour que tu embrasses ce salaud, mais j'en trouve aucune.

Elle me lance un coup d'œil furieux.

— Je crois que c'est encore pire que de mater un film porno. *Man.*

Bon, elle est furieuse. Elle vient de me dire *man* et elle n'a pas demandé pardon. Je me raidis.

— Il se passe beaucoup de choses que tu ne captes pas, dis-je froidement.

Elle scrute mon visage en se demandant probablement si je joue double, ou si je roule pour l'ennemi. Il faut que je la persuade, sans le moindre doute possible, que ce n'est pas le cas. Il faut qu'elle s'en aille et qu'elle ne revienne pas. Je ne peux pas laisser une fouineuse plus vive que l'éclair se mêler de mes projets.

Je ne veux pas non plus qu'elle s'attarde ici assez longtemps pour que Darroc s'avise qu'elle pourrait nous causer de sérieux problèmes si elle le voulait. Même si tous les coups sont permis, je n'imagine pas une réalité où je pourrais tuer Dani, ou laisser quelqu'un d'autre l'assassiner. La famille, ce n'est pas que les liens du sang. C'est aussi ceux du cœur.

Elle dit que le Livre était à l'Abbaye. Il faut que je sache quand. Tant que je n'aurai pas découvert comment Darroc compte fusionner avec le *Sinsar Dubh* et que je n'aurai pas l'assurance de savoir en faire autant, je ne l'emmènerai pas auprès du Livre. Il faut que je joue avec Darroc le même jeu qu'avec V'lane et Barrons – bien que ce soit à présent pour des raisons différentes. Un jeu intitulé « cache-cache avec le Livre noir ».

— Quel genre de choses, Mac ?

Elle pose les poings sur les hanches. Elle semble si furieuse qu'elle se met à trembler très rapidement. Ses contours sont de nouveau flous.

— Ce salaud a fait tomber les murs, tué des milliards de gens, rayé Dublin de la carte, il t'a fait violer par ses petits copains – c'est moi qui t'ai sauvée, au cas où tu t'en souviendrais pas – et maintenant, tu lèches…

Elle fait la grimace et frémit de dégoût.

— … le museau de ce bouffeur d'*Unseelie* ! C'est quoi, ce bordel ?

J'ignore sa tirade.

— Quand le Livre est-il venu à l'Abbaye ?

Je ne lui demande pas s'il y a eu des blessées. Une femme qui accepte de s'allier à Darroc s'en moque bien ! Et de toute façon, je ne laisserai pas ce genre de choses arriver dans ma nouvelle version améliorée de l'avenir.

— Bien essayé, Mac. C'est *quoi*, ce *bordel* ?

— Bien essayé, Dani, riposté-je. Quand ?

Elle me regarde un long moment, avant de redresser le menton d'un air buté et de croiser ses bras maigres sur son torse. Elle jette un coup d'œil furieux en direction de Darroc, puis se tourne de nouveau vers moi.

— Tu es encore *Pri-ya*, Mac ? À part que t'es pas à poil et tout excité, c'est la même chose ? Qu'est-ce qu'il t'a fait ?

— Réponds à ma question, Dani.

Elle se hérisse.

— Barrons sait ce qui se passe ? On dirait que non. Où il est, d'abord ?

— Mort, dis-je, laconique.

Son corps fluet sursaute et elle cesse soudain de s'agiter. Elle était raide amoureuse de Barrons.

— C'est pas vrai, proteste-t-elle. On peut pas le tuer. En tout cas, pas facilement.

— Ça n'a pas été facile.

Il a fallu les deux personnes au monde en qui il avait le plus confiance, une lance dans le dos, une éviscération et une gorge tranchée. Je ne qualifie pas cela de facile.

Elle me scrute d'un œil noir.

Je m'oblige à suinter de mépris.

Elle reçoit le message et se raidit.

— Qu'est-ce qui s'est passé ?

Darroc s'approche de moi et passe un bras autour de ma taille. Je m'adosse à lui.

— MacKayla l'a tué, dit-il d'un ton abrupt. Et maintenant, répond à sa question. Quand le Livre est-il passé à l'Abbaye ? Y est-il encore ?

Dani prend une petite inspiration saccadée. Elle recommence à trembler. Ignorant Darroc, elle se tourne vers moi.

— C'est pas drôle, Mac.

Je suis d'accord. Non, ce n'est pas drôle. C'est insupportable. Mais c'est nécessaire. Je mens, sans aucun état d'âme :

— Il l'a cherché. Il m'a trahie.

Elle sursaute, les poings toujours sur les hanches.

— Barrons est pas un traître. Il t'aurait jamais laissée tomber ! C'est pas son genre !

— Oh, grandis un peu et sors-toi la tête du c… ! Tu ne sais rien de Barrons ! Tu es trop jeune pour savoir quoi que ce soit sur qui que ce soit !

Elle s'immobilise en plissant ses yeux d'un vert lumineux.

— J'ai quitté l'Abbaye, Mac, dit-elle finalement, avant d'émettre un rire sans joie. J'ai comme qui dirait brûlé mes ponts, tu vois ?

Elle scrute mon visage. Une fois de plus, j'ai l'impression de recevoir un coup de poignard en plein cœur. Elle est partie à cause de moi. Parce qu'elle croyait que j'étais dans les parages et que nous pouvions toujours compter l'une sur l'autre.

Je me console avec la pensée qu'au moins, elle ne courra pas rapporter à Rowena que je couche avec l'ennemi. Je n'aurai pas une horde de *sidhe-seers* enragées à mes trousses.

— Je croyais qu'on était amies, Mac.

Je lis dans son regard qu'il me suffirait de répondre « Nous le sommes » pour qu'elle trouve le moyen d'accepter ce qu'elle est en train de voir en cet instant. De quel droit place-t-elle autant de confiance en moi ? Je ne l'ai jamais demandé.

Je ne l'ai jamais mérité.

— Tu te trompais. Et maintenant, réponds à ma question.

Je suis la seule à ne jamais l'avoir traitée comme une gamine. Ce qu'elle déteste par-dessus tout, c'est qu'on l'appelle « la môme ».

— Répond, *la môme*, insisté-je. Et ensuite, fiche le camp. Ramasse tes jouets et dégage.

Elle ouvre des yeux ronds de stupeur et me regarde, bouche bée.

— T'as dit *quoi* ?

— J'ai dit : « Réponds, la môme, et dégage le plancher. » Tu ne vois pas qu'on est occupés ?

Elle recommence à sautiller sur place, petite tache obscure dans la nuit.

— P… d'adultes ! marmonne-t-elle entre ses dents serrées. Tous les mêmes ! J'suis bien contente d'avoir quitté cette p… d'Abbaye ! Allez tous vous faire f… !

Elle a hurlé ces dernières paroles mais les mots se sont étranglés dans sa gorge, comme s'ils avaient buté contre un sanglot qu'elle ravalait de force.

Je ne vois même pas l'ombre noire disparaître. Son MacHalo dessine un trait de lumière lorsqu'elle s'éloigne, tel le vaisseau *Enterprise* s'élançant à la vitesse supra-luminique dans l'espace, puis l'allée est vide.

Je m'aperçois avec stupéfaction qu'elle semble aller encore un peu plus vite. Mange-t-elle de l'*Unseelie* ? Si c'est le cas, je vais lui botter les fesses jusqu'à ce qu'elle ait fait tout le tour de Dublin !

— Pourquoi ne pas l'avoir retenue, MacKayla ? Tu aurais pu exploiter sa confiance en toi pour obtenir des informations sur le Livre.

Je hausse les épaules.

— Cette gamine m'a toujours tapé sur les nerfs. Allons plutôt chercher une *sidhe-seer*. Et si nous n'en trouvons pas, les hommes de Jayne doivent savoir ce qui se passe.

Me détournant de *Barrons – Bouquins et Bibelots*, je m'engage dans ce qui était autrefois la plus vaste Zone fantôme de tout Dublin. C'est à présent un quartier à l'abandon, où il ne reste plus aucune Ombre. Lorsque Darroc a fait tomber les murs la nuit de Halloween, plongeant Dublin dans le noir, les ectoplasmes vampires se sont échappés de leur prison de lumière pour s'aventurer vers de plus verts pâturages.

Faire du mal à Dani m'a pris toute mon énergie. Je ne suis pas d'humeur à passer devant *Barrons – Bouquins et Bibelots*. Il faudrait que j'affronte l'évidence. Comme son propriétaire, le magasin est immense, silencieux. Et mort.

Si je m'en approche, je devrai m'interdire de jeter des regards avides à l'intérieur. Ignorer que, dans cette réalité, je ne pousserai plus jamais ces portes.

Il est mort. Il est vraiment, définitivement mort.

J'ai perdu ma librairie, de façon aussi définitive, aussi irrévocable que si la Zone fantôme l'avait finalement engloutie.

Elle ne sera jamais à moi. Jamais je n'ouvrirai ces portes en bois de cerisier à panneaux en diamant pour reprendre les affaires.

Jamais je n'entendrai le petit tintement de ma caisse enregistreuse, jamais plus je ne me blottirai avec une tasse de cacao et un bon roman devant le poêle à gaz pour me réchauffer en attendant le retour de Jéricho Barrons. Jamais plus je n'échangerai de plaisanteries avec lui, jamais je ne m'entraînerai à pratiquer la Voix, jamais il ne me mettra à l'épreuve de quelques pages du *Sinsar Dubh*. Je ne lui glisserai plus de regards gourmands à la dérobée quand je penserai qu'il ne me voit pas, je ne l'entendrai plus rire, je ne gravirai plus l'escalier menant à ma chambre, parfois au troisième, parfois au quatrième étage, pour m'étendre et mettre au point des répliques cinglantes, que je ne prononcerai de toute façon jamais, puisque Barrons est indifférent aux paroles.

Pour lui, seuls comptent les actes.

Je ne conduirai pas ses voitures. Je ne découvrirai pas ses secrets.

Darroc me prend par le bras.

— Par ici, dit-il en me faisant pivoter. Temple Bar.

Je perçois le poids de son regard sur moi tandis qu'il me ramène vers la librairie.

Je fais halte et lève les yeux vers lui.

— Je pensais que tu pourrais avoir besoin de certaines affaires dans la maison de LaRuhe, dis-je d'un ton détaché.

Je n'ai *vraiment* aucune envie de passer devant *Barrons – Bouquins et Bibelots*.

— Je pensais que nous devrions battre le rappel de tes troupes. Voilà longtemps que nous sommes partis.

— Il y a de nombreux endroits où je garde des affaires, et mon armée est toujours proche.

Il effectue alors le geste de trancher l'air, tout en psalmodiant à mi-voix une incantation dans une langue que je ne connais pas.

La nuit descend soudain de six ou sept degrés. Je n'ai pas besoin de regarder derrière moi pour savoir que les princes sont là, ainsi que d'innombrables autres *Unseelies*. L'atmosphère est maintenant lourde de présence faë noire. Même avec le « volume » réglé sur zéro, ils sont si nombreux, si proches de moi, que je les perçois, au creux de mon estomac. Garde-t-il en permanence un contingent à portée de transfert ? Les princes rôdaient-ils aux alentours tout ce temps, attendant son appel, à une demi-dimension au-delà de ma conscience ?

Il faudra que je me souvienne de cela.

— Je ne vais pas me promener dans Dublin avec les princes sur mes talons.

— J'ai dit que je ne les laisserais pas te faire de mal, MacKayla, et je tiendrai parole.

— Je veux récupérer ma lance. Donne-la-moi, maintenant.

— Je ne peux pas accepter cela. J'ai vu ce que tu as infligé à Mallucé avec cette arme.

— J'ai dit que je ne te ferais pas de mal, Darroc, et je tiendrai parole, ironisé-je. Tu vois ce que ça fait ? C'est un peu dur à avaler, non ? Tu répètes que je dois te faire confiance mais tu n'as aucune confiance en moi.

— Je ne peux pas prendre ce risque.

— Mauvaise réponse.

Dois-je employer la manière forte et tenter de reprendre ma lance ? Si j'y arrive, aura-t-il moins confiance en moi ? Ou bien me respectera-t-il plus ?

Je cherche le lac sans fond sous mon crâne, sans même fermer les paupières. Mon regard devient simplement flou. J'ai besoin de pouvoir, de force, et je sais où trouver les deux. Presque sans effort, je parviens au bord du rivage jonché de petits galets noirs. Il a toujours été à ma disposition. Il le sera toujours.

Au loin, j'entends Darroc parler aux princes. Je frissonne. Je ne supporte pas l'idée de les savoir derrière moi.

Dans ses insondables profondeurs, l'eau noire s'agite, puis se met à bouillonner.

Des runes argentées semblables à celles avec lesquelles je me suis encerclée sur le bord de la falaise remontent à sa surface, mais les flots sont toujours en ébullition et je sais que ce n'est pas terminé. Il y a encore autre chose... si je le veux. C'est le cas. Après quelques instants, une poignée de runes pourpres jaillissent sur l'eau couleur d'encre, secouées de pulsations, tels de minces cœurs difformes. Le bouillonnement s'arrête. L'onde est de nouveau aussi lisse qu'un miroir noir.

Je me penche et les ramasse. Elles frétillent dans ma main, ruisselantes de sang.

Derrière moi, les princes *unseelies* commencent à émettre un son aigu, dénué de toute douceur. Comme du cristal brisé, aux bords tailladés, frotté contre du métal.

Je ne me retourne pas vers eux. Je sais tout ce que j'ai besoin de savoir. Quel que soit le don qui m'a été accordé, ils ne l'apprécient pas.

Mon regard se focalise de nouveau.

Darroc me regarde, puis il baisse les yeux vers mes mains, et il se fige.

— Que fabriques-tu avec ça ? Qu'as-tu fait dans les Miroirs, avant que je te retrouve ? Es-tu entrée sans moi dans la Maison blanche, MacKayla ?

Derrière moi, les princes criaillent un peu plus fort. Leur stridulation vous taillade l'âme comme un rasoir, vous lacère les tendons, vous brise les os en menus morceaux. Je me demande si cela est dû au fait d'avoir été façonnés à partir d'un Chant-qui-forme imparfait, d'une mélodie capable de défaire, d'anéantir, d'annihiler à un niveau moléculaire.

Ils haïssent mes runes pourpres, et je vomis leur noire mélopée.

Ce n'est pas moi qui céderai.

— Pourquoi ? demandai-je à Darroc.

Est-ce de là que proviennent les runes que j'ai pêchées ? Que sait-il à leur sujet ? Impossible de le lui demander sans trahir le fait que, bien que je possède un pouvoir, je n'ai aucune idée de sa nature ni de la façon de l'utiliser. Je lève les poings et les ouvre vers le haut. Un épais liquide rouge coule de mes mains. De fines runes tubulaires s'agitent sur mes paumes.

Derrière moi, le carillon strident des princes devient un hurlement infernal qui semble gêner même Darroc.

Je ne sais absolument pas ce que je dois faire avec les runes. J'étais en train de penser aux princes *unseelies* et au fait que j'avais besoin d'une arme contre eux, et elles sont apparues dans mon esprit. J'ignore également comment je les ai fait passer de mon lac noir brillant intérieur vers la réalité ordinaire. Je ne comprends rien de plus à ces symboles pourpres qu'à ceux de couleur argentée.

— Où as-tu appris à faire cela, MacKayla ? gronde Darroc.

Je distingue à peine ses paroles par-dessus le hululement des princes.

— Comment comptes-tu fusionner avec le Livre ? rétorquai-je.

Il faut que je hausse le ton, si fort que je crie presque, pour me faire entendre.

— As-tu seulement idée de ce dont ces choses sont capables ? demande-t-il.

Je dois lire sur ses lèvres. Sa voix est inaudible. Les cris derrière moi s'élèvent à un niveau inhumain et mè vrillent les tympans comme autant de pics à glace.

— Donne-moi ma lance et je les jette, hurlé-je.

Darroc se rapproche de moi pour essayer de me comprendre.

— Impossible ! explose-t-il. Mes princes ne resteront pas pour nous protéger si tu as cette arme.

Il glisse un regard plein de dégoût sur les runes qui palpitent dans ma main.

— Ni si ces... *choses* sont présentes.

— Je pense que nous pouvons nous défendre nous-même !

— Pardon ? s'égosille-t-il.

— Nous n'avons pas besoin d'eux !

Les pics à glace dans mes oreilles ont commencé à forer mon cerveau. Je suis sur le point de succomber à une migraine colossale.

— Moi, si ! Je n'ai pas encore retrouvé mon statut de faë. Mon armée ne me suit que parce que les princes faës marchent sur mes talons !

— Qui a besoin d'une armée ?

Nous sommes l'un contre l'autre, en train de nous hurler dessus, et nos paroles se perdent pourtant presque dans le vacarme.

Il se masse les tempes. Il s'est mis à saigner du nez.

— Nous ! Les *Seelies* se rassemblent, MacKayla. Eux aussi ont commencé à chasser le *Sinsar Dubh*. Bien des choses ont changé depuis que tu es partie !

— Comment le sais-tu ?

Hélas, je n'ai croisé aucun kiosque à journaux dans les Miroirs lorsque *je* m'y trouvais.

Il me prend par la tête pour l'attirer près de la sienne.

— Je me tiens informé ! gronde-t-il à mon oreille.

Le tintement suraigu est à présent un insoutenable chœur sonore que l'ouïe humaine n'est pas conçue pour supporter. Ma nuque est trempée. Je m'aperçois que du sang coule de mes tympans. J'en suis un peu surprise. Je ne saigne plus facilement. Cela ne m'est plus arrivé depuis que j'ai mangé de l'*Unseelie*.

— Tu dois m'obéir sur ce point, MacKayla ! crie-t-il. Si tu veux rester à mes côtés, débarrasse-t'en. À moins que tu ne veuilles la guerre entre nous ? Je croyais que tu désirais une alliance !

Il essuie le sang qui coule de ses lèvres et jette un regard noir en direction des princes.

Miraculeusement, le hululement s'interrompt. Les pics à glace disparaissent comme par magie de mes tympans.

Je prends une profonde inspiration et aspire goulûment de l'air propre et frais, comme pour laver mes cellules de la souillure de l'immonde symphonie faë.

Mon soulagement est pourtant de courte durée. Aussi abruptement que les sirènes infernales se sont tues, mes épaules et mes bras se mettent à geler, me donnant la sensation qu'une couche de glace pourrait tomber en craquant si je bougeais.

Inutile de tourner la tête pour comprendre que les princes se sont transférés pour prendre position, un sur ma gauche, l'autre sur ma droite. Je ressens leur présence.

Je sais que leurs visages à la beauté inhumaine ne sont qu'à quelques centimètres du mien. Si je regarde sur le côté, ils verront à l'*intérieur* de moi avec leurs yeux si anciens, perçants, hypnotisants, capables de voir au-delà de l'âme humaine, dans la matière même qui la constitue... et de la détruire, pièce par pièce. Quel que soit le mépris qu'ils éprouvent envers mes runes, ils sont prêts à m'affronter.

Je regarde Darroc. Je m'étais demandé quelle serait sa réaction si je tentais de reprendre la lance. Dans ses yeux, je vois une lueur qui ne s'y trouvait pas il y a peu. Je représente à la fois un risque plus élevé et un atout plus solide qu'il ne l'avait cru, et cela lui plaît. Il aime le pouvoir. Il aime en avoir... et posséder une femme qui en détient.

Je déteste marcher avec les princes *unseelies* derrière moi mais sa réflexion sur le fait que les *Seelies* rassemblent leurs troupes, mon ignorance au sujet des runes que je tiens dans ma main et la présence des faës noirs et glacés qui m'entourent constituent des arguments de poids.

Je penche la tête de côté, écarte mes boucles noires de devant mes yeux et lève les yeux vers lui. Il aime que je dise son nom. Je pense que cela lui rappelle l'époque où il était avec Alina. Alina était douce – une authentique sudiste. Nous, les femmes du Sud, nous savons deux ou trois petites choses à propos des hommes. Nous les appelons souvent par leur prénom pour leur donner l'impression qu'ils sont forts et que nous avons besoin d'eux, qu'ils ont le dernier mot, même si ce n'est pas vrai, et nous les laissons toujours, *toujours* croire qu'ils ont tiré le gros lot dans la seule compétition qui en vaille la peine le jour où nous avons prononcé le « oui » fatidique.

— Si nous devons nous battre, Darroc, me promets-tu de me rendre ma lance pour que je puisse nous défendre ? Permets-tu au moins cela ?

Il aime ces paroles. Nous défendre, permets-tu... Je le vois dans ses yeux. Un sourire éclaire son visage. Il caresse ma joue et hoche la tête.

— Bien entendu, MacKayla.

Il se tourne vers les princes, qui disparaissent aussitôt.

J'ignore comment me débarrasser des runes. Je ne suis même pas certaine que l'on *puisse* s'en débarrasser.

Lorsque je les lance par-dessus mon épaule dans la direction des princes, ceux-ci s'écartent précipitamment pour les éviter tout en émettant des sons évoquant des verres de cristal volant en éclats. J'entends les symboles crépiter et siffler lorsqu'ils touchent le trottoir.

Je ris.

Darroc fonce les sourcils.

— Je suis sage, promets-je d'un ton docile. Ne me dis pas qu'ils ne l'ont pas cherché.

Je commence à mieux lire en lui. Il me trouve amusante. J'essuie mes paumes sur mon pantalon de cuir pour éliminer les restes sanglants des runes, en vain. Puis je les frotte sur ma chemise, sans plus de résultat. Les taches ne partent pas.

Lorsque Darroc me prend par la main pour m'entraîner dans l'allée qui passe entre le *Barrons – Bouquins et Bibelots* et le garage où Barrons abrite la collection de voitures que je convoitais tant, je ne regarde ni d'un côté ni de l'autre. Je garde les yeux droit devant moi.

J'ai perdu Alina. Je n'ai pas réussi à sauver Christian. J'ai tué Barrons. Je suis en train de nouer une relation intime avec l'amant de ma sœur. J'ai blessé Dani pour l'éloigner. Et désormais, je fais équipe avec l'armée *unseelie*.

Maintenant que la victoire est en vue, impossible de faire demi-tour.

10

La neige commence à tomber, nappant la nuit d'un doux silence blanc. Nous cheminons sous les flocons telle une vilaine traînée *unseelie*, martelant le sol, rampant, louvoyant, en direction de Temple Bar.

Il y a derrière moi des castes que je n'ai vues qu'une seule fois auparavant, la nuit où Darroc leur a fait traverser le dolmen. Je n'ai aucun désir de les inspecter de plus près que je ne l'avais fait ce soir-là. Certains *Unseelies* ne sont pas trop affreux à regarder. Les Rhino-boys sont répugnants mais ils ne vous donnent pas l'impression d'être... souillés. D'autres... eh bien, rien que la façon dont ils se déplacent vous hérisse de dégoût et éveille en vous la sensation d'être gluant et visqueux là où leur regard s'est attardé sur vous.

C'est alors que j'aperçois une affichette mollement suspendue à un réverbère. *Le Dani Daily, 97 jours ACM.*

Un gros titre clame qu'elle a abattu un Traqueur. Je me mets dans la peau de Dani afin de comprendre la date. Il me faut une bonne minute, mais je finis par y arriver. ACM. Après la chute des murs. J'effectue un rapide calcul. Le dernier jour que j'ai passé à Dublin était le 12 janvier.

Quatre-vingt-dix-sept jours depuis Halloween, la nuit où les murs se sont écroulés, cela correspond au 5 février.

Ce qui signifie que je suis partie au moins vingt-quatre jours, peut-être plus longtemps. L'affichette était pâlie, délavée par le temps. Un peu plus de neige, et je ne l'aurais jamais vue.

Quelle que soit la durée de mon absence, Dublin n'a pas beaucoup changé.

Bien que de nombreux réverbères arrachés du béton et fracassés aient été remplacés et les lampes réparées, le réseau électrique n'a pas été remis. Ici et là, des générateurs bourdonnent, trahissant la présence de vies barricadées dans des immeubles ou terrées dans le sous-sol.

Nous longeons la façade rouge de *Temple Bar*, l'établissement qui a donné son nom au quartier. Je regarde à l'intérieur. C'est plus fort que moi. J'aimais cet endroit, *avant* la chute des murs.

À présent, ce n'est plus qu'une coquille vide, avec les vitres brisées, les tables et les chaises renversées, et des restes humains parcheminés. À la façon dont ceux-ci ont été empilés, je devine que les clients étaient tassés à l'intérieur, blottis les uns contre les autres, lorsque leur fin est arrivée.

Je me souviens de l'apparence qu'offrait *Temple Bar* la première fois que je l'ai vu, brillamment éclairé, débordant de monde, de la musique sortant par les portes ouvertes pour envahir les rues pavées alentour. Des garçons m'avaient sifflée. Pendant une ou deux secondes, j'avais oublié mon chagrin pour Alina. Puis, bien entendu, je m'étais détestée pour cela.

Je peux presque entendre les rires et les inflexions des voix irlandaises. Maintenant, ils sont tous morts, comme Alina et Barrons.

Je me souviens avoir passé l'interminable semaine précédant Halloween en arpentant les rues de Dublin, de l'aube au crépuscule, accablée par mon impuissance et mon inutilité malgré mes supposés dons *sidhe-seers*. Je n'étais pas certaine qu'un seul d'entre nous survivrait à Halloween, aussi avais-je tenté de mettre autant de vie que possible dans ces derniers jours.

J'avais discuté avec des vendeurs des rues et joué au backgammon avec des vieillards édentés qui parlaient un anglais tellement distordu par le dialecte et les chewing-gums que je ne comprenais qu'un mot sur cinq, ce dont je me moquais bien. Ils étaient ravis qu'une jolie fille leur accorde de l'attention, et j'avais désespérément besoin d'un peu de réconfort paternel.

J'avais visité les plus célèbres lieux touristiques. J'avais mangé dans des bouges et descendu des petits verres de whisky avec qui voulait bien trinquer avec moi.

J'étais tombée amoureuse de cette ville que j'étais incapable de protéger.

Après que les *Unseelies* s'étaient échappés et l'avaient ravagée – souillée, carbonisée, brisée menu – j'avais été résolue à la reconstruire.

Maintenant, je n'ai plus qu'une envie : la remplacer.

— Le perçois-tu, MacKayla ? demande Darroc.

J'ai gardé mes sens *sidhe-seers* aussi fermés que possible. Je suis épuisée. Je n'ai aucune envie de trouver le *Sinsar Dubh*. Pas tant que je n'aurai pas appris tout ce que sait Darroc.

Je déploie prudemment mes sens et tourne le « volume » jusqu'à deux sur une échelle de dix. Avec mes dons *sidhe-seers*, je capte d'innombrables vibrations faës, mais aucune d'entre elles n'est celle du Livre noir.

— Non.

— Y a-t-il beaucoup de faës ?

— La ville en est grouillante.

— Cour de Lumière ou Cour des Ténèbres ?

— Cela ne marche pas comme cela. Je peux uniquement percevoir la présence faë, pas leur allégeance ni leur caste d'appartenance.

— Combien ?

Je monte le volume jusqu'à trois et demi. Autrefois, un dixième de cette quantité d'énergie faë m'obligeait à me plier en deux en retenant des spasmes de nausée. À présent, elle me booste. Je suis plus vivante que je ne le voudrais.

— Il y en a tout autour de nous, par groupes de deux ou trois. Ils sont au-dessus de nous, sur les toits et dans le ciel. Je n'ai pas l'impression qu'ils nous observent, mais plutôt qu'ils surveillent *tout*.

Sont-ils eux aussi à la recherche de mon Livre ? Je vais tous les tuer. Il est à moi.

— Des centaines ? insiste-t-il.

— Des milliers, rectifié-je.

— Organisés ?

— Il y a un groupe à l'est qui est considérablement plus important que les autres, si c'est ce que tu veux savoir.

— Alors nous allons vers l'est, décide-t-il.

Il se tourne vers les princes et aboie un ordre. Aussitôt, ceux-ci disparaissent.

Un doute est en train de me gagner. Je l'exprime.

— Ils ne sont pas vraiment partis, n'est-ce pas ? Ils ne s'en vont pas, lorsque tu les congédies ?

— Ils restent proches, pour surveiller sans être vus. À portée de transfert, avec les réserves de mon armée.

— Et lorsque nous trouverons ce groupe de faës ? insistai-je.

— Si ce sont des *Unseelies*, ils sont à moi.

— Et s'ils sont *seelies* ?

— Alors nous les chasserons de Dublin.

Parfait. Moins il y a de faës, mieux je me porte.

Peu de gens ont jamais vu les *Seelies*, à part les rares mortels enlevés et retenus à la cour faë, ainsi, bien sûr, que Barrons, qui y a autrefois effectué un long séjour et a couché avec une princesse avant de la tuer... et de se fâcher définitivement avec V'lane.

J'ai vu des millions d'*Unseelies* mais jusqu'à présent, même moi, *sidhe-seer* d'exception, je n'ai vu qu'un seul *Seelie*.

Je commençais à me demander pourquoi.

Aux heures sombres de la nuit, je m'étais interrogée. Était-il le dernier de son peuple ? Cachait-il quelque chose ? Et d'ailleurs, était-il seulement *seelie*, malgré les preuves à l'appui de ses déclarations ?

Maintenant que je le vois tel qu'il est en cet instant, tous mes doutes s'évaporent.

Voilà les *Seelies*.

Ils ont fini par réagir et s'intéresser au désastre qu'ils ont infligé à mon monde. Je suppose qu'ils avaient mieux à faire jusqu'à présent.

Même ivre de rage contre tout ce qui est faë, comme je le suis pour l'instant, je ne peux nier que V'lane ressemble à un ange de la vengeance descendu du ciel pour remettre ma planète sur son axe et ramener l'ordre dans mon monde. Rayonnant, doré, fascinant, il marche à la tête d'une cohorte angélique.

Ses semblables – haute stature, musculature fuselée – emplissent la rue, cheminant à ses côtés, épaule contre épaule. Avec leur teint velouté auréolé d'or, ils sont si impressionnants, et d'une beauté si effrayante, que le seul fait de les regarder m'est un supplice, alors que mon statut d'ex-*Pri-ya*, d'esclave sexuelle des faës, m'immunise contre leur charme. Il y a en eux quelque chose de divin qui n'appartient pas à ce monde.

Ils sont des dizaines, de la même caste que V'lane, hommes et femmes. Leur séduction est si torride qu'ils représentent un danger mortel pour les humains. Si un scientifique parvenait à en capturer un pour l'étudier, je ne serais pas surprise que sa peau dégage des phéromones dont nous sommes fous.

La perpétuelle promesse d'un sourire éclaire leurs lèvres au tracé irrésistible, sous leurs yeux si anciens, si étranges, aux reflets iridescents. Malgré tout ce que j'ai enduré à cause d'eux, j'ai envie de me précipiter à leur rencontre pour tomber à genoux devant eux. J'ai envie de faire courir mes paumes sur leur peau parfaite, de découvrir si leur goût est aussi enivrant que leur odeur. J'ai envie d'abandonner mes souvenirs, mon esprit, ma volonté, et d'être emportée entre deux bras faës jusqu'à une cour en Faëry où je resterai éternellement jeune, captive d'une merveilleuse illusion.

Accompagnant la garde rapprochée de V'lane – dont je suppose qu'elle appartient à la plus haute caste si j'en juge par la férocité avec laquelle les autres veillent sur elle – je vois le petit peuple des contes de fées. Il y a là de délicates créatures aux couleurs de l'arc-en-ciel qui filent à travers les airs tels des colibris sur leurs ailes diaphanes ; des nymphes aux reflets d'argent qui dansent sur leurs petits pieds légers ; d'autres encore dont je n'aperçois rien de plus que l'aveuglante traînée de lumière qu'ils laissent dans leur sillage, si brillante, si étincelante que l'on dirait de la poussière d'étoile filante.

Je ris devant cette armée si délicate. Elle semble éthérique, infiniment subtile, née pour ensorceler et asservir.

La mienne est dense et massive. Conçue pour engloutir, tuer et régner.

Nos deux fronts se rapprochent, dans une rue enneigée.

Là où les *Seelies* posent le pied, la neige fond dans un sifflement. De la vapeur s'élève et des fleurs jaillissent des fentes du pavé, s'épanouissent en teintes vibrantes et embaument l'air d'effluves de santal et de jasmin. Le côté *seelie* de la voie baigne dans une lumière dorée.

Là où les sabots et les ventres couverts écailleux de mon armée frottent le sol, une croûte de glace noirâtre se forme. La nuit nous enveloppe. Telles des ombres sournoises, nous suintons depuis les ténèbres.

Une seule fois, déjà, *Seelies* et *Unseelies* se sont ainsi rencontrés – le jour où la reine *seelie* est morte. C'est une vision de légende, dont aucun humain n'a jamais été le témoin, sauf peut-être dans nos rêves.

Des monstres difformes et des démons hideux observent d'un œil injecté de haine leurs lointains cousins si dorés, si parfaits.

Les anges jettent des regards dédaigneux sur les abominations qui n'auraient jamais dû voir le jour, ternissent la perfection de la race faë et souillent leur existence par le simple fait d'être au monde.

Je me demande où Darroc veut en venir, en allant les affronter de la sorte.

Nous faisons halte à une dizaine de pas de distance.

Le front froid et le front chaud se heurtent au milieu de la rue.

Mon souffle gèle dans l'air, avant de se transformer en vapeur en franchissant une invisible ligne de démarcation. Des volutes tourbillonnent sur le trottoir devant nous, collectant les enveloppes humaines indigestes que les Ombres ont laissées derrière elles, puis de petites tornades commencent à se former.

Je prends conscience que celui qui a fait courir le bruit absurde que les faës ne ressentaient rien a raconté n'importe quoi. Ils éprouvent toute la gamme des émotions humaines. Ils les vivent seulement d'une autre façon : avec une patience née de l'immortalité. Dotés d'une éducation de courtisans, ils arborent des masques impassibles. Ils ont l'éternité pour déployer leurs jeux.

Tandis que nous nous défions du regard à travers les tornades qui prennent rapidement de l'ampleur, j'entends encore V'lane m'expliquer qu'ils ont détruit leur propre monde avec leurs luttes incessantes. Ils l'ont brisé, littéralement. Est-ce pour cette raison ? Les dérèglements climatiques engendrés par le heurt entre ces deux puissantes cours vont-ils s'aggraver si elles s'affrontent, et détruire également cette planète ? Cela ne me dérangerait pas particulièrement puisque j'ai l'intention de la reconstruire avec le *Sinsar Dubh*... à condition que je trouve le Livre *avant* que ce monde vole en éclats.

Par conséquent, ces attitudes belliqueuses doivent cesser.

— Assez de mélodrame, V'lane, dis-je d'un ton détaché.

Ses yeux sont ceux d'un étranger. Il me considère avec la même expression que celle qu'il réserve aux monstres dans mon dos. Je suis un peu agacée de constater qu'il n'accorde pas un seul coup d'œil à Darroc. Son regard passe sur lui comme s'il n'était pas là. C'est pourtant *lui*, le faë déchu, celui qui a trahi les siens, qui est l'unique responsable de la chute des murs ! Moi, je ne suis qu'une *sidhe-seer* tentant de survivre.

Le dieu grec à la peau dorée qui se tient à la droite de V'lane ricane :

— Cette... *créature*... est la mortelle que tu nous as demandé de protéger ? Elle fraye avec ces abominations !

La déesse au teint d'or mat à sa gauche gronde :

— Abattez-la immédiatement !

Des centaines d'*Unseelies*, qu'ils marchent, dansent ou volent, se mettent à réclamer ma tête à grands cris.

Sans les quitter du regard, je dis à Darroc d'un ton un peu sec :

— J'ai impérativement besoin de ma lance.

Je suppose qu'il l'a toujours, et que V'lane ne la lui a pas subtilisée de la même façon qu'il a l'habitude de me la prendre.

Pendant que les petits et délicats êtres faës rivalisent d'idées pour ma mise à mort, chacune plus lente et plus cruelle que la précédente, le dieu et la déesse qui flanquent V'lane se font plus insistants.

— C'est une humaine, et elle a choisi les Noirs ! Regarde-la ! Elle porte leurs couleurs !

— Tu disais que c'était *nous* qu'elle vénérait !

— Et qu'elle nous obéirait en tout !

— Ils l'ont *touchée* ! Je le sens sur sa peau !

Le dieu semble outré... et furieusement excité. Ses yeux iridescents s'illuminent d'étincelles d'or.

— Ils l'ont utilisée, gronde la déesse. Elle est souillée. Je ne la tolérerai pas à la cour.

— Silence ! tonne V'lane. Je mène la Vraie Race pour notre souveraine. C'est *moi* qui parle au nom d'Aoibheal.

— C'est inacceptable !

— Scandaleux !

— Intolérable, V'lane !

— Tu feras comme je dis, Dree'lia ! Je déciderai de son sort. Et moi seul me chargerai d'elle.

Je chuchote à Darroc :

— Il faut que tu prennes une décision, et vite.

— Ils réagissent toujours exagérément, murmure-t-il. C'est l'un des nombreux aspects de la cour que je méprise. Une séance du Haut Conseil pouvait se poursuivre ainsi pendant plusieurs années humaines. Laisse-leur un peu de temps. V'lane va les mater.

L'un des petits êtres *seelies* ailés s'écarte de sa formation et fonce droit sur ma tête. Je plonge, mais il tourne autour de moi.

À ma propre surprise, j'éclate de rire.

Deux autres d'entre eux quittent leur rang et commencent à décrire des cercles serrés autour de mon crâne.

Alors qu'ils passent devant moi en bourdonnant, mon hilarité prend un tour hystérique. Il n'y a rien de drôle dans ce qui se passe, et pourtant, je suis prise de hoquets et de reniflements. C'est plus fort que moi. Je ne me suis jamais autant amusée de toute ma vie. Je me tiens les côtes, je me plie en deux en continuant de pouffer, de m'esclaffer, étranglée par des spasmes de gaieté forcée, pendant qu'ils continuent leur ballet, de plus en plus près de moi. Je suis effrayée par les sons qui jaillissent de ma gorge, et horrifiée par leur nature incontrôlable. Je hais les faës et leur manie de me dépouiller de toute volonté !

— Arrête de rire, gronde Darroc.

Je ris tant que je suis au bord de la crise d'hystérie, et c'est extrêmement douloureux. Je réussis à lever la tête de mes genoux, juste le temps de lui décocher un regard furieux. J'*adorerais* arrêter de rire mais je n'y arrive pas.

Je voudrais lui dire de chasser ces maudites bestioles mais j'ai le souffle coupé. Je ne peux même plus fermer assez longtemps les lèvres pour former mes consonnes. Quels que soient ces si jolis petits monstres *seelies*, leur spécialité est le Rire-qui-tue. Quelle épouvantable façon de partir ! Après quelques minutes seulement, j'ai un point de côté, mes entrailles sont en feu et je suis en hyperventilation, prise de vertiges. Je me demande combien de temps il faut pour mourir d'hilarité artificielle. Des heures ? des jours ?

Un quatrième faë minuscule se joint à la partie. Je rassemble mes forces pour plonger en moi, afin de chercher une arme dans ma sombre grotte aux eaux noires, lorsque soudain, une langue démesurée, suivant le venin, siffle près de mon oreille et cueille le délicat petit être *seelie* en plein vol.

J'entends des sons de mastication derrière moi.

Je ricane malgré moi.

— V'lane ! glapit la déesse dorée. Cette chose, cette horrible *chose* a mangé *M'ree* !

Je perçois un nouveau claquement, suivi d'autres bruits de broyage, et un second *Seelie* a disparu. Je ricane comme une folle.

Les deux survivants battent en retraite, agitant leurs minuscules poings et vociférant dans un langage que je ne comprends pas. Même lorsqu'ils sont en colère, leur voix reste plus sublime qu'un aria.

Mon rire se fait moins hystérique.

Après un long moment, je parviens à me détendre et mes irrépressibles ricanements se calment. Mes glapissements deviennent des gémissements, puis disparaissent. Je lâche mes côtes et prends de longues et apaisantes goulées d'air.

Je suis à présent furieuse, mais cette émotion ne dépend que de moi. Je suis lasse d'être vulnérable. Si j'avais eu ma lance, ces sales petites fées-de-rire-mortel n'auraient jamais osé m'approcher. Je les aurais empalées en plein vol pour en faire du kebab de faë !

— Les amis, sifflé-je à Darroc, se font confiance.

Ce n'est pas son cas. Je le lis sur son visage.

— Tu as dit que tu me la rendrais pour que je puisse nous défendre.

Il sourit faiblement. Je sais qu'il songe à la mort de Mallucé – une lente et cruelle putréfaction interne, puis externe. La lance tue tout ce qui est faë et Darroc, à force de consommer de la chair *unseelie*, est saturé d'énergie faë. Un seul petit coup de la pointe de ma lance le condamnerait à mort.

— Pour l'instant, nous ne sommes pas attaqués.

— À qui parles-tu, mortelle ? demande la déesse.

Je regarde Darroc, qui hausse les épaules.

— Je t'ai dit que le premier *Seelie* qui me verrait tenterait de me tuer. Par conséquent, ils ne me voient pas. Mes princes me rendent invisible à leurs yeux.

Je comprends mieux maintenant pourquoi le regard de V'lane est passé sur lui comme s'il n'était pas là. C'est exactement le cas.

— Alors c'est comme si j'étais la seule à me tenir ici ? Ils croient que c'est moi qui mène tes troupes !

— N'aie crainte, *sidhe-seer*, dit froidement V'lane. Je sens la puanteur de ce qui fut autrefois faë et cannibalise maintenant notre race. Je sais qui commande cette armée. Et pour ce qui est des amis, celui aux côtés de qui tu marches si inconsidérément n'en a pas. Il n'a jamais servi que ses propres buts.

J'incline la tête.

— Êtes-vous mon ami, V'lane ?

— Je le pourrais. Je n'ai cessé de t'offrir ma protection.

La déesse manque de s'étrangler.

— Tu lui as accordé notre aide et elle a refusé ? Elle nous a préféré ces... *choses ?*

— Silence, Dree'lia !

— Les Tuatha Dé Danaan ne font pas deux fois une telle offre ! fulmine-t-elle.

— J'ai dit, silence ! s'impatiente V'lane.

— Manifestement, tu ne compr...

J'ouvre des yeux ronds. Dree'lia n'a plus de bouche. Il n'y a plus que sa peau là où ses lèvres se trouvaient. Ses narines délicates frémissent et ses yeux millénaires étincellent de rage.

Le dieu doré s'approche d'elle pour la prendre dans ses bras. Elle pose la tête au creux de son cou et se serre contre lui.

— Ce n'était pas nécessaire, dit-il à V'lane d'un ton furieux.

Je suis abasourdie par l'absurdité de cette scène. Je me tiens entre les deux factions opposées de la race la plus puissante que l'on puisse imaginer, des êtres en guerre les uns contre les autres, qui se méprisent mutuellement et se battent pour le même butin.

Et les *Seelies* – qui depuis toujours bénéficient d'une liberté absolue et d'un pouvoir illimité – se chamaillent pour des broutilles tandis que les *Unseelies* – qui, eux, ont été emprisonnés, affamés et torturés pendant des centaines de milliers d'années – restent sagement à leur place et attendent les ordres de Darroc.

Je ne peux m'empêcher de me voir en eux. Les *Seelies* représentent celle que j'étais avant ma mort de ma sœur. La Mac rose bonbon, jolie et frivole. Les *Unseelies* sont celle que je suis devenue, sculptée par le chagrin et le désespoir. La Mac noire, grunge, résolue.

Les *Unseelies* sont plus forts, plus difficiles à briser.
Je suis contente d'être comme eux.

— Je veux parler seul à seule avec la *sidhe-seer*, dit
V'lane.

— Certainement pas, gronde Darroc près de moi.

Comme je ne bouge pas, V'lane me tend la main.

— Viens, nous devons discuter en privé.

— Pourquoi ?

— Quelle subtile nuance du mot « privé » ne comprends-tu pas ?

— Probablement la même subtile nuance du mot
« non » que vous n'avez jamais compris. Je ne me laisserai transférer nulle part avec vous.

Le dieu sur sa droite sursaute devant mon manque
de déférence envers son prince, mais je vois l'ombre
d'un sourire passer sur les lèvres de V'lane.

— Ton alliance avec Barrons t'a changée. Je pense
qu'il approuvera.

Le nom est comme un poison dans mes veines, qui
me fait mourir d'une mort lente à chaque minute que
je dois passer sans lui dans ce monde. Jamais plus il ne
me gratifiera de l'un de ses regards appuyés. Jamais
plus je ne verrai son insupportable sourire moqueur.
Jamais plus nous ne tiendrons l'une de ces conversations sans paroles dans lesquelles nous nous disions
plus avec nos yeux qu'aucun d'entre nous ne voulait
en dire avec sa bouche. Jéricho, Jéricho, Jéricho ! Combien de fois ai-je prononcé son prénom à haute voix ?
Trois ?

— Barrons est mort, dis-je froidement.

Les rangs *seelies* bruissent d'un murmure incrédule.
V'lane fonce les sourcils.

— Ce n'est pas vrai.

— Si, réponds-je sans émotion.

Et je suis la reine des garces venue de l'Enfer qui va tous les faire payer. À cette pensée, je souris.

Il scrute mon regard un long moment, puis s'attarde sur les courbes de mes lèvres.

— Je ne te crois pas, dit-il finalement.

— Darroc a brûlé son corps et dispersé les cendres.

— Comment est-il mort ? demande-t-il.

— La lance.

La rumeur enfle.

— Je dois avoir confirmation de ceci, dit V'lane d'un ton sec. Darroc, montre-toi !

Je suis soudain glacée sur les côtés. Je suis flanquée par les princes *unseelies*.

V'lane se fige. Toute l'armée *seelie* s'immobilise. Et je songe : *Darroc vient peut-être de déclencher une guerre.*

Combien de centaines de milliers d'années se sont-elles écoulées depuis la dernière fois que les grands des royaumes *seelie* et *unseelie* se sont regardés en face ?

Je déteste poser les yeux sur les princes *unseelies* – ils fascinent, séduisent, détruisent – mais il est en train de se passer ici quelque chose dont aucun humain n'a jamais été le témoin. Je suis animée par une curiosité aussi profonde que morbide.

Je me tourne pour avoir une meilleure vue et les regarder tous deux en même temps.

L'un d'entre eux se tient tout près de moi, curieusement nu. Des quatre – que l'on a fort à propos comparés aux quatre Cavaliers de l'Apocalypse – je me demande qui sont les deux qui restent. La Peste, la

Famine, la Guerre ? J'espère que je me tiens à côté de la Mort.

Je veux marcher à ses côtés et la lancer avec fracas sur sa race immortelle et arrogante.

Son corps sombre et puissant, capable de procurer un plaisir à vous fendre l'âme, est exquis. Je l'examine en détail avec une fascination macabre. Malgré la haine que j'éprouve pour les princes, je le trouve... excitant. Il me donne le frisson. Ce qui me le rend encore plus détestable. Il m'a dépouillée de moi-même. Je me souviens du kaléidoscope de tatouages courant sous sa peau. Je me souviens du torque noir ondulant autour de son cou. La beauté sauvage de ses traits vous ensorcelle et vous terrifie en même temps. Ses lèvres sont retroussées, révélant des dents blanches et pointues. Et ses yeux... Seigneur, ses yeux !

Je m'oblige à regarder V'lane. Puis j'élargis mon champ de vision pour les englober dans les deux, en veillant à éviter le regard du prince *unseelie*.

La thèse et l'antithèse. La matière et l'antimatière.

Ils se tiennent comme deux statues – aucun des deux ne bouge, ni ne semble respirer. Ils s'observent, se jaugent, s'évaluent.

Le prince de la Nuit foudroyante. Le prince de l'Aube glorieuse.

L'air entre eux est tellement chargé d'électricité que je pourrais fournir tout Dublin avec cette énergie si je trouvais le moyen de la brancher sur le réseau.

Une glace noire s'élance depuis les pieds du prince *unseelie*, recouvrant les pavés.

Elle est arrêtée à mi-chemin par un parterre de fleurs aux couleurs vibrantes.

Le sol tremble sous mes semelles. Il y a un roulement de tonnerre, et soudain, le trottoir entre eux se lacère, révélant une étroite et sombre faille.

— Que fais-tu, Darroc ? demandai-je.

— Dis-lui, ordonne Darroc.

Aussitôt, le prince ouvre la bouche pour parler.

Je me bouche précipitamment les oreilles pour ne pas entendre l'odieux hululement.

Pour communiquer avec moi, V'lane utilise mon langage. Tous les *Seelies* en ont fait autant en ma présence. Je comprends à présent qu'il s'agissait d'une généreuse concession de leur part.

Les princes *unseelies*, eux, ne font aucune concession. Leur langue est une hideuse mélopée que l'oreille humaine n'est pas conçue pour entendre. Une seule fois dans ma vie, j'ai été forcée d'écouter leurs chants, et cela m'a fait perdre la raison.

Lorsque les princes *unseelies* se taisent enfin, V'lane pose sur moi un regard vaguement surpris.

Prudemment, j'ôte mes mains de mes oreilles, mais je les laisse tout près, au cas où les princes décideraient de recommencer à « parler ».

— Il affirme que c'est toi qui as tué Barrons, *sidheseer*. pourquoi ?

Cela ne m'a pas échappé, V'lane ne m'a pas appelée par mon prénom. Je suppose que s'il le faisait, il passerait pour un faible aux yeux des siens.

— Qu'importe ? Il est mort. Parti. Dégagé de notre chemin à tous les deux. Ne me dis pas que tu n'as pas souhaité sa mort, toi aussi ?

Je me demande s'ils ont vraiment brûlé son corps. Je ne poserai jamais la question.

— Et c'est la lance qui l'a tué ?

Je hoche la tête. Je n'ai aucune idée de la réponse, mais il est plus simple d'acquiescer. Moins longtemps je penserai à Barrons, mieux cela vaudra.

Il tourne à présent son regard vers le prince qui se tient près de moi.

— Et une fois que tu as abattu Barrons, tu as décidé que ton ennemi était ton ami ?

— Tout le monde a besoin d'amis.

Je suis lasse. Fatiguée de faire semblant. J'ai besoin de sommeil. De solitude.

— Écoutez, V'lane, les *Seelies* sont immortels et les *Unseelies* sont immortels. Qu'allez-vous faire ? Gaspiller le temps de tout le monde en vous chamaillant jusqu'à l'aube ? Pour ce que j'en sais, il n'y a, ici et maintenant, qu'une seule arme capable de tuer un faë, et c'est moi qui l'ai.

— Non.

— Si, rectifie Darroc.

Aussitôt, ma lance pèse de nouveau dans son holster. Je décoche un regard noir à Darroc.

— Il était temps, nom de nom, murmuré-je.

Je suppose qu'il a enfin estimé que la menace avait atteint un niveau suffisant. Ou peut-être est-il las, lui aussi.

Je glisse ma main sous ma veste et referme mes doigts sur la garde. J'aime ma lance. Je vais la conserver dans le nouveau monde que je vais créer, même si ce sera un univers sans le moindre faë.

— Non, insiste V'lane.

— Je croyais que tu ne pouvais pas le voir ni l'entendre.

— Je sens sa puanteur.

Ma lance disparaît.

Ma lance revient.

Elle s'en va de nouveau.

Mon regard passe de V'lane à Darroc. Le premier regarde à peu près dans la direction du second. Le second couve d'un œil noir les princes *unseelies*. Ils se livrent un combat silencieux au sujet de ma lance et de moi-même, et je suis furieuse de ma propre impuissance. Un instant, V'lane prend ma lance. Le suivant, Darroc la rend. Elle vacille entre mes doigts – elle est là. Elle n'est plus là. Elle revient. Elle disparaît de nouveau...

Je secoue la tête. Ceci peut se poursuivre toute la nuit. Qu'ils jouent donc à leurs jeux idiots ! J'ai des choses plus importantes à faire, comme par exemple prendre assez de sommeil pour retrouver suffisamment d'énergie... et me mettre en chasse. Je suis dangereusement épuisée. Je ne suis plus anesthésiée mais tendue. Tendue à me rompre.

Je m'apprête à pivoter pour m'en aller lorsque le tir d'une arme automatique fracasse la nuit.

Les *Seelies* émettent des sifflements. Tous ceux qui sont capables d'opérer un transfert disparaissent – y compris V'lane –, abandonnant environ un tiers de leurs effectifs sur le pavé. Ceux-ci se tournent vers les attaquants en grondant. Lorsque les balles les frappent, ceux qui appartiennent aux castes les plus basses vacillent et s'effondrent. Les autres se tournent vers nous et se ruent dans la direction des *Unseelies* pour prendre la fuite.

J'entends les voix de Jayne et de ses hommes, se lançant des cris, s'approchant derrière eux. J'aperçois l'éclat d'un fusil sur un toit, une rue plus loin, et je comprends que les tireurs s'approchent.

Parfait. J'espère qu'ils vont prendre des centaines de faës ce soir, les emmener et les emprisonner derrière du fer. J'espère que Dani patrouille et qu'elle descend tous ceux qu'elle croise.

Cela dit, je n'ai pas l'intention de me faire abattre par un tir allié dans cette réalité malsaine. Tout un nouveau monde m'attend dans le futur.

Je me tourne vers le prince *unseelie* pour lui ordonner de me transférer loin d'ici. Mon ennemi, mon salut.

Darroc aboie un ordre d'une voix dure.

Les mains du prince se posent sur moi puis, sans me laisser le temps de dire un mot, celui-ci me transfère.

LE TEMPS EST LE SEUL DIEU VÉRITABLE, OR JE SUIS L'ÉTERNITÉ. PAR CONSÉQUENT, JE SUIS DIEU.

Il y a une faille dans votre raisonnement. Le temps n'est pas l'éternité. Le temps est *toujours*. Passé, présent, futur. Il fut une époque, autrefois, où vous n'existiez pas. Donc, vous n'êtes pas Dieu.

JE CRÉE. JE DÉTRUIS.

De façon aussi capricieuse qu'un enfant gâté.

TU NE COMPRENDS PAS LE SCHÉMA GLOBAL. MÊME CE QUE TU APPELLES CHAOS POSSÈDE UNE LOGIQUE ET UNE INTENTION.

CONVERSATIONS AVEC LE *SINSAR DUBH*.

11

Du haut de mon balcon, je scrute les ténèbres. La neige qui tourbillonne autour de mon visage vient se poser sur mes cheveux. J'attrape quelques flocons dans ma paume pour les observer. Moi qui ai grandi dans le Sud profond des États-Unis, je n'ai pas souvent vu la neige, mais ce que j'en ai observé ne ressemblait pas à *ceci*.

Ces flocons ont des structures cristallines complexes et certains sont teintés d'une faible coloration à leurs extrémités – verte, dorée, ou terne comme de la cendre. Ils ne se dissolvent pas sous la chaleur de ma peau. Ils sont plus résistants que les flocons normaux... ou c'est moi qui suis plus froide que les humains normaux. Lorsque je ferme le poing pour les faire fondre, l'un des flocons m'entaille la paume de ses bords acérés.

Charmant. De la neige coupante. Encore un changement faë dans mon monde. Il est temps de changer d'univers.

Temps.

Je réfléchis à ce concept. Depuis mon arrivée à Dublin, début août, le temps est devenu étrange. Il me suffit de consulter un calendrier pour confirmer ce que sait mon cerveau : six mois se sont écoulés.

Seulement, sur ces deux trimestres, j'ai perdu tout septembre en un seul après-midi en Faëry. Les pages de novembre, décembre et une partie de janvier ont été arrachées au journal de ma vie pendant que j'étais inconsciente, esclave sexuelle des faës. Et voilà que le reste de janvier et le début de février ont été engloutis en quelques jours dans le réseau des Miroirs.

En tout, sur les six derniers mois, quatre ont défilé à une vitesse étourdissante tandis que, pour une raison ou pour une autre, j'étais inconsciente du passage du temps.

Mon cerveau sait que six mois se sont écoulés depuis la mort d'Alina.

Mon corps n'en croit pas un mot.

J'ai la *sensation* d'avoir appris il y a deux mois l'assassinat de ma sœur. D'avoir été violée voilà dix jours. Que mes parents ont été enlevés il y a quatre jours. Et que j'ai poignardé Barrons et l'ai vu mourir voilà trente-six heures.

Mon corps ne parvient pas à rattraper mon cerveau. Mon cœur souffre de décalage horaire. Toutes mes émotions sont à vif, parce que j'ai l'impression d'avoir tout vécu en un trop bref laps de temps.

J'écarte mes cheveux humides de mon visage et respire profondément l'air nocturne glacial. Je suis dans une chambre de l'une des nombreuses places fortes de Darroc à Dublin – un magnifique appartement au dernier étage d'un immeuble dominant la ville, meublé dans le même opulent style Roi-Soleil que la maison du 1247, LaRuhe. Manifestement, Darroc aime s'entourer de luxe. Comme quelqu'un d'autre que je connais. Connaissais.

Connaîtrai de nouveau, rectifié-je.

Darroc m'a dit qu'il possédait des dizaines de maisons sûres comme celle-ci et ne restait jamais plus d'une nuit dans l'une d'entre elles. Comment vais-je toutes les trouver pour y chercher des indices ? Je redoute la perspective de devoir rester avec lui assez longtemps pour qu'il m'emmène dans chacune pour la nuit.

Je serre les poings. Je peux y arriver. Je sais que je le peux. Mon monde futur en dépend.

J'ouvre les doigts et me frotte les côtes. Même plusieurs heures après que le prince *unseelie* m'a touchée, ma peau est encore glacée là où il a posé les mains sur moi. Je me détourne de la nuit froide et neigeuse, referme la porte-fenêtre et répartis mes dernières runes sur le seuil. Elles émettent des pulsations, comme des cœurs pourpres, sur le sol. Mon lac noir m'a promis que je dormirais en sécurité si j'en enfonçais une dans chaque mur et que je protégeais la porte et les fenêtres avec les autres.

Toujours dans le même état second que depuis plusieurs heures, je pivote sur mes talons pour regarder le lit. D'un pas lourd, je le contourne pour me diriger vers la salle de bains, où j'asperge mon visage d'eau froide. Mes paupières sont gonflées, mes yeux secs. Je regarde le miroir. La femme que j'y vois me glace le sang.

À notre arrivée, Darroc a voulu « discuter », mais j'ai compris où il voulait en venir. Il me testait. Il m'a montré des photos d'Alina. M'a fait asseoir pour les regarder avec lui en écoutant ses histoires, jusqu'à ce que je croie devenir folle.

Je ferme les yeux mais le visage de ma sœur est marqué au fer rouge sous mes paupières. Et là, près d'elle, il y a mon père et ma mère. J'ai déclaré que je me fichais de ce qui pouvait leur arriver dans cette réalité, parce que j'allais en créer une nouvelle, mais la vérité, c'est que c'est important pour moi, quelle que soit la dimension. Je l'ai seulement oblitérée.

Je refuse de demander à Darroc ce qui est arrivé à mes parents après que j'ai été propulsée vers le Hall de Tous les Jours, et il ne me donne pas cette information.

S'il me dit qu'eux aussi sont morts, j'ignore ce que je ferai.

Je suppose que ceci est un autre de ses tests. Je le franchirai.

Bravo, ma fille ! m'encourage Papa dans mon imagination. Haut les cœurs, tu peux le faire ! J'ai confiance en toi, bébé. Zim boum boum ! dit-il en me souriant. Même s'il n'a jamais voulu que je devienne *pom-pom girl*, il m'avait tout de même amenée aux auditions, et lorsque je m'étais fait mal pour la première fois, il avait demandé à l'un de ses clients à la Petite Pâtisserie de me préparer un gâteau spécial en forme de pompon rose et violet.

Je me plie en deux comme si j'avais reçu un coup à l'estomac et mes lèvres s'ouvrent sur un sanglot muet que je ravale à la dernière seconde.

Darroc est dehors avec les princes. Je n'ose pas trahir mon chagrin. Je n'ose pas émettre un son qu'ils pourraient entendre.

Papa, qui était mon meilleur *supporter*, me donnait toujours de sages conseils que j'écoutais rarement et ne comprenais jamais. J'aurais dû prendre le temps d'apprendre. J'aurais dû passer plus d'heures à m'occuper de qui j'étais à l'intérieur, et moins de qui j'étais à l'extérieur. Pour l'acuité visuelle dans le rétroviseur, j'ai dix dixièmes.

Les larmes ruissellent sur mon visage. Alors que je me détourne du miroir, mes jambes cèdent sous moi et je m'effondre sur le carrelage de la salle de bains. Je me roule en boule dans un soupir étranglé.

Je l'ai retenu aussi longtemps que je l'ai pu. Le chagrin s'abat sur moi et me submerge. Alina. Barrons. Papa et Maman aussi ? Je ne peux pas le supporter. Je ne peux pas garder cela en moi.

Je fourre mon poing dans ma bouche pour étouffer un hurlement.

Personne ne doit m'entendre. Il saurait que je ne suis pas ce que je prétends être. Ce que je *dois* être pour réparer mon monde.

Assise sur le canapé près de lui, j'ai regardé ma sœur sur ces clichés. Toutes me rappelaient que, lorsque nous étions petites, chaque fois que l'on nous prenait en photo, elle passait son bras autour de moi pour me protéger, veiller sur moi.

Elle était heureuse sur les vues que Darroc m'a montrées. Elle dansait. Discutait avec des amis. Jouait les touristes. Il a pris tellement d'albums photo à son appartement qu'il ne nous en est presque pas resté. Comme si les quelques mois qu'il a partagés avec elle lui donnaient plus de droits sur ses possessions qu'à *moi* – moi qui ai passé ma vie à l'aimer !

Je n'ai pas pu faire courir mon doigt sur le visage d'Alina devant lui, de peur de trahir mon émotion et ma faiblesse. Il m'a fallu lui réserver toute mon attention, à *lui*. Et pendant tout ce temps, il m'a observée de ses iris aux étincelants reflets cuivrés, guettant mes moindres réactions.

Je savais que ce serait une erreur fatale – et la dernière que j'aurais l'occasion de commettre – que de sous-estimer la ruse millénaire qu'il dissimule derrière son froid regard métallique.

Après ce qui m'a paru des années de supplice, la fatigue a enfin semblé le gagner ; il s'est mis à bâiller et même à se frotter les yeux.

J'oublie parfois que son corps est humain, sujet à certaines limitations.

Manger de l'*Unseelie* ne vous épargne pas le besoin de sommeil. Comme la caféine ou les amphétamines, cela vous dope, mais une fois que vous redescendez, la chute est tout aussi dure. Je soupçonne que cela explique en grande partie pourquoi il ne dort jamais plus d'une seule nuit au même endroit. C'est à ce moment-là qu'il est le plus vulnérable. J'imagine que cela doit être contrariant de se trouver dans un corps humain ayant besoin de dormir lorsqu'on a été faë et que l'on n'a subi aucune contrainte depuis une époque immémoriale.

Je décide que c'est là que je le tuerais. Dans son sommeil. Après avoir obtenu ce que je veux. Je le réveillerai et, alors qu'il sera encore dans un état de confusion bien humain, je lui sourirai tout en lui plantant ma lance dans le cœur. Et je lui dirai :

— Ça, c'est pour Alina et pour Jéricho.

Mon poing ne parvient plus à refouler mes sanglots.

Mes pleurs commencent à s'échapper en gémissements assourdis. Je me noie dans ma douleur. Des fragments de souvenirs me heurtent de plein fouet. Alina nous disant au revoir au portail du jardin le jour de son départ pour Dublin. Papa et Maman attachés à leurs sièges, bâillonnés, entravés, attendant une aide qui n'est jamais venue. Jéricho Barrons, gisant sur le sol, sans vie.

Chaque muscle de mon corps est secoué de spasmes et j'ai le souffle coupé. Ma poitrine est brûlante, oppressée, écrasée sous un poids colossal.

Je m'efforce de contenir mes hoquets. Si j'ouvre la bouche pour respirer, ils jailliront. Je mène un combat désespéré : sangloter et aspirer de l'oxygène... ou ne pas pleurer et suffoquer.

Ma vision commence à se brouiller. Si je perds conscience à force de retenir mon souffle, un cri au moins sortira.

Est-il à ma porte, l'oreille tendue ?

Je fouille mon esprit à la recherche d'un souvenir pour chasser la souffrance.

Lorsque j'ai guéri de mon état de *Pri-ya*, j'ai découvert avec horreur que, bien que les heures passées avec les princes et les jours suivants, à l'Abbaye, soient floues, je me souvenais parfaitement de tout ce que Barrons et moi avions fait au lit, de la manière la plus précise.

À présent, j'en suis reconnaissante.

Je peux m'en servir pour m'empêcher de hurler.

Vous me quittez, ma poupée arc-en-ciel.

Non, ce n'est pas le bon !

Je rembobine à la vitesse rapide.

Là. La première fois qu'il est venu à moi, m'a touchée, est entré en moi. Je m'abandonne à ces passages, j'en rejoue chaque détail avec délectation.

Enfin, je réussis à ôter mon poing de ma bouche. Ma tension s'apaise.

Réchauffé par les souvenirs, mon corps frissonne sur le marbre glacé de la salle de bains.

Alina est froide. Barrons est froid.

Moi aussi, je devrais être froide.

*

* *

Lorsque je m'assoupis enfin, c'est pour sombrer dans des rêves polaires. Je progresse avec prudence à travers des ravins aux bords déchiquetés taillés entre des falaises de glace noire. Je connais cet endroit. Les sentiers que j'emprunte me sont aussi familiers que si je les avais déjà foulés des centaines de fois. Des créatures m'observent depuis des cavernes creusées dans la muraille gelée.

J'aperçois parfois la belle femme triste qui avance avec difficulté dans la neige, juste devant moi. Elle m'appelle, mais chaque fois qu'elle ouvre la bouche, un vent arctique emporte ses paroles. *Tu dois...* Voilà ce que j'entends avant qu'une autre rafale balaie le reste de sa phrase.

Je ne peux pas... crie-t-elle.

Dépêche-toi ! me lance-t-elle par-dessus son épaule.

Je cours après elle dans mes rêves en essayant d'entendre ce qu'elle dit, la main tendue pour la rattraper.

Alors elle trébuche au bord d'un précipice, perd pied et disparaît.

Je regarde, abasourdie, horrifiée.

La perte est intolérable. Comme si j'étais morte moi-même.

Réveillée en sursaut, je me lève du sol d'un seul bond en cherchant l'air.

J'essaie encore de m'arracher à ce rêve lorsque mon corps, dans un spasme, se met à se déplacer comme un automate préprogrammé.

Avec terreur, je vois mes jambes m'obliger à me mettre debout, puis à quitter la salle de bains. Mes pieds traversent la chambre. Mes mains ouvrent la porte donnant sur le balcon. Un invisible pouvoir propulse mon corps dans l'obscurité, au-delà de ma ligne protectrice de runes pourpres.

Je ne suis plus maîtresse de mes actes. Je le sais, mais je n'y peux rien. Là où je me trouve, je suis totalement vulnérable. Je n'ai même pas ma lance. Darroc me l'a prise avant que le prince me fasse opérer un transfert.

Je regarde en direction de la ligne sombre des toits, attends en tremblant les ordres qui pourraient venir ensuite. Consciente que je ne serai pas plus capable de refuser ceux-ci que les précédents.

Je suis une marionnette. Quelqu'un manipule mes ficelles.

Comme pour souligner cette évidence, ou peut-être pour le seul plaisir de celui qui se moque de moi, mon bras se lève d'une brusque détente, s'agite avec énergie au-dessus de ma tête, avant de retomber mollement le long de mon corps.

Je regarde mes pieds esquisser un joyeux pas de deux. J'aimerais croire que je suis en train de rêver, mais ce n'est pas le cas.

J'esquisse sur le balcon un pas de claquettes silencieuses, de plus en plus vite.

Alors que je commence à me demander si je vais finir comme cette héroïne de contes de fées qui danse jusqu'à en mourir, mes pieds s'immobilisent. Pantelante, je referme mes doigts sur le garde-corps de fer forgé. Si mon marionnettiste invisible décide que je vais me jeter dans le vide, je me battrai comme une furie.

Est-ce Darroc ? Pourquoi ferait-il ceci ? Le peut-il seulement ? Possède-t-il assez de pouvoir ?

La température chute si brutalement que mes mains adhèrent à la rambarde. Lorsque je les retire d'un geste sec, la glace vole en éclats et retombe dans la nuit en contrebas, avant de heurter le pavé dans un tintement. De petits fragments de peau de mes doigts restent collés sur la balustrade. Je recule, résolue à ne pas me donner la mort malgré moi.

LOIN DE MOI L'ENVIE DE T'INFLIGER UNE SOUFFRANCE, MAC, roucoule le *Sinsar Dubh* dans ma tête.

Je prends une inspiration douloureuse. L'air est si polaire qu'il me brûle la gorge et les poumons.

— C'est pourtant ce que vous venez de faire, dis-je entre mes dents serrées.

Je perçois sa curiosité. Il ne comprend pas comment il a pu me blesser. Ma peau guérit.

CELA N'ÉTAIT PAS DE LA DOULEUR.

Je tressaille. Je n'aime pas son ton. Il est trop onctueux, trop plein de promesses. Je me rue frénétiquement vers mon lac sombre afin de m'armer contre le Livre, de me protéger, mais un mur se dresse entre l'abîme liquide et moi et je ne trouve pas le moyen de le contourner ni de le traverser.

Le *Sinsar Dubh* m'oblige à m'agenouiller. Je tente de résister, centimètre par centimètre, dents serrées. Il me renverse et je tombe sur le dos. Mes bras et mes jambes s'agitent, comme si je dessinais un ange dans la neige[1]. Je suis clouée sur de froides poutres métalliques. *VOILÀ*, MAC, CE QU'EST LA DOULEUR, susurre le *Sinsar Dubh*.

Je dérive, à l'agonie. J'ignore combien de temps il me torture mais pendant tout ce temps, je suis cruellement consciente d'une seule chose. Barrons ne viendra pas à mon secours.

Il ne me ramènera pas à la réalité dans un vrombissement, comme la dernière fois que le Livre m'a assaillie en pleine rue pour me « goûter ».

Il ne va pas me porter jusqu'à la librairie quand tout sera fini, me préparer une tasse de chocolat chaud et m'envelopper dans des couvertures. Il ne va pas me faire rire en exigeant de savoir ce que je suis, ou ensuite me faire pleurer lorsque j'aurai volé un souvenir sous son crâne et l'aurai vu, dévasté par le chagrin, tenant dans ses bras un enfant mourant.

Tandis que le Livre me maintient, bras et jambes en croix, contre l'acier glacé du balcon, tandis que chacune des cellules de mon corps est carbonisée, que chacun de mes os est brisé l'un après l'autre, je me raccroche à mes souvenirs.

Je ne peux pas atteindre mon lac mais j'ai accès aux couches extérieures de mon esprit. Le *Sinsar Dubh* s'y

---

1. Jeu des enfants américains consistant à se coucher dans la neige et à écarter bras et jambes pour dessiner une silhouette d'ange. *(N.d.T.)*

trouve, lui aussi, examinant mes pensées, me sondant. « M'apprenant », comme il l'a dit un jour. Que recherche-t-il ?

Je me dis que je dois juste survivre. Qu'il ne blesse pas vraiment mon corps. Il ne fait que jouer avec moi. Il m'a trouvée, ce soir. Je le traque. Et pour une raison qui m'échappe, c'est lui qui me chasse. Est-ce l'idée que se fait le Livre d'une plaisanterie macabre ?

Il ne va pas me tuer – du moins, pas aujourd'hui. Je suppose que je l'amuse.

Il va seulement me faire regretter de ne pas être morte et... Eh ! Je connais cette impression. Voilà un moment que je tourne autour.

Au terme d'un laps de temps indéfini, qui me semble une éternité, la douleur cesse enfin et je suis remise sur mes pieds sans ménagement.

Je serre les poings. Je me tiens fermement sur mes jambes. Je fais appel à toute mon énergie pour recoller solidement mes os. Je regarde en direction de la ligne des toits en raffermissant ma volonté.

Je ne mourrai pas.

Si je meurs ce soir, le monde restera tel qu'il est en ce moment, et cela est inacceptable. Trop d'innocents ont été tués. Trop de gens continueront de périr si je ne suis pas là pour agir. Galvanisée par l'urgence de protéger quelque chose de plus important que ma personne, je rassemble toute ma résolution et je m'élance, tel un missile, vers le lac sous mon crâne.

Je me jette contre le mur que le *Sinsar Dubh* a érigé entre moi et mon arsenal.

Une fine fracture apparaît.

J'ignore qui est le plus surpris – le *Sinsar Dubh* ou moi.

Soudain, celui-ci est furieux.

Je ressens sa rage. Il n'est pas en colère parce que j'ai abîmé le mur qu'il a dressé, mais pour une autre raison.

Comme si je l'avais personnellement contrarié, d'une façon ou d'une autre.

L'aurais-je... déçu ?

Cela m'inquiète au-delà de toute expression.

Ma tête pivote sur son axe et je suis contrainte de regarder vers le bas.

Il y a quelqu'un au-dessous de moi, une tache sombre contre la neige scintillante, avec un livre sous le bras.

La personne rejette le visage en arrière et lève les yeux.

Je ravale un hurlement.

Je reconnais sa cape qui ondule doucement vers l'arrière, caressée par une légère brise. Je reconnais sa chevelure.

En revanche, je ne reconnais rien d'autre. S'il s'agit effectivement de Fiona – l'ex-employée de Barrons et la maîtresse de Derek O'Bannion – elle a été écorchée vive. Et le plus horrible, c'est que, comme O'Bannion lui a appris à manger de la chair *unseelie*, elle n'en est pas morte.

Dans un geste instinctif, je cherche ma lance. Bien entendu, elle n'est pas là.

— Pitié ! crie Fiona.

Ses lèvres écorchées dénudent ses dents ensanglantées.

Et je me demande : suis-je encore capable de miséricorde ?

Ai-je voulu prendre mon arme par compassion pour Fiona... ou par haine envers celle qui a eu Jéricho Barrons avant moi et pendant plus longtemps que moi ? La colère du Livre contre moi grandit.

Je la sens qui se répand, emplissant les rues. Elle est immense, impossible à contenir.

Je suis surprise.

Pourquoi se contrôle-t-il ? Pourquoi ne détruit-il pas tout ? Moi, je le ferais, s'il voulait bien rester calme assez longtemps pour me laisser faire usage de lui. Et ensuite, je recréerais le monde exactement comme je veux qu'il soit.

Soudain, le Livre prend son aspect de Bête, une ombre plus noire que la nuit. Il se déploie, s'élève, monte encore, jusqu'à parvenir à la hauteur de mes yeux.

Il reste suspendu dans les airs, montrant alternativement son propre visage, effrayant, et celui, décharné, de Fiona.

Je ferme les paupières avec force.

Lorsque je les rouvre, je suis seule.

12

— P… de saloperie de m… !

D'un coup de pied, je projette une canette vide dans l'allée. Elle traverse l'air en sifflant, heurte un mur de brique et s'aplatit dedans.

Eh, *man*, je dis bien *dedans*. À cinq bons centimètres de profondeur. Je ricane en pensant qu'un jour, un gus passera devant et se dira *P…, qui a moulé cette canette à froid dans le mur ?*

Encore un Mystère de Mega O'Malley ! La ville en est gavée !

Je laisse des traces de mon passage un peu partout dans Dublin. C'est ma façon de dire : « Je suis passée ici. » Voilà des années que je marque mon territoire – depuis que Ro a commencé à m'envoyer toute seule ici et là, pour faire des trucs pour elle. Autrefois, j'en restais à de petites choses, comme plier les sculptures devant le musée, juste assez pour que *je* sache qu'elles sont différentes, même si personne ne s'en aperçoit sans doute jamais. Depuis que les murs sont tombés, ça n'est plus important. J'incruste des objets dans la brique et dans la pierre, je dispose des gravats pour écrire MEGA, je martèle des fûts de lampadaires en forme de D un peu tordus, comme Dani, Dangereuse ou Délire.

Je marche d'un pas plus assuré.

Je suis super-forte.

Je fronce les sourcils.

— P... de m... ! je marmonne.

Mes hormones jouent aux montagnes russes. Un coup en haut, un coup en bas. Je change d'humeur aussi vite que je zappe. Un instant je suis impatiente d'être adulte pour pouvoir baiser. L'instant d'après, je hais les gens, et les hommes en font partie. Eh, *man* ! Vous avez déjà vu un truc plus dégueu que du sperme ? *Beurk.* Qui voudrait qu'un gus vienne lui balancer cette salo-perie dans la bouche ?

Voilà deux jours que je suis toute seule, et c'est *trop fashion* ! Plus personne pour me dire ce que je dois faire. Plus besoin d'aller au lit à l'heure. Plus personne pour me dire ce que je dois penser. Il n'y a que moi et mon ombre – et on est super-cool, toutes les deux. Qui ne voudrait pas être à ma place ?

Cela dit... Je m'inquiète un peu pour les brebis, à l'Abbaye.

P..., non, je m'inquiète pas ! Si elles veulent pas se sortir la tête du c..., c'est leur problème !

Dommage que certains veuillent pas me prendre au sérieux. Je vais devoir piétiner leurs plates-bandes pour qu'ils me voient.

Suis encore allée chez Chester.

Cette fois, ces ectoplasmes gluants ont dû s'y mettre à sept pour me virer. Je leur ai répété en boucle qu'il fallait que je parle à Ry-O, parce que je pense que c'est leur chef quand Barrons est aux abonnés absents.

Et Barrons *est* aux abonnés absents.

J'ai fouillé la ville de fond en comble hier pour le trouver, après que j'ai vu Mac se vautrer avec le Haut *Saigneur*.

Man, c'est quoi ce délire ? Elle pourrait avoir V'lane ou Barrons ! Qui a envie de se faire lécher le museau par un bouffeur d'*Unseelie* ? Surtout par celui qui a fichu tout ce p... de bordel ! Où est-elle partie pendant tout ce temps ? Qu'est-ce qui lui est *arrivé* ?

Z'ont pas voulu me laisser rentrer, chez Chester. P... de m... ! Ça commence à bien faire. C'est pas comme si je venais pour boire ou quoi. C'est du poison, leur truc. Tout ce que je veux, c'est leur filer un tuyau.

Finalement, je leur ai dit de dire à Ry-O que je crois que Mac est dans le pétrin. Elle zone avec Darroc. Sous la protection de deux princes *unseelies*.

Je me demande s'il lui a pas fait un lavage de cerveau, ou je sais quoi. C'est encore la Mega qui va devoir la sauver. Je voulais quelqu'un pour couvrir mes arrières pendant que je les bute tous. Je n'ai plus mes *sidhe-biques* avec moi. Depuis que je me suis tirée de l'Abbaye, je suis *persona non gratte-moi là*, et c'est seulement en flattant Ro ou son troupeau dans le sens du poil qu'on peut obtenir quelque chose d'elles. Même Jo n'a pas voulu partir. Elle a dit que c'était trop tard, pour Mac.

C'est là que Ry-O était censé ramener sa fraise. J'ai dit à ses guignols que ce soir, je butais le Haut Saigneur et qu'ils pouvaient donner un coup de main s'ils voulaient.

Ou pas.

J'ai besoin de personne, *moi*.

Mega passe à l'action ! Je suis plus rapide que le vent ! Je saute plus haut que les toits !

Man !

Et zou !

J'étudie mon reflet dans le miroir avec un froid détachement. Un sourire étire les lèvres de la femme qui me regarde.

Le *Sinsar Dubh* m'a rendu une visite, cette nuit. Il m'a rappelé son pouvoir écrasant et m'a donné un petit avant-goût de son sadisme. Pourtant, au lieu d'en être effrayée, je suis plus déterminée que jamais.

Il doit être arrêté, et la personne capable de faire cela le plus rapidement est assise dans la pièce voisine, en train de s'esclaffer à une plaisanterie de l'un de ses gardes.

Tant de gens sont morts à cause de lui ! Et il rit ! Je comprends à présent que Darroc a toujours été bien plus dangereux que Mallucé.

Mallucé avait l'air effrayant et se comportait comme un monstre, mais il tuait rarement ses adorateurs.

Darroc est attirant, séduisant, affectueux... et il peut orchestrer l'assassinat de trois milliards d'êtres humains sans l'ombre d'un remord, sans perdre une once de son charme. Après avoir commis un génocide, il peut encore me sourire, me dire combien il tenait à ma sœur, me montrer des photos où elle et lui s'« amusent » ensemble. S'il met la main sur le Livre, va-t-il encore tuer trois milliards de personnes ?

En fusionnant avec celui-ci, de quoi est-il capable ? Y a-t-il quoi que ce soit pour l'arrêter ? Se sert-il de moi aussi froidement que moi de lui, et serai-je une femme morte dès l'instant où il aura obtenu ce qu'il désire ?

Nous sommes engagés dans un combat mortel. Et je suis prête à tout pour gagner cette guerre.

Je lisse ma robe, me tourne de côté et tends la jambe pour admirer son galbe lorsque je porte des talons. J'ai de nouveaux vêtements. Après m'être habillée de façon fonctionnelle, cela me semble frivole, étrange, de me pomponner.

Mais c'est nécessaire pour le monstre aux appétits frivoles qui se trouve à côté.

La nuit dernière, après que le Livre s'en est allé, j'ai tenté de dormir, mais je n'ai réussi qu'à m'embourber dans des cauchemars éveillés. J'étais à la merci de Darroc, de nouveau violée par les princes. Puis l'invisible quatrième apparaissait et m'anéantissait. Ensuite, je sentais la piqûre d'aiguilles à l'arrière de mon cou pendant qu'il me tatouait le crâne. Puis les princes étaient de nouveau sur moi. Puis j'étais à l'Abbaye, tremblante d'un désir inextinguible, sur le sol d'une cellule, les os en fusion, se fondant les uns aux autres, souffrant mille morts sous l'effet de l'excitation sexuelle. Puis Rowena se penchait au-dessus de moi, et je m'accrochais à elle, mais elle me plaquait sur le visage un chiffon à l'odeur bizarre. Je luttais, je me débattais, je griffais, mais je n'étais pas de taille à lutter contre la vieille femme et, dans mon mauvais rêve, je mourais.

Je n'ai pas tenté de me rendormir.

Je me suis dévêtue, suis allée sous la douche et j'ai laissé le jet brûlant me fouetter. Fervente adoratrice du soleil, je n'ai jamais autant souffert du froid que ces derniers mois, depuis que je suis en Irlande.

Après m'être frottée jusqu'à me faire rougir la peau et m'être aussi bien lavée que possible, j'ai poussé du pied, dégoûtée, la pile de vêtements de cuir noir.

J'avais porté trop longtemps la même lingerie. Mon pantalon de cuir avait été trempé, séché, rétréci, sali. C'était la tenue dans laquelle j'avais tué Barrons. J'ai eu envie de la brûler.

Je me suis enveloppée dans un drap et me suis rendue dans le salon du vaste appartement, où des dizaines d'*Unseelies* de Darroc, vêtus de rouge, montaient la garde. Je leur ai donné des instructions précises sur l'endroit où ils devaient se rendre et ce qu'ils devaient me rapporter.

En les voyant se diriger vers une autre suite pour réveiller Darroc et lui demander son autorisation, je leur ai dit d'un ton sec :

— Il ne vous laisse pas prendre vos propres décisions ? Il ne vous a libérés que pour vous dicter chacun de vos gestes ? Un ou deux d'entre vous devraient pouvoir aller faire de petites courses pour moi ! Êtes-vous des *faës* ou des toutous ?

Les *Unseelies* sont extraordinairement émotifs. Contrairement aux *Seelies*, ils n'ont pas appris à dissimuler leurs sentiments. J'ai obtenu tout ce que je voulais – des sacs et des cartons de vêtements, chaussures, bijoux et maquillage.

Ma panoplie de guerrière.

À présent, tout en m'admirant dans le miroir, je me félicite d'être née jolie. Il faut que j'apprenne à quoi il est sensible. Quelles sont ses faiblesses. Combien je peux le rendre vulnérable à mes charmes. Il était *seelie*, autrefois. Il l'est encore, au plus profond de lui-même, et j'ai eu hier soir un excellent aperçu de ce que sont les *Seelies*.

Autoritaires. Beaux. Arrogants.

Je peux l'être aussi.

Je n'ai pas beaucoup de patience. Je veux des réponses, et je les veux vite.

Je finis avec soin de me maquiller, puis je passe un peu de poudre de soleil sur mes pommettes et sur la naissance de mes seins pour imiter la peau dorée des faës.

Ma robe jaune souligne mes courbes sculptées à la perfection par mon marathon sexuel avec Barrons. Mes chaussures et mes accessoires sont dorés.

Je ressemblerai en tout point à sa princesse.

Quand je le tuerai.

En me voyant, il cesse de parler et me regarde un long moment.

— Autrefois, tes cheveux étaient blonds comme les siens, dit-il finalement.

Je hoche la tête.

— J'aimais ses cheveux.

Je me tourne vers le garde le plus proche et lui dis de quoi j'ai besoin pour refaire ma couleur. Celui-ci regarde Darroc, qui acquiesce d'un coup de menton.

Je secoue la tête.

— Je demande des choses toutes simples et ils doutent de moi. C'est exaspérant ! Ne peux-tu me donner deux de tes gardes pour mon service ? Je ne dois donc rien avoir pour moi ?

Il regarde mes jambes, longues et fuselées, puis mes pieds, si sexy en chaussures à talons.

— Bien sûr, murmure-t-il. Lesquels veux-tu ?

Je lève la main d'un geste indifférent.

— À ta guise. Ils sont tous pareils.

Il assigne deux *Unseelies* à mes ordres.

— Vous lui obéirez comme vous le faites avec moi, leur dit-il. Immédiatement et sans poser de questions.

Sauf si ses demandes sont contraires aux miennes.

Ils vont s'habituer à m'obéir. Ses autres gardes vont s'habituer à les voir m'obéir. Petit à petit, l'oiseau fait son nid...

Je prends mon petit déjeuner avec lui et, le sourire aux lèvres, j'avale des aliments au goût de cendre et de sang.

Le *Sinsar Dubh* est rarement en activité durant la journée.

Comme tout ce qui est *unseelie*, il préfère la nuit. Ceux qui sont restés si longtemps emprisonnés dans la glace et l'obscurité semblent trouver la lumière du soleil blessante, douloureuse. Plus je dois vivre avec mon chagrin, mieux je comprends cela. Le soleil est comme une gifle qui voudrait dire : « Regarde comme le monde est brillant et lumineux ! Dommage que toi, tu ne le sois pas. »

Je me demande si c'est pour cela que Barrons était rarement là durant la journée. Parce que lui aussi, comme nous, avait souffert, et qu'il trouvait du réconfort dans le secret de l'obscurité. L'ombre est quelque chose de merveilleux. Elle cache nos souffrances et dissimule nos intentions.

Darroc part pour la journée avec un petit contingent de son armée mais il refuse de m'emmener. Je suis tentée d'insister car j'ai l'impression d'être un animal en cage. Toutefois, je veux qu'il me fasse confiance, et il y a certaines limites que je suis trop maligne pour franchir.

Je passe l'après-midi dans le vaste appartement, tournant et virant comme un joli papillon, examinant des bibelots, feuilletant des livres, ouvrant des armoires et des tiroirs, m'exclamant sur ceci ou sur cela, fouillant les lieux en feignant d'être curieuse, sous le regard attentif de ses gardes.

Je ne trouve rien.

Ils me refusent l'accès à sa suite personnelle.

Moi aussi, je peux jouer à ce jeu-là. J'interdis l'entrée de la mienne à quiconque. Je renforce mes runes de protection autour de mon sac à dos et de mes pierres. D'une façon ou d'une autre, j'entrerai dans ses appartements.

En fin d'après-midi, je fais ma décoloration, me sèche les cheveux et les coiffe en lourdes boucles un peu floues.

Me voilà de nouveau blonde. Comme c'est étrange ! Je me souviens que Barrons me comparait à un joyeux arc-en-ciel. Cela me donne des envies de minijupes blanches et de chemisiers roses…

À la place, j'enfile une robe rouge sang, des cuissardes noires à talons hauts et un manteau de cuir noir orné de fourrure au col et aux poignets, que je noue serré à la taille pour souligner mes courbes. Des gants noirs, une écharpe aux couleurs vives, ainsi que des diamants aux oreilles et au cou complètent ma tenue. Maintenant que presque tout le monde est mort à

Dublin, c'est un rêve de faire du shopping. Dommage que cela ne m'intéresse plus.

Lorsque Darroc revient, je sais à son regard que j'ai visé juste. Il s'imagine que j'ai choisi du rouge et du noir pour *lui*. Les couleurs de sa garde. Les couleurs qu'il m'a dit avoir prévues pour sa future cour.

J'ai mis du rouge et du noir en hommage aux tatouages sur le corps de Barrons. Ce soir, je porte sur moi la promesse que je lui ai faite de remettre les choses en ordre.

— Ton armée ne vient pas avec nous ? demandai-je lorsque nous quittons l'appartement.

La nuit est froide et claire, le ciel étincelant d'étoiles. La neige a fondu pendant la journée et les rues pavées sont sèches, ce qui change agréablement.

— Les Traqueurs abhorrent les castes inférieures.

— Les Traqueurs ? répétai-je.

— Comment comptais-tu chercher le *Sinsar Dubh* ?

J'en ai déjà chevauché un autrefois, avec Barrons, la nuit où nous avons tenté de nous emparer du Livre avec trois des quatre pierres. Je me demande si Darroc en est informé. Avec son malin petit Miroir caché dans l'allée de derrière chez *Barrons – Bouquins et Bibelots*, j'ignore combien il en sait sur moi.

— Et si nous le trouvons ce soir ?

Il sourit.

— Si tu me le trouves, MacKayla, je ferai de toi ma reine.

Je le parcours du regard. Il arbore des vêtements luxueux, en tweed, cuir et cachemire de chez Armani, mais ses mains sont vides. Le secret de la fusion avec le Livre est-il un savoir ? un rituel ? des runes ? un objet ?

— As-tu ce qu'il faut pour fusionner avec lui ? demandai-je sans détour.

Il éclate de rire.

— Tiens, ce soir, c'est l'attaque frontale ! Avec cette robe, ajoute-t-il d'un ton suave, j'avais espéré une opération séduction.

Je hausse les épaules avec une désinvolture assortie à mon sourire.

— Tu sais que je suis curieuse. Je ne vois pas pourquoi je le cacherais. Nous sommes ce que nous sommes, toi et moi.

Il aime que je nous range dans la même catégorie. Je le lis dans ses yeux.

— C'est-à-dire, Mac ? Que sommes-*nous* ?

Il se tourne légèrement de côté pour aboyer un ordre dans une langue étrange. L'un des princes *unseelies* apparaît, écoute, hoche la tête et disparaît.

— Des survivants. Deux êtres qui refusent de se laisser dominer, parce qu'ils sont nés pour régner.

Il scrute mon visage.

— Le penses-tu vraiment ?

La rue se refroidit et mon manteau est soudain couvert de minuscules cristaux de glace noire brillante. Je sais ce que cela signifie. Un Traqueur royal vient de se matérialiser au-dessus de nous et ses ailes de cuir noir frappent l'air nocturne. Une brise polaire soulève mes cheveux. Je lève les yeux vers le ventre écaillé de la créature conçue pour chasser et abattre les *sidhe-seers*.

Le dragon satanique plaque ses ailes massives sur son corps et se laisse lourdement tomber dans la rue, frôlant les immeubles de chaque côté.

Il est énorme.

211

Contrairement aux petits Traqueurs que Barrons était parvenu à plier à sa volonté et à « atténuer » la nuit où nous avons survolé Dublin, celui-ci est un Traqueur royal de race absolument pure. Je perçois chez lui une indicible ancienneté. Il semble plus vieux que tout ce que j'ai jamais vu ou ressenti dans le ciel nocturne. Le froid arctique qu'il exsude, le désespoir et le vide qu'il irradie sont intacts. Pourtant, cela ne me déprime pas et n'éveille en moi aucun sentiment de futilité. Celui-ci me donne l'impression d'être… libre.

Mentalement, il imprime sur moi une délicate poussée. Je perçois une retenue. Il n'a pas de pouvoir, il *est* le pouvoir.

Je réplique avec l'aide de mon lac brillant.

Il émet un léger halètement de surprise.

Je tourne de nouveau mon attention vers Darroc.

Sidhe-seer ? s'enquiert le Traqueur.

Je l'ignore.

SIDHE-SEER ? hurle-t-il dans mon esprit, si fort que j'en ai aussitôt la migraine.

Je fais brusquement pivoter ma tête vers lui.

— Quoi ? dis-je d'un ton cassant.

La gigantesque silhouette noire s'accroupit dans l'ombre. Elle baisse le cou, de sorte que sa mâchoire inférieure effleure le trottoir. Elle danse d'une patte griffue sur l'autre, tandis que sa queue massive balaie la rue, chassant des poubelles oubliées là depuis une éternité et des enveloppes humaines parcheminées. Ses yeux étincelants se vrillent dans les miens.

Je perçois qu'il me sonde mentalement avec prudence. La légende faë affirme que les Traqueurs ne sont pas faës, ou pas entièrement. Je ne saurais dire ce qu'ils sont mais je n'aime pas en avoir un sous mon crâne.

Après un instant, il s'exclame *Ahhh !* et s'accroupit avant d'ajouter : *Te voilà.*

Je ne comprends pas ce qu'il veut dire. Je hausse les épaules. Il est sorti de ma tête et c'est tout ce qui compte pour moi. Je me tourne vers Darroc, qui reprend notre conversation là où elle en était restée.

— Crois-tu vraiment ce que tu dis, quand tu affirmes que nous sommes nés pour régner ?

— T'ai-je jamais demandé où étaient mes parents ?

J'ai répliqué par une question qui me serre le cœur rien que de la poser, qui me brise l'âme rien que d'y penser, mais ce soir, c'est tout ou rien. Si je peux obtenir ce que je veux maintenant, je quitte cet endroit. Ma douleur et mon chagrin prendront fin. Je vais enfin cesser de me haïr. Au matin, je pourrai de nouveau parler avec Alina, toucher Barrons.

Son regard se fait plus acéré.

— Quand tu as vu pour la première fois que je les retenais captifs, je t'ai crue faible, gouvernée par une grotesque sensiblerie. Pourquoi n'as-tu pas posé la question ?

Je comprends maintenant pourquoi Barrons insistait pour que je cesse de l'interroger et que je le juge uniquement sur ses actes. C'est tellement facile de mentir ! Et le pire, c'est la façon dont nous nous accrochons à nos mensonges. Nous nous berçons d'illusions pour ne pas avoir à affronter la réalité, à supporter la solitude.

Je me revois encore à dix-sept ans, persuadée d'être éperdument amoureuse, demandant pendant le bal de fin d'année à mon boy-friend – le torride ailier Rod

McQueen – *Katie ne t'a pas* vraiment *vu embrasser Brandi dans le couloir devant les lavabos, n'est-ce pas, Rod ?* Quand il m'a répondu *Non*, je l'ai cru, malgré les traces de rouge à lèvres sur son menton, trop vif pour être le mien, et malgré les regards insistants que Brandi nous lançait par-dessus l'épaule de son petit copain. L'été n'avait pas quinze jours que Rod sortait avec Brandi, et personne n'en a paru surpris.

Je regarde le visage de Darroc et je vois dans ses yeux quelque chose qui me met en joie. Il ne plaisante pas quand il affirme vouloir faire de moi sa reine. Il me veut vraiment. J'ignore pourquoi. Peut-être parce qu'il a fait une fixation sur Alina et que je suis ce qui reste de plus approchant. Peut-être parce que ma sœur et lui ont compris ensemble qui ils étaient et ce dont ils étaient capables, et que cette découverte à deux a créé un lien puissant. Peut-être à cause de mon étrange lac noir et brillant, ou quoi que ce soit que je possède et qui donne envie au *Sinsar Dubh* de s'amuser avec moi.

Peut-être parce qu'une part de lui est humaine et qu'il court après les mêmes illusions que nous tous.

Barrons était un puriste. Je le comprends, maintenant. Les mots sont *si* dangereux.

— Les choses changent, dis-je. Je m'adapte. J'élimine ce qui n'est pas nécessaire à mesure que les circonstances évoluent.

Je tends une main pour caresser sa joue, effleure du bout de l'index ses lèvres au tracé parfait, souligne sa cicatrice.

— Et souvent, je m'aperçois que la situation ne s'est pas aggravée, comme je le croyais au départ, mais améliorée. Je ne sais pas pourquoi je t'ai si souvent dit non.

Maintenant, je comprends pourquoi ma sœur te désirait.

J'ai expliqué cela de façon si naturelle que cela sonne vrai. Même moi, je suis surprise par mes accents de sincérité.

— Je pense que tu *devrais* être roi, Darroc. Et si tu veux de moi, je serais honorée d'être ta reine.

Il prend une petite inspiration saccadée. Ses iris cuivrés scintillent. Puis il referme ses mains sur ma tête et enfouit ses doigts dans mes cheveux en caressant mes boucles soyeuses.

— Prouve-moi que tu penses vraiment cela, Mac-Kayla, et je ne te refuserai rien. Jamais.

Il me soulève le menton et approche ses lèvres des miennes.

Je ferme les paupières. Entrouvre ma bouche.

C'est à cet instant que la bête le tue.

13

J'ai connu quelques changements de paradigmes depuis le jour où mon avion s'est posé en Irlande et où je me suis lancée à la poursuite de l'assassin d'Alina. Des changements radicaux... du moins est-ce ce que je croyais. Car celui-là remporte la palme.

Les yeux clos, les lèvres offertes, j'attends le baiser de l'amant de ma sœur lorsque soudain, quelque chose de chaud et d'humide me frappe au visage, coule de mon menton, inonde mon cou et ruisselle dans mon soutien-gorge. Mon manteau en est tout éclaboussé.

Je rouvre les paupières en poussant un hurlement.

Darroc ne va pas m'embrasser. Pour la bonne raison que sa tête a disparu – *littéralement*. On n'est jamais prêt pour cela, même si on se croit mort et glacé à l'intérieur. Être aspergé par le sang d'un corps décapité – *a fortiori* celui d'une connaissance, qu'on l'apprécie ou non – vous atteint à un niveau viscéral. Doublement, si on était sur le point de donner un baiser à son propriétaire.

Le plus contrariant, toutefois, c'est que j'ignore toujours comment fusionner avec le Livre.

Une seule pensée occupe mon esprit. Sa tête a disparu et je ne sais pas comment m'unir au *Sinsar*

Dubh. Darroc mange de l'*Unseelie*. Et si je lui remettais sa tête ? Réussirait-il à parler ? Je pourrais peut-être le recoudre et lui extorquer l'information sous la torture ?

Je serre les poings, furieuse du tour qu'ont pris les événements.

Seul un baiser... Bon, d'accord, seules quelques nuits avec l'ennemi (ainsi qu'une dose encore inégalée de mépris envers moi-même) me séparaient encore de mon but. J'y étais presque. J'étais sur le point de gagner sa confiance. Je l'ai vu dans ses yeux, il allait se confier à moi. Il allait me révéler tous ses secrets. J'allais pouvoir le tuer et reconstruire le monde.

Et maintenant que sa tête n'est plus sur son corps, je n'aurai plus accès aux informations dont j'ai tant besoin. Je ne vais pas survivre dans cet enfer pendant tout le temps qu'il me faudra pour rassembler les Quatre, les Cinq et la Prophétie.

Toute ma mission s'était concentrée sur un seul but, et le voilà qui titube devant moi, décapité !

C'est une catastrophe absolue.

Je l'ai laissé me toucher pour rien.

Je regarde son cou ensanglanté tandis que son corps sans tête tourne en vacillant. Je suis stupéfaite qu'il puisse encore bouger. Ce doit être l'énergie faë qui court dans ses veines.

Il trébuche et s'effondre à terre. Quelque part près de moi, j'entends des gargouillements. Seigneur, sa tête parle encore !

Parfait ! Peut-il former des phrases ? Je suis dans une excellente position de négociation. *Dis-moi ce que je veux savoir et je te rends ta tête.*

Je fronce les sourcils. Où sont les princes ? Pourquoi ne l'ont-ils pas protégé ? Et au fait... *Qui* a fait cela ? Suis-je la prochaine victime ?

Je jette des coups d'œil frénétiques autour de moi, avant d'émettre un *Hou !* étranglé, totalement désemparée.

Sidhe-seer, susurre le Traqueur dans mon esprit.

Je le regarde sans comprendre. Le démon ailé que Darroc a appelé pour que nous le chevauchions est accroupi à une dizaine de pas, faisant danser au bout de sa patte griffue la tête de Darroc qu'il tient par les cheveux.

Si un Traqueur peut sourire, c'est ce que fait celui-ci. Ses lèvres de cuir s'étirent, révélant des dents de sabre, tandis qu'une sorte d'hilarité semble *suinter* de lui.

Sa... main, faute d'un meilleur terme, est de la taille d'une petite voiture. Comment a-t-il fait pour arracher avec autant de précision la tête de Darroc ?

L'a-t-il pincée entre ses serres ? Tout s'est passé à une vitesse ahurissante.

Pourquoi l'a-t-il tué ?

Darroc avait fait alliance avec les Traqueurs. Ce sont eux qui lui ont appris à manger de l'*Unseelie*. Ont-ils fini – comme je l'avais un jour averti que cela arriverait – par se lasser de lui et se retourner contre lui ?

Je cherche ma lance. Elle est de nouveau là. Excellent, les princes ont définitivement disparu ! Pourtant, avant que je puisse la dégainer, le Traqueur fait résonner dans mon esprit un rire sec, un peu assourdi. Je suis assaillie par une sensation d'ancienneté immémoriale et de logique forgée au terme d'un long chemin à travers la folie. Jusqu'à présent, il avait « baissé le volume ». Il est très différent des autres Traqueurs. Je ne serais pas surprise d'apprendre qu'il est leur ancêtre à tous.

ÇA S'APPELLE K'VRUCK. LES HUMAINS N'ONT PAS DE MOT POUR ÇA. C'EST UN ÉTAT AU-DELÀ DE LA MORT. LA MORT N'EST PAS GRAND-CHOSE, COMPARÉE À K'VRUCK.

— H... hein ? dis-je en bégayant.

La voix est dans mon esprit.

K'VRUCK EST BIEN PLUS DÉFINITIF QUE LA MORT. C'EST LA RÉDUCTION DE LA MATIÈRE À UN ÉTAT D'INERTIE TOTALE, DONT RIEN NE PEUT DE NOUVEAU JAILLIR. C'EST MOINS QUE LE NÉANT. LE NÉANT EST ENCORE QUELQUE CHOSE. K'VRUCK EST ABSOLU. TON ESPÈCE IMAGINERAIT QUE C'EST LA PERTE DE L'ÂME POUR ESSAYER D'EMBRASSER CETTE NOTION AVEC SES FAIBLES CAPACITÉS INTELLEC-TUELLES.

Je tressaille. Je reconnais ces inflexions. Cette ironie. Ma lance ne me sera d'aucun usage contre *lui*. Si je tue le Traqueur, *il* me sautera probablement dessus.

JE VAIS TE DIRE UN SECRET, poursuit-il d'un ton suave. VOUS ALLEZ CONTINUER. VOUS, LES HUMAINS. À MOINS QUE VOUS NE SOYEZ...

La voix émet un rire feutré.

K'VRUCKÉS.

Je prends une douloureuse inspiration.

MACKAYLA, JE NE PERMETS À PERSONNE DE ME CONTRÔLER. DARROC N'UTILISERA

JAMAIS SON RACCOURCI ET TU NE LE CONNAÎTRAS JAMAIS.

Le Traqueur laisse tomber la tête de Darroc comme un fruit mûr. Des cheveux et des os heurtent le trottoir. À présent que je ne suis plus paralysée par l'horreur de ce spectacle, je vois l'objet que le Traqueur tient dans son *autre* main. L'objet qu'il tenait depuis tout ce temps.

Je recule d'un bond.

Darroc et moi n'aurions jamais pu nous envoler à la chasse au *Sinsar Dubh*.

Celui-ci nous a eus de vitesse.

Il a chevauché notre monture pour venir à nous.

Je reste là, impuissante. Je n'ai pas les pierres, ma lance ne m'est d'aucun secours...

L'Amulette ! Lorsque le Traqueur a décapité Darroc, elle est restée sur son corps ! Je feins de jeter autour de moi des coups d'œil frénétiques tout en m'obligeant à regarder un peu partout, mais nulle part en particulier, afin de ne pas révéler mes intentions.

Où diable sont les princes ? Ils pourraient me transférer loin d'ici ! Que leur est-il arrivé ? Ont-ils disparu dès l'instant où Darroc a été tué ? Les pleutres !

La voilà ! Lorsque le corps de Darroc s'est effondré sur le sol, l'Amulette est tombée du moignon de sa nuque. Toute d'or et d'argent, elle baigne dans une mare de sang, à une dizaine de pas de moi. J'ai du pouvoir dans mon lac brillant. Avec l'Amulette pour le renforcer, sera-t-il suffisant pour me défendre ?

Je me tourne en moi-même pour me diriger vers mon rivage aux galets noirs, mais ce maudit mur se dresse avant que je puisse l'atteindre. Le *Sinsar Dubh* éclate de rire. La nuit dernière, j'ai fendillé cette muraille. Ce soir, je le ferai de nouveau, ou j'y laisserai la vie. LE POUVOIR SE MÉRITE, ET TU N'EN AS PAS. Je n'ai pas besoin de regarder pour savoir que le Livre jaillit, sortant du Traqueur et s'élevant dans les airs pour reprendre sa colossale apparence bestiale. Il s'apprête à m'infliger de nouvelles souffrances. Ou qui sait ? Cette fois, ce sera peut-être pire. Peut-être va-t-il me... *K'Vrucker.*

Je plonge en avant, mains tendues. Mes doigts effleurent la chaînette. Je l'ai ! Je la tire vers moi !

Soudain, quelque chose me heurte, puis l'Amulette m'est arrachée des mains, avant de disparaître. Mon bras se coince sous un mauvais angle, à moitié tendu, et je l'entends craquer tandis que je suis poussée malgré moi en une longue glissade sur le côté et que je m'écorche sur le trottoir. Mon crâne heurte le sol, mon front se frotte contre le pavé. Ma peau se déchire.

Puis je suis cueillie et jetée dans les airs. Je lance autour de moi des regards frénétiques mais je ne vois l'Amulette nulle part. Alors que je redescends, quelqu'un me jette sur son épaule. J'ai les cheveux devant le visage, mon bras pend mollement et le sang de ma blessure au front ruisselle jusqu'à mes yeux. Je me suis pratiquement scalpée sur le pavé.

Tout bouge si vite que ma vision se brouille.

Superforce. Supervitesse. Je commence à avoir le mal de mer.

— Dani ? dis-je dans un souffle.

Est-elle venue me sauver, alors que je l'ai odieusement chassée ?

— Dani, non ! J'ai besoin de l'Amulette !

Je suis suspendue la tête en bas, devant le pavé qui défile à toute vitesse.

— Dani, arrête-toi !

Elle ne m'obéit pas. Derrière nous, j'entends un ricanement qui décroît rapidement.

Le Traqueur rugit.

Des hululements à vous glacer les sangs déchirent la nuit.

Je sursaute. Je connais ces cris. Je les ai déjà entendus.

— Ramène-moi, ramène-moi !

Je hurle, mais pour une tout autre raison, à présent. Qui sont-elles, ces bêtes qui crient comme Barrons ? Il faut que je le sache !

— Dani, tu dois me ramener !

Elle n'en fait rien. Elle continue de courir sans écouter un mot de ce que je lui dis. Et elle m'emmène tout droit vers le seul endroit que je ne veux jamais revoir.

Chez *Barrons – Bouquins et Bibelots*.

14

Je commençais à douter de l'identité de celui qui me portait lorsque nous franchîmes à toute vitesse la porte de devant de la librairie.

Ou plus exactement, il *leva* le nez vers moi... pour lécher du sang sur l'arrière de ma cuisse.

À moins que Dani n'ait de sérieux problèmes que j'ignorais encore, ce n'était pas sur son épaule que je reposais.

La créature me donna un nouveau coup de langue, jusqu'en haut de la jambe, presque sous mes fesses. Le bas de ma robe était remonté, coincé entre mon abdomen et son épaule. Elle me mordit. Violemment.

— Aïe !

Avec ses crocs. Pas assez profondément pour me faire saigner, mais assez pour me transpercer la peau. J'essuyai mon visage avec ma manche et, de mon poignet de fourrure, j'ôtai le sang de mes yeux.

J'étais encore sous le choc après le meurtre subit de Darroc et la découverte que le Livre possédait K'Vruck. Si j'avais eu les idées plus claires, j'aurais compris dès le premier instant que j'étais bien trop haut au-dessus du sol pour qu'il puisse s'agir de Dani. Plus d'un mètre trop haut.

L'épaule sur laquelle je m'appuyais était massive, comme tout le reste de la créature, mais il faisait trop sombre pour que je voie distinctement. Les appliques extérieures du toit n'éclairaient plus les abords de la librairie, et l'habituelle lueur ambrée ne baignait plus l'intérieur du magasin. Il n'y avait que la clarté d'une lune pleine aux trois quarts qui entrait par les hautes fenêtres.

Qui était mon ravisseur ? Un *Unseelie* ? Pourquoi m'avait-il amenée ici ? Je ne voulais plus jamais revenir dans cet endroit ! Je détestais *Barrons – Bouquins et Bibelots*. La librairie était sombre, vide, peuplée de fantômes au regard triste perchés sur ma caisse enregistreuse, errant le long de mes rayonnages ou se pelotonnant, décharnés et abattus, sur mes canapés, en frissonnant devant des poêles qui ne seraient plus jamais allumés.

Je n'étais pas préparée à être arrachée à son épaule. Je volai à travers les airs, me heurtai contre le Chesterfield du coin repos du fond, rebondis contre le sofa, me cognai contre une chaise, me pris les pieds dans l'un des luxueux tapis de Barrons et glissai sur le parquet ciré. Ma tête frappa violemment le poêle émaillé.

Pendant quelques instants, je ne pus que rester là, étendue par terre. Tous les os de mon corps étaient meurtris. J'avais des croûtes de sang sur les joues et au coin des yeux.

Dans un gémissement de souffrance, je roulai sur moi-même et me redressai sur un coude pour évaluer les dégâts. Au moins, contrairement à ce que j'avais craint, mon bras n'était pas cassé.

J'écartai mes cheveux de mon visage.

Et je me figeai. Dans la faible lueur de la librairie, se tenait une silhouette douloureusement familière.

— Sortez de l'ombre, ordonnai-je.

Seul un grondement feutré me répondit.

— S'il vous plaît, est-ce que vous me comprenez ? Montrez-vous.

L'être se tenait près d'une bibliothèque, massif, haletant. Il était très grand, au moins deux mètres cinquante. Sa silhouette, qui se découpait contre une fenêtre illuminée par le clair de lune, était couronnée par trois paires de cornes incurvées, pointues, disposées à intervalles réguliers le long de deux protubérances osseuses courant le long de sa tête.

J'avais déjà vu de telles excroissances. Mon sac de pierres y avait été attaché. Puis je les avais regardées fondre et disparaître lorsque la bête qui les portait avait repris son apparence humaine.

Dans le réseau des Miroirs, Barrons avait eu la peau grise et les yeux jaunes durant le jour, puis la peau noire et les yeux rouges à la nuit tombée.

La créature qui se tenait devant moi était en tous points celle de la nuit, d'un noir de velours dans l'obscurité, à l'exception de l'éclat de ses yeux de fauve. J'avais entendu d'autres de ses semblables dans la rue, avant que celle-ci m'emporte. D'où venaient-elles ?

Mes mains se mirent à trembler. Je me redressai avec mille précautions sur mon séant, douloureusement consciente de chacun de mes tendons meurtris, de chacun de mes muscles endoloris. Puis, m'adossant au poêle, je repliai mes jambes et, de mes bras, serrai mes genoux contre ma poitrine. Je doutais de pouvoir me tenir debout. La bête était de la même espèce que Barrons. Elle me reliait à l'homme que j'avais perdu.

Que faisait-elle ici ? Barrons tentait-il encore de veiller sur moi, d'une façon ou d'une autre, même par-delà la mort ? Avait-il assigné d'autres parmi ses semblables à ma protection, au cas où le pire arriverait et où il serait tué ?

Soudain, la créature dans l'ombre pivota sur elle-même et frappa violemment l'étagère de son point griffu. Le haut meuble vacilla sur ses fixations au sol. Puis, dans un crissement métallique, il bascula, commença à tomber, s'effondra sur l'étagère voisine, laquelle s'abattit sur la suivante, entraînant toutes les autres tel un immense jeu de dominos, jusqu'à ce que ma librairie soit dans un indescriptible chaos.

— Arrêtez ! criai-je.

Même si elle pouvait me comprendre, ou seulement m'entendre par-dessus le vacarme, la créature ne réagit pas. Elle se tourna vers le présentoir des magazines et l'éventra. Quotidiens et mensuels volèrent dans un nuage de pages et d'éclats de bois. Des sièges furent fracassés contre les murs. Mon petit poste de télévision, piétiné. Mon mini réfrigérateur, broyé. Ma caisse enregistreuse pulvérisée dans un tintement cristallin.

La bête enragée fit le tour de la librairie, dévasta le rez-de-chaussée, réduisant à néant tout ce que j'aimais tant et transformant mon précieux sanctuaire en un champ de ruines.

Je ne pouvais que l'observer, pelotonnée sur moi-même.

Lorsqu'il ne resta plus rien à briser ou à écraser, elle pivota vers moi.

Le clair de lune illuminait son cuir noir de reflets argentés et se reflétait dans son regard pourpre. Ses veines et ses tendons saillaient sur ses bras et dans son cou. Son torse se soulevait comme un soufflet de forge. Des débris s'étaient accrochés à ses cornes. Elle secoua violemment la tête, projetant alentour des éclats de plâtre et de bois.

Puis elle darda sur moi ses yeux qui luisaient de haine au milieu de son faciès préhistorique encadré de longues mèches brunes et feutrées.

Je la dévisageai en retenant mon souffle. M'avait-elle gardée pour la fin ? En vérité, je ne méritais pas mieux !

Elle était un vivant souvenir de ce que j'avais eu, et perdu. De ce que je n'avais pas su voir avec clarté et que j'avais tué. Elle ressemblait de façon frappante à ma créature dans le réseau des Miroirs, et cependant elle était différente. Barrons avait fait preuve d'une incontrôlable violence homicide et s'était montré incapable de (ou peu disposé à) s'interdire de tuer tout ce qui se trouvait autour de lui, même petit ou vulnérable. Sur le rebord de cette falaise, là-bas, j'avais vu une lueur de folie dans son regard.

La bête qui se trouvait devant moi était elle aussi une machine de guerre, mais elle possédait sa raison. Il n'y avait aucune démence dans ses yeux. Rien qu'une rage meurtrière.

C'était Barrons… et ce n'était pas lui.

Je fermai les paupières. Le seul fait de la regarder me brisait le cœur.

Elle émit un grondement guttural, bien plus proche de moi qu'un instant plus tôt.

Je rouvris brusquement les yeux.

Elle se tenait à cinq ou six pas de moi, me surplombant de toute sa hauteur, frémissante de fureur contenue. Son regard carnassier était posé sur mon cou et ses mains griffues se pliaient et se dépliaient comme si elle n'avait qu'une envie : les refermer autour de ma gorge et serrer de toutes ses forces...

Je me frottai la base du crâne, soulagée de porter la marque de Barrons. Manifestement, elle me protégeait encore car la bête ne s'en était pas prise à moi, même si elle en avait très envie. Je me demandai si ce tatouage m'immunisait contre toute la « horde » des créatures semblables à Barrons. Il avait dit qu'il ne me laisserait jamais mourir. Apparemment, il avait pris des mesures pour que je sois en sécurité, même s'il lui arrivait *quelque chose*.

Quelque chose comme, par exemple, Ryodan, moi et une lance.

— Merci, murmurai-je.

Mes paroles semblèrent raviver sa fureur. Elle plongea vers moi, me prit par le col de mon manteau, me souleva dans les airs et me secoua comme une poupée de chiffon. Mes dents claquèrent les unes contre les autres, mes os s'entrechoquèrent.

Peut-être la marque ne me protégeait-elle pas, après tout...

Je n'allais tout de même pas mourir ce soir-là ! Même si le chemin que prenait ma mission avait changé, mon but restait le même. Tandis que je me balançais, mes pieds effleurant le parquet, je laissai mon regard se perdre dans le flou, me tournai vers mon lac et invoquai mes runes pourpres. Elles avaient tenu en respect les princes *unseelies*, qui étaient autrement plus dangereux et plus puissants que cette créature.

D'autres choses flottèrent à la surface de mon lac mais je les ignorai. J'aurais tout le temps – bien plus que je ne le voudrais, j'en étais sûre – à l'avenir pour explorer ce qui se dissimulait sous ces calmes eaux noires. Je mis mes mains en coupe, pris ce que j'étais venue chercher et revins rapidement à la réalité.

La bête était encore en train de me secouer. En regardant dans ses yeux injectés de rage, je compris que je devrais peut-être réviser ma première impression selon laquelle elle n'était pas aussi démente que Barrons.

Je levai mes poings dégoulinants de sang. La créature à la peau d'ébène et à la tête hérissée de cornes s'ébroua dans un rugissement.

— Posez-moi par terre, ordonnai-je.

Elle fut si rapide que ma main était dans sa bouche avant que j'aie pu reprendre mon souffle. Les mots « par terre » n'avaient pas encore franchi mes lèvres que ma paume et mes doigts disparurent, tandis que de longs crocs noirs se refermaient autour de mon poignet.

Contrairement à mes craintes, elle ne me l'arracha pas. Elle la suça. Sa langue humide et chaude se posa sur mes doigts avant de s'insinuer délicatement entre eux.

Puis, aussi soudainement qu'elle avait happé ma main, elle la libéra. Mon poing était vide.

Je le regardai, interdite. Cette créature *mangeait* les runes que redoutaient les faës les plus puissants ? Comme on croque un biscuit apéritif ? Elle se lécha les babines. Allais-je constituer son plat de résistance ? Dans un éclair, mon autre main fut engloutie.

Une succion mouillée sur ma peau, un coup de langue soyeux et précis, un frottement de crocs contre mon poignet, et cette paume-là était vide à son tour.

Puis la bête me libéra. J'atterris maladroitement sur les pieds, rebondis contre ce qui restait du canapé Chesterfield et rétablis mon équilibre.

Tout en se léchant les babines, elle commença à reculer.

Lorsqu'elle fit halte dans un rayon de lune à la clarté opalescente, je fonçai les sourcils. Quelque chose n'allait pas. Elle n'avait pas l'air d'aller bien. En fait, elle semblait... attristée.

Une effroyable pensée me traversa alors l'esprit. Et si cette bête n'avait aucun instinct ? Si je venais de la nourrir avec un aliment mortel ? Si elle mangeait tout ce qui est couvert de sang, tel un chien incapable de se détourner d'un hamburger empoisonné ?

Je ne voulais pas tuer une autre de ces créatures ! Tout comme Barrons, elle m'avait sauvé la vie !

Je la regardai, horrifiée, en priant pour qu'elle survive à ce que je venais de lui faire. Tout ce que je voulais, c'était m'éloigner d'elle, trouver un refuge pour rassembler mes forces et puiser en moi de quoi continuer. Je ne disposais que d'un arsenal limité. Je devais en faire bon usage.

Elle vacilla.

Enfer ! Quand finirais-je par apprendre ?

Elle trébucha et se laissa lourdement tomber en poussant un gémissement guttural, convulsif. Ses muscles se tordirent sous sa peau. Puis, rejetant la tête en arrière, elle se mit à hurler.

Je plaquai mes mains sur mes oreilles mais, même étouffé, son cri était assourdissant. Au loin, j'entendis d'autres hululements s'élever en réponse dans un lugubre concert.

J'espérais que ses congénères n'étaient pas en train de se ruer en direction de la librairie pour rejoindre leur frère à l'agonie et me tailler en pièces. Je doutais de pouvoir tous les convaincre d'avaler mes runes empoisonnées.

La bête était à présent à quatre pattes, jetant sa lourde tête d'un côté et de l'autre, visiblement à l'article de la mort – mâchoire pendante, babines retroussées, crocs dénudés.

Elle hulula pendant une éternité, avec de tels accents de détresse et de désespoir que j'avais l'impression d'avoir un pic à glace dans le cœur.

— Je n'avais pas l'intention de vous tuer ! m'écriai-je.

Elle s'accroupit sur le sol et commença à se transformer.

Oh, oui, je l'avais tuée. Exactement comme j'avais tué Barrons.

Manifestement, la mort forçait ces créatures à se métamorphoser.

J'étais paralysée, incapable de détourner les yeux. J'allais boire mon péché jusqu'à la lie. Attendre qu'elle ait fini de se transformer et graver son visage dans ma mémoire afin de faire quelque chose de spécial pour elle, dans le nouveau monde que j'allais créer avec le *Sinsar Dubh*.

Peut-être pourrais-je lui épargner de devenir ce qu'elle était. Quel homme respirait dans cette peau de bête ? L'un des huit autres que Barrons avait emmenés à l'Abbaye le jour où il était venu me libérer ? Le reconnaîtrai-je parmi ceux de Chez Chester ?

Ses cornes fondirent et commencèrent à dégouliner le long de son visage. Ses traits prirent une apparence grossièrement difforme, s'agrandirent et se contractèrent, se gonflèrent et se resserrèrent, avant de recommencer, comme si un volume excessif était comprimé de force dans une enveloppe trop restreinte et que la bête opposait une furieuse résistance. Ses épaules massives basculèrent vers l'intérieur, se redressèrent, avant de tomber de nouveau. Elle creusa de profondes échardes dans le plancher en se recroquevillant, secouée de tremblements.

Ses griffes s'étirèrent et devinrent des doigts. Ses cuisses s'allongèrent, retombèrent brusquement, et se transformèrent en jambes. Seulement, celles-ci n'étaient pas droites. Ses membres tors, aux articulations situées à des endroits impossibles, étaient trop élastiques ici et trop saillants là.

Elle continuait de hurler à la mort mais ses inflexions avaient changé. Je retirai mes mains de mes oreilles. Son cri avait pris un timbre humain qui me glaça le sang.

Sa tête hideuse fouettait l'air de droite et de gauche. À travers sa crinière, j'aperçus son regard fou qui étincelait dans le clair de lune et ses crocs noirs luisants de l'écume qu'il crachait en grondant. Puis ses mèches feutrées fondirent soudain, sa fourrure noire et lisse commença à s'éclaircir. Il s'effondra, secoué de spasmes.

Tout d'un coup, il sauta à quatre pattes, tête baissée. Ses os crissèrent et craquèrent en se réorganisant autrement. Des épaules se formèrent – massives, lisses, solidement musclées. Ses mains s'ouvrirent largement.

L'une de ses jambes s'étira vers l'arrière, l'autre se replia tandis qu'il se recroquevillait sur lui-même. Un homme nu était à présent accroupi sur le sol. Je retins ma respiration en attendant qu'il lève la tête. Qui avais-je tué, avec ma stupide inconscience ? Pendant quelques instants, on n'entendit que son souffle rauque et le mien. Puis il s'éclaircit la gorge. Du moins, je le pense. Cela ressemblait plutôt au son d'un serpent à sonnettes secouant sa queue, tout au fond de la poitrine de l'homme. Quelques instants plus tard, il rit. Ce n'était pas vraiment un rire, mais plutôt le grincement que pourrait émettre le diable venant réclamer le paiement de votre dette envers lui...

Lorsqu'il souleva enfin son visage, écarta ses cheveux de son visage et me lança un ricanement vibrant de mépris, j'eus l'impression, littéralement, de me liquéfier sur place dans un silence parfait.

— Ah, mais c'est bien là le problème, très chère Mademoiselle Lane. Vous m'*avez* tué, me répondit Jéricho Barrons.

Deuxième partie

Entre la conception
et la création
Entre l'émotion
et la réponse
S'abat l'Ombre

T.S. Eliot

Il y a du vrai dans tes mensonges
Du doute dans ta foi
Ce que tu bâtis, tu le tailles en pièces.

Linkin Park, « *In Pieces* »

Pourquoi me faites-vous mal ?

JE T'AIME.

Vous êtes incapable d'amour.

RIEN N'EST AU-DELÀ DE MES CAPACITÉS. JE SUIS TOUT.

Vous êtes un *livre*. Des pages avec une reliure. Vous n'êtes pas né. Vous ne vivez pas. Vous n'êtes rien de plus que le dépotoir de tous les échecs d'un roi égoïste.

JE SUIS TOUTES LES RÉUSSITES D'UN ROI FAIBLE. IL CRAIGNAIT LE POUVOIR. JE NE CONNAIS PAS LA PEUR.

Que voulez-vous de moi ?

OUVRE LES YEUX. VOIS-MOI. VOIS-TOI.

Mes yeux *sont* ouverts. Je suis le bien. Vous êtes le mal.

CONVERSATIONS AVEC LE *SINSAR DUBH*.

15

Je ne l'ai jamais dit à personne mais lorsque je suis arrivée à Dublin, j'ai nourri en secret un rêve qui m'a aidée à ne pas tout abandonner pendant la période la plus dure.

Je me disais qu'il s'agissait d'une erreur et que le corps renvoyé à Ashford n'était pas celui d'Alina mais celui d'une autre étudiante blonde qui lui ressemblait de façon frappante. Je refusais catégoriquement de tenir compte des clichés dentaires que Papa avait insisté pour comparer, et qui correspondaient à la perfection.

Tandis que j'arpentais les rues de Temple Bar à la recherche de son meurtrier, je faisais comme si, d'un moment à l'autre, j'allais tomber sur elle au prochain tournant.

Elle m'aurait regardée, à la fois surprise et ravie, et se serait écriée : « Eh, Junior, qu'est-ce qui se passe ? Papa et Maman vont bien ? Que fais-tu ici ? » Nous serions tombées dans les bras l'une de l'autre en riant ; j'aurais compris que ceci n'avait été qu'un cauchemar et que tout était terminé. Nous serions allées boire une bière, faire les magasins et trouver une petite plage quelque part sur la côte rocheuse irlandaise.

Je n'étais pas prête pour la mort. Personne ne l'est. Lorsqu'on perd quelqu'un qu'on aime plus que soi-même, on prend un cours accéléré sur la mortalité. On reste étendu, nuit après nuit, en se demandant si on croit vraiment au Paradis et à l'Enfer, et en trouvant toutes sortes de raisons de s'accrocher à sa foi, parce qu'on ne supporte pas de se dire que l'être cher n'est plus là, et qu'il ne suffit pas de murmurer quelques prières pour le retrouver.

Tout au fond de moi, je savais que ce n'était qu'un fantasme, mais j'en avais besoin. Il m'a aidée pendant un certain temps.

Avec Barrons, je ne me suis autorisé aucune rêverie. J'ai laissé la colère m'emporter parce que, comme l'avait justement fait observer Ryodan, la rage est un combustible qui fait un excellent carburant. Ma fureur était du plutonium. Avec le temps, je serais devenue une mutante sous l'effet de ses radiations toxiques.

Le plus dur, quand on perd quelqu'un que l'on aime – à part la souffrance de ne plus jamais le revoir –, ce sont les choses que l'on n'a jamais dites. Ce que l'on a tu nous poursuit de ses moqueries, nous qui pensions avoir l'éternité devant vous. Personne ne l'a.

À présent que j'étais en face de Barrons, ma langue refusait de m'obéir. Je ne parvenais pas à former un seul mot. Ce que je n'avais pas dit était comme de la cendre dans ma bouche, trop sèche pour que je puisse l'avaler. Cela m'étouffait.

Pire encore, je commençai à comprendre que l'on se jouait de moi. *Encore.* Aussi véridique que semblait cet instant, il n'était rien de plus qu'une illusion.

J'étais toujours captive du *Sinsar Dubh*.

Je n'avais pas réellement quitté la rue où il avait tué Darroc.

J'étais toujours debout – ou plus probablement recroquevillée – aux pieds de K'Vruck, mon attention distraite par de folles rêveries pendant que le Livre me faisait subir ce qu'il lui plaisait de m'infliger.

Exactement comme la nuit où Barrons et moi avions tenté de capturer le Livre avec les pierres, et où celui-ci m'avait fait croire que j'étais assise par terre, en train de le lire, alors qu'en réalité, c'était lui qui était assis sur mon épaule, en train de *me* lire.

Il fallait que je me batte contre lui. Il fallait que je plonge profondément dans mon lac et que je fasse de mon mieux – m'élancer à tâtons en essayant d'aller de l'avant, quel que soit le tour que prenait la situation – mais, hypnotisée par la perfection de la réplique de Jéricho Barrons, je trouvai pas le courage de rassembler assez d'énergie pour chasser ce mirage. Pas encore.

Le spectacle de Jéricho Barrons dans le plus simple appareil n'était pas la plus douloureuse des tortures...

J'allais chercher la zone *sidhe-seer* sous mon crâne et faire voler cette vision en éclats dans une minute. Ou dix. Je m'adossai contre le poêle, un faible sourire aux lèvres, en songeant : « Allons, montre-toi. »

Le pseudo-Barrons se redressa et se mit debout dans un frémissement de muscles.

Seigneur, qu'il était beau ! Je le parcourus de la tête aux pieds. Le Livre n'avait négligé aucun détail, jusqu'à ses... généreux attributs virils.

Il ne s'était trompé que pour ses tatouages. Je connaissais ce corps sur le bout des doigts. La dernière fois que j'avais vu Jéricho Barrons nu, il était couvert de motifs de protection rouges et noirs, et plus tard, ses bras en avaient été gainés, des biceps aux poignets. À présent, il n'y en avait que sur son abdomen.

— Bien essayé, dis-je au Livre, mais vous avez échoué.

Le faux Barrons sursauta et, sur ses genoux légèrement pliés, fit passer son poids vers l'avant. L'espace d'un instant, je crus qu'il allait se jeter sur moi, toutes griffes dehors.

— C'est *moi* qui ai échoué ? gronda la chimère.

Elle se dirigea vers moi d'un pas menaçant. J'eus bien du mal à regarder son visage, avec son équipement viril qui se balançait juste à la hauteur de mes yeux !

— Quel est le mot que vous ne comprenez pas ? demandai-je d'un ton suave.

— Arrêtez de regarder mon pénis, grommela-t-il.

Oh, oui, c'était définitivement un mirage...

— Barrons *adorait* que je regarde son pénis, l'informai-je. Il aurait été ravi que je passe ma journée à l'admirer et à composer des odes à sa perfection.

D'un geste fluide, il me prit par le col et me mit sur mes pieds.

— C'était *avant* que vous m'assassiniez, petite sotte !

Je ne me laissai pas impressionner. La proximité physique avec lui agissait sur moi comme une drogue. J'en avais besoin. J'en mourais d'envie. Pour rien au monde je n'aurais mis un terme à cette illusion.

— Vous voyez, vous *admettez* que vous êtes mort, répliquai-je d'un ton onctueux. Et je ne suis pas une sotte. Une sotte serait tombée dans le panneau.

241

— Je ne suis *pas* mort.

Il me plaqua sans ménagement contre le mur et se pressa contre moi de tout son corps.

J'étais si heureuse d'être touchée par des mains comme celles de Barrons, si excitée de plonger mon regard dans la réplique parfaite de ses yeux noirs que je sentis à peine mon crâne heurter le mur. *Ceci* était infiniment plus réaliste que les quelques instants passés en compagnie de son fantôme dans l'aile noire de la Maison blanche.

— Si.

— Non.

Son visage était si proche ! Qu'importait, si ce n'était pas vraiment lui ? La chose avait ses lèvres. Son... anatomie. L'illusion d'un seul baiser, était-ce trop demander ? Je passai ma langue sur ma bouche.

— Prouvez-le.

— Vous voulez que je vous prouve que je ne suis pas mort ? demanda-t-il d'un air incrédule.

— Je suppose que c'est la moindre des choses. Après tout, je vous ai quand même poignardé.

Il posa ses paumes de part et d'autre de ma tête sur le mur.

— Une femme mieux avisée ne s'obstinerait pas à me le rappeler.

J'inhalai son odeur épicée, exotique – un souvenir précieux qui me donnait l'impression d'être vivante. Le courant électrique qui avait toujours imprégné l'air entre lui et moi crépita sur ma peau. Il était nu, j'étais debout contre le mur, et j'avais beau savoir que j'étais le jouet du Livre, je parvenais tout juste à me concentrer sur ses paroles. Tout semblait si véridique ! Sauf, peut-être, les tatouages manquants... Le Livre connaissait les proportions de son anatomie mais il n'avait pas su rendre ses tatouages. Une toute petite négligence.

— Je suis impressionnée, murmurai-je. Vraiment.

— Je me contrefiche que vous soyez impressionnée, Mademoiselle Lane. Il n'y a qu'une chose qui m'intéresse, et une seule. Savez-vous où se trouve ce fichu *Sinsar Dubh* ? L'avez-vous trouvé pour ce maudit fils de p... ?

— Elle est bien bonne, celle-là ! m'exclamai-je en éclatant de rire !

Le *Sinsar Dubh* avait créé l'illusion d'une personne, et voilà que cette projection du Livre me demandait où se trouvait le *Sinsar Dubh* !

— Superbe mise en abyme, commentai-je.

— Répondez-moi ou je vous arrache votre maudite tête.

Barrons n'aurait jamais fait cela. Le *Sinsar Dubh* venait de commettre une autre erreur. Barrons avait juré de me garder en vie et il avait tenu parole jusqu'à son dernier souffle. Il était mort pour me sauver. Jamais il ne me ferait de mal, et il ne me tuerait certainement pas.

— Vous ne savez rien de Barrons, ricanai-je.

— Je sais tout de lui, dit-il avant de pousser un juron. De *moi*.

— Non.

— Si.

— Mensonges !

— Non !

— Si ! sifflai-je.

243

— Non ! rugit-il, avant de pousser un soupir furieux. Bon sang, Mademoiselle Lane, votre fichu petit jeu commence à me taper sur les nerfs.

— Autant pour vous, *Barrons*. Et vous pouvez laisser tomber tous ces « maudit » et ces « fichu ». Vous en faites trop. Le vrai Barrons ne jurait pas comme cela.

— Je sais très précisément combien de fichus maudits « fichu » et combien de maudits fichus « maudit » il emploierait. Et vous ne le connaissez pas aussi bien que vous vous l'imaginez.

— Arrêtez de faire semblant d'être lui ! m'écriai-je en repoussant son torse. Vous n'êtes pas, vous ne serez jamais Jéricho Barrons !

— En outre, c'était avant que vous m'assassiniez pour me remplacer par Darroc en moins d'un mois. Le chagrin n'est pas trop intolérable, Mademoiselle Lane ?

Oh ! De quel droit osait-il ? Je n'étais que douleur. Un vivant paquet de souffrance et de désir de vengeance.

— Pour votre information, vous êtes mort il n'y a que trois jours. Et je n'ai pas l'intention de jouer à votre petit jeu. Sortez d'ici. Allez-vous-en !

Je retirai ses mains de ma tête et m'éloignai d'un pas rageur, avant d'ajouter :

— Je ne vais pas essayer de me justifier pour ce que je vous ai fait alors que vous n'êtes même pas vraiment là. Ce serait pousser trop loin la démence, même pour moi !

Il me rattrapa et me fit pivoter.

— Vous feriez mieux de croire que je suis là, Mademoiselle Lane, et vous feriez mieux de croire que je vais vous tuer. Vous n'auriez pu me prouver de façon plus définitive votre loyauté, ou votre absence de loyauté. Vous avez sauté sur moi à l'instant où Ryodan a prétendu que j'étais une menace et vous m'avez éliminé sans une seconde d'hésitation...

— Si, j'ai hésité ! Je détestais l'idée d'abattre la bête qui me protégeait. Ryodan m'a dit que je devais le faire. Je ne savais pas que c'était vous !

Génial. Voilà que je me querellais avec le faux Barrons du *Sinsar Dubh* à propos de son assassinat. Pourquoi le Livre m'infligeait-il cela ? Qu'avait-il à gagner à m'entraîner dans cet affrontement ?

— Vous auriez *dû* savoir ! explosa-t-il.

J'étais consciente qu'il était urgent de mettre un terme à cette absurdité, de faire cesser ce mirage, mais j'en étais incapable.

La présence de Barrons m'avait toujours plongée dans une tension extrême, et ma certitude que *ce* Barrons-là n'était qu'une chimère ne semblait rien y changer. Certaines personnes vous font révéler le pire de vous-même, d'autres le meilleur, et certaines, remarquablement rares et terriblement addictives, vous font donner le *maximum*. Le maximum de tout.

Elles vous rendent si vivant que vous les suivriez jusqu'en Enfer, rien que pour avoir votre dose.

— Comment aurais-je pu savoir ? Parce que vous avez toujours été un modèle d'honnêteté envers moi ? Parce que partager ses informations, c'est la spécialité de Barrons, son plus grand talent ? Non, parce que vous auriez pris la peine de me dire ce qui risquait d'arriver si j'appuyais sur SVEETDM. Attendez, j'y suis ! J'aurais dû savoir parce que vous m'avez dit – avec la confiance et la franchise sans détours qui ont toujours caractérisé nos nombreuses confidences – qu'il vous arrivait à l'occasion de vous métamorphoser en un monstre cornu de deux mètres cinquante frappé de démence !

— Je ne suis pas fou. J'ai eu assez de bon sens pour dessiner des cercles d'urine autour de vous. J'ai tué pour vous nourrir. J'ai ramassé vos affaires. Parmi vos connaissances, qui en aurait fait autant ? V'lane n'a pas la queue assez longue pour pisser ! Et votre petit Mac-Keltar n'a pas les couilles d'assumer ses actes ! Il n'est certainement pas capable de faire ce qu'il faut pour posséder une femme !

— Posséder ? Vous croyez que l'on peut *posséder* une femme ?

Il me lança un regard qui disait *Enfin, poupée, bien entendu ! Aurais-tu déjà oublié ?*

— J'étais *Pri-ya* !

— Et je vous préférais à cette époque !

Puis il fronça les sourcils, comme s'il venait seulement de comprendre quelque chose que j'avais dit plus tôt.

— Pour vous, je ne suis mort que depuis trois maudites journées ? Et vous avez déjà plaqué Darroc contre mon mur de l'allée de derrière il y a deux nuits ? Vous n'avez attendu qu'une seule fichue *journée* pour me trouver un remplaçant ? J'ai passé des semaines d'angoisse en me demandant s'il allait arracher ma marque de votre crâne pour m'empêcher de vous retrouver dans le réseau des Miroirs ! Et tout ce temps, alors que j'essayais de revenir pour sauver vos fesses, vous étiez en train de les lui donner ?

— Je n'ai rien donné à Darroc !

Revenir d'où ? De quoi ? De la mort ?

— Une femme ne se frotte pas comme cela contre un homme si elle ne couche pas avec lui.

— Vous n'avez aucune idée de ce que je faisais ou de ce que je ne faisais pas. Vous ne comprenez pas ce que veut dire jouer un rôle ? Tromper l'ennemi ?

— « Je pense que tu *devrais* être roi, Darroc », roucoule-t-il d'une voix de fausset. « Et si tu veux de moi, je serais *honorée* d'être ta reine. »

J'ouvris des yeux ronds, abasourdie.

— N'est-ce pas ce que vous avez dit ?

— Que faisiez-vous ? Vous m'espionniez ? Si vous êtes Barrons, vous n'êtes pas assez naïf pour croire à de simples paroles.

— Parce que vos actes parlent tellement en votre faveur, Mademoiselle Lane ? Où avez-vous dormi la nuit dernière ? Pas ici. Ma librairie était tout ouvert. Votre chambre vous attendait en haut. Ainsi que votre fichu sens de l'honneur.

Je le regardai, bouche bée, avant de songer à refermer la bouche. Mon sens de l'honneur ? C'était Barrons qui me lançait ce terme à la figure ? Hum... ou plus exactement, le *Sinsar Dubh* ? Je n'aurais su dire ce qui était le plus incongru. Je fronçai les sourcils. Il y avait quelque chose qui clochait. Un détail qui sonnait faux – terriblement faux. Certes, « Barrons » et « sens de l'honneur » étaient deux expressions que je n'aurais pas songé à associer dans une même phrase, mais je ne voyais pas une seule raison pour laquelle le *Sinsar Dubh* se serait livré à de telles acrobaties. Jamais auparavant il ne m'avait infligé une illusion d'une telle durée, et avec un tel luxe de détails. Je ne comprenais pas ce qu'il avait à y gagner.

— Savez-vous pourquoi j'étais dans la rue avec Darroc et vous, ce soir ?

Comme je gardais le silence, il aboya :

— Répondez !

Je secouai la tête.

— Je n'étais pas là pour vous épier, vous et votre petit copain. Au fait, quel effet cela fait-il, de sucer le mollasson de votre sœur ?

— Oh, allez au diable ! répliquai-je aussitôt. Même venant de vous, c'est vraiment bas !

— Vous n'avez encore rien vu. Ce soir, j'étais là pour le tuer. J'aurais dû le faire il y a longtemps. Je n'ai pas eu ce plaisir... Le *Sinsar Dubh* m'a pris de vitesse, ajouta-t-il amèrement.

— Arrêtez donc ! C'est vous, le *Sinsar Dubh* !

— Pas vraiment, mais je suis aussi dangereux. Lui comme moi, nous pouvons vous détruire. Rien ne pourra vous sauver si je m'en prends à vous.

Il était grand temps que cette illusion prenne fin. Si je l'avais laissée se poursuivre aussi longtemps, c'était uniquement parce qu'elle avait commencé de façon assez agréable, et que j'avais espéré qu'elle pourrait tourner en ma faveur. Toutefois, le jeu inhabituel que jouait le Livre ne me plaisait pas, et ce Barrons glacial et méprisant n'était pas l'homme dont je voulais garder le souvenir.

— Vous pouvez vous en aller, maintenant, marmonnai-je.

— Je ne vais nulle part. Jamais. Si vous vous imaginez un seul instant que je vais vous laisser changer de camp au milieu du gué, vous vous trompez. J'ai investi. Vous avez signé. Vous avez une dette envers moi. Je vous enchaînerai, je vous tatouerai, je vous lierai par la magie, je ferai tout ce qu'il faudra, mais vous *allez* m'aider à mettre la main sur ce Livre. Et quand je l'aurai, il est possible que je vous laisse en vie.

— Vous êtes le *Sinsar Dubh*, protestai-je faiblement.

Pendant qu'il parlait, j'avais tenté de contacter ma zone *sidhe-seer* – cet œil qui voit tout capable d'arracher le voile de l'illusion et de révéler la vérité qu'il cache – et je l'avais braqué, tel un laser, sur le mirage. Sans aucun résultat. Aucune bulle ne s'était formée, aucune vision n'avait volé en éclats. Mes mains tremblaient. Mes poumons aspiraient l'air, en vain.

Ce n'était pas possible.

Je l'avais *tué*.

Et lorsque j'avais compris ce que j'avais fait, j'avais canalisé ma souffrance pour en faire une arme de destruction massive. J'avais élaboré un plan, avec un passé scellé dans le ciment et un avenir en béton armé.

Cette… cette… impossibilité ne trouvait pas sa place dans ma compréhension de la réalité. Elle ne correspondait pas à mes objectifs, ni à ce que j'étais devenue.

— Ou que je ne le fasse pas, reprit-il. Contrairement à certains, je ne suis ni un mollasson, ni un second choix.

Je pris une inspiration saccadée. La tête commençait à me tourner dangereusement. Ce n'était pas possible. Il n'était pas réellement là, devant moi.

À moins que… ?

Il avait l'apparence de Barrons, il en avait la présence, l'odeur et la voix, et indubitablement l'attitude.

Au diable ma zone *sidhe-seer* ! J'avais besoin d'énergie. Et je savais où en trouver. Laissant mon regard errer dans le flou, je puisai frénétiquement une dose de pouvoir pur dans mon lac aux eaux brillantes.

Puis je focalisai de nouveau mon regard et concentrai toute mon attention sur le mirage.

— Montre-moi la vérité ! ordonnai-je avant de le pulvériser.

— Vous ne verriez pas la vérité même si elle vous mordait les fesses, Mademoiselle Lane. Comme elle vient de le faire à l'instant, par exemple.

Il me décocha son sourire carnassier, mais celui-ci avait perdu tout son charme. Je ne vis que ses dents, qui me rappelèrent le contact de crocs sur ma peau.

Mes jambes cédèrent sous moi.

Jéricho Barrons était toujours là.

Grand, nu, ivre de rage, les poings serrés comme s'il s'apprêtait à me rouer de coups.

Prostrée sur le sol, je levai les yeux vers lui.

— Vous n'êtes p... pas mort !

Mes dents s'entrechoquaient si violemment que je parvenais tout juste à faire sortir les mots de ma bouche.

— Désolé de vous décevoir.

Si un regard avait pu tuer, celui qu'il braquait sur moi m'aurait envoyé six pieds sous un nid de scorpions.

— Oh, attendez un instant. Non, je ne le suis pas.

C'en était trop. Je fus prise d'un vertige, un voile noir tomba sur mes yeux.

Je m'évanouis.

16

Peu à peu, je retrouvai mes esprits. Lorsque je revins à moi, j'étais sur le plancher de la librairie, dans l'obscurité.

J'avais toujours pensé que s'évanouir était la marque d'une faiblesse de caractère. À présent, je comprenais qu'il s'agissait d'un geste de survie. Submergé par une émotion trop extrême pour être endurée, le corps cesse de fonctionner afin de ne pas se mettre à courir en rond comme un poulet décapité, au risque de se blesser.

Prendre conscience que Barrons était vivant avait représenté plus que je ne pouvais le supporter. Trop de pensées, trop de sensations avaient tenté de fusionner d'un seul coup. Mon cerveau avait tenté d'accepter que l'impossible était possible, de trouver des mots pour tout ce que j'éprouvais, et j'avais implosé en silence.

— Barrons ?

Je roulai sur le dos. Pas de réponse. Je fus soudain assaillie par la crainte que tout ceci n'ait été qu'un rêve. Qu'il ne soit effectivement pas en vie, et que je doive accepter ce fait intolérable – une fois de plus.

Je me redressai brusquement pour m'asseoir et mon cœur se serra.

J'étais seule. Ceci n'avait-il été qu'un songe, une cruelle illusion ? Je regardai frénétiquement autour de moi en cherchant une preuve de son existence.

La librairie était sens dessus dessous. *Cela*, au moins, n'avait pas été un mirage. Je commençai à me lever mais je m'arrêtai en apercevant une feuille de papier fixée à mon manteau par du ruban adhésif. Prise de vertige, je la décollai.

Si vous quittez la librairie et m'obligez à partir à votre recherche, je vous le ferai regretter jusqu'à votre dernier jour.

Z.

Je me mis à rire et à pleurer en même temps. Puis je m'assis en serrant le feuillet sur mon cœur, ivre de joie.

Il était vivant !

Je n'avais aucune idée de la façon dont ceci était possible. Et je m'en moquais éperdument. Jéricho Barrons était en vie. Il marchait dans ce monde. Cela me suffisait.

Je fermai les yeux en tremblant, tandis qu'un insupportable poids se soulevait de mon âme. Puis je respirai, je respirai vraiment, pour la première fois depuis trois jours, emplissant mes poumons avec avidité.

Je ne l'avais pas tué.

Je n'avais rien à me reprocher. J'avais obtenu pour Barrons ce qui m'avait été refusé pour ma sœur, et je n'avais même pas eu besoin de démolir le monde pour cela : *une seconde chance !*

J'ouvris les yeux, relus le message et éclatai de rire.

Il était *vivant*.

Il avait saccagé ma librairie. Il m'avait écrit une lettre. Une superbe, merveilleuse lettre. Ô, jour de joie ! Je caressai le papier sur lequel il avait griffonné son ultimatum. J'aimais cette feuille. J'aimais ces menaces. J'aimais même ma boutique en ruines. Cela me prendrait du temps, mais j'allais la remettre en état. Barrons était de retour. J'allais reconstruire les étagères, remplacer les meubles, et un jour futur, je m'installerais sur mon canapé pour regarder le feu, Barrons allait rentrer, et il n'aurait pas besoin de parler. Nous resterions assis dans un silence complice – ou maussade, qu'importe ? Aussi bizarres que soient ses plans, je le suivrais. Nous nous disputerions pour savoir quelle voiture nous prendrions, et qui la conduirait. Nous égorgerions des monstres, chasserions des artefacts et chercherions un moyen de capturer le Livre. Tout serait parfait.

Il était vivant !

Tandis que je tentais de nouveau de me lever, quelque chose glissa de mes genoux. Je me penchai vers le sol pour la ramasser.

C'était la photo d'Alina que j'avais laissée dans la boîte aux lettres de chez mes parents, la nuit où V'lane m'avait emmenée à Ashford pour me montrer qu'il avait remis ma ville en état et qu'il protégeait ma famille. La nuit où Darroc m'avait retrouvée grâce à la marque sur mon crâne, avant d'enlever mon père et ma mère.

Ceci était la carte de visite que Darroc avait apposée sur la porte de devant de chez *Barrons – Bouquins et Bibelots*, en exigeant que je le rejoigne dans le réseau des Miroirs si leur vie comptait pour moi.

Le fait que Barrons me l'ait laissée à présent n'avait qu'une seule signification. Il avait effectivement sauvé mes parents avant que je l'appelle avec SVEETDM dans les Miroirs.

Seulement, il ne m'avait pas donné ce cliché pour m'en faire cadeau ou pour me rassurer. Il avait agi pour les mêmes raisons que Darroc. Pour me faire passer un message identique.

J'ai vos parents. N'essayez pas de me jouer un tour.

Bon, il était un peu fâché contre moi. Je pouvais m'en accommoder. Si c'était *lui* qui m'avait tuée, moi aussi, j'aurais été contrariée, aussi irrationnel que cela paraisse. Il allait s'en remettre.

Je n'aurais pu demander plus. Enfin, j'aurais pu souhaiter le retour d'Alina et la disparition des faës, mais c'était déjà bien. C'était un monde dans lequel j'avais de nouveau envie de vivre.

Mes parents étaient sains et saufs.

Je serrai la lettre et la photo. Je les pressai contre mon cœur. Je détestais qu'il soit parti en coup de vent, me laissant étendue sur le sol, mais j'avais la preuve de son existence et je savais qu'il allait revenir.

J'étais détecteur d'Objets de Pouvoir et il était directeur d'Objets de Pouvoir. Nous formions une équipe.

Il était vivant !

J'aurais aimé rester éveillée toute la nuit pour savourer le bonheur de savoir que Jéricho Barrons n'était pas mort, mais mon corps était d'un autre avis.

À l'instant où je mis les pieds dans ma salle de bains, je faillis m'effondrer. S'il y avait une chose que j'avais apprise avec la mort d'Alina, c'est que le chagrin épuise plus votre organisme que courir chaque jour le marathon. Cela vous vide et vous laisse tout endolori, corps et âme.

Je parvins à me laver le visage et à me brosser les dents, tout en me souriant comme une idiote dans le miroir, mais passer le fil dentaire et appliquer une crème hydratante étaient au-delà de mes forces. Cela demandait trop d'efforts. J'avais envie de me laisser tomber mollement comme si je n'avais plus de cerveau et de me blottir dans les bras réconfortants de cette certitude : je ne l'avais pas tué. Je n'étais pas coupable. Il n'était pas mort.

J'étais désolée qu'il ne soit pas resté auprès de moi. J'aurais aimé savoir où il se trouvait. Je regrettais de ne pas avoir de portable.

Je lui aurais dit tout ce que j'avais tu jusqu'à présent. J'aurais avoué mes sentiments. Je n'aurais pas eu peur d'être tendre. Le fait de le perdre avait clarifié mes sentiments et je voulais les hurler à tous les vents.

Non seulement je n'avais aucune idée de l'endroit où il passait la nuit, mais je pouvais à peine bouger. La douleur, tel un ciment, avait fortifié ma volonté et consolidé mes os. Sans elle, j'étais toute molle.

Demain serait un autre jour.

Et il y serait, vivant !

Je me dévêtis et rampai jusqu'à mon lit.

Je sombrai dans l'inconscience alors que j'étais encore en train de remonter les couvertures, et je dormis comme une femme qui vient de traverser l'Enfer sans manger ni se reposer pendant des mois.

Mes songes furent si vivaces que j'eus l'impression de les vivre.

Je rêvai que je voyais de nouveau Darroc mourir, furieuse que sa mort me soit volée de façon aussi abrupte, que ma vengeance me soit arrachée d'un coup de griffes par un Traqueur. Je rêvai que j'étais de retour dans les Miroirs et que j'y cherchais Christian, en vain. Je rêvai que j'étais à l'Abbaye, gisant à terre dans ma cellule, et que Rowena arrivait et me tranchait la gorge. Je sentais le flot vital de mon sang s'échapper de moi en gargouillant et souiller le sol. Je rêvai que j'étais dans le Lieu Glacé, tentant sans résultat de rattraper la belle femme. Puis je rêvai que j'y étais arrivée – j'avais détruit le monde et l'avais remplacé par celui que je voulais. Ensuite, j'avais survolé mon nouvel univers en chevauchant le puissant, l'immémorial K'Vruck. Ses vastes ailes noires avaient emmêlé mes cheveux et j'avais ri comme un démon pendant que les notes dissonantes et envoûtantes du remix de Pink Martini *Qué sera sera* retentissaient avec des accents de harpe infernale.

Je dormis pendant seize heures.

J'avais eu besoin de chaque minute de sommeil. Les trois dernières journées avaient été un cauchemar surréaliste qui m'avait épuisé.

À mon réveil, mon premier geste fut de retirer le billet de Barrons de sous mon oreiller pour le relire, afin de m'assurer qu'il était vivant.

Puis je dévalai l'escalier, si vite que je glissai sur les cinq dernières marches sur les fesses, en pyjama, impatiente d'avoir la confirmation que la librairie était toujours saccagée.

Elle l'était. Je dansai de joie parmi les débris.

Comme c'était l'après-midi et que Barrons rentrait rarement avant le soir, je remontai prendre une longue douche brûlante. Je me lavai les cheveux, me nettoyai avec un exfoliant et m'épilai.

Puis je m'adossai au mur en étirant les jambes pour regarder l'eau éclabousser la lance attachée à ma cuisse et laisser mes pensées filer à la dérive pendant que je me détendais...

Malheureusement, mes pensées ne voulaient pas filer à la dérive, et mon corps refusait de se détendre. Les muscles de ma jambe étaient crispés, ma nuque et mes épaules dures comme du bois, et mes doigts pianotaient à toute vitesse sur le sol de la douche.

Quelque chose me tourmentait. Énormément. Sous mon apparence de bonheur, un orage noir grondait.

Comment quoi que ce soit pouvait-il me donner du souci ? Malgré la pluie qui tombait constamment sur Dublin, mon monde était bleu ciel d'un bout à l'autre. Comment aurais-je pu ne pas être follement heureuse en cet instant ? C'était une bonne journée. Barrons était vivant. Darroc était mort. Je n'étais plus captive des Miroirs, affrontant des armées de monstres ou louvoyant entre des chimères.

Je fronçai les sourcils en comprenant que c'était exactement le problème.

En cet instant, *rien* n'allait de travers, à l'exception de cette éternelle affaire de destinée planétaire à laquelle j'avais fini par devenir à peu près insensible.

Je ne pouvais pas supporter cela. J'avais été comprimée, serrée dans un étau de douleur... et je m'y étais habituée.

C'était le fait que les choses aillent mal qui m'avait donné la force et la motivation pour aller de l'avant.

Au cours des dernières vingt-quatre heures, j'étais passée d'un état où j'étais à cent pour cent consumée par le chagrin et la rage à un état où toutes ces émotions m'avaient été retirées.

Barrons était vivant. Le chagrin... *Pouf !*

L'homme que je considérais comme le meurtrier de ma sœur, celui que j'avais été si résolue à assassiner, était mort. *Exit* l'infâme Haut Seigneur !

Ce chapitre de ma vie était terminé. Darroc ne mènerait plus jamais les *Unseelies*, ne saccagerait plus mon monde, ne pourrait plus me pourchasser ni me blesser. Je n'aurais plus besoin de surveiller constamment mes arrières à cause de lui. Le salaud qui m'avait transformée en *Pri-ya* avait échappé à ma quête de vengeance. Il avait eu le sort qu'il méritait. Enfin... il était mort, d'une façon ou d'une autre. Sa fin aurait été bien pire si j'avais été chargée d'en décider.

Quoi qu'il en soit, il avait constitué ma raison de vivre depuis une éternité. Et il avait disparu.

Que me restait-il ? La vengeance... *Hop !*

J'avais toujours imaginé un affrontement final entre lui et moi, au terme duquel je l'aurais tué.

Qui était mon ennemi, à présent ? Qui allais-je haïr et accuser de la mort d'Alina ? Ce n'était pas Darroc. Il avait nourri une authentique passion pour elle. Il ne l'avait pas tuée et, s'il avait eu une quelconque responsabilité dans son assassinat, cela avait été à son insu. Après six mois à Dublin, je n'avais toujours pas avancé dans ma recherche du meurtrier de ma sœur.

À présent que Barrons était vivant et Darroc mort, mon désir obsessionnel de vengeance disparaissait.

Mes parents étaient en vie, sous la protection de Barrons. Je n'avais besoin de sauver personne.

Je n'avais aucun but urgent, aucun ultimatum pressant. J'étais perdue. À la dérive.

Certes, j'avais toujours à peu près les mêmes objectifs qu'avant d'entrer dans les Miroirs, avant que ma situation prenne un tour si catastrophique, mais le chagrin m'avait comprimée dans une minuscule boîte dont les parois m'avaient façonnée. À présent que celle-ci avait disparu, j'avais l'impression de m'effondrer en un tas informe.

Et maintenant ? Vers où aller ? J'avais besoin de temps pour absorber ce brusque revirement de situation et ajuster mes émotions. Pour ajouter à ma confusion, sous ma joie de savoir Barrons vivant, j'étais... eh bien, exaspérée. Folle de colère, en fait. Quelque chose bouillonnait en moi. Je ne savais même pas ce que c'était mais tout au fond de moi, sous tout le reste, je fulminais de rage... et je me sentais stupide. Comme si j'avais sauté trop vite sur des conclusions qui ne tenaient pas la route.

Je sortis de la douche, profondément contrariée, et passai mes vêtements en revue. Aucun ne me satisfaisait.

Hier, j'avais su exactement quoi porter. Aujourd'hui, je n'en avais aucune idée. Du rose, du noir ? Ou peut-être était-il temps de me trouver une nouvelle couleur fétiche ? Voire pas de couleur du tout...

Pendant que je tergiversais, la pluie se mit à frapper au carreau. Une fois de plus, Dublin était dans la grisaille.

Je choisis un pantacourt en molleton gris avec le nom JUICY imprimé sur les fesses, un sweat zippé et des tongs. Si Barrons n'était pas encore là, j'allais commencer à nettoyer un peu en bas.

Après tout, j'avais fait ce qu'il m'avait demandé.

Mes parents étaient libres, j'étais en vie, Darroc était mort et je détenais les pierres, en sécurité dans une chambre solidement protégée par des runes, dans un appartement en ville.

D'après ce que je comprenais de la loi, cela faisait désormais de cet endroit *ma* librairie.

Ce qui signifiait qu'il s'agissait également de ma Lamborghini. Et aussi de ma Viper.

— Ce n'était pas non plus ma fichue idée, grommela Barrons alors que je descendais l'escalier de derrière.

Par la porte menant à son bureau, qui était entrouverte, je pouvais l'entendre se déplacer et ramasser des objets pour les remettre debout.

Je fis halte sur la dernière marche et je souris, savourant le bonheur simple d'entendre de nouveau sa voix. Avant sa disparition, je n'avais pas compris combien le monde était vide sans lui.

Puis mon sourire s'évanouit. Je me balançai d'un pied sur l'autre dans l'escalier.

Mon humeur était peut-être comme un rayon de soleil brillant sur l'onde, mais quelque chose de sombre rôdait sous la surface placide.

Avec ma lubie de vouloir détruire l'univers, je m'étais aventurée en eaux bien trop profondes pour mon confort personnel. J'avais nourri l'obsession d'arracher au Livre tout le savoir ténébreux dont j'aurais besoin, quel qu'en soit le coût pour moi-même ou pour autrui. J'avais été résolue à faire tout ce qu'il m'enseignerait afin de remplacer ce monde par un autre. Tout cela parce que je croyais Jéricho Barrons mort.

Je n'avais aucun plan précis, à part mettre la main sur le Livre et improviser, persuadée que je saurais maîtriser n'importe quel sortilège de création ou de destruction qu'il avait à m'offrir. Rétrospectivement, j'étais atterrée. Ambitions malsaines ! Projets délirants !

La mort d'Alina ne m'avait pas fait cela.

Je passai mes mains dans mes cheveux et tirai, comme si un peu de douleur pouvait clarifier mes pensées. Jeter une lumière sur ce bref épisode de folie.

C'était sans doute ma propre trahison qui m'avait fait perdre la tête. Si seulement je n'avais pas été celle qui l'avait poignardé, jamais je n'aurais craqué comme je l'avais fait. Certes, mon chagrin d'avoir perdu Barrons avait été intense, mais c'était la culpabilité qui m'avait brisée. Je m'étais retournée contre mon sauveur... lequel n'était autre que Barrons.

C'était la honte, et non le chagrin, qui avait alimenté mon désir de représailles. Rien de plus. Les remords avaient fait de moi une femme obsédée par la vengeance, prête à anéantir un monde pour en fonder un nouveau. Si j'avais été celle qui a poignardé Alina, si j'avais participé à son assassinat, j'aurais ressenti exactement les mêmes sentiments et j'aurais nourri exactement les mêmes projets. Je n'aurais pas été motivée par l'amour mais par un besoin désespéré d'effacer ma propre culpabilité.

À présent que le chagrin avait desserré son étau autour de mon cœur, je savais que jamais je n'aurais pu parvenir à mes fins.

Recréer un monde rien que pour Jéricho Barrons ? L'idée était ridicule.

La mort d'Alina n'avait pas fait de moi une *banshee* ivre de destruction, alors que j'avais aimé ma sœur toute ma vie.

Je ne connaissais Barrons que depuis quelques mois. Si je devais recréer le monde pour quelqu'un, ce ne pouvait être que pour ma sœur.

Bon, ce point était réglé. Je n'avais pas trahi Alina en ne me transformant pas en Mad Max à cause d'elle.

Dans ce cas, d'où venait cette impression que quelque chose de sombre se tordait et se vrillait à l'intérieur de moi, essayant de remonter à la surface ? Qu'est-ce qui me dévorait ?

— Bon sang, Ryodan, nous avons déjà parlé de cela cent fois ! explosa Barrons. Pendant tout ce fichu chemin du retour, nous en avons discuté ! Nous avions un plan ; tu ne l'as pas suivi. Tu étais supposé la mettre en sécurité. Elle n'était pas censée savoir que c'était moi. C'est *ta* faute si elle sait que nous ne pouvons pas mourir.

Je me figeai. Ryodan était en vie, lui aussi ? Je l'avais vu se faire tailler en pièces et jeter du haut d'un ravin de trente mètres. Je fronçai les sourcils. Il avait dit « nous ne pouvons pas mourir ». Que cela signifiait-il ? Jamais ? Quoi qu'il advienne ?

Il garda le silence quelques instants, et je compris qu'il était au téléphone.

— Tu savais que je me battrais. Je savais que je gagnerais. C'est toujours moi le plus fort. Voilà pourquoi tu étais supposé nous séparer et me tirer dessus, pour qu'elle ignore si j'étais mort. La prochaine fois, emporte plus de munitions. Essaie avec un lance-roquettes. Tu crois que tu pourrais me toucher, avec ça ? ajouta-t-il d'un ton sarcastique.

Un lance-roquettes ? Barrons pourrait survivre à cela ?

— C'est toi qui as tout fichu en l'air. Elle nous a vus mourir.

Et comment ! Alors pourquoi n'étaient-ils pas morts ? Il y eut une nouvelle pause. Retenant mon souffle, je tendis l'oreille.

— Je me contrefiche de leur avis. Et épargne-moi ces foutaises à propos d'un vote, la question n'a pas été mise aux voix. Lor ne sait même pas dans quel siècle nous sommes et Kasteo n'a pas prononcé un mot depuis mille ans. Si quelqu'un doit la tuer, c'est moi. Et ce n'est pas pour tout de suite. Il me faut le Livre.

Je tressaillis. Il avait dit « tout de suite », laissant fortement entendre que cela pourrait fort bien arriver une autre fois. Et que l'unique raison pour laquelle il m'épargnait était qu'il avait besoin du Livre.

Et voilà le mufle pour qui j'avais pleuré ? Dont j'avais fêté le retour ? Je ne m'attardai pas sur le détail des « mille ans ». Je verrais cela plus tard.

— Si tu crois que je le traque depuis si longtemps pour éliminer ma meilleure chance, tu me connais très mal.

J'avais déjà entendu ces mots. C'étaient ceux que Fiona avait employés la nuit où je l'avais poignardée. J'étais la « meilleure chance » de Barrons. De quoi ?

— Allez-y ! Toi, Lor, Kasteo, Fade, tous ceux qui veulent me barrer le chemin, mais à votre place, je n'insisterais pas. Ne me donnez pas une raison de vous

le faire regretter toute votre vie. C'est ce que tu veux ?
Une guerre absurde et sans fin ? Tu veux qu'on se batte ?
Silence.

— Je n'oublie jamais où va ma loyauté, c'est toi qui
as perdu la mémoire... Garde ses parents en vie.
Applique mes consignes. Tout sera bientôt terminé.

Je serrai les poings. Qu'est-ce qui serait bientôt terminé, exactement ?

— C'est là que tu te trompes. Un monde n'est pas
aussi bien qu'un autre. Certains sont meilleurs. On
savait depuis le début qu'elle était incontrôlable. Après
ce que j'ai appris sur elle l'autre nuit, je dois laisser la
partie se dérouler. As-tu localisé Tellie ? Il faut que je
l'interroge. En supposant qu'elle soit toujours en vie.
Pas encore ? Mets plus de monde là-dessus.

Qu'entendait-il par « après ce qu'il avait appris sur
moi » ? Que j'avais fait équipe avec Darroc ? Que,
selon lui, j'avais été prête à le trahir ? Ou bien y avait-
il autre chose ? Qui était cette Tellie, et sur quoi avait-
il besoin de la questionner ?

— Darroc est mort. Elle dira à V'lane qu'elle a tout
inventé. Personne ne croira la gosse.

Encore une longue pause.

— Bien sûr, elle fera ce que je lui dirai. J'éliminerai
V'lane moi-même s'il le faut.

Il se tut.

— Tu parles, que tu pourrais !

Le silence s'étira ensuit si longtemps que je finis par
comprendre que Barrons devait avoir terminé sa discussion.

Je restai là, une main sur l'encadrement de la porte,
les yeux tournés vers l'escalier.

264

— Amenez vos fesses, Mademoiselle Lane. *Tout de suite.*

— J'ai entendu... commençai-je.

— Je vous ai *laissée* entendre, m'interrompit-il.

Je fermai la bouche, rabattis la porte et m'y adossai. Les coins de ses lèvres s'étirèrent comme s'il s'amusait secrètement, et pendant quelques instants, je pensai que nous tenions l'une de nos conversations silencieuses.

Vous pensez être en sécurité, en vous enfermant avec la Bête ?

Si vous croyez que vous m'effrayez, vous vous trompez.

Vous devriez avoir peur.

C'est peut-être vous *qui devriez avoir peur de* moi.

Allez-y, cherchez-moi, Barrons. On verra bien ce qui se passe.

Regardez-moi cette petite fille qui se prend pour une femme, maintenant !

Il me décocha ce sourire qui m'était devenu familier ces derniers mois, où se mêlaient des sentiments contradictoires – un doigt d'ironie, un soupçon d'agacement, une pincée d'excitation... Les hommes sont d'un compliqué !

— Maintenant, vous savez ce qu'ils pensent de vous. Entre mes gars et vous, dit-il, il n'y a plus que moi.

Lui... et un profond lac aux eaux glacées. S'il le fallait, je plongerais jusqu'au fond. Même s'il était de nouveau vivant, même si je comprenais à présent que jamais je n'aurais détruit ce monde pour le ressusciter, je n'étais plus la femme que j'avais été avant de participer à son assassinat, et je ne le serais plus jamais.

La transformation que j'avais subie avait causé des dégâts irréparables. Les émotions que j'avais ressenties en le croyant mort m'avaient profondément atteinte, me laissant le cœur en miettes et l'âme à la dérive. Même si mon chagrin avait disparu, les souvenirs de ces journées, les choix que j'avais effectués et les actes que j'avais presque commis resteraient à jamais une part de moi-même. Je pressentais qu'une partie de mon être était encore sous le choc, et le serait encore pendant longtemps.

Mon regard se posa sur son cou. C'était comme s'il n'avait jamais eu la gorge tranchée. Aucune coupure ni cicatrice n'apparaissaient. Il avait complètement guéri. Je l'avais vu nu la veille au soir et je savais qu'il n'avait aucune marque sur le torse non plus. Son corps ne portait aucune trace de la mort violente qu'il avait connue.

Je levai de nouveau les yeux vers son visage. Il observait ma nouvelle couleur de cheveux. J'écartai une mèche pour la glisser derrière mon oreille. Si j'en jugeais à l'hostilité de son regard, je savais que dès que j'ouvrirais la bouche, il m'interromprait aussitôt. Alors j'attendis en savourant le spectacle.

L'un des points dont j'avais pris conscience lorsque je le pleurais était la séduction qu'il exerçait sur moi. Barrons est quelqu'un d'assez... addictif. Il s'impose peu à peu à vous, jusqu'à ce que vous ne puissiez même plus imaginer trouver du charme à qui que ce soit d'autre. Il porte ses cheveux noirs en arrière, parfois courts, parfois longs, comme s'il n'avait pas envie de les faire couper régulièrement. Maintenant, je sais pourquoi, malgré sa haute stature et sa puissante musculature, il se déplace avec cette grâce féline.

C'est un animal.

Son front, son nez, sa bouche et ses mâchoires portent la marque d'un groupe génétique qui s'est éteint depuis longtemps, mêlé à ce qui fait de lui une bête. Bien que symétrique, dotée de solides méplats et saillies, son visage est trop primitif pour être beau. Barrons a peut-être assez évolué pour marcher debout, mais il n'a jamais perdu les appétits entiers, pleinement assumés, d'un prédateur-né. L'agressivité dénuée de compassion et la soif de sang de mon démon gardien sont inhérentes à sa nature.

À l'époque où je venais tout juste d'arriver à Dublin, il me terrifiait.

Je prends une profonde inspiration, emplissant mes poumons avec lenteur. Malgré les trois mètres de distance et le bureau qui nous séparent, je peux sentir son odeur. Le parfum de sa peau est quelque chose que je n'oublierai jamais, aussi longtemps que je vivrai. Je connais son goût sur ma langue. Je connais les senteurs que nous créons ensemble. Le sexe est une parfumerie qui crée ses propres fragrances, qui à partir de deux personnes produit l'odeur d'une troisième. Cet effluve, aucun individu à lui seul ne peut le fabriquer. Je me demande s'il peut devenir une drogue formée d'un cocktail de phéromones que l'on ne peut obtenir qu'à partir de la sueur, de la salive et du sperme de ces deux êtres. J'aimerais le repousser contre le bureau. Le chevaucher. Avec mon corps, éveiller en lui une tempête d'émotions.

Je m'aperçois qu'il me scrute d'un regard acéré et que mes pensées sont peut-être un peu transparentes. Le désir est quelque chose qu'il est difficile de ne pas exprimer. Il modifie notre respiration, réorganise subtilement notre gestuelle. Si vous êtes réceptif à quelqu'un, il est impossible de ne pas le remarquer.

— Y a-t-il quelque chose que vous voulez de moi, Mademoiselle Lane ? demande-t-il très doucement.

La passion brille dans ses iris millénaires. Je me souviens de la première fois où je l'ai aperçue. J'ai eu envie de courir en hurlant. Primitive Mac avait eu envie de jouer.

La réponse à sa question était un oui franc et massif. J'étais furieusement tentée de me jeter par-dessus son bureau et d'expulser la violence que j'avais en moi. De le battre, de le punir pour la souffrance que j'avais endurée. De l'embrasser, de me ruer sur lui, de m'assurer qu'il était vivant, de la façon la plus élémentaire qui soit.

Si quelqu'un doit la tuer, avait-il dit quelques instants plus tôt, *c'est moi.*

Seigneur, comme je l'avais pleuré !

Et il parle de me tuer avec tant de naturel… Il n'a toujours pas confiance en moi. Il n'a jamais eu confiance en moi. Les courants noirs bouillonnent et commencent à se soulever. Je suis furieuse. Contre lui. Lui aussi, il mériterait de pleurer. Je passe ma langue sur mes lèvres.

— À vrai dire, oui, il y a quelque chose.

Il penche la tête d'un air impérieux et attend.

— Et vous êtes le seul à pouvoir me le donner, ronronné-je en me cambrant.

Son regard tombe sur mes seins.

— J'écoute ?

— Il y a longtemps que vous me le devez. Je n'arrive pas à penser à autre chose. Cela m'a presque rendue folle, aujourd'hui, d'attendre que vous soyez là pour vous le demander...

Il se lève en me balayant d'un regard vibrant de mépris.

Mollasson de second choix, disent ses yeux.

Vous vous êtes servi le premier, répliqué-je en silence. *Ce qui signifie, me semble-t-il, qu'il a dû se contenter des restes.*

Je m'écarte de la porte, contourne le bureau en faisant légèrement courir le bout de mon doigt sur son Miroir en passant. Il regarde ma main. Je sais qu'il se souvient de la façon dont je l'ai touché, autrefois.

Je m'arrête à quelques centimètres de lui. Je crépite d'énergie. Lui aussi. Je peux la sentir.

— C'est devenu une obsession, il faut que je l'aie, et si vous dites non, je vais devoir me servir moi-même.

Il prend une inspiration saccadée.

— Vous croyez en être capable ?

Une lueur de défi pétille au fond de son regard d'obsidienne.

Soudain, j'ai une vision de nous deux en train de saccager la librairie dans un combat sans merci s'achevant dans une étreinte sauvage, sans le moindre interdit, et ma gorge est tellement sèche que pendant quelques instants, je suis incapable de déglutir.

— Cela me prendra peut-être un petit moment pour... mettre la main sur ce que je veux exactement, mais je n'en doute pas, je peux y arriver.

Allez-y, me disent ses yeux, *mais vous avez beaucoup à vous faire pardonner.*

Il me hait d'avoir fait alliance avec Darroc. Il croit que nous avons été amants.

Et cependant, il pourrait me faire l'amour tout de suite. Malgré sa volonté, sans la moindre tendresse, mais il le ferait. Je ne comprends pas les hommes. Si je le soupçonnais de m'avoir trahie avec... disons, Fiona, vingt-quatre heures après m'avoir assassinée, je le ferais longtemps souffrir avant de me donner de nouveau à lui.

Il est persuadé que j'ai couché avec le fiancé de ma sœur le lendemain du jour où je l'ai poignardé, que je l'ai complètement oublié, que je suis passée à autre chose. Les hommes ne fonctionnent pas comme nous. Je suppose que pour eux, l'enjeu est d'effacer toute trace, tout souvenir de leur rival aussi vite, aussi complètement que possible. Et ils s'imaginent qu'ils ne peuvent accomplir cela qu'avec leur corps, leur sueur, leur sperme. Comme s'ils nous imprimaient de nouveau leur marque. Je pense que le sexe est pour eux une expérience si intense, qui les domine tellement, qu'ils croient qu'il en va de même pour nous.

Je lève les yeux vers les ténèbres insondables de ses iris.

— Pouvez-vous mourir, un jour ?

Pendant un long moment, il ne dit rien. Puis il donne un seul coup de menton, en une négation silencieuse.

— Vraiment *jamais* ? Quoi qu'il vous arrive ?

De nouveau, il secoue la tête de gauche à droite, une seule fois.

Le salaud. Maintenant, je comprends d'où vient la colère qui bouillonnait derrière mon euphorie. Une part de mon cerveau était déjà parvenue à cette conclusion :

Il m'a *laissée* pleurer.

Il ne m'a jamais dit qu'il était une bête qui ne peut être tuée. Il aurait pu m'épargner toute la souffrance que j'ai endurée avec une seule petite vérité, une simple confession, de sorte que jamais je n'aurais été ainsi ravagée, brisée, anéantie. Si seulement il avait dit : *Mademoiselle Lane, je ne peux pas être tué. Alors si jamais vous me voyez mourir, pas de panique. Je reviendrai.*

Je me suis perdue. À cause de lui. À cause de sa manie ridicule de s'entourer de mystère. Rien ne justifiait cela.

Et le pire, c'est ceci. J'ai cru qu'il avait donné sa vie pour moi, alors qu'il n'a fait, pour ainsi dire, que s'accorder une petite sieste. Que signifie « mourir » pour quelqu'un qui se sait immortel ? Une broutille ! Un simple inconvénient ! SVEETDM n'était pas grand-chose, en vérité...

J'ai pleuré. J'ai porté le deuil. J'ai érigé en esprit un monument aussi massif qu'immérité à Barrons, l'Homme Qui Est Mort Pour Que Je Vive. J'ai cru qu'il avait accepté le sacrifice ultime pour moi et cela a éveillé en moi un flot d'émotions brutales. J'ai laissé le chagrin me consumer, m'emporter, faire de moi quelqu'un que je ne pensais pas pouvoir devenir.

Alors que jamais il n'avait eu l'intention de mourir pour me sauver. Il n'avait pensé qu'à ses intérêts, comme toujours. Barrons avait gardé son détecteur d'Objets de Pouvoir vivant et en bon état de fonctionnement, de la manière la plus cynique, la plus impersonnelle, sans se détourner de son but. Qu'importait, s'il était le seul qui ne me laisserait jamais mourir ? Cela ne lui coûtait rien. Il voulait le Livre. J'étais sa chance de l'obtenir. Il n'avait rien à perdre. Je comprenais enfin pourquoi il n'avait jamais peur de rien. J'avais cru qu'il tenait tellement à moi qu'il avait accepté de sacrifier sa vie. J'avais idéalisé son comportement et m'étais laissé entraîner dans une rêverie absurde. Et s'il était resté là la nuit passée, j'aurais achevé de me perdre à moi-même. Je lui aurais avoué des sentiments que je n'éprouvais que parce que j'avais cru qu'il avait donné sa vie pour la mienne.

Rien n'avait changé.

Il n'y avait aucun niveau de compréhension ou d'émotion plus profond entre nous.

Il était Jéricho Barrons, directeur d'Objets de Pouvoir, furieux contre moi parce qu'il croyait que j'avais pactisé avec l'ennemi, irrité d'avoir dû subir l'inconvénient de mourir, déterminé à se servir de moi pour parvenir à ses mystérieuses fins.

Il frémit d'impatience. Je perçois le désir qui émane de lui, la violence à peine contenue.

— Vous avez dit que vous vouliez quelque chose. De quoi s'agit-il, Mademoiselle Lane ?

Je lui décoche un sourire tranquille.

— L'acte de propriété de ma librairie, Barrons. Que voulez-vous que ce soit d'autre ?

Le Dani Daily

106 jours ACM

DARD-ROC L'ESCROC EST MORT !

Tous les détails ci-dessous !

LE HAUT SAIGNEUR ASSASSINÉ !!!

Man, comme si c'était déjà mon quatorzième anniversaire ou quoi, et pas le 20, la semaine prochaine, j'ai reçu le cadeau le plus super-cool. Darroc, l'enc... qui a fait tomber les murs entre nos mondes, est MORT ! Je l'ai vu, de mes yeux vu, pas plus tard que cette nuit ! Et tenez-vous bien : c'est un de ses Traqueurs qui l'a abattu ! Décapité !

C'est maintenant qu'il faut se battre ! Pendant qu'ils sont en déroute, sans personne à leur tête. (Ah ! Ah !) Jayne et ses hommes ont une méthode ! Venez vous éclater au château de Dublin !

Annie, j'ai dézingué le nid de Rôdeurs derrière chez toi hier soir.

Anonyme847, j'ai nettoyé le hangar, mais – man – tu n'avais pas besoin de moi. Il n'y en avait que deux. N'oublie pas que tu peux te bricoler ton anti-Ombre. J'ai donné toutes les explications il y a deux numéros. Si tu as besoin de fournitures, va voir chez Dex, dans la grand-rue. J'ai scotché les instructions sur le mur, près du comptoir.

En un mot, j'ai encore un max de c... faës à botter tant que j'ai encore treize piges, c'est-à-dire plus pour très longtemps – plus que SIX jours !!!!!!!

VOILÀ LA MEGA !

PS : Joyeuse Saint-Valentin ! Je change officiellement ce jour en Saint-V'lane. Au fait, personne n'aurait vu le prince, ces jours-ci ? Si c'est le cas, dites-lui que la Mega est à sa recherche. J'ai un tuyau qui pourrait l'intéresser...

17

— Tournez à droite ici, indiquai-je.

Barrons me lança un regard qui disait à peu près *Allez vous faire voir.* Je le lui rendis au centuple.

— J'ai laissé les pierres dans l'appartement de Darroc.

Il tourna le volant de la Viper si brusquement que je me retrouvai presque sur ses genoux. Je savais quelle erreur cela aurait été. Depuis notre échange plus que sulfureux à la librairie, il n'avait pas prononcé un seul mot.

Jamais je ne l'avais vu si furieux. Et j'ai souvent vu Barrons en colère.

Lorsque je lui avais donné mon glacial coup de grâce, il m'avait regardée avec un tel mépris que, si j'avais été une femme insignifiante, je me serais flétrie et serais morte sur place. Je ne suis pas insignifiante. Il l'avait bien mérité.

Puis il s'était éloigné de moi d'un pas rageur avant de se planter devant le Miroir pendant un long moment. Lorsqu'il s'était enfin retourné, il m'avait parcourue du regard, depuis mes tongs jusqu'à mes mèches décolorées, m'ordonnant – aussi clairement que s'il avait parlé à haute voix – d'aller mettre des vêtements dignes d'une femme adulte, car nous partions.

À mon retour, il m'avait entraînée jusqu'au garage sans me toucher. J'avais senti la tension monter et descendre en lui telle une mer en furie, exactement comme les couleurs qui se fracassaient comme des vagues sous la peau des princes *unseelies*.

Il avait choisi la Viper parmi sa collection et s'était glissé derrière le volant. Je savais qu'il n'agissait ainsi que pour me provoquer. Pour me rappeler que rien ne m'appartenait. Que tout était à lui.

— C'est grotesque et vous le savez, grommelai-je.

Ne pouvant porter l'affrontement sur le sujet qui me dérangeait vraiment, j'avais saisi le premier prétexte à ma disposition.

— Mon père et ma mère s'en sont sortis, je suis vivante et Darroc est mort. Vous n'avez jamais spécifié qui devrait faire quoi, ni comment cela devait se passer. Vous n'avez demandé qu'un résultat final. Vos conditions sont remplies.

La Viper rugit dans la rue, et je fus envahie par une bouffée d'envie. Je connaissais le frisson que donne la chaleur du pot d'échappement dans l'habitacle, le plaisir sensuel du levier de vitesses dans ma paume, la puissance massive d'un moteur tout en muscles entre deux accélérations, attendant mes ordres. Dans un soupir, je regardai par la vitre derrière laquelle défilaient les ténèbres.

Je n'eus pas besoin d'indiquer la direction à Barrons. Il savait exactement où j'avais passé la nuit, deux jours plus tôt. Il tourna à droite, puis à gauche, passant devant une douzaine de rues vers l'est, puis encore sept en direction du sud.

La ville était aussi silencieuse que lui. Je percevais la présence d'un grand nombre de faës mais ils n'étaient pas dans les rues. Je me demandai s'ils tenaient un congrès faë quelque part, pour décider de leurs prochaines actions. Je me demandai si la nation *unseelie* avait été déstabilisée par la perte de son guide et libérateur, et si les faës noirs s'étaient rassemblés pour lui trouver un remplaçant. Je me demandai qui allait proposer sa candidature pour le poste. L'un des princes *unseelies* ?

D'une certaine façon, Darroc n'aurait pas été un mauvais choix comme souverain de la Cour des Ténèbres. Il avait voulu garder notre monde intact parce qu'il avait désiré le diriger en même temps que le royaume faë. Il s'était accoutumé aux satisfactions terrestres et avait eu l'intention de continuer de s'y adonner. Ses années parmi nous avaient développé son appétit pour les belles mortelles et les plaisirs humains ; par conséquent, il les aurait préservés.

En revanche, rien ne garantissait que celui qui lui succéderait aurait les mêmes dispositions. En fait, il était fort peu probable que le nouveau leader *unseelie* ressente la moindre émotion, même vaguement humaine.

Si l'un des princes ténébreux prenait le pouvoir – disons, la Mort ou la Peste – il n'y aurait pas de projets à long terme, aucune restriction. Ils se goinfreraient jusqu'à la dernière miette. En vérité, nous avions eu de la chance que les *Unseelies* soient menés par un ancien *Seelie*. Je savais de quelle étoffe étaient faits les princes : un vide plus noir et plus vaste que le ciel nocturne. Leurs appétits étaient illimités, insatiables.

J'avais vu ce qui était arrivé dans la rue entre les *Seelies* et les *Unseelies* lorsqu'ils s'étaient rencontrés. Le sol avait commencé à se fendre. Si les deux cours connaissaient un affrontement généralisé, si elles se livraient un combat à grande échelle, elles détruiraient notre monde.

Si les faës pouvaient émigrer ensuite vers une autre planète, nous, en revanche, ne le pouvions pas.

La race humaine allait périr.

Je croyais n'avoir aucune obligation pressante, aucune urgence absolue. C'était pourtant le cas. Plus longtemps le Livre courrait en liberté, plus longtemps les faës s'entre-déchireraient, plus grand serait le risque d'un anéantissement définitif de la race humaine.

Je me demandais si Barrons était conscient de tout ceci. S'il s'en souciait seulement. L'être qu'il était pourrait sans doute survivre à n'importe quel cataclysme – nucléaire ou faë. Allait-il tout simplement faire alliance avec les autres immortels sur notre planète et continuer de vivre avec eux ? Il fallait que je sache où il se situait.

— Nous avons un sérieux problème, Barrons.

Il donna un coup de frein si brutal que je fus projetée en avant. Si je n'avais pas attaché ma ceinture, j'aurais traversé le pare-brise. Perdue dans mes pensées, je n'avais pas remarqué que nous étions arrivés.

— Hé, il y a une mortelle, ici ! grommelai-je en me massant la nuque. Vous devriez essayer de vous rappeler de ce… Oups, qu'est-ce que… Barrons !

Je fus tirée de la voiture par le bras, si violemment que celui-ci faillit être arraché.

Je n'avais même pas vu Barrons descendre et contourner le capot pour venir de mon côté. Je me retrouvai soudain debout sur le trottoir, appuyée contre le mur de brique d'un immeuble.

Il se pencha contre moi, enfermant mes jambes entre les siennes et formant une prison de ses bras.

Je posai mes paumes sur son torse pour le tenir à distance. Sa cage thoracique se soulevait et s'abaissait sous mes mains, telle une forge que l'on actionne. Il était dur comme le roc contre ma cuisse, plus gros que dans mon souvenir. Beaucoup trop. J'entendis le craquement d'une étoffe qui se déchire.

Je levai les yeux vers son visage et sursautai avec un temps de retard. Sa peau, qui avait pris une couleur acajou, s'assombrissait rapidement. Il était plus grand qu'il n'aurait dû. Des étincelles pourpres s'allumaient dans ses iris. Lorsqu'il gronda, j'aperçus la lueur de longs crocs noirs dans la clarté lunaire.

Il était en train de se métamorphoser. Ses cheveux poussaient, s'épaississaient et se feutraient autour de son visage. Il baissa sa tête vers moi. Ses crocs acérés frôlèrent mon oreille.

— N'utilisez... plus jamais... le sexe... comme une arme... contre moi.

Les mots avaient jailli, gutturaux, déformés par ses dents trop larges pour une bouche humaine, mais je les avais parfaitement compris.

Je haussai les épaules.

— Pas de fichu haussement d'épaules ! grogna-t-il.

Sa joue était contre la mienne ; je pouvais sentir ses méplats se durcir et s'élargir. Une fois de plus, j'entendis un craquement de tissu.

— J'étais en colère.

Et j'avais toutes les raisons de l'être !

— Moi aussi, mais vous ne me voyez pas jouer au plus fin.

— Vous me manipulez tout le temps.

— Je suis sans pitié ? Oui. Je garde mes réflexions pour moi-même ? En effet. Je vous oblige parfois à dire des choses que vous avez de toute façon envie d'exprimer ? Certainement. Mais je n'essaie jamais de vous entourlouper.

— Très bien, Barrons. Que voulez-vous de moi ? C'était...

Je cherchai le mot juste, et je n'aimai pas celui que je trouvai.

— ... immature, poursuivis-je. Satisfait ? De votre côté, vous n'êtes pas non plus irréprochable. Vous parliez de me tuer.

Le serpent à sonnettes s'agita au fond de sa gorge.

— Et vous aussi, ajoutai-je sèchement, vous me devez des excuses.

— À quel propos ?

Quelque chose effleura mon oreille, en mordit le lobe, et je perçus un flot de sang chaud. Puis sa langue se posa sur ma peau.

— Pour ne pas m'avoir dit que vous étiez immortel. Avez-vous seulement idée de ce que cela m'a *fait*, de vous regarder agoniser ?

— Eh bien, voyons... Oui. Cela vous a fait coucher avec Darroc quelques heures plus tard.

— Ma parole, on dirait que vous êtes jaloux, Barrons !

Il n'était pas question que je me justifie. Il ne m'avait fourni aucune explication. À cause de cela, j'avais fait toutes sortes de suppositions et failli me ridiculiser dans les grandes largeurs devant lui la veille au soir.

De l'air siffla entre ses crocs tandis qu'il s'écartait du mur. Je n'avais pas remarqué combien la nuit était glaciale avant que la chaleur de son corps disparaisse. Il se tenait au milieu de la rue, me tournant le dos, les poings sur les hanches, ses longues griffes jaillissant de ses doigts monstrueux, grondant et frémissant.

Je m'appuyai contre le mur pour l'observer. Il tentait de prendre le contrôle de la forme qui allait l'emporter. J'avais beau être furieuse contre les deux en cet instant, je préférais l'homme. La bête était plus... émotive, si ce terme pouvait s'appliquer à Barrons, sous quelque apparence que ce soit. Elle me plongeait dans un état de confusion et de conflit intérieur. Jamais je ne chasserais de mes souvenirs l'image où je me voyais la poignarder.

Lorsque je l'avais provoqué, il ne m'était pas venu à l'esprit que les choses pourraient se terminer ainsi. Barrons est toujours tellement discipliné, maître de lui ! J'avais pensé que sa métamorphose en animal était volontaire. Qu'à l'image de tout ce qui composait son univers personnel, elle advenait s'il le désirait, ou ne se produisait pas du tout.

Je me souvins de la première fois où j'avais entendu l'étrange crécelle au fond de sa gorge, la nuit où lui et moi étions allés chasser le Livre armés des trois pierres, et où nous avions échoué. Il m'avait ramenée à la librairie. À mon réveil, étendue sur le canapé, je l'avais vu, le regard perdu dans les flammes. Je me rappelai avoir pensé que la peau de Barrons était peut-être un drap jeté sur une chair que je ne voudrais jamais voir. J'avais eu raison. Sous son apparence humaine, une autre se dissimulait, parfaitement inhumaine. Pourquoi ? Comment ? Qu'était-il ?

Pas une seule fois il n'avait ainsi perdu son empire sur soi en ma présence. Sa capacité à contenir sa nature animale s'affaiblissait-elle ?

Ou bien m'étais-je plus profondément enracinée sous cette peau amovible ?

Je souris, mais d'un sourire sans joie. J'aimais cette idée. J'ignorais de qui cela faisait le plus désaxé – lui ou moi.

Je demeurai contre le mur tandis qu'il se tenait dans la rue, me tournant le dos, pendant trois ou quatre bonnes minutes.

Avec lenteur, et manifestement au prix d'une grande souffrance, il se transforma de nouveau, grognant et frémissant tout au long du processus. Je comprenais à présent pourquoi j'avais cru le tuer, la veille au soir, avec mes runes. La métamorphose de la bête vers l'homme semblait affreusement douloureuse.

Lorsqu'il pivota enfin vers moi, il n'y avait plus aucune trace pourpre dans son regard ténébreux. Aucun moignon de corne ne jaillissait de son crâne. Il monta sur le trottoir en grimaçant, comme si ses articulations lui faisaient mal, révélant dans la clarté lunaire une dentition parfaitement alignée, d'un blanc éclatant.

Il était de nouveau un homme solidement bâti, d'une trentaine d'années, vêtu d'un long manteau déchiré aux épaules et fendu dans le dos.

— Si vous essayez encore de me baiser, c'est moi qui vous baise. Et ce n'est pas une image.

— Épargnez-moi vos ultimatums.

J'étais tentée de le provoquer sur-le-champ pour voir s'il mettrait ses menaces à exécution. J'étais folle de rage contre lui. Je le désirais. À cause de lui, j'étais dans un état indescriptible.

— Erreur, c'est un avertissement.

Une réplique cinglante me brûlait les lèvres. Il me réduisit au silence en me disant :

— J'attends mieux de vous, Mademoiselle Lane.

Puis il se tourna vers la porte et entra dans l'immeuble.

Je m'étais à demi attendue à trouver des gardes *unseelies* au dernier étage mais soit Darroc, dans son arrogance, avait négligé d'en placer, soit sa soldatesque n'avait pas vu l'utilité de protéger ses cachettes après sa mort.

Une fois dans la place, Barrons se rendit tout droit dans la suite que Darroc avait occupée. Je le suivis car c'était le seul endroit que je n'avais pas eu le loisir d'explorer. Je fis halte sur le seuil et le regardai saccager la pièce luxueusement meublée, poussant les bergères et les ottomanes sur son passage, renversant l'armoire dont il fouilla le contenu du bout du pied, avant de se tourner vers le lit. Il arracha les couvertures et les draps, retira le matelas de son cadre et, sortant un couteau, l'éventra à la recherche d'objets cachés à l'intérieur. Soudain, il s'immobilisa et prit une profonde inspiration. Quelques instants plus tard, il inclina la tête et inhala de nouveau.

Je compris aussitôt. Barrons possède des sens extrêmement développés. Être connecté à son animal intérieur, cela a ses avantages ! Il connaît mon odeur. Or, il ne la retrouvait pas dans le lit de Darroc.

Je sus, à la seconde près, à quel moment il décida que nous avions dû faire « ça » sur la table de la cuisine, ou dans la douche, ou sur le canapé, ou encore sur le balcon, ou pourquoi pas lors d'une orgie, sous le regard des Rhino-boys et des gardes.

Je levai les yeux au plafond et le laissai finir de fouiller la chambre de Darroc tout seul. Il pouvait bien croire ce qu'il voulait. Le spectacle imaginaire de mes étreintes avec Darroc l'obsédait ? Tant mieux ! Peut-être ne ressentait-il aucune émotion à mon sujet, mais il avait indubitablement l'instinct de possession d'un animal. J'espérais que l'idée qu'un autre piétine ses plates-bandes allait le rendre fou.

Je rejoignis d'un pas rapide la chambre où j'avais dormi. Mes runes pourpres pulsaient toujours sur le seuil et dans les murs. Elles étaient plus grandes et plus brillantes. Je ne m'attardai pas. J'avais passé la pièce au peigne fin l'autre nuit. Je pris mon sac, courus dans le salon et commençai à y ranger les albums photo d'Alina. Ils étaient à moi, maintenant, et quand tout ceci serait terminé, j'irais m'asseoir et me plonger dans leurs pages pendant des jours, peut-être des semaines, pour me raconter les moments heureux de son histoire.

Dans l'antre de Darroc, j'entendis Barrons renverser les lampes et les sièges, puis jeter les objets autour de lui. Je me rendis dans la pièce. Je vis des livres voler, des papiers jaillir dans les airs. Il avait la bête sous contrôle mais il laissait libre cours à l'homme. Il avait échangé son manteau déchiré contre l'un de ceux de

Darroc. Le vêtement était trop petit pour lui, mais au moins couvrait-il le reste de ses habits en lambeaux.

— Que cherchez-vous ?

— On disait qu'il connaissait un raccourci. Sinon, je l'aurais tué depuis longtemps...

— Qui *vous* a parlé du raccourci ?

Y avait-il quoi que ce soit que Barrons ignorait ?

Il me lança un regard noir.

— Je n'ai pas besoin que quelqu'un le fasse. *Prima facie*[1], Mademoiselle Lane. Les faits parlent d'eux-mêmes. Ne vous êtes-vous pas demandé pourquoi il s'obstinait à chercher le Livre, même s'il ne disposait d'aucune des pierres et qu'il aurait été corrompu dès l'instant où il l'aurait touché ?

Je secouai la tête, furieuse contre moi-même. Il m'avait fallu des mois pour que cette question me vienne à l'esprit. Je faisais une fameuse détective !

— Vous pensez qu'il a laissé des notes ?

— Je le *sais*. Les limitations de son cerveau de mortel lui posaient des problèmes. Il était habitué aux capacités de mémoire des faës.

Donc, Barrons savait lui aussi qu'il existait un raccourci et le cherchait depuis un certain temps.

— Pourquoi ne m'en avez-vous jamais parlé ?

— Si on appelle cela un raccourci, il y a une raison. Plus un raccourci est court, plus il raccourcit. Tout a un prix, Mademoiselle Lane.

J'étais bien placée pour le savoir. Je m'agenouillai et commençai à parcourir les feuillets qui jonchaient le sol. Darroc n'avait pas écrit sur des cahiers. Il avait

---

1. *Prima facie* : la première apparence, en latin. *(N.d.T.)*

utilisé d'épais et coûteux papiers de vélin, qu'il avait couverts d'une calligraphie fleurie, comme s'il s'était attendu à ce que ses œuvres soient célébrées. Les documents de Darroc, libérateur des faës, exposés tel l'original de la Constitution américaine dans un musée. Je levai les yeux vers Barrons. Il avait cessé de tout jeter autour de lui et commencé à trier des papiers et des carnets. Il n'y avait plus aucune trace de la bête enragée ni de l'homme en colère. Il était de nouveau le Barrons glacial et imperturbable que je connaissais.

— Personne ne lui a donc jamais parlé des ordinateurs portables ? marmonnai-je.

— Les faës ne peuvent pas s'en servir. Ils les courtcircuitent.

Peut-être y avait-il quelque chose dans ma théorie sur l'énergie. Alors que d'autres feuillets pleuvaient, je les rassemblai pour les examiner. Sous les regards méfiants des gardes de Darroc, je n'avais pas pu fouiner dans ses documents personnels. Ceux-ci étaient fascinants. Cette série de notes était consacrée aux différentes castes *unseelies* – leurs points forts, leurs faiblesses, leurs particularités. J'étais presque choquée de m'apercevoir qu'il avait dû apprendre tout ce qui concernait les *Unseelies*, exactement comme nous. Je repliai les feuillets pour les ranger dans mon sac. Ces informations pourraient être utiles. Les *sidhe-seers* devaient les transmettre d'une génération à la suivante. À partir de ses notes, nous pourrions réaliser une encyclopédie des faës.

Comme je commençais à manquer de place, j'entrepris d'empiler les feuillets afin de revenir plus tard les chercher.

Jusqu'à ce que je tombe sur une page différente des autres, couverte de brèves réflexions, de listes à tirets, de commentaires encerclés et de flèches reliant ces notes entre elles.

Le prénom d'Alina s'y trouvait, ainsi que celui de Rowena et d'une dizaine d'autres, à côté desquels figuraient leurs « talents » personnels. Il y avait des listes de pays, des adresses, des noms de compagnies dont je supposai qu'il s'agissait de filiales étrangères de Post Haste, Inc. – l'entreprise de messagerie qui nous servait de couverture, à nous autres *sidhe-seers*. L'une des listes énumérait les six lignées irlandaises de notre communauté, plus une septième dont je n'avais jamais entendu parler : O'Callaghan. Était-il possible qu'il y ait plus de familles que nous ne le pensions ? Et si un autre faë mettait la main sur cette information ? Ils pouvaient nous anéantir toutes !

Je poursuivis ma lecture et poussai un cri de surprise. Rowena possédait un talent pour la coercition mentale ? Kat avait le don de télépathie émotionnelle ? Comment diable Darroc avait-il appris cela ? Selon lui, Jo était dans l'actuel Cercle secret. Le prénom de Dani figurait également sur la page, souligné plusieurs fois et ponctué d'un point d'interrogation. Je ne figurais pas sur cette énumération, ce qui signifiait qu'il l'avait écrite avant de connaître mon existence, à l'automne précédent.

Au bas de la page, se trouvait une courte liste :
• *sidhe-seers* – perçoivent les faës
• Alina – peut détecter le *Sinsar Dubh*, les Objets de Pouvoir et les reliques
• Abbaye – *Sinsar Dubh*
• Roi *unseelie* – *sidhe-seers* ?

Je clignai des yeux en essayant de la comprendre. Darroc voulait-il dire que ce n'était pas la reine *unseelie*, comme l'avait affirmé Nana O'Reilly, qui avait confié le Livre noir à l'Abbaye en des temps immémoriaux ? Le roi *unseelie* nous l'avait-il apporté lui-même parce que notre capacité à percevoir les faës et leurs Reliques faisait de nous les gardiennes idéales du Livre ?

Soudain, Barrons apparut derrière moi et se mit à lire par-dessus mon épaule.

— Cela change le regard que vous portez sur vous-même, n'est-ce pas ?

— Pas vraiment. Je veux dire, qui se soucie de savoir qui a apporté le Livre à l'Abbaye ? L'important, c'est que nous en étions les dépositaires.

— Voilà ce que vous avez trouvé dans ces notes, Mademoiselle Lane ? susurra-t-il.

Je levai les yeux vers lui.

— Et vous, qu'avez-vous trouvé ? demandai-je, sur la défensive.

Je n'aimais pas plus son ton que la lueur amusée au fond de ses yeux sombres.

— Il est dit que le roi fut horrifié en découvrant que son acte d'expiation s'était soldé par la naissance de la plus puissante abomination qu'il ait jamais créée. Il pourchassa celle-ci d'un monde au suivant, pendant des éons, déterminé à les détruire. Lorsqu'il les retrouva finalement, leur bataille dura des siècles et réduisit en ruines des dizaines d'univers, mais il était trop tard. Le *Sinsar Dubh* était devenu conscient et avait acquis une force ténébreuse. Lorsque le roi avait forgé le *Sinsar Dubh*, il lui était supérieur et le Livre lui était inférieur. Il ne s'agissait que d'un simple réceptacle pour ses maléfices, dénué de toute vitalité, de toute intention. Cependant, au cours de son errance, il a évolué jusqu'à devenir tout ce qu'était le roi, et plus encore. La créature abandonnée par son créateur a appris à haïr. Le *Sinsar Dubh* a commencé à traquer le roi.

Il marqua un silence et me lança l'un de ses regards carnassiers.

— Alors, qu'est-ce que le Roi Noir pourrait avoir créé d'autre ? Peut-être toute une caste capable de traquer son pire ennemi, de le capturer et de l'empêcher de le détruire, *lui ?* Vous n'allez pas me dire que vous n'avez jamais songé à cela ?

Je le regardai, interdite. Nous étions les gentilles. Humaines jusqu'à la moelle.

— *Sidhe-seers* – chiennes de garde pour le Royaume-Uni, ricana-t-il.

Ses paroles me glacèrent. Cela n'avait déjà pas été facile de découvrir que j'avais été adoptée et que les gens qui m'avaient élevée n'étaient pas mes parents biologiques. Où voulait-il en venir, à présent ? Que je n'avais pas eu de parents ?

— Ce sont les pires foutaises que j'aie jamais entendues, bougonnai-je.

D'abord, Darroc avait suggéré que j'étais une pierre. Et maintenant, voilà que Barrons laissait entendre que les *sidhe-seers* étaient une caste secrète des *Unseelies*.

— Cela en a toutes les apparences.

— Je ne suis pas une apparence.

— Qu'y a-t-il de si vexant à cela ? Le pouvoir est le pouvoir.

— Je n'ai pas été créée par le Roi Noir !

— Cette idée vous effraye. La peur est plus qu'une émotion inutile. C'est l'avant-dernière paire d'œillères. Si vous êtes incapable d'affronter la vérité sur votre réalité, vous n'y prendrez jamais votre part, vous ne la contrôlerez pas. Autant jeter l'éponge et céder aux caprices d'un autre doté d'une plus forte volonté que la vôtre. Cela vous plaît donc, d'être faible ? C'est ce qui vous excite ? C'est pour cela que vous êtes tombée dans les bras du salaud qui vous a violée dès l'instant où j'ai disparu ?

— Et vous ? Qu'êtes-vous, vous et vos hommes ? répliquai-je froidement. Une autre caste secrète du roi *unseelie* ? C'est ce que vous êtes, Barrons ? C'est pour cela que vous en savez tant sur les faës noirs ?

— Ce ne sont pas vos affaires.

Puis, se détournant, il reprit ses recherches.

Je tremblais et j'avais un goût amer sur la langue. J'écartai les papiers, me levai et me dirigeai vers le balcon, où je m'accoudai pour observer la nuit.

Barrons m'avait profondément atteinte en suggérant que les *sidhe-seers* étaient une caste *unseelie*. Je devais reconnaître que les notes de Darroc pouvaient indéniablement être interprétées dans ce sens.

Dire que l'autre nuit, je m'étais tenue entre deux armées faës en me réjouissant d'être comme les *Unseelies*, endurcie par la douleur, moins frivole, moins vulnérable !

Sans parler de ce lac noir et brillant dans ma tête, qui avait tant de « dons » inexplicables à m'offrir, telles des runes qu'un ex-faë avait reconnues et devant lesquelles il avait reculé, ou que les princes *unseelies* avaient profondément haïes...

Je frémis. En plus de savoir ce qu'était Jéricho Barrons, une nouvelle question m'obsédait.

Qu'étais-je, *moi-même*?

18

Lorsque nous partîmes, j'arrachai un exemplaire du *Dani Daily* du réverbère devant l'immeuble, m'assis sur le siège passager de la Viper et commençai à le lire. C'était bientôt son anniversaire. Je souris faiblement. J'aurais dû me douter qu'elle le crierait sur les toits. Si elle pouvait, elle en ferait une fête nationale.

Je ne fus pas surprise d'apprendre qu'elle s'était trouvée dans la rue et avait vu le Traqueur décapiter Darroc. Dani ne prenait ses ordres auprès de personne, pas même de moi. Avait-elle eu l'intention de tuer Darroc elle-même ? Je l'en croyais bien capable.

Tout en attachant ma ceinture de sécurité, je me demandai si elle n'avait pas été dans les parages depuis assez longtemps pour voir que le Traqueur avait été possédé par le *Sinsar Dubh,* ou bien si elle avait décidé de faire abstraction de ce détail. Si elle était là, qu'avait-elle pensé de la bête qui s'était jetée sur moi pour m'enlever ? Elle avait sans doute cru qu'il s'agissait d'un type d'*Unseelie* qu'elle n'avait pas encore croisé.

J'avais beau être choquée de m'apercevoir que tant de temps avait passé pendant que j'errais dans le réseau des Miroirs et que nous étions déjà à la mi-février, j'aurais dû savoir que c'était aujourd'hui la Saint-Valentin.

Je jetai un regard amer en direction de Barrons. La Saint-Valentin ne m'avait jamais souri. Elle s'était avérée plus ou moins décevante depuis l'école maternelle, lorsque Chip Johnson avait mangé trop de cookies et tout vomi sur ma robe neuve. J'avais bu du jus de fruit et lorsqu'il avait recraché sur moi, dans un réflexe incontrôlable, je m'étais mise à en faire autant. Cela avait déclenché parmi les autres gamins de cinq ans qui nous entouraient une réaction en chaîne dont je ne pouvais toujours pas me souvenir sans être saisie de nausées.

Même plus tard, au cours élémentaire, la Saint-Valentin avait été pour moi une expérience pénible. Je me réveillais en ayant peur d'aller à l'école. Maman nous achetait toujours, à Alina et moi, des cartes pour tous nos camarades de classe, mais la plupart des autres mères n'étaient pas aussi attentives. Assise à mon bureau, je retenais mon souffle en priant pour qu'un autre que le dodu Tubby Thompson ou Blinky « La Taupe » Brewer se souvienne de moi.

Puis, au collège, il y avait eu ce quart d'heure américain où les filles devaient inviter les garçons, ce qui accentuait encore la pression. Pour ajouter la honte à l'humiliation lors de ce qui aurait dû être la journée la plus romantique de l'année, j'étais obligée de prendre le risque d'être rejetée si j'invitais le garçon de mes rêves tout en priant pour que, le temps que je trouve le courage de passer à l'action, il reste quelqu'un d'autre de disponible que Tubby et Blinky. En quatrième, comme j'avais trop attendu et qu'il n'y avait plus un seul garçon séduisant, je m'étais chauffé le front avec le sèche-cheveux réglé sur la température maximale, j'avais vaporisé de l'eau sur mes draps et feint d'être grippée le jour J. Maman m'avait tout de même envoyée en cours. La brûlure sur mon front risquant de me trahir, je m'étais taillé une frange à la hâte pour la couvrir... et je m'étais retrouvée au bal sans partenaire, désespérée, avec une douloureuse cloque sur le visage et une coiffure calamiteuse. Puis le lycée avait apporté son lot de catastrophes...

Je secouai la tête. Je n'étais pas d'humeur à revivre les affres de mon adolescence. Le bon côté, c'est que cette présente Saint-Valentin aurait pu être bien pire. Au moins, j'irais me coucher ce soir-là avec la rassurante certitude que Barrons était en vie.

— Et maintenant, où allons-nous ? demandai-je.

Il regarda droit devant lui. Le serpent à sonnettes s'agita dans sa poitrine.

Nous nous garâmes devant le 939, Rêvemal Street, à la hauteur de l'entrée en ruines de Chez Chester, le club de nuit qui avait autrefois été le rendez-vous le plus couru de la jeunesse dorée et blasée de Dublin, avant sa destruction durant la nuit de Halloween. Je regardai Barrons, incrédule.

Il arrêta la voiture et coupa le moteur.

— Je ne vais pas chez Chester, dis-je. Ils veulent ma mort, là-dedans.

— Et s'ils sentent l'odeur de la peur sur vous, ils essaieront de vous tuer, renchérit-il avant d'ouvrir sa portière et de descendre.

— Où voulez-vous en venir ?

— À votre place, je changerais de parfum.

— Il faut vraiment que je vous accompagne ? marmonnai-je. Vous ne pouvez pas aller tout seul dire bonjour à vos petits copains ?

— Voulez-vous voir vos parents, oui ou non ?

Je bondis, claquai la porte et m'élançai derrière lui en louvoyant entre les gravats. J'ignorais pourquoi il me proposait cela – certainement pas pour se montrer gentil – mais je n'avais pas l'intention de laisser passer cette opportunité. Dans ma vie faite d'imprévus, je ne pouvais pas négliger la moindre chance de me trouver auprès de ceux que j'aimais !

Comme s'il avait lu dans mes pensées, il jeta par-dessus son épaule :

— J'ai dit les *voir*. Pas leur rendre visite.

Je détestais l'idée de savoir mes parents retenus dans les entrailles du sordide lieu de rencontre *unseelie*, mais force m'était de reconnaître que ce sous-sol, gardé par les hommes de Barrons, était probablement l'endroit le plus sûr pour eux. Ils ne pouvaient plus retourner à Ashford à présent que les princes *unseelies* connaissaient notre adresse.

Les seules autres options étaient l'Abbaye, la librairie... ou avec V'lane. Non seulement les Ombres rôdaient encore à l'Abbaye, mais le *Sinsar Dubh* y avait rendu une sinistre visite, et j'éprouvais la plus vive méfiance envers Rowena. Je ne voulais certainement pas qu'ils restent auprès de moi, vu la créature que j'étais devenue. Quant à V'lane – avec sa compréhension limitée de la psychologie humaine – il était bien capable de les expédier sur une plage auprès d'une Alina illusoire. Mon père pourrait le supporter, mais ma mère ne s'en remettrait pas. Nous ne pourrions plus jamais l'arracher de là.

Alors pourquoi pas chez Chester…

Le club avait été autrefois l'endroit le plus couru de la ville, accessible uniquement sur invitation, avec des colonnes de marbre encadrant l'entrée sophistiquée du bâtiment de deux étages, mais les extravagants lampadaires à gaz de style rétro avaient été arrachés du trottoir et utilisés comme béliers pour défoncer sa façade. Les supports de toit, en tombant, avaient écrasé un bar sculpté à main, célèbre dans le monde entier, et fait voler en éclats les élégantes vitres de verre teinté. L'enseigne de l'établissement se balançait, en pièces, au-dessus du passage, des morceaux de béton bloquaient la porte et les murs étaient couverts de tags.

La nouvelle entrée se trouvait sur l'arrière du bâtiment, dissimulée derrière une banale porte de métal bosselée dans le sol, près des fondations qui menaçaient ruine. Si vous ne connaissiez pas cet endroit, vous n'auriez prêté aucune attention à ce qui ressemblait à la porte d'un cellier abandonné. Les pistes de danse étaient si profondément enfouies sous terre et si bien insonorisées que, à moins de posséder la superaudition de Dani, vous n'auriez jamais pensé que l'on faisait la fête.

— Je ne peux pas appartenir à une caste *unseelie*, lui dis-je lorsqu'il ouvrit la porte. Je peux toucher la lance *seelie*.

— Certains affirment que le roi *unseelie* a créé les *sidhe-seers* avec son Chant imparfait. D'autres, qu'il a fait l'amour à des femmes humaines afin de fonder cette lignée. Peut-être votre sang est-il assez dilué pour que cela ne pose pas de problème.

C'était Barrons tout craché ! Il avait des réponses pour tout ce que je ne voulais pas savoir, mais aucune pour ce qui m'intéressait.

Après avoir descendu une échelle, franchi un sas et emprunté une seconde volée de barreaux, nous parvînmes à la véritable entrée, un hall de type industriel barré par de hautes portes doubles.

Depuis ma dernière visite, on avait engagé un décorateur et remplacé les battants de bois par d'autres, noirs et brillants, le dernier cri du chic urbain, si luisants que je pouvais y voir le reflet du couple qui nous avait suivis. La fille était vêtue dans le même style que moi – longue jupe près du corps, bottines à talons hauts et manteau bordé de fourrure. L'homme se tenait près d'elle, tourné vers elle comme pour la protéger.

Je tressaillis. Il n'y avait personne derrière nous. Je ne m'étais pas reconnue. Non parce que mes cheveux étaient de nouveau blonds – les portes noires reflétaient les formes et les mouvements, pas la couleur – mais parce que je ressemblais à quelqu'un d'autre. Je me tenais autrement. Il ne restait plus une trace de la douceur enfantine que j'avais encore en moi en arrivant à Dublin, en août dernier. Je me demandai ce que Papa et Maman penseraient de moi. J'espérais qu'ils pourraient voir, malgré cette transformation, la Mac que j'étais toujours à l'intérieur. J'étais tendue et nerveuse à la perspective de les retrouver.

Il ouvrit les portes.

— Restez près de moi, dit-il.

Je fus heurtée de plein fouet par un souffle de sensualité exaltée, par l'atmosphère d'élégance cool qui régnait ici, toute de verre et de chrome, de noir et de blanc – mariage chic et choc de la force brute industrielle et du raffinement de Manhattan. Un tel décor était une promesse d'érotisme débridé, de plaisir pour le plaisir, de sexe à en mourir. La gigantesque salle s'étageait sur une dizaine de niveaux comportant chacun sa piste de danse et ses propres bars. Les mini-boîtes de nuit à l'intérieur de la grande possédaient chacune son propre thème – les unes très sophistiquées avec leur plancher ciré, les autres dans l'esprit « tatouages et ruines urbaines ». Les serveurs et barmans étaient au diapason, les uns torse nu sous leur veste, les autres en cuir et chaînes. Sur l'un des niveaux, les serveuses, très jeunes, étaient vêtues comme des écolières en uniforme. Sur un autre... Je me détournai vivement. Je ne voulais pas voir celui-là, je ne voulais même pas y penser. J'espérais que Barrons gardait mes parents à l'écart de toute cette débauche.

J'avais beau m'être mentalement préparée à voir des humains et des *Unseelies* se mêler, flirter ensemble et former des couples, je ne le supportais pas.

Chez Chester représente à mes yeux l'abomination absolue. Faës et humains ne sont pas faits pour se mélanger. Les premiers sont des prédateurs immortels, sans considération pour la vie humaine. Les seconds sont assez naïfs pour s'imaginer, même un seul moment, que leur insignifiante petite vie compte aux yeux des premiers... Ma foi, Ryodan affirme que ceux-là méritent la mort, et lorsque je les vois dans un endroit comme Chez Chester, je ne peux qu'être d'accord. On ne sauve pas les gens contre leur volonté. On ne peut qu'essayer de les réveiller.

L'électricité statique produite par une présence faë aussi concentrée en un seul endroit était assourdissante. Pinçant les lèvres, je réglai mon volume *sidhe-seer* sur zéro.

Les musiques se répandaient d'un niveau à l'autre en couches successives. Franck Sinatra se battait en duel contre Marilyn Manson, Zombie noyait Pavarotti. Le message était clair. Si vous le désirez, nous l'avons en rayon, et si nous ne l'avons pas, nous l'inventerons pour vous.

Cependant, un thème était commun dans tout l'endroit. Chez Chester avait été décoré pour la Saint-Valentin.

— Ce n'est pas possible ! murmurai-je.

Des milliers de ballons roses et rouges auxquels étaient suspendus des cordons de soie flottaient dans l'air, portant des inscriptions qui allaient de la plus tendre à la plus audacieuse... voire à la plus crue.

À l'entrée de chaque niveau, se trouvait une grande statue dorée figurant un Cupidon armé de son arc et de dizaines de longues flèches d'or.

La clientèle humaine de Chez Chester courait après les ballons d'un niveau à l'autre, gravissant les marches, montant sur les tabourets, tirant les baudruches vers soi pour les percer de flèches. Je ne compris le manège de ces gens qu'en voyant une feuille de papier pliée jaillir d'un ballon qui venait d'éclater. Une dizaine de femmes se jetèrent férocement les unes sur les autres, toutes griffes dehors, et se battirent pour s'emparer de l'objet.

Lorsque l'une d'elles s'écarta de la meute, serrant son butin contre elle, trois de ses rivales s'en prirent à elle, la poignardèrent de leur flèche et le lui volèrent. Puis elles se mirent à se bagarrer avec une brutalité choquante. Un homme se jeta entre elles, arracha le morceau de papier et s'enfuit en courant.

Je cherchai Barrons du regard mais, dans la cohue, nous avions été séparés. J'écartai des cordons qui pendaient devant mes yeux.

— Vous n'en voulez pas ? s'étonna une rouquine tout en tirant sur la corde du ballon que je venais de chasser.

— Qu'y a-t-il, là-dedans ? demandai-je, méfiante.

— Des invitations, enfin ! Si vous avez de la chance ! Il n'y en a pas beaucoup ! Si vous en attrapez une, ajouta-t-elle avec des gloussements extatiques, ils vous laissent entrer dans les salons privés pour manger de la chair sanctifiée de faë immortel *toute la nuit* ! Et les autres ont des cadeaux.

— Quelle sorte de cadeaux ?

Elle piqua le ballon à l'aide de la délicate flèche dorée. Celui-ci explosa, faisant pleuvoir une substance verdâtre gélatineuse mélangée à de petits morceaux de chair frémissante.

— Le jackpot ! crièrent des gens.

Je m'écartai à temps pour éviter d'être piétinée.

La rouquine hurla :

— On se retrouve en Faëry !

Puis elle se mit à quatre pattes et commença à lécher le sol tout en se battant pour avoir des morceaux de chair *unseelie*.

Je cherchai de nouveau Barrons autour de moi. Au moins, je n'étais pas parfumée à la peur. J'étais ivre de rage et de dégoût. Je me frayai un passage parmi la meute vociférante et couverte de sueur. Ceci était donc mon monde ? Voilà ce que nous étions devenus ? Et si nous ne remontions jamais les murs ? Allais-je devoir vivre avec cela ?

Je commençai à bousculer les gens pour passer.

— Regardez où vous mettez les pieds, me dit une femme d'un ton sec.

— Du calme, pétasse ! grommela un homme.

— Tu veux qu'on te botte les fesses ? menaça un autre.

— Eh, Beauté !

Je tournai brusquement la tête. C'était le type aux yeux rêveurs qui avait travaillé avec Christian au département des langues anciennes à Trinity College, puis avait pris un job de barman chez Chester après la chute des murs.

La dernière fois que je l'avais vu, j'avais vécu une expérience effrayante en regardant son reflet dans un miroir. Cette fois, il était là, derrière un bar noir et blanc aux murs couverts de glaces, posant des verres et les remplissant d'un geste fluide et élégant, et son reflet comme lui-même étaient en tous points ceux du beau garçon parfaitement normal aux yeux rêveurs qui m'avait toujours fait craquer.

J'étais impatiente de voir mes parents mais ce type croisait mon chemin avec une telle constance que je ne croyais plus aux coïncidences. Papa et Maman allaient devoir attendre.

Je pris un tabouret près d'un homme grand et émacié en costume à rayures et haut-de-forme qui manipulait un jeu de cartes entre ses mains squelettiques. Lorsqu'il se tourna vers moi, je sursautai et détournai les yeux. Je ne tentai plus de le regarder. Sous le rebord de son chapeau, il n'y avait pas de visage. Rien que des ombres qui tourbillonnaient comme une tornade sombre.

— La bonne aventure ? proposa-t-il.

Je secouai la tête en me demandant comment cette créature sans bouche pouvait parler.

— Ignore-le, Beauté.

— Je vous montre qui vous êtes ?

Je fis de nouveau signe que non, tout en lui ordonnant silencieusement de s'en aller.

— Rêvez-moi une chanson.

Je levai les yeux au plafond.

— Chantez-moi un air.

Je me détournai de lui.

— Montrez-moi votre visage et je vous montrerai le mien.

Il mélangea les cartes en les faisant claquer les unes contre les autres.

— Écoutez, mon vieux, je n'ai aucune envie de voir...

Je me tus soudain, *physiquement* incapable de prononcer un mot de plus. J'ouvris la bouche et la refermai, tel un poisson cherchant l'eau, mais c'étaient mes paroles que je cherchais. Il me semblait que toutes les phrases avec lesquelles j'étais née, en quantité suffisante pour toute une vie, avaient été ôtées de moi, me laissant absolument vide, réduite au silence. La forme de mes pensées, la façon dont je les aurais formulées, tout cela m'avait été enlevé. Tout ce que j'avais jamais dit, tout ce que je dirais jamais était à présent en la possession de cet être. Je ressentis une terrible pression à l'intérieur de ma tête, comme si celle que j'étais avait été aspirée de mon cerveau. La folle pensée me vint que, dans un instant, je serais aussi vide derrière mon visage qu'il l'était sous son chapeau, et qu'il ne resterait de moi qu'une tornade obscure tourbillonnant follement sous mon crâne. Alors peut-être, je dis bien peut-être, une fois qu'il aurait obtenu tout ce qu'il voulait de moi, un fragment de visage apparaîtrait sous son haut-de-forme.

La terreur s'empara de moi.

Je cherchai frénétiquement du regard le type aux yeux rêveurs. Il se détourna et versa un verre. J'envoyai une supplique muette à son reflet dans le miroir, derrière le bar.

— Je vous dis sans cesse de ne pas parler aux choses, me dit le double dans la glace.

Il continua de servir des verres, passant d'un client à l'autre, tandis que mon identité était peu à peu effacée.

À l'aide ! hurlèrent mes yeux dans le miroir.

Le type aux yeux rêveurs revint enfin vers moi.

— Elle n'est pas à toi, dit-il au grand homme émacié.

— Elle m'a parlé.

— Regarde plus profondément.

— Erreur de ma part, dit finalement la créature aux cartes.

— Ne la commets pas deux fois.

Aussi abruptement qu'ils avaient disparu, mes mots revinrent. Mon esprit était de nouveau plein de pensées et de phrases. J'étais une personne entière, avec des idées et des rêves. Le vide s'en était allé.

Je tombai de mon tabouret et m'éloignai en titubant de l'homme sans visage. Sur mes jambes tremblantes, je me rendis trois tabourets plus loin, m'assis avec peine et m'agrippai au comptoir.

— Il ne t'ennuiera plus, promit le type aux yeux rêveurs.

— Un whisky, coassai-je.

Il fit glisser sur le comptoir un petit verre de scotch pur malt. Je le vidai d'un trait et en commandai un second. Je poussai un soupir tandis que l'incendie se propageait en moi. Je n'avais pas d'autre envie que de mettre un bon kilomètre entre le bateleur et moi, mais j'avais des questions à poser. Il fallait que je sache comment le type aux yeux rêveurs parvenait à cornaquer une telle créature. Et d'ailleurs, qu'était cet être sans visage ?

— Le Fear Dorcha[1], Beauté.

— Tu lis dans mes pensées ?

— Pas la peine. Ton visage est plein de questions.

— Comment s'y prend-il pour tuer ?

Je suis obsédée par les différents modes de mise à mort pratiqués par les faës. Je prends des notes méticuleuses dans mon journal sur les nombreuses castes et leurs méthodes d'exécution.

— L'assassinat n'est pas son but.

— Alors que veut-il ?

— Il recherche les Visages de l'Humanité, Beauté. Tu veux garder le tien ?

Je ne répondis pas. Je n'avais aucune envie d'en savoir plus. Chez Chester était une zone sécurisée pour

---

1. Fear Dorcha : de l'irlandais *Far dorocha*, homme sombre. Fée malveillante au service de la reine des fées, vêtue en majordome. *(N.d.T.)*

les faës. Lors de mon dernier passage dans le club de nuit, on m'avait fait comprendre sans la moindre ambiguïté que si j'abattais quoi que ce soit dans le quartier, j'étais une femme morte. Puisque Ryodan et ses hommes m'avaient déjà condamnée, cette soirée n'était probablement pas le moment le mieux choisi pour tenter ma chance. Si j'en apprenais plus sur cet être, ou si le poids de ma lance dans le holster à mon épaule se faisait un peu plus lourd, je risquais de commettre un geste irréfléchi.

— Certains êtres ne peuvent pas être tués aussi facilement.

Je regardai, surprise, le type aux yeux rêveurs. Son regard était braqué sur ma main, glissée dans mon manteau. Je ne m'étais même pas aperçue que j'avais cherché ma lance.

— C'est un faë, non ? demandai-je.

— En grande partie.

— Alors comment peut-il être abattu ?

— Doit-il vraiment l'être ?

— Tu le défendrais ?

— Tu le pourfendrais ? répliqua-t-il du tac au tac.

J'arquai un sourcil intrigué. Apparemment, l'une des conditions requises pour travailler chez Chester était d'apprécier les faës et de s'accommoder de leurs appétits très spéciaux.

— Voilà un moment que je ne t'ai pas vue, dit-il, changeant de sujet avec douceur.

— Voilà un moment que je n'étais pas visible, répondis-je avec détachement.

— Il y a un instant, tu ne l'étais pas non plus.

— Tu es un petit marrant, toi, n'est-ce pas ?

— C'est ce que pensent certains. Comment va la vie ?

— Bien, et la tienne ?

— La routine.

Je souris faiblement. Pour les réponses évasives, mon type aux yeux rêveurs n'avait rien à envier à Barrons.

— Te voilà de nouveau blonde, Beauté ?

— J'avais envie de changer.

— Il n'y a pas que tes cheveux.

— Je suppose.

— Ça te va bien.

— Ça me fait du bien.

— Ça pourrait ne pas être utile. Drôle d'époque. Où étais-tu ?

Il lança un verre en l'air et je regardai celui-ci tournoyer lentement sur lui-même.

— Dans les Miroirs. J'ai marché autour de la Maison blanche et j'ai regardé le roi *unseelie* et sa concubine s'envoyer en l'air, mais j'ai passé la plupart de mon temps à essayer de comprendre comment attraper et maîtriser le *Sinsar Dubh*.

Le nom du Livre du Roi Noir parut fendre l'air d'un sifflement strident et je perçus un souffle lorsque toutes les têtes *unseelies* du club se tournèrent vers moi d'un seul mouvement.

L'espace d'une seconde, tout le monde se figea dans un silence parfait.

Puis le gobelet que le type aux yeux rêveurs avait jeté heurta le sol et se fracassa dans un tintement de verre brisé. Le son et le mouvement se remirent en marche.

Trois tabourets plus loin, la grande créature émaciée émit un cri étranglé et son jeu de cartes vola dans les airs avant de pleuvoir sur le comptoir, sur mes genoux, sur le plancher. *Ha !* pensai-je. *Je t'ai eu, Yeux-Rêveurs !* Il était un joueur dans cette partie. Seulement, qui était-il et quel camp défendait-il ?

— Eh bien, qui es-tu vraiment, Yeux-Rêveurs ? Et pourquoi apparais-tu régulièrement sur mon chemin ?

— C'est comme cela que tu me vois ? Dans une autre vie, est-ce que tu m'aurais invité au bal de fin d'année ? Présenté à tes parents ? Embrassé sur le perron pour me souhaiter bonne nuit ?

— J'ai dit *restez près de moi*, gronda soudain Barrons derrière moi. Et ne parlez pas de ce maudit bouquin dans cette fichue boîte. Bougez vos fesses, Mademoiselle Lane. Tout de suite.

Il me prit par le bras et me fit descendre du tabouret.

Au moment où je me levais, des cartes tombèrent de mes genoux. L'une d'elles s'était glissée dans le col fourré de mon manteau. Je la retirai. J'allais la jeter lorsque je m'interrompis au dernier moment pour la regarder.

Le Fear Dorcha avait manipulé un jeu de tarot. La lame que je tenais était encadrée de pourpre et de noir. Au centre, un Traqueur survolait une ville dans un ciel nocturne. La côte découpait sa ligne sombre contre la brillance verte de l'océan au loin. Chevauchant le Chasseur, entre ses vastes ailes noires qui battaient l'air, était assise une femme dont la chevelure bouclée dansait dans le vent autour de son visage. Sous ses mèches, je pouvais voir ses lèvres. Elle riait.

C'était la scène de mon rêve de l'autre nuit ! Comment pouvais-je tenir une carte de tarot illustrant un de mes songes ?

Qu'y avait-il sur les autres lames ?

Je baissai les yeux vers le sol. Près de mon pied, se trouvait le CINQ DE PENTACLES. Une femme voilée d'ombre se tenait sur un trottoir, observant par la fenêtre d'un pub une autre femme, blonde, qui avait pris place dans un box et riait avec ses amis. Moi regardant Alina.

Sur LA FORCE, une femme était assise en tailleur dans une église, nue, les yeux levés vers l'autel comme si elle priait pour demander l'absolution. Moi après le viol.

Le CINQ DE COUPES montrait une femme qui ressemblait étonnamment à Fiona, debout dans *Barrons – Bouquins et Bibelots*, en larmes. À l'arrière-plan, je pouvais voir... Je me penchai en clignant des yeux... Une paire d'escarpins à moi ? Et mon iPod !

Sur LE SOLEIL, deux jeunes filles étaient étendues en bikini – l'un vert absinthe, l'autre rose fuchsia – en train de se faire bronzer.

Il y avait aussi l'arcane de LA MORT, une Camarde encagoulée, faux à la main, au-dessus d'un corps ensanglanté, également féminin. Mallucé et moi.

Et une autre avec un siège pour enfants abandonné près d'une pile de vêtements et de bijoux, et l'une de ces enveloppes humaines parcheminées que laissent les Ombres après leur sinistre festin, retombant d'une Rover.

Je passai mes mains dans mes cheveux pour les ramener en arrière, le regard toujours baissé.

— Des Prophéties, Beauté. Il y en a de toutes sortes.

Je levai les yeux vers le type aux yeux rêveurs mais il n'était plus là. Je me tournai vers ma droite. Monsieur Grand, Maigre et à Rayures avait également disparu.

Sur le zinc, à côté d'un nouveau gobelet de whisky et d'une Guiness, une autre lame de tarot avait été déposée avec soin, retournée, son dos noir et argent sur le dessus.

— C'est maintenant ou jamais, Mademoiselle Lane. Je n'ai pas toute la nuit.

Je descendis le shot d'un trait et le reposai puis, ayant raflé la carte, je l'empochai pour la regarder plus tard.

Barrons me guida vers un escalier de chrome au pied duquel deux hommes montaient la garde – ceux-là mêmes qui m'avaient escortée jusqu'à Ryodan, à l'étage supérieur, la dernière fois que j'étais venue. Tout en muscles, les deux colosses en jeans et tee-shirt noirs avaient les bras et les mains cousus de cicatrices. Tous deux étaient armés d'automatiques au mufle épais. Tous deux possédaient un visage qui attirait le regard mais qui, dès que vous les voyiez, vous donnait envie de détourner les yeux.

À notre approche, ils braquèrent leurs flingues sur moi.

— Qu'est-ce qu'*elle* fiche ici, bon sang ?

— Remets-toi, Lor, dit Barrons. Quand je te dis de sauter, tu me demandes à quelle hauteur.

Celui qui n'était pas Lor éclata de rire. Lor lui frappa l'abdomen de la pointe de son arme. Ce fut comme s'il avait tapé contre de l'acier. L'autre ne tressaillit même pas.

— Tu parles que je saute. Dans tes rêves. Rigole encore, Fade, et je te fais manger tes couilles au petit déjeuner. Garce !

Il avait craché ce mot dans ma direction mais au lieu de me regarder, c'est vers Barrons qu'il se tourna. Je crois que c'est ce qui me poussa à bout.

Je fis passer mes yeux de l'un à l'autre. Fade se mit à fixer l'horizon droit devant lui. Lor fronça les sourcils à l'attention de Barrons. Je m'écartai de ce dernier pour me placer en face des deux gardes. Ils demeurèrent imperturbables. À croire que je n'existais pas ! Sans aucun doute, j'aurais pu danser nue devant eux sans qu'ils paraissent s'apercevoir de ma présence.

J'ai grandi dans le Sud profond, au cœur de la *Bible Belt*[1], où il reste encore des hommes qui refusent de regarder une femme si elle n'est pas une proche parente. Si une femme se trouve en compagnie d'un homme à qui ils ont besoin de parler – qu'il s'agisse de son père, de son fiancé ou de son mari – ils garderont les yeux fixés sur celui-ci. Si elle pose une question et qu'ils ont la bonté d'y répondre, ils s'adresseront exclusivement à l'homme. Ils iront jusqu'à se détourner légèrement, comme si le simple fait d'apercevoir celle-ci à la limite de leur champ de vision risquait de les condamner aux flammes de l'Enfer. La première fois que cela m'est arrivé, j'avais quinze ans et j'ai été abasourdie. Je posais inlassablement des questions en espérant que papy Hatfield se tournerait vers moi, avec l'impression d'être devenue invisible. Pour finir, je

---

1. *Bible Belt* : ensemble d'États du sud des États-Unis où le culte évangélique est très présent. *(N.d.T.)*

m'étais placée juste devant lui. Il était parti au beau milieu de sa phrase.

Papa avait tenté de m'expliquer que le vieil homme considérait son attitude comme une marque de respect pour moi. C'était sa façon de se montrer courtois envers l'homme à qui appartenait la femme. Je n'avais pas supporté le terme « l'homme à qui appartenait la femme». C'était une façon de s'approprier l'autre, purement et simplement. À ce qu'il semblait, Lor – qui, selon Barrons, ne savait même pas à quel siècle nous étions – vivait toujours à une époque où les hommes possédaient les femmes. Je n'avais pas oublié la remarque de Barrons au sujet de Kasteo, qui n'avait pas prononcé un mot depuis plus d'un millénaire. Quel âge avaient ces hommes ? Quand, comment, où avaient-ils vécu ?

Barrons me prit par le bras pour me diriger vers l'escalier, mais je le secouai et me tournai de nouveau vers Lor. On m'avait taillé une réputation qui ne me convenait pas du tout. Je n'étais pas une pierre. Je n'avais pas été créée par le roi *unseelie*. Et je n'étais pas une traîtresse.

Sur au moins un de ces points, je pouvais me défendre.

— Pourquoi suis-je une garce ? demandai-je. Parce que vous croyez que j'ai couché avec Darroc ?

— Fais-la taire avant que je la bute, gronda Lor à l'attention de Barrons.

— Ne lui parlez pas à lui, si c'est de moi qu'il s'agit. Adressez-vous à moi. Vous pensez que je ne suis pas digne d'être regardée parce que quand j'ai cru Barrons mort, j'ai fait alliance avec l'ennemi pour atteindre mon but ? ironisai-je. Vous auriez préféré que je m'effondre et que j'agonise en gémissant ? Est-ce que cela vous aurait impressionné, Lor ?

— Vire-moi cette garce.

— Je présume qu'en m'associant à Darroc, je passe pour une...

Je connaissais un mot que Barrons détestait et j'avais bien envie de l'essayer sur Lor.

— ... une mercenaire, n'est-ce pas ? Vous pouvez me le reprocher si vous voulez. Ou vous pouvez vous sortir la tête du c... et me respecter pour cela.

Lor me regarda soudain, comme si je m'étais mise à parler le même langage que lui. Contrairement à Barrons, ce mot ne semblait pas le mettre en colère. En fait, il paraissait le comprendre, et même l'apprécier. Une lueur vacilla au fond de ses yeux froids. Je l'avais intrigué.

— Certaines personnes ne verraient pas une traîtresse en moi. Certaines personnes verraient une survivante. Appelez-moi comme vous voulez – moi, je dors très bien la nuit – mais quand vous le faites, regardez-moi. Ou je ferai en sorte que vous me voyiez, même les yeux fermés. Jusque dans vos cauchemars. Je graverai mon image sous vos paupières. Allez voir ailleurs si j'y suis et restez-y. Je ne suis plus celle que j'étais. Si vous voulez la guerre avec moi, vous l'aurez. Essayez, pour voir. Donnez-moi juste un prétexte pour aller jouer dans cet endroit sombre, sous mon crâne.

— Un endroit sombre ? murmura Barrons.

— Comme si *vous* n'en aviez pas un, répliquai-je sèchement. À côté du vôtre, le mien ressemble à une plage de sable blanc un jour de soleil.

Je passai entre eux et m'engageai dans l'escalier. Il me sembla entendre un rire étouffé derrière moi. Je jetai un coup d'œil par-dessus mon épaule. Les trois hommes dardaient sur moi le regard glacial, sans émotion, de tueurs à gage.

Au moins, ils me regardaient.

Derrière une balustrade chromée, s'étendait l'étage supérieur – des kilomètres de murs couverts de miroirs teintés, sans portes ni fenêtres.

Je n'avais aucune idée du nombre de pièces que comptait l'endroit. Si j'en jugeais à la taille de l'escalier, il pouvait y en avoir une cinquantaine, voire plus.

Nous longeâmes les murs de glace jusqu'à ce qu'un infime détail, invisible à mes yeux, signale une entrée. Barrons appuya sa paume sur un panneau de verre sombre, qui coulissa. Il me poussa à l'intérieur mais, au lieu d'entrer à ma suite, il poursuivit son chemin le long du couloir vers une autre destination.

Le panneau se referma derrière moi. J'étais seule avec Ryodan dans le saint des saints de Chez Chester, une salle toute de verre – murs, sol, plafond. Je pouvais voir vers l'extérieur, mais personne ne pouvait voir à l'intérieur.

Sur tout le tour, le plafond était cerné de dizaines de petits écrans à LED alimentés par les caméras qui balayaient chaque pièce du club – comme si on n'en apercevait pas suffisamment en regardant sous ses pieds. Je restai là où je me trouvais. Sur un sol de verre, chaque pas est un acte de foi, lorsque le seul plancher solide que vous pouvez voir se situe une douzaine de mètres plus bas.

— Mac, dit Ryodan.

Il se tenait derrière un bureau, tapi dans l'ombre, grande silhouette sombre en chemise blanche. La seule lumière dans la pièce provenait des écrans au-dessus de nos têtes. J'avais envie de bondir sur lui pour l'attaquer, lui arracher les yeux, le mordre, le rouer de coups, le transpercer de ma lance. La violence de mon hostilité me surprit.

Il m'avait fait tuer Barrons.

Là-haut, sur cette falaise, nous avions frappé, taillladé et poignardé l'homme qui m'avait gardée en vie depuis le jour où j'étais arrivée à Dublin, ou quasiment. Pendant des jours qui m'avaient paru des années, je m'étais demandé si Ryodan avait voulu la mort de Barrons.

— Je pensais que vous m'aviez manipulée pour que je l'abatte. Je pensais que vous l'aviez trahi.

— Je vous ai répété de vous en aller. Vous n'en avez rien fait. Vous n'étiez pas supposée voir ce qu'il était.

— Vous voulez dire, ce que vous êtes *tous*, rectifiai-je. Tous les neuf.

— Prudence, Mac. Il y a certaines choses dont on ne parle pas. Jamais.

Je cherchai ma lance. Il aurait pu me dire la vérité sur la falaise mais, comme Barrons, il m'avait laissée souffrir. Plus je pensais à la façon dont ils m'avaient tous les deux caché une vérité qui m'aurait épargné d'épouvantables souffrances, plus j'étais en colère.

— Je voulais seulement m'assurer que quand je vous poignarderai pour vous tuer, vous reviendrez pour que je puisse recommencer.

Je venais de refermer mes doigts sur ma lance lorsqu'un poing massif me prit la main et retourna la pointe de l'arme vers ma gorge.

Ryodan était capable de se déplacer comme Dani, Barrons et les autres. Si vite que je ne pouvais pas me défendre. Il se tenait derrière moi, un bras enroulé autour de ma taille.

— Ne me menacez jamais ainsi. Écartez ceci, Mac, ou je vous la confisque une fois pour toutes.

En guise d'avertissement, il me piqua avec la pointe de la lance.

— Barrons ne vous laisserait pas faire cela.

— Vous seriez surprise du nombre de choses que Barrons me laisserait faire.

— Parce qu'il croit que je l'ai trahi.

— Je vous ai vue avec Darroc, moi aussi. Je vous ai entendue dans l'allée, la nuit dernière. Quand les actes et les paroles correspondent, la vérité est évidente.

— Je vous croyais morts, tous les deux. Qu'espériez-vous donc ? Vous ne supportez pas de voir en moi le même instinct de survie que vous admirez chez l'autre. Je suppose que cela vous inquiète. Cela me rend plus imprévisible que vous ne le voudriez.

Il guida ma main vers le holster et y glissa la lance.

— « Imprévisible » étant ici le mot-clef. Avez-vous changé de camp, Mac ?

— En ai-je l'air ?

— Laissez-moi vous dire quelque chose à propos du revirement, Mac, murmura-t-il à mon oreille. La plupart des gens sont bons et à l'occasion, ils commettent une action qu'ils savent mauvaise. Certains sont mauvais et mènent un combat quotidien pour maîtriser leurs pulsions. D'autres sont corrompus jusqu'à la moelle et s'en moquent éperdument, tant qu'ils ne sont pas pris. Le Mal est d'une tout autre nature, Mac. Le Mal, c'est quelque chose de mauvais qui se croit *bon.*

— Qu'êtes-vous en train de dire, Ryodan ? Que j'ai changé de camp et que je suis trop stupide pour m'en rendre compte ?

— Si cela vous convient.

— Cela ne me convient pas. Juste pour mon information : à quelle catégorie appartenez-vous, Barrons et vous ? Corrompus jusqu'à la moelle et parfaitement indifférents ?

— À votre avis, pourquoi le Livre a-t-il tué Darroc ?

Je savais où il voulait en venir. Selon la théorie de Ryodan, ce n'était pas moi qui traquais le *Sinsar Dubh*. C'était le Livre qui me trouvait tout le temps. Ryodan était sur le point de me dire qu'il n'avait abattu Darroc que pour éliminer un obstacle entre lui et moi. Il se trompait.

— Il a assassiné Darroc pour l'arrêter. Il m'avait prévenue qu'il ne laisserait personne le contrôler. Il a dû apprendre par moi que Darroc connaissait un raccourci pour le capturer et l'utiliser, et il l'a tué pour m'empêcher, moi ou n'importe qui d'autre, de le découvrir.

— Comment l'a-t-il appris de vous ? Au cours d'une tranquille discussion devant une tasse de thé ?

— Il m'a trouvée la nuit où j'ai dormi à l'appartement de Darroc. Il a… sondé mon esprit. Pour me goûter et m'apprendre, comme il l'a dit.

Le bras de Ryodan me serra douloureusement la taille.

— Vous me faites mal !

Aussitôt, il relâcha imperceptiblement la pression.

— Avez-vous dit cela à Barrons ?

— Barrons n'est pas d'humeur très bavarde.

Ryodan n'était déjà plus à côté de moi. Il se trouvait de nouveau à son bureau. Je me frottai l'abdomen, soulagée qu'il ne me touche plus. Il était si semblable à Barrons que le contact de son corps contre le mien me perturbait à plus d'un titre. Je distinguais mal son visage dans la pénombre, mais je n'en avais nul besoin. Il était tellement furieux qu'il craignait de me blesser s'il restait près de moi.

— Le *Sinsar Dubh* peut lire dans vos pensées ? Avez-vous envisagé les possibles ramifications de cela ?

Je haussai les épaules. Comme si j'avais eu le temps de réfléchir à quoi que ce soit ! J'avais été assez occupée à sauter de Charybde en Scylla, puis à revenir en arrière, que les calculs de probabilités n'avaient pas figuré en haut de ma liste de priorités. Qui se soucie des « possibles ramifications » quand celles qui sont bien réelles ne vous laissent pas un instant de répit ?

— Cela signifie qu'il sait, pour *nous*, reprit-il d'une voix tendue.

— D'abord, que voulez-vous que cela lui fasse ? Et ensuite, je ne sais pas grand-chose de vous, donc il ne doit pas en avoir compris beaucoup.

— J'ai tué pour moins que ça.

Je n'avais aucun doute sur ce point. Ryodan était froid comme la pierre et cela ne lui donnait aucun cas de conscience.

— S'il s'est seulement donné la peine de chercher des informations à votre sujet, tout ce qu'il a appris, c'est que je vous croyais morts tous les deux et que vous ne l'êtes pas.

— Faux. Vous en saviez bien plus que cela. Le *seul* fait que le Livre soit au courant de notre existence est la première chose que vous auriez dû dire à Barrons à l'instant où il s'est de nouveau transformé et que vous avez vu qu'il était vivant.

— Eh bien, pardonnez-moi d'avoir été dans tous mes p... d'états en comprenant qu'il avait ressuscité ! Pourquoi ne pas m'avoir dit qu'il était la Bête, Ryodan ? Pourquoi fallait-il que nous l'abattions ? Ce n'est pas parce qu'il est incapable de se maîtriser quand il est sous cette forme, je le sais. Il avait tout son empire sur lui-même la nuit dernière, quand il m'a sauvée du Livre. Il peut se métamorphoser à volonté, n'est-ce pas ? Que s'est-il passé dans les Miroirs ? Cet endroit exerce-t-il un effet particulier sur vous ? Vous fait-il perdre votre contrôle sur vous-même ?

Je me frappai presque le front. Barrons m'avait dit que s'il avait couvert son corps de runes de protection rouges et noires, c'était parce que le recours à la magie avait un prix... à moins que vous ne preniez des mesures pour vous protéger contre ses effets en retour. L'utilisation de SVEETDM supposait-elle, pour être efficiente, une intervention de la sorcellerie la plus noire qui soit ? Cela lui accordait-il la possibilité de me rejoindre où que je me trouve, mais au prix d'une régression à l'état le plus sombre, le plus sauvage de lui-même ?

— C'est à cause de la façon dont nous y sommes allés, n'est-ce pas ? demandai-je. Le sortilège que vous avez jeté tous les deux l'a amené jusqu'à moi, comme prévu, mais en échange, il a été réduit au plus petit commun dénominateur de son être. Une machine à tuer atteinte de démence. Ce qu'il supposait être une bonne chose, parce que si je mourais, j'aurais probablement besoin d'une machine à tuer près de moi. J'aurais besoin qu'un champion arrive et décime tous mes ennemis. C'est cela, n'est-ce pas ?

Ryodan était à présent d'une immobilité de marbre. Pas un de ses muscles ne tressaillait. Je n'aurais pas juré qu'il respirait.

— Il savait ce qui se passerait si j'appuyais sur la touche SVEETDM, alors il s'est arrangé avec vous pour gérer la situation.

C'était bien Barrons. Toujours en train de réfléchir au prochain coup, d'anticiper les risques me concernant.

— Il m'a tatouée afin de pouvoir percevoir sa marque sur moi et ne pas me tuer. Et vous étiez supposé le suivre – c'est pour cela que vous portez tous les deux ces bracelets, pour vous retrouver – et le tuer, de sorte qu'il puisse revenir sous son apparence humaine sans que j'en sache jamais rien. J'aurais été sauvée et je n'aurais pas soupçonné un seul instant que c'était par Barrons, ni qu'il se métamorphosait parfois en bête. Seulement, vous avez tout fichu en l'air. Et c'est à cause de cela qu'il était fou de rage contre vous, ce matin au téléphone. C'est en ratant son assassinat que *vous* avez tout fait échouer.

Sa mâchoire tressaillit imperceptiblement. Il était fou de rage. J'avais vu juste.

— Il peut *toujours* surmonter le prix de la magie noire, poursuivis-je, stupéfaite. Quand vous le tuez, il revient exactement comme il était avant, n'est-ce pas ? Il pourrait se tatouer de la tête aux pieds de runes de protection puis, une fois sa peau entièrement recouverte, mourir pour renaître sans une marque, tout recommencer à zéro. Voilà pourquoi ses tatouages n'étaient pas toujours les mêmes.

— Vous parlez de votre carte magique « Sortez de prison » ! Si vous n'aviez pas tout fichu en l'air, je n'en aurais jamais rien su. C'est de *votre* faute si j'ai compris, Ryodan. À mon avis, cela veut dire que ce n'est pas moi que vous devriez descendre, mais vous. Oh, attendez ! ajoutai-je d'un ton sarcastique. Cela ne marcherait pas, n'est-ce pas ?

— Saviez-vous que pendant que vous étiez dans les Miroirs, le Livre a rendu une petite visite à l'Abbaye ?

Je tressaillis.

— Dani me l'a dit. Combien de *sidhe-seers* ont-elles été tuées ?

— Peu importe. Pourquoi pensez-vous qu'il soit allé à l'Abbaye ?

Peu importe, tu parles ! Son immortalité – j'avais toujours du mal à accepter cette notion mais j'étais certaine que je trouverais bien un moyen créatif de la mettre à l'épreuve – lui avait donné une arrogance et un dédain envers les mortels dignes d'un faë.

— Laissez-moi deviner, dis-je d'un ton acide. Cela aussi serait ma faute ?

Ryodan pressa une touche sur son bureau et parla dans un interphone.

— Dis à Barrons de les laisser là où ils sont. Ils sont plus en sécurité là-bas. Je vais l'emmener auprès d'eux. Nous avons un problème. Un gros problème.

Il relâcha le bouton.

— Oui, me répondit-il. En effet. Je pense que comme il ne vous trouvait pas, il est allé à l'Abbaye à votre recherche, dans l'espoir de retrouver votre piste.

— Les autres croient-ils aussi cela, ou ne s'agit-il que de vos fantasmes personnels ? Prenez un peu de recul, Ryodan. Vous manquez de perspectives.

— Ce n'est pas moi qui en ai besoin.

— Pourquoi me détestez-vous ?

— Je ne ressens aucune émotion à votre sujet, Mac. Je m'occupe de mes affaires. Vous n'en faites pas partie.

Il me dépassa, appuya sa paume sur la porte et m'attendit près de la sortie.

— Barrons veut que vous voyiez vos parents pour que, quand vous vaquerez à vos occupations, vous vous souveniez qu'ils sont ici. Avec moi.

— Charmant, marmonnai-je.

— J'accepte de les laisser en vie en sachant que c'est une erreur, parce que je dois une faveur à Barrons. Je ne lui en dois plus beaucoup. Cela non plus, ne l'oubliez pas.

19

— Vous les détenez dans une pièce en verre ? Ne pourriez-vous pas leur offrir un peu plus d'intimité ?

Je regardai mes parents à travers le mur. Bien que confortablement meublée de tapis, d'un lit, d'un canapé, d'une petite table et de deux chaises, la salle était faite du même type de glaces que le bureau de Ryodan, mais dans l'autre sens. Papa et Maman ne pouvaient pas voir vers l'extérieur. En revanche, tout le monde pouvait voir à l'intérieur.

Je regardai vers ma gauche. La douche était plus ou moins dissimulée. Pas les toilettes.

— Savent-ils que l'on peut les observer ?

— J'épargne leur vie et vous exigez de l'intimité. Cela n'a rien à voir avec eux. Ni avec vous. C'est une assurance pour moi, dit Ryodan.

Barrons nous rejoignit.

— J'ai dit à Fade d'apporter des draps et du chatterton.

— Pour quoi faire ? m'écriai-je, horrifiée.

Allaient-ils enrouler mes parents dans les draps et les ficeler ?

— Pour fixer les draps sur les murs.

— Oh ! m'exclamai-je, avant de murmurer : Merci.

Je gardai le silence quelques instants, tout en les observant à travers le verre. Papa était assis sur le canapé, tourné vers Maman, lui tenant les mains et lui parlant avec douceur. Il était aussi beau et solide que toujours, et la touche d'argent supplémentaire dans ses cheveux ne faisait qu'ajouter à son élégance. Maman avait ce regard vitreux qui est le sien quand elle est dépassée. Je savais qu'il parlait probablement de choses normales, quotidiennes, pour l'ancrer dans une réalité qu'elle pouvait affronter. Je ne doutais pas un instant qu'il l'assurait que tout irait bien, parce que c'était ce que faisait Jack Lane – vous entourer de réconfort et de sécurité, vous faire croire qu'il allait vous donner tout ce qu'il vous promettait. C'était ce qui avait fait de lui un si grand avocat et un père si merveilleux. Aucun obstacle ne vous semblait insurmontable, aucune menace n'était trop effrayante lorsque Papa était là.

— Il faut que je leur parle.

— Non, dit Ryodan.

— Pourquoi ? demanda Barrons.

J'hésitai. Je n'avais jamais dit à Barrons que j'étais allée à Ashford avec V'lane, et encore moins admis que j'avais surpris une conversation entre mes parents, dans laquelle ils évoquaient les circonstances de notre adoption, puis que Papa avait mentionné une prophétie à mon sujet, dans laquelle il était dit que je devais conduire le monde à sa perte.

Nana O'Reilly, la vieille femme de quatre-vingt-dix-sept ans à qui Kat et moi avions rendu visite dans son cottage au bord de la mer, avait parlé de *deux* prophéties. L'une qui était porteuse d'espoir, l'autre qui annonçait un fléau sur la terre. Si j'avais effectivement ma part dans l'une ou l'autre, j'étais résolue à accomplir la première. Et je voulais en savoir plus sur la seconde, afin de l'éviter.

Je voulais les noms des gens à qui Papa avait parlé voilà si longtemps, lorsqu'il s'était rendu en Irlande pour enquêter sur le passé médical d'Alina lorsqu'elle était tombée malade. Je voulais savoir *exactement* ce qu'on lui avait dit.

Seulement, il n'y avait pas moyen d'aborder ces questions en présence de Barrons et de Ryodan. S'ils avaient vent d'une prophétie selon laquelle j'étais censée conduire le monde à sa perte, ils étaient bien capables de m'enfermer et de jeter la clef.

— Ils me manquent. Il faut qu'ils voient que je suis vivante.

— Ils le savent. Je vous ai prise en vidéo quand vous êtes entrée et Barrons leur a montré les images.

Ryodan fit une pause, avant d'ajouter :

— Jack a insisté pour les voir.

Je jetai un regard acéré en direction de Ryodan. Avais-je bien vu un faible sourire sur son visage ? Il *aimait* mon père. Je l'avais entendu dans sa voix, lorsqu'il l'avait appelé par son prénom. Il le respectait. Un flot de joie m'envahit. Je suis toujours fière de Papa, mais quand quelqu'un comme Ryodan l'apprécie... Même si le propriétaire de Chez Chester m'insupportait, je pris cela comme un compliment.

— Dommage que vous ne soyez pas vraiment sa fille. Il est issu d'une solide lignée.

Je lui jetai un regard que j'avais appris de Barrons.

— Cela dit, personne ne sait exactement d'*où* vous venez, n'est-ce pas, Mac ?

— Ma mère biologique était Isla O'Connor, à la tête du Cercle des *sidhe-seers*, l'informai-je froidement.

— Ah oui ? J'ai effectué quelques recherches quand Barrons m'a rapporté les paroles de la femme O'Reilly, et il se trouve qu'Isla a eu un seul enfant, et non deux. Elle s'appelait Alina. Et elle est morte.

— Manifestement, vous n'avez pas fouillé assez loin, répliquai-je.

Pourtant, j'étais soudain mal à l'aise. C'était donc pour cela que Nana m'avait appelée Alina !

— Elle doit m'avoir eue plus tard. Nana l'ignorait, voilà tout.

— Isla est la seule du Cercle à avoir survécu à la nuit où le *Sinsar Dubh* a été libéré de sa prison.

— Où trouvez-vous vos informations ? demandai-je.

— Et pour elle, il n'y a pas eu de « plus tard ».

— Comment avez-vous appris cela ? Que savez-vous sur ma mère, Ryodan ?

Il tourna les yeux vers Barrons. Le regard qu'ils échangèrent était éloquent, mais je n'avais, hélas ! aucune idée de la langue qu'ils parlaient...

Je fronçai les sourcils en direction de Barrons.

— Et vous vous étonnez que je ne me confie pas à vous ? Vous ne me dites rien.

— Laisse tomber, dit Barrons à Ryodan. Je maîtrise la situation.

— Je te suggère de la maîtriser un peu mieux.

— Et moi, je te suggère d'aller te faire...

— Elle a oublié de te dire que le Livre lui avait rendu visite, l'autre nuit, chez Darroc. Il a sondé son esprit et lu dans ses pensées.

— Je pense qu'il ne voit que celles qui sont en surface, m'empressai-je de préciser. Pas toutes les autres.

— Il a tué Darroc parce qu'il a appris par elle qu'il connaissait un raccourci. Je me demande ce qu'il a découvert d'autre.

Barrons tourna brusquement la tête vers moi.

Vous ne m'en avez rien dit ?

Et vous, vous ne m'avez rien dit sur ma mère. Que savez-vous sur elle ? sur moi ?

Son regard sombre me promit des sanctions pour mon oubli.

Je lui rendis la pareille.

Je détestais cela. Barrons et moi étions ennemis. Cela me brouillait l'esprit et me blessait le cœur. Je l'avais pleuré comme si j'avais perdu la seule personne qui comptait pour moi, et voilà que nous étions de nouveau adversaires. Étions-nous condamnés à une lutte éternelle ?

L'un de nous deux va devoir faire confiance à l'autre, lui dis-je.

Honneur aux dames, Mademoiselle Lane.

C'était bien là tout le problème. Ni lui ni moi ne voulions prendre un tel risque. J'avais une liste de raisons longue comme le bras de me méfier de lui, et elles étaient des plus raisonnables. Mon père aurait pu défendre mon dossier devant la Cour suprême. Barrons n'inspirait pas la confiance. Il ne donnait même pas envie d'essayer.

Quand il gèlera en Enfer, Barrons.

Même fichue page, Mademoiselle Lane. Même fichue...

Je détournai le regard au beau milieu de sa phrase, ce qui revenait, en langage des yeux, à lui faire un bras d'honneur.

Ryodan nous observait avec attention.

— Ne vous mêlez pas de cela, l'avertis-je. C'est entre lui et moi. Tout ce qu'on vous demande, c'est de garder mes parents sains et...

— Pas évident, avec une tête brûlée comme vous.

La porte fut alors poussée à la volée et Lor entra au pas de charge, suivi de deux autres. La tension qui émanait d'eux était si forte qu'elle semblait absorber tout l'oxygène de la pièce.

Fade le suivait, portant une pile de draps et un rouleau d'adhésif.

— Tu ne croiras jamais ce qui vient d'entrer dans le club, s'écria Lor à l'attention de Ryodan. Dis-moi de me transformer. Vas-y, dis-le !

J'ouvris des yeux ronds. Lor avait donc besoin de la permission de Ryodan ? Ou s'agissait-il d'une règle de courtoisie dans son club ?

— Le *Sinsar Dubh*, c'est ça ? demanda Ryodan en décochant un regard appuyé à Barrons. Il a exploré les pensées de Mac et maintenant, il sait où nous chercher.

— Tu es fichtrement paranoïaque, Ryodan. Pourquoi voudrait-il seulement te trouver ?

— Peut-être, dit l'un des autres hommes, ferions-nous de bonnes montures pour lui, mais nous n'aimons pas être utilisés.

— Tu n'as rien appris à Mac en matière de stratégie ? bougonna Ryodan à l'attention de Barrons.

— Je n'ai pas eu tant de temps que cela, se défendit Barrons.

— Un *Seelie*. Un p… de prince, poursuivit Lor. Il y a deux centaines d'autres *Seelies* d'une dizaine de différentes castes qui attendent dehors. Ils ont déterré la hache de guerre. Ils exigent que tu fermes cet endroit et que tu cesses de nourrir les *Unseelies*.

Je sursautai.

— V'lane ?

— Vous lui avez dit de venir ! m'accusa Ryodan.

— Elle le connaît ? s'écria Lor.

— C'est *aussi* son amant, déclara Ryodan.

— En plus de Darroc ? s'indigna l'un des autres.

Lor fusilla Barrons du regard.

— Quand vas-tu retrouver la raison et mettre cette garce hors service pour de bon ?

Le niveau de testostérone ambiant avait rapidement atteint un niveau alarmant. Une soudaine inquiétude me gagna. Allaient-ils tous se métamorphoser en bêtes ? Je serais alors prise au beau milieu d'une horde de monstres grognants, armés de griffes, de crocs et de cornes, et je n'espérais pas une seule seconde que la marque de Barrons me protégerait contre les cinq autres. Je n'étais même pas certaine qu'elle me protégerait de lui…

— Vous croyez vraiment que c'est à propos des *Seelies* qu'il faut vous inquiéter ? demanda Fade.

— À propos de qui voudrais-tu que nous nous inquiétions, nom de nom ? maugréa Barrons, impatient.

Fade leva alors son arme et, avant que quiconque ait eu le temps de bouger, envoya une demi-douzaine de décharges dans Barrons.

— Moi, dit-il.

20

Une seule raison explique ce qui se passa alors : Fade avait eu Barrons par surprise. Barrons peut se déplacer à une telle vitesse que le moyen le plus facile de le tuer n'est pas de lui tirer dessus.

Il ne s'attendait pas à ce que Fade fasse feu sur lui, et celui-ci est aussi rapide que lui.

J'ignore ce que sont Barrons et les autres mais, jusqu'à preuve du contraire, je fais la supposition qu'ils sont tous de même nature. Ils sont dotés de sens extrêmement développés – l'odorat, la vue, l'audition. Barrons possède la force de dix hommes et des os d'une extraordinaire résilience. Du moins j'imagine qu'ils doivent l'être, étant donné la façon dont il se métamorphose. J'ai déjà vu Barrons sauter d'une dizaine de mètres de haut et retomber sur ses pieds avec la légèreté d'un chat.

Fade eut *tout le monde* par surprise. Il parvint également à abattre Ryodan avant que les autres se jettent sur lui pour lui prendre son arme.

Il recula contre le mur en vacillant. Je me fis la remarque que, de manière assez curieuse, il avait perdu son automatique mais tenait toujours fermement les draps.

— Qu'est-ce que tu fiches, Fade ? gronda Lor. Tu as encore oublié tes médocs ?

Fade me regarda.

— Tes parents sont à côté, susurra-t-il. Je vais détruire tout ce que tu aimes, MacKayla.

Je pris une inspiration horrifiée. Ryodan n'était pas devenu paranoïaque. Il avait vu juste. Non seulement le *Sinsar Dubh* m'avait effectivement sondée et prélevé des informations sur eux dans mes pensées, mais il s'était empressé de les mettre à profit.

Il était là. Dans la pièce. Avec moi !

Il avait appris l'existence de Chez Chester et était venu jeter un coup d'œil pour voir ce qu'il pourrait glaner.

Je n'étais sortie du réseau des Miroirs que depuis trois jours, et pour la troisième journée consécutive, il me retrouvait !

Était-ce bel et bien de ma faute s'il s'était rendu directement à l'Abbaye après avoir échoué dans ses tentatives de me localiser dans Dublin ? Étais-je indirectement responsable de la mort de tant de *sidhe-seers* cette nuit-là ? Depuis combien de temps était-il ici, passant d'une personne à l'autre, se rapprochant progressivement de moi ?

Assez longtemps pour avoir découvert que mes parents…

— Il est dans les draps ! m'écriai-je soudain. Prenez les draps !

Je regrettai mes paroles dès l'instant où je les avais prononcées. Quiconque les frôlerait serait possédé à son tour, et les autres étaient encore armés.

— Non ! hurlai-je alors. Ne touchez pas les draps !

En un éclair, Fade disparut.

Les autres le suivirent, me laissant seule.

Je me ruai vers la porte mais elle coulissa et se referma avant que j'aie pu l'atteindre. N'ayant pas la moindre idée de la façon de l'ouvrir, je palpai frénétiquement le panneau à une dizaine d'emplacements, sans résultat.

Je pivotai alors sur mes talons pour scruter l'intérieur de la pièce voisine. Si le *Sinsar Dubh* s'approchait de mes parents... Si Fade l'emportait dans cette salle... S'il les tuait...

La seule idée m'était insupportable.

Papa et Maman se tenaient debout et me regardaient, mais je savais qu'ils ne me voyaient pas. Ils avaient simplement les yeux tournés dans la direction d'où était venu le coup de feu.

Dans un sifflement, la porte s'ouvrit et se referma derrière moi.

— Il faut que je vous fasse sortir d'ici, gronda Lor.

Je fis volte-face, ma lance au poing.

— Qu'est-ce qui me dit que vous n'êtes pas le Livre ?

— Regardez-moi. Où pourrais-je le cacher ?

Son pantalon et son tee-shirt collaient à son corps musclé comme une seconde peau. Je regardai ses chaussures. C'étaient des bottes.

— Ôtez-les.

Il s'exécuta rapidement.

— Vous aussi. Enlevez votre manteau.

Je le fis glisser de mes épaules.

— La jupe aussi.

— Nous n'avons pas de temps à perdre, dis-je, impatiente. Mes parents...

— Fade a quitté le club. Ils sont en sécurité pour l'instant.

— Cela ne me suffit pas !

— Nous prendrons des précautions. Nous sommes sur nos gardes, maintenant. Il faut que quelqu'un le porte. Personne ne pénétrera dans les étages supérieurs ni dans la cellule de vos parents avec ses vêtements sur le dos.

J'arquai un sourcil. *Voilà* un détail qui n'allait pas plaire à Maman.

— J'ai dit la jupe, insista-t-il.

— Comment Fade pourrait-il m'avoir donné le Livre ?

— La possibilité est faible mais je ne prends aucun risque.

Dans un soupir, j'ouvris la fermeture Éclair et laissai tomber ma jupe. Je portais un pull près du corps et un string noir. Mes bottes soulignaient les courbes de mes jambes. Impossible de dissimuler un Livre.

— Content ?

— Pas plus que ça.

Tout en me rhabillant, je jetai un dernier coup d'œil nostalgique vers mes parents, puis je me détournai. Je posai un regard douloureux sur le corps prostré de Barrons et tressaillis violemment.

Je me trouvais auprès du cadavre de Barrons. Une fois de plus.

Je savais qu'il n'était pas réellement mort, ou du moins qu'il ne le resterait pas longtemps, mais mon chagrin était trop neuf et mes émotions trop confuses.

— Combien de temps avant qu'il…

332

Je me tus, horrifiée, tandis que ma voix s'étranglait dans un sanglot.

— Qu'est-ce que ça peut vous f...?

— Rien. Enfin, j'aimerais juste... Oh, et puis m...!

Je me retournai et frappai le mur de mes poings. Peu m'importait que mes parents entendent le sourd martèlement, ou que la paroi tremble sous mes coups. Et je me fichais bien de ce que Lor pouvait penser de moi. Je détestais que Barrons soit mort. Cela m'était insupportable. Au-delà de toute raison. Au-delà de toute compréhension.

Je frappai jusqu'à ce que Lor prenne mes poings ensanglantés pour m'éloigner.

— Combien de temps ? tonnai-je. Je veux le savoir ! Répondez-moi ou...

Il m'adressa un sourire narquois.

— Ou quoi ? Vous m'envoyez vos saletés de runes ?

Je le fusillai du regard.

— Vous vous dites donc *tout* les uns aux autres ?

— Pas tout. C'était fascinant, cette histoire de *Priya*. Je n'ai jamais eu tous les détails.

— Combien de temps ? *Répondez-moi*, ajoutai-je en faisant usage de la Voix pour le contraindre.

— Pour cette fois-ci, je ne suis pas sûr, mais pas aussi longtemps que la dernière. Et si vous essayez encore d'utiliser la Voix sur moi, poupée, je tue vos parents de mes mains.

21

— Que doit incarner un prince pour obtenir un baiser de la Saint-Valentin, MacKayla ?

Les paroles jaillirent de l'obscurité pour caresser ma peau avec sensualité, puis il me sembla qu'une centaine de minuscules flèches envoyées par Cupidon venaient me picoter. J'ai beau avoir été immunisée par la fièvre *Pri-ya*, le timbre musical et feutré de la voix de V'lane continue de me faire frissonner. Je ne me mets plus à me dévêtir lorsqu'il apparaît mais, tout au fond de moi, la fille du Sud n'a jamais cessé d'en avoir envie, surtout lorsqu'il se montre aussi joueur et séducteur.

Combien de Saint-Valentin dans ma vie se sont-elles achevées par un baiser ?

Je les compte sur deux doigts.

Et c'étaient des baisers chastes – rien d'inoubliable. Pas le genre à me faire perdre la tête.

Je me figeai, la main sur la poignée de la porte de *Barrons – Bouquins et Bibelots*. Barrons avait changé les serrures du garage et de la porte de derrière, m'obligeant à garer la Viper dans l'allée et à contourner le bâtiment pour entrer par le devant. La soirée avait été éprouvante. J'étais impatiente qu'elle se termine. Je n'avais qu'une envie – rabattre les couvertures sur ma tête et dormir d'un sommeil sans rêves.

Quelques heures plus tôt, je m'étais consolée en songeant que, même si Barrons était furieux contre moi, j'irais me coucher ce soir avec la rassurante certitude qu'il était en vie.

Bingo. Vive la Saint-Valentin !

— Je crois que les mâles humains offrent des fleurs.

Je fus soudain enveloppée d'une délicate fragrance de roses. Un bouquet apparut entre mes mains. Des pétales vinrent me chatouiller le nez. Sous mes pieds, le sol en fut soudain jonché. Luisantes de rosée, opulentes, elles embaumaient un parfum épicé, presque irréel.

J'appuyai mon front contre la porte à panneaux de bois de cerisier. À travers la vitre, je pouvais voir ma boutique saccagée.

— Êtes-vous venu pour m'accuser de trahison, vous aussi ?

Cela aurait bien été digne d'un faë, de me couvrir de cadeaux tout en me menaçant ! J'étais lasse de devoir me justifier. En voyant de nouveau le regard sans vie de Barrons, j'avais eu l'impression de revenir sur le rebord de la falaise. Je n'aurais su dire pour quelle raison je détestais autant le voir mort, puisque je savais qu'il ne l'était pas réellement. Lor m'avait assurée qu'il allait revenir, même s'il ignorait quand. Pourquoi n'avait-il pu me le dire ? Le corps de Barrons devait-il guérir ? Certaines plaies avaient-elles besoin de plus de temps que d'autres ?

Je ne parvenais pas à chasser ces images de mon esprit. À présent, j'avais *deux* visions de Barrons pour me torturer. Éventré *et* fusillé. Et comme si cela ne suffisait pas, j'étais terrifiée pour mes parents. Effrayée par la facilité avec laquelle le Livre avait infiltré les personnes les plus proches de moi. D'abord à l'Abbaye, ensuite Darroc, Barrons, et maintenant, il menaçait mon père et ma mère. Je ne pouvais plus mettre en doute la conviction de Ryodan que le Livre me cherchait. Qu'il jouait avec moi. Cependant, pourquoi ne pas me tuer et passer à autre chose ? Pensait-il réellement que j'allais, comme le disait Ryodan, changer de camp ? Avec le *Sinsar Dubh*, il n'y avait aucune logique. Parfois, il m'infligeait des migraines atroces, intolérables, et je percevais sa présence à un kilomètre de distance. D'autres fois, comme ce soir, je ne le détectais pas alors qu'il se trouvait dans la même pièce que moi.

Il tuait toutes les personnes avec qui il entrait en contact. Sauf moi. Il me faisait mal mais il me laissait toujours en vie. Pourquoi ?

J'avais demandé à Lor d'évacuer Papa et Maman de Dublin. Il n'avait même pas voulu l'envisager, arguant que personne ne lèverait un doigt sans l'autorisation de Barrons. Ces hommes avaient beau réclamer ma tête avec insistance, c'était manifestement Barrons qui avait le dernier mot sur tous les points...

Je pouvais toujours persuader V'lane de se transférer là-bas, de prendre Papa et Maman pour les emporter quelque part en sécurité, mais... Eh bien, peut-être à cause de la part *sidhe-seer* qui courait dans mes veines, je ne pouvais me résoudre à confier mes parents à un faë.

— Je ne suis pas naïf, MacKayla. Tu dupais Darroc. Ma seule question est : pourquoi ?

Un poids se souleva de mes épaules. Enfin, quelqu'un me croyait ! Il fallait que ce soit V'lane...

— Merci, dis-je simplement.

Je pivotai sur mes talons et arquai les sourcils en un regard admiratif. V'lane offre toujours un spectacle qui vaut le détour. Il avait atténué sa vibration et pris son apparence « humaine », sans vraiment réussir à amoindrir sa séduction venue d'un autre monde. Il portait un pantalon noir, des bottes et un pull en cachemire. Avec ses longs cheveux qui cascadaient sur ses épaules et sa peau veloutée dorée à l'or fin, il avait l'air d'un ange déchu.

Ce soir, il était encore plus majestueux que jamais. Je me demandai si le fait de diriger une armée lui avait donné le but qui lui manquait dans la vie, et si cet immortel blasé, animé de désirs mesquins, n'était pas en train de devenir un authentique meneur pour son peuple. Tenter de diriger la cour *seelie* allait l'occuper à plein temps. Peut-être, si Jayne et les Gardiens abattaient et enfermaient suffisamment d'entre eux, allaient-ils finir par se réveiller. Un peu de difficulté et de souffrances feraient un bien fou aux *Seelies*.

— Vous n'avez jamais douté de moi ? Même quand j'étais là, dans la rue, avec l'armée *unseelie* ?

— Je sais quelle femme tu es, MacKayla. Si tu étais faë, tu appartiendrais à ma cour.

Il m'étudia de son regard iridescent, millénaire.

— Mes semblables ne sont pas aussi clairvoyants que moi. Ils te prennent pour son alliée. Nous les ferons changer d'avis.

Un sourire étira les commissures de ses lèvres.

— À tout le moins, ton affirmation selon laquelle Barrons était mort t'a trahie. Je l'ai vu ce soir avec toi, chez Chester.

Il marqua un silence.

— J'ignore comment tu as réussi à tromper les princes *unseelies*, mais ils étaient convaincus que Barrons était décédé.

Il avait déclaré cela de façon si neutre que je faillis manquer la question – voire la menace – sous-jacente. Ses paroles étaient un gant de soie sur une volonté de fer. Malgré ses manières enjôleuses, V'lane était d'une humeur massacrante. Pourquoi ? Je savais qu'il s'était rendu chez Chester. S'était-il passé quelque chose après que Lor m'avait emmenée dehors et déposée devant la Viper ? Savait-il que le *Sinsar Dubh* s'était lui aussi trouvé chez Chester ?

— Oh, un petit tour que j'ai appris, répondis-je, évasive.

— Barrons n'est jamais mort ? A-t-il été… provisoirement neutralisé ?

V'lane et Barrons se vouaient mutuellement une haine féroce depuis que Barrons avait assassiné la princesse de V'lane, voilà très longtemps. Mue par un instinct si profond que j'ignorais d'où il venait, je mentis.

— Vous voulez rire ? Barrons ne peut pas être tué.

— J'aimerais savoir comment tu as trompé les princes *unseelies*, MacKayla.

De nouveau, de l'acier tissé dans la soie… Ce n'était pas une question, c'était un ordre.

Il me rejoignit sous l'entrée en alcôve. Aussitôt, les fragrances enivrantes de santal et de jasmin de la cour faë se mêlèrent aux senteurs délicatement épicées des pétales pourpres qu'il foulait de ses bottes. Une aura sulfureuse le nimbait.

J'inclinai la tête de côté pour l'observer. Soudain, je compris la raison de sa colère. S'il était à bout de nerfs, ce n'était pas parce qu'il croyait que j'avais réussi à tromper les princes noirs, mais parce qu'il craignait que ceux-ci aient su dès le début que Barrons n'était pas mort, et soient parvenus à le duper, *lui*.

V'lane siégeait au Haut Conseil de la reine. Il avait été choisi par sa souveraine pour déjouer les intrigues de cour et discerner la réalité des faits. Et il avait échoué. Son incapacité à détecter un mensonge – proféré par un *Unseelie*, qui plus est – l'avait ébranlé. Je comprenais cela. Il est toujours déstabilisant de s'apercevoir que l'on ne peut pas se fier à son propre jugement...

Pourtant, dans ce cas, il ne s'était pas trompé. Barrons avait vraiment été mort, et les princes *unseelies* n'avaient pas berné V'lane. Toutefois, je n'avais pas l'intention de le lui dire. Non seulement Barrons avait insisté pour que je mente à V'lane, mais il semblait que j'étais programmée par l'impératif absolu de garder le secret de Barrons.

Le connaissant, il avait sans doute tatoué cela quelque part sur ma personne...

Malgré tout, je pouvais révéler à V'lane une partie de la vérité.

— Vous vous souvenez, quand vous avez dit que j'avais seulement commencé à comprendre ce que j'étais ?

Son regard se fit plus acéré. Dans un hochement de tête, il caressa mes cheveux.

— Je suis content que tu aies retrouvé ta couleur, MacKayla. Ils sont très beaux.

Ah ? Barrons n'avait pas semblé du même avis !

— Vous aviez raison. J'ai récemment découvert un endroit en moi où j'ai certaines connaissances sans pouvoir expliquer d'où elles me viennent. J'y trouve des choses que je ne comprends pas.

Penchant la tête, il attendit.

— J'ai trouvé des runes que les princes n'aiment pas. Je m'en suis servi, en combinaison avec d'autres, pour créer l'illusion que Barrons était mort, mentis-je.

Il déchiffra mon message. Les *Unseelies* ne l'avaient pas dupé. C'était *moi* qui avais dupé les *Unseelies*. Les fines rides de contrariété s'effacèrent de son visage.

— Tu as persuadé Darroc et les princes que Barrons était mort, dans le but de faire croire à Darroc que tu recherchais sincèrement à faire alliance avec lui ?

— Exactement.

— Pourquoi ?

J'hésitai.

— MacKayla, ne pourrions-nous pas enfin nous faire confiance mutuellement ? demanda-t-il avec douceur. Que dois-je faire pour te convaincre ? Dis-moi ce que tu veux, je suis à tes ordres.

J'étais lasse de mentir et que l'on me mente. Lasse de ne pas faire confiance et que l'on ne me fasse pas confiance.

— Il connaissait un raccourci pour contrôler le *Sinsar Dubh*. C'est pour cette raison que le Livre l'a tué.

— Alors ce que nous avions entendu était vrai… murmura-t-il. Ce n'était pas le Traqueur, en définitive.

Je hochai la tête.

— Et quel est ce raccourci ?

— Il est mort sans que j'aie réussi à le lui soutirer.

Il me scruta.

— Décevoir les princes avec une telle efficacité, cela doit requérir un pouvoir immense.

Il commença à dire quelque chose, puis parut se raviser. Après quelques instants de silence, il demanda d'un ton prudent :

— Ces runes que tu as utilisées... de quelle couleur étaient-elles ?

— Pourpres.

Il se figea et me regarda comme s'il n'était pas certain de ce qu'il voyait. Cela me rendit très mal à l'aise. Puis il demanda :

— Est-ce qu'elles battaient, comme de petits cœurs humains ?

— Oui.

— Impossible !

— Voulez-vous que je les invoque tout de suite ?

— Tu le pourrais ? Aussi facilement que cela ?

Je hochai la tête.

— Cela ne sera pas nécessaire. J'ai foi en ta parole, MacKayla.

— De quoi s'agit-il ? Darroc n'a pas voulu me le dire.

— J'imagine qu'il t'a trouvée encore plus intéressante une fois qu'il les a vues. Elles représentent un pouvoir colossal, MacKayla. Ce sont des parasites. Elles se greffent sur tout ce qu'elles touchent, croissent et se répandent comme une maladie humaine.

Génial. Je me souvenais qu'elles avaient paru plus grandes dans la chambre de l'appartement de Darroc.

Avais-je, par inadvertance, libéré un nouveau maléfice *unseelie* dans le monde ?

— Utilisées avec le Chant-qui-forme, elles peuvent former une cage impénétrable, poursuivit-il. Je n'en ai jamais vu de mes yeux mais nos récits nous apprennent qu'elles ont parfois été employées par la première reine *seelie,* comme punition, et qu'elles ont fait partie des matériaux nécessaires à la construction de la prison *unseelie.*

Je sursautai.

— Comment pourrais-je savoir quoi que ce soit sur des runes qui ont servi à ériger les murs de la prison *unseelie* ?

— C'est précisément ce que j'aimerais comprendre.

Dans un soupir, je me frottai les paupières. Encore des questions... Cela commençait à saper ma raison.

— Tu es épuisée, dit-il avec douceur. En cette nuit dédiée aux amants, où aimerais-tu dormir, MacKayla ? Dans un hamac de soie suspendu entre des palmiers, bercée par une brise tropicale, avec un amant faë attentif à satisfaire tes moindres désirs ? Voudrais-tu partager l'alcôve d'un prince ? Ou préfères-tu grimper l'escalier d'un magasin en ruines pour dormir seule, dans la maison d'un homme qui ne t'a jamais fait confiance et ne le fera jamais ?

Ouch !

Il effleura ma joue, passa un doigt sous mon menton et me souleva le visage.

— Quelle jolie femme tu es devenue ! Tu n'es plus l'enfant qui est arrivée ici, voici quelques mois. Ton caractère a été trempé. Tu rayonnes de force et de détermination, de conviction et de volonté, mais possèdes-tu la sagesse ? Ou bien es-tu gouvernée par un cœur qui s'est naïvement attaché au mauvais homme ? Comme la plupart des humains, es-tu incapable de te remettre en question ? On ne peut évoluer qu'en reconnaissant ses erreurs. Ton peuple s'emploie systématiquement à justifier ses fautes, au lieu de les corriger.

— Mon cœur ne s'est attaché à personne.

— Tant mieux. Dans ce cas, il peut encore m'appartenir.

Il se pencha vers moi et m'embrassa.

Je fermai les yeux et m'abandonnai entre ses bras. C'était un agréable changement que d'être avec quelqu'un qui me croyait, répondait aux questions que je lui posais, se montrait simplement *gentil* avec moi. Et comment nier sa séduction si sensuelle ? Lorsque son nom faë se glissa souplement entre mes lèvres, léger, subtil, attendant que je l'invite à s'y établir, j'inhalai son baiser et il répondit à mon impulsion. Des consonnes que je ne serai jamais capable de prononcer, des voyelles tissées de délicats arias s'enfoncèrent dans ma langue, faisant frémir tout mon corps de plaisir charnel.

J'inspirai, et mes poumons s'emplirent du parfum du prince faë et des capiteuses fragrances des roses. Pas mal, pour un baiser de la Saint-Valentin. Pas mal du tout…

Il prit tout son temps pour me donner son nom, distillant avec lenteur et tendresse les impossibles syllabes en moi, jusqu'à ce qu'elles jaillissent et m'emportent dans un spasme de jouissance entre ses bras. Longtemps après qu'il m'eut rendu son nom, je restai dans l'entrée en alcôve de *Barrons – Bouquins et Bibelots* pour l'embrasser.

J'étais encore ivre de plaisir lorsque je gravis enfin l'escalier et me laissai tomber en travers de mon lit.

— *Man*, qu'est-ce qui s'est passé, là-dedans ?

J'appuyai mon balai contre une étagère renversée et pivotai sur moi-même. Dani se tenait dans l'encadrement de la porte ouverte de chez *Barrons – Bouquins et Bibelots*, enfournant voracement une barre protéinée. Elle fronça les sourcils en découvrant l'étendue des dégâts. Les rayons du soleil matinal entraient à l'oblique par la porte d'entrée, auréolant ses boucles rousses d'un halo de feu. Même si c'était une belle journée, presque sans vent – une bonne quinzaine de degrés alors qu'il avait neigé peu de temps auparavant – je ne parvenais pas à me réchauffer, malgré les deux poêles à gaz allumés.

— Ferme la porte, veux-tu ? demandai-je.

J'avais rêvé toute la nuit du Lieu Glacé. J'avais été systématiquement réveillée en sursaut par une frayeur ou une autre – un courant traître qui m'entraînait, une horreur sans nom qui rôdait autour de moi – mais chaque fois, le cauchemar m'avait de nouveau happée.

J'avais gravi des falaises gelées en quête de la femme belle et triste, l'appelant, certaine de la trouver au prochain détour du chemin. Et parvenue à chaque sommet, tout que je trouvais, c'étaient des dizaines de sabliers dont le fin sable noir s'écoulait rapidement vers la moitié inférieure. Je courais de l'un à l'autre en les retournant frénétiquement mais ils se vidaient de nouveau en quelques secondes.

Quelques instants avant que je m'éveille pour de bon, j'avais compris que si je ne réussissais pas à la retrouver, c'était parce que j'avais attendu trop longtemps. Le temps m'avait manqué ; il était trop tard. Elle était partie. L'espoir, tout comme les minuscules grains de sable noir qui s'écoulait, avait disparu lui aussi.

J'avais tout gâché.

Après avoir pris une douche, je m'étais habillée, oppressée par le poids de mon échec. Impatiente d'avancer, d'accomplir quelque chose, quoi que ce soit, je m'étais attaquée aux gravats qui jonchaient la boutique saccagée, armée d'un balai et de toute ma rage. J'avais travaillé pendant des heures, chassant la sciure et les échardes des tapis de Barrons, rassemblant les éclats de verre en petits tas bien nets.

Dani entra en louvoyant entre les piles et referma la porte.

— V'lane m'a dit que tu voulais me voir. Je sais pas pourquoi, mais vu que je suis pas trop débordée ce matin, je me suis dit que je pourrais faire un saut. Ça a intérêt à pas être le genre de l'autre soir, parce que la dernière fois que je t'ai croisée, tu m'as pas parlé comme une amie.

Elle se trémoussa.

— Il m'a apporté du chocolat. *Man !* Comme s'il m'avait choisie pour la Saint-Valentin. On a discuté, lui et moi. Je lui ai dit que j'aurais bientôt quatorze ans et que j'allais lui donner ma virginité, un de ces quatre.

Je poussai un soupir exaspéré. Elle lui avait vraiment dit *ça* ? Avant d'envoyer V'lane la trouver, je lui avais pourtant fait jurer de couper le volume de son érotisme fatal.

— Dès que la situation se calmera un peu, il faudra que l'on ait une bonne conversation à propos de V'lane et de ta virginité.

— J'ai un scoop, Mac. Elle est pas près de se calmer, la situation. Le monde est ce qu'il est. La vie est comme ça, maintenant.

Malgré ses airs insouciants et son ton irrévérencieux, elle avait le regard tendu. Inquiet. Elle ne mâchait pas ses mots, mais la réalité était sacrément difficile à avaler. Moi, je ne le pouvais pas.

— Les choses ne vont pas demeurer ainsi, Dani. On ne va pas rester les bras croisés.

— Qu'est-ce que tu veux qu'on fasse ? Le monde est trop grand. Et de toute façon, il est pas si pourri. Tant que tu viens pas mettre ton souk. Je croyais que toi et moi, on était comme deux sœurs et qu'il n'y en avait pas d'autre dans la famille Mega. Et voilà que tu fais semblant de t'envoyer le Haut Saigneur. Tu m'as grave gavée, sur ce coup.

Elle me jeta un regard vibrant de toutes les paroles qu'elle ne prononcerait jamais. *Tu m'as abandonnée. Tu m'as laissée toute seule. Je suis venue, alors ça a intérêt à valoir le coup.* Puis elle sortit une pomme de sa poche et mordit dedans.

La veille au soir, avant le départ de V'lane, j'avais demandé à celui-ci de trouver Dani ce matin et de lui dire que Barrons n'était pas mort, que j'avais dû jouer un rôle et que j'étais navrée de l'avoir trahie. Malgré cela, aucune justification par procuration ne pouvait remplacer des excuses de vive voix. Il fallait qu'elle les entende de ma bouche. Et j'avais besoin de les lui dire.

— Je suis désolée, Dani. Cela n'a pas été facile de te faire de la peine.

— Remets-toi, ma vieille. Même pas mal ! Je suis une dure à cuire, moi. Je me suis dit que tu avais tes ragnagnas. Tout baigne. Je voulais juste t'entendre dire que tu avais été odieuse.

— J'ai été odieuse. Et ça ne t'a peut-être pas dérangée, mais moi, ça m'a rendue folle. Tu me pardonnes ?

Elle tressaillit et me décocha un regard un peu gêné. Cette gamine précoce et surdouée n'avait été traitée que de deux façons à l'Abbaye : par l'autoritarisme ou par l'ignorance. Je doutais que personne se soit jamais donné la peine de lui présenter des excuses.

— C'est bon, tu m'as dit que tu avais été odieuse, ça suffit. On va pas se mettre à pleurnicher comme des grandes personnes, hein.

Elle contourna ce qui restait du comptoir et tenta de me décocher un sourire mais ses lèvres tremblaient.

— C'est quoi, ce bazar ? Il y a eu une tornade ici ?

— Enlève ton manteau, dis-je pour changer de sujet.

Difficile de lui répondre *Quand j'ai tué Barrons, il était tellement furieux contre moi qu'il a dévasté la librairie.*

— Ah, ouais. J'ai oublié.

Elle s'en débarrassa d'un coup d'épaules et le laissa tomber en un tas de cuir noir sur le plancher. Dessous, elle portait un jean noir ultra slim taille basse, un pull très près du corps et des baskets montantes noires. Ses yeux verts étincelaient.

— Avec le Livre qui se balade en stop en se cachant sur les gens, je suppose qu'on va tous s'habiller comme des drag-queens, hein ? En ultra-moulant, ou carrément à poil. *Man*, on va tout voir sur tout le monde. Rien que de penser à certaines de ces grosses dindes à l'Abbaye, j'ai déjà mal aux yeux. Les gros bides et les chattes moulées, beurk !

Je me mordis les lèvres pour réprimer un éclat de rire. C'était tout Dani. Pas un soupçon de tact. À l'image du monde qui l'entourait, elle était comme elle était. Délicieusement brute de décoffrage.

— Tout le monde ne possède pas ton métabolisme ultra-performant, dis-je sèchement. Je ne sais pas ce que je donnerais pour avoir le même. Je mangerais du chocolat pour le petit déjeuner, des pâtisseries à midi et des tartes au dîner.

Elle finit sa pomme et la lança sur une pile de gravats.

— Je suis impatiente de retrouver Barrons, tiens ! s'exclama-t-elle d'un ton enthousiaste. Pas toi ? Non, je suppose que tu t'en tapes. Tu l'as vu à poil pendant quoi... des mois, c'est ça ?

Il m'arrivait parfois de la trouver *insupportablement* brute de décoffrage. Je me revis soudain dans un certain sous-sol, regardant Barrons traverser la pièce, nu comme Adam, et lui dire qu'il était le plus bel homme que j'aie jamais connu.

Je me hâtai de changer de sujet.

— Comment est-ce que ça va, à l'Abbaye ? Je sais que tu l'as quittée, mais comment était la situation avant ton départ ?

Elle se rembrunit.

— Pourrie, Mac. Super pourrie. Pourquoi ? Tu as envie d'y retourner ? Je te préviens, je crois pas que ce soit une bonne idée.

Bonne ou mauvaise, je n'avais pas le choix. Si j'en croyais Nana, lorsque le *Sinsar Dubh* s'était échappé de l'Abbaye une vingtaine d'années auparavant, ma mère était la Maîtresse du Cercle. D'après Ryodan, tout le Cercle avait été assassiné cette nuit-là, à l'exception de ma mère.

Nana m'avait appelée Alina.

Toujours selon Ryodan, Alina était la seule enfant qu'Isla ait jamais eue. Non seulement Ryodan était si taciturne que toute tentative de l'interroger serait infructueuse, mais il était actuellement mort pour une durée indéterminée.

Ce qui ne me laissait que Nana, ou l'Abbaye.

La seconde était plus proche et ses occupantes n'étaient pas des centenaires ayant la manie de s'assoupir au beau milieu d'une phrase.

Même s'il ne restait plus aucune des membres du Cercle de cette époque, certaines compagnes de ma mère devaient être encore en vie, même après le récent carnage du Livre. D'autres que Rowena avaient connu Isla. Elles auraient des informations, ne fût-ce que de simples rumeurs, sur ce qui s'était passé cette nuit-là.

Et il y avait ces bibliothèques que je devais visiter. La protection que je n'avais pas réussi à franchir, celle devant laquelle même V'lane avait perdu tous ses moyens. À ce sujet, j'avais oublié de lui demander ce qu'il lui était arrivé ce jour où je l'avais invoqué à l'Abbaye. Je notai dans un coin de ma tête que c'était une question à creuser.

En outre, je jouais avec l'idée de mettre Rowena au pied du mur afin de lui extorquer la vérité. Je me demandais si le pouvoir de coercition mentale dont

Darroc la croyait dotée était d'un niveau équivalent à celui que j'avais récemment découvert sous mon crâne. L'un des points qui me retenait de faire l'essai était le risque de brûler les ponts derrière moi. Pire, de mettre le feu au sol sous mes pieds, et ceux de toutes les *sidheseers*. Que celles-ci soient ou non d'accord avec les décisions de Rowena, elles étaient, pour la plupart d'entre elles, d'une loyauté absolue envers leur supérieure. Une autre de mes réserves était que j'ignorais la provenance de ce pouvoir, et que j'étais réticente à l'idée de révéler quoi que ce soit que la Grande Maîtresse pourrait utiliser contre moi. Et que se passerait-il si les runes que je détenais s'avéraient être une sorte de parasites capables d'infliger encore plus de ravages à notre monde ?

Cela dit, j'avais à ma disposition une autre arme que je pouvais utiliser. Maintenant que j'avais acquis une certaine habileté dans l'usage de la Voix, je pourrais facilement prétendre que j'avais appris cet art druidique auprès de Barrons.

— Il me faut des réponses, Dani. Viens-tu avec moi ?

— Ro va péter un câble si elle nous prend, m'avertit-elle.

Ses yeux brillaient, et elle était dans un tel état d'excitation que sa silhouette commençait à se brouiller.

Je souris. J'adorais cette gamine. Nous étions réconciliées. Un nouveau poids venait d'être soulevé de ma poitrine.

— Oh, elle va nous prendre, c'est certain. J'ai l'intention d'avoir une petite discussion avec la vieille.

Et si les choses tournaient mal, je m'interdirais toute démonstration de pouvoir et demanderais à Dani de nous « zapper » loin de là. Ou j'appellerais V'lane.

— Alors, repris-je, tu en es ?

— Tu veux rire ? Pas question de rater le spectacle !

22

Dani nous avait transportées en mode « super-vitesse », mais il fallut moins de trois minutes aux *sidhe-seers* pour nous trouver.

Ro devait avoir placé de nouvelles protections destinées à détecter notre présence et à l'avertir si nous nous introduisions dans l'Abbaye. Je me demandai comment elle avait fait, si c'était une sorte de magie, et s'il fallait employer des cheveux, du sang ou des rognures d'ongles... Je n'imaginais que trop facilement la vieille femme penchée au-dessus d'un chaudron bouillonnant, en train d'y laisser tomber ses ingrédients et de remuer la potion dans un ricanement de délectation.

Quelle que soit la façon dont elle s'y était prise, un groupe de *sidhe-seers* mené par Kat nous intercepta au croisement de deux couloirs, alors que nous n'étions pas à mi-chemin de la Bibliothèque interdite où j'étais entrée par effraction lors de ma dernière visite. J'avais chargé un groupe de la fouiller tandis que je tentais de contourner une gardienne holographique qui se tenait dans ce qui apparaissait comme une énième voie sans issue de l'Abbaye.

Tout comme nous, elles portaient des vêtements près du corps sous lesquels aucun Livre ne pouvait se dissimuler. Je présumais qu'entre la présence des Ombres et la visite du *Sinsar Dubh*, l'atmosphère devait être relativement tendue à l'Abbaye.

— Qu'y a-t-il dans ce sac ? demanda Kat.

J'ouvris la poche de courses en plastique translucide que j'avais apportée pour leur montrer qu'elle ne contenait aucun Livre. Une fois qu'elles eurent l'assurance que je ne cachais rien, elles en vinrent directement aux faits.

— La Grande Maîtresse a affirmé que tu étais morte, déclara Jo.

— Puis elle a dit que tu ne l'étais pas, mais que nous devions considérer que tu l'étais, parce que tu étais du côté du Haut Seigneur, comme Alina, rectifia Clare d'un ton accusateur.

— Seulement, tu n'es pas du tout la sœur d'Alina, n'est-ce pas ? interrogea Mary.

— Après notre visite chez Nana O'Reilly, expliqua Kat, j'ai discuté avec Rowena. Elle m'a confirmé ce que nous avait dit Nana au sujet du fait que la Maîtresse du Cercle était une O'Connor, mais elle a ajouté qu'Isla était morte quelques nuits après l'évasion du Livre et qu'Alina était probablement décédée elle aussi, bien que son corps n'ait jamais été retrouvé. Quoi qu'il en soit, Alina était sa seule enfant. Par conséquent, qui es-tu, Mac ?

Des dizaines de *sidhe-seers* me regardèrent, guettant ma réaction.

— Elle est pas obligée de vous répondre, bougonna Dani. Bande de moutons, vous voyez même pas ce qui est sous vos yeux !

— Oh, mais si, riposta Kat. Nous voyons une *sidhe-seer* qui n'est pas supposée exister. Et cela nous inquiète, ce qui est normal. Sans parler de toi, qui es si résolue à prendre sa défense. Pourquoi fais-tu donc cela ?

Dani pinça les lèvres en une fine ligne et croisa ses bras maigres sur son torse. Puis, tapant du pied, elle leva les yeux au plafond.

— Je disais juste que ce n'est pas parce que vous ne comprenez pas quelque chose, ou que vous ne l'aimez pas, qu'elle est forcément mauvaise. C'est comme de croire que les gens plus intelligents ou plus rapides que vous sont dangereux, juste parce qu'ils ont plus de cervelle que vous, ou qu'ils courent plus vite. C'est pas juste. On est comme on est.

— Nous sommes là, et nous aimerions bien comprendre, dit Kat en posant calmement sur moi son regard gris. Aide-nous, Mac.

— Est-ce vrai ? demandai-je à brûle-pourpoint. La télépathie émotionnelle est vraiment ton don *sidhe-seer* ?

Soudain mal à l'aise, Kat rajusta sa chemise et lissa ses cheveux.

— Où as-tu entendu cela ?

Je sortis les notes de Darroc de mon sac en plastique, fit un pas en avant et les lui tendis, mais elle allait devoir venir jusqu'à moi pour les prendre.

Je n'avais pas apporté tout ce que j'avais mis dans mon sac à dos, mais seulement de quoi prouver ma bonne foi. Je me fichais éperdument de ce que Rowena pouvait bien penser de moi. En revanche, j'avais besoin d'être avec les *sidhe-seers*. Une partie de moi haïssait cette Abbaye, où Rowena contrôlait étroitement le pouvoir des *sidhe-seers* mais ne parvenait pas à assumer ses propres responsabilités, qui étaient plus importantes encore. Une autre partie de moi voulait tout de même appartenir à cet endroit. Ma tendance à la bipolarité se manifestait de nouveau.

— J'ai trouvé ceci lorsque je me suis *infiltrée...*

J'insistai sur le mot, avant de poursuivre :

— ... auprès de Darroc. J'ai fouillé son appartement. Il avait des notes sur toutes sortes de choses, y compris des *Unseelies* dont nous n'avons jamais entendu parler. Il m'a semblé que vous aimeriez les ajouter à vos archives. Elles seront utiles quand vous croiserez de nouvelles castes. J'ignore comment il s'est procuré ces informations sur ce qui se passe entre ces murs, mais il devait avoir une taupe dans la place. Peut-être est-ce toujours le cas.

Dani m'avait appris que quelqu'un avait saboté les protections à l'extérieur de ma cellule à l'époque où j'étais *Pri-ya.*

— Cela vous intéressera peut-être de savoir que d'après lui, le don de Rowena est la coercition mentale, ajoutai-je en appuyant sur mes mots.

— Qu'est-ce qui nous dit que ces papiers ne sont pas des faux que tu as fabriqués toi-même ? demanda Mary.

— Croyez ce que vous voulez. Je suis lasse de devoir me justifier.

— Tu n'as pas répondu à ma question, dit Kat. Qui es-tu, Mac ?

Je soutins son regard gris infiniment serein. Kat était la seule à qui je faisais confiance pour avoir suffisamment de clairvoyance pour prendre les bonnes décisions. Cette brune svelte était plus coriace qu'elle n'en avait l'air, elle avait du bon sens, elle restait calme dans les moments de stress. J'espérais qu'un jour, elle remplacerait Rowena comme Grande Maîtresse de l'Abbaye. Le poste ne requérait pas la *sidhe-seer* la plus puissante, comme c'était le cas du Cercle, mais la plus sage. Une femme dotée d'une vision et de buts à long terme. Kat possédait une aura de force tranquille, un ego des plus modestes, un esprit vif et un cœur solide. Sur tous les points, elle avait mon suffrage.

Si elle était effectivement dotée d'empathie, elle percevrait ma sincérité puisque je lui disais tout ce que je savais.

— J'ignore qui je suis, Kat. J'étais vraiment persuadée d'être la sœur d'Alina. Je ne suis toujours pas convaincue que ce n'est pas le cas. Nana a dit que je ressemblais à Isla. Suffisamment, à ce qu'il semble, pour que j'aie l'air de ce que serait devenue, une fois adulte, l'Alina qu'elle avait vue enfant. Cependant, comme toi, j'ai entendu dire qu'Isla n'avait pas eu de second enfant. Si cela te pose un problème, imagine ce que c'est pour moi.

Je lui adressai un sourire amer.

— D'abord, je découvre que j'ai été adoptée. Ensuite, que je n'existe pas. Et j'ai encore mieux pour toi, Kat. D'après les notes de Darroc, celui-ci connaissait l'origine des *sidhe-seers*. Il semblerait que…

Trois sifflements stridents déchirèrent l'air, captant toute l'attention des *sidhe-seers*.

— Suffit ! rugit Rowena en traversant l'assemblée, vêtue d'une tenue bleu roi près du corps, ses longs cheveux blancs tressés en une couronne impériale autour de son crâne. Elle portait des perles aux oreilles et à la gorge, ainsi que d'autres, plus petites, sur la chaînette attachée à ses lunettes.

— C'est assez ! Emparez-vous de la traîtresse et suivez-moi. Quant à toi, Danielle Megan O'Malley, si tu t'imagines une seule seconde que tu vas pouvoir l'emporter à toute vitesse, réfléchis-y à deux fois. Et sois très, *très* prudente, Danielle.

Puis, se tournant vers Kat, elle ajouta :

— J'ai donné un ordre. Exécution !

Kat regarda Rowena.

— Dit-elle vrai ? Votre don est-il celui de la coercition mentale ?

Les sourcils de Rowena se rapprochèrent au-dessus de son nez fin et pointu. Ses yeux bleus lancèrent des éclairs.

— Préférerais-tu croire aux prétendues affirmations d'un ex-faë plutôt qu'à ce que je t'ai dit ? *Och !* Et moi qui te croyais sage, Kat ! Peut-être la plus avisée de toutes mes filles. Jamais tu ne m'as déçue. Tu ne vas pas commencer maintenant ?

— Mon don est effectivement celui de la télépathie émotionnelle, dit Kat. Sur ce point, elle a raison.

— Les meilleurs bonimenteurs savent relever leurs mensonges d'une touche de vérité pour assaisonner leurs paroles d'un parfum plus crédible. Je n'ai pas forcé mes enfants à quoi que ce soit. Je ne le ferai jamais.

— Il me semble que le temps est venu de dire toute la vérité, Grande Maîtresse, intervint Jo. Il ne reste plus que trois cent cinquante-huit des nôtres. Nous en avons assez de voir tomber nos sœurs.

— Nous avons perdu plus que nos sœurs, renchérit Mary. Nous avons perdu l'espoir.

357

— Je suis d'accord, dit Clare.

— Moi aussi, murmurèrent Josie et les autres.

Kat hocha la tête.

— Dis-nous quelle est l'hypothèse de Darroc sur les origines de notre ordre, Mac.

Rowena me fusilla du regard.

— Je te l'interdis !

En détectant soudain une subtile poussée contre mon esprit, je me demandai si elle en avait fait usage sur moi chaque fois que nous nous étions croisées, depuis le soir où nous avions fait connaissance. Au demeurant, cela ne constituait plus une menace pour moi, désormais. J'avais appris à résister à la Voix. La pression qu'elle exerçait sur moi n'était rien à côté de cette expérience. Avec Barrons, je m'étais retrouvée à quatre pattes, je m'étais infligé des coupures. J'avais eu le pire des professeurs.

Ignorant Rowena, je me tournai vers les *sidhe-seers*.

— Darroc pensait que ce n'était pas la reine *seelie* qui avait apporté le *Sinsar Dubh* à l'Abbaye pour qu'il y soit conservé, voilà bien longtemps...

Rowena secoua la tête.

— Ne fais pas cela. Elles ont besoin d'avoir confiance. Il ne nous reste plus grand-chose d'autre. Il ne t'appartient pas de leur enlever cela. Et tu n'as aucune preuve à l'appui de ses allégations.

Tandis qu'elle tentait de m'intimider, je sentis que la légère pression s'accentuait.

— Vous saviez, déclarai-je. Vous avez toujours su. Et, comme sur tant d'autres sujets, vous ne leur avez jamais rien dit.

— Si tu crois que le germe du mal est en toi, il te dévorera.

Elle scruta mon visage avant d'ajouter :

— *Och !* Tu dois sûrement comprendre cela, toi.

— Je pourrais vous répondre que si vous croyez que le germe du mal est en vous, vous avez la possibilité de le contrôler, rétorquai-je.

— Je pourrais te répondre que l'ignorance apporte la sécurité.

— La sécurité est une barrière, et les barrières sont bonnes pour les moutons. Je préfère mourir à vingt-deux ans en connaissant la vérité que vivre centenaire dans une prison de mensonges.

— Tu as l'air bien sûre de toi. Si tes certitudes étaient soumises à l'épreuve des faits, je me demande ce que tu choisirais.

— L'illusion ne remplace pas la vraie vie, répondis-je.

— Ne touche pas à leur histoire, elle est sacrée.

— Et si elle ne l'était pas tant que cela ?

— Dis-nous ! demanda Clare. Nous avons le droit de savoir !

Rowena détourna la tête et m'observa de côté, pleine de mépris, comme si j'étais trop répugnante pour être regardée en face.

— J'ai su dès le premier instant où je t'ai vue que tu tenterais de nous détruire, *MacKayla...* ou qui que tu sois. J'aurais dû te faire abattre à cette époque.

Kat prit une brusque inspiration.

— C'est une personne, pas un animal, Rowena. Nous n'abattons pas les gens.

— Ouais, Ro, renchérit Dani. On n'est pas des brutes.

Je me tournai vers Dani. Elle regardait Rowena, les yeux froncés, brillants de haine. Oh, oui, il était plus que temps que la vérité éclate entre ces murs, qu'elle nous plaise ou non ! Peut-être Darroc se trompait-il, peut-être ses notes n'étaient-elles que pures conjectures, mais nous ne pouvions pas examiner des faits que nous refusions d'affronter. Et les soupçons non exprimés ont une désagréable propension à croître. J'en savais quelque chose. Il y en avait un qui grandissait à une vitesse exponentielle sous mon crâne, dans mon cœur, en cet instant même.

— Un point pour Rowena, admis-je. J'ignore si Darroc avait raison ou tort. Cela dit, vous devez savoir que Barrons est du même avis que lui.

— Parle ! demanda Kat.

Je pris une profonde inspiration. Je savais combien tout ceci m'avait choquée, moi qui n'avais pas été endoctrinée depuis l'enfance par le credo *sidhe-seer*. J'avais de nouveau parcouru les feuillets de Darroc avant de les apporter. Un peu plus loin sur ces pages, il l'avait écrit, non pas en hypothèse précédée d'un alinéa mais comme un fait établi : *Le roi unseelie a créé les sidhe-seers.*

— Darroc croyait que c'est le souverain *unseelie* lui-même qui a capturé le *Sinsar Dubh* et construit une prison pour l'enfermer, ici, dans notre monde. Il pensait que le roi avait également créé ses geôliers.

Après une hésitation, je précisai d'un ton grave :

— Les *sidhe-seers*. Selon Darroc, c'est la dernière caste que le Roi noir a créée.

On aurait pu entendre une aiguille tomber sur le sol. Personne ne dit mot. Personne ne bougea.

À présent que c'était dit, je me tournai vers Rowena. Elle savait ce que j'avais besoin de savoir, je n'en doutais pas un instant.

— Dites-nous ce qu'affirme la Prophétie, Rowena.

Elle se détourna en reniflant.

— Nous pouvons faire ceci de la manière douce, ou de la manière forte.

— Foutaises, ma petite ! Nous ne ferons rien du tout !

— *Dites-nous ce qu'affirme la Prophétie, Rowena*, répétai-je, en utilisant cette fois la Voix pour la contraindre.

L'écho de mes paroles rebondit contre les murs de pierre de l'Abbaye et revint vers moi. Les *sidhe-seers* s'agitèrent et se mirent à murmurer.

Les yeux sortant de leurs orbites, les poings sur les hanches, Rowena se mit à cracher des mots dans une langue que je ne comprenais pas.

Je m'apprêtais à lui ordonner de s'exprimer normalement lorsque Kat, après s'être éclairci la voix, s'approcha de moi. Son visage était pâle mais c'est d'un ton calme et résolu qu'elle déclara :

— Ne fais pas ceci, Mac. Tu n'as pas besoin de la forcer. Nous avons trouvé le livre contenant les Prophéties dans la Bibliothèque interdite que tu as ouverte. Nous pouvons te dire tout ce que tu as besoin de savoir.

Elle tendit la main vers la liasse que je tenais.

— Je peux ?

Je la lui donnai.

Elle sonda mon regard.

— Crois-tu que Darroc a dit vrai ?

— Je l'ignore. Je pourrais questionner Rowena avec la Voix pour voir ce qu'elle sait. Je pourrais l'interroger en profondeur.

Kat regarda de nouveau Rowena, qui était toujours en train de parler.

— C'est du vieil irlandais gaélique, m'expliqua-t-elle. Il nous a fallu du temps mais nous l'avons traduit. Viens avec nous. Mais fais-la taire, veux-tu ?

Elle frissonna.

— Ce n'est pas bien, Mac. C'est comme ce que tu as fait à Nana. Nous devons garder notre libre arbitre.

— Tu peux encore dire cela après qu'elle a sans doute utilisé son don de coercition sur vous toutes pendant des années ?

— Son pouvoir est sans commune mesure avec le tien. Il y a la séduction, et il y a le viol. Certaines d'entre nous la soupçonnaient de posséder... d'irréfutables capacités de commandement. Cela dit, elle a pris des décisions sages et justes.

— Elle vous ment, répliquai-je.

Kat était nettement plus bienveillante que moi !

— Elle ne dit pas tout. La différence est subtile, mais elle est importante, Mac. Elle avait raison, à propos de la confiance. Si on nous avait dit quand nous étions enfants que nous étions peut-être des *Unseelies*, nous aurions sans doute pris un tout autre chemin. Libère-la. C'est moi qui te le demande.

Je dévisageai Kat un long moment, intriguée. Possédait-elle, outre son don de télépathie, une sorte de baume émotionnel qu'elle pouvait appliquer à volonté ? Tandis que je la regardais dans les yeux, ma colère contre Rowena parut s'atténuer. Et je pus déceler un fond de vérité dans ses paroles. Alina et Christian avaient parlé de « mensonges nécessaires ». J'étais perplexe. Si quelqu'un m'avait dit lorsque j'avais, disons, neuf ou dix ans, que j'étais *unseelie*, aurais-je pensé que j'étais vouée au mal, sans jamais essayer de faire le bien ? Me serais-je dit : *À quoi bon* ?

Je poussai un soupir. La vie était si compliquée !

— *Oubliez la Prophétie, Rowena,* ordonnai-je.

Aussitôt, elle cessa de parler.

Kat arqua un sourcil d'un air amusé.

— Est-ce vraiment ce que tu veux qu'elle fasse ?

Je tressaillis.

— *Ne l'oubliez pas ! Arrêtez-vous seulement de la réciter !*

Trop tard. Je lui avais ordonné par la Voix de l'oublier, et je pouvais voir à l'expression méprisante de la vieille femme que chaque mot de la Prophétie venait d'être effacé de son esprit.

— Tu es un danger pour nous toutes, dit-elle, hautaine.

Je passai mes mains dans mes cheveux. La Voix était une arme à double tranchant.

— Mes filles te parleront de la Prophétie que ton inaptitude aux arts druidiques m'a fait oublier. Elles le feront de leur propre gré, sans y être forcées, mais tu consentiras à mes conditions. Tu travailles avec notre ordre, et avec personne d'autre. Si je me souviens des grandes lignes, nous savons de quoi nous avons besoin. Tu rassembleras ce qu'il faut et nous ferons le reste, à l'aide de…

Elle se tut en se frottant le front.

— … des cinq druides et des pierres, acheva Kat.

— Vous avez trouvé la Prophétie et elle nous dit vraiment ce que nous devons faire ? m'exclamai-je.

Kat hocha la tête.

— Je veux la voir.

Nous nous rassemblâmes dans la Bibliothèque interdite. Blasée par le luxe de chez *Barrons – Bouquins et Bibelots*, je n'avais guère été impressionnée par cette petite salle aveugle la première fois que je l'avais vue. Des dizaines de lampes étaient disposées sur le pourtour des murs de pierre, baignant la pièce basse de plafond d'une douce lueur ambrée, assez vive pour tenir les Ombres à l'écart mais suffisamment tamisée pour limiter le risque d'endommager les anciennes pages fanées.

À présent, songeai-je en la parcourant du regard, elle exerçait sur moi un autre effet que lors de ma première visite. En mon absence, les *sidhe-seers* avaient mis de l'ordre dans le bric-à-brac poussiéreux, sorti les vieux grimoires de leurs malles, installé des bibliothèques et réorganisé l'espace pour faciliter l'accès aux ouvrages et leur catalogage.

J'aime les livres, je les ai dans la peau. Je fis quelques pas sur le sol de pierre, m'arrêtant ici ou là pour passer mes mains au-dessus de fragiles reliures que je rêvais de toucher, mais que je n'osais prendre le risque d'abîmer.

— Nous recopions et mettons tout à jour, me dit Kat. Pendant des millénaires, seul le Cercle a eu le droit de consulter ces récits et ces rapports. Encore quelques siècles, et la plupart d'entre eux ne seront plus que de la poussière.

Elle adressa à Rowena un regard de reproche bienveillant.

— Certains d'entre eux le sont déjà.

— *Och !* Si tu portes un jour le sceptre dont j'ai la charge, Katrina, grommela Rowena d'un ton sévère, tu finiras par comprendre les limites d'une vie humaine et la difficulté d'effectuer les choix qui s'imposent.

— La Prophétie, dis-je, impatiente.

Kat nous dirigea vers une grande table ovale. Nous écartâmes les chaises et nous assemblâmes autour.

— Nous l'avons traduite de notre mieux.

— Certains mots ne sont pas du vieil irlandais gaélique, déclara Jo, mais semblent avoir été inventés par un autodidacte.

— Jo est notre traductrice, expliqua Dani avec un mélange à parts égales de fierté et de dédain. Elle croit que rat de bibliothèque, c'est trop stylé, p... !

— Ton langage ! glapit Rowena.

Je la regardai, interdite. Elle en était encore là ? Pour ma part, j'étais vaccinée contre ce mot, qui ne me semblait même plus un juron.

— C'est pas votre problème. Vous me commandez pas, dit Dani en décochant à Rowena un regard furieux.

— *Och !* Es-tu donc si heureuse, toute seule, Danielle O'Malley ? Ta pauvre maman se retournerait dans sa tombe si elle savait que sa petite fille a fugué de l'Abbaye, s'est alliée à un prince faë et à d'autres de la même engeance, et n'obéit plus à personne alors qu'elle n'a que treize printemps.

— Épargnez-moi vos salades sur la jeunesse et tout ça, grommela Dani. Et d'abord, j'aurai bientôt quatorze *printemps*.

Elle lança à la ronde des regards radieux.

— Le 20 février, n'oubliez pas. J'adore le gâteau au chocolat. Sans glaçage. Et je déteste les fruits dans les gâteaux. Je veux du chocolat au chocolat. Plus y en aura, mieux ce sera !

— Si vous n'êtes pas capables de vous tenir tranquilles, toutes les deux, sortez d'ici ! m'impatientai-je.

À ma grande surprise, le livre que Kat ouvrit était petit et mince, avec une reliure de cuir d'un brun terne fermée par un cordon de cuir usé.

— Moreena Bean a vécu dans ces murs il y a un peu plus de mille ans.

— Une *sidhe-seer* ayant le don de clairvoyance ? demandai-je.

Kat secoua la tête.

— Non. La blanchisseuse de l'abbesse. On l'appelait Morry la Folle à cause de ses déclarations délirantes et on la ridiculisait parce qu'elle s'obstinait à répéter que les rêves sont aussi réels que les événements que nous vivons. Morry la Folle croyait que la vie n'est pas formée de passé ou de présent, mais de possibles. Elle considérait que chaque instant était une nouvelle pierre jetée dans un *loch*, créant des vagues que les « révérées parmi les femmes » qu'elle servait étaient trop bornées pour voir. Elle affirmait pouvoir contempler le *loch* dans son entier, et jusqu'à la plus petite pierre. Elle disait qu'elle n'était pas folle, simplement dépassée par ce qui lui arrivait.

Kat esquissa un léger sourire.

— La plupart de ses écrits n'ont absolument aucun sens. S'ils se sont réalisés, nous ne pouvons pas les relier aux événements actuels, ni comprendre ses indications. Et si tout ce qu'elle a noté dans ces pages est censé se dérouler de façon chronologique, nous ne sommes qu'au commencement de ses prédictions. À une petite vingtaine de pages du début, elle parle de l'évasion du *Sinsar Dubh*.

— Elle l'appelle vraiment ainsi ?

— Là-dedans, rien n'est jamais aussi clair. Elle parle d'un grand mal qui sommeille sous l'Abbaye et qui s'en échappera avec l'aide de « l'une de l'anneau le plus élevé ».

— Une simple lavandière connaissait l'existence du Cercle ?

— Elle aura épié ses supérieures, sans aucun doute ! marmonna Rowena.

Je levai les yeux au plafond.

— Vous ne seriez pas un peu élitiste, par hasard ?

Kat arracha d'un bloc de papier pour correspondance un feuillet sur lequel Jo avait inscrit à la hâte une traduction, et me le tendit.

— Il y a pas mal de bavardage avant qu'elle en arrive au fait, me dit Jo. C'était une femme de l'an mille, qui n'a jamais vu une voiture, un avion, un téléphone portable ou un tremblement de terre, et qui ne possédait donc pas le vocabulaire pour décrire les choses. Elle dit tout le temps « aux jours de… » pour essayer de définir la date des événements. Je me suis attachée à ne traduire que ce qui relevait du *Sinsar Dubh* lui-même. Je travaille toujours sur le reste de ses prédictions, mais cela prend du temps.

Je parcourus le feuillet, impatiente d'y trouver la preuve de mon rôle héroïque… ou du moins, de n'y trouver aucune trace d'un rôle de traîtresse.

La Bête brisera ses chaînes et ravagera la Terre. Elle ne peut être détruite. Elle ne peut être blessée. Tel un arbre malsain, elle émettra de nouvelles feuilles. Elle doit être tissée. (Emmurée ? Enfermée ?) Issues des plus puissantes lignées, deux viendront : si l'une meurt jeune, l'autre espère la mort et la recherche. Les joyaux des falaises glacées déposés à l'est, à l'ouest, au nord et au sud fondront les trois visages en un. Cinq de la barrière secrète chanteront quand les joyaux seront déposés, et l'un épuré par le feu (brûlé sur le bûcher ?) la renverra là d'où elle s'est échappée. Si celui qui est habité... possédé (pas sûre du mot... transformé ?) la scelle au cœur des ténèbres, elle sommeillera avec un œil ouvert.

— *Man*, ça craint ! Qui peut écrire ce genre de conneries ? s'exclama Dani par-dessus mon épaule.

Jo émit un petit reniflement.

— J'ai fait de mon mieux, mais cette femme n'écrit jamais un seul mot deux fois de la même façon.

— Ça l'aurait tuée de se montrer un peu plus précise ? grommela Dani.

— Elle pensait sans doute qu'elle *était* précise, dis-je.

Les nuances du langage changent en permanence, surtout dans les dialectes et patois. J'ajoutai :

— Franchement, Dani, qui sera capable de traduire « *Man*, ça craint ! » dans un millier d'années ?

Ce n'était pas seulement le langage qui compliquait la situation. Communiquer un rêve aux autres est quelque chose de difficile. J'avais été si déstabilisée par mes rêves du Lieu Glacé, quand j'étais petite, que j'avais fini par dire à Papa que je faisais souvent le même cauchemar. Il m'avait encouragée à l'écrire puis, ensemble, nous avions essayé de comprendre ce qu'il signifiait.

Le rationnel et pragmatique Jack Lane considérait le cerveau comme un super-ordinateur, et les songes comme la méthode utilisée par l'esprit conscient pour enregistrer et conserver dans le subconscient les événements de la journée, archiver les souvenirs, classer les apprentissages. Il pensait aussi que si un rêve revenait régulièrement, cela voulait dire que notre pensée, ou notre cœur, rencontrait des difficultés pour traiter une question précise.

Il avait suggéré que mon cauchemar reflétait la peur de perdre sa mère, bien naturelle pour un enfant, mais même âgée de dix ans seulement, je n'avais pas été convaincue par cette explication. À présent, je me demandais si Papa avait secrètement craint que ce rêve récurrent n'ait un rapport avec la mère biologique que j'avais perdue, et que, peut-être, je n'aie été enfermée dans un endroit où j'avais eu froid, et que je n'aie assisté à son décès.

C'était aussi ce que j'avais cru jusqu'à ma récente expérience dans la Maison blanche avec la concubine et le roi, lorsque j'avais compris qu'elle était la femme de mon cauchemar. Sans parler de mon dernier rêve, où le simple fait de la voir mourir m'avait donné l'impression que c'était *moi* qui agonisais. À présent, une tout autre hypothèse me taraudait…

Quoi qu'il en soit, lorsque j'avais tenté de coucher sur le papier mon cauchemar du Lieu Glacé, il avait montré une troublante ressemblance avec cette Prophétie : il était vague, onirique et effroyablement confus.

— Cela dit, nous pensons avoir résolu la question, dit Jo. Le mot « Keltar » signifie Manteau magique. Les MacKeltar, du clan des Keltar, étaient des druides au service des Tuatha Dé Danann il y a des milliers d'années, lorsque les faës vivaient parmi nous. Quand le Pacte a été négocié et que les faës se sont retirés de notre monde, ils ont confié aux Keltar la charge d'honorer le contrat et de protéger le savoir ancien.

— Or, nous avons appris qu'il y a cinq druides actuellement en vie, dit Mary.

— Dageus, Drustan, Cian, Christian et Christopher, reprit Jo. Nous leur avons déjà envoyé un message pour leur demander de nous rejoindre ici.

Hélas, Christian ne serait pas au rendez-vous !

— Tu as affirmé que tu savais où étaient les pierres, dit Kat.

Je hochai la tête.

— Par conséquent, tout ce qu'il faut, c'est que tu nous dises où est le Livre, que l'un des Keltar s'en empare et l'apporte ici, que les quatre pierres soient disposées autour, et que les cinq druides l'enterrent de nouveau, avec les chants de pouvoir qu'ils connaissent. Apparemment, il y en a un parmi eux qui saura ce qu'il convient de faire à la fin. J'ai parlé à l'épouse de l'un d'entre eux et elle a paru comprendre ce que signifiait « Celui qui est inhabité ou possédé ».

— L'enterrer de nouveau... mais où ? demandai-je en couvant Rowena d'un regard attentif.

À ce qu'il semblait, mon seul rôle dans toute cette affaire se résumerait à retrouver le Livre. Depuis le début, j'avais cru que je devrais tout faire toute seule, mais ma participation s'avérait vraiment minime. Et rien de ce qui me concernait, dans la Prophétie, n'était de mauvais augure. Il y était seulement dit qu'Alina pouvait mourir et que je n'aurais plus envie de vivre.

Pour moi, cela était déjà du passé. Un poids énorme se souleva de mes épaules. Il y avait cinq autres personnes pour porter le fardeau avec moi. Je dus presque me retenir de ne pas frapper l'air de mon poing en hurlant *Yes !!!*

— Là où il était auparavant, dit-elle froidement.

— C'est-à-dire ?

— Au fond du couloir où Dani a dit que tu n'as pas pu passer, répondit Jo.

D'un regard, la Grande Maîtresse lui fit signe de se taire.

— Pouvez-vous passer malgré la femme qui le garde ? demandai-je à Rowena.

— Ne te mêle pas de mes affaires, ma fille. J'accomplirai ma part. Contente-toi de faire la tienne.

— V'lane n'a pas pu passer, lançai-je au hasard, sans savoir pourquoi.

— Aucun faë ne le peut.

Ses paroles vibraient de mépris. Je compris qu'elle y était pour quelque chose.

— Qui est la femme qui garde ce couloir ?

C'est Jo qui me répondit.

— La dernière dirigeante connue du Cercle.

L'actuel Cercle, sous les ordres de Rowena, était entouré d'un secret absolu.

— Tu veux dire… ma mère ?

— Isla n'était pas ta mère ! dit Rowena d'un ton sec. Elle n'a eu qu'une seule enfant.

— Dans ce cas, qui suis-je ?

— Précisément.

En un seul mot, elle venait de m'accuser, de me juger et de me condamner.

— La Prophétie affirme que nous sommes deux. L'une meurt jeune, l'autre espère la mort.

Si j'avais été seule avec elle, j'ignorais jusqu'où je serais allée pour lui arracher des réponses, mais j'avais une certitude : quand tout aurait été fini, je n'aurais pas été fière de moi.

— Apparemment, une lingère a mangé du poisson avarié, a fait des cauchemars à cause d'une mauvaise digestion et s'est prise pour une prophétesse. Le mot est *lignées*. Au pluriel.

— Son orthographe est particulière, renchérit Jo. Il y avait des lettres en trop dans de nombreux mots.

— Vous devrez neutraliser ces protections en particulier, dis-je froidement.

— Aucun faë ne doit être présent lorsque nous enfermerons l'abomination !

— V'lane refusera de me donner la pierre, répliquai-je. Il est impossible qu'il se contente de nous la confier sans contrepartie.

— Ouvre les cuisses à un autre faë et fais ce qu'il faut pour qu'il te la procure, dit-elle platement. Ensuite, tu nous les remettras. Tu n'as nul besoin d'assister au rituel.

Les joues me brûlèrent, et cela me mit hors de moi. Cette vieille pie avait le don de me rendre folle de rage. Je me demandai si ma mère – *Isla*, m'empressai-je de rectifier – avait éprouvé les mêmes sentiments. J'avais été ivre de joie en découvrant l'identité de ma mère biologique, mais maintenant que tout le monde me répétait qu'elle n'avait eu qu'une seule enfant, j'avais l'impression d'avoir perdu une maman en plus d'une sœur. Jamais de ma vie je ne m'étais sentie aussi seule.

— Allez vous faire foutre, la vieille ! grondai-je.

— Vas-y toi-même, rétorqua-t-elle. Et tâche de ramener la pierre.

— Que m'avez-vous dit, un jour ? Attendez, ça me revient.

Puis, utilisant la Voix en y mettant tout mon pouvoir, j'ajoutai :

— *Fermez votre clapet, Rowena.*

— Mac ! m'avertit Kat.

— Elle a le droit de m'insulter mais moi, je ne peux pas lui dire de se taire ?

— Si, tu peux, mais à condition que vous soyez à égalité, et sans agir de façon compulsive. Si tu fais usage de tels pouvoirs sans réel besoin, tu cours le risque de perdre ce qui te rend humaine. Tu as le sang chaud, et le cœur aussi. Tu dois les calmer tous les deux.

— *Vous êtes autorisée à parler, Rowena.*

Dans la bouche de Barrons, la Voix n'avait jamais eu d'inflexions aussi arrogantes.

— Ta loyauté doit aller en priorité à nous, les *sidheseers*, dit-elle aussitôt.

— Voulez-vous que les murs soient reconstruits, Rowena ? l'interrogeai-je.

— *Och*, et comment !

— Alors les *Seelies* doivent être impliqués. Une fois que le Livre sera de nouveau enterré, la reine aura besoin de venir y chercher le Chant-qui-for…

— Le Chant-qui-forme est dans le *Sinsar Dubh* ? s'exclama-t-elle.

— La reine croit qu'il en contient des extraits, à partir desquels elle pourrait recréer le Chant dans son entier.

— Es-tu si certaine que c'est ce que tu veux ?

— Vous n'avez pas envie que les *Unseelies* soient remis en prison ?

— *Aye*, bien entendu, mais ils ont été privés du Chant-qui-forme bien avant que nous les rencontrions. Si les faës retrouvent cette ancienne mélodie, leur pouvoir sera de nouveau sans limites. As-tu seulement idée de ce qu'a pu être cette époque ? Es-tu certaine que la race humaine y survivrait ?

Je la regardai, muette de stupeur. J'avais été tellement obnubilée par l'urgence de renvoyer les *Unseelies* dans leur cage et les *Seelies* dans leur cour que je n'avais pas examiné avec attention les possibles conséquences de la restitution du Chant-qui-forme aux faës. Cela dut se lire sur mon visage car Rowena dit, d'un ton radouci :

— *Och*. Alors tu n'es pas complètement stupide.

Je la fusillai du regard.

— J'ai été débordée. Et j'ai appris la Voix assez vite, non ? Cela dit, nous avons des problèmes plus immédiats à régler. Je connais Christian MacKeltar. Il a disparu. Il est enfermé dans les Miroirs depuis Halloween. Nous ne pourrons rien faire tant que nous ne l'aurons pas retrouvé.

— Dans les Miroirs ? s'écria Kat. On ne peut pas y entrer ! Personne ne le peut !

— J'y suis allée moi-même, il n'y a pas longtemps. C'est possible.

Rowena me parcourut d'un regard curieux.

— Tu t'es rendue dans les Miroirs ?

— J'ai été dans le Hall de Tous les Jours, répondis-je.

Je fus surprise de discerner une pointe de fierté dans ma voix. Enfin, je m'autorisai à poser la question qui me hantait depuis que j'avais appris qu'il existait deux Prophéties, et que dans l'une d'entre elles, j'étais supposée mener le monde à sa fin. Parlait-elle vraiment de moi ? Ou était-elle aussi vague que la première ?

— J'ai entendu dire qu'il y avait une seconde Prophétie. Où est-elle ?

Kat et Jo échangèrent des regards gênés.

— La lavandière continue jusqu'à la dernière page son délire sur le nombre de pierres qu'il y a à jeter dans un *loch* à n'importe quel moment donné, et sur le fait que certaines sont plus probables que d'autres, dit Jo. Elle prétend avoir rêvé de ces pierres par douzaines, mais que seules deux semblent probables. La première peut nous sauver. La seconde risque plus probablement de nous perdre.

J'acquiesçai d'un coup de menton impatient.

— Je sais. Alors, quelle est la seconde Prophétie ?

Kat me tendit le mince volume.

— Tourne la page.

— Je ne sais pas lire le vieil irlandais gaélique.

— Tourne-la.

Je m'exécutai. Comme l'encre qu'elle utilisait avait traversé les feuillets de vélin qui constituaient le cahier peu épais, Morry la Folle n'avait écrit que sur un côté. La page suivante manquait. Des lambeaux de parchemin et des fils déchirés dépassaient de la reliure.

— Quelqu'un l'a arrachée ? m'exclamai-je, incrédule.

— Il y a un bon moment. Ceci est l'un des premiers ouvrages que nous avons catalogués après que tu as éliminé les protections qui bloquaient l'accès à la Bibliothèque. Nous l'avons trouvé ouvert, sur une table, et il manquait cette page ainsi que d'autres. Nous soupçonnons que le responsable est celui qui a détruit les protections qui gardaient ta cellule quand tu étais *Pri-ya*, dit Kat.

— Il y a une traîtresse dans l'Abbaye, ajouta Jo. Soit elle traduit aussi bien que moi, soit elle a pris des pages au hasard.

— Quelqu'un capable de défaire mes protections et de s'introduire dans cette Bibliothèque, conclut Rowena d'un ton grave, ne peut être qu'une des personnes de confiance de mon Cercle.

23

Je garai la Viper derrière la librairie et laissai mon regard errer sur ce qui avait été autrefois la plus vaste Zone fantôme de la ville – une réserve grouillante d'Ombres, avec en particulier un colossal ectoplasme aux appétits féroces, qui semblait prendre autant de plaisir à me menacer que j'en éprouvais à le provoquer.

Je me demandais où il était, à présent. J'espérais que j'aurais l'opportunité de le retrouver et d'essayer sur lui certaines de mes runes nouvellement découvertes afin de le détruire une bonne fois pour toutes. Si j'en jugeais à sa taille phénoménale avant qu'il s'échappe, la nuit où l'électricité avait sauté à Dublin, il devait à présent être capable de ne faire qu'une seule bouchée d'une ville de petite taille.

Je posai les yeux sur le garage. Puis je regardai la librairie. Et je poussai un soupir.

Il me manquait. De manière assez ironique, à présent que je me demandais avec obsession qui j'étais, ou ce que j'étais, j'étais moins impatiente de savoir qui il était, ou ce qu'il était. Je commençais à comprendre pourquoi il avait toujours insisté pour que je le juge sur ses actes. Et si les *sidhe-seers* étaient effectivement *unseelies* ? Cela nous rendait-il mauvaises par nature ? Ou cela signifiait-il simplement que, comme le reste de l'humanité, nous devions choisir entre le bien et le mal ?

Je sortis de la voiture, la verrouillai et me dirigeai vers la librairie.

— Barrons vous autorise à conduire sa Viper ? demanda Lor derrière moi.

La main sur la poignée de la porte, je me retournai en faisant danser le porte-clefs au bout de mon doigt.

— C'est mon butin. Les neuf dixièmes légaux.

Les coins de sa bouche s'étirèrent.

— Vous avez passé trop de temps avec lui.

— Où est Fade ? L'avez-vous rattrapé ?

— Le Livre l'a laissé pour mort.

— Et *lui*, quand pensez-vous qu'il sera de retour ? demandai-je d'un ton suave.

— Au rapport. Qu'avez-vous appris à l'Abbaye ?

— Vous croyez que je vais vous rendre des comptes, maintenant ?

— Jusqu'à ce que Barrons revienne et vous reprenne en main.

— C'est ce que vous pensez ? Qu'il me contrôle ?

Une vague de colère monta en moi.

— Vous feriez mieux de l'espérer, parce que si ce n'est pas le cas, nous vous éliminons.

Il avait formulé sa menace d'une voix détachée, dénuée de toute émotion. C'était glaçant.

— Nous n'existons pas, reprit-il. Cela a toujours été comme ça. Ce sera toujours comme ça. Si quelqu'un découvre qui nous sommes, nous le tuons. N'y voyez rien de personnel.

— Eh bien, vous m'excuserez si je prends les choses de façon *extrêmement* personnelle quand vous essaierez de me tuer.

— Ce n'est pas à l'ordre du jour. Pour l'instant. Au rapport !

J'émis un petit reniflement moqueur et me tournai vers l'entrée de la librairie.

Aussitôt, il fut derrière moi, sa main sur la mienne, sur la poignée de la porte, son visage dans mes cheveux, ses lèvres contre mon oreille. Il prit une inspiration.

— Vous n'avez pas la même odeur que les autres, Mac. Je me demande pourquoi. Je ne suis pas comme Barrons. Ryodan est carrément civilisé. Je n'ai pas les mêmes problèmes que Kasteo, et Fade est encore en train de s'amuser. Moi, ma tasse de thé, c'est de tuer. J'adore le sang, et le bruit des os qui craquent. Ça m'excite. Dites-moi ce que vous avez appris au sujet de la Prophétie et la prochaine fois, apportez-moi le manuscrit de la voyante. Si vous voulez que vos parents restent… intacts, vous ne coopérerez qu'avec nous. Vous mentirez à tous les autres. Nous vous possédons. Ne m'obligez pas à vous donner une leçon. Il y a des choses qui peuvent vous briser. Vous n'imaginez pas la folie que peuvent déclencher certains supplices.

Je pivotai sur mes talons pour lui faire face. Pendant quelques instants, il résista, m'obligeant à le repousser et à me débattre pour pouvoir bouger. Son corps était aussi électrique que ceux de Barrons et de Ryodan. Et je savais qu'il adorait cela, très probablement à un niveau charnel primitif que je ne pouvais même pas imaginer.

Il y a des choses qui peuvent vous briser, avait-il dit. Je faillis éclater de rire. S'il avait su que ce qui m'avait complètement anéantie, c'était d'avoir cru Barrons mort !

Un regard sur Lor me convainquit d'attendre le retour de Barrons pour avoir une querelle avec lui.

— Vous pensez que Barrons a un faible pour moi, dis-je. Et cela vous inquiète.

— C'est interdit.

— Il me méprise. Il croit que j'ai couché avec Darroc, vous vous souvenez ?

— Cela l'a mis en colère.

— Cela l'a aussi mis en colère que je brûle son tapis. Il est capable d'être assez pénible à propos de ce qu'il considère comme sa propriété personnelle.

— Vous commencez à me taper sur les nerfs, tous les deux. La Prophétie. J'écoute.

Il m'interrogea pendant presque une demi-heure avant d'être satisfait. Rompue de fatigue, je montai enfin dans ma chambre, au troisième étage. La pièce était dans un désordre effroyable. Il y avait des emballages de barres protéinées, des bouteilles d'eau vides et des vêtements partout. Je me lavai le visage, brossai mes dents et enfilai un pyjama. J'étais sur le point de me mettre au lit lorsque je me souvins de la carte de tarot que le type aux yeux rêveurs m'avait donnée la veille au soir.

Je fouillai dans la poche de mon manteau et l'en sortis. Le dos était noir, couvert de symboles et de runes argentés qui ressemblaient beaucoup aux gravures que j'avais aperçues sur l'un des trois aspects du *Sinsar Dubh* – celui d'un grimoire ancien aux lourdes ferrures.

Je la retournai. En haut, était inscrit : LE MONDE.

C'était une superbe lame, au cadre pourpre et noir. Une femme se tenait de profil contre un paysage blanc teinté de bleu à l'atmosphère glaciale et hostile. Sur le fond étoilé du ciel, une planète effectuait sa rotation devant elle, mais elle regardait ailleurs – non pas vers la sphère céleste mais au loin. Ou observait-elle quelqu'un qui n'apparaissait pas sur la carte ? Je n'avais aucune idée de ce que signifiait LE MONDE dans un jeu de tarot. Jamais on ne m'avait tiré les cartes. Mac 1.0 considérait que la divination de l'avenir par le tarot était aussi ridicule que tenter de contacter un défunt à l'aide d'une planche *Ouija*. Mac 5.0 accueillait avec joie toutes les aides qu'elle pouvait trouver, quelle que soit leur provenance. J'étudiai la lame. Pourquoi le type aux yeux rêveurs me l'avait-il laissée ? Qu'était-elle censée m'apprendre ? Que j'avais besoin de regarder autour de moi ? Que, distraite par d'autres choses ou d'autres personnes, je manquais de discernement ? Que j'étais effectivement celle qui tenait entre ses mains le destin du monde ?

Quelle que soit la façon dont je l'observais, la carte impliquait de bien trop lourdes responsabilités. La Prophétie avait clairement établi que ma participation n'était pas très importante. Je glissai la carte entre les pages du livre sur ma table de nuit, me couchai et tirai les couvertures sur ma tête.

Une fois de plus, je rêvai de la femme belle et triste. Une fois de plus, j'éprouvai une étrange sensation de dualité – je voyais à la fois par ses yeux et par les miens, je ressentais son chagrin et ma confusion. *Viens, dépêche-toi. Il faut que tu saches.*

Une impression d'urgence me saisit.

Tu es la seule à pouvoir. Il n'y a aucune autre... Ses paroles résonnèrent contre la falaise, s'affaiblissant à chaque écho. *Essayer de... depuis si longtemps... si difficile...*

Puis un prince *unseelie* apparut derrière elle (nous). Ce n'était pas l'un des trois que je connaissais – l'un des trois qui m'avaient violée. C'était le quatrième. Celui que je n'avais jamais vu.

Avec cette inexplicable certitude des rêves, je sus qu'il était la Guerre.

Cours ! cria-t-elle. *Cache-toi !*

J'en étais incapable. Mes pieds étaient vissés au sol, mes yeux vrillés sur lui. Il était bien plus beau que les autres princes *unseelies*, et bien plus effrayant. Comme les autres, il ne me regardait pas : il regardait *en moi*, me donnant l'impression que deux rasoirs s'insinuaient dans mes espoirs et mes craintes les plus secrets. Je savais que la spécialité de la Guerre n'était pas simplement de tourner des factions, des races ou des nations les unes contre les autres, mais de détecter des contradictions à l'intérieur d'un individu et de les faire s'affronter.

Il était le *Trickster*[1] absolu, le destructeur.

Et je compris que ce n'était pas la Mort qu'il fallait craindre. C'était la Guerre qui anéantissait les vies. La

---

1. *Trickster* : dans un certain nombre de mythologies, on trouve un dieu *trickster* dont la spécialité est de duper les autres dieux ou les humains. Cette figure se retrouve dans la carte du joker des jeux de carte, ainsi que dans la lame de tarot LE FOU, également appelée Arcane sans nombre car elle agit en dehors de toute logique. *(N.d.T.)*

Mort n'était que l'ultime coup de balai, le portier, l'acte final.

Un torque noir ondulait également au cou de La Guerre, mais des fils d'argent s'y mêlaient. Des couleurs kaléidoscopiques couraient aussi sous sa peau, mais un halo doré le nimbait et dans son dos, j'aperçus la brillance de plumes noires. La Guerre était ailée.

Tu arrives trop tard, me dit-il.

24

Le lendemain matin, je fus réveillée en sursaut par un son inhabituel. Je m'assis et regardai autour de moi. Je dus entendre le bruit à deux nouvelles reprises avant de comprendre de quoi il s'agissait. Quelqu'un lançait des pierres contre ma fenêtre.

Je me frottai les yeux en m'étirant.

— J'arrive, grommelai-je en repoussant les couvertures.

Ce ne pouvait être que Dani. Puisque les antennes relais des téléphones portables n'avaient pas été remises en service et qu'il n'y avait pas de sonnette au magasin, c'était sa seule façon d'attirer mon attention, à part entrer par effraction.

J'écartai le rideau et regardai dans l'allée.

V'lane était étendu sur le capot de la Viper de Barrons, le dos contre le pare-brise. La voiture n'était pas censée m'appartenir (quoi que… cela restait à voir), mais je vérifiai en hâte que V'lane ne portait aucun bouton de métal ni élément abrasif susceptible de rayer la carrosserie. J'adore les voitures de sport. Toute cette puissance me ravit. Il y avait fort à parier, décidai-je, que la serviette en éponge blanche négligemment nouée à la taille du prince faë ne risquait pas d'abîmer quoi que ce soit. Son corps parfait semblait poudré à l'or fin et ses yeux étincelaient comme des rayons de soleil sur des diamants.

Je soulevai la fenêtre à guillotine. Un air glacial s'engouffra dans la chambre. La température avait chuté et des nuages bas étaient arrivés. Il faisait de nouveau froid et gris sur Dublin.

Il leva un gobelet de chez Starbuck.

— Bonjour, MacKayla. Je t'ai apporté du café.

Je regardai la tasse avec un mélange de méfiance et de nostalgie.

— Vous avez trouvé un Starbuck ouvert ?

— Je me suis transféré à New York. J'ai moulu les grains et l'ai préparé moi-même. J'ai même... comment dis-tu ? fait mousser le lait.

Il me tendit des paquets.

— Faux sucre ? Cassonade ?

L'eau me vint à la bouche. Du sucre roux et de la caféine au lever. À part le sexe, je ne connaissais rien de mieux.

— Barrons zone dans le coin ? demanda-t-il.

Je secouai la tête.

— Il est où ?

— Occupé pour la journée, mentis-je.

— Tu as des plans, pour aujourd'hui ?

Je fronçai les sourcils. V'lane ne parlait pas comme d'habitude. En temps normal, il s'exprimait de façon assez formelle. Aujourd'hui, il semblait presque... humain. Je regardai sa serviette en me demandant si un Livre pouvait être dissimulé dessous. C'était possible.

— Pourriez-vous échanger ce drap de bain contre quelque chose comme... disons, un caleçon près du corps ?

Soudain, il fut nu.

C'était officiel, il n'y avait pas de Livre !

— Remettez votre serviette, m'empressai-je de demander. Pourquoi parlez-vous comme ça ?

— Tu as remarqué ? Je m'efforce de m'inspirer de l'exemple humain, MacKayla. J'espérais que tu me trouverais plus séduisant. Comment est-ce que je me débrouille ? Non, attends. J'essaie de maîtriser votre art des contractions. Comment 'st-ce que je me d'brouille ?

Il était toujours nu.

— La serviette. Tout de suite. Et vous avez mal placé vos contractions. « Est-ce que » devient « est-c'que ». « Je me débrouille » ne devient pas « je me d'brouille ». Sinon, c'est très bien. À part que dans votre bouche, ça ne sonne pas très naturel.

Il me décocha un sourire ravageur.

— Tu m'aimes comme le prince que je suis. C'est de bon augure. Je suis venu pour t'emmener passer la journée à la plage. Mer tropicale et rivages nacrés. Palmiers et cocotiers. Sable et soleil. Viens.

Il me tendit la main. Ce n'était pas la seule partie de son anatomie qui se tournait dans ma direction.

Je suis entourée de toutes parts d'hommes furieusement séduisants !

— La serviette, insistai-je.

Je me mordis la lèvre. Je ne devais pas. Je n'avais pas le droit. J'avais le poids du monde sur les épaules. Il y avait même une carte de tarot pour le prouver.

— Je ne sais pas pourquoi tu n'aimes pas me voir nu. Moi, j'aime te voir nue.

— Voulez-vous que je vous accompagne à la plage, oui ou non ?

Ses yeux iridescents scintillèrent.

— Tu acceptes mon invitation. Je le lis dans ton regard. Il vient de prendre un éclat langoureux. Je trouve cela très excitant.

— Pas sur une plage de Faëry, précisai-je. Pas d'illusion. Pouvez-vous nous emmener dans un endroit comme Rio, dans le monde des humains, où ne passent que des heures terrestres ?

— Tes désirs sont des ordres, MacKayla. Nous partirons pendant un nombre d'heures terrestres bien précis, selon tes indications.

J'étais prise à mon propre piège. Impossible de dire non.

— Et je veux bien ce café maintenant.

Je tendis la main par la fenêtre, m'attendant à ce qu'il le fasse flotter dans les airs jusqu'à moi, ou quelque chose comme cela.

— Je ne peux pas te faire ce plaisir. Les protections du paranoïaque sont toujours actives. Elles m'obligent à rester à plusieurs pas de l'immeuble.

— Mais pas de sa voiture, dis-je en luttant contre un sourire.

Barrons deviendrait fou s'il apprenait que V'lane avait touché sa Viper. Et s'il découvrait qu'il s'était vautré nu sur le capot ? Il en ferait une rupture d'anévrisme !

— Je dois me retenir pour ne pas imprimer mon nom dans la peinture. J'ai peur que tu doives descendre pour avoir ton café. Dépêche-toi, il est chaud.

Je me brossai rapidement les cheveux, m'aspergeai le visage d'eau, enfilai un short, un débardeur et des tongs. Dix minutes plus tard, j'étais à Rio.

Je ne peux pas me trouver sur une plage sans penser à Alina. Je me dis régulièrement que, quand tout ceci sera terminé, je demanderai à V'lane de me donner encore une fois une illusion d'elle, et que nous passerons une journée à jouer au volley et à écouter de la musique en buvant de la Corona au citron vert. Je lui dirai au revoir une fois pour toutes. Je laisserai partir ma douleur et ma colère, je rangerai précieusement les merveilleux moments passés ensemble dans un sanctuaire de mon âme et j'accepterai de vivre sans elle.

Si Barrons était mort pour de bon et qu'assez de temps avait passé, aurais-je finalement accepté de vivre sans lui ? J'avais peur de ne jamais en être capable.

Je tournai mon attention vers le prince *seelie* qui marchait à mes côtés. J'étais heureuse qu'il soit venu me chercher ce matin. S'il ne l'avait pas fait, je l'aurais appelé à l'aide de l'aiguillon sensuel qui me perçait la langue. Mes rêves de la nuit dernière m'avaient profondément déstabilisée. J'avais des questions dont il était sans doute le seul à posséder les réponses.

Nous fîmes quelques pas sur le rivage poudré pour rejoindre deux transats tendus de soie installés sur le sable blanc, tout près de la bruine saline de la mer. Mes vêtements disparurent, avant d'être remplacés par un bikini string rose fuchsia. Une chaînette dorée ornée de pierres scintillantes me ceignait la taille. La plage était déserte. J'ignorais s'il ne restait plus personne, ou si V'lane avait chassé tout le monde pour être seul avec moi.

— Encore une chaînette de taille ?

Il semblait vouer une passion à ce bijou !

— Quand je te prendrai par-derrière, je m'en servirai pour t'attirer plus près de moi et entrer plus profondément en toi.

Je faillis répondre, et renonçai. C'était moi qui avais eu la sottise de poser la question.

— Et chaque fois que tu la verras briller, toute dorée dans le soleil, tu imagineras que je te fais l'amour.

Je m'affalai dans la chaise longue et rejetai la tête en arrière en regardant les oiseaux qui volaient au-dessus de nous. Le doux murmure de la mer apaisait mon âme.

— Une casquette de base-ball et des lunettes de soleil, s'il vous plaît.

Il se pencha vers moi et me vissa un couvre-chef sur le crâne avant de me déposer des lunettes sur le nez. Je le regardai. Il était de nouveau nu, sa serviette roulée sur son entrejambe.

— Je me suis aperçu que cela brûlait, expliqua-t-il. C'est très déplaisant.

— Votre peau est-elle réelle ?

Il ôta le drap de bain.

— Touche-la.

Comme je ne bougeais pas, il reprit :

— Je regrette que tu sois insensible à mon charme. Séduire une humaine telle que toi pourrait prendre une éternité. Oui, MacKayla, dans cet aspect, ma peau est tout aussi réelle que la tienne.

Un cocktail apparut dans ma main – un mélange crémeux d'ananas, noix de coco et rhum aux épices.

— Parlez-moi de Cruce, dis-je.

— Pourquoi ?

— Il m'intéresse.

— Pourquoi ? répéta-t-il.

— Il semble différent des autres princes *unseelies*. Ses semblables n'ont pas de nom. Pourquoi Cruce en avait-il un ? La première fois que je vous ai rencontré, vous m'avez offert le bracelet de Cruce. Pourquoi l'appelle-t-on comme cela ? Comment Cruce a-t-il appris à maudire les Miroirs ? J'ai l'impression qu'il y a bien plus à raconter sur lui que sur les autres princes.

V'lane poussa un soupir en une parfaite imitation humaine.

— Un jour, c'est de moi que tu auras envie de parler. Tu auras tout autant d'interrogations sur *mon* existence et ma place dans l'histoire des faës. Elle est majestueuse, bien plus que celle de Cruce. C'est un prince immature. J'ai bien plus à offrir.

Je tapotai impatiemment des doigts.

Il fit courir sa main le long de mon bras, avant d'enlacer mes doigts avec les siens. Sa main chaude et solide était comme celle de n'importe quel homme bien réel. Aujourd'hui, il était franchement humain.

— Je t'en ai déjà dit bien plus au sujet de l'histoire faë qu'aucun humain n'en a jamais su.

— Et pourtant, je n'en connais encore que les grandes lignes. Vous dites que vous voulez que je vous voie comme un homme, que je vous fasse confiance, mais la confiance naît du partage des connaissances, de l'établissement d'un socle commun.

— Si certains des miens découvraient tout que ce je t'ai dit…

— Je prends le risque. Et vous ?

Il laissa son regard dériver vers la mer, comme s'il cherchait la réponse dans les vagues turquoise. Finalement, il répondit :

— À ta guise, MacKayla, mais tu ne dois jamais révéler tes connaissances à un autre faë.

— Je comprends.

— Une fois le Roi Noir satisfait des améliorations qu'il avait apportées à ses premières expériences imparfaites qui s'étaient conclues par la création des castes inférieures *unseelies*, il entreprit de reproduire la hiérarchie *seelie*. Il créa quatre maisons royales, obscures contreparties des lignées royales *seelies*. Celle de Cruce est la dernière qu'il fit. Cruce lui-même est l'ultime *Unseelie* qu'il a mis au monde. À l'époque où le roi commença à travailler sur la quatrième maison royale, il avait acquis une véritable virtuosité dans l'art de faire naître sa progéniture à demi-vivante, même sans le Chant-qui-forme. Bien que, avec leur chevelure aile de corbeau, leurs torques noirs et leurs mélodies envoûtantes, ses créatures n'aient jamais pu passer pour des *Seelies*, ils étaient capables de rivaliser de beauté, d'érotisme et de majesté avec les faës de plus haut rang de la Cour de Lumière. Certains affirment que le roi en resta à Cruce parce qu'il savait que s'il créait encore un seul de ses « enfants » – un peu comme dans vos mythologies – le fils tuerait le père pour usurper son trône.

Je hochai la tête en me souvenant de l'histoire d'Œdipe, que j'avais apprise au lycée.

— Au commencement, le roi adora Cruce et partagea volontiers son savoir avec lui. Il trouvait en lui un compagnon de valeur, qui collaborait avec lui pour l'aider à rendre faë sa chère concubine. Cruce était habile, il apprenait vite et mettait au point toutes sortes d'inventions. Le bracelet fut l'une de ses premières réalisations. Il l'avait fait pour que le roi puisse l'offrir à sa concubine, afin que chaque fois qu'elle désirerait sa présence, elle n'ait qu'à toucher le bracelet en pensant à lui pour le faire venir. Le bijou la protégeait aussi de certaines menaces. Le roi était ravi de ce cadeau. Ensemble, Cruce et lui forgèrent plusieurs amulettes destinées à permettre à la concubine de créer des illusions. Le roi fabriqua seul la toute dernière qu'il offrit à sa bien-aimée. Certains affirment que celle-ci pouvait tromper n'importe qui avec des chimères tissées grâce à cette amulette, même le roi. Ce dernier ouvrit à Cruce ses recherches, ses librairies, ses laboratoires.

— D'accord, mais comment vous êtes-vous procuré le bracelet de Cruce ?

— C'est ma souveraine qui me l'a offert.

— D'où le tenait-elle ?

— Je suppose qu'il fut pris à Cruce lorsque celui-ci fut tué, puis qu'il fut transmis d'une reine à l'autre, afin d'être protégé.

— Donc, alors que le roi avait partagé avec Cruce toutes ses connaissances, le prince décida de le doubler et de lui voler sa concubine ? demandai-je, incapable de chasser de ma voix une note de désapprobation.

— Qui te l'a dit ?

J'hésitai.

— La confiance doit être réciproque, MacKayla, me gronda-t-il.

— J'ai vu Christian dans les Miroirs. Il m'a dit qu'il avait appris que Cruce détestait le roi, convoitait sa concubine et avait maudit les Miroirs pour séparer le premier de la seconde. Il m'a aussi dit que Cruce envisageait de s'emparer de la bien-aimée du roi et de tous les mondes à l'intérieur du réseau des Miroirs. V'lane secoua la tête, faisant scintiller sa chevelure fauve dans le soleil.

— Ce n'est pas aussi simple. Les choses le sont rarement. Pour utiliser un terme humain, Cruce aimait son roi par-dessus tout. Le créateur des *Unseelies* est un être d'une perfection insoutenable. S'il est vraiment faë, il est de la plus ancienne, de la plus pure lignée qui ait jamais existé. Certains affirment qu'il est le Père de Tout. D'autres, qu'il avait déjà survécu à des centaines de souveraines avant celle qu'il assassina. Il peut prendre des formes qui sont au-delà de toute compréhension, même celle des faës. On l'a décrit comme doté d'énormes ailes noires capables d'encercler toute la cour *unseelie*. S'il devait tenter de prendre une forme humaine, il lui faudrait occuper plusieurs corps et se diviser en multiples fragments. Il est trop vaste pour être contenu dans un seul véhicule physique.

Je frémis de nouveau. J'avais entrevu ces ailes dans la Maison blanche. J'avais perçu la réaction qu'elles inspiraient à la concubine et, par empathie, j'avais partagé la fascination de celle-ci pour leur caresse duveteuse sur sa peau.

— Je croyais que la reine était la plus puissante de votre peuple ?

— Ma souveraine est l'héritière de la magie des nôtres. C'est une chose différente. Cette magie n'a jamais accepté un mâle de la Vraie Race, bien que...

— Bien que ?

De sous ses paupières mi-closes, il me jeta un regard en biais.

— Je t'en ai déjà beaucoup trop dit.

Il poussa un soupir.

— Et cela me plaît beaucoup trop. Voilà bien longtemps que je n'ai pas rencontré une personne digne d'entendre mes confidences. Une ancienne légende affirme que, s'il ne restait aucune prétendante pour le trône matriarcal, il y aurait de fortes chances pour que la magie se transfère vers le mâle dominant de notre race. Certains disent que nos gouvernants sont comme votre tête de Janus, votre yin et votre yang. Le roi est la force de notre peuple ; la reine, sa sagesse. La force est issue de la puissance brute. La sagesse naît du véritable pouvoir. En harmonie, le roi et la reine règnent sur une cour unie. S'ils s'affrontent, nous sommes tous en guerre. C'est le cas depuis le jour où le roi tua la reine.

— Bon, mais il y a eu d'autres souveraines. Le roi ne pouvait-il pas faire la paix ?

— Il n'a pas essayé. Une fois de plus, il a abandonné sa progéniture. Après avoir découvert qu'il avait tué sa concubine, il a fait par son acte de rédemption ce qu'il avait juré de ne jamais faire. Il a déversé tout son ténébreux savoir dans les pages d'un grimoire ensorcelé, créant ainsi par inadvertance le plus puissant de ses « enfants ». Puis il a disparu. Parmi les *Seelies* comme chez les *Unseelies*, la rumeur court que depuis, il tente – comme vous le diriez, vous autres humains, d'un cheval boiteux – de l'abattre. Le Traqueur qui a décapité Darroc était supposé être la monture du roi depuis des centaines de milliers d'années. Il le transportait d'un monde à l'autre dans la quête de vengeance de ce dernier. Le roi, comme n'importe quel faë, n'aime rien tant que sa propre existence. Aussi longtemps que le Livre sera en liberté, il ne connaîtra aucun repos. Je soupçonne que le *Sinsar Dubh* a trouvé très drôle d'emprunter la monture du roi. Je suppose également que si le roi n'utilise plus ce Traqueur, et que ce dernier est ici, dans ta cité, alors le roi s'y trouve aussi.

Je sursautai.

— Vous voulez dire, à Dublin ?

V'lane hocha la tête.

— Sous sa forme humaine ?

— Qui sait ? Il est impossible de prédire les actions d'un tel être.

Il lui faudrait occuper plusieurs corps. Je songeai à Barrons et à ses huit compagnons. Puis je rejetai cette idée en secouant la tête.

— Revenons à Cruce, m'empressai-je de dire.

— Pourquoi cette fascination pour lui ?

— J'essaie de comprendre la chronologie. Donc, le roi faisait confiance à Cruce, travaillait avec lui, lui dispensait son savoir, et Cruce l'a trahi. Pour quelle raison ?

V'lane fronça les sourcils tandis que ses narines frémissaient de dédain.

— La passion du roi pour sa concubine était anormale. Aux yeux de notre race, c'était une aberration. Les humains choisissent la monogamie parce qu'ils n'ont qu'un bref laps de temps à se supporter mutuellement. Vous naissez sous l'ombre de la mort. Cela vous fait désirer des liens qui ne sont pas naturels. Nous ne passons pas plus d'un siècle, peut-être deux, avec un partenaire. Nous buvons au Chaudron. Nous changeons. Nous continuons notre vie. Pas le roi.

— À propos, comment savez-vous tout ceci ?

— Nous avons des scribes, des récits écrits. En tant que membre du Haut Conseil de la reine, il est de mon devoir de consigner notre passé, dans les occasions où elle proclame un édit. Elle insiste pour que je sois capable de réciter n'importe quel passage à n'importe quel moment.

— Donc, le roi était fidèle et cela ne plaît pas aux fées.

Il me jeta un regard noir.

— Passe mille ans avec quelqu'un et dis-moi que ce n'est pas anormal – ou à tout le moins, lassant.

— Manifestement, ce n'était pas l'avis du roi.

J'aimais le roi pour cela. J'aimais l'idée d'un amour vrai. Peut-être, je dis bien peut-être, certaines personnes ont-elles la chance de trouver leur moitié, celui ou celle qui les complétera, comme une tête de Janus.

— Le roi était devenu un danger pour ses propres enfants. Sa cour commençait à jaser. On décida de le mettre à l'épreuve. Cruce séduirait le roi et le détournerait de son obsession pour la concubine pour lui faire abandonner sa passion monomaniaque pour la mortelle.

— Le roi est bissexuel ?

V'lane me jeta un regard d'incompréhension.

— Je croyais que les faës étaient sexuellement orientés masculin-féminin.

— Ah ! Tu veux dire, qui baise qui ? Et tu veux savoir si nous sommes… comment dis-tu, *monosexuels* ?

— Hétérosexuels.

Dans la bouche de V'lane, le mot « baise », prononcé de sa voix musicale si sensuelle, était un préliminaire à lui tout seul. Je pris une gorgée de mon cocktail, fis passer ma jambe par-dessus le rebord de ma chaise et me rafraîchis les orteils dans l'eau.

— Quand je parle de séduction faë, c'est différent du désir humain. C'est la fascination pour la...

Il parut chercher ses mots.

— Les humains ne possèdent pas le terme approprié. L'âme même de l'autre ? Ce qui est tout ce qu'est cette personne ? Cruce devait devenir le favori du roi et prendre la place de celle qui avait si longtemps obsédé le souverain alors qu'elle n'était même pas de notre race. Cruce devait rendre à son peuple l'amour de son roi. Lorsque ce dernier se tournerait de nouveau vers la Cour des Ténèbres, il élèverait les siens à leur juste place, au grand jour, aux côtés des leurs. Ses bâtards étaient las de se cacher. Ils voulaient rencontrer leurs frères. Ils désiraient goûter la vie que savouraient leurs égaux. Ils voulaient que le roi se batte pour eux, qu'il oblige la reine à les accepter, qu'il réunisse les deux cours en une seule. Ils considéraient que le monde était comme il devait l'être. La reine était la sage et véritable souveraine des *Seelies*. Le roi était le fort et fier souverain des *Unseelies*. Leurs deux nations pourraient constituer une tête de Janus entière, si seulement le roi et la reine les laissaient vivre comme un seul peuple.

— Les *Seelies* partageaient-ils ce point de vue ?

J'avais du mal à imaginer que ce soit le cas.

— Les *Seelies* ignoraient totalement l'existence des *Unseelies*.

— Jusqu'à ce que quelqu'un trahisse le roi devant la reine.

— La trahison est dans l'œil de celui qui regarde, dit V'lane d'un ton acéré.

Il ferma les paupières quelques instants. Lorsqu'il les rouvrit, leur éclat ambré et rageur s'était éteint.

— Je vais reformuler cela correctement pour toi. La reine aurait dû être informée bien longtemps avant le moment où elle découvrit la vérité. Elle doit être obéie en toute chose. Le roi s'est rebellé de façon répétitive. Lorsqu'il éconduisit Cruce, les *Unseelies* comprirent qu'il ne se battrait jamais pour eux. Ils parlèrent de mutinerie, de guerre civile. Afin d'éviter cela, Cruce se rendit auprès de la reine pour plaider la cause de ses frères sombres. Pendant son absence, les autres princes forgèrent une malédiction destinée à être projetée dans les Miroirs. Si le roi refusait de renoncer à sa mortelle, ils lui interdiraient tout accès à elle en l'empêchant d'entrer dans les Miroirs afin qu'il ne la revoie jamais.

— Alors ce n'est pas Cruce qui a corrompu le réseau des Miroirs ?

— Bien sûr que non ! Parmi mon peuple, le nom de Cruce est devenu synonyme de celui de l'un des vôtres... Je crois qu'il s'appelait Murphy. Il y a une loi qui porte son nom. Si quelque chose va de travers, on dit que c'est de la faute de Murphy. Il en va de même avec Cruce. S'il avait effectivement jeté sa malédiction dans les Miroirs, cela n'aurait pas bloqué leur fonction première. Cela aurait seulement empêché le roi d'y entrer. Cruce a étudié auprès du souverain en personne. Il était bien plus savant que ses frères.

— Qu'a dit la reine lorsqu'il s'est rendu auprès d'elle ? demandai-je.

Cruce ressemblait furieusement à un héros rebelle. À vrai dire, même si les *Unseelies* étaient vils, la plupart des *Seelies* que j'avais rencontrés n'étaient guère plus respectables. En ce qui me concernait, ils se valaient. Ils *auraient* dû être réunis en une seule cour, faire le ménage chez eux et rester en dehors de notre monde.

— On ne le saura jamais. En entendant ce qu'il avait à dire, elle le confina dans sa propre alcôve. Puis elle convoqua le roi et ils se rencontrèrent dans le ciel ce même jour. Bien que je n'en aie aucun souvenir, selon nos récits, c'est moi qu'elle envoya chercher Cruce. Lorsque je le lui amenai, elle l'attacha à un arbre, prit l'Épée de Lumière et le tua sous les yeux du roi.

J'en demeurai bouche bée. C'était étrange de prendre conscience que V'lane avait vécu à cette lointaine époque. Qu'il avait vu cet événement de ses yeux, mais n'en avait rien retenu. Il avait dû en lire un compte rendu dans des livres pour se rappeler ce qu'il avait délibérément oublié. Je me posai une question. Et si ceux qui rédigeaient l'histoire faë, comme certains humains, déformaient légèrement les faits ? Connaissant leur penchant pour l'illusion, je n'imaginais pas un seul faë disant toute la vérité. Saurions-nous un jour ce qui s'était passé alors ? Au demeurant, je supposais que la version de V'lane était la plus approchante que j'en aurais jamais.

— Et la guerre a été déclarée.

Il hocha la tête.

— Après que le roi eut tué la reine et fut retourné à sa cour, il trouva sa bien-aimée sans vie. Selon les princes, lorsqu'elle avait appris qu'il y avait eu une bataille et découvert que le roi avait commencé à assassiner les siens à cause d'elle, la concubine était sortie des Miroirs, s'était étendue sur le lit du roi et s'était suicidée. On dit qu'elle lui avait laissé un mot, et qu'il le porte toujours sur lui.

D'authentiques amants maudits ! Leur histoire était tellement triste ! J'avais ressenti leur amour sur ce sol d'obsidienne dans la Maison blanche, même s'ils étaient tous les deux profondément malheureux. Le roi parce que sa bien-aimée n'était pas faë comme lui. La concubine parce qu'elle était enfermée et qu'elle attendait, seule, qu'il la rende « assez bien » pour lui. C'était ce qu'elle pensait être. Inférieure. Elle l'aurait aimé comme elle était, le temps d'une brève vie de mortelle, et elle aurait été heureuse. Toutefois, cela n'avait pas remis leur amour en question. Ils étaient tout ce que l'autre désirait.

— Lorsque nous avons de nouveau entendu parler du *Sinsar Dubh*, il était dans ton monde, en liberté. Il y en a parmi les *Seelies* qui convoitent depuis longtemps le savoir contenu dans ses pages. Darroc en faisait partie.

— Comment la reine envisage-t-elle de l'utiliser ? demandai-je.

— Elle pense que la magie matriarcale de notre race l'en rendra capable.

Il hésita.

— Je m'aperçois que la confiance qui règne entre toi et moi me plaît. Il y a longtemps que je n'ai pas eu un allié doté de pouvoir, de vitalité et d'un esprit qui éveille la curiosité.

Il parut me jauger, peser une décision, puis il ajouta :

— On dit également que quiconque connaît le Langage premier – l'ancienne langue de... je crois que le seul mot humain qui convienne est « modification », dans laquelle le roi transcrivit son savoir ténébreux – sera capable de s'asseoir et de lire le *Sinsar Dubh* page après page, une fois celui-ci enfermé, pour absorber toute sa magie interdite, tout ce que savait le roi.

— Darroc connaissait-il cette langue ?

— Non. Je le sais sans le moindre doute. J'étais là, la dernière fois qu'il a bu au Chaudron. Si l'un des nôtres avait su que le *Sinsar Dubh* avait été enfermé, inerte, sous ton Abbaye avant qu'ils aient bu au Chaudron si souvent que l'ancien langage était perdu dans les brumes de leurs souvenirs oubliés, il aurait rasé ta planète pour le retrouver.

— Pourquoi voudraient-ils détenir un savoir que le roi avait tellement regretté d'avoir acquis qu'il l'avait banni ?

— La seule chose que ma race aime autant qu'elle-même, c'est le pouvoir. Il nous attire au-delà de toute raison, exactement comme un mâle humain est capable de se laisser aveugler par une femme très séduisante et de la suivre, jusqu'à sa propre destruction. Il y a ce moment que vous appelez « avant », dans lequel un homme, ou un faë, peut envisager les conséquences. Il est bref, même pour nous. En outre, ce n'est pas parce que le roi a commis des actes délirants avec son pouvoir qu'un autre en aurait fait autant, parmi nous. Le pouvoir n'est ni bon ni mauvais. Il devient ce qu'il est entre les mains de celui qui en fait usage.

Il était si charmant lorsqu'il se montrait ouvert, qu'il parlait librement des travers de son peuple, et même qu'il le comparait au mien ! Peut-être existait-il un espoir qu'un jour, faës et humains apprendraient à... Je secouai la tête pour en chasser cette idée. Nous étions trop différents. La balance des forces entre nous ne penchait que d'un côté.

— À ton tour de me donner un gage de confiance, MacKayla. Je sais que tu es allée à l'Abbaye. As-tu appris comment le Livre était retenu captif, autrefois ?

— Je pense. Nous avons trouvé la Prophétie qui nous donne les grandes lignes de ce qu'il faut faire pour l'enfermer de nouveau.

Il se redressa et releva ses lunettes de soleil. Ses yeux iridescents scrutèrent mon visage.

— Et tu ne m'en parles que maintenant ? demanda-t-il, incrédule. Que devons-nous faire ?

— Il y a cinq druides qui doivent accomplir une sorte de cérémonie d'attachement. À ce qu'il semble, c'est votre race qui la leur a enseignée voilà très longtemps. Ils vivent en Écosse.

— Les Keltar, dit-il. Les anciens druides de la reine. C'est donc pour cela qu'elle les a si longtemps protégés ! Elle devait avoir prévu que de tels événements pourraient survenir...

— Vous les connaissez ?

— Elle a... interféré dans leur lignée. Leurs terres sont protégées. Aucun *Seelie*, aucun Traqueur ne peut se transférer à moins d'une certaine distance de leurs limites.

— Cela a l'air de vous contrarier.

— Il m'est difficile d'assurer la sécurité de ma souveraine si je ne peux pas fouiller partout afin de chercher les outils dont j'ai besoin pour assurer ma mission. Je me suis demandé s'ils gardaient les pierres.

Je le sondai.

— Puisque nous avons confiance l'un en l'autre, vous avez bien une pierre, n'est-ce pas ?

— Oui. As-tu réussi à en localiser une autre ?

— En effet.

— Combien ?

— Toutes les trois.

— Tu as les *trois* autres ? Alors nous sommes plus près du but que je n'osais l'espérer ! Où sont-elles ? Chez les Keltar, comme je supposais ?

— Non.

D'un point de vue technique, je les avais bel et bien, rangées en sécurité, mais je préférai lui laisser croire que c'était Barrons qui les détenait.

— Chez Barrons.

Il émit un sifflement, ce qui chez les faës est un bruit de dégoût.

— Dis-moi où elles se trouvent. Je vais les lui prendre et nous en aurons fini avec ce Barrons une bonne fois pour toutes !

— Pourquoi le méprisez-vous ?

— Autrefois, il a massacré un grand nombre des miens.

— Dont votre princesse ?

— Il l'a séduite afin d'en savoir plus au sujet du *Sinsar Dubh*. Elle s'est brièvement éprise de lui et lui a révélé beaucoup de choses sur nous qui auraient dû rester secrètes. Voilà longtemps que Barrons le recherche. Sais-tu pour quelle raison ?

Je secouai la tête.

— Moi non plus. Il n'est pas humain, il peut tuer les miens, et il veut le Livre. À la première opportunité, je le tuerai.

Bonne chance ! songeai-je.

— Il ne donnera jamais les pierres.

— Prends-les-lui.

J'éclatai de rire.

— Impossible. On ne vole pas quelque chose à Barrons. Cela ne marche pas.

— Si tu découvres où elles sont, je t'aiderai à te les procurer. Nous ferons cela, rien que toi et moi. Bien entendu, les Keltar seront également nécessaires pour capturer le Livre, mais il n'y aura personne d'autre, MacKayla. Une fois que toi et moi l'aurons capturé pour ma souveraine, elle te récompensera généreusement. Tout ce que tu voudras t'appartiendra.

Il marqua un silence, avant d'ajouter avec tact :

— Elle peut même ressusciter pour toi ce que tu as perdu et pleuré.

Je regardai la mer en essayant de ne pas me laisser tenter par la carotte qu'il me tendait : Alina. Rowena insistait pour que je ne travaille qu'avec les *sidhe-seers*. Lor exigeait que je ne collabore qu'avec Barrons et ses hommes. Et à présent, V'lane me demandait de m'allier à lui de façon exclusive.

J'avais confiance en chacun d'eux, dans la mesure où je pouvais les tenir à l'écart.

— Depuis mon arrivée à Dublin, tout le monde essaie de m'obliger à choisir mon camp. Il n'en est pas question. Je refuse de choisir l'un d'entre vous plutôt que les autres. Nous ferons ceci ensemble, ou pas du tout, et quand le moment sera venu, je veux que les *sidhe-seers* en soient témoins afin que, si les choses allaient de nouveau de travers à l'avenir, nous sachions comment rattraper la situation.

— Cela implique trop d'humains, dit-il sèchement.

Je haussai les épaules.

— Dans ce cas, amenez quelques-uns de vos *Seelies*, si cela vous rassure.

L'air chaud se rafraîchit soudain. V'lane était profondément contrarié. Peu m'importait. Je pressentais que nous tenions enfin un plan solide, susceptible de fonctionner. Nous avions les pierres et la Prophétie. Il ne nous manquait plus que Christian. Je refusais de m'inquiéter à propos de ce que nous ferions une fois que le Livre serait capturé, si la reine était autorisée à le lire. Je ne pouvais affronter qu'un obstacle en apparence insurmontable à la fois, et je n'avais aucune idée de la façon dont nous allions localiser Christian dans le réseau de Miroirs. Quel dommage que Barrons ne l'ait pas tatoué lui aussi !

J'avais encore une question. Elle me taraudait depuis le début de notre conversation. Je ne pouvais m'empêcher de penser qu'il y avait quelque chose à mon propre sujet que j'avais besoin de savoir, une vérité permettant d'éclairer les rêves qui m'avaient hantée toute ma vie.

— V'lane, à quoi ressemblait Cruce ?

Il haussa une épaule et la laissa retomber, puis croisa les bras derrière sa tête et leva son visage vers le soleil.

— Aux autres princes *unseelies*.

— Vous avez dit qu'ils s'amélioraient à mesure que le roi les créait. Cruce était-il différent, d'une façon ou d'une autre ?

— Pourquoi demandes-tu cela ?

— Oh, à cause d'une réflexion d'une *sidhe-seer*, improvisai-je.

— Quand comptez-vous essayer de remplir les conditions de la Prophétie ?

— Dès que nous aurons rassemblé tous les Keltar et que j'aurai localisé le Livre.

Il me regarda.

— Alors c'est pour bientôt, murmura-t-il. Pour très bientôt.

Je hochai la tête.

— Il faudrait passer à l'action aussi vite que possible. J'ai peur pour ma reine.

— Je vous ai posé une question à propos de Cruce, lui rappelai-je.

— Que d'interrogations, pour un prince insignifiant qui a cessé d'exister voilà des centaines de milliers d'années !

— Et ?

D'où venait cette mauvaise humeur, dans sa voix ?

— S'il n'était pas mort, je pourrais éprouver... Quelle est cette émotion qui vous fait tant courir, vous autres humains ? Ah, j'ai trouvé. La jalousie.

— Allons, soyez gentil.

Après quelques instants, il poussa un soupir si bien imité qu'il semblait vraiment humain.

— D'après nos récits, Cruce était le plus beau de tous, bien que le monde ne le sache jamais. C'est beaucoup de perfection gâchée, que personne ne pose jamais les yeux sur un être tel que lui... Le torque de sa ligne royale était tressé d'argent, et on dit que son visage rayonnait comme de l'or pur. Toutefois, je soupçonne que si le roi se sentait si proche de lui – avant qu'il laisse son amour envers une mortelle détruire tout ce qu'ils auraient pu être – c'était parce que Cruce était le seul de tous ses enfants à lui ressembler. Tout comme le roi en personne, Cruce possédait de superbes ailes noires.

25

Il était minuit passé. J'arpentais l'allée de derrière chez *Barrons* – *Bouquins et Bibelots*, furieuse contre moi-même et incapable de parvenir à une décision. Barrons n'était toujours pas de retour et cela me rendait folle. J'étais décidée à tout mettre sur le tapis dès qu'il réapparaîtrait. À renverser, retourner, déballer tout le linge sale entre nous. Je voulais savoir combien de temps exactement je devais m'attendre à le voir absent s'il était tué de nouveau. J'étais en permanence tendue, impatiente, et vaguement inquiète à l'idée qu'il ne revienne pas du tout. Je ne serais certaine qu'il était bien vivant que lorsque je l'aurais vu de mes yeux.

Chaque fois que j'avais fermé mes paupières, cette nuit, j'avais dérivé vers mon rêve du Lieu Glacé. Il me guettait pour m'assaillir dès que je me détendais. J'avais retourné une infinité de sabliers de poudre noire. J'avais parcouru des kilomètres de glace, de plus en plus alarmée, à la recherche de la belle dame. J'avais fui sans répit le prince ailé que nous craignions toutes les deux.

Pourquoi ce maudit songe s'obstinait-il à me hanter ?

Dix minutes plus tôt, en m'éveillant de ce rêve pour la cinquième fois, j'avais été obligée d'admettre que je ne pouvais tout simplement pas m'endormir sans qu'il revienne… et que je ne dormais pas du tout. La peur et l'angoisse que j'y éprouvais étaient si épuisantes que je me réveillais chaque fois plus fatiguée que lorsque j'avais fermé les yeux.

Je fis halte et regardai le mur de brique.

Maintenant que je savais qu'il était là, je pouvais percevoir la présence du *Tabh'r* dissimulé dans la brique, le Miroir que Darroc avait soigneusement camouflé dans le mur, dans l'angle du carrefour opposé à celui de la librairie.

Tout ce que j'aurais à faire, c'était m'appuyer contre lui, suivre le tunnel jusqu'à la salle aux dix Miroirs et traverser le quatrième à partir de la gauche pour retourner à la Maison blanche. Il faudrait que je me hâte car le temps s'écoulait différemment dans le réseau. Je jetterais juste un coup d'œil rapide pour m'assurer qu'aucun détail ne m'avait échappé lors de ma précédente visite.

— Comme, par exemple, un portrait de moi accroché au mur, bras dessus, bras dessous avec le roi *unseelie*, marmonnai-je.

Je fermai les yeux. Et voilà, c'était sorti. J'avais exprimé ma crainte. Maintenant, il fallait que je vive avec elle. C'était apparemment la seule explication susceptible de rassembler toutes les pièces du puzzle…

Nana m'avait appelée Alina.

Ryodan avait dit qu'Isla n'avait eu qu'une enfant (ce que Rowena, à moins de mentir, avait confirmé), que celle-ci était morte et qu'il n'y avait pas eu de « plus tard » pour la femme en qui je voulais voir ma mère.

Personne ne savait qui étaient mes parents.

Et il y avait ce sentiment de bipolarité que j'avais toujours éprouvé, toutes ces choses refoulées, sous la surface... Des souvenirs d'une autre vie ? Lorsque j'avais traversé la Maison blanche avec Darroc, tout m'avait paru si familier ! J'avais reconnu des objets. J'étais déjà venue ici, et pas seulement en rêve.

À propos, comment mon esprit ensommeillé avait-il pu invoquer un quatrième prince que je n'avais jamais vu ? Comment pouvais-je savoir que Cruce avait des ailes ?

Je percevais la présence du *Sinsar Dubh*. Il me retrouvait tout le temps, il aimait jouer avec moi. Pourquoi ? Parce que dans une ancienne vie – lorsqu'il avait été le roi *unseelie*, et non un livre contenant le savoir interdit – il m'avait aimée ? Percevais-je sa présence parce que j'avais été amoureuse de sa précédente incarnation ?

J'enfouis mes mains dans mes cheveux et tirai dessus, comme si la douleur pouvait clarifier mon esprit... ou fortifier ma volonté.

Voyez-moi, me répétait Barrons.

Et, plus récemment, *Si vous êtes incapable d'affronter la vérité sur votre réalité, vous ne la contrôlerez pas.*

Ryodan avait raison. J'étais une tête brûlée... mais pas celle qu'il croyait.

J'ignorais la vérité sur ma réalité. Et tant que ce serait le cas, je resterais un joker, un pion capable de changer de camp. La question qui me donnait des insomnies n'était pas de savoir si les *sidhe-seers* étaient ou non une caste *unseelie*. Cela n'était pas grand-chose, comparé à mon problème. Ce qui m'empêchait de dormir était autrement plus alarmant.

Aussi impossible que cela paraisse, étais-je la concubine du roi *unseelie*, réincarnée, ramenée à la vie dans un autre corps, condamnée à cause de son amant inhumain et destinée à une tragique spirale de renaissances ?

Et qu'étaient Barrons et ses huit compagnons, au juste ? Mon amant maudit, divisé en neuf véhicules humains ? Cela paraissait invraisemblable. Pas étonnant que la concubine ait trouvé le roi insatiable ! Comment une femme pouvait-elle satisfaire neuf amants ?

— Que faites-vous donc, Mademoiselle Lane ?

Comme invoquée par mes pensées, la voix de Barrons venait de jaillir de l'obscurité derrière moi.

Je le regardai. J'avais allumé les spots extérieurs alimentés par les énormes générateurs du magasin mais, éclairé de derrière, il restait plongé dans la pénombre. Malgré tout, je l'aurais reconnu n'importe où, n'importe quand, quelles que soient les circonstances. Peu m'importait ce qu'il était ou ce qu'il avait fait. Même s'il était un neuvième du roi *unseelie* par qui tout était arrivé.

— Il y a un sérieux problème, à mon sujet, dis-je dans un marmonnement.

— Vous ne vous en apercevez que maintenant ?

Je lui lançai un regard noir.

— Contente de vous retrouver en vie.

— Content d'être en vie.

— Vous le pensez vraiment ?

Je commençais à comprendre certaines réflexions qu'il avait faites autrefois à propos de la mort. Apparemment, il n'en ferait jamais l'expérience, et parfois, il semblait presque… envieux.

— Joli bronzage. Vous ne pouvez pas rester loin des faës dès que j'ai le dos tourné, n'est-ce pas ? V'lane vous a encore emmenée à la plage ? Vous avez pris un coup de soleil pendant qu'il vous sautait ?

— Êtes-vous le roi *unseelie*, Barrons ? Est-ce ce que vous êtes, vous et les huit autres ? Différentes facettes de vous-même réparties dans plusieurs véhicules humains, tandis que vous écumez Dublin à la recherche de votre Livre perdu ?

— Êtes-vous la concubine ? Le Livre semble manifestement épris de vous. Il ne peut pas rester loin. Il tue tout le monde sauf vous. Il joue avec vous.

Je battis des cils. Il avait toujours plusieurs longueurs d'avance sur moi, et il n'était même pas au courant de mon rêve du prince ailé, ni de mon impression de déjà-vu à la Maison blanche. Nous avions eu la même idée l'un au sujet de l'autre. J'ignorais qu'il s'était demandé si j'étais la concubine, que l'on prétendait morte.

— Il n'y a qu'une façon de le savoir. Vous me répétez de vous voir, d'affronter la vérité. Je suis prête.

Je tendis une main vers lui.

— Si vous croyez que je vais vous laisser entrer de nouveau dans ma tête, vous faites erreur.

— Si vous croyez que vous pourriez m'en empêcher si je le voulais, vous faites erreur.

— Ne seriez-vous pas un peu imbue de vous-même ? railla-t-il.

— Je voudrais que vous m'accompagniez quelque part, dis-je.

Barrons savait-il très bien ce qu'il était, et refuserait-il toujours de l'admettre ? Était-il possible que le roi se divise en plusieurs parties humaines et oublie qui il était ? Ou avait-il été pris au piège dans différents corps humains, et ces facettes individuelles obligées de boire au Chaudron, de sorte qu'aujourd'hui, le plus redouté des *Unseelies* errait en liberté, sans plus savoir que sa concubine amnésique qui il était ?

D'une façon ou d'une autre, il me fallait des réponses. J'étais assez sûre de la vérité à mon sujet pour affronter le danger. Si je me trompais à son propos, il n'avait pas grand-chose à perdre, juste l'équivalent de quelques jours de « sieste ». Toutefois, je pressentais confusément que cela ne serait pas le cas. Cette fois, j'avais raison. Il le fallait.

Il me regardait sans rien dire.

— Allez, Barrons ! Que peut-il vous arriver, au pire ? Que je vous entraîne dans un piège et que vous restiez mort pendant un certain temps, avant de revenir ? Non pas que j'en aie l'intention, m'empressai-je d'ajouter.

— Cela n'est pas très agréable, Mademoiselle Lane. C'est aussi extrêmement contrariant.

Contrariant. Voilà ce que cela avait été, pour lui, que de mourir sur cette falaise. Une contrariété. Et j'avais été prête à effacer un monde pour lui.

— Très bien. Faites ce que vous voulez. J'y vais.

Je me tournai et me pressai contre le mur.

— Nom de nom, vous n'imaginez pas que vous allez… Éloignez-vous de… Mademoiselle Lane ! Eh, flûte ! Mac !!!

Tandis que je disparaissais dans le mur, je sentis sa main s'approcher de mon manteau et j'éclatai de rire. Il m'avait appelée Mac. Alors que je n'étais même pas en train de mourir.

— Quel Miroir, à présent, Mademoiselle Lane ?

Il parcourut la salle blanche du regard tout en observant les dix glaces.

— Le quatrième à partir de la gauche. *Jéricho.*

J'étais lasse de l'entendre m'appeler Mademoiselle Lane. Je me relevai du sol blanc. Une fois de plus, le Miroir m'avait recrachée avec un enthousiasme exagéré, alors que je n'avais même pas les pierres sur moi. Je n'emportais que la lance dans son holster, ainsi qu'une barre protéinée, deux lampes torches et un flacon de chair *unseelie* dans mes poches.

— Vous n'avez pas le droit de m'appeler Jéricho.

— Pourquoi ? Parce que nous ne sommes pas assez intimes ? J'ai fait l'amour avec vous dans toutes les positions possibles, je vous ai assassiné, je vous ai fait boire mon sang dans l'espoir de vous ramener à la vie, j'ai mis de la chair *unseelie* dans votre estomac et tenté de refermer vos entrailles... Il me semble que tout cela est assez personnel. À quel degré supplémentaire de proximité devons-nous parvenir pour que vous trouviez naturel que je vous appelle Jéricho, *Jéricho ?*

J'avais supposé qu'il réagirait à mon allusion à « toutes les positions possibles », mais il se contenta de répéter :

— Vous m'avez fait boire votre...

J'entrai dans le Miroir sans écouter la suite. Tout comme le premier, il résista, puis me happa et me projeta de l'autre côté.

La voix de Barrons précéda son arrivée.

— Maudite écervelée ! Ne prenez-vous donc jamais le temps de réfléchir aux conséquences de vos actes ?

Il jaillit du Miroir derrière moi.

— Bien sûr que si, répondis-je froidement. J'ai toujours plein de temps pour « réfléchir aux conséquences ». Une fois que j'ai tout saboté.

— Serait-ce de l'humour, Mademoiselle Lane ?

— Absolument, Jéricho. Et moi, c'est Mac. Juste Mac. Plus de salamalecs entre nous. Faites un effort ou fichez le camp d'ici.

Ses yeux d'obsidienne lancèrent des éclairs.

— Paroles que tout cela, *Mademoiselle Lane.* Essayez de m'obliger à y obéir.

Une étincelle de défi pétillait dans son regard.

Je m'approchai de lui en me déhanchant. Devant son air froid, je me souvins de la nuit où j'avais feint de lui faire des avances, parce que j'étais en colère contre lui. Il croyait que je recommençais. Il se trompait. Le fait de me trouver avec lui dans la Maison blanche exerçait sur moi un curieux effet. Cela levait toutes mes inhibitions, comme s'il n'y avait entre ces murs aucune tolérance – ou aucune nécessité – pour le mensonge.

Puis il regarda par-dessus mon épaule.

— Je n'y crois pas ! Nous sommes dans la Maison blanche. Vous venez de m'emmener ici comme si de rien n'était. Comme si vous alliez faire une course à l'épicerie du coin. Je cherche ce maudit endroit depuis une éternité !

— Je croyais que vous étiez allé partout.

N'était-il jamais venu ici ? Ou bien n'avait-il aucun souvenir d'y avoir vécu, il y a bien longtemps, dans une autre incarnation ?

Il pivota lentement sur ses talons en observant les sols de marbre blanc, les hauts plafonds voûtés, les colonnades, les vitres étincelantes révélant une lumineuse journée d'hiver pailletée de givre.

— Je savais où elle était supposée se trouver, mais la Maison blanche ne se montre qu'à qui elle veut, quand elle le veut. C'est incroyable !

Il se dirigea vers la fenêtre pour regarder au-dehors. Puis il se tourna vers moi.

— Avez-vous trouvé les Bibliothèques ?

— Quelles Bibliothèques ?

C'était une épreuve de le regarder car j'étais hypnotisée par le jour éblouissant contre lequel se découpait sa silhouette. Combien de fois étais-je restée assise dans ce jardin enneigé, entourée de fabuleuses sculptures de glaces et de fontaines gelées, à l'attendre ?

Il était du feu sur sa glace. Elle était de la neige sur sa flamme.

J'aimais cette aile. Alors que je regardais par la fenêtre, je vis apparaître la concubine, mais ses contours étaient flous, sa silhouette brumeuse, comme un souvenir partiellement matérialisé.

Elle était assise sur un banc, vêtue d'une robe rouge sang et de diamants. À travers elle, je pouvais voir de la neige et des branches gelées. La lumière était étrange, comme si tout sauf elle était peint en demi-teintes.

Je sursautai. Le quatrième prince *unseelie*, Cruce/la Guerre, celui qui portait des ailes, venait d'apparaître. Lui aussi était à moitié transparent, tel un spectre d'une époque depuis longtemps révolue. À son poignet, brillait un large bracelet d'argent, et autour de son cou était suspendue une amulette très différente de celle que Darroc avait portée.

Je regardai, abasourdie, la concubine se lever et le saluer d'un baiser sur ses joues de marbre blanc. Il y avait de l'affection entre eux. Autrefois, voilà bien longtemps, la belle dame de mon rêve n'avait pas eu peur de lui. Que s'était-il passé ? Le prince aux ailes de corbeau portait un plateau d'argent, sur lequel se trouvaient une unique tasse de thé et une exquise rose noire. Elle le regardait en riant mais ses yeux étaient tristes.

Encore une de ses potions destinées à me transformer ?

La Guerre/Cruce murmura quelque chose que je ne compris pas.

Elle accepta la tasse. *Peut-être n'ai-je pas envie de son secours.* Pourtant, elle but avidement, jusqu'à ce que le récipient soit vide.

— Le roi conservait toutes ses notes et tous ses journaux sur ses expériences dans la Maison blanche, afin d'empêcher ceux de sa Cour des Ténèbres de voler son savoir.

La voix de Barrons me fit sursauter.

Je battis des paupières, et la vision disparut.

— Vous semblez en connaître un rayon sur le roi.

J'allais en dire plus, mais j'eus soudain l'impression qu'un élastique fixé à mon nombril venait de se contracter, pour me tirer dans la direction opposée. J'étais allée trop loin, et j'y étais restée trop longtemps.

Sans un mot de plus, je pivotai sur moi-même et m'engageai au pas de course dans le couloir pour m'éloigner de lui. Je n'éprouvais plus aucun désir de me battre contre lui. J'étais appelée. Toutes les fibres de mon être étaient aimantées, de la même façon que la dernière fois que j'étais venue ici.

— Où allez-vous ? Moins vite ! cria-t-il derrière moi.

Même si je l'avais voulu, ce qui n'était pas le cas, je n'aurais pas pu ralentir. J'étais venue ici dans un but bien précis et c'était vers lui que j'étais attirée. Les sols noirs du roi *unseelie* m'appelaient. Je voulais être de nouveau dans ce boudoir. Je voulais le voir, cette fois. Contempler le visage du souverain – en admettant qu'il en ait un.

Je traversai du marbre rose, survolai des sols bronze, filai au-dessus de couloirs turquoise et volai à travers des halls de couleur topaze, jusqu'à ce que je perçoive la chaleur moite des quartiers pourpres. Je devinais derrière moi la présence de Barrons. Il aurait pu m'attraper s'il l'avait voulu. Il était aussi rapide que Dani, que tous ses compagnons. Pourtant, il se contentait de courir à ma suite.

Pourquoi ? Parce qu'il nourrissait les mêmes soupçons que moi ? parce qu'il voulait que tout soit dit ? Mon cœur battait de crainte et de hâte d'en finir enfin, de savoir ce que j'étais, ce qu'il était.

Barrons fut soudain à mes côtés. Je tournai les yeux vers lui. Il me répondit par un regard où se mêlaient à parts égales la fureur et le désir. Il allait vraiment falloir qu'il cesse d'être ainsi en colère ! Cela commençait à sérieusement m'agacer. Moi aussi, j'avais des raisons d'être fâchée contre lui...

— Je n'ai *pas* couché avec Darroc.

J'étais de nouveau en feu, brûlante d'impatience qu'il me touche.

— Cela dit, je ne devrais pas avoir à me justifier. Après tout, vous ne vous justifiez jamais, vous. Même si je le faisais, même si j'étais la traîtresse que vous êtes résolu à voir en moi, il est mort. Alors selon la philosophie de Barrons, qu'importe ? Je suis là, de nouveau avec vous. Nos actes parlent pour nous, d'accord ? Vous avez l'action que vous vouliez. Votre détecteur d'Objets de Pouvoir est à nouveau entre vos mains, sous étroit contrôle. Pourquoi ne me promenez-vous pas au bout de ma laisse ? N'est-ce pas ce qui vous donne le plus de plaisir ? *Ouaf ! Ouaf !* fis-je mine d'aboyer, ivre de rage.

— Vous n'avez pas couché avec moi depuis l'époque où vous étiez *Pri-ya*. Voilà de l'action pour vous. Cela dirait très bien tout ce qu'il y a à dire.

Cela lui manquait. Tant mieux. Cela me manquait aussi.

— On fait le concours du plus casse-pieds ? Darroc a conclu et pas vous ? C'est ça qui vous met de cette humeur ?

Que pensait-il que cela signifiait ? Que je ne le toucherais que si j'étais folle de désir ? Ou si ma seule alternative était de mourir comme un animal incapable de réfléchir ?

— Vous ne pourriez pas comprendre.

— Essayez de m'expliquer.

S'il reconnaissait ne fût-ce que l'ombre d'un petit sentiment pour moi, je pourrais peut-être en faire autant pour lui.

— Ne me provoquez pas, Mademoiselle Lane. Cet endroit me tape sur les nerfs. Vous voulez avoir affaire à la bête ?

Je le regardai. Une lueur pourpre éclairait ses yeux et il haletait, mais pas à cause de l'effort. Je le connaissais. Il pouvait courir pendant des heures.

— Vous avez envie de coucher avec moi, Jéricho. Admettez-le. Bien plus qu'une fois ou deux. Vous m'avez dans la peau. Vous pensez tout le temps à moi. Cela vous empêche de dormir la nuit. Allez-y, dites-le.

— Allez vous faire cuire un œuf, Mademoiselle Lane.

— C'est votre façon d'exprimer vos sentiments ?

— C'est ma façon de vous dire de grandir, petite fille.

Je pilai net avant de déraper sur le sol de marbre noir. À peine avais-je cessé de courir qu'il m'imita, comme si nous étions liés par la même chaîne.

— Si je suis une petite fille, alors vous êtes un sacré pervers !

Après tout ce que nous avons fait ensemble... D'un regard, je lui envoyai un rappel haut en couleurs.

Ah, vous vous décidez enfin à en parler, me répondirent ses yeux d'un air moqueur. *C'est peut-être moi qui n'ai pas envie de savoir.*

Dommage. Des rappels, vous m'en avez envoyé à la figure plus souvent qu'à mon tour. À vous de jouer, et c'est le moment d'être fair-play. Ce n'est pas une petite fille que vous aviez dans votre lit, Jéricho. Et ce n'est pas avec une gamine que vous êtes en train de vous disputer.

Du bout du doigt, je lui tapotai le torse.

— Vous êtes mort sous mes yeux et vous m'avez laissé croire que c'était vrai, espèce de salaud !

J'avais l'impression d'être déchirée en deux – à la fois attirée vers le boudoir par mon destin, et figée sur place par mon besoin d'exprimer ma colère.

Il écarta brutalement ma main.

— Vous croyez que cela a été une partie de plaisir, pour moi ?

— J'ai détesté vous regarder mourir !

— Eh bien moi, j'ai détesté mourir ! Cela fait affreusement mal chaque fois !

— Je vous ai pleuré ! hurlai-je. Je me suis sentie coupable...

— La culpabilité n'est pas du chagrin, m'interrompit-il.

— Et perdue...

— Trouvez une p... de carte routière. Être perdu, ce n'est pas non plus du chagrin.

— Et... et... et...

Je me tus, incapable de lui dire tout ce que j'avais vraiment éprouvé. Comme mon envie de détruire le monde pour lui.

— Et quoi ? Comment vous êtes-vous sentie ?

— *Coupable* ! criai-je en le frappant de toutes mes forces.

Il me repoussa et je reculai avant de me cogner contre le mur. À mon tour, je lui donnai une bourrade.

— Et *perdue* !

— Ne me dites pas que vous m'avez pleuré alors que vous étiez simplement contrariée à cause du pétrin dans lequel vous vous étiez fourrée. Je suis mort et vous vous êtes apitoyée sur votre sort. Rien de plus.

Son regard tomba vers mes lèvres. Je compris. Il était de nouveau furieux contre moi... et prêt à coucher avec moi. Barrons était une énigme. Apparemment, il lui était impossible de ressentir quoi que ce soit envers moi sans en concevoir une rage folle. Était-ce la colère qui éveillait son désir pour moi ? Ou

421

bien était-ce son désir insatiable pour moi qui le contrariait tant ?

— J'ai bien plus souffert que cela. Vous ne savez absolument rien de moi !

— Vous aviez des raisons de vous sentir coupable.

— Et vous aussi !

— La culpabilité ne sert à rien. Vivez, Mademoiselle Lane.

— Oh, Mademoiselle Lane ! Encore cette fichue Mademoiselle Lane ! Voilà que ça recommence ! Vous me demandez de me sentir coupable, puis vous m'expliquez que c'est inutile. Décidez-vous ! Et ne me dites pas de vivre. C'est exactement ce que j'ai fait, et c'est ce qui vous rend fou de rage. J'ai continué de vivre !

— Avec l'ennemi !

— Que vous importe comment j'ai vécu, du moment que je l'ai fait ? N'est-ce pas la leçon que vous avez tenté de m'inculquer ? que s'adapter, c'est survivre ? Vous ne pensez pas que cela aurait été plus facile pour moi de me laisser tomber par terre et de renoncer, une fois que je vous ai cru mort ? Je ne l'ai pas fait. Et vous savez pourquoi ? Parce qu'un insupportable crétin m'a dit que c'est comme *cela* qu'on survit dans ces cas-là.

— Le mot qu'il fallait accentuer, c'est *dit*. Comme dans *dignement*.

— Parce qu'il y a une place pour la dignité, face à la mort ? Et à ce propos, vous l'avez assassinée *dignement*, cette femme que je vous ai vu sortir du Miroir de votre bureau ?

— Cela non plus, vous ne pouvez pas le comprendre.

— C'est votre réponse à tout, n'est-ce pas ? Je ne peux pas comprendre, alors vous n'allez pas vous fatiguer à m'expliquer ? Vous savez ce que je pense, Jéricho ? Vous êtes un lâche. Vous ne direz pas un mot, parce que vous refusez que l'on vous considère comme une personne capable de rendre des comptes, l'accusai-je. Vous ne direz pas la vérité, parce que quelqu'un pourrait vous juger, et Dieu...

— ... n'a rien à voir avec tout ceci et...

— ... fasse que vous ne deveniez jamais *intime* avec moi et...

— Je me contrefiche d'être jugé...

— ... et je ne veux pas dire par là essayer de coucher avec moi...

— Je n'essayais pas de coucher avec vous...

— Je ne voulais pas dire en cet instant précis. Je voulais dire...

— Et de toute façon, cela aurait été impossible, puisque nous étions en train de courir. Je n'ai aucune idée de la raison pour laquelle nous courions, ajouta-t-il d'un ton agacé, mais c'est vous qui avez commencé, et c'est vous qui avez arrêté.

— ... comme faire tomber quelques murs entre nous et voir ce qui se passe. Non, vous êtes tellement lâche que le seul moment où vous pouvez m'appeler par mon prénom, c'est quand vous êtes certain que je suis en train de mourir, ou que vous pensez que je suis tellement hors de moi que je ne le remarquerai même pas. Ça ressemble furieusement à élever un mur entre vous et quelqu'un que vous n'aimez pas.

— Ce n'est pas un mur. J'essaie simplement de vous aider à maintenir les bonnes distances entre nous. Et je n'ai pas dit que je ne vous *aimais* pas. « Aimer » est un mot tellement puéril ! Ce sont les gens médiocres qui aiment ceci ou cela. La seule question ayant du sens sur le plan émotionnel est : « Pouvez-vous vivre sans ceci ou cela ? »

Je connaissais la réponse à cette question en ce qui le concernait, et elle ne me plaisait pas du tout.

— Vous pensez que c'est *moi* qui ai besoin d'aide pour comprendre quelles sont les bonnes distances entre nous ? Et vous, savez-vous les situer ? Parce que je les trouve sacrément obscures et élastiques !

— C'est vous qui pinaillez sur la façon dont nous devons nous appeler.

— Comment appeliez-vous Fiona ? Fio ! Comme c'est charmant ! Oh, et cette garce, à Casa Blanc, le soir où j'ai rencontré ce type bizarre, McCabe ? Marilyn !

— Je refuse de croire que vous vous souveniez de ces détails, marmonna-t-il.

— Vous l'appeliez par son prénom alors que vous ne l'aimiez même pas. Et moi pas. Oh, non. Moi, je suis cette fichue maudite Mademoiselle Lane. À perpétuité !

— Je n'avais aucune idée que vous faisiez une telle fixation sur votre prénom, *Mac*, susurra-t-il.

— *Jéricho*, ripostai-je sur le même ton, avant de le pousser.

Il me saisit les deux poignets dans une seule main pour m'empêcher de le frapper de nouveau. Cela me rendit furieuse. Je le frappai de mon front.

— J'ai cru que vous étiez mort pour moi !

Il me plaqua contre le mur et appuya son avant-bras en travers de ma gorge, m'interdisant de le cogner avec ma tête.

— Bon sang de bonsoir, tout ça pour ça ?

— Vous n'êtes pas mort. Vous m'avez menti. Vous avez fait une petite sieste et vous m'avez abandonnée sur cette falaise, persuadée de vous avoir tué !

Il scruta mon visage de son regard noir acéré.

— Ah, je vois. Vous pensiez que le fait que je meure pour vous avait du sens. En avez-vous fait toute une romance ? Avez-vous composé des sonnets en mémoire de mon noble sacrifice ? M'avez-vous plus aimé pour cela ? Fallait-il que je meure pour que vous me *voyiez* ? Réveillez-vous, bon sang, Mademoiselle Lane ! La mort est largement surestimée. Le sentimentalisme humain en a fait le geste d'amour absolu. C'est la plus grande fumisterie de l'histoire ! La mort n'a rien de difficile. Celui qui meurt prend la fuite, purement et simplement. La partie est finie. Les souffrances sont terminées. Celle qui a eu de la chance, c'est Alina. Essayez plutôt de *vivre* pour quelqu'un ! Endurez tout – le bon, le mauvais, le lourd, le léger, la joie, la souffrance… C'est cela qui est difficile.

Celle qui a eu de la chance, c'est Alina. Je m'étais également fait cette réflexion, et j'avais eu honte de moi d'avoir une telle idée. Je le frappai si violemment qu'il vacilla sur le sol noir glissant. En le voyant tomber, je fus saisie d'effroi. Je n'avais aucune envie de le voir trébucher. Je le rattrapai et nous tombâmes ensemble à genoux sur le marbre sombre.

— Soyez maudit, Jéricho !

— Trop tard, Miss Arc-en-Ciel.

Il me prit par les cheveux.

425

— Quelqu'un s'en est chargé avant vous.

Il éclata de rire, et lorsqu'il ouvrit sa bouche tout contre la mienne, ses crocs frôlèrent mes dents.

Oui, c'était de cela que j'avais besoin. Cela m'avait manqué depuis le matin où je m'étais réveillée dans ce sous-sol et que j'avais quitté son lit. Sa langue dans ma bouche. Ses mains sur ma peau. La brûlure de son corps contre le mien. Je refermai mes mains sur sa tête et frottai mes lèvres sur les siennes. Je goûtai mon propre sang en m'écorchant sur ses dents. Peu m'importait. Je ne serais jamais assez proche de lui. J'avais besoin d'une étreinte rapide, sauvage, violente. Et ensuite, il faudrait qu'il me fasse l'amour longuement, lentement, passionnément. Il me faudrait des *semaines* au lit avec lui. Et peut-être, si je me donnais à lui assez longtemps, volontairement et en toute conscience, finirais-je par me lasser de lui.

Peut-être.

Il siffla.

— Il y a du faë sur ta langue. Tu m'as eu dans ta bouche. Tu n'y laisses entrer personne d'autre, ou tu te passes de moi.

Il aspira brusquement et je sentis le nom de V'lane se déplier depuis le milieu. Jéricho le recracha, tel un piercing qu'il aurait détaché. Peu m'importait. Il n'y aurait pas eu de place pour eux deux dans ma bouche, de toute façon. Je me plaquai contre son corps et me frottai contre lui avec frénésie. Depuis combien de temps ne l'avais-je pas eu en moi ? Trop longtemps ! Je saisis les pans de sa chemise et les écartai d'un coup sec, faisant voler les boutons. J'avais besoin d'avoir sa peau contre la mienne.

— Encore une de mes chemises préférées. Tu en veux à ma garde-robe ?

Glissant ses mains sous mon chemisier, il détacha mon soutien-gorge. Lorsque ses mains se posèrent sans douceur sur mes seins, je sursautai.

Viens, il faut te dépêcher...

Taisez-vous ! ordonnai-je en silence.

J'avais laissé cette voix à Dublin derrière moi, dans la chambre où elle m'avait torturée.

Tout sera perdu... Il faut que ce soit toi... Viens !

Je grondai. Ne pouvait-*elle* pas me laisser tranquille ? Voilà trois quarts d'heure qu'elle n'avait plus parlé dans mon esprit. Pourquoi maintenant ? Je ne dormais pas. J'étais éveillée, pleinement éveillée, et j'avais besoin de cela. J'avais besoin de lui. *Allez-vous-en !* suppliai-je, avant de gémir :

— Par pitié !

— Par pitié... quoi, Mac ? Cette fois, il faudra que tu m'expliques ce que tu veux. Que tu me dises tout, dans les moindres détails. J'en ai assez de te donner tout ce que tu attends sans t'obliger à le demander.

— Bien sûr. Les mots n'ont aucune valeur pour toi mais maintenant, tu exiges des paroles, dis-je contre ses lèvres. Tu n'es qu'un hypocrite.

— Et toi, tu es bipolaire. Tu me veux. Tu m'as toujours voulu. Tu crois que je ne le sens pas sur toi ?

— Je ne suis *pas* bipolaire.

Quelquefois, il visait bien trop juste...

Je défis le bouton de son pantalon, ouvris sa braguette et glissai ma main à l'intérieur. Il était dur comme du roc. Dieu que c'était bon !

Il se figea tout en poussant un soupir entre ses dents serrées.

Fais vite... Il arrive...

— Laissez-moi tranquille ! grommelai-je.

— Tu veux rire ? demanda-t-il d'une voix enrouée. Alors que tu tiens mon sexe dans ta main ?

Il me dit alors où celui-ci allait aller. Il me sembla que toute ma volonté me quittait. J'avais envie de m'étendre à même le sol et de le laisser me faire tout ce qu'il voudrait.

— Pas toi. *Elle.*

— Qui, elle ?

Une main me tira par la manche. Je n'eus pas besoin de regarder pour savoir que ce n'était pas celle de Jéricho.

— Embrasse-moi, elle s'en ira.

J'avais tellement besoin qu'il entre en moi que c'en était douloureux. J'étais moite, brûlante, et rien d'autre ne comptait que cet instant. Cet homme.

— Qui ?

— Embrasse-moi !

Il refusa. Il s'écarta et regarda par-dessus mon épaule. À son expression, je compris que je n'étais pas la seule à la voir.

— Je crois qu'elle est moi, murmurai-je.

Il posa les yeux sur moi, puis sur elle, puis de nouveau sur moi.

— C'est une plaisanterie ?

— Je connais cette maison. Je connais cet endroit. Je ne vois pas comment expliquer cela autrement.

— Impossible.

Il est presque déjà trop tard. Viens MAINTENANT.

Ce n'était plus une supplique ni un murmure. C'était un ordre, et la main sur mon bras s'était faite implacable. Je ne pouvais pas désobéir, malgré mon désir éperdu de rester là et de m'abandonner à la passion, malgré mon envie désespérée qu'il soit de nouveau en moi, que nous nous unissions de la façon la plus primitive qui soit, que je sois dans les bras de Jéricho Barrons, dans sa bouche, dans sa peau.

Seigneur, que j'en avais besoin ! J'en étais presque furieuse. Jamais je n'avais voulu désirer un homme à ce point – au point que ne pas l'avoir en moi m'était une véritable souffrance. Jamais je n'avais eu envie qu'un homme, quel qu'il soit, possède une telle emprise sur moi-même et sur ma vie.

Je me relevai et le repoussai.

Il me prit par la manche de mon manteau. Celui-ci se déchira alors que je m'élançais.

— Il faut que nous parlions de tout ceci ! Mac !

Je me ruai dans le couloir, courant après elle comme un chien essayant d'attraper sa queue.

La moitié blanche du boudoir, celle de la concubine, était tapissée de pétales couverts de rosée et éclairée d'une multitude de chandelles. Des diamants aux lueurs clignotantes flottaient dans l'air telles de petites étoiles à l'éclat intense. Les rares pierres précieuses à traverser l'énorme Miroir en direction de la partie réservée au roi s'éteignaient aussitôt, comme s'il n'y avait pas assez d'oxygène pour alimenter leur flamme, ou que l'obscurité était trop dense pour permettre à la lumière de briller.

La concubine était étendue, nue, sur des peaux d'hermine d'un blanc neigeux, devant l'âtre blanc.

Dans la pénombre, du côté opposé de la chambre, un mouvement agita les ténèbres. Le roi l'observait depuis l'autre côté du Miroir. Je ressentais sa présence intense, multimillénaire, puissamment charnelle. Elle savait qu'il la regardait. Elle s'étira langoureusement, fit glisser ses mains sur son corps et dans les cheveux, puis se cambra. Je croyais trouver l'autre côté de l'élastique ici, sur la concubine, mais il tirait encore de mon côté. Il se rétractait, invisible, à travers le massif Miroir noir qui séparait leur chambre en deux.

J'avais envie de le traverser pour rejoindre cette présence immense, immémoriale.

J'avais envie de ne jamais faire un pas de plus en direction de ces ombres.

Était-ce le roi en personne qui m'appelait ? Une part de lui se tenait-elle derrière moi, en cet instant ? Il fallait que je sache. J'avais traité Jéricho de couard, mais je ne pouvais que trop facilement me retourner l'accusation.

J'ai besoin... ordonna la voix.

Je comprenais cela. Moi aussi. Il me fallait du sexe. Des réponses. La fin de mes craintes, d'une façon ou d'une autre.

Seulement, la voix n'était pas venue de la femme étendue.

Elle avait jailli du côté sombre du boudoir, qui n'était qu'un vaste lit à la mesure du roi. C'était un ordre auquel je ne pouvais me soustraire. J'allais traverser le Miroir et Barrons allait m'étendre sur le lit du roi *unseelie*, puis me couvrir de tout son désir, de toutes ses ténèbres. Alors, nous saurions qui nous étions. Tout irait bien. Enfin, tout serait dit.

Alors que je regardais dans ce Miroir, dont je savais qu'il était fatal pour quiconque n'était pas le roi ou sa concubine, j'eus de nouveau cinq ans. D'autres détails du Lieu Glacé me revinrent, et je m'aperçus qu'il en restait beaucoup dont je ne me souvenais toujours pas.

J'avais toujours dû commencer par traverser cette chambre mi-blanche, mi-noire, mi-tiède, mi-froide. Pourtant, mon esprit d'enfant choquée et effrayée par les événements cauchemardesques qui s'ensuivaient oubliait systématiquement comment le rêve avait commencé. Il en avait toujours été ainsi.

Et chaque fois, cela avait été terriblement difficile de m'obliger à traverser l'énorme Miroir noir, parce que je n'avais qu'une envie, rester pour toujours dans la partie tiède et blanche de cette chambre, me perdre dans les scènes sans cesse rejouées de ce qui avait été autrefois mais que j'avais définitivement perdu, et pleurer – Oh, Seigneur, jamais je n'avais connu le véritable chagrin ! La douleur, c'était d'arpenter ces corridors noirs en sachant qu'ils seraient hantés pour l'éternité par les fantômes de deux amants trop insensés pour savourer le temps qui leur avait été imparti. Les souvenirs erraient dans ces couloirs et je les explorais, tel un triste spectre.

Malgré tout, l'illusion n'était-elle pas préférable au néant ?

Je pouvais rester ici et ne jamais affronter le fait que mon existence était vide, que ma vie n'avait été que vacuité – rêves, séduction, glamour.

Mensonges. Tout n'avait été que mensonges.

Ici, je pouvais oublier.

Viens, MAINTENANT !

— Mac, dit Jéricho en me secouant. Regarde-moi.

Je pouvais confusément le voir, à travers des diamants étincelants et des fantômes d'une époque révolue. Et derrière lui, de l'autre côté, j'apercevais la colossale et noire silhouette du roi *unseelie*, comme si Jéricho était l'ombre qu'il projetait en face, dans la moitié blanche de la chambre. Je me demandai si l'ombre de la concubine elle aussi était différente, à travers le Miroir du roi. Devenait-elle comme lui, dans son côté à lui ? Assez vaste, assez complexe pour s'unir à ce qu'était le roi ? Là-bas, dans cette obscurité rassurante et sacrée, qu'était-elle ? qu'étais-je ?

— Mac, concentre-toi sur moi ! Regarde-moi, parle-moi !

Je ne pouvais pas le regarder ni me concentrer sur lui, car ce qui se trouvait de l'autre côté de ce Miroir m'avait appelée toute ma vie.

Je savais que le Miroir ne me tuerait pas. Je le savais sans l'ombre d'un doute.

— Je suis désolée. Il faut que j'y aille.

Sa main se referma sur mon épaule et tenta de me détourner.

— Éloigne-toi de ça, Mac. Laisse tomber. Il y a des choses que l'on n'a pas besoin de savoir. Ta vie ne te suffit-elle pas comme elle est ?

Je ris. L'homme qui avait toujours insisté pour que je voie les choses comme elles sont m'invitait maintenant à me cacher ? Sur les tapis, derrière lui, la concubine éclata de rire à son tour. Rejetant la tête en arrière, elle leva le menton comme si un invisible amant l'embrassait.

Celui-ci ne pouvait qu'être le roi. Je fis glisser ma main le long de son bras et nouai mes doigts entre les siens.

— Viens avec moi, dis-je.

Puis je courus vers le Miroir.

26

Je traversai la membrane noire avec une facilité déconcertante... avant d'être brutalement saisie par un froid glacial.

Mon cerveau m'ordonna de reprendre mon souffle. Mon corps ne parvint pas à lui obéir. J'étais prise, de la tête aux pieds, dans une mince gangue de glace scintillante. Celle-ci craqua lorsque je fis un pas, retomba à mes pieds dans un léger tintement, puis se forma de nouveau.

Comment étais-je supposée respirer, ici ? Comment la concubine avait-elle fait ?

Du givre nappait l'intérieur de mon nez, ma bouche, ma langue et mes dents, jusqu'à mes poumons, tandis que toutes les parties de mon corps nécessaires à la respiration se couvraient d'une couche impénétrable. Je reculai en vacillant vers l'autre côté du Miroir, là où il y avait du blanc, de la lumière, de l'oxygène.

J'avais si froid que je pouvais à peine me mouvoir. L'espace d'un instant, je doutai de pouvoir traverser le Miroir en sens inverse. Je songeai, effrayée, que j'allais mourir dans la chambre du roi *unseelie*, répétant l'histoire, à la différence que cette fois, je ne laisserais aucun mot d'adieu derrière moi.

Lorsque je me glissai enfin par la membrane sombre, la chaleur me frappa comme devant un four ouvert. Je tressaillis, volai à travers la pièce et me heurtai contre le mur. La concubine étendue sur le tapis ne me prêta aucune attention. J'aspirai l'air avec avidité, dans un cri perçant.

Où était Jéricho ? Pouvait-il respirer, de l'autre côté ? En avait-il besoin, ou bien s'agissait-il de son milieu naturel ? Je regardai vers le Miroir, m'attendant à le trouver de l'autre côté, s'agitant d'un air menaçant, furieux contre moi de l'avoir forcé à révéler sa véritable identité.

Je vacillai, et faillis tomber.

J'avais été tellement persuadée d'avoir raison !

Barrons gisait sur le sol, à la limite entre la lumière et l'obscurité... du côté blanc de la pièce.

Seules deux personnes au monde peuvent traverser le Miroir, m'avait dit Darroc. Le roi *unseelie* et sa concubine. Quiconque le touche est aussitôt tué. Même les faës.

— Jéricho !

Je me ruai auprès de lui, le traînai loin du Miroir et m'affalai sur le sol à ses côtés. Je le retournai sur le dos. Il ne respirait plus. Il était mort. Une fois de plus.

Je le regardai.

Je regardai dans les ténèbres du Miroir.

Celui-ci ne m'avait pas tuée... mais il l'avait tué, lui.

Je n'aimais pas du tout ce que cela signifiait.

Cela voulait dire que j'étais effectivement la concubine.

Et aussi, que Jéricho n'était pas mon roi.

MAINTENANT !

L'ordre était colossal, irrésistible. La Voix au degré le plus élevé. Je voulais rester au chevet de Jéricho, mais même si ma vie en avait dépendu, je ne l'aurais pas pu. Et j'étais certaine que c'était le cas.

— Je ne peux pas respirer, là-bas.

Tu ne vis pas de ce côté du Miroir. Change tes croyances. Oublie la respiration. C'est la peur et non les faits qui te limite.

Était-ce possible ? Je n'y croyais pas, mais apparemment, peu importait que j'y croie. Mes mains m'aidèrent à me relever, mes pieds se dirigèrent tout droit vers le Miroir sombre.

— Jéricho ! hurlai-je tandis que j'étais écartée de lui malgré moi.

Je détestais ceci. Je détestais tout, dans cette histoire. J'étais la concubine mais Jéricho n'était pas le roi et cela m'était insupportable. Au demeurant, j'ignore comment j'aurais réagi s'il avait effectivement été le roi. À présent, j'étais amenée de force dans un endroit où je ne pouvais pas respirer, où je ne vivais pas réellement, selon mon bourreau désincarné, mais je n'avais d'autre choix que d'abandonner Jéricho, mort une fois de plus, derrière moi.

Soudain, je n'eus plus aucun désir de connaître quoi que ce soit d'autre à mon sujet. Cela suffisait. J'étais désolée d'avoir fait preuve d'une curiosité aussi acharnée. C'était lui qui avait raison. N'avait-il pas toujours raison ? Il y a des choses que l'on n'a pas besoin de savoir.

— Pas question. Je ne joue pas à vos jeux stupides, quels qu'ils soient, qui que vous soyez. Je retourne à ma vie, maintenant. À ce qui devrait être la vie de Mac, précisai-je.

Pour toute réponse, je ne perçus qu'une inexorable traction vers les ténèbres.

J'étais de nouveau une poupée entre les mains d'un invisible marionnettiste. Je n'avais pas de libre arbitre. J'étais attirée à travers le Miroir et je ne pouvais rien contre cela.

Sans cesser de me débattre, serrant les dents et m'arc-boutant tout le long du chemin, j'enjambai le corps de Jéricho et m'enfonçai dans le Miroir.

27

Guidée par mon seul instinct, je luttai pour retrouver mon souffle.

À peine avais-je traversé le Miroir que je fus de nouveau saisie dans une gangue de glace.

Le simple fait de passer de l'autre côté souleva un rideau, révélant d'autres souvenirs d'enfance oubliés. Soudain, je me souvins que je m'étais retrouvée, nuit après nuit, à l'âge de quatre, cinq, six ans, dans cet étrange paysage onirique. J'avais tout juste fini de dire mes prières, fermé les yeux et commencé à m'endormir qu'une source de contrôle désincarnée s'insinuait dans mon sommeil.

Je me souviens de m'être réveillée de ces cauchemars le souffle court, agitée de tremblements, puis avoir couru vers mon père en larmes, disant que j'avais froid et que je ne pouvais plus respirer.

Je me demandais comment le jeune Jack Lane avait pris tout ceci – sa fille adoptive à qui l'on avait interdit de revenir dans son pays de naissance, et qui était hantée par des cauchemars où elle suffoquait dans un froid glacial. Quelles horreurs supposait-il que j'avais subies pour être aussi effrayée ?

Je l'aimais de tout mon cœur pour l'enfance qu'il m'avait offerte. Il m'avait ancrée grâce à la routine quotidienne d'une vie simple, remplie de couchers de soleil et de promenades à vélo, de leçons de musique et de séances de pâtisserie avec Maman dans notre cuisine baignée de lumière et de chaleur. Peut-être m'avait-il laissée devenir trop frivole, dans sa volonté de me préserver de la souffrance de ces cauchemars, mais je n'aurais pas juré que je n'en aurais pas fait autant à sa place.

L'impossibilité de respirer n'avait été que la première des épreuves qui m'avaient tellement terrifiée dans mon enfance. En grandissant, rassurée par le cocon de l'amour dont mes parents m'avaient enveloppée, j'avais appris à effacer ces images nocturnes et les émotions effrayantes liées au Lieu Glacé. À l'adolescence, le cauchemar récurrent était profondément enfoui dans mon subconscient, me laissant avec le poids d'une intense répulsion pour le froid et cette confuse sensation de bipolarité que je commençais seulement à comprendre. Si des images incompréhensibles se frayaient occasionnellement un chemin jusqu'à ma conscience, je les attribuais à tel ou tel film d'horreur sur lequel j'étais tombée par hasard en allumant la télévision.

N'aie pas peur. Je t'ai choisie parce que tu en étais capable.

Cela aussi, je m'en souvenais, maintenant. La voix qui m'avait ordonné de venir avait tenté de me réconforter et m'avait assurée que j'étais à la hauteur de la tâche – quelle qu'elle soit.

Je n'y avais jamais cru. Si cela avait été le cas, je n'aurais pas eu si peur.

Je secouai violemment la tête, faisant craquer la glace, qui tomba avant de se reformer aussitôt.

Je recommençai. Le froid me figea de nouveau. Je réitérai la manœuvre à quatre ou cinq reprises, chaque fois terrifiée à l'idée que, si je ne la faisais pas se fissurer, la glace s'épaissirait tellement que je resterais éternellement là, telle une statue gelée, oubliée du monde, dans la chambre du roi *unseelie*.

Lorsque Barrons reviendrait à la vie, il se lèverait, regarderait par le Miroir et tenterait, avec force rugissements, de me faire retrouver mes esprits et ma mobilité, mais je demeurerais ainsi – juste sous ses yeux mais indéfiniment hors de son atteinte, parce que personne, sinon moi et le mystérieux démiurge de la race *unseelie*, ne pouvait pénétrer dans l'alcôve royale. Et qui savait où se trouvait le souverain ?

D'ailleurs, qui savait *qui* était le souverain ?

J'étais résolue à le découvrir, ce qui signifiait que je devais trouver un moyen de me déplacer dans son habitat naturel. Je l'avais déjà fait, longtemps auparavant, dans une autre vie, alors que j'étais son amante. Par conséquent, je devais pouvoir recommencer. À ce qu'il semblait, je m'étais laissé quelques indices.

C'est la peur, et non les faits, qui te limite.

J'étais supposée modifier mes croyances et me passer de respirer.

Lorsque la glace se reforma sur moi, je demeurai immobile et la laissai me couvrir de nouveau au lieu de résister et de lutter pour retrouver mon souffle. Je tentai d'imaginer cela comme un réconfort, comme une fraîcheur apaisante sur une fièvre élevée. Je tins le coup trente secondes avant d'être gagnée par la panique. Des couches argentées jaillirent de moi et se fracassèrent sur le sol d'obsidienne lorsque je sursautai dans un geste frénétique.

La seconde fois, je franchis le cap d'une minute.

À mon troisième essai, je m'avisai que j'avais cessé de respirer depuis que j'étais entrée dans le Miroir. J'avais été tellement occupée à lutter contre la glace que je ne m'étais pas aperçue que j'étais en apnée. J'aurais bien émis un petit reniflement amusé, mais cela m'était impossible. Il n'y avait, littéralement, pas un souffle d'air de ce côté du Miroir. Ici, ma physiologie fonctionnait autrement.

Je demeurai immobile, luttant pour quelque chose dont je n'avais pas besoin, mue par une vie entière de conditionnement.

Pouvais-je parler, ici ? La voix n'était-elle pas portée par notre respiration ?

— Bonjour.

Je ravalai une grimace. J'avais gazouillé, comme l'un des princes noirs, mais sur une note différente, plus aiguë, plus féminine. J'avais prononcé mon salut par des syllabes normales mais, sans air pour les convoyer, les notes semblaient avoir été martelées de façon assourdie sur un xylophone désaccordé.

— Il y a quelqu'un ?

Je me gelai de nouveau, figée de stupeur en entendant ces échos surnaturels. Je m'exprimais en notes de carillon d'orchestre.

Ayant compris que je n'allais pas suffoquer, que je pouvais parler – en quelque sorte – et que tant que je bougeais, la glace se craquelait, je me mis à sautiller sur place et regardai autour de moi.

La chambre du roi avait approximativement la taille d'un stade de football. Les murs de glace noire s'élançaient au-dessus de moi vers un plafond trop élevé pour que je le voie. Des pétales noirs capiteux tombés d'une exquise roseraie fantasmagorique tombaient à mes pieds en tourbillonnant tandis que je dansais d'un pied sur l'autre. Les flocons de givre qui tentaient de se former sur ma peau pleuvaient avec eux. Pendant quelques instants, je regardai, fascinée, les cristaux étincelants qui se détachaient contre le sol et les fleurs, tous noirs.

Elle retomba en arrière dans un rire léger, de la glace dans ses cheveux, sous une pluie de pétales veloutés qui parsemaient sa poitrine nue...

Elle n'avait jamais froid, ici.

Ils étaient toujours ensemble.

Une vague de tristesse me submergea, menaçant de m'étrangler.

Il avait tant d'ambitions.

Elle n'en avait qu'une. Aimer.

Il aurait dû prendre des leçons auprès d'elle.

En vérité, les minuscules diamants provenant du côté de la chambre de la concubine – je ne parvenais pas à me résoudre à dire « de ma chambre », surtout aussi près de la couche royale – ne s'éteignaient pas du tout. Ils se transformaient en passant de l'autre côté et à présent, ils scintillaient dans l'air obscur, tels des papillons de nuit aux palpitants reflets de flamme bleutée.

Le lit du roi, fermé de rideaux noirs qui s'agitaient autour de soyeuses fourrures couleur d'encre, occupait un tiers de l'espace – la partie visible depuis l'autre côté. Je m'en approchai et passai ma main sur les pelisses. Elles étaient lisses et sensuelles. J'avais envie de m'y étendre, nue, et de ne plus jamais m'en aller.

Ceci n'était pas la chambre blanche et tiède que j'avais trouvée si familière et rassurante, mais il y avait aussi de la beauté, ici, de ce côté du Miroir. Le monde de la concubine était comme la gloire d'un jour d'été lumineux et sans secrets. Celui du roi était une nuit d'un noir scintillant où tout était possible. Je rejetai ma tête en arrière. Était-ce un plafond peint en noir et rehaussé de motifs étoilés, si haut au-dessus de moi, ou bien un ciel nocturne taillé dans un autre monde et apporté ici pour mon plaisir ?

J'étais dans sa chambre. Je me souvenais de cet endroit. J'étais venue. Allait-il en faire autant ? Allais-je enfin pouvoir contempler le visage de mon amant perdu depuis si longtemps ? S'il était mon royal bien-aimé, de quoi avais-je si peur ?

Dépêche-toi ! Nous y sommes presque... Viens vite !

L'ordre avait émané d'une colossale ouverture cintrée de l'autre côté de la chambre. Impossible de m'y dérober. Je me mis à courir vers la voix du joueur de flûte de Hamelin de mon enfance.

Autrefois, le roi avait placé la reine *seelie* au-dessus de toutes les autres, mais au fil des éons, cela avait changé. Il y avait réfléchi pendant des millénaires, l'avait étudiée, l'avait soumise à de subtiles épreuves afin de déterminer si le problème venait d'elle ou de lui.

Il avait été rassuré le jour où il avait compris qu'aucun d'entre eux n'était en cause, mais que le couple qui cimentait leur race pour l'éternité se séparait parce qu'elle était l'Immobilité, et lui le Changement.

Cela était dans leur nature. Ce qui était étrange était plutôt qu'ils soient restés ensemble si longtemps.

Il n'aurait pas plus été capable d'entraver sa propre évolution qu'elle de s'interdire de stagner. La reine était en cet instant tout ce qu'elle serait jamais.

Par une ironie de la vie, la mère de leur race – celle qui maîtrisait le Chant-qui-forme, celle qui pouvait accomplir les actes les plus puissants de toute la création – n'était pas une Créatrice. Elle était le pouvoir sans l'émerveillement, la satisfaction sans joie. Et qu'était une existence sans joie ni émerveillement ? Insignifiante. Vide.

Elle commença à le trouver dangereux.

Il se mit à s'échapper de plus en plus souvent pour explorer d'autres mondes sans elle, avide de choses qu'il ne savait nommer. La cour brillante et frivole qu'il avait autrefois trouvée agréable et inoffensive devint pour lui un nid de vanités et d'ennui mondain.

Il se bâtit une forteresse dans un royaume de glace noire, antithèse parfaite de tout ce qu'affectionnait la reine. Là, dans sa paisible et sombre retraite, il pouvait réfléchir. Là, loin des salons clinquants et des courtisans aux costumes rutilants, il pouvait s'épanouir. Il n'était plus noyé par les rires incessants et les querelles mesquines. Il était libre.

Un jour, la reine vint le trouver dans son château de glace. Il vit avec amusement l'horreur qu'éprouva la souveraine, dépouillée de son brillant plumage par les lueurs blafardes du monde qu'il avait élu et qui nimbait tout de reflets noirs, blancs ou bleutés. Cela lui offrait l'environnement spartiate dont il avait besoin pour examiner la complexité de son existence et décider de ce qu'il voulait devenir. Cela était après qu'il avait rencontré sa concubine, bien après qu'il avait compris qu'il ne pouvait plus supporter ses propres sujets plus de quelques heures d'affilée, mais avant qu'il ait entrepris de faire de sa bien-aimée une faë, à son image.

La reine avait joué de sa séduction, usé de sa ruse, manifesté son mépris. Finalement, elle avait tenté d'utiliser une petite partie du Chant contre lui, mais il s'était préparé à cette éventualité car, tout comme elle, il pouvait voir l'avenir aussi loin que celui-ci se laissait lire, et anticipé ce jour.

Pour la première fois dans l'histoire de leur peuple, le roi et la reine s'étaient protégés l'un de l'autre par des armes.

Puis la mère de leur race, ivre de rancune, avait quitté son château en trombe, et il avait verrouillé sa porte derrière elle en jurant que tant qu'elle ne lui aurait pas donné ce qu'il désirait – le secret de l'immortalité pour sa bien-aimée – aucun Seelie n'arpenterait jamais ses couloirs glacés. Seule la reine pouvait dispenser l'élixir de vie, qu'elle conservait jalousement dans son alcôve. Il voulait cela, et plus encore : de quoi faire de sa concubine son égale en tous points.

Je cessai de sautiller en m'obligeant à retrouver mes esprits. La glace me recouvrit aussitôt mais cela ne me terrifia pas. J'attendis quelques instants avant de faire un pas pour la craqueler.

De ce côté du Miroir, dans la partie du roi, les souvenirs ne défilaient pas devant mes yeux comme les reliquats d'une époque vécue du côté de la concubine. Ils semblaient se glisser directement dans mon esprit.

J'avais l'impression d'être deux personnes : une qui avait longé au pas de course d'immenses corridors de glace noire, et une autre qui s'était tenue dans une salle de réception royale et avait regardé la première souveraine faë se battre contre un pouvoir ténébreux, chercher la faille, user de manipulation, encore et toujours... Je savais tout d'elle ; je connaissais sa véritable forme, ses apparences préférées. Et même son expression lorsqu'elle était morte.

Viens à moi...

Je me remis à courir le long de sols d'obsidienne. Le roi n'avait pas fourni le moindre effort en matière de décoration. Aucune fenêtre ne s'ouvrait sur le monde qui s'étendait au-delà de ces murs, même si je savais que cela avait été le cas autrefois, avant que la reine ne transforme sa planète en prison. Je savais aussi qu'il y avait eu un mobilier simple mais luxueux. À présent, les seuls embellissements consistaient en motifs richement sculptés à même la glace, conférant à ces lieux une austère majesté. Si la cour de la reine était une courtisane au maquillage outrancier, celle du roi était une belle fille sauvage.

J'en connaissais chaque couloir, chaque recoin, chaque salle. Elle devait avoir vécu ici avant qu'il fabrique les Miroirs pour elle. Pour moi.

Je frémis.

Où était-il donc ?

Si j'étais effectivement la réincarnation de sa concubine, pourquoi ne m'attendait-il pas ? J'avais l'impression d'avoir été programmée pour me retrouver ici, d'une façon ou d'une autre. Qui m'appelait ?

Je suis en train de mourir...

Mon cœur se serra. Moi qui m'étais crue incapable de respirer jusqu'alors, ce n'était rien à côté de ce que ces quelques mots venaient d'éveiller en moi. J'aurais donné ma main, mes yeux, vingt ans de ma vie pour empêcher cela d'arriver.

Je pilai net devant les portes colossales de la forteresse du roi et levai les yeux. Taillées dans une glace couleur d'ébène, elles devaient mesurer une trentaine de mètres de haut. Je n'avais aucun moyen de les ouvrir, mais la voix provenait de l'autre côté – de l'enfer polaire *unseelie* tant redouté. Des symboles complexes ornaient l'arche gigantesque qui encadrait les battants. Je compris alors qu'il y avait un mot de passe. Hélas ! Je ne pouvais pas atteindre les signes pour appuyer dessus, et aucune échelle d'une trentaine de mètres de haut n'était commodément appuyée contre les murs...

Soudain, je perçus sa présence royale. Comme s'il s'élevait juste derrière moi.

J'entendis un ordre franchir mes propres lèvres, des mots que j'aurais été incapable de prononcer avec une langue humaine, puis je vis les formidables portes pivoter sans un bruit.

La prison de glace était exactement telle que je l'avais rêvée... à un énorme détail près.

Elle était vide.

Dans mes cauchemars, la geôle avait toujours été peuplée d'innombrables monstres *unseelies* perchés haut sur les falaises qui me surplombaient, lançant des morceaux de glace vers le ravin comme s'ils étaient des joueurs de bowling et moi la quille. D'autres volaient bas, me piquant de leurs becs géants.

À l'instant où j'avais franchi le seuil des immenses portes du roi, je m'étais préparée à une attaque.

Celle-ci ne vint jamais.

Le désert arctique n'était plus que la carcasse vide d'une prison aux barreaux rouillés.

Malgré l'absence des anciens détenus, le désespoir s'accrochait à chaque saillie, soufflait du haut de chaque falaise, jaillissait de chaque gouffre sans fond.

Je rejetai la tête en arrière. Il n'y avait pas de ciel. Les parois de glace noire s'élevaient plus haut que ne portait le regard. Une lueur bleue émanait des falaises, la seule lumière qui fût ici. Un brouillard d'un noir bleuté s'élevait des crevasses de la muraille.

Jamais la lune ne se lèverait sur ce paysage. Jamais le soleil ne s'y coucherait. Les saisons n'y passeraient pas. Aucune couleur ne viendrait le teinter.

Ici, la mort serait une bénédiction. Il n'y avait nul espoir, nulle chance que la vie change un jour. Pendant des centaines de milliers d'années, les *Unseelies* avaient peuplé cet univers minéral glacial, mortel, sans soleil. Leur manque de tout, leur vide intérieur avaient imprégné la substance même dont était fait leur bagne. Autrefois, voilà bien longtemps, ce monde avait été d'une étrange beauté. À présent, il était radioactif jusqu'au cœur.

Je savais que si je m'attardais trop longtemps dans ce néant, je perdrais toute volonté de le quitter. J'en viendrais à croire que ce terrain vague polaire, ces oubliettes de misère et de glace étaient tout ce qui existe, tout ce qui avait jamais existé et, pire, exactement ce que je méritais.

Arrivais-je trop tard ? Aurais-je dû répondre à ces appels bien avant la chute des murs de la prison ? Était-ce pour cela que je voyais sans cesse ces sabliers remplis de poudre noire finir de se vider ?

J'avais pourtant continué d'entendre la voix dans mes rêves – et maintenant à l'état de veille. Cela devait signifier que j'avais encore le temps.

Le temps de quoi ?

J'examinai les nombreuses cavernes taillées dans la roche noire déchiquetée, foyers glacés que les *Unseelies* avaient creusés de leurs griffes dans la falaise hostile. Rien ne bougea. Je n'avais pas besoin de regarder pour savoir que je ne trouverais aucun objet de confort à l'intérieur. Les désespérés n'ont pas de nid douillet. Ils endurent. Je fus soudain assaillie par un profond chagrin à l'idée qu'ils aient été réduits à un tel dénuement. Quelle cruauté de la part de la reine ! Ils auraient pu être les égaux de ceux de la Cour de Lumière, au lieu de frissonner pour l'éternité dans le froid et l'obscurité. Sur des plages ensoleillées, sous des climats tropicaux, peut-être seraient-ils devenus moins monstrueux. Peut-être auraient-ils évolué comme le roi l'avait fait. Seulement, cette reine sans cœur ne s'était pas contentée de les jeter derrière les barreaux. Elle avait *voulu* qu'ils souffrent. Et pour quels crimes ? Qu'avaient-ils fait pour mériter cela, à part naître sans son consentement ?

Je fus troublée par le tour qu'avaient pris mes réflexions. Je ressentais de la pitié pour les *Unseelies* et j'estimais que le roi avait évolué.

Cela était probablement dû aux souvenirs résiduels qui hantaient ces lieux.

Je cheminai sur des éboulements neigeux qui craquèrent sous mes pas, escaladai des saillies rocheuses ébréchées, avant de m'engager dans un goulet qui serpentait entre des murailles vertigineuses. Cette étroite fissure était une autre de mes terreurs d'enfance. Large de moins d'un mètre, cette faille était si exiguë qu'elle m'oppressait et me donnait de la claustrophobie. Pourtant, je savais que mon chemin passait par là.

À chacun de mes pas, mon sentiment de bipolarité s'exacerbait.

J'étais Mac, qui abhorrais les *Unseelies* et n'avait d'autre désir que de voir les murs de la prison de nouveau érigés, et les monstrueux assassins renvoyés dans leur geôle.

J'étais la concubine, qui aimait le roi et tous ses enfants. J'aimais même cet endroit. Il y avait eu des moments heureux, ici, avant que cette garce de reine détruise tout, à l'instant de rendre son dernier souffle.

À ce sujet, j'aurais dû mourir. Je ne respirais pas. Je n'avais pas de flux sanguin. Pas d'oxygène. J'aurais dû être mortellement gelée dès l'instant où j'avais franchi le Miroir. Il était impossible que je puisse marcher dans ces conditions. Et pourtant, c'était le cas.

J'avais si froid que la mort aurait été un soulagement bienvenu. Il était facile de comprendre pourquoi mon imagination enfantine avait été si enflammée par le poème *La Crémation de Sam McGee*. La seule idée d'avoir chaud de nouveau dépassait presque mon entendement.

À plusieurs reprises, j'envisageai de renoncer à cette mission dont je ne voulais pas. Je pouvais faire demi-tour, retourner à la Maison blanche, traverser le Miroir, retrouver Jéricho, reprendre notre plan initial et faire comme si rien de ceci n'était arrivé. Il ne dirait jamais rien. Il avait lui-même quelques noirs secrets à dissimuler. Je pouvais oublier que j'étais la concubine. Oublier que j'avais jamais eu une existence passée. Je veux dire, vraiment, qui voudrait être amoureux de quelqu'un qu'il n'a jamais vu, du moins pas dans cette incarnation ? L'idée du roi *unseelie* était en moi comme un énorme enchevêtrement d'émotions contradictoires que je n'avais envie ni de démêler, ni d'examiner.

Vite ! Dépêche-toi !

Des flocons tranchants comme des rasoirs commencèrent à tomber. Du fond de certaines cavernes, montèrent d'insoutenables sonorités suraiguës. Jéricho m'avait dit qu'il existait, dans la prison *unseelie*, des créatures si malsaines, si monstrueuses qu'elles resteraient là même si les murs s'écroulaient, parce qu'elles aimaient leur foyer. Comment aurais-je pu traverser cet endroit s'il avait toujours été peuplé ? Et pour commencer, par quel miracle aurais-je pu y trouver mon chemin ? Comment les événements avaient-ils été orchestrés afin de m'amener ici, à ce moment, de cette façon ? Plus important encore, qui tirait les ficelles ? De qui étais-je la marionnette ? Je détestais être là… mais pour rien au monde je n'aurais fait demi-tour.

Je n'ai aucune idée du laps de temps pendant lequel je cheminai péniblement, à travers un désespoir et une absurdité si palpables qu'à chaque pas, j'avais l'impression de marcher dans du ciment humide. Dans cet endroit, les divisions temporelles n'existaient pas. Il n'y avait pas de montres ni d'horloges, pas de minutes ni d'heures, pas de nuit ni de jour, pas de soleil ni de lune. Rien que du noir, du blanc et du bleu à perte de vue, et une insondable détresse.

Combien de fois avais-je suivi ce sentier dans mon sommeil ? Si j'avais fait ce rêve depuis ma naissance... plus de huit *milliers*.

Chaque pas, à force d'être répété, était devenu instinctif. J'évitais des plaques de glace dangereusement minces dont j'ignorais la présence. Je devinais l'emplacement de failles sans fond. Je connaissais la forme et le nombre des entrées de grottes percées dans la vertigineuse paroi au-dessus de ma tête. J'identifiais des signes trop subtils pour être remarqués par quiconque n'avait pas emprunté cette voie à d'innombrables reprises.

Si mon cœur avait pu marteler ma poitrine, il l'aurait fait. Je n'avais aucune idée de ce qui m'attendait. Si, dans mes songes, j'étais jamais parvenue au terme de mon périple, j'en avais effacé le souvenir.

La voix qui me commandait, m'ordonnait de lui obéir, avait toujours été celle d'une femme. La concubine en moi avait-elle pris le contrôle de moi-même dès que je m'assoupissais pour nourrir mes rêves afin de m'obliger à me souvenir et de me pousser à accomplir un acte bien précis ?

Darroc m'avait dit que, d'après certains, le roi *unseelie* était inhumé dans de la glace noire où il dormait pour l'éternité de son dernier sommeil. Le souverain avait-il été entraîné dans un piège, et tentait-il de m'atteindre dans le Rêvement afin de m'enseigner tout ce que j'avais besoin de savoir pour le libérer ? Ma vie entière n'avait-elle eu d'autre fin ?

J'avais beau être consciente de l'amour que partageaient le roi et sa concubine, je détestais l'idée que mon existence de mortelle ait été sacrifiée, sans égard pour ce qu'elle aurait pu être, pour ce que *j'aurais* pu être. La concubine n'avait-elle pas vécu assez longtemps autrefois, attendant qu'il se réveille, pour retrouver ses esprits et vivre ?

Pas étonnant que j'aie eu de telles tendances psychotiques à l'adolescence ! Depuis ma plus tendre enfance, j'avais été hantée par les souvenirs refoulés d'une vie antérieure fantastique gravée dans mon subconscient !

Soudain, je trouvai suspect tout ce qui me concernait. Aimais-je vraiment autant le soleil, ou était-ce un souvenir qui me restait d'*elle* ? Adorais-je réellement la mode, ou étais-je juste obsédée par la garde-robe de la concubine, riche d'un millier de robes fabuleuses ? Ma passion pour la décoration était-elle authentique, ou n'était-elle que l'expression de *son* besoin d'embellir la cage dorée où elle attendait son amant ?

Aimais-je seulement la couleur rose ?

Je tentai de me rappeler combien de ses robes avaient été de cette nuance.

— Beuh ! m'écriai-je.

Ma voix jaillit tel l'écho assourdi d'un puissant gong.

Je ne voulais pas être *elle*. Je voulais être moi. Hélas ! Pour ce que j'en savais, je n'étais même pas née…

Une effroyable pensée me traversa l'esprit. Peut-être n'étais-je pas la réincarnation de la concubine. Peut-être *étais*-je la concubine, que l'on avait fait boire de force au Chaudron !

— C'est ça, et on a demandé à un chirurgien esthétique de me refaire le visage ? ricanai-je.

Je ne ressemblais pas du tout à la concubine.

Mes craintes me donnaient le tournis, et chacune était plus effrayante que la précédente.

Je pilai net, comme si un signal d'alerte s'était mis à retentir de plus en plus vite dans ma tête et venait de se muer en une sonnerie ininterrompue.

J'y étais. Quel que soit l'endroit que cela désignait. Quel que soit le sort qui m'attendait, qui que soit celui qui m'avait amenée jusqu'ici, c'était là-bas, derrière le prochain sommet de glace noire, à une vingtaine de pas devant moi, que tout allait se jouer.

Je demeurai immobile si longtemps que la gangue de givre se forma de nouveau.

Le désespoir m'envahit. Je n'avais pas envie de regarder. Je n'avais pas envie de monter là-haut. Et si ce que j'allais y trouver ne me plaisait pas ? Avais-je refoulé ce souvenir parce que j'allais mourir ici ?

Et si j'arrivais trop tard ?

La prison était vide. Inutile d'aller plus loin. Le mieux était sans doute de renoncer, de me transformer en statue de glace et d'oublier. Je n'avais pas envie d'être la concubine. Je n'avais pas envie de trouver le roi. Je n'avais pas envie de séjourner éternellement en Faëry, ni d'être sa bien-aimée jusqu'à la fin des temps.

Je voulais être humaine. Je voulais vivre à Dublin ou à Ashford, et aimer mon père et ma mère. Je voulais me battre aux côtés de Jéricho Barrons et tenir une librairie, un jour, quand notre monde serait reconstruit.

Je voulais voir Dani grandir et tomber amoureuse pour la première fois. Je voulais placer Kat à la tête de l'Abbaye à la place de la vieille femme qui la dirigeait, et prendre des vacances sous les tropiques, sur une plage parmi les humains.

Je restai là, déchirée par l'indécision. Devais-je aller à la rencontre de mon destin, telle une brave petite automate ? Me figer de froid et tout oublier, comme me le suggérait fortement la puissante atmosphère de désespérance qui régnait ici ? Ou faire demi-tour et m'enfuir ? Cette dernière idée me tentait furieusement. Elle était synonyme de libre arbitre, de capacité à décider moi-même de mon chemin et à poser mes propres conditions.

Si je n'atteignais jamais cette crête, si je ne découvrais jamais la fin de ce rêve qui m'avait hantée toute ma vie, en serais-je libérée ?

Aucun pouvoir supérieur ne me forçait à aller de l'avant. Aucun être divin ne m'ordonnait de chercher le Livre et de remonter les murs. Le seul fait que j'en sois *capable* ne signifiait pas que j'en avais l'obligation. Je n'étais pas contrainte de combattre les faës. J'étais libre d'agir comme bon me semblait. Je pouvais m'en aller, partir loin d'ici, éluder les responsabilités, m'occuper de moi-même et abandonner mon fardeau à quelqu'un d'autre. C'était un monde nouveau, étrange. Je pouvais cesser d'y résister, m'adapter, tirer le meilleur parti de la situation. À défaut d'autre chose, j'avais fait preuve, au cours des mois précédents, d'une souplesse exemplaire et de solides capacités à rebondir lorsque rien ne se déroulait comme je l'avais prévu.

Et cependant… pouvais-je vraiment m'en aller maintenant, et ne jamais savoir à quoi avait rimé tout ceci ? Vivre en laissant cette bipolarité jamais résolue décider à ma place ? Voulais-je vivre ainsi, mener l'existence conflictuelle, autodestructrice et pleine d'effroi de quelqu'un qui avait reculé au dernier moment ?

La sécurité est une barrière, et les barrières sont bonnes pour les moutons, avais-je dit un jour à Rowena.

Si tes certitudes étaient soumises à l'épreuve des faits, avait-elle sèchement répondu, *je me demande ce que tu choisirais.*

L'heure de la vérité avait sonné.

Je craquai la glace, la fis tomber de ma peau et me dirigeai vers le sommet de la crête.

28

À cet instant, juste avant que je voie par-delà la crête, un dernier souvenir effacé refit surface, dans une ultime tentative de me contraindre à revenir sur mes pas.

Cela faillit fonctionner.

Lorsque je parviendrais au sommet, il y aurait un cercueil taillé dans la même glace bleu-noir que les pierres, au centre d'une estrade couverte de neige et entourée de falaises abruptes.

Un vent d'un froid mordant allait passer sur moi et soulever mes cheveux. Je ferais halte, indécise, avant de m'approcher du sarcophage.

Le dessus serait gravé d'anciens symboles aux motifs complexes. J'appuierais mes mains en V sur les runes, ferais coulisser le couvercle et regarderais à l'intérieur.

Et je pousserais un hurlement.

Je ralentis le pas.

Je fermai les yeux mais, malgré mes efforts, je ne parvins pas à voir ce qui, dans le cercueil, me faisait crier. Apparemment, j'allais devoir aller jusqu'au bout pour savoir comment se finissait mon cauchemar récurrent.

Je carrai les épaules, marchai droit vers le sommet et m'arrêtai, surprise.

La sépulture de glace était bien là, sculptée et ornée avec soin, exactement comme je me l'étais représentée. Toutefois, elle semblait bien trop petite pour contenir la dépouille royale.

En revanche qui était-*il* ?

Encore un imprévu. Dans tous mes cauchemars, il n'y avait eu personne d'autre ici que celui (ou celle) qui gisait dans la tombe et moi.

Grand, superbement bâti, la peau d'un blanc de neige et aussi lisse que le marbre, avec de longs cheveux d'un noir de jais, *il* était assis sur un banc de neige durcie près du sarcophage, le visage enfoui entre ses mains.

Debout sur le sommet de la crête, je l'observai. Une rafale descendit des falaises et fit danser mes cheveux. Cet homme était-il un spectre ? Un souvenir ? Il n'était pas flou sur les bords, ni transparent.

Était-il mon roi ?

À peine avais-je posé la question que je sus qu'il ne l'était pas.

Dans ce cas, qui était-ce ?

Sur ce que je pouvais voir de sa peau d'albâtre – une main sur sa joue, un bras blanc à la musculature fuselée – couraient des signes et des symboles d'un noir d'encre.

Était-il possible qu'il y ait *cinq* princes *unseelies* ? Celui-ci n'était pas l'un des trois qui m'avaient violée. En outre, il ne possédait pas d'ailes, ce qui signifiait qu'il n'était pas non plus Cruce/la Guerre.

Alors qui était-il ?

— Ah, tout de même ! lança-t-il par-dessus son épaule sans même se retourner. Voilà des semaines que j'attends.

Je tressaillis. Il avait parlé avec cet horrible tintement que ma raison comprenait, mais auquel mes oreilles refusaient de s'habituer. Toutefois, ceci n'est que l'une des raisons qui m'avaient fait sursauter. Mis à part la nécessité de faire craquer la glace sur moi, la cause principale était l'horreur qui m'avait saisie lorsque j'avais compris sur qui je posais les yeux.

— Christian MacKeltar ! dis-je, avant de faire la grimace.

J'avais parlé dans la langue de mes ennemis, un langage que je n'avais jamais appris, de ma bouche incapable de le prononcer. Il était plus que temps que je retourne du bon côté du Miroir.

— C'est bien toi ?

— En chair et en os, *lass*. Enfin... à peu près.

J'ignorais s'il avait voulu dire « à peu près moi » ou « à peu près en chair et en os ». Je ne posai pas la question.

Il leva la tête et me décocha un regard étincelant. Il était d'une beauté presque effrayante. Ses yeux étaient tout noirs. Il battit des cils, et ses pupilles furent de nouveau entourées de blanc.

Dans une autre vie, je serais tombée follement amoureuse de Christian MacKeltar. Du moins, pour celui que j'avais rencontré à Dublin. À présent, il était si différent que, s'il ne m'avait pas parlé, j'ignore combien de temps il m'aurait fallu pour le reconnaître. Le séduisant étudiant au corps athlétique, au cœur de druide et au sourire ravageur avait disparu. Tout en regardant les signes et les symboles se mouvoir sous sa peau, je m'interrogeai : si nous n'étions pas dans cette prison qui absorbait toutes les couleurs, ses tatouages auraient-ils été noirs... ou kaléidoscopiques ?

Je demeurai immobile trop longtemps. Soudain, je compris que j'étais en train de le regarder à travers un fin voile de glace. Lui non plus n'avait pas bougé, mais aucun gel ne le recouvrait. Pourquoi ? Et cette chemise à manches courtes qu'il portait ! N'avait-il pas froid ? Tandis que je faisais craqueler le givre, il reprit la parole.

— L'essentiel de ce qui se passe ici est dans ton esprit. Tout ce que tu t'autorises à ressentir s'intensifie.

Les mots retentissaient comme de sinistres carillons frappés sur un xylophone désaccordé. Je frémis. Je pouvais distinguer son accent écossais dans le tintement de sa voix, mais ce fragment d'humanité dans ces sonorités inhumaines rendait celles-ci d'autant plus glaçantes.

— Tu veux dire que si je n'y pense pas, je ne vais pas geler ? demandai-je.

Mon estomac se mit à gronder et je fus soudain recouverte d'un épais glaçage bleu et crémeux.

— Et maintenant, tu penses à manger, n'est-ce pas, *lass* ?

Son amusement adoucit les sonorités carillonnantes de sa voix, la rendant un peu plus supportable. Il se leva mais ne fit pas mine de s'approcher de moi.

— Tu t'apercevras que cela arrive souvent, ici.

J'eus l'idée de transformer le glaçage en glace. C'était aussi simple que cela. Lorsque je fis un pas en avant, elle tomba de ma peau en se brisant.

— Cela signifie-t-il que si je pense à une plage tropicale chaude…

— Non. L'essence de ce lieu reste ce qu'elle est. Tu peux aggraver les choses, mais pas les améliorer. Tu ne peux que détruire et non créer. Une méchanceté supplémentaire de la reine. Je suppose que ce n'est pas un glaçage, sur toi, mais des flocons de gel recouverts de la substance de quelque chose que tu n'as pas envie de regarder de trop près.

Je tournai les yeux vers le sépulcre. C'était plus fort que moi. Il était là, massif et terrifiant, tel le sombre et silencieux père Fouettard de vingt ans de mauvais rêves. J'avais tenté de l'ignorer, en vain. Il s'imposait à mon attention.

J'allais m'en approcher.

J'allais l'ouvrir, regarder à l'intérieur et hurler.

Très bien. Je n'étais pas pressée que tout cela arrive.

Je me tournai de nouveau vers Christian. Que faisait-il ici ? Ce qui m'avait amenée en ces lieux avait hanté mes nuits toute ma vie ou presque. J'avais bien le droit de m'accorder quelques minutes de répit avant d'affronter ce à quoi j'étais condamnée.

Si l'on pouvait parler de répit.

Il ne m'avait pas échappé que je venais de trouver exactement ce dont j'avais besoin. Quelle chance de mettre la main sur le dernier des cinq druides dont la présence était indispensable pour accomplir le rituel, précisément ici, près de ce vers quoi j'avais été amenée !

Dommage que je ne croie plus à la chance…

J'avais l'impression amère d'avoir été manipulée… mais par qui, et dans quel but ?

— Que t'est-il arrivé ? demandai-je.

— *Och !* Ce qui m'est arrivé ?

Son rire me déchira les tympans, comme des pointes de métal sur un carillon d'ardoise.

— Ce qui m'est arrivé, *lass*, c'est *toi*. Tu m'as fait manger de l'*Unseelie*.

Je le regardai, interdite. Voilà ce que lui avait fait la chair de faës noirs que je lui avais donnée ? La transformation que Christian avait commencé à subir sur ce monde où nous avions fait sécher nos vêtements près du *loch* s'était poursuivie à une vitesse effarante.

Il paraissait mi-humain, mi-faë, et dans ce royaume de glace et de ténèbres, il commençait à ressembler à un *Unseelie* plutôt qu'à un faë de lumière. Encore quelques touches et il aurait l'exacte apparence de l'un des princes. Je me mordis les lèvres. Que pouvais-je dire ? *Je suis désolée ? Est-ce que c'est douloureux ? Es-tu en train de te transformer en monstre à l'intérieur aussi ?* Peut-être aurait-il meilleure apparence une fois dans la réalité ordinaire, où il y avait d'autres couleurs que le noir, le blanc et le bleu…

Il me décocha une version ténébreuse de son sourire ravageur. Ses dents blanches étincelèrent contre ses lèvres bleu cobalt dans son visage à la blancheur de marbre.

— *Och*, ton cœur saigne pour moi. Je le vois dans tes yeux, ironisa-t-il.

Son sourire s'évanouit tandis que son regard se faisait plus hostile.

— Il devrait. Je commence à leur ressembler, n'est-ce pas ? Dommage, il n'y a pas de miroir, ici. Je ne sais pas comment est mon visage, et j'ignore si j'ai envie de la savoir.

— C'est à cause de la chair *unseelie* que tu as mangée que tu es comme ça ? Je ne comprends pas. J'ai mangé de l'*Unseelie*. Mallucé et Darroc aussi, ainsi que Fiona et O'Bannion. Et il y a Jayne et ses hommes. Il ne nous est rien arrivé de semblable, ni à moi ni à eux.

— Je pense que cela a commencé à Halloween. Je n'étais pas assez bien protégé par mes runes.

Son sourire n'était plus ravageur, il était meurtrier.

— C'est ton Barrons qui a fait cela. Nous verrons bien qui est le meilleur druide, maintenant. J'aurai quelques mots à lui dire la prochaine fois que je le croiserai.

Si j'en jugeais à l'expression qui déformait son visage livide aux traits finement ciselés, il n'en resterait pas aux mots.

— C'est Jéricho qui t'a tatoué ?

Il arqua un sourcil.

— Tiens ? C'est « Jéricho », maintenant ? Non, ce sont mes oncles Dageus et Cian qui s'en sont chargés, mais il aurait dû m'inspecter à la fin, ce qu'il n'a pas fait. Il m'a laissé commencer le rituel sans être protégé.

— Et comment auraient réagi tes oncles s'il avait tenté de le faire ?

Instinctivement, j'avais pris la défense de Jéricho.

— Peu importe, il aurait dû. Il en savait plus que nous sur les runes de protection. Sa connaissance est plus ancienne que la nôtre, ce qui est complètement inconcevable pour moi.

— Que s'est-il passé cette nuit-là, dans le cercle de pierres, Christian ?

Ni lui ni Barrons ne m'en avait jamais parlé.

Il se frotta le visage d'une main, faisant crisser sa paume sur sa barbe naissante.

— Je suppose que ce n'est plus important que quelqu'un le sache, maintenant. J'aurais préféré cacher ma honte, mais on dirait que j'ai fini par la porter sur moi.

À pas lents, il se mit à décrire un cercle autour du cercueil noir, faisant craquer la neige sous ses bottes. Son chemin était déjà tracé avec netteté. Voilà un bon moment qu'il se trouvait ici.

Je tentai de me concentrer sur lui, mais mon regard dérivait sans cesse vers la tombe. Malgré l'épaisseur de la glace, en observant avec attention, je pouvais distinguer une silhouette à travers les parois givrées. Le couvercle était plus fin que le reste du sarcophage.

Étaient-ce les contours flous d'un visage, de l'autre côté de la glace translucide ?

Je m'obligeai à tourner mes yeux vers Christian, qui était bien trop livide.

— Et ?

— Nous avons tenté d'invoquer l'ancien dieu du Draghar, une secte de sorciers noirs. Ils le vénéraient bien avant l'arrivée des faës. C'était notre seul espoir de circonvenir la magie de Darroc. Nous avons réussi à l'activer. J'ai senti le moment précis où il s'éveillait. Les grandes pierres qui le maintenaient profondément enfoui dans la terre sont tombées.

Il marqua une pause tandis que la réverbération carillonnante de sa voix se propageait sur les murailles, de plus en plus bas, jusqu'à ce que le silence revienne sur les montagnes de glace.

— Il a foncé sur moi. Tout droit. À bout portant sur mon âme. Tu as déjà joué au premier qui se dégonfle ?

Je secouai négativement la tête.

— J'ai perdu. C'est un miracle qu'il n'ait pas abattu Barrons. Je l'ai vu foncer derrière moi et entrer en lui. Et ensuite, il a... disparu.

— Et en quoi ceci est-il la cause de ce qui t'arrive ?

— Ça m'a touché.

Il fit une grimace de dégoût.

— Ça... Je ne veux plus en parler. Ensuite, tu m'as fait manger de l'*Unseelie* et cela, ajouté aux trois ans que j'ai passés ici...

— Trois *ans* ?

Les mots avaient jailli de mes lèvres dans une telle cacophonie, avec une telle dissonance que je fus surprise que le carillon ne déclenche pas une avalanche.

— Tu es dans la prison *unseelie* depuis trois années ?

— Non, seulement quelques semaines, mais d'après mes calculs, cela fait trois ans que je suis dans les Miroirs.

— Il s'est passé moins d'un mois à l'extérieur, depuis la dernière fois que je t'ai vu !

— Alors le temps s'écoule plus rapidement pour moi, ici, murmura-t-il.

— Soit exactement l'inverse de ce qui se passe d'habitude. En général, quelques heures ici valent plusieurs jours au-dehors.

Il haussa les épaules, faisant rouler ses muscles et ses tatouages.

— On dirait que tout va de travers dès qu'il s'agit de moi. Je suis devenu un peu imprévisible.

Son sourire était tendu ; ses pupilles de nouveau toutes noires.

J'étais sur le point de lui présenter des excuses lorsque je me ravisai. J'étais devenue plus pragmatique qu'autrefois, et j'étais lasse de porter toutes les fautes.

— Quand je t'ai trouvé dans ce désert, tu n'avais plus que quelques heures à vivre. Tu aurais préféré que je t'enterre dans les Miroirs ?

Les coins de ses lèvres s'étirèrent.

— *Aye*, il fallait que tu me le rappelles, pas vrai ? Je suis content d'être en vie. Et tu n'as pas idée de ce que ça me fait. J'appartenais à un clan qui protégeait les hommes contre les faës, veillait au respect du Pacte et maintenait la trêve entre eux et nous. Je pensais que les Keltar étaient les gentils. Maintenant, je ne crois plus à l'existence des gentils.

— J'espère qu'il y en a, parce que j'ai besoin de cinq d'entre eux pour accomplir le rituel.

Mon regard dériva de nouveau vers le cercueil. Tout en me faisant violence pour détourner les yeux, j'ajoutai en mon for intérieur : en supposant que je sorte d'ici en vie et avec toute ma raison.

— Pense ce que tu veux. Maintenant, je suis parfaitement assorti à eux. Oncle Dageus s'est autrefois ouvert à treize des druides les plus maléfiques qui aient jamais existé, et il ne peut toujours pas exorciser leurs entités en lui.

Alors Dageus était celui qui est possédé, ou habité, que mentionnait la Prophétie !

— Et oncle Cian a été enfermé dans un Miroir pendant presque un millier d'années, comme s'il n'était pas déjà assez barbare comme cela. Il considère que tout pouvoir est bon à prendre et ferait n'importe quoi pour que sa femme et lui restent heureux et en vie. Et puis il y a Drustan, qui ne te sera d'aucune utilité. Il lui a suffi d'un regard sur tous les deux quand ils sont arrivés pour renoncer à tout jamais aux arts druidiques.

— C'est inacceptable, dis-je sans émotion. J'ai besoin de vous cinq.

— Eh bien, bon courage.

Nous nous défiâmes du regard. Après quelques instants, il me sourit faiblement.

— Je savais que quelqu'un viendrait mais je ne pensais pas que ce serait toi. Je me suis dit que mes oncles trouveraient cet endroit et que je ferais mieux de rester dans les parages. Et de toute façon, je n'ai jamais réussi à localiser cette saleté de sortie.

— De quoi t'es-tu nourri ?

— C'est comme pour la respiration. C'est une annexe de l'Enfer, ici. Pas d'air, pas de nourriture. Mais la faim… Ah, la faim ne passe jamais. Ton estomac se dévore en permanence. La seule chose, c'est que tu n'en meurs pas. Et le sexe ! *Och*, Dieu, cette envie !

Le regard qu'il posa sur moi me glaça. Il n'était pas tout à fait aussi vide que celui d'un prince, mais il n'était pas humain non plus.

— Ici, tu deviens fou de désir, mais tu ne peux pas te caresser. Cela ne fait rien d'autre qu'accentuer ton excitation. J'ai été pris à ce piège pendant plusieurs jours, j'ai cru que je perdais la raison. Si on couchait ensemble, toi et moi…

— Non merci, m'empressai-je de répondre.

Ma vie était déjà assez compliquée comme cela, et si elle ne l'avait pas été, ce n'était pas l'endroit que j'aurais choisi pour la rendre un peu plus problématique.

— De toute façon, je crois que ça ne marcherait pas, marmonna-t-il. Je suis aussi repoussant que ça, *lass* ?

— Juste un peu… effrayant.

Il détourna les yeux.

— Mais toujours diablement sexy, ajoutai-je.

Il me regarda de nouveau et me décocha un sourire.

— Voilà le Christian que je connais, essayai-je de plaisanter. C'est toujours toi.

— Une fois que je serai sorti des Miroirs, j'espère que cela ne restera pas comme ça. Que *je* ne resterai pas comme ça.

Nous étions maintenant deux à espérer que la situation reviendrait à la normale, et vite, dès que nous aurions quitté cet endroit.

Je tournai les yeux vers la sépulture. Il allait bien falloir que je l'ouvre. Que j'affronte l'épreuve et que j'en finisse. S'agissait-il du roi ? Était-ce lui qui me terrifiait ainsi ? Pourquoi ? Qu'y avait-il là-dedans qui puisse me faire hurler ?

Christian suivit mon regard.

— Bon, maintenant, tu sais pourquoi je suis assis ici. Et toi, pourquoi es-tu là ? Comment as-tu trouvé cet endroit ?

— J'en rêve chaque nuit depuis que je suis toute petite. Comme si j'avais été programmée pour venir ici.

Il pinça les lèvres.

— *Aye*, elle fait ce genre de choses. Elle joue avec nous.

— Elle ? Qui ?

Il désigna le cercueil d'un hochement de tête.

— La reine.

Je battis des cils.

— Quelle reine ?

Cela n'avait aucun sens !

— Aoibheal, souveraine des *Seelies*.

— C'est *elle* qui est dans le cercueil ?

— Qui pensais-tu y trouver ?

Oubliant toutes mes hésitations, je m'approchai de la sépulture et regardai à travers le couvercle.

Sous la glace translucide gravée de runes, j'aperçus l'éclat d'un teint clair, des cheveux dorés, une silhouette mince.

— Il faut que nous la sortions de là, et vite, dit-il. En espérant qu'elle soit vivante. Sous la glace, je ne peux pas le dire. J'ai essayé d'ouvrir le sarcophage mais je n'ai pas pu le bouger. Par moments, il m'a semblé qu'elle avait remué. Une fois, j'aurais juré qu'elle avait émis un son.

Je l'entendais à peine. Pourquoi la reine était-elle *ici*, de tous les endroits possibles ? V'lane avait dit qu'il la gardait en sécurité en Faëry !

V'lane avait menti.

Qu'avait-il inventé d'autre ?

Était-ce lui qui l'avait amenée ici ? Sinon, qui était-ce ? Pour quelle raison ? Et pourquoi étais-je supposée hurler en soulevant le couvercle ? J'écartai mes cheveux de mon visage de mes deux mains et tirai dessus en baissant les yeux. Quelque chose m'échappait.

— Es-tu absolument certain que c'est la reine des *Seelies* qui se trouve dans ce cercueil ?

Pourquoi la souveraine m'aurait-elle appelée, moi, la concubine ? Comment savait-elle seulement qui j'étais, puisque je m'étais réincarnée ? Après tout, je ne *res-*

semblais pas à la concubine. Il était absurde de croire qu'elle m'avait choisie au hasard. Tout ceci était absurde. Je ne voyais aucune raison pour que la vision de la reine *seelie* me fasse hurler.

— *Aye*, j'en suis sûr. Mes ancêtres l'ont peinte depuis des millénaires. Je la reconnaîtrais n'importe où, même à travers la glace.

— Bien, mais pourquoi m'appellerait-elle ? Qu'ai-je à voir avec tout ceci ?

— Mes oncles racontent qu'elle s'est mêlée des affaires de notre clan depuis des milliers d'années, afin de nous préparer pour le moment où elle aurait le plus besoin de nous. Oncle Cian l'a vue, il y a quatre ou cinq ans, derrière la balustrade de notre grand hall, en train de nous observer. Il a dit qu'elle est venue à lui plus tard, dans son sommeil, pour lui révéler qu'elle serait tuée dans un avenir proche et qu'elle avait besoin que nous accomplissions certains rituels afin d'empêcher cela, ainsi que la destruction du monde tel que nous le connaissons. Elle a prédit que les murs tomberaient. Nous avons fait de notre mieux pour les maintenir debout. Il a ajouté que même dans le Rêvement, elle semblait épuisée et affaiblie. À présent, je soupçonne qu'elle se projetait depuis sa tombe, ici, dans cette prison. Elle a ajouté qu'elle reviendrait pour lui donner plus d'informations, mais elle ne l'a jamais fait. On dirait qu'elle s'est aussi invitée dans ta famille.

Elle m'avait utilisée. La reine des faës avait découvert qui j'étais et m'avait utilisée ! Je détestais cela. Certes, elle n'était qu'une lointaine héritière du trône et non la première reine, cette garce qui avait refusé de faire de moi – de la *concubine*, rectifiai-je en mon for intérieur – une faë comme le lui demandait le roi et qui avait semé la haine et le désir de vengeance au lieu de faire usage de ses immenses pouvoirs pour le bien, mais de quel droit n'importe quelle souveraine des *Seelies* osait-elle m'appeler à son secours ? Moi, la concubine ! Je la haïssais avant même de l'avoir vue.

Cela cesserait-il jamais ? Allais-je éternellement rester un pion sur leur échiquier ? Étais-je condamnée à renaître encore et toujours, ou à boire au Chaudron, ou à subir le traitement, quel qu'il soit, qui effaçait mes mémoires, afin que l'on se serve de moi à perpétuité ?

Je me détournai, au bord de la nausée.

— Le plus urgent, pour l'instant, c'est de la sortir d'ici. Je ne peux pas repartir en empruntant le chemin par lequel je suis venu. Le Miroir qui m'a déposé ici est à environ une dizaine de mètres au-dessus, à flanc de falaise. J'ai été assommé par la chute et je n'ai jamais réussi à retrouver ce maudit passage. Par où estu venue, *lass* ?

M'arrachant à la contemplation du cercueil, je levai les yeux vers lui. Trouver un moyen de le faire sortir d'ici était un problème entièrement nouveau, auquel je n'avais même pas réfléchi.

— Par un chemin que tu ne peux certainement pas utiliser, marmonnai-je.

— Et pourquoi pas, bon sang ?

Je me demandai combien il en avait découvert sur les connaissances faës dans cet endroit. Peut-être mes sources étaient-elles mauvaises. Peut-être la mort de Barrons était-elle une coïncidence, et sans lien avec le

Miroir. Peut-être Christian, en entendant ma réponse, allait-il éclater de rire et me dire que ma version des faits n'avait aucun sens, que de nombreux humains et faës pouvaient emprunter ce Miroir, ou que la malédiction de Cruce l'avait frappé.

— Parce que je suis venue par le Miroir qui se trouve dans la chambre du roi.

Il resta silencieux quelques instants.

— Très drôle, *lass*.

Je le regardai sans répondre.

— C'est impossible, ajouta-t-il d'une voix ferme.

Je mis mes mains dans mes poches et attendis qu'il intègre l'information.

— Cette légende est connue dans tous les mondes que j'ai visités. Seuls deux êtres peuvent franchir le Miroir du roi, reprit-il.

— Peut-être la malédiction de Cruce a-t-elle modifié cela ?

— Le Miroir du roi a été le premier à être réalisé, et sa composition est entièrement différente de celle des autres. Il n'a pas été touché par la malédiction. Il est resté une méthode d'exécution longtemps après l'époque de Cruce.

Tonnerre ! Ce n'était pas du tout la réponse que j'avais espérée. Je lui tournai le dos et m'approchai du cercueil. La reine des faës allait me faire hurler. Je me demandais pourquoi, mais j'en avais assez de me poser des questions. L'heure de vérité était venue.

Derrière moi, Christian continuait de parler.

— Et, bah, tu n'es aucun des deux.

— Pas de bah avec moi, mon gars, dis-je en imitant des paroles qu'il m'avait dites un jour.

J'avais besoin d'une dernière pointe d'humour avant que ma vie soit totalement bouleversée par ce que j'étais sur le point de découvrir.

J'appuyai mes paumes légèrement écartées sur les runes. Il y eut un déclic, suivi d'un léger chuintement lorsque le couvercle se souleva sous mes mains. Je percevais sa poussée. Il ne me restait plus qu'à le faire coulisser.

— Seuls le roi *unseelie* et sa concubine peuvent utiliser ce Miroir, continuait de m'expliquer Christian.

Je fis glisser le dessus et baissai les yeux.

Je demeurai silencieuse quelques instants, le temps de comprendre.

Puis je poussai un hurlement.

29

Il faut dire, à mon crédit, que mon hurlement ne dura pas longtemps.

Toutefois, le bref cri poussé dans l'ignoble langage faë suffit à déstabiliser des couches de glace et de neige en équilibre précaire. Mon cri carillonnant rebondit le long des parois abruptes. Contrairement à un écho, toutefois, il s'amplifia à chaque ricochet, puis j'entendis un grondement qui ne pouvait annoncer qu'une seule chose : une avalanche.

Je tournai vivement la tête.

— Prends-la !

Christian secoua la tête en poussant un juron.

— Bon Dieu, tu ouvres ton sac de pierres dans les Miroirs, tu me fais manger de l'*Unseelie*, tu pousses des cris dans cet endroit… Tu es une catastrophe ambul…

— Prends-la et cours ! Vite !

Il se rua vers le cercueil, avant de s'arrêter, indécis.

— Où est ton problème ? Soulève-la !

— C'est la reine des faës.

Sa voix s'était teintée de respect.

— Il est interdit de toucher la souveraine.

— Très bien, alors reste ici avec elle et laisse-toi enterrer vivant, répliquai-je.

Il la souleva entre ses bras.

Elle était si fragile, si ravagée par... par ce qui peut affaiblir une faë, que j'aurais pu la porter moi-même, mais je n'avais aucune envie de la toucher. Jamais. Ce qui était assez drôle – d'une drôlerie noire et glaçante – si j'y réfléchissais.

Ce dont je préférai m'abstenir.

Tout en haut, la neige craqua et gronda, projetant une pluie de cristaux sur l'estrade.

Il ne nous fallut pas plus d'encouragements. Nous courûmes en glissant et en dérapant sur la pente gelée et prîmes la fuite par le chemin que j'avais emprunté à l'aller, en direction de l'étroite faille entre les falaises. Étant donné la largeur des épaules de Christian, et avec l'avalanche qui déferlait sur nos talons, la course à travers le goulet risquait d'être serrée.

— Et d'ailleurs, pourquoi as-tu crié ? hurla-t-il pour couvrir le grondement.

— J'ai été surprise, voilà tout, répliquai-je sur le même ton.

— Bravo ! La prochaine fois, mets la sourdine !

Puis nous cessâmes de discuter, gardant notre énergie pour ne pas finir enterrés vivants. Je rebondissais entre les parois de la muraille comme une balle de ping-pong. À deux reprises, je trébuchai et tombai. Christian m'enjamba d'un puissant bond, sans jamais laisser tomber son précieux fardeau. Le torrent de neige nous poursuivait, rugissant tel un monstrueux orage, se fracassant de ravin en canyon, emplissant la profonde faille d'une pluie de poudreuse.

Nous laissâmes enfin derrière nous l'oppressant défilé rocheux, glissâmes sur nos fesses le long d'une colline abrupte, puis traversâmes le canyon au pas de course en direction de la forteresse de glace noire qui s'élevait au loin.

— Le château du roi *unseelie* ! s'émerveilla Christian tandis que nous franchissions en trombe les portes colossales.

Il regarda vers le haut, vers le bas, puis tout autour de lui.

— J'ai grandi en écoutant des légendes sur cet endroit, mais jamais je n'aurais imaginé que je le verrais un jour. Je pensais que le mieux que je pourrais faire pour m'approcher d'un des légendaires Tuatha Dé Danaan, c'était de me poster devant un portrait. Et voilà que je tiens dans mes bras la reine *seelie*, dans la forteresse du roi *unseelie* !

Il laissa échapper un rire amer.

— Et que je suis en train de me transformer moi-même en *Unseelie*...

Je prononçai à mi-voix le même ordre que celui qui m'avait ouvert les hautes portes à l'aller, et poussai un soupir de soulagement lorsque celles-ci se refermèrent en silence devant la coulée de neige qui grondait dans notre sillage. L'avalanche que j'avais déclenchée atteindrait-elle le château ? Allait-elle se masser à l'extérieur des gigantesques battants, nous enfermant à l'intérieur plus sûrement que n'importe quel verrou ? J'attendis que Christian me demande comment je les avais fait se refermer, mais il était tellement absorbé par sa contemplation qu'il ne remarqua rien.

— Et maintenant ?

Son regard fasciné oscillait sans cesse entre la femme menue qu'il tenait entre ses bras et l'intérieur de la forteresse ténébreuse.

— Maintenant, direction le Miroir dans le boudoir du roi, dis-je.

— Pourquoi ? Je ne peux pas le traverser, et elle non plus.

— Moi, si. Je vais aller chercher des secours et les guider jusqu'au Miroir pour qu'ils te parlent. Nous allons trouver une solution pour te faire sortir de là, puis mettre au point un rendez-vous et une façon de s'y retrouver.

Il pencha la tête de côté et me scruta quelques instants.

— Il y a quelque chose que tu dois savoir, *lass*. Mon détecteur de mensonge fonctionne très bien ici, dans la prison *unseelie*.

— Et... ?

— Ce que tu viens de dire n'est pas vrai.

— Je vais traverser le Miroir. Vrai ? demandai-je, impatiente.

Il hocha la tête.

— Je vais aller chercher des secours et te les amener. Vrai ?

Il acquiesça de nouveau.

— Alors nom de nom, où est le problème ?

J'avais assez de soucis comme cela. Je ne pouvais pas perdre de temps. Si je m'immobilisais, mes pensées se remettaient en marche. Il fallait que je continue de bouger. Je ne supportais pas de regarder la femme qu'il tenait dans ses bras. Je ne pouvais pas accepter ce qui me venait à l'esprit en la voyant.

Il fronça les sourcils. Ses pupilles emplissaient de nouveau ses yeux tout entiers. Autrefois, cela m'aurait rendue nerveuse, mais je doutais que quoi que ce soit puisse jamais me faire cet effet, désormais. J'étais au-delà du stress, au-delà de la peur, au-delà de toute atteinte.

— Dis-moi que tu es décidée à me sauver, m'ordonna-t-il.

C'était facile. Chaque jour qui passait, je comprenais mieux Jéricho. Les gens ne posaient *pas* les bonnes questions. Et à force de répondre à leurs mauvaises questions, le temps qu'ils en trouvent une bonne, vous aviez envie leur lancer une réplique cinglante pour les faire taire. Combien de fois avait-il agi ainsi avec moi ? Je commençais malgré moi à développer un certain respect pour ses méthodes. Surtout à présent que j'avais quelque chose à cacher…

— Je suis décidée à te sauver, dis-je.

Je n'avais pas besoin d'un détecteur de mensonge pour percevoir les accents de sincérité dans ma voix. Je repris :

— Et je vais le faire aussi vite que possible. Ma priorité sera de te faire sortir de là.

C'était le cas. J'avais besoin de lui. Plus que je ne le comprendrais jamais.

— Vrai.

— Alors où est le problème ?

— Je ne sais pas. Quelque part.

Il rajusta sa prise sur la femme qu'il tenait entre ses bras.

Celle-ci portait une étincelante robe blanche. Je connaissais cette tenue. Qui la lui avait choisie ? Était-ce elle ? Comment ? Pourquoi ? Je ne voulais pas la voir. Je m'arrachai à sa contemplation et posai les yeux sur le visage de Christian.

— Dis-moi encore pourquoi tu as crié ? insista-t-il.

Il était trop près de moi pour que je sois à mon aise, mais je connaissais ce jeu. Barrons avait été un excellent professeur.

— J'ai eu peur.

— Vrai. Pourquoi ?

— Oh, pour l'amour du ciel, Christian, je te l'ai déjà dit ! Est-ce que tu vas rester là toute la journée à m'interroger, ou est-ce qu'on essaie de sortir d'ici ?

À l'extérieur de la forteresse, on entendait le fracas et le grondement de l'avalanche, mais ce n'était rien à côté du rugissement qui montait en moi.

— Ce n'est pas à elle que je m'étais attendue, d'accord ?

Cela était assurément la vérité !

— Même si tu m'avais dit que c'était elle, dans le cercueil, je croyais que c'était le roi *unseelie*, lui lançai-je, pour brouiller les pistes.

Il y avait assez de sincérité dans mes paroles pour l'apaiser, mais tout juste.

— Si tu essaies d'une manière ou d'une autre de me mentir… commença-t-il d'un ton d'avertissement.

Eh bien quoi ? Le temps qu'il comprenne ce que je faisais, il serait trop tard. Et de toute façon, il n'avait aucun intérêt à me menacer, quel que soit ce en quoi il se transformait, quel que soit le pouvoir qu'il était en train d'acquérir. Je venais de découvrir que j'étais infiniment plus terrifiante que tout ce qu'il pourrait devenir.

— La chambre du roi est par ici, dis-je froidement. Et n'essaie pas de m'intimider. J'en ai plus qu'assez d'être manipulée et traitée sans respect.

Christian traîna. Il n'y a pas d'autre mot. Il était fasciné par la forteresse du roi *unseelie*. En outre, ses devoirs de Keltar et de gardien du savoir faë lui avaient été inculqués depuis la naissance, malgré les doutes que devait éveiller en lui la transformation qu'il subissait. Il enregistrait avec soin tout ce qu'il voyait, afin de le transmettre à son clan. Par chance, il n'avait ni crayon ni papier, sinon jamais je n'aurais pu l'entraîner jusqu'au Miroir.

— Regarde ça, Mac ! À ton avis, qu'est-ce que ça veut dire ?

À contrecœur, je tournai les yeux dans la direction qu'il m'indiquait. Il y avait une porte plus petite que les autres. Au-dessus de l'arche, je vis une inscription. Il s'agissait d'une puissante protection. Le roi avait conservé ici des choses qu'il ne voulait pas voir courir en liberté. Les scellés avaient été brisés depuis longtemps. Génial. Je ne pouvais plus qu'espérer que ces choses n'étaient pas dans mon monde. Je me remis à marcher et, regardant droit devant moi, je suivis le chemin que j'avais pris à l'aller. Contrairement à Christian, je n'avais pas envie de voir quoi que ce soit.

— Tu auras tout le temps d'inspecter les lieux quand je serais sortie, dis-je.

— Je vais devoir rester près du Miroir pour guetter ton retour.

— D'accord, mais avance un peu plus vite, tu veux ? Nous n'avons aucune idée de la vitesse à laquelle passe le temps dans la réalité ordinaire. Toi tu le ralentis, et moi je l'accélère.

— Alors on va peut-être rattraper la moyenne.

— Peut-être.

Se serait-il écoulé une durée suffisante pour que Barrons ressuscite ? Allais-je le trouver debout devant le Miroir, en train de m'attendre ? Ou tant de temps se serait-il écoulé qu'il aurait fini par renoncer, pour se consacrer à d'autres urgences ?

Je le saurais dans quelques minutes.

— Elle ne respire pas, dit-il.

— Nous non plus, répliquai-je sèchement.

— Malgré tout, je crois qu'elle est vivante. Je peux... le sentir.

— Tant mieux. Nous allons avoir besoin d'elle. Par ici, ajoutai-je.

Quelques instants plus tard, j'entrais dans la rassurante obscurité du boudoir du roi *unseelie*, où le noir démiurge de la Cour des Ténèbres avait pris du repos – il ne dormait jamais – fait l'amour et rêvé.

Jéricho ne gisait pas, mort, de l'autre côté du Miroir. Et il ne m'attendait pas non plus. J'en déduisis que j'avais été absente un bon moment, selon le décompte du temps humain.

Christian me facilita la tâche.

Je n'aurais pas pu en demander plus.

Il étendit le corps menu de la reine sur le lit du roi, près du Miroir, et le borda avec les fourrures autour d'elle.

— Elle est glacée. Il faut faire vite, Mac. Nous devons la réchauffer. Dans mes voyages, j'ai appris que durant la guerre entre le roi et la première souveraine, quelques *Seelies* furent capturés avant que les murs de la prison soient élevés. Les *Unseelies* voulaient les torturer jusqu'à la fin des temps, mais les légendes affirment que leurs prisonniers sont morts, parce que cet endroit était l'antithèse absolue de ce qu'ils étaient et les vidait de toute leur essence vitale.

Il me décocha un regard sévère.

— Je pense que quelqu'un a amené la reine *seelie* ici, l'a étendue dans ce cercueil et l'a laissée agoniser. Oncle Cian dit que ce n'était pas vraiment elle qu'il a vue lorsqu'elle s'est manifestée à lui, mais plutôt une projection d'elle-même. Comme si elle était enfermée quelque part et qu'elle déployait toute sa concentration et toute son énergie pour envoyer une vision d'elle-même, dans le but d'organiser les événements pour que nous puissions la sauver lorsque le temps serait venu. Quelqu'un voulait se venger. Je pense qu'elle est là depuis un bon moment.

Et V'lane était le suspect numéro un, dans la mesure où il m'avait menti depuis le premier jour au sujet de la retraite de la reine. Au demeurant, comment tout ceci était-il possible ? Et d'abord, pourquoi V'lane se serait-il emparé de cette femme ? Comment s'était-elle retrouvée à la cour *seelie* ?

La vérité, c'est que je me trouvais prise dans un tel enchevêtrement de mensonges – dont certains remontaient à plusieurs centaines de milliers d'années – que je ne savais par quel bout les prendre pour les démêler. Si je tirais sur un fil, dix autres allaient se défaire, et je ne voyais pas l'intérêt d'essayer de comprendre quoi que ce soit maintenant.

Tout ce que je pouvais faire, c'était parer au plus urgent. Les sortir tous les deux d'ici. Le plus tôt serait le mieux. Surtout pour elle. Non pas parce qu'elle était la reine, mais parce que la légende de Christian faisait écho en moi et que je savais qu'elle disait vrai. Un *Seelie* ne pouvait survivre qu'un certain temps ici. Je doutais qu'un être humain puisse rester en vie moitié moins longtemps. Et je n'étais pas certaine de ce qu'elle était exactement.

Elle était dangereusement affaiblie. Sa frêle silhouette étendue sur le lit soulevait à peine les pelisses. Sa lourde chevelure argentée drapait son corps qui avait pris l'apparence maladive de celui d'un enfant sousalimenté. Mes rêves avaient tenté de m'alerter. J'avais attendu trop longtemps. J'étais arrivée presque trop tard.

— Regarde là-bas ! m'exclamai-je en désignant l'autre côté du lit. Qu'est-ce que c'est, sur le mur ? Je crois que j'ai déjà vu ces symboles.

Christian avait déjà parcouru la moitié de la chambre lorsque son sixième sens lui fit tourner la tête en arrière. Je le sais, parce que moi aussi, je regardais par-dessus mon épaule.

Il était trop tard.

J'avais déjà pris la femme dans mes bras et traversé le Miroir. Elle semblait n'avoir aucune substance, comme si elle avait endossé une apparence physique pour contenir l'énergie dont elle était faite et que, à mesure que son essence vitale s'évaporait, la qualité physique qui la maintenait se dissolvait également. Pouvait-on encore la sauver ?

Je savais ce qu'il pensait.

Je l'avais trahi.

J'essayais d'achever de tuer la reine en la faisant passer de force à travers un Miroir que seuls le roi et sa concubine pouvaient franchir. Un Miroir qui tuait toute autre vie, même faë.

Ce n'était pas cela du tout.

Je ne tentais pas d'assassiner la reine. Je savais que cette femme n'allait pas mourir. Je *savais* qu'elle pouvait traverser le Miroir.

Parce qu'elle n'était pas Aoibheal, reine des faës.

Elle était la concubine.

30

Voilà pourquoi j'avais hurlé. J'avais déjà eu assez de mal à accepter l'idée que j'étais la concubine.

Lorsque j'avais regardé dans le cercueil et reconnu la femme de la Maison blanche, il m'avait fallu un moment pour comprendre que si c'était bien la concubine qui était étendue dans le sarcophage et que je pouvais franchir le Miroir, il y avait un petit problème...

Mon hurlement était le déni instinctif qui s'était élevé de toutes les fibres de mon être, me griffant la gorge au passage, avant de jaillir de mes lèvres.

Si elle était la concubine et que je pouvais traverser le Miroir, je ne pouvais être qu'une seule autre... *personne* – et j'employais ce terme dans son acception la plus large.

— Et ce n'est pas la concubine, c'est certain, marmonnai-je en passant de l'autre côté et en me cognant dans le mur.

Je m'étais attendue à une certaine résistance, comme dans tous les autres Miroirs, mais celui-ci – le premier à avoir été créé – n'était pas corrompu par la malédiction de Cruce. Je déviai ma course au dernier moment, serrant la femme dans mes bras, de sorte que c'est mon épaule qui absorba le choc. Tout ceci était parfaitement absurde.

— Mac, que fais-tu ? rugit Christian en se ruant vers le Miroir.

— Ne le touche pas ! criai-je. Il va *te* tuer !

Je ne voulais pas qu'il en doute un seul instant et qu'il tente de le traverser. Le Miroir avait tué Barrons. J'étais certaine qu'il détruirait Christian qui, lui, ne disposait pas de la carte « Résurrection » dans son jeu. Du moins, pas à ma connaissance. À vrai dire, comme je venais d'en prendre douloureusement conscience, je ne savais pas grand-chose. Peut-être Christian en possédait-il une pile entière. Peut-être tout le monde en possédait-il une pile, sauf moi. Quoi qu'il en soit, je n'allais pas tabler sur une telle hypothèse. J'avais besoin de lui. Plus que jamais, je voulais que le *Sinsar Dubh* soit capturé, et Christian était l'un des cinq druides indispensables pour y parvenir. Maintenant, je comprenais pourquoi le Livre adorait jouer avec moi.

Christian pila net à quelques centimètres de la glace et me scruta à travers.

— Pourquoi est-ce qu'il ne l'a pas tuée, elle ? Je finirai par savoir la vérité ! m'avertit-il.

Je la serrai contre moi, soulevai son interminable chevelure et la disposai sur mon épaule afin qu'elle ne traîne pas au sol, et que je ne m'y prenne pas les pieds. Puis je tournai mon regard vers le Miroir, en direction de Christian.

— Parce qu'elle est la concubine. C'est pour ça que j'ai hurlé. Je l'ai reconnue.

— Quoi ? Je croyais que c'était toi, la…

Il me parcourut d'un regard rapide.

— Tu es passée à travers le…

Puis, après un silence :

— Alors cela veut dire que… Mac ?

Je haussai les épaules. Aucune réponse ne me venait à l'esprit.

— Comment *sais*-tu que c'est la concubine ? demanda-t-il.

— Les souvenirs résiduels du roi et de la concubine hantent ces couloirs. Il est difficile de ne pas les croiser. Je suppose que ce ne sera pas aussi pénible pour toi que ça l'a été pour moi, dans la mesure où tu n'es pas impliqué de manière aussi… personnelle, dis-je avec amertume. Je ne doute pas que tu la verras quand je serai partie.

Je ne voulais toujours pas la regarder. Cela était trop déstabilisant. Elle était si légère et si délicate que c'en était effrayant, et très, très froide.

— Je reviens dès que possible.

Nous nous observâmes un moment.

— Je ne le crois pas, dit-il finalement.

— C'est trop évident pour ne pas être vrai. Il n'y a aucune trace de ma naissance, Christian. Le Livre… Il me pourchasse. J'ai entendu dire qu'il l'a toujours fait.

— Je ne suis pas convaincu.

— Alors propose-moi une autre explication.

— Peut-être les légendes sont-elles fausses. Peut-être toute sorte de gens peuvent-ils traverser le Miroir. Peut-être tout ceci n'est-il qu'un tissu de mensonges, destiné à décourager toute tentative.

Mon cœur bondit lorsque Christian fit un pas en avant.

— Non, ne fais pas cela ! Écoute-moi, Christian. Je ne peux pas te citer de noms, mais je sais que tu entendras la vérité dans ce que je vais te dire. J'ai déjà vu le Miroir tuer quelqu'un.

Il inclina la tête de côté, puis hocha la tête.

— *Aye, lass.* Je sais que tu ne mens pas, mais pourquoi ne peux-tu me dire de qui il s'agit ?

— C'est un secret que je n'ai pas le droit de révéler.

— Tu me le diras un jour.

Je ne répondis pas.

— Je n'y crois toujours pas.

— Trouve-moi une alternative. N'importe laquelle. Je serais ravie de l'adopter.

— Peut-être es-tu… je ne sais pas… Peut-être es-tu leur enfant ? suggéra-t-il.

— Au moins sept cent mille ans après ?

J'avais déjà envisagé cette idée, avant de l'écarter. Elle n'était pas en phase avec mes intuitions.

— Elle n'explique absolument pas tout ce que je sais, tout ce que je ressens, tout ce dont je me souviens, ni pourquoi le Livre joue avec moi, ajoutai-je.

Je n'aurais su dire d'où me venait cette certitude, mais je n'étais pas le fruit des amours du roi *unseelie* et de sa concubine. Mes émotions étaient bien trop personnelles. Bien trop charnelles, possessives. Ce n'étaient pas les sentiments d'un enfant, mais d'un amant.

Il esquissa un geste résigné.

— Je vais rester ici, mais reviens vite.

— Promets-moi de ne pas essayer de passer à travers, Christian.

— Tu as ma parole, Mac. Dépêche-toi. Plus je m'attarde ici, plus je me sens… changer.

J'acquiesçai d'un hochement de menton. Alors que je m'éloignais, emportant la reine/concubine/femme pour qui j'avais apparemment détruit des mondes, je ne pus m'empêcher de me demander où étaient les autres parts de moi-même.

31

Je regardai à travers la porte d'entrée de *Barrons – Bouquins et Bibelots*, sans savoir ce qui m'étonnait le plus : le fait que le coin lecture soit intact, ou le spectacle qu'offrait Barrons, installé sur le canapé, ses pieds bottés sur la table basse, entouré de piles de livres, des cartes dessinées à la main punaisées au mur.

Je n'aurais su compter le nombre de soirées que j'avais passées assise au même endroit, parcourant des ouvrages à la recherche de réponses, regardant de temps en temps par les fenêtres vers la nuit dublinoise en guettant son retour. J'aimais l'idée qu'il était peut-être en train de m'attendre.

Je m'approchai de la vitre pour mieux voir.

Il avait remis la librairie à neuf. Combien de temps avais-je été absente ?

Il y avait mon présentoir à magazines, mon comptoir, une nouvelle caisse enregistreuse de style rétro, un petit téléviseur et lecteur de DVD à écran plat qui était bien de cette décennie, et un *sound dock* pour mon iPod. Ainsi qu'un iPod Nano noir et lisse, flambant neuf, sur le support. Il avait fait plus que remettre la librairie en état. Il aurait aussi bien pu placer, à l'extérieur, un paillasson imprimé Bienvenue à la maison, Mac.

Une cloche carillonna lorsque j'entrai.

Il tourna brusquement la tête et se redressa, faisant glisser des livres sur le sol.

La dernière fois que je l'avais vu, il était mort. Je restai sur le seuil, le souffle coupé, et le regardai se lever du canapé dans un mouvement plein de grâce animale. Il occupait tout l'espace de cette salle qui s'élevait sur quatre étages, que sa seule présence faisait paraître minuscule. Pendant quelques instants, aucun de nous deux ne parla.

C'était bien Barrons ! Le monde s'écroulait mais il était toujours vêtu comme un homme d'affaire fortuné. Son costume était parfait, sa chemise impeccablement repassée, sa cravate ornée de motifs complexes aux délicates nuances assourdies. De l'argent brillait à son poignet – cet éternel bracelet large décoré d'entrelacs celtiques millénaires, identique à celui que portait Ryodan.

Malgré tous mes soucis, un trouble m'envahit. Je fus soudain de nouveau dans ce sous-sol, mes mains attachées, au lit. Il était entre mes cuisses mais refusait de m'accorder ce que je voulais. Après m'avoir embrassée, il s'était frotté contre mon bouton de chair, avait feint d'entrer en moi avant de se retirer, puis avait de nouveau posé ses lèvres sur moi, et ainsi de suite, son regard rivé sur moi, sans jamais me quitter des yeux.

Que suis-je, Mac ? avait-il demandé.

Mon monde, avais-je roucoulé, avec sincérité. Et j'avais peur, même à présent que je n'étais plus *Pri-ya*, de manquer autant d'empire sur moi-même une fois dans un lit avec lui qu'à cette époque. Je fondrais, je gémirais, je lui offrirais mon cœur. Je n'aurais aucune excuse, aucun prétexte à invoquer. Et s'il se levait, s'éloignait de moi et ne revenait jamais dans mon lit, je ne m'en remettrais pas. J'attendrais un autre homme comme lui, mais il n'y en avait aucun. Je finirais seule, vieille, dans le douloureux souvenir de la passion la plus brûlante de ma vie.

Alors vous êtes vivante, me disent ses yeux noirs.

Cela m'a agacé de ne pas savoir. Faites quelque chose.

Comme quoi ? Tout le monde n'est pas comme vous, Barrons.

Ses iris furent soudain envahis d'ombres et je ne compris plus un seul mot. Il y avait de l'impatience, de la colère, quelque chose d'ancien et d'impitoyable. Ses yeux froids me scrutèrent, calculateurs, comme s'il soupesait différentes possibilités et qu'il méditait – un terme qui, comme Papa le soulignait, constituait l'essentiel du mot « préméditation ». Il disait *Bébé, à partir du moment où tu réfléchis à quelque chose, tu commences à t'en rapprocher*. De quoi Barrons était-il en train de se rapprocher ?

Je frémis.

— Où diable étiez-vous passée ? Cela fait plus d'un mois. Recommencez ce genre d'exploit sans me dire d'abord ce que vous faites, et je vous enchaîne à mon lit dès votre retour.

S'agissait-il d'une menace ou d'une promesse ? Je m'imaginai, étendue sur le dos, sa tête brune bougeant entre mes jambes. Puis je pensai à Mac 1.0, sachant ce que je savais à présent : que quelques mois plus tard, Barrons lui ferait tout ce qu'un homme pouvait faire à une femme dans un lit. Se serait-elle enfuie en hurlant… ou aurait-elle déchiré ses vêtements sur-le-champ ?

Alors qu'il contournait le canapé Chesterfield à haut dossier, il parut remarquer enfin la mince silhouette féminine que je tenais dans mes bras, et dont les longs cheveux cascadaient jusqu'au plancher. Une expression incrédule se peignit sur son visage – ce qui, chez Jéricho Barrons, se traduisait par une imperceptible inclinaison de la tête accompagnée d'un léger froncement de sourcils.

— Où diable l'avez-vous trouvée ?

Je déposai mon léger fardeau dans ses bras. Je ne supporterais pas un instant de plus le contact physique avec elle. Mes sentiments étaient trop complexes pour que je les examine de près.

— Dans la prison *unseelie*. Dans une tombe de glace.

— Ce salopard de V'lane... Je savais que c'était un traître !

Je soupirai. Cela signifiait que Jéricho aussi la prenait pour la reine. Pourtant, il n'aurait pas dû se tromper. Il avait passé du temps à sa cour. Moi, je savais qu'elle était la concubine. Dans ce cas, *qui* était mort dans le boudoir du roi *unseelie*, voilà une éternité ? Y avait-il seulement eu un décès ? La concubine ne s'était pas suicidée. Comment était-elle passée des Miroirs jusqu'en Faëry, pour devenir un jour l'actuelle souveraine ? V'lane m'avait-il menti ? Ou bien les faës avaient-ils tous si souvent bu au Chaudron qu'ils ne connaissaient même plus leur propre histoire ? Peut-être quelqu'un avait-il saboté leurs archives écrites ?

— Comment l'avez-vous sortie de là ? Le Miroir aurait dû la tuer.

— Apparemment, la reine est aussi bien immunisée contre le Miroir que contre le *Sinsar Dubh*.

Je fus agréablement surprise par l'aisance avec laquelle j'avais menti. Barrons a le flair pour repérer la duplicité.

— Elle peut toucher les deux. On dirait que le roi et la reine ne peuvent lancer des sorts que l'autre ne peut briser.

Non seulement les meilleurs mensonges sont solidement cimentés dans les exceptions connues à la règle mais, par sa nature même de meneuse et souveraine des deux cours, la reine était l'exception universelle à toutes les lois qui gouvernaient ses vassaux de la cour faë. Je n'avais pas l'intention de me priver de ce prétexte afin de préserver mon secret, tant que je ne saurais pas, sans l'ombre d'un doute, que faire de moi-même. Dans son regard sombre, je vis l'instant où Barrons acceptait la logique de mon affirmation.

Comment pouvais-je être le roi *unseelie* ? Je n'avais pas l'impression d'être un souverain. J'avais le sentiment d'être Mac, avec toutes sortes de souvenirs que je ne pouvais pas expliquer. Il y avait aussi cet endroit sous mon crâne où je disposais de petites choses bien pratiques telles que des runes parasites à l'origine fort ancienne, ou… J'en restai là de ces considérations. Je n'avais pas envie de tenir un registre de tout ce que j'étais incapable d'élucider à mon propre sujet. La liste était si longue que c'en était désespérant.

Il l'étendit là où il avait été assis, l'enveloppa de couvertures et rapprocha le canapé du poêle, qu'il régla plus fort.

— Elle est gelée. Je suis presque tenté de la ramener là-bas et de laisser cet endroit l'achever, dit-il sombrement.

— Nous avons besoin d'elle.

— Possible.

Il ne semblait pas convaincu.

— Saletés de faës, ajouta-t-il. En l'espace d'un battement de paupières, il disparut de devant le canapé pour réapparaître nez à nez contre moi. Ma respiration s'accéléra. C'était la première fois qu'il faisait pleinement usage de sa vitesse surnaturelle en ma présence.

Il glissa une mèche de mes cheveux derrière mon oreille et fit courir son doigt sur ma joue. Puis il caressa mes lèvres, avant de laisser retomber sa main.

Je passai ma langue sur ma bouche et levai les yeux vers lui. Le désir qui me submergeait lorsque j'étais aussi près de lui était presque insupportable. J'avais envie de m'appuyer contre lui. D'attirer son visage vers moi pour l'embrasser. De me dévêtir, de le pousser en arrière et, telle une cow-girl, de le chevaucher à mon tour, jusqu'à ce qu'il jouisse en poussant des gémissements rauques et sensuels.

— Depuis combien de temps saviez-vous que vous étiez la concubine du roi *unseelie*?

Sa voix était douce mais ses paroles bien trop précises. Ses lèvres étaient pincées par la tension nerveuse. Je les connaissais par cœur. Il était fou de rage et avait besoin d'un exutoire.

— Vous vous êtes jetée à travers ce Miroir sans douter un instant que vous pouviez le traverser.

Mon éclat de rire n'était pas dénué d'une note d'hystérie. Si cela avait été mon seul problème !

Étais-je une femme obsédée par celle qui était étendue sur le sofa ?

Ou étais-je le roi mâle des faës, obsédé par Jéricho ? Je m'étais toujours considérée comme une personne large d'esprit sur la question de l'orientation sexuelle – l'amour est l'amour, et qui peut dire comment le corps suit le cœur ? – mais en ce qui me concernait, ces deux scénarios étaient aussi difficiles à accepter l'un que l'autre. Aucun ne me convenait vraiment, comme cela devrait être le cas en matière de sexualité. Lorsque quelque chose est bon pour vous, cela vous donne une sensation de bien-être. C'est une évidence. Or, la seule évidence pour *moi*, c'était une femme plus un homme. Et puis, il y avait aussi l'aspect *Oh, flûte, c'est* moi *qui suis responsable de tout ce désordre.* Plus moyen d'accuser le roi *unseelie* d'avoir pris de mauvaises décisions et d'avoir mis mon monde sens dessus dessous. Était-ce moi qui avais dévasté le leur ? Si c'était le cas, je portais une insoutenable culpabilité.

J'écartai mes cheveux de mon visage avec mes deux mains. Si je continuais de réfléchir à tout ceci, j'allais devenir folle.

Je ne suis pas la concubine, Jéricho. J'ai bien peur d'être une partie du roi unseelie sous une forme humaine.

— Pas très longtemps, mentis-je. J'ai reconnu des choses dans la Maison blanche, et j'ai fait régulièrement des rêves qui ne s'expliquaient que si j'étais elle. Je savais qu'il y avait un moyen de m'en assurer.

— Maudite écervelée ! Si vous vous étiez trompée, cela vous aurait tuée !

— Je ne me suis pas trompée.

— Vous êtes têtue et illogique !

496

Je haussai les épaules. Apparemment, j'avais été bien pire que cela.

— Ne recommencez jamais une telle stupidité, marmonna-t-il en serrant les mâchoires.

Étant donné mes antécédents, j'étais assez certaine que je le ferais. Je veux dire, vraiment, si j'étais bel et bien le roi *unseelie* – le faë le plus puissant qui ait jamais existé – j'étais à présent humaine et ignorante. Ce qui signifiait que j'étais non seulement mauvaise, obsédée et destructrice, mais d'une inexcusable stupidité.

Il se mit à décrire des cercles autour de moi en me regardant de la tête aux pieds, comme s'il observait un animal exotique dans un zoo.

— Et vous pensiez que j'étais le roi. Voilà pourquoi vous avez tenté de m'entraîner avec vous de l'autre côté du Miroir. Vous adorez me tuer, c'est cela ? Quelles ont été vos dernières paroles ?

Il poursuivit d'une voix de fausset :

— *Que peut-il vous arriver, au pire ? Que je vous entraîne dans un piège et que vous restiez mort pendant un certain temps, avant de revenir ?*

Je gardai le silence. Je ne voyais plus l'intérêt de tenter de me justifier.

— J'imagine que cela a encore fait valdinguer vos petites illusions romantiques, n'est-ce pas ?

— Est-ce que *valdinguer* est un mot ?

— Pensiez-vous que nous étions des amants maudits, Mademoiselle Lane ? Aviez-vous besoin de cette excuse ?

En le voyant me décocher l'un de ces sourires carnassiers dont il possédait le secret, je songeai *Oui, des amants maudits avec une épée à double tranchant.* Car voilà ce qu'était cet homme. Acéré, coupant, dangereux. Mortel d'un côté comme de l'autre. Et oui, en effet, j'avais cru que nous étions des amants maudits... mais je n'avais pas l'intention de le lui avouer.

Je tournai sur moi-même pour le suivre et soutins son regard sombre et hostile.

— Je croyais que nous avions réglé cette question dans la Maison blanche, *Jéricho.* Je m'appelle Mac.

— C'est Mac quand je couche avec vous. Le reste du temps, c'est Mademoiselle Lane. Il faudra vous y faire.

— Les bonnes distances, Barrons ?

— Précisément. Où est le roi, Mademoiselle Lane ?

— Parce que vous pensez qu'il me tient au courant de ses allées et venues ? Qu'il me dit *Chérie, je serai de retour pour le dîner ce soir à dix-neuf heures ?* Que diable voulez-vous que j'en sache ?

Techniquement, c'était la vérité. Même Christian aurait eu du mal avec celle-ci. J'ignorais où se trouvaient les autres parts du souverain.

La concubine émit un faible son. Aussitôt, nous nous tournâmes vers elle.

Barrons fronça les sourcils.

— Il faut que je la sorte d'ici. Je ne veux pas que des hordes de faës essaient de détruire mes protections. Je suppose que nous allons devoir la protéger.

Son dégoût n'aurait pu être plus évident. S'il avait eu le choix entre subir un lavement de lames de rasoir et protéger un faë – quel qu'il fût, à l'exception de la toute-puissante souveraine – il serait volontiers mort dix fois d'hémorragie interne.

Seulement, elle était l'unique faë qu'il n'était pas résolu à sacrifier... pour l'instant.

Pour ma part, j'étais prête à l'emmener autre part. Plus loin elle serait de moi, mieux cela vaudrait. J'avais craint qu'il veuille la garder à la librairie et je m'étais préparée à arguer que, aussi puissantes que soient ses protections, nous passions notre temps à aller et venir, et qu'elle serait donc trop souvent seule pour que sa sécurité soit assurée.

— À quoi pensez-vous ? demandai-je.

Un exemplaire à moitié déchiré du *Dani Daily* claquait contre un lampadaire dans la brise nocturne glaciale. Je l'arrachai, cherchai la date ACM et effectuai un rapide calcul. S'il avait été affiché ce même jour – ce qui n'était probablement pas le cas, si j'en jugeais à son état – nous étions le 23 mars. Peut-être une semaine plus tard.

Je le parcourus et souris faiblement. Pendant mon absence, Dani avait pris le taureau par les cornes. Cette gamine n'avait peur de rien !

La partie inférieure avait été arrachée, mais je n'avais pas besoin d'en lire plus. Je voulais seulement connaître la date. J'avais raté l'anniversaire de Dani. Du chocolat au chocolat, avait-elle dit. J'allais lui faire un gâteau moi-même. Je lui organiserais un goûter d'anniversaire. Tant pis si c'était en retard, et que nous n'étions que toutes les deux.

Une fête d'anniversaire entre êtres humains – pas vraiment le genre de choses auxquelles le roi *unseelie* aurait pensé...

Le Dani Daily

147 jours ACM

EH, VOUS ! MATEZ UN PEU ÇA,

SI VOUS VOULEZ SURVIVRE !

DEUX OU TROIS TUYAUX POUR RESTER EN VIE !

1. Des fringues ultra-moulantes, ou rien du tout ! C'est pas le moment de se la jouer coincé ou complexé ! Ne laissez aucun endroit où un livre pourrait se cacher sur vous. Ce salaud est en train de se déchaîner, et ça fait des semaines que ça dure ! Vérifiez vous-même que rien ne se planque sur vos potes.
2. Ne vous séparez pas ! N'allez NULLE PART tous seuls. C'est là qu'il vous tombe dessus ! Et si vous voyez un bouquin, NE LE RAMASSEZ PAS !!!
3. Ne quittez pas votre piaule une fois la nuit tombée ! Je sais pas pourquoi, il aime le noir. Ouais, je parle du *Sinsar Dubh*. Je l'ai dit, vous m'avez bien entendue. Pour vous qui ne lisez pas ma feuille de chou, c'est un livre de magie noire créé par le roi *unseelie* il y a presque un million d'années. Il est temps que vous sachiez la vérité. Si vous le touchez, il vous fera TUER TOUT LE

500

— Vous avez peut-être toute la nuit mais certains d'entre nous ne peuvent pas en dire autant, grommela Barrons par-dessus son épaule.

Je fourrai le feuillet dans ma poche et rejoignis Barrons au pas de course. Nous avions garé la Viper quelques rues plus loin. La reine portait une cape dont le capuchon était rabattu, et elle était enveloppée d'une couverture.

— Vous avez toute la nuit, ce soir, demain et pour le reste de l'éternité, d'ailleurs. Au fait, combien de temps avez-vous été mort, cette fois ? lui demandai-je pour le provoquer.

Le serpent à sonnettes s'agita dans sa gorge. Je pris un plaisir pervers à jouer avec ses nerfs.

— Une journée ? Trois ? Cinq ? De quoi cela dépend-il ? De la gravité de vos blessures ?

— Si j'étais vous, Mademoiselle Lane, je n'aborderais plus jamais cette question. Vous vous prenez soudain pour une pièce majeure du jeu parce que vous avez traversé ce Miroir...

— J'ai laissé Christian là-bas. Je l'ai trouvé dans la prison, l'interrompis-je.

Il se mordit les lèvres, avant de s'exclamer :

— Bon sang, pourquoi attendez-vous toujours aussi longtemps avant de me donner les informations importantes ?

— Parce qu'il y a toujours *trop* de choses importantes, répondis-je, sur la défensive. Et ses cheveux sont encore en train de traîner par terre.

— Ramassez-les, j'ai les mains prises.

— Pas question de la toucher.

Il me décocha un regard amusé.

— Elle vous dérange tant que cela, Mademoiselle la Concubine ?

— Ce n'est même pas la véritable reine, dis-je, irritée. Pas celle qui a rendu la concubine si malheureuse. Je n'aime pas les faës, voilà tout. Je suis *sidhe-seer*, vous vous souvenez ?

— L'êtes-vous vraiment ?

— Pourquoi êtes-vous si furieux contre moi ? Ce n'est pas ma faute si je suis qui je suis. Ma seule responsabilité, c'est ce que je choisis d'en faire.

Il me lança un coup d'œil en biais qui disait *Voici peut-être la seule réplique intelligente que vous ayez prononcée de la soirée.*

Je regardai derrière lui, en direction de la façade en ruine de Chez Chester qui se dressait un peu plus loin. Pendant un instant, avec sa silhouette noire qui se détachait contre un ciel indigo, elle offrit une étrange ressemblance avec une ruine de pierres encore debout venue de très loin dans l'espace et dans le temps. La pleine lune brillait au-dessus, nimbée d'un halo ensanglanté, tel un visage large et rond criblé de cratères de sang. Une altération faë de plus à notre monde.

— Quand vous entrerez, allez vers l'escalier et l'un d'entre eux vous escortera en haut. Allez *directement* vers l'escalier, répéta-t-il. Tâchez de ne pas avoir d'histoires sur votre chemin et évitez de déclencher une émeute.

— Je trouve que ce n'est pas juste, ce que vous dites. Il arrive que les choses ne soient pas aussi chaotiques autour de moi.

— Quand donc ?

— Quand je suis...

Je réfléchis quelques instants.

— ... toute seule, repris-je, agacée. Ou endormie.

Je ne posai aucune question au sujet de mes parents. Cela me semblait... malvenu. Comme si plus rien ne m'autorisait à m'enquérir de Jack et de Rainey Lane. Mon cœur se serra.

— Où allez-vous ? demandai-je.

— Je vous retrouve à l'intérieur.

— Parce que si je connaissais l'entrée dérobée que vous voulez emprunter, demandai-je, sarcastique, je risquerais de passer l'info à tous les faës, c'est ça ?

Il avait encore moins confiance en moi à présent qu'il pensait que j'étais la maîtresse mortelle du roi. Comment me traiterait-il s'il savait que j'étais le Grand Méchant en personne ?

— Activez, Mademoiselle Lane, se contenta-t-il de répondre.

Je descendis dans les entrailles du monstre, remplies jusqu'à la gueule d'humains et d'*Unseelies*. Ce soir, chez Chester, il n'y avait pas de places assises !

Je ne pouvais pas être le roi. Ces créatures auraient été mes « enfants ». Mes émotions, loin d'être paternelles, étaient franchement homicides. Cela réglait la question. J'étais humaine. Je n'avais aucune idée de la raison pour laquelle le Miroir m'avait laissée passer, mais je finirais bien par comprendre.

Je regardai autour de moi, choquée. Les choses avaient encore changé en mon absence. Le monde avait continué sans moi sa transformation vers un nouvel état.

Maintenant, il y avait aussi des *Seelies* chez Chester. Ils n'étaient pas nombreux et ne semblaient pas recevoir un accueil très chaleureux de la part des *Unseelies* mais j'en avais déjà repéré une bonne dizaine, et les humains paraissaient fous d'eux. Deux de ces horribles petits monstres qui vous faisaient rire à en mourir effectuaient des vols en piqué dans la foule, tenant à la main de minuscules verres qui débordaient au rythme de leurs évolutions. Trois « étoiles filantes » au sillage aveuglant fendaient la meute dans un sifflement. Dans une cage suspendue au plafond, des hommes nus dansaient, décrivant de sensuelles ondulations, éventés par des nymphes éthérées aux ailes diaphanes.

Je continuai d'examiner la boîte de nuit et me figeai. Sur une plate-forme élevée, dans le miniclub qui accueillait les clients portés sur les *très* jeunes humains, se tenait le dieu doré qui avait réconforté Dree'lia lorsque V'lane avait fait disparaître la bouche de celle-ci.

J'eus bien du mal à ne pas foncer sur lui, le poignarder de ma lance et accuser V'lane de traîtrise.

Puis une meilleure idée me vint.

Je traversai la foule, m'approchai de lui et demandai :

— Eh, vous vous souvenez de moi ?

Il m'ignora. Je supposai qu'il devait souvent entendre ces paroles, s'il fréquentait cet endroit depuis quelque temps. Je me plaçai à côté de lui et regardai l'océan de têtes autour de nous.

— Je suis la fille qui accompagnait Darroc la nuit où nous nous sommes croisés dans la rue. J'ai besoin que vous convoquiez V'lane.

Le dieu doré tourna vivement son visage vers moi. Une expression de dédain se peignit sur ses traits immortels.

— Convoquer. V'lane. Voilà deux termes qui ne vont ensemble dans aucun langage, humaine.

— J'avais son nom sur ma langue mais Barrons l'a enlevé. J'ai besoin de lui. Tout de suite.

Ce dieu doré m'avait peut-être déconcertée la première fois, mais j'avais ma lance dans mon holster et un noir secret dans mon cœur. Plus rien ne pouvait me prendre au dépourvu. J'avais besoin de V'lane ici et maintenant. Il avait quelques explications à me fournir.

— V'lane ne t'a pas donné son nom.

— À plusieurs reprises. Et sa colère contre vous n'aura pas de bornes s'il apprend que je vous ai demandé de l'appeler et que vous avez refusé.

Il me regarda d'un air buté, sans répondre.

Je haussai les épaules.

— Très bien. C'est vous qui voyez. Rappelez-vous seulement ce qu'il a fait à Dree'lia, dis-je avant de pivoter sur mes talons et de m'éloigner.

Il apparut devant moi.

— Eh ! cria quelqu'un, qu'est-ce que vous foutez ? Pas de transfert à l'intérieur du club !

Le dieu doré sursauta et se dépêtra du bras qu'il avait matérialisé avec lui. Le membre parut glisser de son corps, comme si l'espace qui le contenait était soudain devenu de l'énergie, et non de la matière.

Le propriétaire du bras était un type assez jeune, avec une crête sur le crâne, une expression furieuse et un regard anxieux et tendu. Il serrait son bras que l'autre avait heurté et le frottait comme s'il était ankylosé. Puis il parut comprendre qui venait de se transférer près de lui et il écarquilla les yeux d'un air presque comique.

Un verre apparut dans la main du dieu doré. Ce dernier le tendit au jeune type dans un murmure désolé.

— Je n'avais pas l'intention d'enfreindre le règlement. Votre bras ira mieux dans un instant.

— C'est bon, *man* ! s'écria joyeusement l'autre en acceptant le cocktail. *No souci !*

Il enveloppa le faë d'un regard d'adoration.

— Qu'est-ce que je peux faire pour toi ? demanda-t-il, le souffle court. Tout ce que tu veux, *man*, tu saisis ? N'importe quoi !

Le dieu doré se pencha vers lui et le serra de près.

— Serais-tu prêt à mourir pour moi ?

— Ce que tu veux, *man* ! Mais d'abord, tu m'emmèneras en Faëry ?

Je m'approchai du faë et, pressant ma bouche à son oreille, je chuchotai :

— Il y a une lance dans un holster, sous mon bras. Vous avez enfreint une règle en opérant un transfert. Je suppose que cela me donne le droit d'en faire autant. On essaie ?

Il émit ce sifflement qui trahissait le dégoût chez les faës, mais il s'écarta en se redressant.

— Sois une gentille petite fée, susurrai-je, et va me chercher V'lane.

J'hésitai en soupesant mes prochaines paroles.

— Dis-lui que j'ai du neuf, à propos du *Sinsar Dubh*.

Aussitôt, les rires et les voix s'éteignirent. Le silence s'abattit sur le club.

Tout mouvement cessa.

Je regardai autour de moi, incrédule. C'était comme si tout l'endroit était passé en mode arrêt sur image, par la simple mention du *Sinsar Dubh*.

Bien que toute la boîte de nuit ne soit plus qu'une bulle figée dans le temps, j'aurais juré que des yeux étaient posés sur moi avec insistance. Un sortilège avait-il été jeté sur cet endroit ? Si quelqu'un prononçait le nom du Livre interdit du roi, tout le monde se figeait-il instantanément, à l'exception de celui qui avait parlé et du lanceur de sort ?

J'observai les espaces du club.

Et je laissai échapper un sifflement entre mes dents.

Deux pistes de danse plus bas, un homme en costume blanc impeccable était entouré de sa cour immobile, assis dans un majestueux siège blanc, entouré de dizaines de courtisans vêtus de blanc.

Je ne l'avais jamais revu depuis cette lointaine soirée où Barrons et moi avions exploré Casa Blanc. Lui non plus n'était pas paralysé.

McCabe me salua d'un hochement de tête par-dessus l'océan de statues.

Puis, aussi soudainement que tout s'était figé, la vie reprit.

— Tu m'as offensée, humaine, dit le dieu doré, et je te tuerai pour ton effronterie. Pas ici ni ce soir, mais bientôt.

— C'est ça, marmonnai-je. Contentez-vous de l'appeler.

Puis je me détournai et entrepris de me frayer un passage parmi la foule. Le temps que je parvienne devant le royal fauteuil blanc, McCabe avait disparu.

Pour me rendre aux escaliers, il fallait que je passe devant le petit club où le type aux yeux rêveurs était barman. Le mot « directement », interprété dans un sens géographique, ne m'interdisait pas de m'arrêter en chemin. Aussi, comme j'étais assoiffée et que j'avais quelques questions à poser au sujet d'une carte de tarot, je frappai de mes doigts repliés sur le comptoir pour demander un shot.

Je pouvais à peine me rappeler de ce que c'était que de préparer des cocktails et de faire la fête avec mes amis, pleine d'ignorance et de rêves étincelants.

Cinq tabourets plus bas, je vis un haut-de-forme couvert de toiles d'araignée qui ressemblait à une cheminée pleine de suie et abandonnée ayant sérieusement besoin d'un coup de chiffon. Des mèches filasse retombaient sur des épaules aussi squelettiques qu'un manche à balai, drapées d'un costume à rayures. Le *Fear Dorcha* traînait encore avec le type aux yeux rêveurs. Malsain.

Personne n'était assis près de lui. Le chapeau se tourna vers moi lorsque je pris un siège, laissant quatre tabourets vides entre nous. Un paquet de cartes de tarot était rangé avec soin dans la poche de son costume avec un mouchoir élégant, cartes en éventail. Des chevilles maigres se croisèrent, montrant des souliers de cuir verni à bout pointu et brillant.

— Le poids du monde sur vos épaules ? me héla-t-il, tel un bateleur vendant la bonne aventure à un étal.

Je regardai la tornade noire qui tourbillonnait sous le rebord de son haut-de-forme. Les fragments d'un visage – la moitié d'un œil vert et d'un sourcil, un morceau de nez – apparurent et disparurent comme des lambeaux d'image arrachés à un magazine, brièvement plaqués contre une vitre, puis emportés par la prochaine rafale de tempête. Je sus soudain que l'inquiétant échalas aux paroles affables était aussi ancien que les faës eux-mêmes. Était-ce le *Fear Dorcha* qui faisait le chapeau, ou le chapeau qui faisait le *Fear Dorcha* ?

Mes parents m'ayant appris à être polie, et les vieilles habitudes étant tenaces, j'avais du mal à tenir ma langue, mais je ne commettrais pas deux fois l'erreur de lui parler.

— Vos relations vous dépriment ? cria-t-il avec l'exubérance exagérée d'une publicité pour OxyClean.

Je m'attendais presque à voir des vignettes tape-à-l'œil apparaître dans l'air tandis qu'il vantait sa marchandise, quelle qu'elle soit.

Je levai les yeux au plafond. Oui, on pouvait certainement dire cela !

— Tout ce qu'il vous faut, c'est peut-être simplement une soirée en ville ! suggéra-t-il d'une voix artificiellement joyeuse.

J'émis un reniflement moqueur.

Il se déplia du tabouret, étendant ses longs bras osseux et ses mains décharnées.

— Accordez-moi une danse, ma belle. Il paraît que je suis un vrai Fred Astaire.

Il esquissa quelques claquettes avant de se pencher en une profonde révérence, bras ouverts avec majesté.

Un shot de whisky glissa sur le zinc. Je l'avalai d'un coup.

— Je vois que tu as appris ta leçon, Beauté.

— Je progresse vite, ces temps-ci.

— Je suis toutes oreilles.

— Le jeu de tarot représentait ma vie. Comment est-ce possible ?

— Je te l'ai dit. Les Prophéties. Il y en a toutes sortes.

— Pourquoi m'as-tu donné LE MONDE ?

— Je ne l'ai pas fait. Tu aurais voulu ?

— Tu flirtes avec moi ?

— Et si c'était le cas ?

— Je pourrais partir en hurlant.

— Tu es intelligente.

Nous éclatâmes de rire.

— Tu as vu Christian, ces temps-ci ?

— Oui.

Ses mains se figèrent sur les bouteilles, et il attendit.

— Je crois qu'il est en train de se transformer en quelque chose.

— Tout change.

— Je crois qu'il est en train de devenir *unseelie*.

— Les faës. C'est comme les étoiles de mer, Beauté.

— Comment cela ?

— Ils font repousser les parties qui leur manquent.

— Qu'es-tu en train de dire ?

— L'équilibre. Le monde penche vers lui.

— Je croyais que c'était vers l'entropie.

— Si on est stupide de naissance. Les gens le sont. Pas les univers.

— Alors si un prince *unseelie* meurt, quelqu'un le remplacera ? Un humain, à défaut d'un faë ?

— J'ai entendu dire que des princesses sont mortes, aussi.

Je m'étranglai. Les femmes humaines seraient-elles transformées en mangeant de l'*Unseelie*, et finiraient-elles *Unseelies* avec le temps ? Que les faës allaient-ils encore voler à mon monde ? Eh bien, hum, en fait, qu'est-ce que moi et mon... Je me hâtai de changer de sujet.

— Qui m'a donné la carte ?

Il tendit un pouce vers le *Fear Dorcha*.

Je n'y crus pas un instant.

— Que suis-je supposée obtenir de lui ?

— Demande-lui.

— Tu m'as dit de ne pas le faire.

— C'est un problème.

— La solution ?

— Ça n'a peut-être pas de rapport avec le monde.

— Alors avec quoi ?

— Tu as des yeux, Beauté. Utilise-les.

— Tu as une bouche, Type-aux-yeux-rêveurs. Utilise-la.

Il s'écarta en lançant des bouteilles en l'air avec l'agilité d'un jongleur. Je regardai ses mains voler en me demandant comment le faire parler.

Il savait des choses. Mon flair me le disait. Il savait beaucoup de choses.

Cinq minigobelets apparurent sur le comptoir. Il les remplit et les fit glisser dans cinq directions avec une précision enviable.

Je levai les yeux vers le miroir accroché derrière le bar, incliné vers le bas, dans lequel se reflétait le revêtement noir et lisse du zinc. Je me vis. Je vis le *Fear Dorcha*. Je vis des dizaines d'autres clients assemblés au comptoir. Cet endroit n'était pas très animé. C'était l'un des plus petits et des moins fréquentés des mini-clubs. Il n'y avait ni sexe ni violence ici, seulement des toiles d'araignées et des cartes de tarot.

Le type aux yeux rêveurs était absent du reflet. Je vis des verres et des bouteilles étinceler en volant dans les airs, mais pas celui qui les lançait.

Je baissai les yeux vers lui ; il était en train de verser, levant haut la main, d'un geste ostentatoire.

Retour au miroir. Pas de reflet.

Je tapotai mon verre vide sur le comptoir. Un shot vint se cogner contre lui. Je pris le temps de siroter celui-ci, tout en observant mon type aux yeux rêveurs et en attendant son retour.

Il prit son temps.

— Tu as l'air perplexe, Beauté.

— Je ne te vois pas dans le Miroir.

— Peut-être que moi non plus, je ne te vois pas.

Je tressaillis. Était-ce possible ? Moi aussi, étais-je absente du reflet ?

Il éclata de rire.

— Je plaisantais. Tu y es.

— Ce n'est pas drôle.

— Ce n'est pas mon miroir.

— Qu'est-ce que ça veut dire ?

— Que je ne suis pas responsable de ce qu'il reflète. Ou pas.

— Qui *es*-tu ?

— Qui es-*tu* ?

Je fronçai les sourcils.

— J'avais cru comprendre que tu essayais de m'aider. Je me serai trompée...

— Aider. C'est un médicament dangereux.

— En quoi ?

— Difficile d'évaluer la dose juste. Surtout s'il y a plus d'un médecin.

Je pris une inspiration saccadée. Les yeux du type aux yeux rêveurs n'étaient plus du tout rêveurs. Ils étaient... Je le regardai. Ils étaient... Je refermai mes dents sur ma lèvre inférieure et la mordis. Qu'étais-je en train de regarder ? Que m'arrivait-il ?

Il n'était plus derrière le comptoir mais assis sur un tabouret à côté de moi, sur ma gauche. Non, sur ma droite. Non, il était sur le tabouret avec moi. Puis il était... derrière moi, sa bouche pressée contre mon oreille.

— Trop, cela fait artificiellement gonfler. Pas assez, cela ne prépare pas bien. Le meilleur chirurgien a des doigts de papillon. Légers. Délicats.

Comme les siens dans mes cheveux... Leur contact était hypnotisant.

— Suis-je le roi *unseelie* ? murmurai-je.

Un rire aussi soyeux qu'une aile de libellule emplit mes oreilles et brouilla mes pensées, ramenant de la vase depuis les zones les plus sombres de mon âme.

— Pas plus que moi.

Il était de nouveau derrière le bar.

— Voilà le grincheux, dit-il avec un hochement de tête en direction de l'escalier.

Je suivis son regard et vis Barrons qui descendait. Lorsque je me retournai, le type aux yeux rêveurs était aussi invisible que son reflet.

— J'allais venir, grommelai-je.

Me menottant le poignet de ses doigts, Barrons me traîna de force vers les marches.

— Dans « directement », qu'est-ce que vous ne comprenez pas ?

— La même chose que vous ne comprenez pas dans « traiter les autres correctement », ô, Grand Grincheux ! marmonnai-je.

À ma surprise, il éclata de rire. Je ne sais jamais ce qui va déclencher son hilarité. Aux moments les plus incongrus, il semble s'amuser de son mauvais caractère.

— Je serais infiniment moins grincheux si vous admettiez que vous avez envie de coucher avec moi et que nous réglions cette question.

Une vague de fièvre monta en moi. Barrons disait « coucher avec moi », et j'étais prête.

— C'est tout ce qu'il faudrait pour vous mettre de bonne humeur ?

— Cela y contribuerait grandement.

— Aurions-nous enfin une conversation, Barrons ? Étiez-vous vraiment en train d'exprimer des sentiments ?

— Sentiments ? Si c'est votre façon de dire « érection », Mademoiselle Lane...

Une soudaine agitation à l'entrée du club, deux étages au-dessus de nous, attira son attention. De plus haute taille que moi, il pouvait voir par-dessus la foule.

— Vous voulez rire.

Son visage se durcit tandis qu'il levait les yeux vers le balcon où se situait l'entrée.

— Quoi ? Qui ? demandai-je en sautant sur mes pieds pour tenter d'apercevoir quelque chose. C'est V'lane ?

— Pourquoi serait-il...

Il baissa les yeux vers moi.

— J'ai retiré son nom de votre langue. Vous n'avez pas eu d'occasion de le reprendre.

— J'ai demandé à quelqu'un de sa cour d'aller le chercher. Ne me regardez pas comme ça. Et je veux savoir ce qui se passe.

— Ce qui se passe, Mademoiselle Lane, c'est que vous avez trouvé la reine *seelie* dans la prison *unseelie*. Ce qui se passe, étant donné son état de santé, c'est que V'lane a manifestement menti au sujet de l'endroit où elle se trouvait, et ceci depuis des mois maintenant. Ce qui ne peut signifier qu'une seule chose.

— Qu'il m'était impossible de laisser la cour apprendre que la reine avait disparu, et ceci depuis de nombreuses années humaines, murmura V'lane derrière nous d'une voix tendue. Les miens se seraient divisés. Sans elle pour les tenir sous sa coupe, une dizaine de factions différentes auraient assailli votre monde. Voilà longtemps que le désordre règne en Faëry, mais ceci n'est pas vraiment l'endroit pour discuter de telles questions.

Barrons et moi pivotâmes comme un seul homme.

— Velvet me dit que tu me fais appeler, MacKayla, poursuivit V'lane, mais il précise que ta nouvelle concerne le Livre et non notre souveraine.

Il scruta mon visage avec une froideur que je n'avais jamais vue chez lui depuis notre première rencontre. Je supposai que ma façon de le convoquer l'avait offensé. Les faës sont terriblement susceptibles !

— L'as-tu réellement trouvée ? Est-elle en vie ? Chaque fois que j'ai eu du temps, je l'ai cherchée. Cela

515

m'a empêché de m'occuper de toi comme je l'aurais souhaité.

— Velvet, c'est un nom faë ?

— Son véritable nom est imprononçable dans ta langue. Est-elle ici ?

Je hochai la tête.

— Il faut que je la voie. Comment va-t-elle ?

La main de Barrons jaillit et se referma sur la gorge de V'lane.

— Sale menteur !

V'lane prit le bras de Barrons d'une main, et son cou de l'autre.

Je les regardai, fascinée. J'étais si désorientée par les événements récents que je n'avais même pas pris conscience que Barrons et V'lane se tenaient face à face sur une piste de danse surpeuplée pour ce qui devait être la première fois depuis une éternité – assez proches l'un de l'autre pour s'entre-tuer. Ou plutôt, assez proche pour que Barrons assassine V'lane. Il regardait le prince faë comme s'il venait enfin d'attraper la fourmi rouge qui l'avait torturé pendant des siècles tandis qu'il était étendu dans le désert, bras et jambes écartés, couvert de miel. Quant à V'lane, il observait Barrons comme s'il refusait de croire qu'il avait été aussi stupide.

— Nous avons des problèmes plus urgents que tes doléances personnelles, déclara V'lane avec un dédain glacial. Si tu es incapable de te sortir la tête du sac et de comprendre cela, tu mérites ce qui va arriver à ton monde.

— Peut-être que je me contrefiche de ce qui arrive au monde.

V'lane se tourna vivement vers moi pour me jauger d'un regard froid.

— Je t'ai permis de garder ta lance, MacKayla. Tu ne le laisseras pas me faire de mal. Tue-le...

— J'ai dit, tais-toi, l'interrompit Barrons.

— Il a la quatrième pierre, rappelai-je à Barrons. Nous avons besoin de lui.

— Les Keltar ! s'écria alors V'lane en levant les yeux vers l'entrée, avant de siffler entre ses dents.

— J'ai vu. C'est la *dream team,* ce soir ! ironisa Barrons.

— Où ? Ce sont eux qui viennent d'entrer ? demandai-je.

Barrons se pencha vers V'lane et le renifla. Ses narines frémirent, comme s'il trouvait son odeur à la fois repoussante, et parfaite pour un steak bien saignant.

— Où est-elle ? rugit un homme.

Son accent était écossais, comme celui de Christian, mais plus prononcé.

— Faites-le taire, ordonna V'lane, ou sa prochaine question sera de savoir où est la reine, et tous les *Unseelies* présents comprendront qu'elle est ici !

Barrons réagit si vite que je ne le vis même pas. L'instant d'avant, V'lane était encore aussi beau que toujours. À présent, son nez écrasé ruisselait de sang.

— La prochaine fois, Fée Clochette... menaça Barrons avant de s'en aller.

— J'ai dit, nom de nom, où est donc...

J'entendis un gémissement, puis des coups de poing, puis des cris... et quelques instants plus tard, c'était la mêlée générale chez Chester.

— Je me contrefiche de ce que vous pensez. Elle est sous notre responsabilité...

— Et vous l'avez sacrément aidée...

— C'est ma souveraine, et elle n'ira nulle part avec...

— ... jusqu'à présent ! Dire que vous l'avez perdue chez ces maudits *Unseelies* !

— ... et nous allons la ramener avec nous en Écosse, où on pourra s'occuper d'elle correctement.

— ... deux humains ineptes ! Son foyer est en Faëry !

— Je vais t'y renvoyer, en Faëry, la Fée Clochette, dans un fichu maudit...

— Pense à la pierre qui te manque, bâtard.

Mon regard passa de l'Écossais à Barrons et de celui-ci à V'lane, tandis que les trois hommes se querellaient. Voilà cinq bonnes minutes qu'ils répétaient en boucle les mêmes arguments. V'lane s'obstinait à exiger que la reine lui soit confiée, le Highlander répétait qu'il allait la ramener en Écosse, mais je connaissais Barrons. Il ne la laisserait ni à l'un ni à l'autre. Non seulement il n'avait confiance en personne, mais la reine des faës représentait un atout majeur dans son jeu.

— Comment diable avez-vous su qu'elle était ici ? grommela Barrons.

V'lane, dont le nez était de nouveau parfait, s'indigna :

— C'est MacKayla qui m'a convoqué. J'ai surpris vos paroles en marchant derrière vous, comme le premier venu aurait pu le faire. Par votre insouciance, vous mettez sa vie en danger.

— Pas *vous*, grommela Barrons. Le Highlander.

L'Écossais répondit :

— Voici presque cinq ans, la reine a visité Cian dans le Rêvement pour lui dire qu'elle serait ici ce soir. Elle lui a personnellement ordonné de venir la chercher ici, cette nuit. Nous avons une priorité indiscutable. Nous sommes les Keltar et nous portons le manteau de protection pour les faës. Vous devez nous la confier immédiatement.

Je faillis éclater de rire, mais quelque chose chez les deux Écossais m'y fit réfléchir à deux fois. Ils avaient manifestement fait un voyage épuisant sur de mauvaises routes, sans pouvoir se laver ni se raser pendant des jours. Des mots tels que « patience » ou « diplomatie » n'appartenaient pas à leur vocabulaire. Ils pensaient en termes d'objectifs et de résultats – et moins il y avait d'obstacles entre les deux, mieux cela leur convenait. Ils étaient comme Barrons : résolus, concentrés, impitoyables.

Tous deux étaient torse nu et couverts de tatouages. Lor, ainsi qu'un autre homme de Barrons que je n'avais pas encore croisé, nous avaient tous obligés à nous déshabiller de sorte que nos vêtements ne pouvaient pas dissimuler un livre, avant de nous laisser accéder au niveau supérieur du club. À présent, nous nous tenions tous les cinq, à demi dévêtus, dans un cube vitré sans aucun meuble.

Celui qui discutait, Dageus, tout en muscles fuselés, possédait la grâce et la rapidité d'un grand chat et des yeux dorés de léopard. Ses cheveux noirs étaient si longs qu'ils frôlaient sa ceinture – dont il n'avait nullement besoin, dans son pantalon de cuir noir qui lui moulait les hanches. Il arborait une lèvre fendue et un bleu sur sa pommette droite, souvenirs de l'échauffourée qui s'était déclenchée à la porte et s'était répandue comme une traînée de poudre à travers plusieurs des mini-clubs. Il avait fallu cinq des hommes de Barrons pour ramener l'ordre. Leur capacité à se mouvoir à la vitesse du vent représentait un avantage incontestable. Ils ne demandaient pas aux clients d'arrêter de se battre – ils apparaissaient et les tuaient. Tout simplement. Une fois qu'humains et faës avaient compris ce qui se passait, la flambée de violence avait pris fin aussi rapidement qu'elle avait commencé.

L'autre Écossais, Cian, n'avait pas encore dit un mot. Il était sorti de la mêlée sans une égratignure mais, avec tous les tatouages rouges et noirs qui lui couvraient le torse, je ne suis pas certaine que j'aurais remarqué du sang. Il était massif, avec des muscles courts et saillants, le type de physique qu'un homme se sculpte dans une salle de musculation... ou au cours de longues années de détention. Ses épaules étaient larges, son abdomen plat. Il avait des piercings, et l'un de ses tatouages proclamait JESSI. Je me demandai quel type de femme pouvait donner à un homme tel que lui l'envie de se tatouer son prénom sur le torse.

Ces hommes étaient les oncles dont Christian avait parlé, ceux qui s'étaient introduits dans le manoir du Gallois la nuit où Barrons et moi avions tenté de dérober l'Amulette, ceux qui avaient accompli le rituel avec Barrons la nuit de Halloween. Ils n'offraient aucune ressemblance avec les autres oncles que j'avais pu rencontrer dans ma vie. Je m'étais attendue à des personnes sur la fin de la trentaine ou de la quarantaine, adoucies par l'âge. En fait, il s'agissait de jeunes trentenaires endurcis par l'expérience, aux airs dangereusement sexy. Tous deux arboraient un regard lointain, distant, comme s'ils avaient vu des choses si terribles qu'ils ne pouvaient désormais supporter le monde qu'en posant sur la vie un regard délibérément flou. Je me demandai si mes propres yeux commençaient à avoir la même expression.

— Un point au moins est certain. Elle n'a rien à voir avec toi, dit Dageus à Barrons.

— Qu'est-ce que tu en sais, le Highlander ?

— Nous protégeons les faës. Or, il *est* faë, ce qui nous donne, à lui comme à nous, plus de légitimité que toi.

Je sentis sur moi le poids d'un regard. Je cherchai autour de moi. V'lane m'observait, sourcils froncés. Jusqu'à présent, tout le monde avait été si occupé à se chamailler sur ce qu'il convenait de faire de la reine que personne n'avait songé à me demander comment je l'avais trouvée, ni de quelle façon je l'avais arrachée à sa prison. Mon petit doigt me disait que c'était exactement la question que V'lane était en train de se poser en cet instant.

Il connaissait la légende du Miroir du roi. Il savait que seules deux personnes pouvaient le traverser — à moins que je n'aie par miracle énoncé une vérité avec mes mensonges, et que l'actuelle reine, qui qu'elle soit, soit effectivement immunisée contre la magie du roi, ce dont je doutais. Le seul être au monde contre qui le roi aurait pu vouloir protéger sa concubine était la reine *seelie*. Il avait fortifié son château contre la première et vindicative souveraine le jour où elle était venue lui rendre visite et s'était querellée avec lui. Il avait interdit à tous les *Seelies* d'y entrer. Je ne doutais pas qu'il avait placé un sort identique, voire pire, sur le Miroir qui reliait sa chambre à celle de la concubine. V'lane devait se demander s'il avait la moindre idée de qui était réellement sa souveraine, de qui *j*'étais vraiment, ou si toute leur histoire n'était pas aussi douteuse, aussi improbable que la nôtre. Quoi qu'il en soit, V'lane comprenait que *quelque chose* en moi n'était pas ce que cela semblait être.

À part moi, seul Christian savait que la reine était en réalité la concubine. Et j'étais la seule à connaître cette dualité en moi qui pouvait facilement s'expliquer par le fait que j'étais l'autre moitié de la royale équation.

Après un moment de réflexion, il me décocha un hochement de tête tendu.

Que diable cela signifiait-il ? Qu'il allait garder le silence pour l'instant et ne soulever aucune question susceptible de troubler encore plus des eaux qui l'étaient déjà suffisamment ? Je répondis à son geste, comme si j'avais la moindre idée du pacte que nous passions.

— Vous n'avez même pas été capables d'accomplir ce maudit rituel pour garder les murs debout, et vous voulez que je vous confie la reine ? Et toi…

Barrons se tourna vers V'lane, qui se tenait à prudente distance.

— Je ne te la laisserai jamais. En ce qui me concerne, c'est toi qui l'as mise dans le sarcophage où elle a été trouvée.

— Pourquoi ne pas demander à la reine elle-même ? suggéra froidement V'lane. Elle te confirmera que ce n'est pas moi.

— Elle ne parle pas, ce qui est bien pratique pour toi.

— Est-elle blessée ?

— Aucune idée. Je ne sais même pas de quoi vous êtes faits, vous autres maudits faës.

— Pourquoi quiconque l'aurait-il mise dans la prison *unseelie* ? demandai-je.

— C'est une façon lente mais assurée de la tuer, *lass*, me dit Dageus. Le bagne *unseelie* est l'opposé de tout ce qu'elle est. Par conséquent, il aspire son essence vitale même.

— Si on avait voulu l'assassiner, il y avait des moyens plus rapides, protestai-je.

— Peut-être celui qui l'a faite captive ne disposait-il ni de la lance, ni de l'épée.

Ce qui éliminait V'lane. Il me prenait régulièrement ma lance. Comme maintenant. Darroc en faisait autant. Le ravisseur de la reine devait être assez puissant pour la capturer, mais pas assez pour s'emparer de la lance ou de l'épée – deux conditions qui semblaient s'exclure mutuellement. Était-il possible qu'il ait eu une raison de vouloir lui infliger une mort lente ?

— V'lane m'a dit que toutes les princesses *seelies* étaient mortes, dis-je. Selon une légende faë, si toutes celles qui peuvent succéder à la reine décèdent, la Vraie Magie de leur peuple devrait passer au mâle le plus puissant. Serait-il possible que quelqu'un projette de prendre possession du *Sinsar Dubh* en assassinant toutes les héritières de la reine, en finissant par Aoibheal en personne, afin qu'à la mort de celle-ci, il hérite non seulement du pouvoir du roi *unseelie*, mais aussi de la Vraie Magie de la reine, devenant ainsi le premier souverain patriarcal de son peuple ? Au fait, *qui* est le mâle le plus puissant ?

Toutes les têtes se tournèrent vers V'lane.

— Comment dites-vous cela, vous autres humains ? Ah, j'y suis : Épargnez-moi vos balivernes ! rétorqua-t-il froidement.

Il me décocha un regard où je vis, à part égales, de la colère et du reproche. Comme pour dire : « Je protège ton secret, ne me trahis pas. »

— C'est une légende, rien de plus, poursuivit-il. J'ai servi Aoibheal toute ma vie et je continue aujourd'hui.

— Pourquoi avoir menti au sujet de l'endroit où elle se trouvait ? demanda Dageus.

— Je dissimule sa disparition depuis bien des années humaines afin d'éviter une guerre civile en Faëry. À présent que les princesses sont mortes, la succession n'est pas claire.

Depuis bien des années humaines ? C'était la seconde fois qu'il le disait, mais les conséquences logiques ne me frappèrent qu'à cet instant. Je le regardai. Il avait fait bien plus que proférer un simple mensonge. La nuit de Halloween, il m'avait affirmé avoir été appelé ailleurs afin de mettre sa souveraine en sécurité. Où était-il réellement allé lorsque j'avais tant besoin de lui ? J'avais envie de le savoir tout de suite, d'exiger des réponses, mais nous avions déjà assez de questions à régler, et lorsque je l'interrogerais, ce serait dans mes termes, sur mon terrain.

— Et comment sont-elles mortes, au juste ? demanda Barrons.

V'lane poussa un soupir.

— Elles disparaissent en décédant.

Il me regarda de nouveau. Je clignai des yeux. Il y avait du chagrin dans ses yeux, et la promesse que nous aurions bientôt une conversation.

— Ce qui t'arrange bien, la fée.

V'lane lança à Barrons un regard de dédain.

— Essaie de voir un peu plus loin que le bout de ton nez, mortel. Les princes *unseelies* sont largement aussi puissants – sinon plus – que moi. Et le roi *unseelie* lui-même est bien plus fort que nous tous. C'est assurément à lui qu'irait la magie, où qu'il soit. Je n'ai rien à gagner à m'en prendre à ma souveraine, et tout à perdre. Tu dois me la confier. Si elle est restée dans la prison *unseelie* tout le temps de sa disparition, elle est peut-être à l'article de la mort. Tu dois me laisser l'emmener en Faëry afin qu'elle y reprenne des forces !

— N'y compte pas.

— Alors *tu* seras responsable de l'assassinat de notre reine, dit V'lane avec amertume.

— Et comment puis-je être sûr que ce n'est pas ce que tu espères depuis le début ?

— Tu nous méprises tous. Tu laisserais mourir la reine pour accomplir tes mesquines petites vengeances.

J'étais curieuse de savoir ce que pouvaient être les « mesquines petites vengeances » de Barrons. Et j'étais de nouveau la proie de cette maudite dualité. Ce qui se jouait ici n'était pas, loin s'en fallait, ce que tout le monde s'imaginait. J'étais la seule à connaître la vérité.

Ce n'était pas la reine qu'ils se disputaient. C'était la concubine d'il y a des centaines de milliers d'années qui, d'une façon ou d'une autre, était devenue la souveraine *seelie*. Le roi avait-il obtenu, à la longue, ce qu'il désirait tant ? Les éons passés en Faëry avaient-ils transformé sa bien-aimée en faë ? L'équilibre vers lequel tendait le monde, comme le suggérait le type aux yeux rêveurs, avait-il fait d'une mortelle une reine de remplacement, comme il finirait par métamorphoser Christian en successeur princier ?

Si j'étais le roi, pourquoi cela ne me transportait-il pas de joie ? La concubine était enfin faë ! Je secouai la tête. Je ne pouvais pas penser cela. Cela ne signifiait tout simplement rien pour moi.

— Mac, marmonnai-je. Sois juste Mac.

Barrons me décocha un regard sévère, façon de me dire : « Gardez cela pour plus tard, Mademoiselle Concubine. »

— Écoutez, les gars, dis-je.

Quatre paires d'yeux millénaires me transpercèrent. Je regardai les deux Highlanders en battant des paupières.

— Ah. Vous n'êtes pas du tout ce que vous semblez être, tous les deux, n'est-ce pas ?

— Quelqu'un l'est-il, dans cette pièce ? maugréa Barrons. Où voulez-vous en venir ?

— C'est ici qu'elle est le plus en sécurité, répondis-je, laconique.

— C'est ce que je dis depuis le début, grommela Barrons. Cet étage est aussi bien protégé que la librairie. Rien ne peut y entrer par transfert...

V'lane émit un sifflement.

— ... ni en sortir. Rien de *seelie* ou d'*unseelie* ne peut l'y atteindre. Nous ne laissons entrer personne portant des vêtements. Rainey s'occupe d'el...

— Vous l'avez mise avec mes parents ? m'écriai-je, incrédule. Les gens entrent là nus ?

— Où d'autre vouliez-vous que je l'installe ?

— La reine de Faëry est dans cette pièce de verre avec mon père et ma mère ?

Ma voix avait monté d'un cran, mais je m'en moquais éperdument.

Il haussa les épaules. Ses yeux me dirent *Pas exactement, et nous le savons tous les deux. Vous n'êtes même pas de ce monde.*

Je me contrefiche de qui j'ai pu être dans une autre vie, lui répondirent les miens. *Je sais qui je suis maintenant.*

— Cela prend du temps et des ressources de protéger aussi bien un endroit que la salle où se trouvent Jack et Rainey. Nous ne multiplierons pas nos efforts par deux, marmonna-t-il.

— Castle Keltar a été fortifié par la reine elle-même, protesta Dageus. Loin de Dublin, où le *Sinsar Dubh* semble aimer rôder, c'est le meilleur choix.

— Elle reste. C'est non négociable. Et si cela ne vous plaît pas, essayez donc de l'emmener, dit Barrons.

Il avait parlé d'un ton égal mais, dans son regard, je vis une lueur d'excitation. Il espérait qu'ils le feraient. Il avait envie d'en découdre. Comme tout le monde dans cette pièce. Même moi, m'avisai-je, surprise. J'eus soudain, malgré moi, un éclair de compréhension de la psychologie masculine. Je me trouvais devant un problème insoluble. En revanche, si je pouvais en générer un autre que je sache régler, comme par exemple une bonne bagarre, et que je pouvais y passer toute ma rage, je me sentirais assurément mieux pendant un certain temps.

— Si elle reste, nous restons, répondit Dageus sur le même ton. Nous la surveillons ici, ou nous la surveillons là-bas, mais nous la surveillons.

— Alors s'ils restent, moi aussi, déclara V'lane d'un ton glacial. Aucun humain ne protégera ma reine aussi longtemps que je vivrai.

— Il y a une façon simple de résoudre ça, la fée, ricana Barrons. Je te fais cesser de vivre.

— Les *Seelies* ne sont pas nos ennemis, s'interposa Dageus. Touche-le et tu auras affaire à nous.

— Tu m'en crois incapable, Highlander ?

L'espace d'un instant, la tension dans la pièce fut insupportable, et j'eus la vision de notre groupe s'entre-égorgeant.

Barrons était le seul d'entre nous qui ne pouvait être tué. J'avais besoin des Écossais pour accomplir le rituel de réinhumation du Livre, et de V'lane et de sa pierre pour nous aider à le capturer.

— Voilà qui est réglé, gazouillai-je d'un ton joyeux. Tout le monde reste. Bienvenue au Hilton de Chez Chester ! Qu'on nous prépare nos chambres !

Barrons me regarda comme si j'avais perdu la tête.

— Et ensuite, ajoutai-je, partons chercher quelque chose à tuer.

Dageus et Cian approuvèrent d'un grondement, et même V'lane parut soulagé.

32

Je sortis de ma douche et me regardai dans le miroir. Depuis que j'avais traîné ma carcasse endolorie le long de l'escalier de service de *Barrons – Bouquins et Bibelots* jusqu'à ma chambre, une vingtaine de minutes auparavant, mes bleus s'étaient atténués d'environ quarante pour cent. Du bout du doigt, j'en soulignai un sur ma clavicule, particulièrement vilain. J'avais cru entendre un craquement et craignais de m'être cassé quelque chose, mais il ne s'agissait que d'une contusion enflammée et tuméfiée, et elle était en train de guérir à une vitesse remarquable.

Que m'arrivait-il ? J'aurais pu soupçonner que cela avait un rapport avec le fait que j'étais... Pas-la-Concubine, mais jamais je ne m'étais remise aussi rapidement lorsque j'étais enfant. J'avais toujours les genoux écorchés.

McCabe était-il l'un de mes autres « moi » ? Était-ce pour cette raison qu'il ne s'était pas figé, lui aussi ? Le type aux yeux rêveurs pouvait-il lui aussi être un de mes « moi » ? Et qui d'autre ? Combien de « moi » Pas-la-Concubine possédait-il ?

— Je ne suis *pas* le roi, dis-je à voix haute. Il doit y avoir une autre explication.

Il le fallait. Je ne pouvais tout simplement pas accepter celle-ci.

La soirée avait été animée. En ville, nous avions croisé Jayne et ses Gardiens, ainsi que Dani, et mis le quartier à feu et à sang. Dageus, Cian et V'lane avaient joué des poings. Dani et moi avions taillé et tranché. Barrons avait fait ce qu'il faisait, mais trop rapidement pour que je le voie. Après un certain temps, j'avais arrêté d'essayer, trop absorbée par ma propre soif de carnage.

Lorsque j'avais cessé de compter, le sol était jonché de cadavres par centaines.

Comment aurais-je pu prendre un tel plaisir à abattre des *Unseelies*, si j'avais été leur créateur ?

— Là. Une preuve de plus que ce n'est pas moi, me dis-je dans le miroir, en hochant la tête.

Mon reflet m'imita sagement. Je réglai mon sèche-cheveux sur température moyenne et commençai mon brushing.

Les *Unseelies* avaient battu en retraite. L'annonce de notre arrivée s'était répandue à travers la ville et ils avaient fui le combat, qui à tire-d'aile, qui en se transférant, qui en rampant. Je suppose qu'après une vie d'enfermement, ils n'étaient pas pressés de se faire tuer, maintenant qu'ils étaient libres. Lorsque j'avais quitté Barrons, les deux Keltar et V'lane, ils semblaient assez frustrés et sur le point de s'entre-tuer de nouveau. Épuisée, courbaturée, je ne tenais plus debout. S'ils étaient assez stupides pour se massacrer les uns les autres, à eux d'en assumer les conséquences.

Tandis que j'enfilais mon pyjama, un petit caillou heurta le carreau de ma chambre.

Je n'étais absolument pas d'humeur à discuter avec V'lane pour l'instant. Certes, j'avais des questions à lui poser, mais cette soirée était mal choisie pour cela. J'avais besoin de me reposer et d'avoir les idées claires. J'écartai mon sac à dos, me glissai dans mon lit et remontai les couvertures sur mon visage pour me protéger de l'éclat des cinq lampes allumées. Les Ombres étaient probablement parties, mais « probablement » est un mot qui n'appartient plus à mon vocabulaire.

Encore un caillou.

Je fermai les yeux avec résolution et attendis que cela s'arrête.

Cinq minutes plus tard, après une incessante pluie de graviers, c'est une pierre qui fracassa la vitre, projetant des éclats de verre alentour et me faisant sursauter.

Je m'assis dans mon lit et regardai le désordre sur le sol. Je ne pouvais même pas marcher dessus pour aller lui arracher la tête. Il faudrait d'abord que j'aille chercher des chaussures.

Une rafale polaire fit claquer les rideaux.

J'enfilai des bottes et me dirigeai vers la vitre en faisant crisser le verre.

— Je ne vous parlerai pas tant que vous n'aurez pas réparé cette maudite fenêtre, V'lane ! m'impatientai-je.

Puis je m'écriai :

— Oh !

Une silhouette encapuchonnée se tenait dans l'allée en contrebas, et pendant un instant, elle me fit penser à Mallucé. Une robe longue s'enroula dans un nuage aérien, tandis que la forme s'avançait en chancelant, comme si chacun de ses pas était un calvaire. Les spots extérieurs brillèrent à travers la cape, et je vis qu'elle était faite d'un voile de tissu arachnéen.

Ma première pensée fut que le *Sinsar Dubh* se dissimulait quelque part sous ces innombrables replis.

— Retirez votre cape. Je veux voir vos mains, tout.

J'entendis une inspiration douloureuse, un sifflement d'agonie. Des bras se levèrent avec une lenteur arthritique pour ouvrir une broche au niveau du cou. Le capuchon tomba et la cape glissa sur le sol dans un bruissement.

Secouée d'une nausée, je ravalai un cri d'horreur. Je n'aurais pas souhaité *cela* à mon pire ennemi. C'était Fiona, en chair et en os, affreusement mutilé.

— *Pityyyé*, siffla-t-elle entre ses lèvres parcheminées.

Je m'écartai de la fenêtre et me penchai contre le rebord, une main sur ma bouche. Même les yeux fermés, je la voyais encore.

Elle avait tenté de me tuer, dans ce qui me semblait une autre vie. Elle avait fait alliance avec Derek O'Bannion, puis avec Darroc.

Tout cela parce qu'elle était éprise de Jéricho Barrons.

La nuit où le Livre l'avait amenée sous mon balcon, écorchée vive, je m'étais demandé si toute la chair *unseelie* qu'elle avait ingérée l'empêcherait de mourir. Manger du faë noir a cette propriété. En revanche, cela ne permettait manifestement pas de faire pousser une nouvelle peau humaine, et encore moins de guérir des plaies infligées par la magie du *Sinsar Dubh*.

— Je croyais que le Livre tuait tous ceux qu'il possédait ? dis-je finalement.

Mes paroles retentirent dans le silence de la nuit.

— Il a… une autre sorte d'appétit… pour nous, qui… mangeons de l'*Unseelie*.

Sa voix douloureuse monta jusqu'à moi.

— Il a tué Darroc. Darroc mangeait de l'*Unseelie*.

— Pour le… faire taire. À cause de… ce qu'il avait appris.

— C'est-à-dire ?

— Si seulement… je savais. Je pourrais…

Elle émit un gargouillement. Je compris, à ses sifflements et gémissements, qu'elle s'était baissée pour ramasser sa cape. J'essayai de m'imaginer ce qui était le plus pénible sur sa peau malsaine – la brise nocturne glaciale ou le contact des vêtements. Les deux devaient être un véritable calvaire. Je ne comprenais pas comment elle pouvait endurer une telle souffrance.

Je ne dis rien. Il n'y avait rien à dire.

— J'ai essayé… moi-même, reprit-elle enfin. J'ai prié pour… qu'il me tue… aussi.

— Que faites-vous ici ?

Je me tournai pour la regarder. Elle avait remis sa cape mais laissé le capuchon baissé.

— Je ne peux… pas guérir.

Ses yeux gris, dans leurs orbites rougies, brillaient d'une douleur incessante. Même ses paupières avaient disparu.

— Je ne peux… pas mourir. J'ai… tout essayé.

— Vous mangez encore de l'*Unseelie* ?

— Ça atténue… la souffrance.

— C'est probablement ce qui vous maintient en vie.

— Trop tard.

— Vous voulez dire que vous en avez consommé si longtemps que même en arrêtant maintenant, vous ne mourriez pas ?

— *Ouuui.*

Je réfléchis à cela. Selon la quantité qu'elle avait consommée, c'était possible. Mallucé était marbré de chair faë comme un steak bien gras. Peut-être, même si elle cessait définitivement, ne redeviendrait-elle jamais tout à fait humaine. Je n'en avais pris que deux fois dans ma vie, et j'espérais que mon corps l'avait définitivement éliminé.

— Je ne trouve pas…

Son regard dériva vers la Zone fantôme à l'abandon. Je compris qu'elle avait tenté de se faire tuer par une Ombre, mais celles-ci étaient parties vers des pâturages plus verts, au sens littéral. Elle ne semblait pas capable de marcher bien loin, et je ne l'imaginais pas au volant d'une voiture, assise sur ses chairs en décomposition. Je frissonnai.

— Seules la lance… ou l'épée… peuvent…

— … empêcher la part faë en vous de vous maintenir en vie, finis-je à sa place.

Je détournai les yeux et regardai par-dessus le garage de Barrons, vers les centaines de toits sombres qui s'étendaient au-delà.

— Vous voulez que je vous tue.

Quelle terrible ironie !

— *Ouuui.*

— Pourquoi ne pas avoir demandé à Dani ? Vous ne pensez pas que vous auriez plus de chances ?

— Elle a refusé.

Je battis des paupières. Elle connaissait Dani, était allée la trouver, et celle-ci l'avait éconduite ?

— Elle a dit que... c'était à toi de...

— Et vous croyez que je vais avoir pitié ?

— Tu ne... peux pas... me regarder.

Je m'obligeai à tourner mes yeux vers son visage émacié.

— Je veux vous ignorer jusqu'à la fin de mes jours. Ce n'était pas vrai. Et elle le savait.

— *Pityyyé*, siffla-t-elle de nouveau.

Je frappai rageusement le rebord de la fenêtre de mon poing.

Il ne restait plus de choix faciles. Je n'avais pas envie de descendre auprès d'elle, ni de la regarder. Je n'avais pas envie de la poignarder. Et il m'était impossible de ne pas mettre un terme à ses souffrances si cela était en mon pouvoir. Or, c'était le cas.

Je jetai un regard nostalgique en direction de mon lit. Je n'avais qu'une envie – retourner m'y blottir.

Ma vitre était brisée. La chambre serait bientôt glaciale.

Je saisis mon holster, le fixai par-dessus mon haut de pyjama, glissai ma lance sous mon bras, attrapai un manteau sur une chaise et me dirigeai vers l'escalier.

En descendant, il me vint une idée modeste mais géniale.

Ma lance pouvait tuer les parts faës de Fiona, lui apportant la mort tant souhaitée, mais très lentement. Mallucé avait mis des mois à mourir. Lorsque je poignardais un faë, il décédait aussitôt puisqu'il était entièrement faë. En revanche, quand un humain mange de la chair *unseelie*, celle-ci tisse dans son organisme des poches et des filons de chair immortelle, qu'il est impossible de poignarder un à un, de sorte que la plaie agit plutôt comme un poison à action lente. Je me demande si le créateur des armes capables de poignarder les immortels les a délibérément conçues dans ce but, afin d'infliger une punition effroyable à un crime effroyable.

Quoi qu'il en soit, il existait une autre méthode d'exécution qui la tuerait instantanément – ou répondrait à une question qui me taraudait.

J'y avais réfléchi toute la nuit, alors que je combattais.

Il fallait que je teste le Miroir de la Maison blanche.

Peut-être de nombreux faës et êtres humains pouvaient-ils le traverser.

J'avais envisagé de capturer un *Unseelie* pour le faire passer de force à travers le Miroir.

Maintenant, c'était inutile. J'avais une volontaire.

Mieux, elle était majoritairement humaine.

Si Fiona pouvait traverser le Miroir du roi sans mourir, cela signifiait que cette légende était inventée de toutes pièces.

Barrons en était mort.

Je haussai les épaules. Peut-être avait-ce été une anomalie. Barrons défiait les lois de la physique. Peut-être les humains pouvaient-ils le traverser sans aucun problème. Peut-être le roi *unseelie* ne l'avait-il pas aussi bien protégé qu'il le pensait. Peut-être les humains de notre planète étaient-ils différents de sa concubine mortelle... Comment peut-on installer une protection contre quelque chose dont on ignore jusqu'à l'existence ? Tout ce que je savais, c'est que je n'étais pas le roi, et c'était une occasion inespérée d'en apporter la preuve. Je détestais l'idée de perdre encore du temps, mais ma tranquillité d'esprit le valait bien. Je m'engageai dans l'allée et m'approchai lentement de Fiona.

— Remontez votre capuchon.

Elle émit un son qui ressemblait presque à un éclat de rire mais ne fit pas mine de m'obéir.

— Vous voulez mourir ? Si c'est le cas, remontez votre capuchon.

Les yeux brillants de haine, d'un geste raide et douloureux, elle rabattit l'étoffe de façon à plonger son visage dans l'ombre.

Tandis qu'elle baissait le bras, une rafale poussa sa puanteur directement vers mes narines. Je fus prise de nausées. Elle dégageait des effluves de sang et de chairs putréfiées, avec une forte odeur médicinale, comme si elle avalait des antalgiques par poignées.

— Suivez-moi.

— Où ?

— La lance peut vous faire mourir, mais lentement. J'ai peut-être un moyen de vous tuer immédiatement.

Le capuchon se tourna vers moi comme si elle scrutait mon visage pour deviner mes motifs.

Papa m'avait dit un jour que nous croyons les autres capables du pire dont nous sommes capables nous-mêmes. Fiona était en train de se demander si je pouvais me montrer aussi cruelle envers elle qu'elle l'aurait été pour moi, si elle avait été à ma place.

— Cela va être l'enfer pour vous de marcher jusque-là, mais je pense que vous préférez la marche de vingt minutes pour y aller aux semaines, voire aux mois que cela pourrait vous prendre pour mourir de la blessure de la lance. À cause de la chair *unseelie* que vous avez mangée, votre mort sera lente.

— La lance… pas immédiat ?

Elle avait parlé d'un ton choqué.

— Non.

Je vis l'instant où elle acceptait. Lorsque je me détournai pour me diriger vers le Miroir enchâssé dans le mur de briques, elle me suivit. J'entendis le léger bruissement de sa cape derrière moi.

— Il y a un prix, toutefois. Si vous voulez vraiment mourir, vous allez devoir me dire tout ce que vous savez sur…

— Je ne peux pas vous laisser seule une minute, n'est-ce pas ? demanda soudain la voix de Barrons. Où diable croyez-vous que vous allez, cette fois, Mademoiselle Lane ? Et qui est avec vous ?

Nous entrâmes tous les trois ensemble.

Ce fut l'une des marches les plus gênantes, les plus inconfortables que j'aie faites.

Je vécus l'un de ces moments où l'on a l'impression d'être un témoin extérieur de soi-même. Huit mois auparavant, lorsque j'étais entrée pour la première fois chez *Barrons – Bouquins et Bibelots*, en quête d'un abri après avoir découvert la Zone sombre, jamais je n'aurais imaginé cette scène : moi, en train d'entrer à l'intérieur d'un mur de brique derrière la librairie – je veux dire, un vrai mur de brique ! – en compagnie de la femme affreusement émaciée et droguée aux narcotiques qui avait autrefois tenu *Barrons – Bouquins et Bibelots* avec Barrons (lequel attendait que je couche avec lui pour le rendre à nouveau de bonne humeur et

538

se transformait à l'occasion en bête de deux mètres quatre-vingts), afin de déterminer si j'étais le roi *unseelie* et le créateur des monstres qui avaient envahi mon monde... Si j'avais pensé que ma vie en viendrait à ceci, je serais allée tout droit à l'aéroport ce jour-là, et je serais rentrée chez moi.

Fiona n'avait pas prononcé une syllabe depuis que Barrons était apparu dans l'allée. Elle avait resserré le capuchon autour de son visage. Je ne parvenais pas à me représenter ce qu'elle devait éprouver, alors qu'elle marchait vers son suicide, entre l'homme qu'elle avait aimé jusqu'à se détruire et la femme qu'elle soupçonnait de le lui avoir volé.

Tout d'abord, Barrons s'était opposé à mon plan avec véhémence.

Il préférait la tuer avec la lance, sans retourner dans les Miroirs et perdre des semaines, peut-être des mois, au passage. Toutefois, lorsque je l'eus attiré à l'écart pour lui expliquer qu'elle était le cobaye idéal, il avait acquiescé avec réticence, et j'avais compris que, lui aussi, il espérait que la légende n'était qu'un mythe mensonger.

Pourquoi ? Il me prenait pour la concubine. Au vu de ce que *je* craignais d'être, cette hypothèse ne me semblait pas la pire.

À moins qu'il ait conclu que, si j'étais la concubine, le roi en personne devait nécessairement venir me retrouver à un moment ou à un autre, et qu'il représentait un ennemi qu'il n'était pas capable d'affronter, même sous son apparence de bête. Peut-être s'inquiétait-il à la perspective que le roi lui prenne son détecteur d'Objets de Pouvoir, et de ce qu'il adviendrait de lui ?

Seulement, avait-il murmuré contre mon oreille, *si vous lui posez une seule question à mon sujet, je la tue sur-le-champ et vous ne pourrez pas effectuer votre petit test.* Je lui jetai un regard à la dérobée. Le ferait-il ? De la même façon qu'il tuait un faë, quel qu'il soit ? Pourtant, il ne présentait pas cela comme un acte de miséricorde. Tout en remontant un couloir rose, je me demandai ce qu'il ressentait. Pleurait-il cette femme qui avait tenu son magasin pendant des années, et à qui il avait révélé bien plus de ses secrets qu'à moi ? Il n'avait pas proposé de la tuer rapidement afin d'abréger ses souffrances. Il n'avait envisagé cette menace que comme une façon de m'empêcher de fouiner dans son passé.

Ses traits étaient tendus en une expression glaciale. Il posa les yeux sur le sommet de la tête de Fiona et son visage changea. Puis, ayant intercepté mon regard sur lui, il remit son masque de pierre.

Il la pleurait. Il ne regrettait pas son calvaire ni sa mort, mais le fait qu'elle ait choisi un chemin qui l'avait menée ici. Je songeai qu'il n'avait jamais cessé de tenir à elle, et qu'il aurait pris soin d'elle si elle n'avait pas tenté de m'éliminer. Par ses actes, elle avait scellé son destin.

Barrons était l'un des hommes les plus complexes que j'aie connus, et en même temps l'un des plus simples. Vous étiez avec lui, ou vous étiez contre lui. Point. Terminé. Avec lui, vous n'aviez qu'une seule chance. Et si vous le trahissiez, vous cessiez d'exister dans son monde, jusqu'à ce qu'il en vienne à vous abattre.

Fiona avait cessé d'exister pour lui le soir où elle avait laissé les Ombres pénétrer dans la librairie pour me dévorer dans mon sommeil – le privant ainsi de sa seule chance de trouver un certain objet auquel il tenait plus que tout, quel que soit cet objet. Tout ce qu'il ressentait, à présent, c'était un pincement de regret que les choses aient tourné ainsi. Il n'y avait pas si longtemps, il lui avait lancé un poignard dans le cœur. Si elle n'avait pas consommé de chair *unseelie*, cela l'aurait tuée. Il avait été prêt à l'assassiner, dans cette allée, et ce n'était pas de la miséricorde.

Je jetai un nouveau regard dans sa direction en prenant la mesure de ce que je venais de me dire.

Il pensait que je l'avais trahi en faisant alliance avec Darroc lorsque je l'avais cru mort. Pourtant, il ne m'avait pas chassée de sa vie, *moi*. J'ignorais ce qu'il espérait du *Sinsar Dubh*, mais il le désirait éperdument.

Et si j'en jugeais à ce que j'avais compris de lui, une fois qu'il l'aurait, il m'éliminerait.

Il dut percevoir mon regard car il se tourna vers moi.

Un problème, Mademoiselle Lane ?

Y a-t-il quelque chose qui ne soit pas un problème, dans toute cette histoire ? répondis-je avec mes yeux.

Il esquissa un sourire sans joie.

À part ce qui est évident.

Je secouai la tête.

Vous me dévisagez comme si j'allais vous tuer.

Je sursautai. Était-il si facile de lire dans mes pensées ?

Vous vous demandez quel homme je suis et ce que je ressens à propos de tout ceci.

Je le regardai, interdite.

Vous pensez que vous m'avez trahi et qu'un jour, je vous tuerai pour cela.

Je ne sais même pas pourquoi je me fatigue à parler, répliquai-je, les yeux brillants de rage.

Je détestais être aussi transparente !

Votre alliance avec Darroc pour atteindre votre but n'est pas une trahison envers moi. J'en aurais fait autant.

Alors pourquoi êtes-vous aussi susceptible ?

Je vous pardonnerai d'avoir couché avec lui une fois que vous aurez couché avec moi. Une autre que vous se précipiterait pour demander l'absolution.

Je mis un terme à notre échange en regardant droit devant moi.

Nous progressions péniblement. Fiona ne pouvait pas se déplacer rapidement. Nous remontâmes avec une lenteur exaspérante des couloirs roses, puis orangés, puis bronze.

— Les bibliothèques, dit Barrons lorsque nous passâmes devant. Nous nous y arrêterons sur le chemin du retour, puisque nous sommes ici. Je veux encore y jeter un coup d'œil.

Je perçus une soudaine tension dans la silhouette encapuchonnée près de moi, tandis que sa tête voilée se tournait dans ma direction.

Inutile de voir son visage pour comprendre l'amertume de son regard ou pour deviner le tour morbide qu'avaient pris ses pensées.

Par sa remarque, Barrons avait clairement établi que lui et moi sortirions ensemble d'ici alors que pour sa part, elle serait morte. Je savais aussi qu'elle croyait que nous allions nous amuser comme des fous, danser, combattre, faire l'amour, vivre, alors que son existence serait finie, éteinte, comme si elle n'était jamais née, sans que personne la pleure ou la regrette.

Je perçus la haine qui sourdait de sous sa cape, sa noirceur, sa malveillance, et je fus soulagée d'apercevoir des sols noirs devant nous.

J'avais l'impression que nous étions des gardiens de prison empruntant le chemin si long, si douloureux, qui mène à la chaise électrique. Le condamné entre nous aurait fait n'importe quoi pour échapper à sa sentence, mais le destin ne lui laissait aucun autre choix que de rechercher l'oubli.

— Comment ? murmura-t-elle alors que nous pénétrions dans le tunnel obscur.

Je regardai Barrons, qui me regarda en retour. Une fois que nous avions posé le pied sur le sol noir, j'avais commencé à ressentir l'excitation sensuelle qu'éveillait inévitablement cette partie du château. Un regard sur son visage me confirma qu'il l'éprouvait également.

Horrifiée, je m'avisai que Fiona devait y être sensible elle aussi.

Barrons répondit d'une voix tendue :

— Il y a un Miroir qui divise la chambre du roi *unseelie* et de la concubine. Seuls eux deux peuvent le traverser. Tous les autres meurent instantanément.

— Même... toi ?

Alors elle savait qu'il pouvait mourir. Et ressusciter.

— Oui.

J'entendis de nouveau cet horrible bruit de succion qui n'était pas tout à fait un rire.

— Elle... le sait, maintenant.

Barrons me jeta un coup d'œil qui signifiait claire-ment *Faites-la taire ou je la tue immédiatement.*

— Oui, Fiona, mentis-je. Je sais tout.

Elle continua de progresser, de nouveau silencieuse.

*

*　*

Christian était endormi dans le vaste lit du roi *unsee-lie*, sa longue chevelure aile de corbeau dessinant un éventail de soie sur l'oreiller.

Si Fiona n'avait pas été aussi décharnée, ni dans une telle souffrance, je l'aurais poussée à travers la moitié blanche de la chambre et de l'autre côté du Miroir pour en finir tout de suite, mais je ne pouvais me résoudre à la toucher.

— Bon sang, qui est... Qu'est-ce que c'est ?

Barrons s'approcha d'un pas furieux de l'énorme Miroir, piétinant les fourrures blanches, fendant l'espace piqueté de diamants, pour observer l'homme étendu sur le lit.

Je jetai un regard en direction de l'âtre, m'attendant presque à voir la concubine, et cherchant quelles expli-cations je pourrais fournir à Barrons si le spectre rési-duel de la reine se trouvait ici, mais personne n'était étendu sur les pelisses, et le feu n'était plus qu'un tas de braises blanchies.

La voix de Barrons réveilla Christian en sursaut. Le jeune Écossais roula sur lui-même et bondit sur ses pieds.

Les draps de soie glissèrent sur son corps, révélant sa nudité... et son excitation. L'espace d'un instant, je crus qu'il s'était débarrassé de ses tatouages, mais ils apparurent, ondulant sur ses cuisses, son entrejambe et son abdomen, puis sur ses côtes, avant de disparaître de nouveau.

Je rejoignis Barrons près du Miroir en essayant de ne pas regarder, mais un bel homme nu reste toujours un bel homme nu...

Je me demandai si le souvenir des étreintes du roi et de la reine l'affectait autant que moi. Ses yeux étincelaient de sensualité lascive, et je n'imaginais que trop bien la coloration de ses rêves. Il risquait d'être difficile à arracher à cette chambre lorsque le moment serait venu.

Debout dans la moitié sombre du boudoir, il me regarda.

— Je dois rêver. Amène ces jolies petites fesses de ce côté, et je vais te montrer pour quoi Dieu a fait les femmes et les Highlanders bien montés.

— Qui est-ce, nom de nom ? demanda Barrons.

— Christian MacKeltar.

— Certainement pas ! s'écria Barrons. C'est un prince *unseelie* !

— Eh, flûte ! grommela Christian en passant ses mains dans ses longs cheveux noirs, faisant rouler les muscles de ses épaules. C'est vraiment à ça que je ressemble, Mac ?

Aucune idée, faillis-je répondre. *Je ne peux pas m'empêcher de regarder ton...*

C'est alors que cette garce de Fiona me bouscula.

Et me poussa de toutes ses forces en avant.

Je fus si surprise que je ne soupirai même pas. J'avais le souffle coupé. J'étais venue ici par pitié pour elle, et elle venait d'essayer de me tuer. Une fois de plus !

Elle avait déduit des paroles de Barrons que moi aussi, je mourrais si je touchais le Miroir, et son dernier geste avait été d'essayer de m'entraîner avec elle dans la mort.

Elle y avait mis tant d'énergie que je fonçai tout droit à travers le Miroir qui n'offrit aucune résistance. Je me heurtai contre Christian, le renversant sur le lit. En essayant de nous libérer, nous ne fîmes que nous emmêler.

Derrière moi, Barrons rugit.

Au-dessus de moi, Christian émit un cri rauque d'excitation et commença à se frotter contre moi.

Je tentai de prendre une inspiration. Tous les instincts de mon corps voulaient du sexe, maintenant, ici, avec n'importe qui. Cet endroit était hautement périlleux.

— Christian, c'est la chambre qui fait cela. Ici, le désir devient...

— Je sais, *lass*. J'y suis depuis un moment.

Il souleva son bras qui me plaquait sur le matelas.

— Sors de là, articula-t-il entre ses dents serrées. Allons !

Comme je ne réagissais pas, il gémit :

— Dépêche-toi ! Je ne vais pas avoir le courage de le répéter !

Je le regardai. Ses yeux étaient flous, fixés sur je ne sais quel point à l'intérieur de moi, tels ceux d'un prince faë. Je bondis et m'éloignai du lit en trébuchant.

Il resta là un moment, sur ses mains et ses genoux, ses testicules pendant lourdement entre ses jambes et sa formidable érection plaquée contre son abdomen, puis il sauta sur ses pieds en essayant de couvrir sa nudité, de sa main qui n'offrait qu'un écran désespérément insuffisant. Il tenta de tirer le drap mais la soie noire était à la taille du lit – immense. Étouffant un juron, il entreprit de fouiller entre les oreillers et les fourrures, à la recherche de ses vêtements, tandis que j'essayais – sans le moindre succès – de ne pas regarder.

— Mac ! hurla Barrons.

Mon cœur battait la chamade. C'était Barrons que je désirais, et non Christian, mais l'homme que je voulais se trouvait de l'autre côté du Miroir, et non seulement ce maudit boudoir moitié blanc, moitié noir était de l'ecstasy boostée aux stéroïdes, doublée d'une solide dose d'adrénaline, mais tout y devenait tellement confus, tellement proche du rêve…

C'est l'éclat de rire dément de Fiona qui brisa le sortilège.

Je pivotai sur moi-même et la vis, debout près du Miroir, regardant Barrons, son capuchon baissé.

Elle prononça alors la phrase la plus longue qu'elle ait dite de toute la soirée.

— Qu'est-ce que ça fait, de vouloir quelqu'un plus qu'il ne vous désire, Jéricho ? demanda-t-elle d'une voix dégoulinante de venin. Si elle peut traverser le Miroir, elle appartient au roi. J'espère que ta faim d'elle te dévore vivant. J'espère qu'il te la prendra. J'espère que tu souffriras pour l'éternité !

Barrons ne répondit pas.

— Tu aurais dû me laisser mourir là où tu m'as trouvée, espèce de salaud ! reprit-elle avec amertume. Tout ce que tu as fait, c'est m'offrir une vie qui m'a donné envie de choses que je ne pouvais pas avoir.

J'aurais voulu lui dire qu'elle se trompait du tout au tout et que Barrons n'éprouvait rien de cela envers moi, ou envers quiconque, mais avant que j'aie pu dire un mot, Fiona s'était jetée dans le Miroir.

Je me préparai à ce qu'elle se heurte contre moi.

J'étais tellement certaine de ne pas être le roi *unseelie*.

J'étais prête. Sa puanteur allait assaillir mes narines ; son corps mutilé allait se cogner contre le mien. J'allais la faire dévier vers le lit, où je pourrais la poignarder et nous permettre à tous d'échapper à son désespoir, définitivement.

Fiona tomba raide morte à l'instant où elle toucha le Miroir.

— Bonsoir, Mademoiselle Concubine, ironisa Barrons.

Oh, si seulement il savait !

Toutefois, Christian ne lui dit rien avant notre départ, et moi non plus.

33

LES « CONTRE » – Pourquoi je ne suis pas le roi :
1. Il y a vingt-trois ans, j'étais un bébé. J'ai vu des photos de moi et je me souviens d'avoir grandi (à moins que quelqu'un n'ait implanté en moi des souvenirs artificiels).
2. Je n'aime même pas la concubine (à moins que je n'aie cessé il y a très longtemps d'être amoureux d'elle).
3. Je n'ai pas l'impression d'être divisée en différentes parts humaines et je n'ai jamais été attirée par les femmes (à moins que je ne fasse du refoulement).
4. Je hais les faës, et surtout les *Unseelies*. (Ferais-je de la surcompensation ?)
5. Si j'étais le roi, les princes *unseelies* ne m'auraient-ils pas reconnu, et ne se seraient-ils pas abstenus de me violer ? Quelqu'un ne m'aurait-il pas... identifié, ou je ne sais quoi ?
6. Où suis-je passée, pendant six ou sept centaines de milliers d'années ? Et comment pourrais-je le savoir ? (D'accord, quelqu'un m'a peut-être forcé à boire au Chaudron.)

LES « POUR » – Ce qui pourrait donner à penser que je le suis :

1. Je savais à quoi ressemblait la Maison blanche, à l'intérieur. Et je connaissais chacun de mes pas dans la prison *unseelie*. De même, j'étais au courant que Cruce avait des ailes. Je possède toutes sortes de connaissances dont je n'explique pas l'origine. (Peut-être quelqu'un m'a-t-il implanté des souvenirs. Si on peut en greffer des faux, pourquoi pas des vrais ?)

2. J'ai rêvé de la concubine toute ma vie et, même inconsciente, elle a réussi à m'appeler. (Peut-être me manipulait-elle dans le Rêvement, comme elle l'a fait avec les Keltar ?)

3. Je peux invoquer des runes qui sont supposées faire partie de ce qui a été utilisé pour renforcer les murs de la prison *unseelie*. (Je ne suis pas certaine de la colonne où doit figurer cet alinéa. Pourquoi le roi aurait-il apporté son concours ?) (Peut-être s'agit-il de l'un de mes dons *sidhe-seers* ?)

4. Le Livre me traque et joue avec moi comme un chat avec une souris. (Pas moyen de me débarrasser de celui-là. Il y a manifestement quelque chose de différent en moi.)

5. K'Vruck m'a mentalement sondée, avant de s'exclamer « Ah, te voilà ! » (Qu'est-ce que ça signifie, nom de nom ?)

6. Je peux traverser le Miroir que seuls le roi et la concubine peuvent franchir, et la reine est la concubine. Barrons ne le peut pas. Fiona n'a pas pu.

7. Lorsque j'étais à la Maison blanche, j'ai pu voir la concubine mais non le roi, ce qui est parfaitement logique si mes souvenirs correspondent à ce qu'a vécu le roi. Lorsque vous vous rappelez quelque chose, vous ne vous voyez pas, dans votre imagination. Vous

voyez ceux qui étaient là et ce qui s'est passé autour de vous.

Je laissai tomber mon stylo et refermai mon journal dans un claquement. Papa aurait pu se baser sur les deux seuls derniers alinéas pour me faire condamner à perpétuité sans sursis. J'avais besoin d'effectuer d'autres tests avec le Miroir. C'était tout ce que je pouvais faire. Une fois que j'aurais prouvé que quelqu'un d'autre était capable de le traverser, je pourrais cesser de me rendre folle.

— C'est ça, marmonnai-je. Encore des expériences. Ça me rappelle quelqu'un que je connais.

Un certain roi obsessionnel qui avait, à titre d'expérience, mis au monde un peuple monstrueux... Impossible d'échapper à une brutale réalité. Si mes tests échouaient, mes cobayes y laisseraient leur peau. Étais-je si pressée de me « blanchir » que j'étais prête à devenir une meurtrière ? Certes, j'avais pas mal de sang sur les mains depuis quelques mois, mais j'avais tué dans le feu de l'action, sans préméditation. Quant à Fiona, elle avait *voulu* mourir.

Le meilleur sujet serait un être à cent pour cent humain.

Chez Chester, je devais pouvoir en trouver un qui ait éperdument envie de se suicider. Ou qui soit suffisamment ivre pour...

Étais-je en train de perdre mon humanité ? Où en avais-je manqué, dès le début ?

Je me pris le crâne entre les paumes et poussai un gémissement.

Soudain, tous les muscles de mon corps se tendirent, comme s'ils se levaient pour saluer quelqu'un, alors que je n'avais pas bougé.

— Barrons.

Laissant retomber mes mains, je levai la tête.

— Mademoiselle Lane.

Il prit un siège en face de moi, avec une telle grâce surnaturelle que je me demandai comment j'avais pu le croire humain. Puis il se laissa couler sur le brocard d'une bergère à oreilles, telle de l'eau sur la pierre, avant de retrouver sa puissance toute en muscles fuselés. Il se déplaçait comme s'il connaissait avec une absolue précision l'emplacement de chaque objet dans la pièce. Son pas n'était ni lourd ni furtif. Il glissait, avec la conscience parfaite de tous les autres atomes en relation avec les siens. Cela l'aidait à se dissimuler derrière des objets inanimés et à prendre... comment dire... une structure identique.

— Vous êtes-vous toujours déplacé ainsi devant moi sans que je m'en aperçoive ? Étais-je distraite ?

— Oui et non. Oui, vous étiez distraite. La tête dans les étoiles. Et non, je ne me suis jamais déplacé ainsi devant vous.

Une lueur égrillarde passa dans son regard.

— En revanche, je me suis peut-être déplacé ainsi *derrière* vous.

— Vous ne me cachez plus rien, maintenant ?

— Je n'irais pas jusqu'à dire cela.

— Que peut dissimuler quelqu'un comme vous ?

— Vous aimeriez bien le savoir, n'est-ce pas ?

Il me parcourut d'un regard insistant, brûlant de sensualité.

Voilà près d'une semaine que nous avions euthanasié Fiona dans les Miroirs, et ma garde-robe me donnait plus de crises de nerfs que jamais. Je portais un pantalon de cuir noir élimé orné de motifs grunge de couleur grise avec mon tee-shirt « baby doll » préféré, le rose à manches de dentelle imprimé JE SUIS UNE FILLE JUICY sur le devant. J'avais noué un foulard gothique sur mes boucles blondes et je portais des pendants d'oreilles en cœur qui avaient appartenu à Alina. J'avais fait une french manucure sur les ongles à nouveau longs de mes mains, mais ceux de mes pieds étaient laqués de noir. La dichotomie ne s'arrêtait pas là. Je portais un string de dentelle noire et un soutien-gorge en coton à rayures roses et blanches. Je ne savais plus où j'en étais.

— En pleine crise d'identité, Mademoiselle Lane ?

Autrefois, j'aurais vertement répliqué, mais j'étais trop absorbée à savourer l'instant présent. J'étais assise dans ma librairie en train de siroter une tasse de chocolat chaud, regardant Barrons assis en face de moi, de l'autre côté de la table basse, à la lueur des bougies et du feu, mon journal et mon iPod près de moi, certaine que mes parents allaient bien et mon monde également, excepté ce flou identitaire momentané. Mes amis et mes proches étaient en sécurité. Je poussai un soupir. Les gens qui comptaient pour moi aussi. La vie était belle.

Peu de temps auparavant, je pensais que jamais je remettrais les pieds ici. Que jamais je ne reverrais cet imperceptible sourire qui me disait qu'il trouvait tout cela très amusant, mais qu'il attendait encore que je me montre *vraiment* impressionnée par lui. Que plus jamais je n'aurais l'occasion de discuter, de me chamailler, d'argumenter et de faire des projets. Que plus jamais je n'aurais la rassurante certitude que, tant que le précédent propriétaire de cet établissement serait en vie, ce lieu resterait un bastion sur d'autres dimensions que celles de la latitude et de la longitude, capable de tenir à distance les Zones sombres, les fées et les monstres – l'ultime sanctuaire en mon cœur.

Certes, je détestais Barrons de m'avoir laissée le pleurer, mais j'éprouvais une gratitude infinie à l'idée qu'il ne puisse être tué, car cela signifiait que je n'aurais plus jamais à porter son deuil.

En ce qui concernait Barrons, rien ne pouvait me briser. Rien, à son sujet, ne pouvait me blesser, parce qu'il était une certitude, au même titre que la tombée de la nuit. Tout comme le jour se lève chaque matin, il reviendrait toujours à la vie. J'avais encore des interrogations à propos de ce qu'il était, ainsi que des inquiétudes au sujet de ses intentions, mais cela pouvait attendre. Le temps résoudrait tout, bien plus sûrement que tous les efforts que je pourrais déployer.

— Je ne sais plus comment m'habiller, alors j'ai essayé de tout concilier.

— Et nue ?

— Il fait encore un peu frais.

Nous nous dévisageâmes par-dessus la table basse.

Ses yeux ne dirent pas *Je vous réchaufferai*, et les miens ne répondirent pas *Qu'attendez-vous ?* Et comme il refusa de s'écrier *Pas question de faire le premier pas !* je m'abstins de répliquer *J'aimerais que vous le fassiez, parce que je ne peux pas, parce que je suis...* et il ne m'interrompit pas en demandant *Trop orgueilleuse pour le faire ?*

— Comme si vous ne l'étiez pas, vous !

— Pardon ?

— Vraiment, Barrons, dis-je sèchement. Je ne suis pas la seule à ne pas avoir eu cette conversation, et vous le savez.

Ses lèvres esquissèrent de nouveau ce petit sourire en coin.

— Vous êtes un sacré numéro, Mademoiselle Lane.

— Autant pour vous.

Il changea de sujet.

— Les Keltar se sont installés avec femmes et enfants chez Chester.

— Quand ?

Notre visite à la Maison blanche nous avait coûté presque cinq semaines à l'heure de Dublin. Nous avions fait halte dans les bibliothèques sur le chemin du retour et pris autant de livres du Roi Noir que nous avions pu en emballer et en transporter, en plus du cadavre de Fiona. Non seulement j'avais manqué l'anniversaire de Dani mais j'avais aussi raté le mien, le 1er mai. Le temps s'envole, c'est un fait.

— Il y a environ trois semaines. Assez longtemps pour être comme chez eux. Ils refusent de s'en aller tant que nous ne leur rendrons pas la reine.

— C'est-à-dire jamais, dis-je.

— Précisément.

— Combien de gamins ?

Je tentai de me représenter l'étage du haut de Chez Chester, tout de verre et de chrome, envahi par des familles. Des blondinets avec leurs doudous, suçant leur pouce, marchant le long de la balustrade. Cela semblait parfaitement délirant… mais c'était tout à fait réjouissant. Peut-être cela allégerait-il quelque peu l'atmosphère fondamentalement malsaine de ce lieu.

— Les quatre druides Keltar ont chacun une épouse et des marmots. Ils se multiplient comme si c'était leur mission personnelle de repeupler leur pays, au cas où quelqu'un les attaquerait. Comme si on pouvait avoir envie de leur fichu patelin ! Il y en a des dizaines. Ils sont partout. C'est un cauchemar.

— Ryodan doit devenir fou.

Je dus me mordre la lèvre pour ne pas éclater de rire. Barrons semblait consterné.

— Un mouflet nous a suivis alors que nous allions voir la reine. Il voulait que Ryodan lui répare son ours en peluche ou je ne sais quoi.

— L'a-t-il fait ?

— Il s'est énervé parce qu'il ne se taisait pas et l'a décapité.

— L'enfant ? demandai-je, horrifiée.

Il me regarda comme si j'avais perdu la raison.

— L'ours. La pile commençait à se vider et l'enregistrement tournait en boucle. C'était la seule façon de l'arrêter.

— À part changer la pile.

— Le gosse s'est mis à brailler comme si on l'assassinait. Une armée de Keltar est arrivée au pas de course. J'ai pris mes jambes à mon cou.

— J'aimerais voir mes parents. Je veux dire, leur parler.

— V'lane a accepté d'aider les Keltar à sortir Christian de la prison *unseelie*. Il leur fait reconstruire l'entrepôt qu'il a détruit pour vos beaux yeux, dans LaRuhe.

Il me décocha un regard qui signifiait *Dommage que vous n'ayez pas réfléchi un peu plus avant de commettre cette bourde. Nous aurions gagné du temps.*

— Il pense qu'une fois le bâtiment remonté, il pourra rétablir la connexion et le libérer.

Donc, V'lane se montrait beau joueur et faisait équipe avec nous. Nous avions pas mal de choses à régler, lui et moi, mais je n'avais plus son nom sur ma langue et je le soupçonnais de m'éviter. La semaine passée, je n'avais pas été d'humeur à l'affronter. J'avais déjà assez de mal à m'affronter moi-même.

— Si vous ne faites rien pour aider, j'irai moi-même.

Nous allions bientôt retrouver Christian ! Dès que j'étais revenue après avoir mis fin aux souffrances de Fiona, je m'étais lancée dans une campagne de lobbying pour faire sortir Christian de la prison *unseelie*. J'aurais bien commencé plus tôt, mais la découverte que j'étais... Pas-la-Concubine m'avait plongée dans une douloureuse confusion et fait perdre du temps.

— Quand sera-t-il de retour ?

— Votre gentil petit étudiant n'est plus si mignon que cela.

— Ce n'est pas mon gentil petit étudiant.

Nos regards se croisèrent.

— Cela dit, je le trouve toujours aussi craquant, ajoutai-je pour le seul plaisir de le contrarier.

Si je vous trouve au lit avec lui comme je vous ai vus dans les Miroirs, je le tue.

Je battis des paupières. Je ne venais *pas* de lire cela dans le regard de Barrons.

Il s'évapora de la bergère pour se matérialiser cinq pas plus loin, debout devant le feu, me tournant le dos.

— Ils pensent pouvoir le rapatrier d'un jour à l'autre, maintenant.

Je voulais être là pour la libération de Christian, mais les Keltar avaient clairement établi que ma présence n'était pas souhaitée. Jamais je n'aurais dû leur dire que j'avais fait manger de la chair faë à leur neveu. J'ignorais s'ils considéraient cela comme du cannibalisme ou comme un acte sacrilège, ou les deux, mais cela les avait manifestement offensés. Je ne m'étais pas attardée sur les détails, à propos des conséquences que cela avait entraînées sur lui. Ils le découvriraient bien assez tôt.

Je frémis. Le moment approchait. Nous pourrions bientôt accomplir le rituel.

— Nous devons organiser une réunion avec tout le monde. Les Keltar, les *sidhe-seers*, V'lane. Il faut tout mettre à plat.

Que se passerait-il une fois que nous aurions enfin mis le Livre sous les verrous ? Que Barrons comptait-il en faire lorsqu'il serait sous clef ? Connaissait-il le Langage premier ? Était-il aussi vieux que cela ? L'avait-il appris à l'époque, ou le lui avait-on enseigné ? Avait-il l'intention de nous laisser inhumer de nouveau le Livre à l'Abbaye, puis de s'installer tranquillement pour le lire ?

Et *que* ferait-il de ce qu'il y trouverait ?

— Pourquoi ne pas me dire pour quelle raison vous voulez le *Sinsar Dubh* ?

Il disparut de l'âtre et réapparut devant moi.

— Et pourquoi vous déplacez-vous de cette façon ? Vous n'avez jamais fait cela, avant.

Cela me tapait sur les nerfs.

— Cela vous tape sur les nerfs ?

— Pas du tout ! C'est juste... difficile à suivre.

Un brouillard rouge envahit ses pupilles.

— Cela ne vous dérange pas ?

— Absolument pas. J'aimerais seulement savoir ce qui a changé.

Il haussa les épaules.

— Dissimuler ma vraie nature me coûte de l'énergie.

Ses yeux, en revanche, disaient *Vous pensez que vous acceptez la bête ? Que vous pourrez la regarder, jour après jour ? Pas de souci.*

— La reine s'est réveillée...

— Elle est consciente ? m'écriai-je.

— ... brièvement, avant de perdre de nouveau conscience.

— Pourquoi attendez-vous toujours si longtemps avant de me dire les choses importantes ?

— Pendant que la reine était lucide, Jack a eu la présence d'esprit de lui demander qui l'avait enfermée dans le cercueil.

Une bouffée d'impatience me fit tressaillir.

— Et... ?

— Elle a dit que c'était un prince faë qu'elle n'avait jamais vu. Il disait s'appeler Cruce.

Je le regardai, interdite.

— Comment est-ce possible ? Y a-t-il quelqu'un, parmi ceux qui sont supposés être morts, qui le soit vraiment ?

— On ne dirait pas...

— Avait-il des ailes ?

— Comment pouvez-vous... Ah, oui. Vos souvenirs.

— Est-ce que cela vous ennuie ? Le fait que je ne sois...

Pas-la-Concubine. Je ne parvins pas à achever ma phrase.

— ... pas plus humaine que moi ? Au contraire. Soit vous avez vécu très longtemps, soit vous êtes une preuve en faveur de la réincarnation. J'aimerais comprendre laquelle des deux hypothèses est la bonne ; cela nous permettrait de savoir si vous pouvez mourir. Un jour ou l'autre, le roi *unseelie* viendra à votre recherche. Lui et moi avons besoin depuis longtemps d'une discussion.

— Dans quel but voulez-vous le Livre, Barrons ?

Il sourit. Enfin, il me montra ses dents...

— Pour un sortilège, Mademoiselle Lane. C'est tout. Ne fatiguez pas cette jolie petite tête.

— Ne me parlez pas sur ce ton. Autrefois, cela me clouait le bec. Ça ne marche plus. Un sortilège pour quoi ? Pour vous faire redevenir ce que vous étiez avant ? Pour vous faire mourir ?

Il fronça les sourcils tandis que le serpent à sonnettes se réveillait dans sa gorge. Il me dévisagea longuement, comme pour étudier les moindres nuances de la façon dont mes narines palpitaient à chaque souffle, la forme de ma bouche ou les mouvements de mes yeux.

J'arquai un sourcil et attendis.

— Devez-vous penser cela de moi ? Que j'ai envie de mourir ? Devez-vous faire de moi un chevalier pour me trouver à votre goût ? L'héroïsme exige une tendance suicidaire. Je n'en ai aucune. Je n'aurai jamais trop de vie. Je ne connais rien de plus exaltant que l'idée de me réveiller chaque matin, pour l'éternité.

J'*aime* être ce que je suis. J'ai la meilleure part du gâteau. Je serai là quand ça se passera. Je serai là quand tout sera fini. Et je me relèverai de mes cendres pour refaire la même chose quand tout recommencera.

— Vous m'avez dit que quelqu'un m'avait eue de vitesse, pour vous maudire.

— C'était du mélo. Est-ce plus épicé ainsi ? Vous m'avez embrassé.

— Vous n'avez pas l'impression d'être maudit ?

— Dieu a dit : « Que la lumière soit. » J'ai répondu : « Dis *s'il te plaît.* »

Il disparut de nouveau. Il ne se tenait plus devant moi. La librairie semblait vide. Je regardai autour de moi en me demandant où il était parti aussi rapidement, et pourquoi. S'était-il fondu contre un rayonnage, noyé dans un rideau, drapé autour d'une colonne ?

Soudain, un poing se referma dans mes cheveux, derrière moi, me tirant la tête en arrière et me cambrant sur le canapé.

Il referma sa bouche sur la mienne et glissa sa langue entre mes lèvres, me forçant à écarter les dents.

Je pris son bras, mais il maintenait ma tête tellement en arrière que je ne pus que m'y retenir.

Il enroula son autre main autour de mon cou, m'obligeant à lever le menton pour m'embrasser plus profondément, plus passionnément, m'interdisant toute résistance.

Ce qui n'était d'ailleurs pas mon intention.

Le cœur battant la chamade, j'écartai mes jambes. Il y a différentes sortes de baisers. Je croyais les avoir tous expérimentés, sinon avant mon arrivée à Dublin, du moins après des mois dans le lit de cet homme en tant que *Pri-ya*.

Ce baiser-là était inédit.

Tout ce que je pouvais faire, c'était m'agripper à son bras et survivre.

« Baiser » n'était pas du tout le mot qui convenait. Il nous faisait fusionner, m'écartant tellement la mâchoire que j'étais incapable de l'embrasser. Je ne pouvais que prendre ce qu'il me donnait. Je perçus le contact acéré de crocs sur ma langue lorsqu'il aspira celle-ci dans sa bouche.

Je sus alors – comme jamais il ne m'avait laissée le voir lorsque nous étions au lit, dans ce sous-sol – qu'il était bien plus animal qu'humain. Peut-être ne l'avait-il pas toujours été, mais c'était à présent le cas. Peut-être, voilà longtemps, au commencement, cela lui avait-il manqué de ne plus être un homme – en admettant qu'il l'ait jamais été – mais il ne regrettait plus rien. C'était devenu son état naturel.

Cela m'étonnait plutôt. Quel individu avait-il choisi d'être ! Il aurait facilement pu se transformer en fauve. Il était la créature la plus forte, la plus rapide, la plus rusée, la plus puissante que j'aie jamais vue. Il pouvait tuer n'importe qui, n'importe quoi, y compris les faës. Il ne pouvait pas être tué. Et cependant, il marchait debout, vivait à Dublin, tenait une librairie, collectionnait les voitures de sport et les beaux objets rares. Il s'énervait lorsque ses tapis étaient brûlés et devenait agressif quand on abîmait ses vêtements. Il prenait soin de certaines personnes, qu'il semble ou non apprécier cela. Et il possédait un sens de l'honneur qui n'avait rien d'animal.

— L'honneur *est* animal. Les animaux sont purs. Les gens sont corrompus. Et arrêtez de réfléchir, nom de nom.

Il n'avait lâché ma bouche que le temps de parler. De nouveau, je fus incapable de respirer. Je ne me montrai pas docile. Je n'étais pas du tout à mon aise. J'étais plaquée contre le canapé dans une position inconfortable, totalement à sa merci, sauf si j'avais envie de me rompre le cou en tentant de me libérer. Je voulais savoir quel sortilège il désirait, toutefois, aussi je me retirai en moi-même et me projetai avec force dans sa tête.

Des draps de soie écarlate.

Je suis en elle et elle me regarde comme si j'étais sa vie. Cette femme me rend fou.

Je frémis. Je suis en train de me faire l'amour, je me vois par ses yeux. Nue, je suis fabuleuse. Est-ce ainsi qu'il me voit ? Il ne remarque aucun de mes défauts. Je n'ai jamais été aussi belle, dans mon propre regard. J'ai envie de m'en aller. Je trouve cela pervers. Je suis fascinée. Ceci n'était pas du tout ce que j'étais venue chercher…

Où sont les menottes ? Ah, il faut que je retienne sa tête, elle essaie encore de me prendre dans sa bouche. Elle va me faire jouir. Il faut l'attacher. Est-ce qu'elle a repris conscience ? Combien de temps me reste-t-il ?

Il a remarqué ma présence.

Sortez de ma TÊTE !

J'approfondis le baiser, je lui mords la langue. Il devient fou de désir. Profitant de mon avantage, je plonge plus loin en lui. Il y a une pensée qu'il protège. C'est elle que je veux.

Il n'y a personne ici, sauf Celle-dont-je-suis-le-monde. Ça ne peut pas continuer ainsi. Je ne peux pas continuer à faire cela.

Pourquoi ne pouvait-il pas continuer ? Qu'est-ce qui l'en empêchait ? Je me donne à lui de toutes les façons qu'il veut tout en le couvant de regards emplis d'adoration totale. Où est le problème, avec moi ?

Une soudaine lassitude me submerge. Je suis dans son corps, et je suis en train de jouir sous lui, et je vérifie prudemment mes yeux.

Bon sang, qu'est-ce que je fiche ici ?

Il savait ce qu'il était et ce que j'étais.

Il savait que nous venions de mondes différents, que nous n'étions pas faits l'un pour l'autre.

Et pourtant, pendant quelques mois, il n'y a pas eu de ligne de démarcation entre nous. Nous avons existé dans un lieu au-delà de toute définition, où aucune règle ne comptait, et je n'ai pas été la seule à adorer cela. Seulement, pendant que j'errais dans la béatitude de l'extase, il était conscient du temps qui s'écoulait et de tout ce qui se passait. Du fait que je n'avais plus mes esprits ni mon libre arbitre, et que lorsque je m'arracherais à cet état, je lui en voudrais.

Je continue d'espérer voir la lumière revenir dans ses yeux. même si cela signifie qu'elle va me dire adieu.

C'était ce qui s'était passé. Que cela soit rationnel ou non, j'avais été furieuse contre lui. Il m'avait vue nue, corps et âme, et je n'avais rien vu de lui. J'avais été aveuglée par un désir désespéré, mais pas pour *lui*. J'avais été ivre d'excitation et il s'était trouvé là.

Rien qu'une fois, pense-t-il tout en regardant mes yeux devenir encore plus vides.

Une fois quoi ? Au lieu de pousser en lui, j'essaie la ruse. Je feins de battre en retraite pour le laisser croire qu'il a gagné mais au dernier moment, je fais demi-tour. Au lieu de foncer vers ses pensées, je reste parfaitement immobile et j'écoute. Il écarte mes cheveux de mon visage. Je ressemble à un animal. Il n'y a pas de conscience dans mon regard. Je suis une femme des cavernes, avec un cerveau minuscule, préhistorique. *Quand tu sauras qui je suis. Laisse-moi être ton homme.*

Il m'éjecte de son crâne avec une telle force que je manque de m'évanouir. Mes oreilles bourdonnent et mon cœur est douloureux.

J'aspire l'air avec avidité. Il a disparu.

34

Je traversai Temple Bar d'un pas léger. Je m'étais levée tôt et, après un regard vers les rayons du soleil qui entraient par la fenêtre de ma chambre, je m'étais habillée et j'étais sortie faire des courses. Le réfrigérateur était vide, il y avait deux anniversaires que j'étais résolue à fêter avant de prendre encore du retard, et j'allais devoir improviser sérieusement sur la question des ingrédients pour préparer un gâteau. Depuis Halloween, le beurre, les œufs et le lait étaient devenus des denrées rares, mais une fille du Sud sait faire des miracles avec de la margarine, du lait condensé et des œufs en poudre. J'étais décidée à cuisiner un gâteau au chocolat avec un glaçage crémeux aux deux chocolats et au caramel, coûte que coûte. Dani et moi allions regarder des vidéos en nous vernissant les ongles. Ce serait comme au bon vieux temps, avec Alina.

Je levai mon visage vers le soleil tout en hâtant le pas le long de la rue. Après un interminable hiver, le printemps était enfin arrivé sur Dublin.

Je n'en pouvais plus d'attendre le retour du soleil et de la vie. Même si j'avais réussi à fuir plusieurs mois l'épouvantable saison froide, lorsque j'étais retenue en

Faëry ou dans les Miroirs, elle avait tout de même été la plus longue de toute ma vie.

Le printemps ne semblait pas vraiment différent de l'hiver mais on le sentait dans l'air – dans la douceur de la brise, dans les parfums qui venaient de l'océan et apportaient la promesse de boutons et de floraisons, sinon ici, du moins dans d'autres régions du monde. Jamais je n'aurais imaginé que les mouches et les insectes me manqueraient, mais c'était le cas. Il n'y avait pas une seule plante qui poussait à Dublin, ce qui signifiait qu'il n'y avait pas de papillons, pas d'oiseaux, pas d'abeilles. Aucune fleur ne s'épanouissait, aucun bourgeon ne jaillissait des branches, aucune tige d'herbe ne sortait du sol. Les Ombres avaient tout décimé sur leur passage avant de s'en aller en claquant la porte avec fracas la nuit de Halloween. La terre était stérile.

Je n'étais pas horticultrice mais j'avais effectué quelques recherches. J'étais certaine que si nous apportions les bons nutriments dans le sol avant qu'il soit trop tard, nous pourrions de nouveau faire pousser des plantes.

Le travail ne manquait pas. Il fallait arracher les arbres pour les remplacer. Garnir les parterres et les bacs à fleurs. Replanter les parcs. J'allais commencer modestement, en ramenant de la terre de l'Abbaye pour y semer des marguerites et des boutons d'or, et peut-être quelques pétunias et impatiens. J'allais emplir ma librairie de fougères et de chlorophytum, et commencer à « reprendre la nuit » dans mon propre espace, avant de déborder vers le jardin sur le toit, et au-delà.

Un jour, Dublin serait de nouveau vivante ; elle retrouverait son souffle. Un jour, toutes les enveloppes parcheminées qui avaient autrefois contenu des êtres humains seraient balayées et brûlées dans une cérémonie du souvenir. Un jour, les touristes viendraient visiter le *ground zero* et se souvenir de l'année où Halloween avait vu la chute des murs – peut-être même mentionner au passage cette fille qui s'était terrée dans un beffroi avant d'aider à trouver une solution – puis ils se dirigeraient vers l'un des six cents pubs nouvellement restaurés afin de célébrer le jour où l'espèce humaine avait reconquis ce qui lui appartenait de toute éternité.

Car nous allions le faire. Qui que je sois, quoi que je sois, j'étais résolue à capturer le Livre et à le remettre en terre, puis à m'atteler à la tâche de reconstruire les murs. En chemin, je trouverais la preuve que je n'étais pas le roi, juste une simple femme dotée de nombreux souvenirs que quelqu'un avait implantés en elle pour des raisons qui s'expliqueraient lorsque je les découvrirais. Je n'étais pas l'héroïne principale d'une Prophétie qui la condamnait à sauver la race humaine ou à la mener à sa perte. J'étais juste une fille qui avait été programmée par la reine – ou qui sait, peut-être le roi ?
– pour retrouver le Livre au cas où il s'échapperait, exactement comme les Keltar avaient été manipulés. Une petite part de l'équation destinée à le sceller de nouveau en terre, cette fois pour toujours.

Tout en marchant d'un pas léger dans l'air matinal, je tentai de me remettre à la place de la jeune femme qui était descendue d'avion et avait traversé Temple Bar en taxi pour se rendre à Clarin House en cette fin d'été, déconcertée par l'épais accent du vieil homme aux airs de lutin derrière son comptoir. Affamée. Effrayée. Ravagée par le deuil. Dublin était si vaste, et moi si petite, si perdue !

Je regardai autour de moi pour observer cette ville qui n'était plus qu'une coquille vide où résonnait l'écho du tohu-bohu d'autrefois. Les rues avaient été pleines de *craic* – une vie intense qui ne doutait jamais d'elle-même.

— 'Jour, Mademoiselle Lane.

L'inspecteur Jayne me rejoignit et marcha à ma hauteur. Je le parcourus d'un regard rapide. Il portait un jean kaki près du corps, un simple tee-shirt plaqué sur son torse musclé et des bottes militaires lacées par-dessus son pantalon. Il était bardé de munitions, équipé de revolvers glissés dans son ceinturon et dans un holster fixé à son bras, et il avait un Uzi sur l'épaule. Sa tenue ne laissait aucune place pour qu'un Livre maléfique s'y dissimule. Quelques mois auparavant, il avait eu un début de bedaine. Il n'en restait nulle trace. Il était à présent mince et musclé, ses membres étaient déliés et sa démarche celle d'un homme qui a les pieds solidement plantés dans la terre pour la première fois depuis des années.

Je souris, sincèrement ravie de le voir, mais je dus réprimer une envie instinctive de m'emparer de ma lance. J'espérais qu'il y avait renoncé et qu'il ne m'en voulait plus.

— Belle matinée, n'est-ce pas ?

Je ris.

— J'étais en train de me dire la même chose. Vous ne pensez pas qu'on a un problème ? Dublin n'est plus qu'une coquille vide mais pour un peu, on se mettrait à siffloter joyeusement.

L'inspecteur (et buveur de thé aromatisé à l'*Unseelie*) et moi avions certainement parcouru un long chemin.

— Plus de paperasse. Je détestais cela. Je me rendais pas compte du temps que cela me prenait.

— C'est un nouveau monde.

— Un fichu sacré nouveau monde.

— Oui, mais il est bon.

— *Aye...* Les rues sont calmes. Le Livre se cache. Je n'ai pas vu un Traqueur depuis des jours. Nous autres Irlandais savons profiter pleinement des périodes d'abondance, avant le retour de la famine. J'ai fait l'amour à ma femme, cette nuit. Mes gosses sont solides et en bonne santé. C'est un bon jour pour être vivant, dit-il d'un ton détaché.

Je hochai la tête. J'étais tout à fait d'accord.

— À propos des Traqueurs, vous en verrez au moins un dans le ciel, bientôt.

Je l'informai des grandes lignes de notre plan, selon lequel je devais survoler les rues à dos de Traqueur pour chercher le *Sinsar Dubh*.

— Alors ne me tirez pas dessus, hein ?

Il fronça les sourcils, curieux.

— Comment allez-vous le diriger ? Pouvez-vous l'obliger à vous emmener dans son repaire ? On pourrait tous les abattre, si on savait où est leur nid.

— D'abord, mettons le Livre hors d'état de nuire. Ensuite, nous viendrons chasser avec vous. C'est promis.

— Je vous ferai tenir parole. Je n'aime pas utiliser l'aide de la gamine, mais elle insiste. Sa vie est déjà assez dure comme cela. Elle devrait être à la maison, avec quelqu'un pour s'occuper d'elle. Elle tue comme si elle était née pour cela. Je me demande depuis combien de temps elle...

— MacKayla, dit alors la voix de V'lane.

Jayne se figea, bouche bée, coupé dans son élan. Il n'était pas paralysé – seulement immobilisé.

Je me tendis et cherchai ma lance.

— Il faut que nous parlions.

— Nuance. Il faut que *vous* vous expliquiez.

Je pivotai sur moi-même en brandissant ma lance. Pour une raison que je ne m'expliquais pas, je l'avais toujours.

— Range cette arme.

— Pourquoi ne me l'avez-vous pas prise ?

— Pour te donner un gage de ma bonne foi.

— Où êtes-vous ? demandai-je.

Je pouvais l'entendre mais pas le voir, et la provenance de sa voix semblait se déplacer.

— Je me montrerai à toi lorsque *tu* m'auras donné un gage de bonne foi.

— À savoir ?

— J'accepte de te la laisser. Tu acceptes de la rengainer. Nous nous faisons mutuellement confiance.

— Pas question.

— Je ne suis pas le seul à avoir des explications à fournir. Comment as-tu fait passer la reine à travers le Miroir du roi ?

— Laissez-moi plutôt vous dire ce que je ne comprends pas. La nuit de Halloween, j'ai été violée par les princes *unseelies*. Vous m'avez dit avoir été occupé à emmener votre souveraine en lieu sûr, et à dos d'homme. Maintenant, je sais que la reine est en prison depuis… comment avez-vous formulé cela ? Depuis de nombreuses années humaines. Où étiez-vous *vraiment* cette nuit-là, V'lane ?

Il se matérialisa devant moi, à une dizaine de pas.

— Je ne t'ai pas menti. Pas tout à fait. Je t'ai dit que je ne pouvais pas être à deux endroits à la fois, et cela au moins était vrai. Cependant, je n'ai pas été suffisamment clair en affirmant que j'emmenais ma reine en sécurité. En vérité, j'ai profité de ces heures pour partir à sa recherche dans les Miroirs de Darroc. J'étais persuadé qu'il était responsable de sa disparition. Je croyais qu'il l'avait emprisonnée dans l'un des Miroirs volés de LaRuhe, mais je n'ai pas pu fouiller ceux-ci tant que la magie des royaumes n'a pas été neutralisée. Lorsque j'ai détruit ce dolmen pour toi – nous l'avons d'ailleurs reconstruit et je n'ai réussi que la nuit dernière à libérer Christian, sinon je serais venu plus tôt pour m'expliquer – j'ai tenté, alors, de les explorer. Seulement, Darroc avait beaucoup appris en lisant des journaux dérobés dans la Maison blanche et j'ai été incapable de franchir ses protections.

— Vous avez passé la nuit où je me faisais violer à fouiller sa maison sans succès ?

— Une décision regrettable, mais seulement parce qu'elle n'a pas porté ses fruits. J'étais certain que ma souveraine s'y trouvait. Si j'avais eu raison, cela en aurait valu la peine. En fait, lorsque j'ai découvert ce qui s'était passé en mon absence, j'ai ressenti…

Il baissa à demi ses paupières, ne laissant voir de ses yeux qu'une ligne argentée brillant sous ses cils.

— J'ai *ressenti*, répéta-t-il avec un sourire amer. C'était insoutenable. Les faës ne ressentent rien. Et surtout pas le premier prince de la cour de la reine. J'ai jalousé mes frères noirs qui t'avaient connue d'une façon qui m'était interdite. J'ai étouffé de rage à l'idée qu'ils t'avaient fait du mal. J'ai pleuré la perte de quelque chose d'incomparable, que je ne pourrais plus jamais avoir. Serait-ce le regret humain ? J'ai ressenti...

Il prit une longue et profonde inspiration, avant de pousser un soupir.

— De la honte.

— C'est vous qui le dites.

Son sourire se fit plus hésitant.

— Pour la première fois de mon existence, j'ai voulu connaître l'oubli, du moins pour un moment. J'étais incapable de contrôler mes pensées. Elles se dirigeaient d'elles-mêmes vers des sujets qui m'étaient une torture ; je ne parvenais pas à les en empêcher. Cela me donnait envie de tout arrêter. Est-ce cela, l'amour, MacKayla ? Est-ce donc cela que l'on éprouve ? Dans ce cas, pourquoi les humains le recherchent-ils si avidement ?

Je sursautai en me souvenant du moment où j'avais envisagé de m'étendre sur le sol aux côtés de Barrons pour me laisser mourir avec lui.

— Je suis las de me trouver dans des situations impossibles. Voilà une éternité que mon allégeance va en priorité à ma souveraine. Sans elle, mon peuple est condamné. Il n'y a personne pour lui succéder sur le trône. Aucun de nous n'est digne, ou capable, de mener les miens. Je ne pouvais pas faire le choix de te venir en aide plutôt que de tenter de la retrouver. Mes émotions, auxquelles je n'avais aucun droit, ne pouvaient pas s'interposer. Pendant trop longtemps, j'ai été tout ce qui se dressait entre la paix et la guerre.

Son regard se vrilla dans le mien.

— À moins...

— À moins ?

— Tu braques encore cette lance vers moi.

Je m'approchai de lui en la levant bien haut.

Il disparut.

Sa voix s'éleva, derrière moi.

— Se pourrait-il que tu sois en train de devenir comme nous ?

Je fis volte-face en fronçant les sourcils.

— Que voulez-vous dire ?

— Te transformerais-tu en faë, de la façon dont certains, voici longtemps, sont nés ? Je soupçonne le jeune druide de traverser lui aussi les douleurs de la venue au monde. Voilà un développement des plus inattendus.

— Et malvenus.

— Cela reste à voir.

Était-ce son souffle, à mon oreille ? Ses lèvres, contre mes cheveux ?

— C'est malvenu pour moi ! Je n'ai pas l'intention de devenir l'une d'entre vous. Laissez tomber, je ne veux pas de cela.

Ses mains se posèrent sur ma taille, avant de glisser vers mes fesses.

— L'immortalité est un don... princesse.

— Je ne suis pas une princesse et je n'ai pas l'intention de me métamorphoser en faë.

— Pas encore, peut-être… mais tu es bien quelque chose, n'est-ce pas ? Je me demande quoi. Je suis fatigué de voir Barrons uriner en cercle autour de toi. Je suis las d'attendre le jour où tu me regarderas enfin, et où tu verras que je suis bien plus qu'un prince faë. Je suis un mâle. Avec une insatiable faim de toi. Toi et moi, plus que quiconque dans tout l'univers, sommes faits l'un pour l'autre.

Il n'était plus qu'à cinq pas, tourné vers moi, les yeux dans les miens.

— Je ne peux plus continuer ainsi. Je suis déchiré, je ne connais plus un instant de paix. Jusqu'à présent, ma fierté m'a empêché de m'exprimer en toute franchise, mais ce temps est révolu.

Il disparut et se matérialisa juste devant moi, si près que je pouvais voir un éclat arc-en-ciel dans yeux irisés.

La lance était entre nous.

Je raffermis ma prise sur la poignée. Il referma sa main sur la mienne, pointa l'arme vers sa poitrine et se plaqua contre moi. Il était à présent contre mon corps, dur comme le roc, le souffle haletant, le regard étincelant.

— Accepte-moi ou tue-moi, MacKayla, mais décide-toi. Décide-toi, bon sang !

35

La dernière fois que j'avais parlé à ma mère en personne, c'était le 2 août – le jour où je lui avais fait mes
adieux avant de prendre mon avion pour Dublin. Nous
nous étions douloureusement querellées au sujet de
mon départ pour l'Irlande. Elle ne voulait pas perdre sa
seconde fille dans ce qu'elle appelait « cette île maudite ». À l'époque, j'avais trouvé qu'elle donnait
dans le mélodrame. À présent, je savais qu'elle avait eu
raison de croire qu'elle n'aurait jamais dû laisser Alina
partir, et d'être effrayée à l'idée que je la suive. J'avais
détesté la dureté des dernières paroles que nous avions
échangées avant de nous séparer. Et même si, depuis,
je lui avais parlé au téléphone, ce n'était pas la même
chose.

J'avais vu Papa trois semaines plus tard, lorsqu'il
était venu me chercher chez *Barrons – Bouquins et
Bibelots*. Barrons avait usé de la Voix pour le
convaincre de rentrer à la maison, et implanté en lui
des ordres subliminaux afin de l'empêcher de revenir
en Irlande. Cela avait fonctionné. Papa s'était rendu à
l'aéroport à plusieurs reprises dans le but de me ramener, mais il n'avait jamais pu se résoudre à monter à
bord d'un avion.

Je les avais tous deux revus quinze jours après Noël, lorsque je m'étais arrachée à mon état de *Pri-ya* et que V'lane m'avait emmenée à Ashford afin de me montrer qu'il avait contribué à rebâtir ma ville et qu'il veillait sur la sécurité de mes parents.

Ce jour-là, je ne leur avais pas parlé. Je m'étais cachée dans les fourrés derrière ma maison pour les épier tandis que, installés sur la terrasse, ils parlaient de moi et de la Prophétie selon laquelle j'étais censée mener le monde à sa perte.

Je les avais aperçus lorsqu'ils étaient captifs de Darroc, ligotés et bâillonnés.

Enfin, je les avais vus ici, chez Chester – la nuit où le *Sinsar Dubh* avait pris possession de Fade et tué Barrons et Ryodan – mais seulement à travers un panneau de verre.

D'un point de vue chronologique, ils ne m'avaient pas vue depuis neuf mois, mais avec le temps que j'avais perdu en Faëry, lorsque j'étais *Pri-ya*, ainsi que dans le réseau des Miroirs, il me semblait que cela ne faisait que trois mois – les trois mois les plus longs et les plus riches en rebondissements de toute ma vie.

J'avais envie de les voir. Maintenant. Même si je n'avais pas accepté V'lane de la façon qu'il espérait, je ne l'avais pas non plus poignardé, ce qui s'était avéré une heureuse inspiration car il s'était finalement décidé à m'annoncer que nous rêvions nous retrouver ce midi chez Chester afin de mettre au point notre plan pour capturer le Livre. Puisqu'il pouvait se transférer, il avait été désigné comme messager afin de réunir tout le monde.

J'avais décidé que mes courses pouvaient attendre. En comprenant que nous allions très bientôt effectuer une sérieuse tentative de capture du Livre, j'avais été submergée par une soudaine envie de revoir mes parents avant la réunion générale. Avant le rituel. Avant que quoi que ce soit, dans ma vie, risque de nouveau d'aller de travers. Crise d'identité ou non, ils étaient mes parents et le resteraient toujours. Si j'avais, dans une autre vie, été quelqu'un ou quelque chose d'autre, cette existence avait perdu de son éclat en comparaison de celle-ci.

J'entrai chez Chester d'un pas rapide et traversai sans émotion l'espace entre les différents clubs, incroyablement bondés malgré l'heure précoce, avant de me diriger vers les escaliers. Je n'avais aucun désir de discuter avec la mystérieuse faune de l'établissement.

Au pied des marches, Lor et un homme à la musculature massive, aux cheveux blancs, au teint pâle et aux yeux brûlants me bloquèrent le passage d'un même élan.

J'étais en train de me demander quelle arme choisir dans mon lac aux eaux profondes et glacées – Barrons avait avalé mes runes pourpres comme s'il s'était agi de truffes – lorsque Ryodan appela d'en haut :

— Laissez-la monter.

Je levai la tête en arrière. L'élégant propriétaire du plus vaste repaire de sexe, drogue et frissons exotiques de la ville se tenait derrière la balustrade de chrome, les larges mains posées sur la rambarde, ses solides poignets ornés d'argent, ses traits noyés dans une ombre propice. Il ressemblait à un mannequin balafré de chez Gucci. J'ignorais quelle vie ces hommes avaient menée avant de devenir ce qu'ils étaient, mais elle avait dû être âpre et violente. À leur image.

— Pourquoi ? demanda Lor.

— Parce que je l'ai dit.

— Ce n'est pas encore l'heure de la réunion.

— Elle veut voir ses parents. Elle va insister.

— Et alors ?

— Elle croit qu'elle a quelque chose à prouver. Elle est d'humeur provocatrice.

— Génial ! ronronnai-je. Je n'ai même pas besoin de négocier.

De fait, ce n'était pas le moment de me chercher. Ryodan avait réveillé mes pires instincts. Comme Rowena, il m'avait jugée sans me connaître.

— Aujourd'hui, vous êtes nerveuse. Les humains émotifs sont imprévisibles et vous l'êtes déjà plus que la moyenne. Et de toute façon, poursuivit Ryodan d'un ton amusé, Jack est en train de s'immuniser contre la Voix de Barrons. Il exige de vous voir. Il a menacé de prendre la reine en otage si on ne vous amène pas à lui. Je ne suis pas inquiet pour la sécurité de la reine. Rainey l'a prise en affection, or Jack aime tout ce que Rainey aime. En revanche, j'ai peur qu'il plaide sa cause à n'en plus finir.

J'esquissai un sourire. Si quelqu'un pouvait avoir le dernier mot dans un débat, c'était bien mon père ! Je dépassai Lor, le heurtant de mon épaule. Son bras jaillit brusquement, me prit par le cou et me stoppa.

— Regardez-moi, la fille, gronda-t-il.

Tournant la tête, je dardai sur lui un œil glacial.

— S'il vous dit quoi que ce soit à notre sujet, on vous élimine. Vous comprenez ? Un seul mot et vous mourez. Alors avant de faire la fanfaronne et de vous croire protégée sous prétexte que Barrons vous saute, réfléchissez-y à deux fois. Plus il aime vous baiser, plus il y a de chances que l'un de nous vienne vous buter.

Je levai les yeux vers Ryodan.

Le propriétaire des lieux acquiesça d'un hochement de tête.

— Personne n'a tué Fiona, protestai-je.

— C'était un paillasson.

J'écartai le bras de mon cou.

— Laissez-moi passer, dis-je.

— Je vous suggère de le guérir de son petit problème si vous voulez survivre, dit Lor.

— Oh, je survivrai.

— Plus vous vous tiendrez loin de lui, plus vous serez en sécurité.

— Vous voulez que je trouve le Livre, oui ou non ?

C'est Ryodan qui répondit.

— Nous nous fichons éperdument de ce que fabrique le Livre ou de la chute des murs. Les temps changent ; nous nous adaptons.

— Dans ce cas, pourquoi aidez-vous à accomplir le rituel ? V'lane m'a dit que Barrons vous avait demandé, à Lor et à vous, de tenir les autres pierres.

— Pour Barrons, mais s'il révèle quoi que ce soit sur lui-même, vous êtes morte.

— Je croyais que c'était lui, le boss ?

— En effet. C'est lui qui a édicté les règles que nous suivons, mais cela ne nous empêchera pas de vous prendre à lui.

De vous prendre à lui. Quelquefois, j'étais vraiment stupide.

— Et il le sait.

— Nous avons déjà dû le faire, dit Lor. Depuis, Kasteo ne nous a plus dit un mot. C'était il y a un millier d'années, bon sang. Une femme, qu'est-ce que ça vaut ?

Je pris une lente et profonde inspiration tandis que les conséquences de ces paroles m'apparaissaient. Voilà pourquoi Barrons ne répondait pas à mes questions, et ne le ferait jamais. Il savait ce que ces hommes me feraient s'il me parlait. La même chose que ce qu'ils avaient infligé à la compagne de Kasteo un millénaire auparavant.

— Inutile de vous inquiéter à ce sujet. Il ne m'a rien dit.

— Pour l'instant, précisa Lor.

— Ce qui compte, répondis-je en levant les yeux vers Ryodan, c'est que je n'ai pas l'intention de poser des questions. Je n'ai pas besoin de savoir.

Je m'aperçus que c'était la vérité. Je n'étais plus tourmentée par l'obsession d'apposer une étiquette ou d'obtenir des informations sur Jéricho Barrons. Il était ce qu'il était. Aucune définition, aucune explication ne changeraient sa nature ni mes sentiments.

— Toutes les femmes disent cela, à un moment où à un autre. Vous connaissez l'histoire de Barbe Bleue ?

Bien sûr. Il n'imposait qu'une seule condition à chacune de ses épouses. Qu'elle ne regarde jamais dans la chambre interdite en haut de la tour... là où il conservait les corps de toutes celles qui l'avaient précédée, qu'il avait tuées parce qu'elles avaient regardé dans la chambre interdite en haut de la tour.

— Les femmes de Barbe Bleue n'avaient pas de vie personnelle, répliquai-je.

Je l'examinai. Ces hommes étaient tous maîtres d'eux-mêmes, implacables avec les autres et sans pitié pour personne.

— Combien de femmes vous êtes-vous prises les uns aux autres ? Tellement que vous ne supportez plus d'en voir une nouvelle ? La joyeuse expédition entre frères s'est-elle transformée en guerre froide sans fin ?

Ses traits se durcirent.

— Si vous voulez monter, déshabillez-vous.

Je le défiai du regard.

— Je porte des vêtements près du corps.

— C'est non négociable. Vous enlevez tout. Absolument tout.

Lor croisa les bras et s'adossa à la cage d'escalier, un sourire aux lèvres.

— Elle a un cul d'enfer. Si on a de la chance, elle est en string.

L'homme aux cheveux blancs émit un ricanement guttural.

— Vous n'avez jamais demandé à personne de se dévêtir, avant, protestai-je.

— Les règles ont changé, dit Ryodan en souriant.

— Je ne vais pas…

— Voir vos parents si vous n'obéissez pas, m'interrompit-il.

— Si je dois être nue, je ne veux pas leur rendre visite. Ma mère ne s'en remettrait pas.

Il me tendit un peignoir court.

— Vous aviez prévu tout cela, dis-je.

Le fumier !

— Je vous l'ai dit, les règles ont changé. Avec la reine ici, je ne serai jamais trop prudent.

Il ne croyait pas que j'allais le faire. Il se trompait. Frémissant de rage, j'ôtai mes chaussures, fis passer ma chemise par-dessus ma tête, retirai mon jean, fis voler mon soutien-gorge et me débarrassai de mon string. Puis je remis mon holster, y rangeai ma lance et montai l'escalier en tenue d'Ève sans le quitter des yeux, en imprimant à ma démarche un léger déhanchement.

Lorsque j'arrivai sur le palier, Ryodan me mit presque le peignoir de force. Je regardai en bas, en direction de Lor et de son acolyte. Ils me jetaient des regards ahuris et semblaient avoir oublié de rire.

À l'étage de Chez Chester, flottaient d'agréables senteurs. Je levai la tête en inhalant. Du parfum et... un plat qui cuisait ? Il y avait une cuisine, ici ?

Trois femmes semblèrent jaillir d'un mur, bavardant et riant, portant des saladiers couverts, avant de disparaître derrière un autre panneau qui coulissa dans un chuintement. J'étais vexée. Elles savaient comment ouvrir et fermer ces portes, *elles*.

Ryodan me lança mes vêtements.

— Ces femmes Keltar sont incontrôlables. Elles font la tambouille, elles papotent, elles gloussent. Bande de bécasses !

Je le regardai, mais il s'éloignait déjà d'un pas furieux. J'eus toutes les peines du monde à ne pas rire. Je m'installai sur un côté du couloir pour me rhabiller tandis qu'il disparaissait dans l'une des salles aux murs de verre.

Lorsque je me remis en chemin, Lor me rejoignit et marcha à ma hauteur. Je n'aimais pas la façon dont il m'observait – avec le regard brûlant, intense, d'un homme à la sexualité exigeante qui m'avait vue me déhancher, nue, et ne l'oublierait pas de sitôt.

— Jack et Rainey sont ici.

Il tourna vers la gauche dans le labyrinthe de chrome et de verre et s'engagea dans un couloir que je n'avais encore jamais remarqué. Les murs réfléchissants créaient l'illusion d'une galerie des glaces. L'étage de Chez Chester était encore plus vaste que je l'avais imaginé.

— Vous les avez déplacés.

— Avec la reine ici, il fallait un endroit que l'on puisse mieux protéger.

Devant nous, Drustan et Dageus se tenaient dans le couloir, discutant avec... Je plissai les yeux. Un faë ? Je ne percevais pas un faë en lui. Qu'était-il ? Longs cheveux noirs, peau dorée, du charisme à revendre. Faë, mais pas faë.

Alors que nous approchions, j'entendis Dageus s'exclamer d'un ton impatient :

— Tout ce que nous te demandons, c'est de confirmer qu'elle est vraiment Aoibheal. Tu as été son favori pendant cinq mille ans, Adam. Tu la connais mieux que n'importe lequel d'entre nous. Elle est épuisée et émaciée. Même si nous sommes certains que c'est bien elle, nous serions plus tranquilles si nous l'entendions de la bouche d'un homme qui a été son bras droit autrefois.

— Je suis mortel, Gab est enceinte et je n'ai pas l'intention de mourir dans une fichue guerre faë. Ce combat n'est pas le mien. Cette vie n'est plus la mienne.

— Nous voudrions seulement que tu nous certifies que c'est elle. Nous allons demander à V'lane de te transférer hors d'ici...

— Si vous dites à ce minable que je suis ici, vous n'obtiendrez rien de moi. Personne ne doit savoir que je suis en Irlande, et surtout pas un faë. C'est clair ?

— Tu penses qu'ils te pourchassent toujours ?

— Ils ont la mémoire longue, la reine est affaiblie et je n'ai jamais été *leur* favori. Certains d'entre eux ne boivent pas au Chaudron aussi souvent que j'aimerais. Je vais jeter un seul regard et je vous donnerai ma confirmation, mais ensuite, je m'en vais. Et ne venez plus jamais me chercher.

Dageus répondit froidement :

— Tu as eu l'occasion de tuer Darroc, mais au lieu de cela, tu l'as simplement rendu mortel.

Les yeux noirs d'Adam étincelèrent.

— Bande de traîtres. Je savais qu'il y en aurait un parmi vous pour me faire endosser ce qui est arrivé. Je l'ai laissé vivre. Les humains ont laissé Hitler vivre. Je refuse d'assumer la responsabilité de la disparition d'un tiers de la population humaine.

— Tu peux te réjouir qu'il n'y ait pas eu de victimes civiles parmi les Keltar, car c'est à nous que tu aurais eu affaire.

— Pas de menaces, le Highlander ! Ce n'est pas pour rien qu'on m'a appelé le *sin siriche du*[1], et je ne suis

---

1. *Sin siriche du* : l'elfe noir. *(N.d.T.)*

pas devenu mortel sans prendre quelques précautions. J'ai encore quelques tours dans ma manche. Moi aussi, j'ai un clan à protéger.

Je jetai un œil sur lui alors que nous passions à sa hauteur. Il tourna alors brusquement la tête en me fixant du regard, les sourcils froncés, et me suivit des yeux jusqu'à ce que nous les ayons dépassés.

— Qui est-ce ? l'entendis-je demander.

— L'une des élues de la reine, on dirait. Elle peut détecter la présence du Livre.

— Je pense bien ! murmura-t-il.

Je regardai par-dessus mon épaule et voulus revenir sur mes pas. Il fallait que je sache pourquoi il avait dit cela.

La main de Lor se referma autour de mon bras.

— Continuez de marcher. Les heures de visite chez Chester… Eh bien, pour vous, il n'y en a pas.

Il fit halte à l'extrémité du couloir, devant un mur de verre lisse entièrement taggé de runes gris sombre et appuya sa paume sur le panneau. Tandis que celui-ci coulissait, je baissai les yeux et vis que le sol était également couvert de runes.

— Si vous vous fatiguez de Barrons… dit Lor en me fixant d'un œil glacial. En supposant que vous surviviez.

Je lui décochai un regard faussement surpris.

— Décidément, la réalité dépasse la fiction ! Alors voilà l'idée que Lor se fait d'une déclaration ? Je m'évanouis, retenez-moi !

— Faire la cour prend une l'énergie mieux employée à baiser. Je préfère le bâton à la carotte.

Puis il se détourna et commença à s'éloigner.

Je levai les yeux au plafond, me redressai de toute ma hauteur et enjambai les runes.

Ou plutôt, je *tentai* de les enjamber.

Elles me repoussèrent violemment tandis que toutes les alarmes du bâtiment se mettaient à sonner.

— Je n'ai pas le Livre sur moi ! Vous m'avez vue nue ! Lâchez-moi !

Le bras de Lor était sur ma gorge, menaçant de m'étouffer. S'il appuyait un peu plus, j'allais m'évanouir, privée d'oxygène.

— Que se passe-t-il ? demanda Ryodan en arrivant au pas de course.

— Elle a déclenché l'alarme.

— Et pourquoi donc, Mac, j'aimerais le savoir ?

— Dites à cet animal de me lâcher, répliquai-je.

— Laisse-la, dit alors Barrons, qui avait suivi Ryodan dans le couloir. Tout de suite !

Ryodan se tourna vers Barrons. En voyant leur air complice, je compris qu'ils s'étaient attendus à ceci. Ils savaient qu'à un moment ou à un autre, je voudrais voir mes parents. La seule raison pour laquelle Ryodan m'avait laissée monter était qu'il voulait me soumettre à ce test... mais que prouvait celui-ci ?

— Ça ne change rien, dit finalement Barrons.

— Non, acquiesça Ryodan.

— Quoi ? m'impatientai-je.

— Les protections vous considèrent comme faë, m'expliqua Barrons.

— Impossible. Nous savons tous que je ne le suis pas. Elles doivent réagir à la chair faë que j'ai ingérée.

— Vous avez mangé du faë ? demanda Adam d'un air dégoûté.

— Vous la reconnaissez ? Vous l'avez regardée d'un drôle d'air quand on est passés, marmonna Lor.

— Tout ce que je sais, c'est qu'il y a du faë en elle, répondit Adam. Quelque part dans sa lignée, il y a du sang royal. Je ne sais pas quelle maison, mais ce n'est pas la mienne.

Leurs regards étaient braqués sur moi.

— Vous pouvez parler, les gars ! Aucun de vous n'est humain. Enfin, peut-être Cian et Drustan, mais avec leur passé de gardiens choisis par la reine et élevés pour être druides... Alors ne me regardez pas comme si j'étais un phénomène de foire. Peut-être n'importe quelle *sidhe-seer* aurait-elle déclenché l'alarme. On dirait que le Royaume-Uni nous rend ainsi. À l'Abbaye, jamais je n'ai fait sonner une sirène destinée à éloigner les faës.

Ou bien était-ce le cas ? Chaque fois que je m'y étais rendue, on m'avait aussitôt trouvée. Et il y avait eu cette femme blonde qui m'avait barré le passage en me répétant d'un ton implacable : *Votre présence n'est pas autorisée ici. Vous n'êtes pas des nôtres.* Que n'étais-je pas ? *Sidhe-seer* ? Membre du Cercle ? Humaine ?

— Je veux voir mes parents, ajoutai-je calmement.

Barrons et Ryodan échangèrent un nouveau regard, puis le second haussa les épaules.

— Laissez-la y aller. Installez-les dans la pièce d'à côté.

— Mac ! s'écria mon père en se ruant vers moi à l'instant où je franchissais la porte. Oh, Seigneur ! Tu nous as tellement manqué, mon bébé !

Je fus happée par une accolade digne d'un ours, tandis qu'un nuage de menthe poivrée et d'after-shave m'enveloppait. On dit que les odeurs permettent les plus puissantes associations de souvenirs dont nous soyons capables. Le parfum de mon père me fit remonter des mois en arrière, telles les pages d'une éphéméride que l'on arrache pour les jeter à la poubelle. Je n'étais pas faë. Je ne pouvais pas être le roi *unseelie*. Je n'allais pas mener le monde à sa perte. J'étais en sécurité, protégée, aimée, et j'étais à ma place. J'étais sa petite fille. Je le serais toujours.

— Papa ! répondis-je en pressant mon nez contre sa chemise.

Puis, d'une voix étranglée, je m'exclamai :

— Maman !

Et j'enfouis mon visage contre son épaule. Nous nous serrâmes tous les trois, comme si c'était notre dernier jour.

Enfin, je reculai pour les regarder. Jack Lane était aussi grand, beau et maître de lui que toujours. Rainey souriait, radieuse.

— Vous avez une mine superbe ! Maman, tu es magnifique !

Son visage à l'expression douce n'offrait plus aucune trace de chagrin ni de peur. Son regard était clair, ses traits fins étaient lumineux.

— N'est-ce pas ? renchérit Jack en pressant la main de Maman. Ta mère est une autre femme.

— Que s'est-il passé ?

Rainey éclata de rire.

— Vivre dans une pièce aux murs de verre avec la reine des fées y est peut-être pour quelque chose. Et il y a la musique, qui monte à travers le sol à toute heure. Sans parler de tous ces gens nus qui passent nous voir.

Papa émit un grognement.

Je souris. Je m'étais demandé comment mes parents avaient supporté tout ceci. Maman avait pris un cours accéléré en bizarrerie.

— Bienvenue à Dublin ! lui dis-je.

— Nous n'en avons pas vu grand-chose, dit-elle en lançant un regard vers le mur de verre, comme si elle savait exactement où se trouvait Ryodan. N'importe quand, ce serait parfait.

Puis elle se tourna de nouveau vers moi.

— Ne te méprends pas. Les premiers temps ici n'ont pas été faciles pour moi. Ton père était très occupé. Et puis un matin, à mon réveil, j'ai eu l'impression que toutes mes peurs s'étaient volatilisées pendant mon sommeil. Elles ne sont jamais revenues.

— Parce que tout était si bizarre qu'il n'y avait plus de place pour la peur ?

— Exactement ! Aucune des règles qui avaient gouverné ma vie jusqu'à présent ne pouvait plus s'appliquer. Les événements sortaient tellement de mon cadre que j'avais le choix entre devenir folle et jeter le cadre. Je suis vibrante de vie comme je ne l'ai plus été depuis que ta sœur et toi étiez petites, et que j'ai commencé à m'inquiéter pour vous en permanence. Désormais, la seule question qui me tourmentait était de savoir quand je te reverrais, et te voilà ! Tu es magnifique ! Et j'adore ta nouvelle coupe ! Plus court, cela te va mieux. Seulement, tu as perdu du poids, ma chérie. Beaucoup trop. Est-ce que tu manges ? Je ne crois pas. Si tu mangeais à ta faim, tu ne serais pas aussi mince. Qu'as-tu pris pour le petit déjeuner ?

Je regardai Papa et secouai la tête.

— Est-ce qu'elle fait toujours des galettes de maïs au fromage et des côtes de porc pour le petit déjeuner ? On la laisse entrer dans la cuisine, ici ?

— Lor l'y fait entrer de temps en temps.

— Lor ?

— Il adore ses petits pains au maïs.

Je battis des paupières. Lor emmenait ma mère à la cuisine pour qu'elle lui prépare des petits pains au maïs ?

— Ton Barrons préfère mes tartes aux pommes, précisa Rainey, rayonnante.

— Ce n'est pas *mon* Barrons, et cet homme ne mange certainement pas de tarte aux pommes.

Barrons et la tarte aux pommes étaient deux notions aussi inconciliables que... eh bien, les vampires et les chiots. Il était même difficile de les réunir dans la même phrase.

— En revanche, il ne mange pas de crème glacée. Il déteste la crème glacée.

Ma mère en savait plus long sur les préférences alimentaires de Barrons que moi. Sauf si l'on comptait les restes d'animaux qu'il avait délaissés lorsqu'il était sous sa forme de bête. Je savais qu'il n'aimait pas les pattes et que les seuls os qu'il consommait étaient ceux avec de la moelle. Les cœurs disparaissaient toujours, c'était même parfois la seule partie qu'il mangeait.

— J'ai entendu dire qu'ils envisagent de tenter le rituel bientôt, dit Jack.

— Ils vous disent tout, ou quoi ? m'écriai-je, exaspérée.

Ils faisaient confiance à mes parents mais pas à moi ? Ce n'était pas juste !

— Les hommes Keltar discutent, me dit Rainey. Les femmes nous rendent visite.

— Et nous épions peut-être un petit peu, ajouta Papa avec un clin d'œil.

Je me demandai combien de temps il faudrait aux dames Keltar pour s'apercevoir que les flatteries et les attentions que Jack Lane pouvait déployer, l'air de rien, et qui vous donnaient l'impression d'être la personne la plus importante au monde, n'étaient qu'une couverture pour ses investigations. Qu'il les sondait méthodiquement, à la recherche de preuves admissibles… ou non admissibles. Il avait arraché plus de confessions à ses proies réduites à l'impuissance par son charme que n'importe quel autre avocat d'Ashford et des neuf comtés alentour.

— À propos de discussion, déclarai-je, j'ai un aveu à vous faire.

— Tu es venue nous voir en janvier mais tu n'es pas restée, dit Rainey. Nous savons. Tu as laissé une photo d'Alina. Nous avons été surpris que tu la déposes dans la boîte aux lettres. Nous aurions pu ne jamais regarder dedans. Nous ne l'avons découverte que le jour où ton père a dû chasser des guêpes qui avaient installé leur nid dans le seau à lait où l'on met le courrier.

Les choses les plus simples m'échappent parfois…

— Quelle sotte ! La poste ne fonctionne plus !

— Elle a été en service pendant quelque temps, mais trop de facteurs étaient tués dans ces zones interdimensionnelles ou agressés par des *Unseelies*. Personne ne veut plus assurer les tournées, expliqua Jack.

— Nous l'avons trouvée le jour où cet homme est venu nous enlever, ajouta Rainey.

— Ce n'est pas ce jour-là que je l'ai déposée, en fait.

Je regardai mon père.

— Je suis venue un soir où Maman et toi étiez assis sur la véranda, en train de parler. De moi.

Son regard passa de mon œil gauche à mon œil droit, rapidement.

— Je crois que je me souviens de cette soirée.

— Maman et toi parliez de choses que vous ne m'aviez jamais dites.

Ces paroles étaient neutres et inoffensives. J'étais consciente que Barrons et Ryodan étaient dehors, épiant chacune de nos paroles. Je voulais en savoir plus sur la Prophétie, mais pas au point de le demander de façon directe. Étant donné que je venais de déclencher l'alarme, je craignais que la moindre allusion au fait que je puisse mener le monde à sa perte me fasse exclure du rituel. Or, il fallait que j'y assiste. Pas question de rater le bouquet final ! J'avais un rôle à jouer. Un rôle des plus satisfaisants. Tout ce que j'aurais à faire, ce serait de chevaucher le Traqueur et de désigner le Livre maléfique.

— Oui, dit Jack sans me quitter des yeux, c'est vrai. Il y a toujours des choses que l'on regrette de ne pas avoir dites, le jour où l'on a peur de ne plus en avoir l'occasion. Nous ne savions pas si nous te reverrions jamais.

— Eh bien, m'exclamai-je chaleureusement, me voilà !

— Tu nous as tellement manqué, mon bébé ! dit Jack.

Je compris qu'il avait reçu mon message.

Nous nous donnâmes de nouveau l'accolade, les yeux un peu humides, et nous discutâmes de petits riens. Ils me parlèrent d'Ashford, de ceux qui étaient vivants et de ceux qui ne l'étaient plus. Ils me dirent que les Ombres avaient tenté une invasion (ils ne s'en étaient aperçus qu'en voyant des cosses humaines), puis que des Rhino-boys avaient fait leur apparition, mais que « ce sublime prince faë qui est totalement fou de roi, et tu pourrais certainement trouver pire qu'un prince, ma chérie, sans compter que, tu sais, il pourrait te protéger et te garder en sécurité », selon ma mère, était arrivé et avait sauvé ma ville à lui tout seul.

J'encourageai ses commentaires enthousiastes au sujet de V'lane en espérant que cela ferait fuir Barrons et Ryodan... ou, à défaut, que cela les rendrait fous de rage.

Le temps passa bien trop vite. Sans que je m'en rende compte, une demi-heure s'était écoulée. Quelqu'un frappait déjà au panneau de verre en aboyant qu'il était minuit moins le quart et que ma visite était terminée.

Je serrai mes parents dans mes bras avant de m'en aller, et mes yeux s'emplirent de nouveau de larmes.

— Je repasserai vous voir aussi vite que possible. Je t'aime, Maman.

— Moi aussi, ma chérie. Reviens vite.

Je restai contre elle un moment, puis je me tournai vers mon père, qui m'enveloppa dans ses bras.

— Moi aussi, Mac, je t'aime.

Puis il me murmura à l'oreille :

— La femme folle s'appelait Augusta O'Clare, du Devonshire. Elle avait une petite-fille appelée Tellie, qui selon elle avait aidé votre mère à vous faire sortir du pays, ta sœur et toi. Tu es un rayon de soleil, mon bébé. Il n'y a pas de mal en toi, ne l'oublie jamais.

Puis il m'écarta de lui en me souriant, les yeux étincelants d'amour et de fierté.

Tellie. Le prénom que Barrons avait mentionné dans sa conversation téléphonique avec Ryodan le lendemain matin du soir où j'avais découvert qu'il n'était pas mort. Il voulait savoir si Ryodan avait localisé Tellie et lui avait ordonné d'envoyer plus d'hommes à sa recherche.

— Va sauver le monde, mon bébé.

Je hochai la tête, les lèvres tremblantes. Je pouvais abattre des monstres. Je pouvais coucher avec des hommes qui se métamorphosaient en bête. Je pouvais tuer de sang-froid.

Et Papa pouvait encore me faire pleurer rien qu'en me montrant qu'il croyait en moi.

— Je ne veux pas d'elle sur le théâtre des opérations, déclara Rowena un quart d'heure plus tard. Rien ne le justifie. Nous aurons nos radios. Tout ce qu'elle a à faire, c'est de survoler la zone, de localiser le Livre, de nous dire où nous placer avec les pierres et de s'en aller avec sa monture démoniaque.

Elle me décocha un regard venimeux, façon de dire qu'aucune *sidhe-seer* vivante ne chevaucherait un Traqueur et qu'elle n'avait nul besoin d'une preuve supplémentaire de ma trahison.

— Les Keltar prononceront les incantations et l'emporteront dans l'Abbaye, où ils montreront à mes filles comment l'inhumer de nouveau. Elle n'a aucune raison d'être là.

J'émis un reniflement moqueur. L'air était tellement lourd et tendu que le manque d'oxygène me tournait la tête. Jamais je ne m'étais trouvée dans une pièce aussi emplie de méfiance et d'hostilité qu'en cet instant. L'obligation de se dévêtir et de soumettre ses affaires à une fouille avant de les récupérer en haut de l'escalier, que Ryodan avait imposée à tout le monde, n'avait fait qu'ajouter à la mauvaise humeur générale. Je savais pourquoi il avait agi ainsi. Il ne s'agissait pas d'appliquer une nouvelle règle, mais de déstabiliser tous ces gens en établissant dès le départ qu'ici, ils ne contrôlaient rien, pas même leur propre personne. Se trouver nu devant des gardiens qui, eux, sont habillés rendrait vulnérable n'importe qui.

Je parcourus la pièce du regard. Sur le mur est de la salle de verre, se trouvaient cinq Keltar tout en muscles et en tatouages, vêtus de pantalons et de chemises moulants.

Côté sud, Rowena, Kat, Jo et trois autres *sidhe-seers* – toutes habillées de tailleurs-pantalons étroits aux teintes sombres – se tenaient au garde à vous. Dani n'était pas là. J'étais surprise que Rowena ne l'ait pas amenée. Elle devait avoir décidé que les risques étaient plus élevés que les bénéfices. Or, le plus dangereux défaut de Dani était qu'elle m'aimait, moi.

Le long du mur nord, V'lane, Velvet, Dree'lia – qui avait de nouveau une bouche mais la tenait prudemment fermée – et trois autres *Seelies* de la même caste prenaient des poses arrogantes, vêtus de tuniques transparentes qui révélaient des anatomies aussi parfaites que leurs beaux visages.

Barrons, Lor, Ryodan et moi-même occupions le mur ouest, côté porte.

Rowena parcourut d'un œil peu amène les cinq Highlanders assis épaule contre épaule telle la ligne de défense des *Falcons*[1].

— Vous *savez* comment l'enfermer, n'est-ce pas ? demanda-t-elle.

Les regards qu'ils lui rendirent offraient une intéressante variation sur le thème de l'hostilité.

Les Keltar ne sont pas hommes à se laisser prendre de haut par une femme, et encore moins par une aïeule telle que Rowena, qui n'avait pas fait preuve d'une once de charme ou de diplomatie depuis qu'elle avait été escortée, les yeux bandés, jusqu'à l'une des salles de verre de l'étage supérieur de Chez Chester.

Perversion et décadence, avait-elle marmonné dès qu'on lui avait ôté son bandeau. *Vous approuvez cette... compromission ? Les chairs humains et* faë *se mêlent en ce lieu de perdition. Och, et vous serez la damnation de la race humaine !* avait-elle sifflé à Ryodan.

Au diable la race humaine ! Je me fiche éperdument de vous tous !

J'avais presque ri en voyant son expression, mais je ne riais plus, à présent. Elle avait tenté de m'évincer du rituel. Elle se comportait comme si j'étais une paria qui n'avait même pas sa place dans cette salle où nous étions réunis.

---

1. *Falcons* : célèbre équipe de football américain. *(N.d.T.)*

— *Och !* Cela, nous le savons.

Celui qui venait de répondre était Drustan, le Keltar qui s'emparerait du *Sinsar Dubh* et le ramènerait à l'Abbaye. Selon son frère, il avait été brûlé sur une sorte de bûcher et son cœur était incorruptible. Je n'y croyais pas un instant. Personne ne possède un cœur incorruptible. Nous avons tous nos faiblesses. Cela dit, je devais reconnaître que cet homme aux yeux d'argent rayonnait d'une sorte de... sérénité qui contrastait étrangement avec son apparence. Il aurait sans doute été plus dans son élément quelques siècles plus tôt, arpentant les Highlands une massue dans une main, une claymore dans l'autre. C'était d'ailleurs le cas de ses camarades, à l'exception de Christopher, qui ressemblait fortement à Drustan, l'atavisme en moins. Drustan avait de la présence. Il s'exprimait avec éloquence et possédait une voix profonde, autoritaire, et cependant bienveillante. Il parlait avec plus de douceur que les autres Keltar, mais c'était celui que j'essayais le plus d'entendre lorsqu'ils parlaient tous au même moment, c'est-à-dire pratiquement tout le temps.

Je regardai Christian et lui adressai un faible sourire, mais son expression demeura glaciale.

Ce n'est que la nuit dernière que V'lane et les Keltar avaient réussi à reconnecter le dolmen du 1247, LaRuhe, à la prison *unseelie*, puis à se ruer dans la forteresse du roi pour l'en délivrer. Il était libéré depuis environ seize heures, mais il n'avait pas meilleure allure que dans les Miroirs. Il n'offrait plus l'apparence d'une étude en marbre, cobalt et jais, mais il restait... Eh bien, aussi absurde que cela puisse paraître, il donnait une insaisissable *impression* de ces couleurs. Si je regardais directement ses cheveux, je pouvais distinguer des mèches cuivrées et même un reflet d'or mat dans son catogan brun, mais si je le voyais du coin de l'œil, sa chevelure semblait noire, et plus longue qu'elle n'était en réalité. Ses lèvres roses donnaient très envie de l'embrasser, sauf si je tournais soudain la tête. Alors, l'espace d'un instant, j'aurais juré qu'elles étaient bleuies par le froid et légèrement couvertes de givre. Sa peau dorée et lisse appelait les caresses, mais si je regardais dans sa direction avec insistance, son teint brillait comme un bloc de glace éclairé de l'intérieur.

Ses yeux aussi avaient changé. Lui qui avait eu le don de détecter les mensonges, il semblait à présent voir à travers tout ce qui se trouvait autour de lui, comme si le monde ne lui apparaissait plus de la même façon qu'à nous.

Son père, Christopher, l'observait à la dérobée lorsqu'il croyait que celui-ci ne faisait pas attention. Il faudrait que quelqu'un lui dise qu'il n'existait *pas* de moments où son fils ne faisait pas attention ! Christian donnait parfois l'impression d'être ailleurs mais si vous regardiez ses yeux avec soin, vous compreniez qu'il était encore plus concentré sur son environnement – si concentré qu'il était immobile, l'air absent, comme s'il ouvrait une oreille intérieure exigeant une attention totale.

— Mensonges, dit-il à cet instant.

Drustan lui lança un regard noir.

— Je vous ai demandé de vous assurer qu'il fermerait son clapet.

— Il ne ferme plus son clapet, répliqua Christian d'un ton égal.

— Des mensonges ? demanda Rowena. Que voulez-vous dire ?

— Ils ne savent pas avec certitude quelle incantation fonctionnera. Les textes anciens conservés dans la tour de Silvan se sont détériorés, ce qui va les contraindre à improviser.

— Un exercice auquel nous excellons, gronda Cian. Nous t'avons libéré, n'est-ce pas ?

— Pour commencer, c'est de sa faute si j'ai été enfermé, bon sang ! répliqua Christian en désignant Barrons d'un coup de menton. Je ne sais même pas pourquoi il est ici !

— *Il* est ici, répliqua Barrons sans émotion, parce qu'*il* détient trois des quatre pierres indispensables pour capturer le Livre.

— Donnez-les et fichez le camp.

— Ce n'est pas de ma faute si tu te transformes en fée.

— Faë, rectifia V'lane d'un ton pincé. Pas fée.

— Vous saviez que mes colifichets ne constituaient pas une protection suffisante contre...

— Je ne suis pas ton baby-sitter...

Christopher siffla :

— Tu aurais dû veiller sur lui...

— Pour l'amour de Marie ! les coupa Rowena. Quelle plaie que ces barbares et ces sots !

— ... et ce n'était pas mon travail de te tatouer. À toi de t'occuper de tes protections. Ce n'aurait même pas dû être à moi de tenter de...

Drustan l'interrompit d'une voix douce.

— C'est nous qui aurions dû veiller sur lui...

— Ne t'imagine pas que tu as fait une fichue faveur... gronda Dageus.

— Vous n'avez pas essayé de me libérer des Miroirs, poursuivit Christian. Avez-vous seulement dit à quelqu'un que j'y étais ?

— … mais le temps nous était compté, poursuivit Drustan, et on ne peut plus défaire ce qui a été fait.

— … à la race humaine, dont tu fais partie ! finit Dageus.

— … maintenir les murs debout, termina Barrons. Et si, c'était une fichue faveur, même si on ne dirait pas, à en juger aux remerciements que cela m'a valu. Et ne me mets pas dans le même groupe génétique que toi, le Highlander.

— Mais taisez-vous donc, tous ! m'écriai-je, exaspérée. Vous vous chamaillerez plus tard ! Pour l'instant, nous avons du travail.

Puis, m'adressant aux Keltar, je repris :

— Dans quelle mesure êtes-vous sûrs de vous, concernant les parties que vous devrez improviser ?

Pendant quelques instants, ils ne répondirent pas, trop occupés à échanger des regards furieux et des menaces muettes.

— Autant que nous le pouvons, répondit finalement Dageus. Nous ne sommes pas des débutants. Nous sommes les druides de la reine depuis bien avant la négociation du Pacte. Nous siégions avec eux aux Temps anciens, lorsque la grande colline de Tara[1] n'était pas encore érigée, et nous avons appris leurs coutumes. De plus, nous avons à notre disposition quelques autres… petites connaissances secrètes.

---

1. Tara : Capitale mythique de l'Irlande et colline sacrée où siégeait la royauté. *(N.d.T.)*

— Et nous savons tous comment les choses se sont terminées pour vous la dernière fois, ajouta Barrons d'un ton suave.

— Peut-être parce que tu nous as mis des bâtons dans les roues au lieu de nous aider, l'Ancien, gronda Dageus. Nous savons que tu as une idée derrière la tête, et j'aimerais bien savoir laquelle.

— Allez-vous donc vous taire ? glapit Rowena.

La tension monta encore d'un cran.

— Barrons et ses hommes placeront trois des pierres, récapitulai-je dans l'espoir de revenir à l'ordre du jour.

— Il les confiera à mes *sidhe-seers*, rectifia Rowena d'un ton pincé. *Nous* placerons les pierres.

Barrons haussa un sourcil et la dévisagea d'un air incrédule.

— Dans quelle fichue dimension pensez-vous que ceci risque d'arriver ?

— Vous n'avez pas besoin d'être impliqué.

— Je ne vous aime pas, Vieille Femme, dit Barrons d'un ton glacial. Faites attention à moi. Faites extrêmement attention.

Rowena se tut, posa ses lunettes sur son nez et plissa les lèvres.

Je me tournai vers V'lane.

— Avez-vous apporté la quatrième pierre ?

Celui-ci regarda Barrons.

— A-t-il apporté les trois premières ?

Barrons montra ses crocs à V'lane.

V'lane siffla.

Les Keltar grondèrent.

Et cela continua ainsi.

Quarante-cinq minutes plus tard, lorsque nous sortîmes tous de la salle d'un pas rageur, deux des murs étaient fracassés et le sol était tout craquelé.

Toutefois, nous avions mis notre plan au point. Je survolerais la ville à dos de Traqueur, localiserais le Livre et indiquerais sa position par radio. Barrons, Lor, Ryodan et V'lane se rapprocheraient avec les quatre pierres, tandis que les Keltar commenceraient à entonner le sort pour le lier afin de sceller sa reliure, de sorte qu'il puisse être déplacé.

Drustan le prendrait.

Barrons, Rowena, Drustan, V'lane et moi partirions pour l'Abbaye dans le Hummer de Barrons, personne ne faisant confiance à V'lane, ou à aucun autre faë, pour se transférer à l'Abbaye avec le Livre et attendre sagement que tout le monde l'y rejoigne.

Rowena désactiverait les protections, et nous tous qui étions présents à la réunion de ce jour entrerions dans la crypte creusée des millénaires auparavant pour contenir le *Sinsar Dubh*.

Dageus achèverait le charme d'attachement qui – d'après leurs connaissances – fermerait hermétiquement les pages du Livre, puis tournerait les clefs dans les serrures afin de le réduire au silence, dans le néant d'une conscience sans fin, seul pour l'éternité. *Quelque chose d'effroyable, pour sûr*, avait-il commenté d'un ton sombre.

Et quelque chose dont il semblait parler d'expérience.

Elle n'a aucune raison d'être ici, avait de nouveau protesté Rowena en dardant sur moi un œil meurtrier, juste avant qu'on lui remette son bandeau, ainsi qu'aux *sidhe-seers*. Ryodan ne voulait pas qu'elles voient son club, ni qu'elles sachent comment y entrer.

Vous non plus, la vieille, vous n'avez aucune raison d'être ici, avait répliqué Barrons. *Une fois que vous aurez désactivé les protections, nous n'aurons plus besoin de vous.*

Vous non plus, vous n'êtes pas indispensable.

Vous croyez que seul Dageus devrait descendre, ainsi que Drustan et le Livre ? avais-je demandé d'un ton acerbe.

Elle avait pesté pendant tout le temps où on la ramenait vers l'extérieur.

Lorsque je sortis, plus tard dans l'après-midi, le ciel s'était couvert. Je frissonnai. Toute trace du printemps avait disparu. Il faisait à nouveau sombre comme au crépuscule et la pluie menaçait. Le lendemain soir, nous devions nous retrouver au carrefour de O'Connell Street et Beacon Street.

Avec un peu de chance, à l'aube du surlendemain, le monde serait un endroit plus sûr.

Entre-temps, j'avais impérativement besoin d'une pause loin des hommes qui m'entouraient. Il me fallait une soirée entre filles, une activité familière et rassurante.

Je me tournai vers V'lane pour lui effleurer le bras.

— Pourriez-vous me trouver Dani et lui demander de venir demain à vingt heures à la librairie ?

— Tes désirs sont des ordres, MacKayla, répondit-il en souriant. Veux-tu que nous passions la journée de demain à la plage, tous les deux ?

Barrons s'approcha de moi.

— Elle a déjà des projets.

— Est-ce vrai, MacKayla ?

— Elle travaille avec moi sur des textes anciens.

V'lane m'adressa un regard compatissant.

— Ah. Les textes anciens. Un jour à marquer d'une pierre blanche à la librairie.

— Nous traduisons le *Kama Sutra*, expliqua Barrons. Avec une mise en application des exemples. Je faillis m'étrangler.

— Vous n'êtes jamais là, pendant la journée !

— Comment cela se fait-il ? s'enquit V'lane, tout innocent.

— Je serai là demain, promit Barrons.

— Toute la journée ? demandai-je.

— Elle sera nue sur une plage, avec moi.

— Elle n'a jamais été nue au lit avec toi. Quand elle jouit, elle rugit.

— Je sais quels sons elle fait entendre quand elle ressent du plaisir. Je lui ai donné de nombreux orgasmes rien qu'en l'embrassant.

— Et moi, en lui faisant l'amour. Pendant des mois, la fée.

— Couches-tu encore avec elle ? susurra V'lane. Je ne sens pas ton odeur sur elle. Si c'est le cas, tu ne la marques pas assez. Son parfum commence à ressembler au mien. À celui des faës.

— Incroyable, murmura Christian derrière nous.

— Elle couche avec les deux ? demanda Drustan.

— Et ils acceptent ça ? s'étonna Dageus.

Mon regard passa de V'lane à Barrons.

— Tout ceci n'a rien à voir avec moi.

— Vous vous trompez, dit Barrons.

Il fouilla dans sa poche et en sortit un téléphone portable, qu'il me tendit.

— Vous savez comment me trouver si vous avez besoin de moi, ajouta-t-il en s'éloignant.

— Encore des abréviations à l'humour subtilement décalé ?

Il avait déjà disparu.

— Tu sais également comment m'appeler, princesse, dit V'lane... avant de me faire pivoter vers lui pour poser ses lèvres sur les miennes.

— Bon sang, Mac, à quoi joues-tu ? marmonna Christian.

Je vacillai légèrement lorsque V'lane me libéra. Son nom était de nouveau enroulé dans ma langue.

— Vous savez quoi ? dis-je, irritée. Vous allez arrêter de vous mêler de mes affaires. Je n'ai à répondre à aucun d'entre vous.

Il y avait décidément trop de testostérone dans mon existence.

Une soirée entre filles – voilà exactement ce dont j'avais besoin !

TROISIÈME PARTIE

Entre le désir
et le spasme
Entre la probabilité
et la manifestation
Entre l'essence
et le déclin
S'abat l'Ombre

T.S. ELIOT

Que sera, sera
Ce qui sera sera
Il ne nous appartient pas de voir le futur

DORIS DAY, LIVINGTSON AND EVANS,
« *Whatever will be will be* »

JE NE SUIS PAS LE MAL.

Alors pourquoi détruis-tu ?

CLARIFIE.

Tu fais des choses odieuses.

DÉVELOPPE.

Tu tues.

CEUX QUI SONT TUÉS DEVIENNENT AUTRE CHOSE.

Oui, morts. Détruits.

DÉFINIS *DÉTRUIRE*.

Démolir, abîmer, massacrer, tuer.

DÉFINIS *CRÉER*.

Donner un élan, façonner quelque chose à partir de rien, prendre du matériau brut et inventer quelque chose de neuf.

RIEN N'EXISTE PAS. TOUT EST QUELQUE CHOSE. D'OÙ PROVIENT TON « MATÉRIAU BRUT » ? N'ÉTAIT-IL PAS DÉJÀ QUELQUE CHOSE AVANT QUE TU LE CONTRAIGNES À DEVENIR AUTRE CHOSE ?

L'argile n'est qu'un bloc de terre avant que l'artiste la façonne en un vase superbe.

BLOC ? SUPERBE ? OPINIONS ! SUBJECTIF ! L'ARGILE EST QUELQUE CHOSE. PEUT-ÊTRE LUI ES-TU AUSSI INDIFFÉRENTE QUE JE LE SUIS AUX HUMAINS, MAIS TU NE PEUX NIER QUE C'EST SON ESSENCE MÊME. TU L'ÉCRASES, TU L'ÉTIRES, TU LA MODÈLES, TU LA CUIS, TU LA TEINTES AFIN DE L'OBLIGER À DEVENIR AUTRE CHOSE. ET TU APPELLES CELA *CRÉATION* ?

JE PRENDS UN ÊTRE ET JE METS SES MOLÉCULES AU REPOS. EN QUOI CELA N'EST-IL PAS DE LA CRÉATION ? C'ÉTAIT UNE CHOSE ET C'EN EST UNE AUTRE. AUTREFOIS, CELA MANGEAIT. AUJOURD'HUI, CELA EST MANGÉ. N'AI-JE PAS CRÉÉ DE QUOI NOURRIR QUELQU'UN D'AUTRE, AVEC CE NOUVEL ÉTAT ? PEUT-IL EXISTER UN SEUL ACTE DE CRÉATION QUI NE COMMENCE PAS PAR UNE DESTRUCTION ? LES VILLAGES DÉCLINENT. LES CITÉS SE DÉVELOPPENT. LES HUMAINS MEURENT. LA VIE JAILLIT DU SOL LÀ OÙ ILS GISENT. N'IMPORTE QUEL ACTE DE DESTRUCTION, LORSQUE SUFFISAMMENT DE TEMPS S'EST ÉCOULÉ, NE DEVIENT-IL PAS UN ACTE DE CRÉATION ?

CONVERSATIONS AVEC LE *SINSAR DUBH*.

36

— Joyeux anniversaire ! m'écriai-je en ouvrant la porte de devant de chez *Barrons – Bouquins et Bibelots*.

Lorsque Dani entra, je lui vissai un chapeau pointu en carton sur le crâne, fis passer l'élastique sous son menton et lui tendis une trompette en plastique.

— Tu veux rire, Mac. C'était il y a des mois.

Malgré son air embarrassé, je vis ses yeux pétiller.

— V'lane a dit que tu voulais me voir. J'adore. Eh, *man*, un prince faë qui cherche la Mega ! Quoi de neuf ? Ça fait un bail que je t'ai pas vue.

Je l'emmenai vers le buffet de fête dressé à l'arrière du magasin. Un feu brûlait, il y avait de la musique et j'avais entassé des paquets cadeaux sur la table.

Elle écarquilla les yeux.

— C'est tout pour moi ? On m'a jamais organisé de fête d'anniversaire.

— Il y a des chips, de la pizza, du cake, des cookies, des bonbons, et toutes les friandises sont du caramel aux trois chocolats, à la mousse au chocolat ou aux pépites de chocolat. On va se vautrer sur le canapé pour ouvrir tes cadeaux et regarder des vidéos en se goinfrant.

611

— Comme tu faisais autrefois avec Alina ?

— Exactement.

Je passai mon bras autour de son épaule.

— Mais commençons par le commencement. Assieds-toi et attends-moi.

Je courus vers le fond du magasin, sortis le gâteau du réfrigérateur, y piquai quatorze bougies et les allumai. J'étais fière de mon œuvre. J'avais pris mon temps pour le glacer, dessinant des boucles et des arabesques, puis je l'avais décoré de copeaux de chocolat noir.

— Tu dois faire un vœu avant de souffler les bougies, dis-je en le déposant sur la table basse devant elle.

Elle considéra le gâteau d'un air méfiant, et l'espace d'un instant, tout ce que je réussis à me dire fut : *S'il te plaît, ne le fracasse pas contre le plafond.* Il m'avait fallu toute l'après-midi et trois tentatives avant de réussir celui-ci.

Elle me regarda, ferma très fort les paupières et fit une grimace de concentration intense.

— Ne te fais pas mal, ma chérie. Ce n'est qu'un vœu, dis-je d'un ton moqueur.

Dani faisait ses vœux comme tout le reste : à cent cinquante pour cent. Elle demeura immobile si longtemps que je commençai à me demander s'il n'y avait pas un homme de loi en elle, et si elle n'était pas en train d'ajouter une série de codicilles et de notifications d'opposition.

Puis elle ouvrit grand les yeux, me décocha un sourire espiègle... et souffla si fort que le glaçage faillit s'envoler.

— Ça veut dire que ça va forcément marcher, hein ?
Parce que j'ai éteint les bougies ?

— On ne t'a jamais offert de gâteau d'anniversaire,
Dani ?

Elle secoua la tête.

— À partir de ce jour, décrétai-je d'un ton solennel,
il y aura au moins un gâteau d'anniversaire par an pour
Dani Mega O'Malley.

Rayonnante, elle coupa deux parts généreuses
qu'elle déposa sur des assiettes. J'ajoutai des cookies
et une poignée de bonbons.

— *Man* ! s'écria-t-elle joyeusement en léchant son
couteau. Qu'est-ce qu'on se mate en premier ?

Depuis mon arrivée à Dublin, je n'avais pas eu beaucoup d'occasions de me reposer, de me détendre et
d'oublier.

Cette soirée en était une. C'était le bonheur. Le
temps de cette soirée volée, j'étais de nouveau Mac. Je
mangeais des sucreries, j'étais avec une amie et je faisais comme si l'avenir du monde n'était pas mon problème. S'il y a une leçon que j'ai apprise, c'est que plus
votre vie devient difficile, plus vous devez être gentil
avec vous-même quand vous avez un moment de répit.
Sinon, il ne vous reste plus de force lorsque vous en
avez besoin.

Nous regardâmes un film d'humour noir en riant
comme des folles pendant que je posais sur ses ongles
courts un vernis noir.

— Qu'est-ce que c'est ? demandai-je en remarquant
un bracelet à son poignet.

Ses joues rosirent.

— Oh, rien. C'est Dancer qui me l'a donné.

— Qui est Dancer ? Tu as un petit ami ?

Elle plissa le nez.

— C'est pas ça.

— Alors c'est quoi ?

— Dancer est cool, mais il n'est pas... Il est... juste un copain.

Oui, bien sûr. La Mega avait rougi. Dancer était plus qu'un copain.

— Comment l'as-tu rencontré ?

Elle s'agita nerveusement.

— On regarde le film ou on joue les nunuches ?

Je pris la télécommande et appuyai sur la touche *Pause*.

— On est des sœurs, Dani, rectifiai-je. Allez, crache le morceau. Qui est Dancer ?

— Tu me racontes jamais *ta* vie sexuelle, répliqua-t-elle d'un ton bougon. Je parie qu'Alina et toi, vous parliez de cul toute la journée.

Je me redressai, soudain inquiète.

— Parce que tu as une vie sexuelle ?

— Non, *man*. Suis pas prête. Je disais ça comme ça. Si tu veux vraiment qu'on soit sœurs, va falloir faire mieux que des sermons.

Je poussai un soupir de soulagement. Elle avait été obligée de grandir si vite ! Je voulais qu'une part de sa vie, au moins, éclose en douceur, dans la perfection, avec des roses et de la romance. Non pas sur une impulsion, le capot d'une voiture de sport dans les reins et un quasi-inconnu au-dessus d'elle, mais dans des circonstances qui lui laisseraient un souvenir magique.

— Je t'ai dit qu'il était grand temps d'avoir une discussion, toi et moi, tu te rappelles ?

— Et c'est parti pour une leçon de morale ! marmonna-t-elle. *Man*, écoute plutôt ça. On nous a pas dit tout ce qui était important, à propos de la Prophétie. Il en manquait une partie.

Elle me dit cela sans crier gare, me prenant complètement de court. Comme elle l'avait sans doute prévu.

— Et c'est *maintenant* que tu me le dis ?

Elle esquissa une petite grimace.

— J'y venais. C'est toi qui as insisté pour parler de trucs débiles alors que j'ai voulu la jouer pro. Je viens de l'apprendre. Je traîne plus trop du côté de l'Abbaye. Ça fait un bail que je me suis cassée.

Moi qui avais supposé qu'elle y était retournée ! Un jour, il faudrait que j'arrête de faire des suppositions.

— Où habites-tu ? Avec Jayne, au Château de Dublin ?

Elle croisa les bras sur sa poitrine d'un air fier.

— J'y passe pour abattre ces saloperies de faës quand ils en chopent, mais j'ai ma piaule. Casa Mega, je l'appelle.

Dani vivait seule ? Et elle avait un petit ami ?

— Tu viens d'avoir *quatorze* ans.

J'étais horrifiée. Qu'elle ait un ami, très bien. Quoique… Après tout, j'ignorais à quoi il ressemblait, quel était son âge ou s'il se comportait bien envers elle. En revanche, le fait qu'elle vive seule devait changer, et vite.

— Je sais. Il était temps, non ?

Elle me décocha un sourire mutin.

— J'ai plusieurs turnes, selon l'humeur. Y a qu'à choisir. J'ai même une moto !

Elle agita les doigts.

— Y a qu'à tendre la main pour se servir ! J'étais faite pour ce monde.

Qui prendrait soin d'elle si elle attrapait la grippe ? Qui lui parlerait de la contraception et des MST ? Qui panserait ses coupures et ses écorchures ? Qui veillerait à ce qu'elle fasse des repas équilibrés ?

— Pour la Prophétie, Mac. Il y a toute une partie qu'elles nous ont cachée.

Je remisai provisoirement mes inquiétudes maternelles.

— Où as-tu entendu cela ?

— C'est Jo qui me l'a dit.

— Je croyais qu'elle était loyale envers Rowena ?

— Je pense que Jo joue double jeu. Elle fait partie du Cercle de Ro, mais je suis sûre qu'elle ne l'aime pas. Elle a dit que Ro ne voulait pas que les autres te parlent, et qu'elles me l'ont aussi caché parce qu'elles n'ont pas confiance en moi. Elles croient que je te dis tout.

— Eh bien, raconte ! m'impatientai-je.

— Il y a plein d'autres parties dans la Prophétie, et plus de détails sur certaines personnes et la façon dont les choses vont se passer. Elle dit que celle qui meurt jeune va trahir la race humaine et s'allier avec ceux qui ont fait la Bête.

Je m'agitai, mal à l'aise. Un millénaire avant la naissance d'Alina, il avait été prédit qu'elle rejoindrait l'équipe de Darroc ?

— Elle dit que celle qui se languit de mourir, celle qui va chasser le Livre – c'est-à-dire toi, Mac – n'est pas humaine, et que les deux d'ancienne lignée n'ont pas une chance sur des milliards de remettre de l'ordre dans tout ce bordel, parce qu'elles ne le voudront pas.

Je formai de mes lèvres des paroles qui ne sortirent pas.

— Elle dit que tout ce cirque a environ vingt pour cent de chances de marcher et que sinon, le taux de réussite probable de la seconde Prophétie est d'à peu près deux pour cent.

— Qui écrit des Prophéties avec des chances de réussite aussi grotesques ? marmonnai-je, exaspérée.

Dani éclata de rire.

— *Man*, j'ai dit exactement la même chose !

— Pourquoi me l'ont-elles caché ? À les entendre, j'étais virtuellement insignifiante.

Et cela m'avait parfaitement convenu. J'avais déjà assez de problèmes à résoudre.

Dani haussa les épaules.

— C'est pareil pour le fait que Ro ne nous a jamais dit que nous étions peut-être une caste *unseelie*. Elle prétend que si on l'apprenait, la Prophétie pourrait se réaliser d'elle-même. Moi, je dis qu'on doit savoir ce qu'on est, pas vrai ? Quand tu te regardes dans la glace, tu dois pouvoir croiser tes yeux ou aller te faire cuire un œuf.

— Quoi d'autre ? demandai-je. Y a-t-il encore des révélations ?

— Il y a aussi une… sous-Prophétie qui dit que si les deux de l'ancienne lignée sont tuées, les choses se passeront autrement et que les chances de succès seront plus élevées. Plus elles seront éliminées jeunes, mieux cela vaudra.

Un frisson glacé me parcourut l'échine. Ces paroles étaient brutales mais pertinentes. Qui irait jusqu'où pour modifier les probabilités en faveur de la race humaine ? J'étais surprise que l'on ne nous ait pas tuées à la naissance. En supposant que j'en aie eu une.

— Je me suis dit que c'était sans doute pour ça qu'Alina et toi aviez été abandonnées. On n'a pas voulu vous tuer quand vous étiez toutes petites, alors on vous a éloignées.

Bien entendu. En nous interdisant de revenir. Seulement, Alina avait voulu partir pour Dublin afin d'étudier à l'étranger et Papa n'avait jamais su nous dire non.

Une décision, une minuscule décision, et le monde tel que nous le connaissions avait commencé à s'effondrer...

— Quoi d'autre ? insistai-je.

— Jo dit qu'elles ont discuté avec Nana O'Reilly dans le dos de Ro. Elle dit que la vieille femme était à l'Abbaye la nuit où le Livre a fichu le camp. Elle a vu des choses. Des *sidhe-seers* taillées en pièces, déchiquetées. Elle a dit qu'on n'avait retrouvé que des morceaux de certaines. Il y en a d'autres qu'on n'a jamais revues.

— Nana était là quand le Livre s'est échappé ?

Elle n'en avait pas dit un mot le soir où Kat et moi avions discuté avec elle dans son cottage, au bord de la mer. À part le fait qu'elle m'avait appelée Alina, elle ne nous avait pas appris grand-chose, sinon que sa petite-fille, Kayleigh, était non seulement la meilleure amie d'Isla mais aussi, tout comme elle, membre du

Cercle et qu'elle-même avait perçu des énergies sombres qui remontaient de la terre.

Dani secoua la tête.

— Elle est arrivée après. Elle a dit qu'elle avait senti dans ses os que l'âme immortelle de sa fille était en danger.

— Tu veux dire sa petite-fille, Kayleigh.

— Je veux dire sa fille.

Les yeux de Dani étincelèrent.

— Ro.

J'arrondis les lèvres en un « Oh ! » de stupeur muet.

— Rowena est la fille de Nana ? parvins-je enfin à m'écrier. Ro était la mère de Kayleigh ?

Qu'avait encore négligé de me dire Nana O'Reilly ?

— La vieille femme la méprise. Elle ne la reconnaît pas. Kat et Jo ont fouillé le cottage pendant qu'elle dormait et trouvé des choses. Des photos, des livres et des affaires de bébé. Nana pense que Ro a quelque chose à voir avec la disparition du Livre. Elle affirme que Kayleigh lui a dit qu'elles avaient formé un mini-Cercle de secours dont Ro n'a jamais entendu parler, avec une Maîtresse qui ne vit même pas à l'Abbaye. Elle s'appelle Tessie, ou Tellie, ou un drôle de nom comme ça. Au cas où il arriverait des bricoles aux membres du Cercle qui habitent à l'Abbaye.

La tête me tournait. On m'avait tout caché. Si j'avais encore repoussé la soirée d'anniversaire de Dani, jamais je n'aurais rien appris de tout ceci. Voilà donc la mystérieuse Tellie dont Barrons et mon père avaient parlé tous les deux ! Elle était à la tête d'un Cercle secret. Elle avait aidé ma mère à se sauver. Il fallait que je la trouve. *As-tu localisé Tellie ?* avais-je entendu

Barrons demander. *Pas encore ? Mets plus de monde là-dessus.* Apparemment, Barrons m'avait une fois de plus coiffée au poteau puisqu'il avait déjà envoyé ses hommes à sa recherche. Pourquoi ? Comment avait-il entendu parler de cette femme ? Qu'avait-il appris qu'il me cachait ?

— Et... ? demandai-je.

— Elle a dit que ta mè... Enfin, il paraît que tu n'es pas humaine, alors je suppose qu'elle n'est pas ta mère... Disons, Isla, s'en est sortie vivante. Nana l'a vue s'en aller cette nuit-là. Et tu devineras jamais avec qui ?

Je ne voulais même pas répondre. Rowena ? Et cette vieille carne l'avait probablement assassinée ? Qu'Isla soit ou non ma mère, je me sentais toujours liée à elle et j'avais envie de la protéger.

— Allez, devine !

Dani était si excitée que les contours de sa silhouette devenaient flous.

— Rowena ? dis-je sans émotion.

— Cherche encore. Tu vas en être sur le cul. Nana ne l'aurait jamais reconnu si tu n'étais pas allée chez elle avec lui. Sauf que pour parler de lui, elle dit pas « il » mais « ça ».

Je la regardai, interdite.

— Qui ? m'impatientai-je.

— Elle a vu Isla monter dans une caisse avec quelqu'un qu'elle appelait le Maudit. Le type qui a emmené la seule survivante du Cercle de l'Abbaye il y a une vingtaine d'années était Jéricho Barrons.

J'étais dans un tel état d'agitation après les révélations de Dani qu'il m'était désormais impossible de me livrer à une occupation aussi léthargique que de rester vautrée sur un canapé pour regarder un DVD. En outre, j'avais une telle dose de sucre dans le sang que je tremblais presque autant que Dani.

Après avoir lâché la « bombe Barrons », celle-ci avait appuyé sur la touche *Play* dans un nouvel éclat de rire. Cette gamine était sacrément résiliente. Quant à moi, j'avais le regard fixé sur l'écran mais je ne voyais rien.

Pourquoi Barrons ne m'avait-il pas dit qu'il s'était trouvé à l'Abbaye lorsque le Livre s'en était échappé, une vingtaine d'années plus tôt ? Pourquoi m'avait-il caché qu'il avait connu Isla O'Connor, la mère de ma sœur ? Je pouvais renoncer à une mère que je n'avais jamais connue, mais je ne pouvais pas abandonner Alina. Qu'elle soit ou non ma sœur, c'était ainsi que je la considérais, point final.

Je me souvins alors de l'instant où, alors que je descendais l'escalier, j'avais surpris une conversation téléphonique entre Barrons et Ryodan, et entendu le premier dire *Après ce que j'ai appris sur elle l'autre nuit.* Faisait-il allusion à notre virée au cottage ? Avait-il été aussi surpris que moi en entendant Nana affirmer que la femme avec qui il avait quitté l'Abbaye une vingtaine d'années auparavant était supposée être ma mère ?

L'avait-il emmenée auprès de la fameuse Tellie, et cette dernière nous avait ensuite aidées, Alina et moi, à trouver une famille d'adoption en Amérique ? Si Isla avait quitté l'Abbaye vivante, pourquoi, comment, quand était-elle décédée ? Avait-elle seulement pu rejoindre Tellie, ou bien cette femme avait-elle accepté d'avance d'éloigner ses filles s'il lui arrivait malheur ? Quel rôle Barrons avait-il joué dans tout ceci ? Était-ce lui qui avait tué Isla ?

Je m'agitai, mal à l'aise. Il avait vu le gâteau. Il savait que j'organisais une soirée d'anniversaire. Il détestait les anniversaires. Il ne risquait pas de se montrer ce soir.

Je picorai une lichette de glaçage à la mousse au chocolat. Je parcourus la librairie du regard. J'observai les fresques sur le plafond en jouant avec le plaid en cachemire. Je ramassai des miettes sur le coin du canapé et les alignai sur mon assiette.

Rowena était la fille de Nana. Isla et Kayleigh avaient pratiquement grandi ensemble. Isla avait été la Maîtresse du Cercle. Elles avaient jugé nécessaire de former un Cercle dans le dos de Rowena – un Cercle qui ne siégerait même pas à l'Abbaye. Isla avait dirigé celui qui était officiel, et la mystérieuse Tellie celui qui œuvrait dans l'ombre. Pendant toutes ces années, ma mère – Isla – avait été accusée de l'évasion du Livre mais à présent, il semblait plutôt que la responsable soit Rowena…

Elle nous avait laissées porter cette culpabilité – d'abord Isla, puis Alina, et enfin moi.

… les deux d'ancienne lignée n'ont pas une chance sur des milliards de remettre de l'ordre dans tout ce bordel, parce qu'elles ne le voudront pas.

Je poussai un soupir. Lorsque j'avais surpris la discussion dans laquelle mes parents, cette nuit à Ashford, avaient parlé du fait que je pouvais mener le monde à sa perte, j'avais eu l'impression d'être condamnée. Puis Kat et Jo m'avaient montré la Prophétie – dont je savais à présent qu'elle n'était qu'une version abrégée – et j'avais eu l'impression d'être absoute de mon crime. Et voilà que j'éprouvais de nouveau la sensation d'être maudite. Entendre que plus tôt ma sœur et moi serions abattues, mieux cela vaudrait pour l'humanité, était déstabilisant, et pas qu'un peu…

Si elle avait vécu, Alina aurait-elle choisi Darroc ? Dans mon chagrin, j'avais voulu anéantir ce monde pour en fonder un nouveau, dans lequel Barrons aurait été vivant. Étions-nous toutes les deux vouées au mal ? Au lieu d'avoir été arrachées à notre pays dans notre propre intérêt, avions-nous été exilées pour assurer la survie du monde ? Était-ce pour cette raison que le type aux yeux rêveurs m'avait donné la lame appelée LE MONDE ? Pour m'avertir que je risquais de le détruire si je ne faisais pas attention ? Que je devais le regarder, le voir, le choisir ? Et d'ailleurs, qui était le type aux yeux rêveurs ?

Lorsque j'étais arrivée à Dublin et que j'avais commencé à découvrir des choses à mon propre sujet, j'avais eu l'impression d'être une héroïne malgré moi, lancée dans une quête épique.

À présent, j'espérais seulement que je n'allais pas faire trop de casse. Les grands problèmes appellent de grandes décisions. Comment me fier à mon propre jugement si je ne savais même pas qui j'étais ?

Je croisai les jambes. Je les décroisai. Je passai ma main dans mes cheveux.

— Eh, *man*, tu regardes le film où tu fais ton aérobic ? marmonna Dani.

Je lui lançai un regard sombre.

— Si on allait tuer quelque chose ?

623

Son visage s'éclaira. Elle avait une moustache de glace au chocolat.

— Quand même ! Je croyais que tu le proposerais *jamais* !

Tous les combats que nous avons menés dos à dos, Dani et moi, sont de merveilleux souvenirs que j'ai soigneusement gardés dans mon album photo intérieur.

Je ne peux pas m'empêcher de penser qu'il en serait allé de même si Alina m'avait fait confiance et que je m'étais battue à ses côtés. Savoir que vous avez quelqu'un pour surveiller vos arrières, que vous formez un tandem, qu'aucune des deux n'abandonnerait l'autre, que vous iriez chercher l'autre jusque dans le camp ennemi, est l'une des sensations les plus merveilleuses qui soient. Être certaine que quel que soit le piège dans lequel vous vous êtes jetée, l'autre viendra vous y chercher et continuera de faire équipe avec vous... Voilà ce qu'est l'amour. Je me demandais si Alina et moi avions été faibles parce que nous nous étions laissé diviser, séparer par un océan. Et si elle aurait encore été en vie, si nous étions restées ensemble.

Je ne saurai peut-être jamais d'où je viens mais je peux choisir ma famille à partir de maintenant, et Dani en est un membre non négociable. Le jour où ils pourront la rencontrer, Jack et Rainey vont l'adorer.

Nous fîmes un carnage dans les rues glissantes de pluie, abattant des *Unseelies* avec rage. Chaque fois que j'en poignardais un, j'étais un peu plus convaincue que je n'étais pas le roi *unseelie*. Si je l'avais été, j'aurais éprouvé quelque chose – des remords, de la culpabilité, *quoi que ce soit*. Le roi n'avait pas eu le cœur de sacrifier ses enfants de l'ombre. Je ne ressentais aucune fierté de créateur, aucun amour malsain. Rien que la satisfaction de mettre fin à leur existence de parasites immortels et de sauver des vies humaines.

Nous rencontrâmes Jayne et ses Gardiens et les aidâmes à se sortir d'une mauvaise passe avec deux faës capables de se transférer. Nous vîmes Lor et Fade qui rôdaient. Je crus apercevoir un Keltar sur un toit, mais il disparut si vite qu'il ne me resta que la vision fugitive de muscles fuselés et tatoués dans l'obscurité.

Peu avant l'aube, comme nous nous approchions un peu trop de Chez Chester, je décidai que nous pouvions en rester là pour le moment. J'étais enfin assez épuisée pour dormir et je voulais être au mieux de mes capacités pour localiser le *Sinsar Dubh*.

Ce soir, tout serait terminé. Ce soir, nous allions enfermer le Livre pour toujours. Alors, je pourrais ramasser les morceaux de ma vie et entreprendre de la reconstruire, en commençant par mon père et ma mère. Je pourrais me remettre à la recherche de l'assassin d'Alina et de mes propres origines. Et surtout, une fois que le Livre serait de nouveau inhumé, je respirerais un peu mieux. Je pourrais prendre plus de temps pour moi, comme ce soir. Du temps pour vivre… et pour aimer.

— Rentrons à la librairie, Dani.

Pour toute réponse, je n'entendis qu'un son étranglé.

Je pivotai sur mes talons… et pris une inspiration douloureuse. Je ne réfléchis pas. Je plongeai et plaquai mes paumes sur la garce pour la Nullifier.

La Femme Grise se figea, mais il était trop tard.

Je regardai, horrifiée. Pendant que j'avais été perdue dans mes pensées, la Femme Grise couverte de lésions, dévoreuse de beauté, s'était transférée près de nous, avait attrapé Dani par surprise et commencé à la dévorer. Juste dans mon dos, sans que je m'en aperçoive !

Je ne pouvais que me répéter *Mais ce n'est pas comme cela qu'elle fait, d'habitude ! La Femme Grise ne mange que les* hommes *!*

Dani tenta de se libérer, sans résultat.

— *Man*, je suis mal barrée, hein ?

Je la regardai et faillis perdre tout empire sur moi-même. Elle était *très* mal barrée. J'en étais muette de stupeur. Ceci n'était pas en train d'arriver. C'était inacceptable. Je ne pouvais pas laisser faire cela. Je ne pouvais pas perdre Dani. Quelque chose de sauvage et de furieux se réveilla en moi.

— Eh, *man*, sors-la de moi ! cria Dani.

J'essayai. En vain. Dani fit également une tentative mais les mains de la Femme Grise étaient de véritables ventouses, plaquant sa victime sur elle jusqu'à ce qu'elle veuille bien la relâcher. Je la frappai à coups redoublés de mes paumes afin qu'elle reste paralysée, afin de la maintenir Nullifiée, tout en essayant de retrouver mes esprits et de trouver une solution. Et pendant ce temps, je jetais régulièrement des regards à Dani. Ce qui restait de ses cheveux n'était plus roux. Son crâne nu apparaissait par grandes plaques et des plaies se formaient sur sa peau. Ses yeux n'étaient plus que des trous d'ombre dans son visage livide. Elle était couverte de lésions et semblait avoir perdu une bonne vingtaine de kilos, alors qu'elle devait en peser à peine quarante toute mouillée.

— J'aurais dû m'en douter, gémit Dani. Elle zone souvent par ici. Elle adore chez Chester. Je l'ai chassée. Je suppose qu'elle le savait. Aïe !

Elle toucha ses lèvres. Elles étaient fendillées et suintaient. Ses dents semblaient sur le point de se déchausser.

Les yeux brûlants de larmes, je continuai de frapper la Femme Grise à pleines paumes.

— Lâchez-la, lâchez-la ! implorai-je.

— Trop tard, Mac. Hein ? Je le vois dans tes yeux.

— Il n'est *jamais* trop tard.

Je pris ma lance et la plaquai contre la gorge de la Femme Grise.

— Fais ce que je dis, Dani. Ne bouge pas. Laisse-moi m'occuper de tout. Je vais lui rendre sa liberté de mouvement.

— Elle va m'achever !

— Non. Fais-moi confiance. Tiens bon.

Je fermai les paupières et ouvris mon esprit. Puis, depuis mon rivage noir, je scrutai les eaux ténébreuses. Tout au fond, quelque chose bougea, me souhaita la bienvenue dans un murmure, m'accueillit avec affection. *Tu m'as manqué*, me dit-on. *Prends-les, c'est ce dont tu as besoin. Mais reviens vite, il y a tellement plus !* Cela, je le savais. Je le percevais. Le lac était comme la boîte hermétique dans laquelle je rangeais les pensées que je ne pouvais pas affronter. Il y avait des chaînes à briser, un couvercle à soulever. Les runes que j'avais rassemblées se faufilaient parmi les fentes. Un jour, j'ouvrirais cette sombre réserve de pouvoir et je regarderais à l'intérieur. Je ramassai les runes pourpres sur l'onde noire puis, ayant rouvert les yeux, j'en plaquai une sur la joue suintante de la Femme Grise et une autre sur sa poitrine lépreuse.

Et j'attendis.

Dès l'instant où elle put de nouveau se mouvoir, elle tenta de se transférer mais, comme me l'avait promis mon lac noir, les runes l'en empêchèrent. Plus elle luttait, plus leur pulsation s'intensifiait. Je compris qu'elles étaient un ingrédient du Chant-qui-forme dont Barrons m'avait parlé, celui qui avait ajouté de l'énergie aux murs de la prison. Plus le faë qui tentait de le renverser était puissant, plus les murs développaient de résistance.

Elle bondit, lâcha Dani et essaya d'arracher les runes de sa peau dans un hurlement. Elles semblaient la brûler. Tant mieux.

Dani s'effondra à terre dans un bruissement léger, aussi mince, aussi blanche, aussi froissée qu'une feuille de papier.

Je donnai un coup de pied à la Femme Grise. Sans douceur. Puis je recommençai plusieurs fois de suite.

— Guérissez-la.

Elle roula sur elle-même et me siffla dessus.

Levant un poing ruisselant de runes ensanglantées, je lui en jetai une troisième.

Elle se recroquevilla en criant de plus belle.

— J'ai dit, guérissez-la !

— Impossible.

— Je ne vous crois pas. Vous avez absorbé sa vitalité, vous pouvez la lui rendre. Et si vous n'en êtes pas capable, je vous enfermerai dans votre peau lépreuse et je vous torturerai jusqu'à la fin des temps. Vous croyez que vous avez faim, tout de suite ? Vous n'avez aucune idée de ce que c'est que la faim. Je vais vous montrer ce qu'est la souffrance. Je vais vous enfermer dans un coffre et je consacrerai ma vie à...

Dans un grondement de rage, elle roula de nouveau sur le côté et plaqua ses mains suintantes sur le visage de Dani.

— Liberté de passage ! cria-t-elle en postillonnant du sang.

— Pardon ?

— Si j'accepte, vous ne me tuez pas. Vous et moi ferons – comment dit-on ? – une trêve. Nous serons camarades. Vous aurez une dette envers moi.

— Je vous laisse la vie sauve. Vous n'aurez rien de plus.

— Je peux prendre sa vie avant que vous ne preniez la mienne.

— Massacre cette saleté ! cria Dani. Abats cette saloperie. Tu ne lui dois rien, Mac.

Quelque chose me tracassait. Ceci ressemblait à une attaque personnelle.

— Vous ne tuez pas les femmes. Pourquoi avez-vous attaqué Dani ?

— Vous avez assassiné mon compagnon ! gronda-t-elle.

— L'Homme Gris ?

— Il était le seul autre. Maintenant, c'est à mon tour de vous faire du mal. Enlevez-les-moi !

— Restituez-lui ce que vous lui avez volé. Rendez-la comme elle était avant et je les retire. Sinon, je vous couvre de runes.

Elle se tordit de douleur sur le trottoir.

— Je compte jusqu'à trois, espèce de garce. Un... Deux...

Elle leva une main décharnée, couverte de plaies suintantes.

— Donnez-moi votre parole. Liberté de passage, ou elle meurt.

Elle émit un rire amer.

— Nous étions séparés quand nous nous sommes échappés. Nous devions chasser ensemble, manger ensemble. Qui sait ? Peut-être, dans ce monde, nous aurions eu des petits. Je ne l'ai jamais revu vivant.

Elle retroussa ses babines.

— Choisissez. J'en ai assez de vous.

— Dégomme-la ! s'impatienta Dani.

— Je veux plus que sa vie, précisai-je. Vous ne ferez jamais de mal à l'un des miens. Je n'ai pas l'intention de me fatiguer à vous expliquer qui sont les miens. Si vous pensez qu'il y a une chance, même minime, que je connaisse la personne que vous vous apprêtez à dévorer, abstenez-vous ou notre pacte sera brisé. Compris ?

— Ni vous ni aucun de ceux que vous considérez comme les vôtres ne me chasserez. Compris ?

— Vous ne laisserez aucune trace de votre odieux contact sur elle.

— Un jour, vous me devrez un service.

— Entendu.

— Non, Mac ! hurla Dani.

Je posai mes mains sur celles de la Femme Grise. Je sentis l'aiguillon d'une unique bouche-ventouse me faire saigner, et notre pacte fut scellé.

— Guérissez-la, dis-je. Tout de suite.

— Je refuse de croire que tu as fait ça, marmonna Dani pour la dixième fois.

Ses joues étaient roses, ses yeux brillants, ses boucles rousses plus lustrées que jamais. Elle semblait même un peu plus pulpeuse, comme si elle avait reçu une ou deux couches supplémentaires de collagène sous sa peau.

— J'ai l'impression qu'elle t'a remboursée avec intérêts, Dani, plaisantai-je.

En vérité, j'en étais même certaine. Dani était rayonnante. Son teint était lumineux, presque translucide, et ses yeux d'un vert si éclatant que c'en était fascinant. Elle esquissa une petite moue de ses lèvres rubis.

— On dirait que mes nénés sont plus gros, répliqua-t-elle avec un sourire béat.

Puis, retrouvant son sérieux, elle ajouta :

— Tu aurais dû la laisser me tuer, et tu le sais.

— Je ne ferai jamais une chose pareille.

— À la place, tu as passé un pacte diabolique avec cette saleté.

— Et je recommencerais sans hésiter. Nous trouverons une solution quand cela deviendra un problème. Tu es en vie. C'est tout ce qui compte.

Dani affiche un air détaché en toutes circonstances. Lorsque, en de rares occasions, elle laisse deviner une émotion, c'est parce qu'elle s'est composé une expression qu'elle vous montre à dessein. Elle possède une large palette de regards noirs et de ricanements maussades, maîtrise toutes les nuances humainement connues de sourires espiègles et de démarches arrogantes, et je la soupçonne d'avoir amélioré considérablement le coup d'œil qui tue.

Son visage était ouvert, sans le moindre masque. Une lueur d'adoration pure faisait étinceler ses yeux.

— C'est le meilleur anniversaire de ma vie ! Y a jamais eu personne qui a fait ça pour moi, dit-elle d'un ton extatique. Même pas Mam...

Elle se tut et serra les lèvres en une ligne mince.

— On est comme les deux doigts de la main, renchéris-je en ébouriffant ses boucles, tandis que nous nous engagions dans l'allée de derrière la librairie. Je t'adore, la môme.

Elle sursauta mais se composa rapidement un sourire insouciant.

— *Man*, je te laisse même me traiter de môme ! Tu trouves vraiment que je suis plus jolie ? Je m'en fiche, hein, mais si je suis encore plus sexy, je voudrais juste savoir si ça va être encore plus chaud quand Dancer aura une bonne...

— Tu noush en a shervi une autre à shiroter, la Fugée ? Chelle de l'autre fois était shuuucculente.

Je pivotai sur mes talons, ma lance à la main. Soit les deux faës venaient de se transférer, soit ils s'étaient tapis dans l'ombre sans bouger tandis que, dans notre soulagement de nous être sorties des griffes de la Femme Grise, nous avions oublié toute prudence.

Deux *Unseelies* que je n'avais jamais vus se tenaient près des poubelles, devant la porte de service de chez *Barrons – Bouquins et Bibelots*. Ils étaient identiques, chacun doté de quatre bras, quatre jambes maigres et tubulaires, trois têtes et des dizaines de bouches sur leurs horribles visages, avec de minuscules dents pointues comme des aiguilles. Aux commissures de leurs nombreuses lèvres, il y avait des paires de crocs bien plus longs et fins, et je sus, sans savoir comment je savais, qu'ils s'en servaient comme de pailles.

Ma sœur avait été trouvée sans moelle dans ses os, sans glandes endocrines, les globes oculaires affaissés, sans liquide céphalo-rachidien. Le *coroner* avait été incapable de fournir une explication.

Je venais de la trouver.

Je savais quelle caste avait tué Alina. Je savais qui avait mordu, percé, lacéré ses chairs afin d'absorber, avec lenteur et précision, tous ses fluides vitaux, comme s'il s'agissait d'un pur nectar.

Avec un temps de retard, je déchiffrai leurs paroles.

Tu nous en as servi une autre à siroter, la Fusée ?

Celle de l'autre fois était succulente.

Je me figeai, horrifiée. Cela ne pouvait signifier ce que cela semblait vouloir dire ? La Fusée, c'était Dani. Alors quoi… Que… Mon cerveau n'était plus qu'un bloc inerte.

Ils regardaient derrière moi d'un air plein d'espoir.

— Chelle-là ausshi, elle est pour nous ? demandèrent six bouches en même temps. Il faut lui enlever sha lanche. Il faut la rendre impuisshante, comme tu as fait pour l'autre blonde. Nous la laissher dans l'allée.

Dani ? J'ouvre les lèvres mais je suis incapable d'émettre le moindre son.

J'entends alors un son étranglé derrière moi – un sanglot étouffé.

— Ne te shauve pas, la Fugée ! crient six bouches tandis que les *Unseelies* regardent par-dessus mon épaule. Reviens, shers-nous encore à boire ! Noush avons shi shoif !

Je fais volte-face et regarde Dani.

Ses yeux sont écarquillés, son visage livide. Elle s'éloigne de moi à reculons.

Si elle prend son épée, tout sera plus facile.

Elle n'en fait rien.

— Dégaine ton arme.

Elle secoue la tête et recule encore d'un pas.

— Dégaine ta p... d'arme !

Elle se mord la lèvre et fait de nouveau signe qu'elle refuse.

— Pas question. Je suis plus rapide que toi. Je ne veux pas te tuer.

— Tu as bien tué ma sœur. Pourquoi pas moi ?

Le lac sombre sous mon crâne est en ébullition.

— C'est pas la même chose.

— Tu la leur as amenée.

Son visage se tord de rage.

— Tu sais rien de moi, bordel, espèce de putain de saleté de pétasse ! Tu sais rien de *rien* !

En entendant derrière moi un bruissement et des bruits de cuir mouillé, je me retourne. Les monstres qui ont assassiné ma sœur, profitant du fait que je les ai oubliés, tentent de s'esquiver.

Il n'en est absolument pas question. J'ai vécu pour cet instant. Ce moment précis. Ma revanche. D'abord eux, ensuite elle.

Je bondis sur eux en hurlant le prénom de ma sœur.

Je taille, je tranche, je dépèce.

Je commence avec ma lance, je finis à mains nues.

Je me rue sur les deux monstres, tel Barrons sous son apparence bestiale. Ma sœur a rendu l'âme dans une allée sous les assauts de ces immondes créatures. Maintenant, je sais qu'elle n'a pas eu une mort rapide. Il me semble la voir, les lèvres blanchies par la souffrance, sachant sa dernière heure venue, griffant un indice sur le pavé. Espérant que je vais la rejoindre. Redoutant mon arrivée. Persuadée que je peux réussir là où elle a échoué. Seigneur, qu'elle me manque ! Je suis dévorée par la haine. Je me noie dans la vengeance – je l'accueille, je me fonds en elle.

Lorsque j'ai fini, les morceaux qui restent ne sont pas plus gros que mon poing.

Je tremble, je halète, je suis couverte de lambeaux de chair et de matières grisâtres sorties de leurs crânes fracassés.

Shers-nous encore à boire ! ont-ils demandé.

Je me plie en deux et me heurte au trottoir, saisie de nausées. Je vide mon estomac jusqu'à ce qu'il n'y reste rien et qu'il soit secoué de spasmes, jusqu'à ce que mes oreilles bourdonnent, jusqu'à ce que les yeux me brûlent.

Je n'ai pas besoin de regarder derrière moi pour savoir qu'elle est partie depuis longtemps.

J'ai enfin eu ce que j'étais venue chercher à Dublin.

Je sais qui a tué ma sœur.

C'était celle que j'avais commencé à prendre pour une autre sœur.

Je me roule en boule sur le pavé glacé et je pleure.

37

En sortant de ma douche, je croisai mon reflet dans le miroir. Ce n'était pas beau à voir.

Malgré tout le temps que j'avais passé à Dublin, malgré toutes les horreurs que j'y avais vues, jamais mon visage n'avait arboré une telle expression.

J'avais l'air ravagée. Lorsqu'on a cette expression-là, tout est dans le regard.

Je me *sentais* ravagée.

J'étais venue ici en quête de vengeance. Je posai mes paumes de part et d'autre du lavabo et me penchai vers la glace pour me voir de plus près.

Qui était là, derrière mon visage ? Un roi qui n'aurait pas hésité une seconde à tuer une gamine de quatorze ans que j'adore ? Non, que j'*adorais*. Désormais, je la haïssais. Elle avait emmené ma sœur dans une allée pour la donner à des monstres qui l'avaient assassinée.

Je ne pouvais même pas me poser des questions telles que *pourquoi ?* Cela ne semblait plus avoir aucune importance. Elle l'avait fait, point. *Res ipsa loquitur*, comme aurait dit Papa. La chose parle d'elle-même.

Trop brisée par les émotions pour me sécher les cheveux ou me maquiller, je m'habillai et descendis au rez-de-chaussée. Je me laissai tomber sur le canapé du coin repos à l'arrière du magasin, tandis qu'un roulement de tonnerre retentissait dans un ciel de plomb. L'air était si chargé de pluie que l'on se serait cru au crépuscule alors qu'il n'était que midi. La foudre s'abattit avec fracas.

J'avais tant perdu, et si peu gagné ! Dans la colonne « crédit », j'avais eu Dani. La découverte de l'assassin d'Alina ne faisait que raviver la douleur de sa disparition. Je ne voyais que trop bien la scène... Je m'étais dit qu'Alina était morte sur le coup, que ce qu'on lui avait infligé n'avait eu lieu que *post mortem*. À présent, je savais qu'il n'en était rien. Pendant que ses assassins la vidaient lentement de ses substances vitales, elle avait griffé un indice pour moi sur le pavé. Je restai là, torturée par les images du calvaire qu'elle avait enduré, comme si cela pouvait avoir d'autres effets que de me faire souffrir un peu plus...

Sur la table basse, le moka à peine entamé semblait me narguer. Il restait des paquets qui n'avaient pas été ouverts. J'avais préparé un gâteau d'anniversaire pour la meurtrière de ma sœur. Je lui avais offert des cadeaux. Je lui avais verni les ongles. Je m'étais installée sur ce canapé pour regarder des vidéos avec elle. Quel monstre étais-je ? Comment avais-je pu être si aveugle ? Y avait-il des indices que je n'avais pas remarqués ? N'avait-elle jamais gaffé ? Laissé échapper une information sur Alina qu'elle n'était pas censée connaître, sans que je m'en aperçoive ?

J'enfouis mon visage entre mes mains et me pressai le crâne, avant de me masser les tempes et de tirer sur mes cheveux.

Les pages du journal !

— C'est elle qui a le cahier d'Alina ! m'écriai-je, incrédule.

L'apparition, pendant une brève période, de feuillets arrachés n'avait eu aucun sens à mes yeux. Ceux-ci ne m'avaient jamais rien appris et je les avais trouvés aux moments les plus étranges. Comme le jour où Dani m'avait apporté le courrier à la librairie et où j'avais trouvé une page dans la pile. Glissée dans une élégante enveloppe de papier épais, du style que devait utiliser une société comme celle de Rowena.

Pourquoi m'avait-elle donné ces passages ? Ils parlaient seulement de...

— L'amour d'Alina pour moi... murmurai-je, les yeux brûlants de larmes.

La sonnette de la porte d'entrée tinta.

Je me redressai à demi et attendis. Qui était là, au beau milieu de la journée ?

Je m'adossai de nouveau au canapé, les muscles toujours tendus, l'estomac noué par l'attente.

Mon corps ne réagissait ainsi qu'à la présence d'un seul homme. Jéricho Barrons.

J'étais ivre de rage et de chagrin ; je détestais être en vie. Et cependant, j'avais envie de me lever d'un bond, de me dévêtir et de faire l'amour avec lui, là, sur le parquet de la librairie. Était-ce donc à cela que se résumait ma vie ? Je ne possédais pas l'érudition de *Je pense, donc je suis* – uniquement celle de *Je suis, donc je veux coucher avec Jéricho Barrons.*

— L'allée de derrière est un peu en désordre, Mademoiselle Lane.

Sa voix flotta dans l'air autour des rayonnages, précédant son arrivée.

Pas autant en désordre que j'aurais voulu. J'aurais aimé que ces saletés d'*Unseelies* soient encore en vie, rien que pour pouvoir les tuer de nouveau. Comment allais-je accomplir ma mission ? Peut-être pouvais-je l'emmener dans une allée et *la* donner en pâture à quelque monstre ? Elle serait difficile à attraper mais mon lac sombre et brillant s'agitait, murmurait, me proposant toutes sortes de services, et je savais que j'avais plus qu'assez de ressources pour capturer la gamine. Pour accomplir tout ce que je désirais. Il y avait quelque chose de froid en moi. Cela avait toujours été là. À présent, je voulais l'accueillir. Le laisser glacer mon sang et geler toutes mes émotions jusqu'à ce que plus rien ne puisse me hanter. Jusqu'à ce qu'il ne reste plus rien en moi.

— La pluie va laver tout cela.

— Je n'aime pas qu'il y ait du désordre dans mon...

— Jéricho !

C'était une supplique, un gémissement et une bénédiction.

Il se tut aussitôt. Il apparut au détour de la dernière étagère et me dévisagea.

— Vous pouvez le dire sur ce ton quand vous voulez, Mac. Surtout si vous êtes nue et que je suis sur vous.

Je sentais le poids de son regard sur moi, me scrutant, cherchant à comprendre.

Je ne me l'expliquais pas moi-même. La supplique était qu'il ne se moque pas de moi en cet instant. Ses sarcasmes m'auraient brisée. Le gémissement était pour exprimer ma douleur, parce que je savais qu'il comprenait la souffrance. La bénédiction, en revanche, m'échappait... C'était comme s'il était sacré pour moi. Je levai les yeux vers lui. Il avait été avec la femme supposée être ma mère la nuit où le Livre s'était échappé, et il ne m'en avait jamais rien dit. Comment pouvais-je lui vouer une telle adoration ? Je n'avais pas l'énergie de l'affronter. La découverte que le meurtrier d'Alina n'était autre que Dani me donnait l'impression d'être un ballon éclaté.

— Pourquoi êtes-vous assise dans le noir ? demanda-t-il finalement.

— Je sais qui a tué Alina.

— Ah.

Par cette seule syllabe, il en disait plus que la plupart des gens en un long discours.

— Sans l'ombre d'un doute ?

— J'en ai la certitude absolue.

Il attendit. Sans poser de question. Soudain, je compris qu'il ne demanderait rien. Il était ainsi. Barrons *ressentait* les choses, et lorsqu'il les ressentait avec intensité, il parlait encore moins et réduisait ses interrogations au strict minimum. Même de là où je me trouvais, je percevais la tension dans tout son corps tandis qu'il patientait, au cas où je lui en dirais plus. Si je gardais le silence, il finirait de traverser le magasin et disparaîtrait, aussi discrètement qu'il était arrivé dans mon champ de vision.

Et si je parlais ? Et si je lui demandais de me faire l'amour ? Pas de me baiser. De me faire l'amour.

— C'était Dani.

Il garda le silence pendant si longtemps que je crus qu'il ne m'avait pas entendue. Puis il poussa un long soupir empreint de lassitude.

— Mac... Je suis désolé.

Je levai les yeux vers lui.

— Que dois-je faire ?

J'étais effrayée par la fêlure que je discernais dans ma voix.

— Vous n'avez pas encore réagi ?

Je secouai la tête.

— De quoi auriez-vous envie ?

J'éclatai d'un rire amer et faillis me mettre à pleurer.

— De feindre de n'avoir jamais rien découvert et de continuer comme si de rien n'était.

— Alors c'est ce qu'il faut faire.

Je rejetai la tête en arrière pour le regarder, incrédule.

— Pardon ? Barrons, le spécialiste de la vengeance, est en train de me dire de pardonner et d'oublier ? Vous ne pardonnez jamais. Vous ne fuyez *jamais* un combat.

— J'aime me battre. Vous aussi, quelquefois. Seulement, dans ce cas, ce n'est pas l'impression que vous donnez.

— Ce n'est pas que je... Je veux dire... Oh, c'est tellement compliqué !

— La vie est ainsi. Imparfaite. Royalement tordue. Que ressentez-vous envers elle ?

— Je...

J'avais l'impression d'être une traîtresse en lui répondant.

— Permettez-moi de reformuler ma question. Que ressentiez-vous envers elle avant de découvrir qu'elle avait tué Alina ?

— ... l'aimais, finis-je dans un murmure.

— Croyez-vous que l'amour disparaît d'un seul coup ? Qu'il cesse brusquement d'exister lorsqu'il

641

devient trop douloureux, ou importun, comme si vous ne l'aviez jamais éprouvé ?

Je le regardai. Que savait Jéricho Barrons de l'amour ?

— Si seulement c'était possible ! reprit-il. Si seulement on pouvait l'éteindre… mais ce n'est pas un robinet. L'amour est une fichue rivière avec des rapides pratiquement infranchissables. Seuls un barrage ou un cataclysme pourraient l'arrêter et ils ne réussiraient sans doute qu'à la détourner de son cours. Ce sont deux situations si extrêmes, et qui modifient tellement le terrain, que vous finissez par vous demander si vos efforts en valaient la peine. Lorsque c'est fait, aucune borne ne vous permet d'estimer votre position. La seule façon de survivre est de trouver de nouveaux moyens de dessiner la carte de l'existence. Vous l'aimiez hier, vous l'aimez aujourd'hui. Elle a commis un acte qui vous a anéantie. Et vous l'aimerez demain.

— Elle a tué ma sœur !

— Avec préméditation ? Dans l'intention de nuire ? Par pure cruauté ? Poussée par la soif du pouvoir ?

— Que voulez-vous que j'en sache ?

— Vous l'aimez, dit-il d'un ton bourru. Cela signifie que vous la connaissez. Quand on aime quelqu'un, on lit en lui. Écoutez votre cœur. Dani est-elle ce genre de personne ?

Jéricho Barrons me recommandait d'écouter mon cœur. La réalité dépassait la fiction.

— Peut-être quelqu'un lui a-t-il ordonné de le faire ?

— Elle aurait dû être plus intelligente !

— Les humains, dans leur puérilité, tendent à être puérils.

642

— Seriez-vous en train de lui chercher des excuses ? grondai-je.

— Il ne s'agit pas d'excuses. Je vous fais seulement remarquer ce que vous voulez que je vous fasse remarquer. Comment Dani vous a-t-elle traitée depuis le jour où vous l'avez rencontrée ?

Le seul fait de prononcer les mots était douloureux.

— Comme une grande sœur qu'elle adorait.

— A-t-elle été loyale envers vous ? A-t-elle pris votre parti contre les autres ?

Je hochai la tête. Même lorsqu'elle m'avait crue alliée à Darroc, elle était restée de mon côté. Elle m'aurait suivie jusqu'en Enfer.

— Elle devait savoir que vous étiez la sœur d'Alina.

— Oui.

— La perspective de venir vous voir a dû être comme celle d'affronter le peloton d'exécution, chaque fois.

Je lui avais dit que nous étions comme des sœurs. Et *les sœurs*, lui avais-je dit, *se pardonnent tout*. J'avais aperçu son reflet dans le miroir lorsque j'avais dit cela, sans qu'elle me remarque. Son expression avait été décomposée. À présent, je comprenais pourquoi. Elle avait dû se dire *Ouais, c'est ça. Mac me tuera si elle découvre un jour la vérité*. Et cependant, elle avait continué de venir me voir. Maintenant que j'y pensais, je me demandais pourquoi elle n'avait pas recherché et éliminé les deux *Unseelies* afin de faire disparaître ces témoins de la surface de la Terre.

Il garda le silence un long moment avant de demander :

— A-t-elle vraiment tué Alina ? de ses mains ? avec une arme ?

— Pourquoi demandez-vous cela ?

— Tout est une question de degrés.

— Vous croyez que certaines façons de tuer valent mieux que d'autres ?

— J'en suis certain.

— La mort est la mort !

— Certes, mais tuer n'est pas toujours synonyme d'assassiner.

— Je pense qu'elle l'a emmenée à un endroit où elle savait qu'elle serait tuée.

— Vous ne semblez plus aussi assurée qu'elle ait tué votre sœur.

Je lui racontai ce qui s'était passé la nuit dernière, ce qu'avait dit l'*Unseelie*, dans quel état on avait retrouvé le corps d'Alina et comment Dani avait disparu.

Lorsque j'eus fini, il hocha la tête en signe d'assentiment.

— Alors, que dois-je faire ?

— Me demanderiez-vous mon avis ?

Je me préparai à un commentaire sarcastique.

— Ne me criez pas dessus, voulez-vous ? J'ai passé une très mauvaise nuit.

— Ce n'était pas mon intention.

Il s'accroupit devant moi et chercha mon regard.

— Cette histoire vous a brisée. Plus que tout ce qui vous est arrivé jusqu'à présent. Plus que d'être transformée en *Pri-ya*.

Je haussai les épaules.

— J'avais envie de faire l'amour non-stop. Sans honte et sans reproches. Vous voulez rire ? Comparé au reste de ma vie, c'était le bonheur.

Il ne répondit pas pendant un long moment. Puis il dit :

— Oui, mais pas une expérience que vous recommenceriez si vous étiez en pleine possession de vos esprits.

— C'était...

Je cherchai les mots pour m'expliquer. Il attendit, immobile.

— ... comme Halloween. Quand les gens se battaient. Ils volaient. Faisaient des choses absurdes.

— Vous voulez dire que votre état de *Pri-ya* était une sorte de perte de conscience.

Je hochai la tête.

— Alors, que dois-je faire ?

— Retirer votre maudit...

Il dévoila ses crocs en un grondement silencieux, puis détourna les yeux. Lorsqu'il me regarda de nouveau, son visage était un masque de politesse glaciale.

— Vous choisissez ce avec quoi vous pouvez vivre. Et ce sans quoi vous ne pouvez pas vivre. Voilà ce que vous faites.

— Vous voulez dire... est-ce que je peux vivre sans la tuer ? Est-ce que je pourrai me supporter si je ne l'élimine pas ?

— Je veux dire, pourrez-vous vivre sans elle ? Si vous la tuez, vous éteignez sa vie pour toujours. Dani n'existera plus jamais. À quatorze ans, ce sera fini pour elle. Elle a eu sa chance, elle a tout gâché, elle a perdu. Êtes-vous prête à être son juge, son jury et son bourreau ?

Je déglutis en baissant la tête pour me cacher derrière mes cheveux, comme si je pouvais y trouver refuge et ne jamais en sortir.

— Vous êtes en train de dire que je me détesterais.

— Je pense que vous pourriez très bien le supporter. Vous trouvez des endroits pour ranger les choses. Je sais comment vous fonctionnez. Je vous ai vue tuer. Je pense qu'O'Bannion et ses hommes ont représenté l'étape la plus difficile pour vous parce que c'étaient vos premiers humains, mais que par la suite, vous avez commencé à agir avec détachement. En revanche, ce meurtre serait délibéré. Prémédité. Cela vous oblige à respirer autrement. Pour nager dans ces eaux-là, vous devez développer des branchies.

— Je ne comprends pas ce que vous dites. Me conseillez-vous de la tuer ?

— Certains actes vous font devenir meilleur. D'autres vous font devenir plus mauvais. Soyez certaine de ce à quoi cela vous mènera, et acceptez-le avant d'entreprendre quoi que ce soit. La mort, pour Dani, est irrévocable.

— Est-ce que *vous* la tueriez ?

Je voyais que ma question le mettait mal à l'aise, mais je ne comprenais pas pourquoi.

Après un silence tendu, il répondit :

— Si c'est ce que vous voulez, oui. Je la tuerais pour vous.

— Ce n'est pas ce que... Non, je ne vous demandais pas de la tuer pour moi ! Je voulais juste savoir ce que vous feriez à ma place.

— Je ne suis pas à votre place et je ne peux pas y être. Cela fait trop longtemps...

— Vous refusez de me dire ce que je dois faire, n'est-ce pas ?

J'aurais préféré qu'il le fasse. Je n'avais pas la moindre envie d'assumer une quelconque responsabilité dans cette affaire. Je voulais avoir quelqu'un à blâmer si je n'aimais pas la tournure que prenaient les événements.

— Je vous respecte plus que cela.

Je faillis tomber du canapé. Écartant mes cheveux, je levai les yeux vers lui, mais il n'était plus accroupi devant moi. Il s'était levé et s'était éloigné.

— Serions-nous en train d'avoir, disons, une conversation ?

— Venez-vous, *disons*, de me demander un conseil et d'écouter avec l'esprit ouvert ? Si c'est le cas, alors oui, j'appellerais ceci une conversation. Je peux comprendre que vous ayez du mal à l'accepter, étant donné que tout ce que je reçois généralement de votre part est de l'agressivité et de l'hostilité…

— Oh ! Et moi, tout ce que je reçois systématiquement de votre part, c'est de l'hostilité et…

— Et c'est reparti. Elle hérisse le poil et moi aussi. Bon sang, je sens mes crocs qui poussent !

Puis, plus doucement, il poursuivit :

— Je vais vous dire quelque chose, Mademoiselle Lane. La prochaine fois que vous voudrez avoir une conversation avec moi, oubliez vos blocages personnels à l'idée de coucher avec moi chaque fois que vous me voyez en dehors de ma caverne. Venez et voyez ce que vous trouvez. Cela pourrait vous plaire.

Puis il se détourna et se dirigea vers le passage qui menait à la partie arrière de l'immeuble.

— Attendez ! Je ne sais toujours pas quoi faire, au sujet de Dani.

— Eh bien, c'est votre réponse pour l'instant.

Il fit halte sur le seuil et me regarda.

— Combien de temps allez-vous faire du refoulement ?

— *Qui* emploie des mots comme refoulement ?

Il s'adossa à la porte en croisant les bras.

— Je n'attendrai pas plus longtemps. C'est votre dernière chance avec moi.

— Je ne sais pas de quoi vous parlez.

Que voulait-il dire ? Barrons allait-il se détourner de moi ? *Moi ?* Il ne s'était jamais détourné de moi. Il était celui qui me garderait toujours en vie. Celui qui me désirerait toujours. Cela était devenu une évidence pour moi, tout comme l'air que je respirais ou la nourriture que je consommais.

— Pendant une perte de conscience, les gens font ce qu'ils ont toujours voulu faire mais qu'ils ont refoulé par peur des conséquences. Ils s'inquiétaient de ce que les autres pourraient penser d'eux. Ils redoutaient ce qu'ils verraient en eux-mêmes. Ou ils n'avaient simplement pas envie d'être punis par la société qui les gouverne. Vous ne vous souciez plus de l'avis des autres. Personne ne vous sanctionnera. Ce qui soulève la question : pourquoi avez-vous encore peur de moi ? Que n'avez-vous pas encore réussi à accepter ?

Je le regardai sans répondre.

— J'éprouve du désir pour la femme que vous êtes mais plus vous refoulerez vos pulsions, plus je me dirai que j'ai commis une erreur. Que j'ai vu en vous des choses qui n'y étaient pas.

Serrant les poings, je ravalai mes protestations. Il me plongeait dans une intolérable contradiction intérieure. J'avais envie de hurler *Vous ne vous êtes pas trompé ! Je suis bien cette femme !* J'avais envie de sauver ce qui pouvait encore l'être et de m'enfuir avant d'avoir vendu un peu plus de mon âme au diable.

— Il y avait quelque chose de pur, dans ce sous-sol. C'est ainsi que je vis. Pendant un moment, j'ai cru que vous aussi, vous viviez ainsi.

C'était vrai ! avais-je envie de répondre. *Et ça l'est encore !*

— Certaines choses sont sacrées... jusqu'à ce que vous agissiez comme si elles ne l'étaient pas. Et que vous les perdiez.

La porte se referma sans un bruit.

38

— Ça va, Mac ? demanda Kat d'un ton inquiet. Tu as mauvaise mine.

Je me composai un sourire.

— Je vais bien. Un peu nerveuse, je suppose. J'ai juste envie que tout se passe au mieux et d'en finir une fois pour toutes. Et toi ?

Elle sourit à son tour mais son regard la trahit. Je me souvins, trop tard, qu'elle possédait le don de télépathie émotionnelle. Elle pouvait ressentir que j'étais profondément déstabilisée.

J'avais le sentiment d'avoir été doublement trahie – d'abord par Dani et ensuite par Barrons, lorsqu'il m'avait dit qu'il ne m'attendrait pas éternellement. J'avais honte pour des choses que je ne comprenais pas. Cela remontait au moment où je l'avais cru mort, avant de découvrir qu'il était en vie, et cela avait un rapport avec ma sœur. Non, c'était plus ancien que cela. Cela datait de l'époque où je m'étais arrachée à mon état de *Pri-ya*. Je poussai un soupir. Je n'arrivais pas à en identifier la cause.

— La nuit dernière, j'ai trouvé les *Unseelies* qui ont assassiné Alina, expliquai-je à Kat en pensant détourner son attention.

Son regard acéré se radoucit.

— Alors, tu as eu ta vengeance ?

Je hochai la tête, de peur de me trahir en parlant.

— Seulement, cela ne t'a pas apporté le soulagement que tu espérais.

Elle garda le silence quelques instants.

— Lorsque les murs sont tombés, Rowena ne nous a pas parlé de la consommation de chair *unseelie*. J'ai perdu mes deux frères à cause des Ombres. Depuis, j'en ai tué des dizaines, mais cela ne m'a pas aidée à me sentir mieux. Si encore la vengeance pouvait nous rendre nos chers disparus… Seulement, ce n'est pas le cas. Cela ne fait qu'allonger la liste des morts.

— Tu es toujours aussi sage, Kat.

Je souris alors qu'intérieurement, je bouillais de rage.

Je n'avais pas envie de sagesse. J'avais soif de sang. D'os brisés. De chaos. La nuit dernière, mon lac noir avait été parcouru de vagues énormes et balayé par de furieuses et obscures rafales.

Je suis là, m'avait-il dit. *Utilise-moi. Qu'attends-tu ?*

Je n'avais su que lui répondre.

Tout en continuant de marcher en direction de O'Connell Street et de Beacon Street, je consultai ma montre. Il était neuf heures moins dix. Kat m'avait rejointe quelques rues en amont.

— Où est Jo ?

— Intoxication alimentaire. À cause de haricots en conserve périmés. J'ai pensé emmener Dani, mais impossible de la trouver. Alors j'ai demandé à Sophie.

Le simple fait d'entendre le prénom de Dani fut un choc. Kat me décocha un regard scrutateur. Je carrai mes épaules et continuai de marcher. V'lane et ses *See-lies* nous attendaient au carrefour, du côté opposé de Rowena et de ses *sidhe-seers*.

À la vue de celle-ci, mon lac aux eaux noires se mit à bouillonner, puis il siffla dans un jet de vapeur *Tu crois qu'elle ignore ce que Dani a fait ? Elle sait tout. L'a-t-elle ordonné ?* Je serrai les dents et fermai les poings. Je m'occuperais plus tard de mes vendettas personnelles. D'abord, le plus urgent. Si j'étais effectivement le roi *unseelie*, j'avais besoin que le Livre soit de nouveau enfermé, et le plus tôt serait le mieux. Si je n'étais pas le roi *unseelie*, j'avais également besoin que le Livre soit de nouveau enfermé parce que, pour une raison que j'ignorais, il s'obstinait à me traquer, ainsi que ceux que j'aimais. Tant qu'il errerait en liberté, mes parents et moi ne serions pas en sécurité.

Tout ce que j'avais à faire, c'était de jouer mon modeste rôle : survoler la ville à bord d'un Traqueur – aimablement fourni, calmé et contrôlé par Barrons – et aider les autres à le localiser. Une fois qu'il serait maîtrisé, je les rejoindrais au sol.

Par mesure de prudence, j'avais décidé de garder mes distances. J'avais eu ma dose de surprises, ces derniers temps.

Une excitation sensuelle me parcourut soudain.

— Mac, dit froidement Ryodan en me frôlant.

La tension sexuelle monta d'un cran, jusqu'à en être douloureuse. Je savais que Barrons était derrière moi. J'attendis qu'il passe.

Kat s'avança, Lor la suivit et ils se retrouvèrent tous à l'intersection. Je demeurai immobile car Barrons se tenait toujours dans mon dos.

Puis sa main se posa sur ma nuque et il se pressa contre mes fesses, dur comme le roc. Je pris une vive inspiration et m'appuyai contre lui en me cambrant à sa rencontre.

Il avait déjà disparu.

Je déglutis. Je ne l'avais pas vu de l'après-midi, depuis qu'il m'avait averti que je risquais de le perdre.

— Mademoiselle Lane, dit-il froidement.

— Barrons.

— Le Traqueur atterrit dans...

Il leva les yeux.

— Trois... deux... maintenant.

Le dragon descendit sur le carrefour dans un claquement d'ailes, faisant tournoyer des cristaux de glace noire dans l'air. Il se posa dans un soupir assourdi, balança la tête près du sol et darda sur moi ses yeux étincelants. Il était sous contrôle... et furieux de l'être. Je le sondai mentalement. Il bouillonnait de rage, secouant les barreaux de la cage invisible que Barrons était parvenu à forger autour de lui, avec ses mystérieuses runes et sortilèges.

— Bonne chasse, me lança ce dernier.

— Barrons, je...

— Vous avez un très mauvais sens du timing.

— Vous comptez passer la nuit à vous dévorer des yeux, tous les deux, bougonna Christian, ou est-ce qu'on peut y aller ?

Les Keltar étaient arrivés. Christian, Drustan, Dageus et Cian venaient de sortir d'une allée voisine, marchant d'un pas martial.

— Enfourche ta monture démoniaque, ma fille, et vas-y. Mais souviens-toi...

Rowena agita un index menaçant dans ma direction avant de poursuivre :

— ... nous t'avons à l'œil.

Même si je savais pourquoi elle était tellement persuadée que je représentais une menace – maintenant que Dani m'avait révélé la *véritable* Prophétie – je me consolais avec la promesse de la destituer et de l'éliminer.

Ce Traqueur était plus grand que le dernier que Barrons avait « charmé ». Il me fallut l'aide de Barrons, de Lor et de Ryodan pour monter sur son dos. Je me félicitai d'avoir pensé à emporter une paire de gants et à me vêtir chaudement. J'avais l'impression d'être assise sur un iceberg à l'haleine soufrée.

Une fois installée entre les ailes glaciales, je regardai autour de moi.

Nous y étions.

Cette nuit, nous allions capturer le *Sinsar Dubh*.

Lors de la réunion de la veille, personne n'avait soulevé la question : et ensuite ?

Rowena n'avait pas décrété : *Ensuite, les Seelies ne seront pas autorisés à l'approcher ! Nous serons ses gardiennes attitrées et nous le maintiendrons solidement sous clef pour l'éternité !*

Comme si quelqu'un avait pu croire cela. Il s'était déjà sauvé une fois.

V'lane n'avait pas déclaré : *Ensuite, je vais emmener ma souveraine en Faëry ainsi que le Livre. Elle guérira et le lira pour y chercher les extraits du Chant-qui-forme, afin de renvoyer les* Unseelies *derrière les barreaux et de rebâtir les murs entre nos mondes.*

Cela non plus, je n'y aurais pas cru. Pourquoi étaient-ils si sûrs que le Livre contenait des fragments du Chant ? Ou que la reine pouvait le déchiffrer ? La concubine avait peut-être connu autrefois le Langage premier, mais il était manifeste qu'elle avait trop souvent bu au Chaudron pour s'en souvenir désormais.

Barrons n'avait pas affirmé : *Ensuite, je vais prendre le temps de le lire, parce que je connais le Langage premier, et une fois que j'aurai trouvé le sort que je recherche, vous pourrez bien faire tout ce qu'il vous plaira, nom de nom. Détruire ce monde ou le restaurer, peu m'importe !*

Ryodan n'avait pas menacé : *Ensuite, nous allons t'éliminer, MacKayla, parce que nous n'avons aucune confiance en toi et que tu as cessé de nous être utile.*

Hélas, je croyais tout à fait ces deux-là.

La tension que je percevais était insupportable. Je n'avais pas mesuré combien je tenais à Barrons jusqu'à tout à l'heure, lorsqu'il m'avait fait comprendre, de la façon la plus explicite, qu'il y avait une date d'expiration au temps qu'il pouvait me consacrer. Je risquais de le perdre.

Je ne savais peut-être pas ce que j'attendais de lui mais au moins, j'étais certaine de le vouloir près de moi. Il avait toujours semblé d'en contenter.

Ce n'est pas juste et tu le sais, protesta une petite voix en moi.

À ma hanche, ma radio grésilla :

— Vous me recevez, Mac ?

J'enfonçai une touche.

— Cinq sur cinq, Ryodan.

Nous vérifiâmes toutes nos liaisons radio.

— Qu'attends-tu, ma fille ? aboya Rowena. Prends de la hauteur et cherche !

J'enfonçai mes talons dans les flancs de ma monture – et mon esprit dans le sien – et regardai Rowena devenir de plus en plus petite à mesure que les puissantes ailes noires frappaient l'air nocturne. J'avais envie d'écraser la vieille femme de mon pouce, tel l'exaspérant grain de poussière qu'elle était.

Puis, gagnée par le plaisir de l'instant, je l'oubliai. Une sensation euphorique m'envahit.

C'était... merveilleux.

Familier.

Sans limites.

Nous nous élevions dans le ciel, toujours plus haut, tandis que les toits s'éloignaient en dessous de nous.

Devant moi, le littoral déroulait ses reflets argentés. Derrière moi, s'étendait l'arrière-pays.

L'air était d'un froid saisissant, légèrement iodé. Très loin en dessous de nous, clignotaient de rares points de lumière. Je ris à gorge déployée. C'était fabuleux. Je *volais* !

Je l'avais déjà fait, en compagnie de Barrons, mais cette fois, c'était différent. J'étais seule, avec mon Traqueur et la nuit immense. Tout semblait possible. Le monde m'appartenait. Non, *les mondes* m'appartenaient.

Bon sang, que c'était bon d'être dans ma peau !

Je compris soudain quelque chose au sujet des Traqueurs. Peut-être celui-ci m'avait-il transmis cette information télépathiquement. Non seulement les lourds dragons de glace pouvaient se transférer, mais ils rendaient obsolète le réseau des Miroirs. Ils n'étaient pas faës. Ils ne l'avaient jamais été. Ils nous trouvaient amusants. Distrayants, bien qu'un peu repoussants. Ils fréquentaient les *Unseelies* parce que cela représentait... un intéressant passe-temps. Ils n'avaient jamais été emprisonnés. Ils n'appartenaient à personne. Nul n'aurait pu les capturer. En fait, nous n'avions aucune idée de leur véritable nature. (Ce qui les animait n'était pas ce que nous pensions. Étais-je en train de traverser le ciel sur une grosse météorite dotée de souffle, taillée dans la matière qui avait enfanté l'univers ?)

Je cherchai l'esprit du Traqueur. *Vous pouvez transférer les mondes !*

Il tourna la tête pour fixer sur moi un œil orange étincelant, comme pour dire *Es-tu aussi stupide ? Tu le savais déjà !*

Non, je l'ignorais.

De ses naseaux, jaillit une volute de flamme et de fumée qui brûla mon jean.

— Aïe ! m'écriai-je en posant ma main sur mon genou.

Je n'ai pas besoin d'œillères. Efface ses marques. Elles gênent ma vision. Celui-ci devrait être abattu. Il joue avec les instruments de Dieu.

— Barrons ? Quelles marques ?

— Sur mes ailes et à l'arrière de ma tête. Fais-les disparaître.

— Non.

Il était déçu mais il se tut, acceptant ma décision.

J'ouvris mes sens *sidhe-seers*. Ou bien s'agissait-il de cette partie de moi qui était le roi *unseelie* ? J'étouffai un cri.

657

Je venais de trouver le *Sinsar Dubh*. Il se tenait juste devant chez *Barrons – Bouquins et Bibelots*. Et il me cherchait.

— Vers l'est, dis-je dans ma radio. Il est à la librairie.

Ils s'en approchèrent en rampant, déployant un réseau de pierres taillées dans les falaises de sa patrie, se mouvant lentement mais sûrement, guidés par mes indications.

Le Livre captait ma présence mais il n'était pas certain de ma localisation. En revanche, il ne paraissait pas percevoir ceux qui étaient au sol.

J'écoutai leurs échanges sur ma radio.

Rowena avait commencé à exiger que les *Seelies* ne soient pas autorisés à voir le Livre une fois celui-ci capturé, malgré les efforts de diplomatie désespérés de Kat, qui tentait d'atténuer ses positions inflexibles.

Les *Seelies* étaient de plus en plus furieux, et de plus en plus arrogants.

Drustan essayait d'apaiser les tensions mais les autres Keltar avaient commencé à se chamailler au sujet du rôle des *Seelies* et de celui des *sidhe-seers*, persuadés que leur propre participation était la plus déterminante.

Barrons était en proie à une colère croissante, et Lor venait de menacer de laisser tomber la pierre et de l'abandonner là si cette p... d'équipe ne la bouclait pas.

— Deus rues vers l'ouest, V'lane, dis-je.

Il marchait au lieu de se transférer, affirmant que sinon, le Livre détecterait sa présence.

— Il se déplace de nouveau, rapidement ! ajoutai-je. En quelques secondes, le Livre venait de franchir trois rues.

— Il doit être dans une voiture. Celui qu'il a possédé est en train de conduire. Je vais essayer de m'approcher pour mieux voir.

— Je te l'interdis ! glapit Rowena. Tu restes où tu es, ma fille, loin de lui !

Je fis la grimace. Une bonne déjection de Traqueur sur sa tête – voilà qui me mettrait un peu de baume au cœur ! Enfin, pour l'instant. La seule chose qui me satisferait définitivement, je le craignais, était de l'assassiner.

— Fichez-moi la paix, la vieille, marmonnai-je en tournant un bouton sur ma radio afin de pouvoir entendre sans être entendue.

Je ne voulais pas qu'ils puissent distinguer le claquement d'ailes qui venait de se manifester près de moi – bien trop puissant pour être produit par le Traqueur que je chevauchais.

Je regardai par-delà les ailes de cuir de ma monture, vers celui qui volait de conserve avec nous.

K'Vruck.

Nuitventvolehautliiiibre.

Je consultai en hâte mon radar interne. Ce n'était pas vraiment la façon de penser du *Sinsar Dubh*, mais on n'est jamais trop prudent. Ce n'est qu'une fois certaine que le Livre était toujours sur le sol que je respirai de nouveau.

Que faisait K'Vruck ici, si ce n'était pas le Livre qui l'avait amené ? Ses pensées n'étaient pas vraiment des mots – plutôt des suites de constatations sur l'instant présent.

K'Vruck était-il… heureux ?

Il tourna sa tête vers moi pour me décocher un sourire carnassier, retroussant ses babines de cuir. Les pointes de ses ailes empêchaient celles de ma monture de s'étendre, l'obligeant à s'écarter, gênée.

— Que faites-vous ?

Qu'es-tu ?

— Hein ?

Je *vole.*

Je le regardai sans comprendre. Il avait insisté sur le mot « Je ».

Autrefois, tu me chevauchais, siffla-t-il d'un ton de reproche. *Vieil ami.*

Je l'observai, interdite.

Je fronçai les sourcils. Il appartenait manifestement à la conspiration destinée à me persuader que j'étais le roi *unseelie.* Je refusais de me laisser manipuler.

— Allez-vous-en ! dis-je en le chassant comme une mouche. Ouste ! Fichez le camp !

J'étais en train d'éloigner une mort plus définitive que la mort.

Dans ma radio, j'entendais confusément Barrons crier.

Sans se départir de son sourire, K'Vruck tourna la tête devant lui et continua de voler à mes côtés en toute sérénité, bougeant à peine ses ailes, planant sur l'air. Il était cinq fois plus grand que mon Traqueur, gigantesque masse d'ailes de cuir, de sabots luisants et d'yeux vastes comme des fours, forgée de je ne sais quelle énergie qui maintenait ensemble toute cette noirceur glacée. Tandis qu'il traversait le ciel obscur, la brise qui glissait sur son corps de titan fumait comme de la neige carbonique.

— Partez ! grondai-je.

— Mac, bon sang, où est le Livre ?

La voix de Ryodan était à peine audible à la radio. Nous avions pris bien plus d'altitude que je ne le voulais.

— Où êtes-vous ? Je ne peux pas vous voir, là-haut. J'aperçois deux Traqueurs qui volent l'un près de l'autre, mais pas vous. Bon sang, il est énorme, celui-là, ou quoi ?

Génial. Exactement ce qu'il me fallait. Quelqu'un avait levé les yeux et m'avait vue en train de voler en compagnie de la Lamborghini préférée du roi *unseelie*. Je montai de nouveau le volume de ma radio.

— Je suis là. Dans un nuage. Patientez. Vous allez me voir dans quelques minutes, mentis-je.

— Le ciel est parfaitement dégagé, Mac, dit Lor.

— Arrête ton baratin, MacKayla, s'impatienta Christian. Dis-moi encore avec qui tu es ?

— Où est le Livre ? grommela V'lane.

— Il est... Oh, le voilà ! Enfer ! Maintenant, il est à quatre rues vers l'ouest, près des quais. Je descends pour mieux le voir.

Lorsque je fis plonger ma monture, K'Vruck nous suivit.

— Mademoiselle Lane, demanda Barrons, que diable fichez-vous en compagnie du Traqueur qui a tué Darroc ?

39

Ils refusèrent de me laisser atterrir.

Je ne pouvais pas exactement le leur reprocher.

Le problème n'était pas tant le fait que je sois secondée par un ailier satanique – il n'y avait personne ici, ce soir, qui n'ait plongé le pied dans quelque chose de sombre à un moment ou à un autre – que leur crainte que le Livre ne s'empare de K'Vruck et que nous soyons tous... eh bien, *K'Vruckés.*

Je ne pouvais pas le chasser. Le Traqueur qui se désignait lui-même comme quelque chose de plus mortel que la mort ne voulait tout simplement pas me quitter. Et une part de moi en était secrètement excitée.

Je survolai Dublin aux côtés de la Mort.

Pour une barmaid d'une petite ville de Géorgie, l'expérience était exaltante.

Je dus observer la débâcle d'en haut – car ce fut une authentique débâcle.

Ils encerclèrent le Livre, l'enfermèrent entre les pierres et, après avoir resserré le piège, l'immobilisèrent sur les marches de l'église où j'avais été violée. Je ne pus que me demander s'il savait cela et tentait de jouer avec mes nerfs.

J'attendis qu'il me parle par télépathie mais il n'en fit rien. Pas une seule fois. Pas un seul mot. C'était la première fois que je me trouvais aussi proche de lui sans qu'il essaie de me tourmenter, d'une façon ou d'une autre. Je supposai que la présence des pierres et des druides exerçait sur lui un effet apaisant.

Sous mes yeux, ils rapprochèrent les quatre pierres – à l'est, à l'ouest, au nord et au sud – de façon à dessiner autour de lui les angles d'un enclos d'environ trois mètres de côté.

Une faible lueur bleue apparut entre les pierres, comme si une cage se formait.

Tout le monde recula.

— Et maintenant ? murmurai-je, survolant le beffroi en cercles concentriques.

— Maintenant, il est à moi, dit calmement Drustan.

Les druides Keltar entonnèrent un chant pendant que le Highlander aux yeux d'argent s'avançait.

J'eus soudain la vision de Drustan, mort, effondré sur les marches de l'église, tandis que le Livre se métamorphosait en Bête, les dominant tous de sa hauteur et les possédant l'un après l'autre dans un rire dément.

— Non ! hurlai-je.

— Non quoi ? demanda aussitôt Barrons.

— Arrêtez, Drustan !

Le Highlander leva les yeux vers moi et se figea.

J'observai la scène en contrebas. Quelque chose n'allait pas. Le *Sinsar Dubh* était posé sur les marches tel un inoffensif livre relié. Je ne voyais pas de Bête monstrueuse, pas de O'Bannion à la dentition de tronçonneuse, pas de Fiona écorchée vive.

— Quand est-il descendu de la voiture ? demandai-je.

Personne ne pipa mot.

— Qui la conduisait ? Quelqu'un a-t-il vu le Livre sortir d'un véhicule ?

— Ryodan, Lor, répondez ! ordonna Barrons.

— Sais pas, Barrons. Je n'ai rien vu. Je pensais que toi, si.

— Comment s'est-il retrouvé sur les marches ?

V'lane siffla :

— C'est une illusion !

Je poussai un gémissement.

— Il n'est pas réellement là. J'ai dû perdre sa trace. Je me demandais pourquoi il ne jouait pas avec mes nerfs. Il le faisait, mais pas de la même façon que d'habitude... Eh, m... ! V'lane ! Attention !

40

— Vous entendez ?

Le son commençait à me rendre folle.

— Quoi ?

— Vous ne distinguez pas quelqu'un qui joue au xylophone ?

Barrons me décocha un regard perplexe.

— On dirait les notes assourdies de *Qué sera sera*.

— Par Doris Day ?

— Par Pink Martini.

— Oh. Non. Je ne capte rien.

Nous marchâmes en silence. Ou plutôt, *il* marcha en silence. Dans mon univers, des trompettes retentissaient, un clavecin résonnait et j'avais toutes les peines du monde à ne pas tourner sur moi-même dans la rue, bras levés, en chantant : *Quand j'étais petite, je demandais à ma mère « Que serai-je ? Serai-je jolie, serai-je riche ?» Voilà ce qu'elle me répondait...*

Cette soirée avait été un effroyable échec sur toute la ligne.

Le *Sinsar Dubh* nous avait trompés, mais c'était par ma faute. J'étais la seule à pouvoir le localiser. J'avais eu un rôle mineur à jouer, et j'avais été incapable de m'en acquitter correctement. En fait, j'avais averti

V'lane au dernier moment, de sorte qu'il avait pu se transférer juste avant que le Livre ne dirige sur lui la pleine puissance de son pouvoir de domination, l'obligeant à prendre le Livre de la main de la *sidhe-seer* qui le lui tendait.

Il avait forcé Sophie à le ramasser, juste sous notre nez, tandis que nous étions tous concentrés sur l'endroit où il m'avait fait *croire* qu'il se trouvait.

Il avait marché parmi nous pendant je ne sais combien de temps, trompant ma vigilance, et je les avais tous entraînés dans son piège. Nous avions échappé de peu à un carnage.

Nous nous étions enfuis tels des rats quittant un navire en perdition, nous bousculant les uns les autres dans la débandade générale.

C'était un sacré spectacle. Les hommes les plus puissants et les plus dangereux que j'aie jamais vus – Christian, couvert de tatouages *unseelies* ; Ryodan, Barrons et Lor, capables de se métamorphoser en monstres immortels de trois mètres de haut ; V'lane et ses troupes, virtuellement impossibles à tuer et dotés de fabuleux pouvoirs – détalant devant une petite *sidhe-seer* tenant un livre à la main.

Un Livre. Un grimoire magique fabriqué par un insensé qui espérait y remiser toute la noirceur qu'il avait en lui, afin de commencer une nouvelle vie en tant que patriarche de son peuple. J'aurais pu lui dire que les tentatives de s'exonérer de ses responsabilités personnelles sont toutes, tôt ou tard, vouées à l'échec.

Et quelque part, ce soir ou demain, Sophie allait mourir sans que personne la cherche ou essaie de la sauver.

Combien d'autres périraient avec elle ? V'lane s'était transféré à l'Abbaye afin d'avertir les *sidheseers* que Sophie n'était plus l'une d'entre elles.

— Que s'est-il passé, là-haut, avec le Traqueur, Mademoiselle Lane ?

— Aucune idée.

— On aurait dit que vous aviez un ami. Je me suis demandé si ce n'était pas le Traqueur de la concubine.

— Je n'y avais pas pensé ! m'exclamai-je en me composant un air stupéfait.

Il me décocha un regard sévère.

— Je n'ai pas besoin d'un druide Keltar pour savoir quand vous mentez.

Je fronçai les sourcils.

— Comment cela ?

— Je suis ici depuis un bon moment. On apprend à lire les gens.

— Combien de temps, exactement ?

— Que vous a-t-il dit ?

Je poussai un soupir exaspéré.

— Il m'a dit qu'autrefois, je le chevauchais. Il m'a appelé « Vieil ami ».

L'un des bons côtés avec Barrons, c'est que l'on n'a pas besoin de mâcher ses mots.

Il éclata de rire.

Je l'avais si rarement entendu rire de si bon cœur que c'était très vexant qu'il choisisse cet instant.

— Qu'y a-t-il de si drôle ?

— Votre expression. La vie ne s'est pas déroulée comme vous le pensiez, n'est-ce pas, ma poupée arc-en-ciel ?

Ce surnom s'enfonça dans mon cœur comme une lame mal affûtée. *Vous me quittez, ma poupée arc-en-ciel.*

À l'époque, il l'avait dit avec tendresse. À présent, ce n'était qu'un surnom ironique.

— Il est clair que j'ai été trompée, dis-je d'un ton raide.

Ce maudit clavecin était de retour et les trompettes retentissaient de plus belle.

Quand j'ai grandi et que je suis tombée amoureuse, j'ai demandé à mon bon ami : « Quel destin nous attend ? Y aura-t-il des arcs-en-ciel, jour après jour ? » Voilà ce que mon bon ami m'a répondu...

— Vous ne croyez pas vraiment être le roi *unseelie*, n'est-ce pas ?

Les trompettes s'étranglèrent, le clavecin se tut, puis l'aiguille grésilla tandis qu'elle était brusquement soulevée du disque vinyle. Pourquoi me fatiguais-je à discuter ?

— Où êtes-vous allé pêcher cette idée ?

— J'ai aperçu la reine dans la Maison blanche. Je ne vois aucune raison qui justifie la présence de sa mémoire résiduelle à cet endroit. Le Rasoir d'Occam. Elle n'est pas la reine. Ou elle ne l'était pas à cette époque.

— Alors qui suis-je ?

— Pas le roi *unseelie*.

— Donnez-moi une autre explication.

— Elle ne s'est pas encore présentée.

— Il faut que je trouve une femme appelée Augusta O'Clare.

— Elle est morte.

Je cessai de marcher.

— Vous la connaissiez ?

— C'était la grand-mère de Tellie Sullivan. C'est chez elle qu'Isla O'Connor m'a demandé de l'emmener la nuit où le Livre s'est échappé de l'Abbaye.

— Et… ?

— Vous n'êtes pas surprise. Intéressant. Vous saviez que j'étais à l'Abbaye.

— Connaissiez-vous bien ma mè… Isla ?

— Je l'ai rencontrée ce soir-là. Je me suis rendu sur sa tombe cinq jours plus tard.

— Avait-elle deux enfants ?

Il secoua la tête.

— J'ai vérifié par la suite. Elle n'avait qu'une fille. Tellie la gardait cette nuit-là. J'ai vu l'enfant dans sa maison, quand j'y ai emmené Isla.

Ma sœur. Il avait vu Alina chez Tellie.

— Et vous pensez que je ne suis *pas* le roi *unseelie* ?

— Je pense que nous n'avons pas tous les éléments.

J'avais envie de pleurer. Le jour où j'avais posé le pied sur l'Île d'Émeraude, la lente érosion de mon identité avait commencé. À mon arrivée, j'étais la fille aimée de Jack et Rainey Lane et la sœur d'Alina. Il m'avait fallu admettre que j'avais été adoptée. J'avais découvert avec joie que j'avais des racines irlandaises. Et maintenant, voilà que Barrons me confirmait que je n'étais pas une O'Connor. Il avait assisté à la mort d'Isla, et celle-ci n'avait eu qu'un enfant. Pas étonnant que Ryodan ait été si sûr de lui ! Rien ne permettait de m'identifier sinon une vie entière de rêves impossibles, un puits sans fond de connaissances improbables, ainsi qu'un Livre et un effroyable Traqueur dotés d'une pénible affection envers moi.

— Que s'est-il passé à l'Abbaye cette nuit-là ? Pourquoi vous y trouviez-vous ?

— Nous avions eu vent de quelque chose. Des rumeurs qui circulaient dans le pays. Des bavardages de vieilles femmes. J'ai appris à écouter ce qu'elles disent, à les comprendre en feignant de lire le journal.

— Pourtant, vous vous êtes moqué de Nana O'Reilly.

— Je ne voulais pas que vous y retourniez pour creuser plus profondément.

— Pourquoi ?

— Elle vous aurait dit des choses que je ne tenais pas à ce que vous sachiez.

— Comme ce que vous êtes, par exemple ?

— Elle vous aurait donné un nom pour me désigner.

Il marqua un silence, avant d'ajouter d'un ton hargneux :

— Des noms inappropriés, mais des noms tout de même. Vous aviez besoin d'étiquettes, à cette époque.

— Vous pensez que ce n'est plus le cas ?

Le Maudit. C'était ainsi qu'elle avait appelé. Je me demandais pourquoi.

— Vous progressez. L'Abbaye était au centre des rumeurs. Je la surveillais depuis des semaines en cherchant un moyen de m'y introduire sans déclencher leurs alarmes. Elles avaient bien travaillé. Leurs protections décelaient ma présence, alors que rien d'autre ne le peut.

— Vous avez dit « nous » avions eu vent. Je croyais que vous travailliez seul ? Qui est « nous » ?

— Je travaille seul, mais nous avons été des dizaines à le rechercher, au fil du temps. Il a été le Graal d'un certain nombre de collectionneurs. Un sorcier de Londres s'est procuré des copies de plusieurs pages, cette nuit-là. Des gangsters. Des gens qui voulaient être rois. Nous suivions les mêmes pistes et nous nous apercevions de temps en temps. Nous nous évitions autant que possible, tant que nous estimions que l'autre pouvait un jour nous offrir des indices intéressants. Cependant, je n'ai jamais croisé les Keltar. Je soupçonne la reine d'avoir toujours fait le ménage après leur passage afin de préserver le secret autour de son « manteau caché ».

— Donc, vous étiez à l'extérieur de l'Abbaye ?

— Je n'avais aucune idée de ce qui se passait à l'intérieur. C'était une nuit tranquille, comme toutes celles que j'avais passées à l'observer. Tout était paisible. Pas de cris, pas de mouvement. Le Livre s'en est allé sans un bruit, ou bien il a attendu et est parti plus tard. Mon attention a été attirée par une femme qui sortait par une fenêtre sur l'arrière des bâtiments, en se tenant le côté. Elle avait été poignardée et gravement blessée. Elle s'est dirigée droit vers moi, comme si elle savait que j'étais là. *Vous devez m'emmener loin d'ici*, m'a-t-elle dit. Elle m'a demandé de la conduire chez Tellie Sullivan, dans le Devonshire. Que le destin du monde en dépendait.

— Je croyais que le destin du monde vous était complètement indifférent ?

— En effet, mais elle avait vu le *Sinsar Dubh*. Quand je lui ai demandé s'il était toujours à l'Abbaye, elle m'a répondu qu'il y avait été mais ne s'y trouvait plus. J'ai appris cette nuit-là que ce maudit bouquin avait été pratiquement sous mon nez pendant tout le dernier millénaire.

— Je pensais qu'il était là depuis l'aube des temps, bien avant la construction de l'Abbaye ?

Je ne pouvais refréner ma curiosité au sujet de son âge.

— *Je* ne suis en Irlande que depuis un millier d'années. Avant cela, je me trouvais... ailleurs. Satisfaite, Mademoiselle Lane ?

— Pas vraiment.

Je me demandais pour quelle raison il avait choisi l'Irlande. Pourquoi un homme tel que lui resterait-il dans un seul pays ? Pourquoi ne pas voyager ? Aimait-il avoir un « foyer » ? Je suppose que même les ours et les lions ont une tanière.

— Elle a dit qu'il avait tué toutes les membres du Cercle. À l'époque, je n'avais aucune idée de ce qu'était le Cercle. J'ai tenté d'employer la Voix sur elle, mais elle perdait régulièrement conscience. Je n'avais rien pour panser ses blessures. Comprenant qu'elle était ma meilleure chance de retrouver le Livre, je l'ai installée dans ma voiture et l'ai emmenée chez son amie, mais le temps que nous arrivions, elle était dans le coma.

— Et elle ne vous a rien dit d'autre ?

— Une fois que j'ai compris qu'elle ne se réveillerait pas, je me suis mis au travail, de peur de laisser refroidir la piste. J'avais des rivaux à éliminer. Pour la première fois depuis que l'homme avait appris à conserver des archives écrites, le *Sinsar Dubh* avait été vu. D'autres le recherchaient. Il fallait que je les abatte pendant que je savais encore où ils se trouvaient. Lorsque je suis retourné dans le Devonshire, elle était morte et enterrée.

— Avez-vous creusé...

— Elle a été incinérée.

— Tiens, comme c'est pratique. Avez-vous interrogé Tellie ? Avez-vous usé de la Voix, sur elle et sur sa grand-mère ?

— Regardez qui est impitoyable, tout d'un coup !
Elles avaient disparu. J'ai des hommes qui les recherchent depuis cette époque. La grand-mère est décédée il y a huit ans. La petite fille n'est jamais reparue.
Je levai les yeux au ciel.

— En effet, ce n'est pas de très bon augure. C'est l'une des nombreuses raisons pour lesquelles je ne crois pas que vous soyez le roi. Trop de gens ont déployé trop d'efforts pour dissimuler des choses. Je ne vois pas des humains en faire autant pour n'importe quel faë, surtout pas pour une *sidhe-seer*. Non, il y a autre chose qui se joue.

— Vous avez dit « l'une des nombreuses raisons ».

— La liste est sans fin. Vous souvenez-vous de votre allure, la première fois que vous êtes venue ici ? Pensez-vous vraiment qu'il porterait du rose ? Ou un tee-shirt proclamant *Je suis une fille Juicy*[1] ?

Je le regardai. Les coins de ses lèvres se soulevaient.

— Je ne vois pas le plus redoutés des faës portant un ensemble string et soutien-gorge avec des petites fleurs roses et violettes en appliqué.

— Vous essayez de me faire rire.

Mon cœur se serra. Mes doutes quand à ce que je devais faire par rapport à Dani, ma fureur contre Rowena, ma colère envers moi-même pour avoir induit tout le monde en erreur ce soir… J'étais en proie à un violent conflit émotionnel.

— Sans aucun succès, dit-il alors que nous pénétrions dans l'entrée en alcôve de chez *Barrons – Bouquins et Bibelots*. Alors que dites-vous de ceci ?

---

1. *Juicy* : au sens propre *juteux*, au sens imagé, *tentant* et *scandaleux. (N.d.T.)*

Il m'attira en arrière vers le trottoir et mit sa main en coupe sous mon menton. Je crus qu'il allait m'embrasser, mais il se contenta de me rejeter la tête en arrière pour que je regarde au-dessus de nous.

— Que dis-je de quoi ?

— L'enseigne.

Le panneau qui se balançait sur sa tige de cuivre poli proclamait : *MacKayla – Manuscrits et Miscellanées.*

— C'est une blague ? m'écriai-je. Elle est à moi ? Vous venez de dire que c'était ma dernière chance avec vous !

— C'est le cas.

Il lâcha ma tête et s'éloigna.

— Elle peut être enlevée aussi facilement qu'elle a été mise.

Mon enseigne. Ma librairie.

— Et ma Lamborghini ? demandai-je, pleine d'espoir.

Il ouvrit la porte et entra.

— N'exagérez pas.

— La Viper ?

— Pas question.

Je le suivis à l'intérieur. Très bien, je pouvais me passer des voitures. Pour l'instant. La librairie était à moi. J'en avais le souffle coupé. À MOI. En lettres capitales, comme sur l'enseigne.

— Barrons, je…

— Pas de banalités. Cela ne vous va pas.

— Je voulais seulement vous remercier, dis-je, un peu froissée.

— Pour quoi, parce que je m'en vais ? J'ai fait changer l'enseigne parce que je n'ai pas l'intention de m'attarder ici. Cela n'a rien à voir avec vous. Ce que je veux est presque à portée de ma main. Bonne nuit, Mademoiselle Lane.

Il disparut vers la partie arrière. Je ne savais pas à quoi je m'étais attendue. Ou plutôt, si. Je m'étais attendue à ce qu'il tente de me mettre dans son lit.

Depuis le jour où j'avais fait la connaissance de Barrons, son attitude envers moi avait été prévisible. Au début, il avait utilisé des allusions sexuelles pour me calmer. Puis il avait employé le sexe pour me réveiller. Lorsque j'étais sortie de mon état de *Pri-ya*, il avait de nouveau eu recours à des sous-entendus grivois pour me garder en éveil. M'obliger à me souvenir de l'intimité que nous avions partagée.

Comme tout ce qui le concernait, je m'y étais habituée.

Les insinuations, les invitations... C'était une constante, comme la pluie sur Dublin. J'étais celle que léchait le lion féroce, et j'adorais cela.

Ce soir, tandis que nous étions rentrés à pied à la librairie, en discutant et en partageant des informations de manière spontanée, j'avais eu l'impression que quelque chose de nouveau et de chaleureux s'installait entre nous. Lorsqu'il m'avait montré l'enseigne, j'avais fondu.

Puis il m'avait envoyé une douche glacée.

Pour quoi, parce que je m'en vais ? J'ai fait changer l'enseigne parce que je n'ai pas l'intention de m'attarder ici.

Il était parti. Sans insinuation. Sans invitation.

Juste *parti*.

En me donnant un petit avant-goût de ce que cela faisait de voir Barrons s'en aller en me laissant seule.

S'éclipserait-il pour de bon, une fois que tout ceci serait terminé ? Disparaîtrait-il sans un au revoir dès l'instant où il aurait obtenu son sortilège ?

Je montai d'un pas lourd jusqu'à ma chambre au quatrième étage et me jetai en travers de mon lit. En général, je fais comme s'il n'y avait rien d'étrange à ce que je trouve parfois ma chambre au troisième étage, et parfois au quatrième. J'étais devenue si imperméable à la bizarrerie que mon seul souci était que ma chambre disparaisse un jour totalement. Et si j'étais à l'intérieur au moment où elle se volatiliserait ? Est-ce que je m'évaporerais, moi aussi ? Resterais-je coincée dans un mur ou un plancher en poussant des hurlements pendant qu'elle s'effacerait de la réalité ? Tant qu'elle était toujours dans le bâtiment, n'importe où, je me sentais en relative sécurité avec ces paramètres. Vu le tour qu'avait pris mon quotidien, si un jour je ne la trouvais plus, je me contenterais sans doute de pousser un soupir, de rassembler mon courage et de partir à sa recherche.

Il est difficile de perdre ce que l'on a fini par considérer comme ses biens personnels.

Tout ceci serait-il bientôt fini ? D'accord, nous avions échoué ce soir, mais la prochaine fois, j'y arriverais. Nous devions nous retrouver le lendemain chez Chester pour mettre au point un nouveau plan. Notre équipe était formée. Nous allions effectuer une seconde tentative. La capture du *Sinsar Dubh* n'était probablement qu'une question de jours.

Et que se passerait-il ensuite ?

V'lane, la reine et tous les *Seelies* quitteraient-ils notre planète pour retourner à leur cour ? Parviendraient-ils à trouver une solution pour remonter les murs et chasser le fléau *unseelie* de mon monde ?

Barrons et ses huit camarades fermeraient-ils Chez Chester avant de disparaître ?

Et moi, que deviendrais-je sans V'lane, sans Barrons, sans *Unseelie* à combattre ?

Ryodan avait été clair : ceux qui apprenaient l'existence de ses camarades et la sienne devaient être abattus. Ces hommes vivaient parmi nous depuis des milliers d'années, dissimulant leur immortalité. Allaient-ils tenter de me tuer ? Ou se contenteraient-ils de s'en aller en effaçant toute trace de leur passage ?

Pourrais-je les chercher à travers le monde entier sans jamais retrouver un seul d'entre eux ? Allais-je, en vieillissant, commencer à me demander si je n'avais pas imaginé ces journées folles, terribles et exaltantes dans Dublin ?

Comment pourrais-je vieillir ? Comment pourrais-je me marier ? Qui me comprendrait jamais ? Allais-je vivre seule le reste de mes jours ? Devenir aussi grincheuse, aussi énigmatique, aussi bizarre que l'homme qui m'avait rendue ainsi ?

Je me mis à faire les cent pas.

J'avais été tellement absorbée par mes problèmes – Qui était Barrons ? Qui étais-je ? Qui était l'assassin d'Alina ? – que je ne m'étais jamais tournée vers l'avenir pour tenter d'imaginer les développements probables de la situation. Lorsqu'on se bat jour après jour dans le seul espoir d'être encore en vie le lendemain matin, on n'a pas le temps de réfléchir à ce que pourrait être le surlendemain. Considérer sa *façon* de vivre est un luxe que ne peuvent s'accorder que ceux qui *savent* qu'ils vont vivre.

Je ne voulais pas être seule à Dublin une fois que tout ceci serait terminé !

Qu'allais-je faire ? Tenir la librairie, entourée de souvenirs pour le reste de mes jours, tandis que ceux d'entre nous qui auraient survécu reconstruiraient péniblement la ville ? Je ne pouvais pas rester ici sans lui. Même s'il s'en allait, il serait toujours là, partout où je poserais les yeux. Ce serait presque pire que s'il mourait. Le fantôme de Barrons hanterait cet endroit aussi sûrement que ceux du roi et de sa concubine errant dans les couloirs obscurs de la Maison blanche. Je saurais qu'il était là, à jamais hors d'atteinte pour moi. À vingt-trois ans, mes jours de gloire seraient définitivement derrière moi. Je serais comme un ancien joueur de football du lycée assis dans son mobile-home, descendant des bières avec ses amis à trente ans, entre ses deux gamins, une épouse hargneuse, le van familial et un amer ressentiment envers la vie.

Je me laissai tomber sur mon lit.

Partout où je regarderais, je verrais des spectres.

Celui de Dani me poursuivrait-il dans les rues ? Allais-je faire en sorte que cela arrive ? Irais-je jusque-là ? Jusqu'au meurtre prémédité d'une gamine à peine sortie de l'enfance ?

Vous choisissez ce avec quoi vous pouvez vivre, avait-il dit. *Et ce sans quoi vous ne pouvez pas vivre.*

Il ne m'était jamais venu à l'esprit que la conclusion de mes aventures à Dublin pourrait prendre la forme d'une vie à la librairie sans jamais plus revoir Barrons, marchant dans des rues peuplées par le...

— Oh, flûte, c'était ma sœur ! m'écriai-je en donnant un coup de poing dans mon oreiller.

Que m'importait que nous ne soyons pas du même sang ? Dani avait été ma meilleure amie, ma sœur de cœur. Cela faisait de nous des sœurs, quelle que soit la façon dont je considérais la question.

— Où en étais-je ? marmonnai-je.

Ah, oui... marchant dans des rues peuplées par le fantôme de ma sœur, ainsi que par celui de la gamine que j'en étais venue à considérer comme une petite sœur, et qui était impliquée dans le meurtre d'Alina. Pourrais-je fouler des trottoirs hantés par ces spectres, jour après jour ?

Quelle vie affreuse et vide ce serait !

— Alina, que dois-je faire ?

Seigneur, qu'elle me manquait ! C'était comme si je l'avais perdue la veille. Je me levai de mon lit, pris mon sac à dos, me laissai tomber en tailleur sur le plancher et sortis l'un de ses albums photo, dont j'ouvris la couverture jaune d'or.

Là, c'était elle avec Papa et Maman le jour de son diplôme au lycée.

Là, nous étions au lac avec un groupe d'amis, buvant de la bière et jouant au volley comme si nous devions vivre éternellement. Jeunes, si incroyablement jeunes ! Avais-je vraiment été un jour aussi candide ?

Des larmes roulèrent sur mes joues tandis que je tournais les pages.

Là, elle était sur la pelouse de Trinity College avec ses nouveaux amis.

Dans les pubs, dansant, faisant signe à l'objectif. Et là, Darroc, la couvant d'un regard brûlant, possessif.

Là, c'était elle qui l'observait, sans savoir qu'on la voyait. Je retins mon souffle. Mon bras et mon cou se couvrirent de chair de poule.

Elle l'*avait* aimé.

Je pouvais le voir. Je connaissais ma sœur. Elle avait été folle de lui. Il avait éveillé en elle les mêmes sentiments que Barrons pour moi. La sensation d'être plus vaste que je pouvais l'être, infiniment vivante, vibrante de possibilités, ivre de joie de respirer, impatiente de le retrouver. Elle avait été heureuse pendant ces derniers mois. Si vivante, si heureuse.

Et si elle n'avait pas été assassinée ?

Je fermai les yeux.

Je connaissais ma sœur.

Darroc avait eu raison. Elle serait venue à lui. Elle aurait trouvé une façon d'accepter cela. De l'aimer malgré tout. Nous étions damnées...

Et si... Et si son amour l'avait transformé ? Qui pouvait dire que cela ne serait pas arrivé ? Si elle était tombée enceinte, s'il y avait eu une petite Alina, vulnérable, vêtue de rose, gazouillant ? Peut-être l'amour aurait-il adouci l'humeur de Darroc, apaisé sa soif de vengeance ? L'amour avait accompli de plus grands miracles que cela. Peut-être ne devais-je pas la considérer comme une fille maudite mais comme un grain de sable par une belle journée, capable de changer le cours des choses pour le mieux. Qui pouvait le dire ?

Je tournai la page. Une brûlure envahit mes joues.

Je ne devais pas regarder, mais c'était plus fort que moi. Ils étaient au lit. Je ne voyais pas Alina. C'était elle qui tenait l'appareil photo. Darroc était nu. D'après l'angle, elle était sur lui. À l'expression de Darroc, je compris qu'il venait de plonger dans l'extase lorsqu'elle avait pris la photo. Et je le voyais dans ses yeux.

Lui aussi, il l'avait aimée.

Je laissai tomber l'album et restai là, le regard vide. La vie était si compliquée. Alina était-elle mauvaise parce qu'elle l'avait aimé ? Darroc était-il maléfique parce qu'il avait tenté de reprendre ce qu'on lui avait enlevé ? Les mêmes motivations n'avaient-elles guidé le roi *unseelie* et sa concubine ? Ne menaient-elles pas les humains, tous les jours ?

Pourquoi la reine n'avait-elle pas laissé le roi avoir la femme qu'il aimait ? Pourquoi le roi n'avait-il pas pu se contenter d'une vie humaine ? Que serait-il arrivé aux *Unseelies* s'ils n'avaient jamais été jetés en prison ? Seraient-ils devenus semblables aux courtisans *seelies* ?

Et qu'en était-il de ma sœur et de moi ? Allions-nous vraiment entraîner le monde vers sa perte ? Nature ou culture – qu'étions-nous ?

Partout où je tournais mon regard, je ne voyais que différentes nuances de gris. Le noir et le blanc n'étaient rien de plus que des idéaux inaccessibles, quelque part dans notre esprit, des critères selon lesquels nous tentions de juger les choses et de trouver notre place dans la vie. Le bien et le mal, dans leur expression la plus pure, étaient aussi impalpables et éternellement hors de notre portée que n'importe quelle illusion faë. Nous ne pouvions que tendre vers eux, aspirer à eux, en espérant ne pas nous perdre dans les ombres jusqu'à ne plus voir la lumière.

Alina avait tenté d'agir comme il faut. Moi aussi. Elle n'avait pas réussi. Allais-je échouer ? Parfois, il est difficile de savoir quel est le bon choix.

Avec la sensation d'être le pire des voyeurs, je repris l'album photo, le remis sur mes genoux et recommençai à tourner les pages.

C'est à ce moment-là que je m'aperçus que l'une des pochettes était trop épaisse. Il y avait quelque chose derrière le cliché où Darroc regardait Alina comme si elle était toute sa vie, alors qu'il jouissait en elle.

Je sortis la photo d'une main tremblante. Qu'allais-je trouver, dissimulé derrière ? Une note de ma sœur ? Un élément qui me donnerait un meilleur aperçu de sa vie avant sa mort ?

Une lettre d'amour de lui ? d'elle ?

Je retirai un ancien parchemin, le dépliai et le lissai délicatement. Il y avait des inscriptions sur les deux faces. Je le retournai. L'un des côtés était utilisé sur toute sa surface. L'autre ne comportait que quelques lignes.

Je reconnus immédiatement le papier et l'écriture du côté entièrement recouvert. J'avais déjà vu la calligraphie de Morry la Folle. Hélas ! je ne lisais pas l'ancien irlandais gaélique.

Je regardai de l'autre côté en retenant mon souffle. Oui, il l'avait traduit !

SI LA BÊTE À TROIS VISAGES N'EST PAS ENFERMÉE AU MOMENT OÙ LE PREMIER

PRINCE NOIR MEURT, LA PREMIÈRE PROPHÉ-
TIE ÉCHOUERA, CAR LA BÊTE SE SERA GOR-
GÉE DE POUVOIR ET AURA CHANGÉ. ELLE NE
TOMBERA QUE DE SON PROPRE VOULOIR.
CELUI QUI N'EST PAS CE QU'IL ÉTAIT PREN-
DRA LE TALISMAN ET LORSQUE LE MONSTRE
À L'INTÉRIEUR SERA DÉFAIT, AINSI EN IRA-
T-IL DU MONSTRE À L'EXTÉRIEUR.

Je le lus de nouveau.
— Quel talisman ?
Cette traduction était-elle précise ? Il avait écrit
Celui qui n'est plus ce qu'*il* était – et non *Ce* qui n'est
plus ce que *cela* était. Darroc avait-il vraiment été le
seul à pouvoir fusionner avec le Livre ? Dageus
n'était pas ce qu'il était. J'étais prête à parier que Barrons ne l'était pas non plus. En vérité, qui de nous
l'était ? Cette indication était bien floue. Je ne pouvais
pas la qualifier de définition précise. Avec un rensei-
gnement aussi flou, Papa aurait triomphé devant un
tribunal.

Au moment où le premier prince noir meurt... Si cela
était exact, il était déjà trop tard. Le premier prince noir
était Cruce, et il était inconcevable qu'il soit encore en
vie. Il aurait montré le bout de son nez au moins une
fois, au cours des sept cent mille ans passés. Quelqu'un
l'aurait vu. Et même s'il était vivant, dès l'instant où
Dani avait abattu le prince noir qui était venu dans ma
cellule à l'Abbaye, l'accomplissement de la première
Prophétie avait été rendu impossible.

Le raccourci était un talisman. Et Darroc l'avait
possédé.

683

Quelque chose rôdait à la lisière de mon subconscient. Je pris mon sac à dos et le fouillai à la recherche de la carte de tarot. J'en vidai le contenu, pris la lame et l'étudiai. Une femme regardait au loin tandis que le monde tournait devant elle.

Que cela signifiait-il ? Pourquoi le type aux yeux rêveurs – ou bien le *Fear Dorcha*, comme il l'avait prétendu – m'avait-il donné cette carte précisément ?

J'observai avec attention tous les détails de la tenue et de la coiffure du personnage, puis les continents sur la planète. C'était bien la Terre.

Je scrutai les bordures de la carte à la recherche de runes ou de symboles dissimulés. Rien... Eh, minute ! Qu'y avait-il autour du poignet de la femme ? Cela m'avait paru un pli sur sa peau, jusqu'à ce que j'y regarde de plus près.

Je refusais de croire que je ne l'aie pas vue jusqu'alors.

Elle avait été dessinée dans le cadre, habilement dissimulée sous l'apparence d'une sorte de pentacle, mais je connaissais la forme de la cage qui renfermait la pierre. Autour du poignet de la femme, se trouvait la chaîne de l'Amulette que Darroc avait dérobée à Mallucé.

Le type aux yeux rêveurs avait effectivement essayé de m'aider.

Le talisman de la Prophétie était l'Amulette. L'Amulette était le raccourci de Darroc !

Elle avait été à portée de ma main la nuit où le *Sinsar Dubh* avait arraché la tête de Darroc comme un grain de raisin. Je l'avais touchée. Elle était tellement près ! L'instant d'après, je m'étais retrouvée sur l'épaule de mon ravisseur et l'Amulette avait disparu.

Je souris. Je savais où la trouver.

En tant qu'homme, Barrons collectionnait les antiquités, les tapis, les manuscrits et les armes anciennes. En tant que bête, il collectionnait tout ce que je touchais. Le sac de pierres. Mon pull.

Quelle que soit son apparence, Barrons furetait à la recherche de babioles brillantes dont le parfum lui plaisait.

Impossible qu'il se soit détourné de l'Amulette cette nuit-là, puisque je l'avais touchée.

Je glissai dans ma poche le parchemin avec sa traduction, ainsi que la carte de tarot, et me levai.

Il était grand temps de découvrir où disparaissait Jéricho Barrons lorsqu'il quittait la librairie.

Il n'allait pas loin.

Depuis que je le connaissais, j'étais certaine qu'il ne s'éloignait jamais beaucoup.

Lorsque j'atteignis la dernière marche de l'escalier, je humai son odeur. Sa légère senteur épicée flottait dans l'air devant son bureau – la pièce où il conservait son Miroir.

Pas une fois, lorsque j'étais *Pri-ya*, je ne l'avais vu dormir. Je sommeillais, mais chaque fois que je me réveillais, il était là, ses lourdes paupières à demi baissées sur ses sombres iris étincelants, me regardant comme s'il avait attendu que je roule sur moi-même en le suppliant de me prendre de nouveau. Toujours prêt. Comme s'il ne vivait pour cela. Je me souvenais de son expression lorsqu'il s'étendait sur moi.

Je me souvenais de la façon dont mon corps répondait.

Jamais je n'avais pris d'ecstasy ni aucune des drogues que certains de mes amis avaient essayées, mais si cela faisait le même effet que d'être *Pri-ya*, je ne pouvais pas imaginer que l'on en consomme volontairement.

Une partie de mon esprit était encore en éveil, même confusément, lorsque mon corps échappait à mon contrôle.

S'il effleurait ma peau de sa main, je criais presque tant j'avais besoin qu'il me possède. J'aurais fait n'importe quoi pour l'avoir en moi.

Être *Pri-ya* était pire que d'être violée par les princes.

Cela avait été des centaines de viols, sans cesse répétés. Mon corps l'avait désiré. Mon esprit avait été absent. Et cependant, une part de mon moi essentiel avait toujours été présente, pleinement consciente que mon corps ne m'appartenait plus. Que je ne choisissais pas. Tous mes choix avaient été dictés à ma place. La sexualité doit être choisie.

On ne m'avait laissé qu'une alternative : toujours plus.

Lorsqu'il entrait en moi et que je le sentais me pénétrer, cela me transformait en une créature sauvage – brûlante, humide, voulant encore plus de lui, désespérément. À chaque baiser, à chaque caresse, à chaque étreinte, j'en voulais toujours plus. S'il me touchait, j'en devenais folle. Le monde se réduisait à une seule réalité : lui. Il avait *vraiment* été mon monde, dans ce sous-sol. C'était trop de pouvoir exercé par une personne sur une autre. Cela vous mettait à genoux, vous faisait supplier.

J'avais un secret.

Un secret effroyable qui m'avait rongée.

Que portais-tu pour le bal de fin d'année de ta promotion, Mac ?

C'étaient les dernières paroles que j'avais entendues dans mon état de *Pri-ya*.

À partir de cet instant, tout était réellement arrivé.

J'avais fait semblant.

Je lui avais menti. Je m'étais menti.

J'étais restée.

Et cela n'avait pas été différent du tout.

J'avais été tout aussi insatiable, aussi avide, aussi vulnérable. J'avais su exactement qui j'étais, ce qui s'était passé dans cette église, ce que j'avais fait pendant les derniers mois.

Et chaque fois qu'il m'avait touchée, mon monde s'était réduit à une seule réalité : lui.

Il n'avait jamais été vulnérable.

Je le détestais pour cela.

Je secouai la tête pour chasser mes idées moroses.

Où Barrons se rendait-il pour être seul, se détendre, peut-être dormir ? Hors d'atteinte de quiconque. Dans un Miroir lourdement protégé.

Son odeur planait toujours dans l'air tandis que je mis son bureau à sac.

J'étais impatiente, et lasse d'observer les règles. Je ne voyais pas pourquoi il devait y en avoir entre nous, d'ailleurs. Cela semblait absurde. Il occupait mon espace vital depuis l'instant où je l'avais rencontré, tout en superlatifs, avec sa présence qui m'électrifiait, me secouait, me réveillait, m'amenait au bord de la folie.

Je m'emparai de l'une de ses nombreuses armes antiques et m'en servis pour forcer les tiroirs de son bureau fermés à clef.

Oui, il verrait que je les avais ouverts par effraction. Oui, je m'en fichais. Qu'il essaie donc de passer sa colère sur moi ! J'en avais autant à son service…

Barrons détenait des dossiers sur moi, sur mes parents, sur McCabe, sur O'Bannion, sur des gens dont je n'avais jamais entendu parler, et même sur ses propres hommes.

Il y avait des notes pour des dizaines d'adresses différentes dans de nombreux pays.

Dans le tiroir du bas, je trouvai des photos de moi. Des piles et des piles de photos.

À Clarin House, sortant dans l'air matinal brumeux, mes jambes bronzées rehaussées par ma minijupe blanche préférée, mes longs cheveux blonds se balançant, ramenés en queue-de-cheval haut sur le crâne.

Traversant la pelouse de Trinity College ; faisant la rencontre de Dani près de la fontaine.

Descendant l'escalier de l'appartement d'Alina ; sortant dans l'allée de l'immeuble.

Marchant prudemment dans la ruelle derrière le magasin, en train de regarder les voitures abandonnées de O'Bannion et de ses hommes, le matin où j'avais compris que Barrons avait éteint tous les spots extérieurs et laissé les Ombres envahir le périmètre de l'immeuble et dévorer seize hommes juste pour tuer le seul qui me menaçait. Il y avait de la stupeur, de l'horreur… et un indéniable soulagement dans mon regard.

Combattant, dos à dos, avec Dani, ma lance et son épée projetant des lueurs l'albâtre dans l'obscurité. Il y avait toute une série de ces vues, prises depuis un toit. J'étais en feu, le visage étincelant, les sourcils froncés, tout mon corps taillé pour cette besogne.

À travers la vitre de la devanture de la librairie, serrant Papa dans mes bras.

Blottie sur le canapé dans le coin repos de l'arrière du magasin, endormie, les mains posées sur ma poitrine. Le visage nu. J'avais l'air d'avoir dix-sept ans, d'être un peu perdue, et totalement vulnérable.

Entrant dans le poste des *gardai* avec l'inspecteur Jayne. Retournant à la librairie, sans lampe de poche. Je n'avais jamais été en danger, cette nuit-là. Il avait été là, s'assurant que je survivrais, quoi qu'il m'arrive.

Jamais personne n'avait pris autant de photos de moi avant. Pas même Alina. Il avait saisi les plus subtiles de mes émotions sur chaque cliché. Il me surveillait. Il m'avait toujours surveillée.

À travers le carreau d'un cottage irlandais, la main sur le visage de Nana, essayant de m'insinuer dans son esprit pour voir ma mère. Mes paupières étaient à demi closes, mes traits tirés par la concentration.

Encore une vue prise depuis un toit. J'avais les paumes sur le torse de la Femme Grise et j'exigeais qu'elle guérisse Dani.

Ignorait-il quoi que ce soit ?

Je laissai les clichés retomber dans le tiroir, prise d'un léger vertige. Il avait tout vu. Le bon, le mauvais et l'effroyable. Il ne m'avait jamais posé la moindre question, à moins qu'il n'estime que j'avais besoin, *moi*, de trouver des réponses. Il n'avait jamais tenté de me ranger dans une boîte avec une étiquette dessus… même s'il y avait toutes sortes d'étiquettes à apposer sur moi. J'étais ce que j'étais dans cet instant. Il aimait cela, et c'était tout ce qui comptait à ses yeux.

Je pivotai sur mes talons et regardai dans le Miroir. Le reflet d'une étrangère m'observait.

Je touchai l'image de mon visage sur la glace. Non, ce n'était pas une étrangère. C'était une femme qui était sortie de sa zone de confort pour survivre. Qui était devenue une guerrière. J'aimais celle que je voyais dans ce miroir. La surface argentée était glaciale sous mes doigts.

Je connaissais ce Miroir. Je les connaissais tous. Il y avait en eux quelque chose de… K'Vruck. Le roi avait-il pris un ingrédient nécessaire à leur fabrication dans le monde d'origine du Traqueur ?

Tout en regardant dans le Miroir, je sondai mon lac sombre et brillant et lui dis que je voulais entrer.

Tu m'as manqué, siffla-t-il. *Viens te baigner.*

Bientôt, promis-je.

Des runes d'albâtre jaillirent de ses obscures profondeurs et scintillèrent à sa surface.

C'était si facile ! Je demandais, il donnait. Il était toujours là. Toujours prêt.

Je pris les runes et les pressai, l'une après l'autre, sur la surface du Miroir.

Lorsque la dernière fut en place, la surface se rida, telle une onde argentée. Je fis courir mes doigts à travers, et les eaux s'écartèrent en direction du cadre noir du Miroir. Je me trouvais à présent devant un sentier brumeux qui traversait un cimetière. Derrière les tombes et les sépultures, de sombres créatures se faufilaient ou rampaient.

Le Miroir vomit une rafale arctique.

Je m'engageai à l'intérieur.

Comme je m'en étais doutée, il avait mis bout à bout plusieurs Miroirs afin de former un parcours plein de pièges dont aucun intrus ne sortirait vivant, afin de protéger son repaire souterrain.

Neuf mois plus tôt, même si j'avais trouvé un moyen de m'y introduire, j'aurais été tuée avant d'avoir fait trois pas. Je fus assaillie à l'instant où j'entrais. Je n'eus pas le temps de dégainer ma lance. Lorsque la première volée de crocs et de griffes fondit sur moi, mon lac m'offrit aussitôt son assistance, que j'acceptai sans hésiter.

Une unique rune pourpre étincelante apparut dans ma paume.

Mes assaillants reculèrent. Quoi qu'elle soit, ils la détestaient.

Je tournai sur moi-même, de la brume jusqu'à la taille, pour observer ce paysage désolé. Des arbres squelettiques luisaient comme des ossements jaunâtres dans la lueur malsaine de la lune. Des pierres tombales penchaient dangereusement. Des mausolées s'élevaient derrière des portails de fer forgé. Un froid terrible régnait ici, presque aussi glacial que dans la prison *unseelie*. Mes cheveux étaient gelés, mes sourcils et les poils de mon nez couverts de givre. Mes doigts commençaient à s'engourdir.

La transition entre ce Miroir et le suivant se fit en douceur, ainsi que toutes les autres. Barrons était bien plus doué que Darroc pour empiler les Miroirs, et même plus accompli que le roi *unseelie* lui-même, semblait-il.

Je ne vis même pas venir la modification de mon environnement. J'avais encore un pied dans un cimetière glacial tandis que l'autre se posait soudain dans un étouffant désert de sable noir, sous un soleil de plomb. À peine entrée dans la chaleur accablante, je fus brûlée. Personne ne m'attaqua dans ce paysage carbonisé. Je me demandai si le soleil à lui seul n'aurait pas suffi à barrer la route aux intrus. Le Miroir suivant me fit paniquer. Tout d'un coup, je me retrouvai sous l'eau. Je ne pouvais pas respirer. Affolée, je tentai de rebrousser chemin.

Puis je m'avisai que je n'avais pas non plus été capable de respirer dans la prison *unseelie*. Cessant de lutter, je continuai, moitié en nageant, moitié en marchant, de progresser sur le fond océanique de l'étrange planète – ce n'était pas la nôtre, car nous n'avons pas de poissons ressemblant à de petits sous-marins à vapeur dotés de roues dentées tourbillonnantes.

Mon lac glacé m'offrit alors une sorte de bulle qu'il scella autour de moi, sur laquelle rebondissait tout ce qui venait dans ma direction.

Je commençais à me sentir parfaitement indestructible. Prenant de l'audace, je poursuivis ma progression d'une démarche plus assurée.

Lorsque j'eus franchi une demi-douzaine d'autres « espaces » différents, ma témérité n'avait plus de limites. Chaque fois qu'un danger me menaçait, mon lac avait une réponse. Je m'enivrais de mon propre pouvoir.

Après un paysage qui aurait pu s'intituler *Minuit sur une étoile lointaine* s'il s'était agi d'un tableau, je pénétrai dans une pièce faiblement éclairée. Je battis des paupières.

L'ambiance était spartiate, très européenne. Un agréable parfum flottait dans l'air, une senteur épicée, capiteuse. Celle de Barrons. Mes jambes faiblirent. Dès que je sens son odeur, je pense au sexe. Je suis un cas désespéré.

Je sus immédiatement où je me trouvais.

Sous le garage, derrière chez *Barrons – Bouquins et Bibelots*.

41

J'avais envie d'explorer les lieux. Je l'aurais fait s'il n'y avait pas eu ces pleurs d'enfant.

Parmi tous les secrets que je m'étais attendue à ce que Barrons ait cachés loin du monde et si soigneusement protégés, jamais je n'aurais pensé à un enfant.

Des indices sur son identité ? Sûrement.

Un repaire luxueux ? Assurément.

Un enfant ? Certainement pas !

Intriguée, je suivis le son. Il était faible et provenait d'en dessous. Le petit sanglotait comme si le monde s'était écroulé autour de lui. Je n'aurais su dire si c'était une fille ou un garçon, mais sa souffrance et son chagrin étaient insoutenables. J'avais envie de les faire cesser. Il *fallait* que je les fasse cesser. Ils me brisaient le cœur.

Je traversai différentes pièces, remarquant à peine mon environnement, ouvrant et fermant des portes à la recherche d'un accès vers l'étage inférieur. J'étais vaguement consciente que les véritables joyaux des collections de Barrons se trouvaient ici, dans son repaire souterrain. Je passai devant des objets que j'avais vus dans des musées, et dont je comprenais maintenant que ceux-ci n'avaient été que des copies.

Barrons n'avait que faire de faux. Il aimait les antiquités. Cet endroit vibrait d'Objets de Pouvoir, cachés quelque part. Je finirais bien par les trouver.

Mais d'abord, l'enfant.

Le son de ses pleurs m'était insupportable. Jéricho Barrons avait-il des enfants ? En avait-il eu un avec Fiona ?

J'émis un sifflement de haine… puis, m'apercevant que ce son ressemblait affreusement à celui des faës, je feignis de n'en avoir rien fait. Je m'immobilisai en tendant l'oreille. L'enfant avait-il entendu mon soupir nerveux ? Il sanglota de plus belle. Comme pour dire *Je suis ici, tout près, s'il te plaît, trouve-moi, j'ai si peur et je suis si seul !*

Il devait bien y avoir un escalier !

Je continuai de fouiller les lieux d'un pas rapide, ouvrant successivement des portes à la volée. Les pleurs éveillaient avec insistance mon instinct maternel. Enfin, je trouvai la porte que je cherchais. J'entrai.

Barrons avait décidément pris toutes les mesures de protections.

J'étais dans une sorte de pavillon des glaces, une salle emplie de miroirs. Je pouvais voir des escaliers dans une bonne dizaine d'endroits, mais je n'avais aucun moyen de distinguer le faux du vrai.

Et connaissant Barrons comme je le connaissais, si je me dirigeais vers un mirage, quelque chose de très désagréable m'arriverait. Manifestement, il avait déployé un soin extrême pour protéger cet enfant.

Mon lac sombre m'offrit son assistance mais je n'en avais pas besoin.

— Montre-moi juste ce qui est vrai, murmurai-je.

695

Aussitôt, les miroirs s'assombrirent l'un après l'autre, jusqu'à ce que seul un escalier de chrome scintille dans la faible lumière.

Je le descendis sans un bruit, attirée par les sanglots enfantins aux accents de chant de sirène.

Une fois de plus, mes attentes volèrent en éclats. Les pleurs provenaient de derrière de hautes portes fermées par des chaînes, cadenassées et gravées de runes. Je n'aurais jamais dû être capable de les entendre. J'étais surprise d'avoir perçu les rugissements de Barrons, aussi loin dans les profondeurs.

Il me fallut une vingtaine de minutes pour venir à bout des chaînes, runes et autres protections. À l'évidence, Barrons avait déployé toutes les précautions possibles et imaginables. Pourquoi ? En quoi cela était-il si important ? Que se passait-il ?

Lorsque je poussai les portes pour les ouvrir, les pleurs cessèrent aussitôt.

J'entrai dans la pièce et regardai autour de moi. Quoi que j'aie attendu, ce n'était pas cela. Nulle opulence ici, aucun trésor, pas la moindre pièce de collection. L'endroit était à peine moins sinistre que la grotte de Mallucé sous le Burren.

La salle aux murs en pierre n'était qu'une caverne creusée à même la roche. Un petit ruisseau la traversait, jaillissant du mur est et disparaissant vers l'ouest. Des caméras étaient installées partout. Même si je m'en allais maintenant, Barrons saurait que j'étais venue ici.

Au centre de la salle, se trouvait une cage d'environ six mètres de côté, faite de lourds barreaux de métal très rapprochés les uns des autres. De même que la porte, elle était solidement protégée par des runes. Et elle était vide.

Je m'en approchai.

Avant de faire halte, stupéfaite.

Elle n'était pas vide, comme je l'avais cru. Un enfant y était couché, roulé sur le côté, nu. Il devait avoir une dizaine d'années.

Je courus vers lui.

— Mon bébé, est-ce que ça va ? Pourquoi pleures-tu ? Que fais-tu ici ?

L'enfant leva les yeux. Je vacillai et me laissai tomber à genoux sur le sol rocheux, abasourdie.

Le petit garçon que je regardais était celui de la vision que j'avais arrachée à Barrons.

Chaque détail était resté clair comme du cristal dans mon esprit, comme si j'avais revécu chaque jour cette unique intrusion dans le cœur de Barrons. Il me suffisait de fermer les paupières pour retourner « là-bas » avec une facilité déconcertante. Nous étions dans un désert.

Le soir tombe. Nous tenons un enfant dans nos bras.

J'observe le ciel nocturne.

Je refuse de baisser les yeux.

Impossible d'affronter ce qu'il y a dans son regard.

Impossible d'y échapper.

Malgré moi, je penche avidement la tête vers le bas.

L'enfant me regarde avec une confiance absolue.

— Mais… tu es mort ! protestai-je en le regardant.

Le petit garçon s'approcha de moi, se mit debout et referma ses petits poings autour des barreaux. C'était un enfant magnifique. Cheveux très bruns, teint doré, yeux sombres. Le fils de son père.

Son regard est doux et chaud. Et je suis Barrons, en train de l'observer...

Ses yeux disent : « Je sais que tu ne me laisseras pas mourir. »

Ses yeux disent : « Je sais que tu feras cesser la douleur. »

Ses yeux disent « confiance/amour/adoration/tu es parfait/tu me garderas toujours en sécurité/tu es ma vie ».

Je n'ai pas su le protéger.

Et je ne peux pas l'empêcher de souffrir.

Nous étions dans le désert, tenant cet enfant, ce même petit garçon, entre nos bras. Nous le perdions, nous l'aimions, nous le pleurions, nous sentions sa vie s'enfuir...

Je le vois dans son regard. Ses hiers. Son aujourd'hui. Les lendemains qui ne seront jamais.

Je vois sa souffrance et cela me déchire.

Je vois son amour inconditionnel et j'en ai honte.

Il me sourit. Dans son regard, il me donne tout son amour.

Cela commence à vaciller.

Non ! hurlai-je. Tu ne vas pas mourir ! Tu ne vas pas me quitter !

Je regarde dans ses yeux pendant ce qui me semble un millier de jours.

Je le vois. Je le tiens. Il est là.

Puis il n'est plus là.

En fait, il n'a pas disparu. Il est là, avec moi. Le petit garçon presse son visage contre les barreaux. Il me sourit. Il me donne tout son amour dans son regard. Je fonds. Si je pouvais être la mère d'un enfant, je choisirais celui-ci et je le garderais en sécurité pour toujours.

Je me remets sur mes pieds et commence à marcher comme en état de transe. J'ai tenu cet enfant entre mes bras lorsque j'étais dans l'esprit de Barrons. En tant que Barrons, je l'ai aimé, et je l'ai perdu. En partageant cette vision, j'ai fait mienne sa blessure.

— Je ne comprends pas. Comment es-tu encore en vie ? Pourquoi es-tu ici ?

Pourquoi Barrons avait-il fait l'expérience de son décès ? Il était indubitable que cela avait bien eu lieu. J'y avais assisté. Moi aussi, je l'avais éprouvé. Cela me rappelait les regrets que j'avais ressentis pour Alina...

Reviens, reviens ! a-t-on envie de crier... Il me faut juste encore une minute. Juste encore un sourire... Juste encore une chance de faire ce qu'il faut. Trop tard, il est parti. Parti ! Où est-il allé ? Que devient la vie quand elle s'en va ? Va-t-elle quelque part, bon sang, ou a-t-elle simplement disparu ?

— *Comment* es-tu arrivé ici ? demandai-je, interloquée.

Il me parle mais je ne comprends pas un mot de ce qu'il me dit. C'est un langage mort et oublié. Cependant, je discerne les notes plaintives. Je distingue un terme qui ressemble à Ma-ma.

Ravalant un sanglot, je m'élance vers lui.

Alors que je tends les bras à travers les barreaux pour serrer contre moi son petit corps nu, alors que sa tête brune se pose au creux de mon cou, des crocs me transpercent la peau.

Le merveilleux petit garçon me déchire la gorge.

42

Mon agonie dure une éternité.

Bien plus longtemps qu'elle ne devrait, me semble-t-il.

J'aurais dû me douter que je mourrais d'une mort lente et douloureuse. Je perds connaissance à de nombreuses reprises, chaque fois surprise de retrouver mes esprits. Je me sens fiévreuse. La peau de ma nuque est engourdie mais la plaie me brûle comme si on y avait injecté du venin.

J'ai l'impression d'avoir laissé la moitié de ma gorge dans les mâchoires inconcevablement extensibles du gamin.

Il a commencé à se transformer dès l'instant où je l'ai pris dans mes bras.

J'ai réussi à m'arracher à son étreinte incroyablement puissante et j'ai reculé loin de la cage d'un pas vacillant avant qu'il ait achevé sa métamorphose.

Trop tard. J'ai été naïve. Mon cœur, en associant Barrons à cet enfant en larmes, s'est égaré dans le sentimentalisme. J'ai considéré les chaînes, les cadenas et les protections comme la méthode de Barrons pour garder un enfant en sécurité.

Alors qu'en réalité, cela représentait la méthode de Barrons pour protéger le monde contre cet enfant.

Je gis sur le sol de la caverne, à l'agonie. Je perds de nouveau conscience pendant un certain temps, puis je reviens à moi.

Je regarde l'enfant, qui est devenu la version nocturne de Barrons sous son aspect de bête. Peau noire, cornes et crocs noirs, yeux rouges. Une ode à la folie meurtrière. À côté de lui, la bête qu'était Barrons dans les Miroirs semblait franchement calme et amicale...

Il aboie sans cesse pendant sa métamorphose, tournant brutalement la tête de droite et de gauche, projetant sur moi des postillons mêlés de gouttes de mon sang, me couvant de ses yeux rouges cruels. Il a envie de plonger ses crocs dans ma chair, de me secouer et de boire jusqu'à la dernière goutte d'hémoglobine de mon corps. La marque que Barrons a tatouée à l'arrière de mon crâne n'a aucune efficacité pour apaiser sa soif de sang.

Je suis de la nourriture qu'il ne peut atteindre.

Il secoue les barreaux de sa cage en hululant.

Il passe d'un mètre vingt à trois mètres de haut.

C'est lui que j'ai entendu sous le garage. C'est lui que j'ai écouté tout en regardant Barrons par-dessus le toit d'une voiture.

C'est cet enfant, enfermé dans cette cage, emprisonné pour l'éternité.

Et je comprends, tandis que mon sang et ma vie me quittent, que c'est pour lui que Barrons avait sorti la femme morte du Miroir.

Pour le nourrir.

Il tenait ce petit garçon dans ses bras et le regardait s'éteindre. J'essaie de réfléchir à cela, de fixer ma pensée sur cette idée. Cet enfant doit être son fils. Si Barrons ne le nourrissait pas, l'enfant aurait souffert. S'il le nourrissait, il devait regarder ce monstre. Depuis combien de temps ? Un millénaire ? Dix ? Plus ?

Je tente de palper ma gorge pour évaluer l'étendue de mes plaies mais je ne parviens pas à lever mon bras. Je suis faible et somnolente. Tout m'est indifférent. J'ai seulement envie de fermer les paupières et de m'assoupir quelques minutes. Rien qu'une petite sieste, puis je me réveillerai et j'irai pêcher dans mon lac un moyen de survivre à ceci. Je me demande s'il y a des runes qui peuvent guérir les gorges lacérées. Peut-être y a-t-il une sorte d'*Unseelie*, sous ces eaux.

Je me demande si c'est ma veine jugulaire qui gargouille ainsi. Si c'est le cas, il est trop tard, bien trop tard pour moi.

Je refuse de croire que je vais mourir comme cela.

Barrons va venir et me trouver ici.

Vidée de mon sang sur le sol de sa grotte de chauve-souris.

Je tente de rassembler assez de volonté pour sonder mon lac mais je pense que j'ai perdu trop de sang, trop vite. Je ne parviens pas à m'en inquiéter malgré mes efforts. Le lac est étrangement silencieux. Comme s'il observait en attendant de voir ce qui va se passer.

Les rugissements dans la cage sont si assourdissants que je n'entends pas ceux de Barrons jusqu'à ce qu'il me prenne dans ses bras et m'emporte hors de cette pièce en claquant les portes derrière lui.

— Bon sang, Mac, que s'est-il passé ? Que s'est-il passé, nom de nom ? répète-t-il en boucle.

Il a le regard fou, le visage livide, les lèvres serrées.

— Que vous a-t-il pris d'aller là-bas sans moi ? Je vous y aurais emmenée, si j'avais pensé que vous seriez aussi stupide. Ne me faites pas cela ! Bon sang, vous n'avez pas le droit de me faire cela !

Je lève les yeux vers lui. Il a de faux airs de Barbe Bleue, me dis-je confusément. J'ai ouvert la porte sur les cadavres de ses épouses assassinées. Mes lèvres refusent de former des mots. Je veux savoir comment l'enfant est toujours en vie. Je suis tout engourdie. *C'est votre fils, n'est-ce pas ?*

Il ne me répond pas. Il me regarde comme s'il voulait imprimer mon visage dans sa mémoire. Je vois quelque chose bouger, tout au fond de ses yeux.

J'aurais dû faire l'amour à cet homme. J'avais toujours peur de me montrer tendre. Je suis effarée par ma propre stupidité.

Il tressaille.

— Ne vous imaginez pas une seule fichue minute que vous pouvez mettre tout cela dans votre regard, et mourir. Ce sont des foutaises. Je ne recommencerai pas.

Vous avez un peu de chair unseelie ?

Je m'attends à moitié à le voir se ruer vers la surface pour en attraper un et le ramener, mais je n'ai pas autant de temps devant moi et je le sais.

— Je ne suis pas quelqu'un de bon, Mac. Je ne l'ai jamais été.

Est-ce un avertissement ? De quoi peut-il encore me menacer, à présent ?

— Il n'y a rien avec quoi je ne puisse pas vivre. Il n'y a que des choses sans lesquelles je refuse de vivre.

Il observe ma gorge. À son regard, je comprends qu'elle n'est pas belle à voir. Lacérée, déchiquetée. J'ignore comment je peux encore respirer, pourquoi je ne suis pas encore morte. Je pense que si je ne peux plus parler, c'est parce que mes cordes vocales ne sont plus intactes.

Il effleure mon cou. Enfin, je pense qu'il le fait, du moins. Je vois sa main sous mon menton. Je ne ressens rien. Tente-t-il de réarranger mes organes internes, de même que je l'ai fait autrefois pour lui, dans les premiers rayons du soleil sur le bord d'une falaise, comme si je pouvais le reconstituer par la seule force de ma volonté ?

Il plisse les yeux et fronce les sourcils. Ferme les paupières, les rouvre, les ferme de nouveau, puis recommence à froncer les sourcils. Il ajuste ma position dans ses bras et m'observe sous un autre angle, en regardant entre mon visage et mon cou. Il arque les sourcils comme s'il venait de comprendre quelque chose, puis il tord les lèvres dans ce sourire incertain que vous adressent les gens avant de vous annoncer qu'ils ont une bonne et une mauvaise nouvelle… et que la mauvaise est vraiment mauvaise.

— Lorsque vous étiez en Faëry, avez-vous mangé ou bu quoi que ce soit, Mac ?

V'lane, dis-je silencieusement. *Des cocktails, sur la plage.*

— Vous ont-ils rendus malade ?

Non.

— Avez-vous bu quoi que ce soit à cette époque qui vous ait donné l'impression que l'on vous arrachait les tripes ? Au point de vouloir mourir ? D'après ce que j'ai entendu, cela devrait avoir duré environ une journée.

Je réfléchis quelques instants.

Le viol, dis-je finalement. *Il m'a donné quelque chose. Celui que je n'ai pas vu. J'ai eu mal pendant longtemps. Je pensais que c'était parce que les princes m'avaient pénétrée.*

Ses narines palpitent mais lorsqu'il essaie de parler, seul un grondement assourdit jaillit. Il lui faut deux autres tentatives pour y arriver.

— Ils vous auraient laissé ainsi pour toujours. Je vais les tailler en menus morceaux et les faire se manger l'un l'autre. Lentement. Pendant des siècles.

Sa voix est aussi froide que celle d'un sociopathe.

Que voulez-vous dire ?

— Je me demandais. Après, vous aviez une odeur différente. Je savais qu'ils avaient fait quelque chose, mais vous ne sentiez pas comme le Rhymer[1]. Vous étiez pareille à lui, mais différente. Il fallait que j'attende de voir.

Je lève les yeux vers lui et refais une évaluation de mon état. Je commence à percevoir de nouveau mon cou. Bien que cela me brûle affreusement, je peux maintenant déglutir.

Je ne suis pas en train de mourir ?

— Ils ont dû avoir peur de vous tuer avec leur...

---

1. Thomas le Rhymer : devin écossais du XIIIe siècle parti vers la fin de sa vie pour le royaume des fées. *(N.d.T.)*

705

Il détourne le regard et je vois les muscles de sa mâchoire tressaillir.

— Un enfer éternel. Vous auriez été *Pri-ya* pour toujours.

Son visage est contracté par la rage.

Que m'ont-ils fait ? demandai-je.

Il se remet à marcher et m'emporte d'une pièce à l'autre, avant de s'arrêter dans une salle qui ressemble à s'y méprendre au coin repos à l'arrière de chez *Barrons – Bouquins et Bibelots* : tapis, lampes, canapé Chesterfield, plaids moelleux. Seul le foyer est différent. Il est gigantesque, avec un âtre de pierre dans lequel un homme tiendrait debout. C'est une cheminée à gaz. Elle ne dégage aucune fumée de bois susceptible de trahir sa présence.

Il installe des oreillers contre un accoudoir et me dépose avec douceur sur le sofa. Puis il s'approche du poêle et l'allume.

— Les faës disposent d'un élixir qui prolonge la vie.

Ils m'en ont donné.

Il hoche la tête.

C'est ce qui vous est arrivé ?

— J'ai dit « prolonge ». Pas « vous transforme en monstre à cornes dément de trois mètres de haut ».

Il observe mon cou.

— Vous êtes en train de guérir. Vos plaies se referment. Je connais un homme à qui l'on a donné cet élixir. C'était il y a quatre mille ans. Lui aussi, il dégage une odeur différente. Tant que le Rimeur n'est pas poignardé par la lance ni l'épée, il vit sans vieillir. Il ne peut être tué que de la même façon qu'un faë.

706

Je le regarde, interdite. *Je suis immortelle ?* Je peux de nouveau bouger mon bras. J'effleure ma gorge. Je sens d'épais sillons là où la peau se ressoude. C'est comme lorsque j'ai mangé de la chair *unseelie*. La cicatrisation se fait sous mes doigts. Je perçois des craquements, des mouvements dans mon cou, un puissant regain d'énergie.

— Considérez cela comme une longévité extrême doublée d'une vitalité hors du commun.

Une longévité de quatre millénaires ? Je le regarde sans comprendre. Je n'ai pas envie de vivre quatre mille ans ! Je songe à cet *Unseelie* affreusement mutilé qui agonisait dans l'allée de derrière. L'immortalité est effrayante. Ma modeste espérance de vie me suffit très bien. Je ne peux même pas concevoir une durée de quatre mille ans. Je ne veux pas vivre éternellement. La vie est dure. Quatre-vingts ou cent ans, ce serait parfait. C'est tout ce que j'ai jamais espéré.

— Vous devriez réfléchir sérieusement à l'intérêt de porter cette lance. En fait, je pourrais être tenté de la détruire. Ainsi que l'épée.

Il détache le holster de mon épaule et le jette sur le plancher, près du foyer.

Soulagée, je regarde le fourreau se heurter contre la façade du poêle. Je peux mourir. Ce n'est pas que j'en aie envie pour l'instant, mais j'aime avoir le choix. Tant que je posséderai la lance, j'aurai le choix. Il n'est pas question que je me débarrasse de cette arme. Elle est mon rendez-vous avec la tombe, et je suis humaine. Je veux pouvoir mourir un jour.

— Lui, il ne peut pas.

C'est la première phrase entière que je prononce depuis que j'ai été attaquée.

— Votre fils ne peut pas mourir, n'est-ce pas ? En aucune façon. Jamais.

43

Si je n'avais jamais mangé d'*Unseelie*, ma guérison miraculeuse m'aurait fait perdre la raison. Les choses étant ce qu'elles étaient, je feignis d'avoir effectivement mangé de l'*Unseelie*. J'étais incapable d'assumer cette histoire d'élixir de longue vie. Cela me donnait envie de tuer Darroc, encore et encore. Avec violence. Avec sadisme. En lui infligeant d'infinies tortures. Non seulement il avait fait de moi une *Pri-ya*, mais il avait prévu que je le resterais pour l'éternité. Je m'étais radoucie lorsque j'avais vu les photos de lui avec Alina, en imaginant une autre conclusion pour eux, mais à présent, toute ma bienveillance s'était évanouie. Si Barrons ne m'avait pas sauvée... Je ne pouvais même pas me représenter l'horreur que j'aurais endurée. Je ne le voulais pas. J'aurais sombré dans une folie malsaine à très brève échéance. Et s'il m'avait enfermée en me refusant ce dont j'avais tant besoin ? S'il m'avait retenue captive dans un lieu étroit et sombre, et que...

Je frissonnai.

— N'y pensez plus, me dit Barrons.

Je frémis de nouveau. C'était plus fort que moi. Il y avait *réellement* des sorts pires que la mort.

— Cela n'est pas arrivé. Je vous ai sortie de là et ramenée à la raison. Tout s'est bien terminé. Vous êtes difficile à tuer. J'en suis ravi.

D'après lui, j'avais saigné à plusieurs reprises. Une partie trop importante de ma gorge avait été arrachée pour que je guérisse vite. Pendant que j'étais morte – ou du moins, que je ne respirais plus – mon organisme avait continué à se réparer. Quand je revenais à moi, je me vidais à nouveau de mon sang. Enfin, une part suffisante de mon corps avait été reconstituée pour que je reste consciente durant le reste du processus. J'étais couverte de sang séché.

Barrons me prend dans ses bras et m'emporte une fois de plus. Nous traversons des salles luxueuses, descendons d'innombrables escaliers, et je comprends qu'il y a plus que trois niveaux sous son garage. Il possède tout un univers dans ce souterrain. En général, j'ai horreur d'être sous la terre, mais cette fois, c'est différent. J'ai une sensation de dilatation de l'espace, comme si je me trouvais dans un lieu qui n'est pas ce qu'il semble. Je le soupçonne de détenir encore d'autres Miroirs ici, d'innombrables portes d'entrée et de sortie. Cet endroit est le fantasme absolu d'un survivaliste. Même si le monde subit un cataclysme nucléaire, soit la vie se poursuivra ici, soit nous pourrons nous transférer dans une autre dimension. Avec Barrons, j'ai l'impression qu'aucune destruction n'est définitive. Il s'en sortira toujours.

Et désormais, moi aussi.

Je n'aime pas cela. J'ai été reprogrammée et modifiée de tant de façons ! Celle-ci risque d'être la plus difficile à accepter. Elle me donne l'impression d'avoir perdu une part de mon humanité, moi qui éprouvais déjà une certaine distanciation. Serais-je un aspect du roi *unseelie*, en voie d'immortalité ? Je me demande si ceci est une répétition. Renaissons-nous sans cesse afin de revivre les mêmes cycles ?

— Serait-ce si terrible ?

— Êtes-vous en train de lire dans mes pensées ?

— Vous pensez avec vos yeux.

Il sourit.

Je caresse son visage. Son sourire se fige.

— Recommencez.

— Ne dites pas de bêtises.

Je ris, mais il ne reste aucune trace d'amusement sur ses traits. Son expression s'est rapidement transformée. Il me couve d'un regard dur, glacial. Je sais ce qu'il y a dans ses yeux, maintenant. Pour le reste du monde, ils peuvent sembler vides. Je me souviens m'être dit, parfois, qu'ils étaient dépourvus de toute humanité, mais ce n'est tout simplement pas vrai.

Il éprouve de la rage. De la douleur. Du désir. Des émotions qui vibrent sous sa peau, électriques, chaotiques, instables. Homme et bête, toujours en lutte l'un contre l'autre. Je sais à présent que cela n'est jamais facile pour lui. Le combat qu'il livre est sans fin. Comment peut-il vivre, jour après jour ?

Il fait halte et me dépose sur mes pieds. Puis, se mouvant dans la pénombre, il allume un poêle et commence à allumer des bougies.

Nous sommes dans sa chambre. Elle ressemble à celle du roi *unseelie* : opulente, luxueuse, avec un immense lit drapé de soie et de fourrures noires. Je ne vois rien d'autre. Tout ce que je vois, c'est moi, nue avec lui dans ce lit.

Je tremble.

Je suis impressionnée de me savoir ici. Désirée par cet homme.

Il allume d'autres bougies près du lit. Puis il ramasse des oreillers et les empile, comme lorsque j'étais *Pri-ya*.

Dans cet autre sous-sol, voilà une éternité, il superposait des coussins sous mes hanches. Je m'y étendais, ma tête sur le lit, les reins surélevés. Il se frottait contre moi, entre mes jambes, jusqu'à ce que je le supplie, puis il me prenait lentement par-derrière.

Il dépose le dernier oreiller et me regarde. Puis, d'un coup de menton, il désigne la pile.

— Je vous ai vue mourir, Mac. Il faut que je vous possède.

Les mots me frappent comme des balles. Mes jambes ne me portent plus. Je m'adosse à un meuble – je crois qu'il s'agit d'une armoire. En vérité, peu m'importe. Cela me permet de rester debout. Ce n'était pas une demande. C'était l'affirmation de ce qui est requis pour continuer à vivre. Comme il aurait dit *Mon sang est empoisonné, Mac. J'ai besoin d'une transfusion.*

— Est-ce que vous le voulez ?

Il n'y a pas de sensualité, pas de jeu, pas de séduction dans sa voix. C'est une question qui appelle une réponse. Simple et directe. C'est ce qu'il veut. C'est ce qu'il offre.

— Oui.

Il fait passer sa chemise par-dessus sa tête. Le souffle coupé, je regarde ses longs muscles fuselés rouler sous sa peau. Je sais comment saillent ses biceps lorsqu'il est sur moi, comment le plaisir tend ses traits lorsqu'il entre en moi.

— Qui suis-je ?

— Jéricho.

— Qui êtes-vous ?

Il jette ses bottes et ôte son pantalon. Ce soir, il est en commando. Mon souffle me quitte en une phrase tout attachée :

— Questcequeçapeutfaire ?

— Enfin !

Le ton est doux. L'homme ne l'est pas.

— J'ai besoin d'une douche.

Ses yeux étincellent et ses dents brillent dans l'obscurité.

— Un peu de sang ne me dérange jamais.

Il se glisse vers moi de ce pas qui déplace à peine l'air. Une ombre de velours dans les ténèbres. Il est la nuit. Il l'a toujours été. Et moi, j'étais une fille du soleil. Il tourne autour de moi en me regardant de la tête aux pieds.

Je l'observe en retenant ma respiration. Jéricho Barrons est en train de décrire des cercles autour de moi, nu, me dévisageant comme s'il était sur le point de me dévorer toute crue – gentiment, pas comme son fils. Tandis que je le suis des yeux, tremblante d'émotion, je comprends que je ne me suis jamais vraiment remise de ce que j'ai vécu, là-bas, sur cette falaise, lorsque je l'ai cru mort. Je me suis dépouillée d'une si grande part de moi-même pour survivre ! À l'époque où j'ai découvert qu'il était vivant, il se passait tant de choses et j'étais tellement en colère qu'il ne m'ait rien dit que j'ai repoussé tout ce chaos, incapable de le regarder en face. J'ai traversé les derniers mois en refusant de me laisser atteindre par les événements que je vivais, quels

713

qu'ils soient. En refusant d'accepter la femme que j'étais devenue, et même en niant que j'étais maintenant celle-ci.

À présent, je peux le faire. À présent, je me tiens devant lui, je le regarde, et je comprends pourquoi je ne l'ai jamais acceptée.

J'aurais détruit le monde pour lui.

Et je ne pouvais pas affronter cela. Je ne supportais pas ce que cela disait de moi.

J'ai envie de faire ralentir cet instant. Il m'est déjà arrivé de me retrouver dans un lit, avec lui en moi, mais j'étais *Pri-ya*. Cela s'est passé si vite, sans volonté consciente de ma part, que tout était terminé avant de commencer. Cette fois, je veux vivre ce moment au ralenti. Savourer chaque seconde comme si c'était la dernière. J'ai choisi ceci. Cela me semble incroyable.

— Un instant !

Son comportement change immédiatement. Ses yeux se voilent de rouge.

— N'ai-je pas attendu assez longtemps ?

Un crépitement monte de sa poitrine. Ses mains se plient et se déplient le long de ses hanches. Son souffle s'accélère.

Dans la lueur vacillante, sa peau commence à s'assombrir.

Je le regarde. Comme cela – désir contre fureur. J'ai l'impression qu'il serait capable de se jeter sur moi, de me faire basculer tout en m'arrachant mes vêtements et d'entrer en moi avant que nous touchions le sol.

— Je ne le tolérerai pas.

Il fronce les sourcils. Le blanc de ses yeux se teinte de rouge, avant de se strier de minuscules ruisseaux de sang. Soudain, ses yeux sont noirs sur rouge, et plus du tout blancs.

— Mais je ne vous dirai pas que je n'y ai pas songé.

Je prends une profonde inspiration.

— Vous êtes ici, dans ma chambre. Vous n'avez aucune fichue idée de ce que cela me fait. Qu'une femme vienne ici, et elle meurt. Si ce n'est pas moi qui la tue, mes hommes s'en chargent.

— Y a-t-il déjà eu une femme, ici ?

— Une fois.

— Est-elle venue toute seule, ou l'y avez-vous amenée ?

— C'est moi qui l'ai fait venir.

— Et ?

— Et je lui ai fait l'amour.

Je sursaute, tout en tournant avec lui, mon regard vrillé sur le sien. L'entendre parler ainsi d'une autre que moi me donne envie de me jeter sur lui, d'arracher mes vêtements et de le prendre en moi avant que nous ayons touché le sol. Pour effacer ma rivale. Il veut coucher avec moi. À elle, il lui a fait l'amour.

Il m'observe attentivement. Il semble apprécier ce qu'il voit.

— Et... ?

— Et quand j'ai fini, je l'ai tuée.

Il dit cela sans émotion mais je vois autre chose dans ses yeux. Il s'est détesté de l'avoir assassinée. Il croyait qu'il n'avait pas le choix. Il a succombé à la tentation d'avoir quelqu'un dans son lit, dans sa maison, dans son monde. Il a eu envie de se sentir... normal, pour une nuit. Et elle l'a payé de sa vie.

— Je ne suis pas un héros, Mac. Je ne l'ai jamais été et je ne le serai jamais, mais soyons clairs : je ne suis pas non plus un anti-héros, alors arrêtez d'essayer de découvrir mon potentiel caché. Il n'y a rien qui puisse me sauver.

Je le désire tout de même.

C'est ce qu'il voulait savoir.

Je pousse un soupir impatient et j'écarte mes cheveux de mon visage.

— Eh bien, Barrons, vous discutez ou vous me sautez ?

— Répétez-le. La seconde partie.

Je m'exécute.

— Ils essaieront de vous éliminer.

— Alors c'est une bonne chose que je sois coriace. Il n'y a qu'un détail qui m'inquiète.

— Et vous ?

— Jamais. Je suis celui qui veille sur vous, quoi qu'il arrive. Je serai toujours là pour coucher avec vous jusqu'à ce que vous retrouviez la raison, chaque fois que vous en aurez besoin. Je suis celui qui ne vous laissera jamais mourir.

Je fais passer ma chemise par-dessus ma tête et me débarrasse de mes chaussures.

— Qu'est-ce qu'une femme pourrait demander de plus ?

J'ôte mon jean mais en retirant mon string, je me prends le pied dedans. Je perds l'équilibre.

Il est sur moi avant que j'aie touché le sol.

Depuis l'instant où j'ai posé les yeux sur Jéricho Barrons, je l'ai désiré. J'ai eu envie qu'il me fasse des choses que la MacKayla Lane rose bonbon était choquée, abasourdie et... bon, d'accord, totalement fascinée d'imaginer.

Je n'ai rien voulu admettre de cela. Comment un paon pourrait-il désirer un lion ?

J'avais été aussi superficielle que les jeunes oiseaux mâles, dans mon plumage futile. Je m'étais pavanée, jetant des regards à la dérobée au roi de la jungle en niant ce que je ressentais. J'avais vu mon joli plumage, ses griffes meurtrières, et j'avais compris que si le lion devait un jour coucher avec le paon... il s'étendrait sur un nuage de plumes ensanglantées.

Cela ne m'avait pas empêchée de le désirer.

Cela m'avait fait pousser des griffes.

Tandis que je tombe sur le sol avec lui, je me dis, *Me voici, à présent*. Un paon sans plumes, mais avec des griffes. J'ai perdu ma superbe parure au fil des épreuves. Quand je me regarde dans un miroir, je n'ai aucune idée de qui je suis. Peu m'importe. Peut-être va-t-il me pousser une crinière.

Le soulagement m'envahit lorsque son corps entre violemment dans le mien. Barrons se déplace comme une rafale sombre, imprévisible. Non seulement il est sur moi, mais il est *en* moi avant que nous touchions le parquet.

Oh, Seigneur, oui, *enfin* ! Mon crâne se heurte contre le bois mais je le sens à peine. Ma tête se renverse en arrière, mes reins se creusent, mes jambes s'écartent. Mes chevilles sont sur ses épaules, et je n'éprouve aucun conflit intérieur. Il n'y a que du désir, et tout ce qu'il faut pour le combler qui entre en moi – lisse, dur, un animal vêtu de la peau d'un homme.

Je lève les yeux vers lui. Il est à moitié bête. Son visage est acajou, ses crocs sont saillants. Ses yeux sont ceux de Barrons, mais pas son regard. Cela me fait perdre la raison. Je peux être tout ce que je veux, avec lui. Pas d'inhibition. Il devient plus dur, plus grand en moi.

— Vous pouvez faire *cela* ? dis-je d'une voix étranglée.

La bête était plus grande que l'homme.

Il rit, et ce n'est définitivement *pas* un son humain. Je gémis, je halète, je me cambre. C'est indescriptible. Il m'emplit, se glissant délicieusement loin en moi, là où jamais un homme n'est allé avant lui. Oh, Seigneur ! Je jouis. J'explose. J'entends quelqu'un rugir.

C'est moi. J'éclate de rire tandis que le plaisir continue de déferler en moi. Je crois que je crie. Je me sers de mes griffes et il fait des soubresauts en moi, de façon soudaine et rapide. Il émet ce bruit de gorge qui me rend folle. Je raffole de ce son.

J'irais jusqu'en Enfer – aller et retour – le sourire aux lèvres s'il était à mes côtés. Si je pouvais lever les yeux vers lui, croiser son regard et avoir avec lui d'une de nos conversations muettes.

— Vous n'avez pas perdu votre plumage.

Sa diction est étrange, gutturale, déformée par ses crocs.

Je rirais si sa langue n'était pas dans ma bouche, m'ouvrant grand les mâchoires, me coupant le souffle. C'est lui qui a raison. Un jour, vous rencontrez effectivement un homme qui vous embrasse à vous faire perdre haleine, et vous vous apercevez que vous n'avez pas besoin de respirer. L'oxygène est un détail trivial. C'est le désir qui crée la vie. Qui lui donne du sens. Qui fait que tout vaut d'être vécu. Le désir *est* la vie. L'envie de voir le prochain lever de soleil, le prochain coucher de soleil. De toucher l'être aimé. D'essayer encore.

— L'enfer serait de se lever un matin et de ne rien désirer, acquiesce-t-il.

Il sait à quoi je pense. Toujours. Nous sommes connectés. Les atomes entre nous convoient des messages d'un côté, puis de l'autre.

— Plus fort. Plus profond. Allez-y, Barrons. Encore !

Je suis violente. Je ne peux être brisée. Je suis élastique autour de lui. Insatiable. Sa main est sur le côté de mon cou, autour de ma gorge, en coupe autour de mon visage. Ses yeux se vrillent dans les miens. Il observe chaque nuance, chaque détail de chaque expression comme si son existence en dépendait. Il me prend avec la dévotion totale d'un homme à l'agonie espérant Dieu.

Tandis qu'il m'emplit, je me demande si – de la même façon que le sexe produit un parfum qui lui est unique – nous ne « faisons » pas effectivement l'amour. Dans le sens de créer, fabriquer, invoquer un élément indépendant dans l'air autour de nous. Je me dis que peut-être, si suffisamment d'entre nous le « faisaient » vraiment bien, pour de bon, et pas seulement pour le pire, nous pourrions changer la face du monde. Parce que quand il est en moi, je sens l'espace autour de nous se modifier, se charger, me donner l'impression qu'une sorte de circuit en boucle s'est installée – plus Barrons me touche, plus j'ai envie qu'il le fasse. Coucher avec lui comble mon désir. Puis le nourrit. L'apaise, puis l'alimente. C'est un cercle sans fin. Je sors du lit avec lui, impatiente d'y retourner. Et je suis…

— … furieuse contre vous-même à cause de cela, dit-il avec douceur.

C'était mon texte.

— Je n'en ai jamais assez, Mac. Cela me rend dingue. Je devrais vous tuer pour ce que vous me faites ressentir.

Je comprends parfaitement. Il est mon point faible. Pour lui, je deviendrais Shiva, celui qui dévore les mondes.

Il se retire, et je manque de crier tant je me sens vide.

Puis il me soulève entre ses bras et je suis sur le lit, et il m'étend sur la pile d'oreillers, écarte mes cuisses, et lorsqu'il me prend par-derrière, j'en pleure de soulagement. Je suis entière, je suis vivante, je suis…

Je ferme les yeux et me laisse emporter par un plaisir où la pensée n'a plus de place. C'est tout ce que je peux faire. Être. Ressentir. Vivre.

Je suis de nouveau *Pri-ya*.

Je serai toujours avec cet homme.

Bien plus tard, je le regarde. Il est sur moi, à l'orée de moi. Je suis gonflée, brûlante, ivre de vie. Mes mains sont au-dessus de ma tête. Il aime jouer avec moi, entrer un peu, puis encore un peu, jusqu'à ce que je sois folle de désir, puis me pénétrer d'un seul coup. Chaque fois, cela m'anéantit.

Je sais que ce qui m'excite tellement, me fait éprouver un désir aussi violent, est en partie le fait qu'il est dangereux. J'ai un faible pour le méchant. Je raffole de celui qui sème la pagaille. Le mâle Alpha qui ne respecte pas les règles et n'obéit à personne.

Que pourrais-je attendre d'autre ? Il est possible que je sois une partie de l'ancien créateur de la race *unseelie*.

Il m'embrasse. Le nom de V'lane a depuis longtemps disparu de ma langue. Il n'y a que lui, et il a raison. Il n'y a pas de place pour un autre homme.

— Peut-être n'y a-t-il absolument aucun problème avec toi, Mac, dit-il. Peut-être es-tu exactement ce que tu es supposée être, et que tes conflits intérieurs ne proviennent que du fait que tu t'obstines à jouer dans la mauvaise équipe.

Il plonge en moi et bascule ses hanches vers l'avant avec des muscles qu'aucun humain – j'en mettrais ma main au feu – ne possède.

Je me cambre.

— Es-tu en train de dire que je suis vouée au mal ?

— Le mal n'est pas un état. C'est un choix.

— Je ne pense pas...

Ma bouche est soudain occupée. Lorsque je peux enfin terminer ma phrase, je n'ai plus aucune idée de ce que j'allais dire.

Nous nous retrouvons sous la douche, un monument en marbre d'Italie avec des jets sur tous les murs. De trois à quatre mètres de long et la moitié de large, elle est équipée d'un banc, juste à la bonne hauteur. J'ai l'impression que nous y restons pendant des jours. Il y apporte de la nourriture et je mange dans la douche. Je le lave en faisant courir mes mains sur son corps superbe.

— Quand tu meurs, est-ce que tes tatouages disparaissent ?

Mouillés, ses cheveux sont plus sombres, luisants, et sa peau prend une profonde teinte bronze. L'eau ruisselle sur ses muscles et le long de son érection. Il est toujours dur comme le roc.

— Oui.

— C'est pour cela qu'ils étaient différents.

Je fronce les sourcils.

— Est-ce que tu reviens systématiquement là où tu te trouvais lorsque tu es mort pour la première fois ?

— As-tu été *Pri-ya* jusqu'à la fin ?

Dans un sursaut, je baisse la tête pour qu'il ne voie pas mes yeux. Il arrive qu'ils me trahissent malgré mes efforts de dissimulation, surtout quand mes émotions sont intenses.

Il prend mes cheveux à pleines poignées pour me faire lever le menton et m'obliger à le regarder.

— Je le savais. Tu ne l'as pas été tout le temps !

Ses lèvres sont sur les miennes. Il me plaque contre la paroi. J'en ai le souffle coupé, et je m'en moque éperdument. Il est fou de joie.

— Combien de temps ? demande-t-il.

— Que se passe-t-il quand tu meurs ? répliquai-je.

— Je reviens.

— Merci pour l'information. Comment ? Où ? Est-ce que tu finis simplement par te relever de tes cendres, ou quelque chose comme ça ?

J'entends un crépitement et soudain, il est sur le sol, la tête rejetée en arrière, les muscles parcourus de frémissements, luttant pour rester dans son corps d'homme. Il est en train de perdre la bataille. Des serres lui poussent. Des crocs noirs jaillissent de ses lèvres et lui transpercent la peau. Je suis certaine qu'il n'a pas envie de se métamorphoser et que c'est ma question qui l'a plongé dans cet état. Je ne supporte pas de le voir lutter ainsi. Je me demande si quelqu'un a déjà tenté de l'aider. Je lui réponds et continue de lui parler pour l'ancrer dans l'instant présent.

— J'ai été consciente de ce qui se passait depuis le moment où tu m'as demandé ce que je portais pour le bal de fin d'année.

Je me laisse tomber à genoux devant lui, prends sa tête entre mes mains et le berce contre mon cœur. Son visage est moitié humain, moitié bestial.

— J'ai commencé à retrouver mes esprits. C'était comme si j'étais là, tout en essayant de ne pas y être.

Je suis là, Jéricho. Reste avec moi.

Plus tard, nous dormons. Du moins, *je* dors. J'ignore ce qu'il fait. Je suis épuisée, bien au chaud, en sécurité pour la première fois depuis une éternité, somnolente, dans le repaire souterrain de Barrons, aux côtés du roi des bêtes.

Il me réveille en me prenant par-derrière. Nous avons fait l'amour si souvent, de tant de façons, que je peux à peine bouger. J'ai eu tellement d'orgasmes que je ne crois même pas possible d'avoir seulement *envie* de jouir une fois de plus, mais dès qu'il entre en moi, mon corps tient un tout autre discours. J'ai une telle faim de lui que c'en est douloureux. Je glisse ma main entre mes jambes. À peine me suis-je effleurée que le plaisir m'emporte. Il plonge plus profondément, va et vient entre mes spasmes de volupté. Je suis sur le côté. Il se serre contre moi, peau contre peau. Ses bras sont autour de moi, ses lèvres dans mon cou. Ses dents frôlent ma chair. Lorsque je cesse de trembler, il se retire... et j'ai de nouveau envie de lui. Je lui donne un petit coup de reins. Aussitôt, il est de retour. Il va lentement, si lentement que c'en est un supplice. Il plonge, je le serre. Il s'en va, et je reste là, tendue, impatiente. Aucun de nous ne dit un mot. C'est tout juste si je respire. Il s'arrête et reste parfaitement immobile pendant un moment, mais ce n'est pas pour me provoquer. Il aime être aussi dur, à l'intérieur de moi. Connectés l'un à l'autre, nous demeurons étendus en silence. Je n'ai pas envie que cet instant s'achève.

C'est pourtant le cas, et lorsque nous nous séparons, nous ne parlons pas pendant un long moment. Je regarde les ombres danser sur une célèbre toile de maître accrochée au mur. Il ne dort pas. Je sais qu'il est là, derrière moi, éveillé.

— Tu ne dors jamais ?

— Non.

— Ce doit être l'*enfer*.

J'adore dormir. Me rouler en boule, sommeiller, rêvasser. J'ai besoin de mes songes.

— Je rêve, dit-il d'une voix calme.

— Je ne voulais pas dire que...

— Je ne veux pas de ta pitié, *Mademoiselle Lane*. Je suis ce que je suis.

Je roule sur moi-même entre ses bras pour toucher son visage. Je m'autorise à être tendre. Je souligne ses traits et glisse mes doigts dans ses cheveux. Il semble tout à la fois décontenancé et ravi par la façon dont je le caresse. Je m'efforce de reconsidérer les avantages qu'il y a à ne jamais dormir. Ils sont nombreux.

— Comment peux-tu rêver, sans sommeil ?

— Je somnole. Les humains ont besoin de se mettre hors service pour s'abandonner. La méditation permet la même chose et laisse le subconscient s'exprimer. Cela suffit.

— Qu'est-il arrivé à ton fils ?

— Te voilà bien curieuse, se moque-t-il.

— C'est pour lui que tu veux le *Sinsar Dubh*.

Soudain, il est parcouru par une rafale de violence. Elle souffle comme le sirocco. Tout d'un coup, je suis dans sa tête. Nous sommes dans un désert. Je me demande, avec une curieuse sensation de dualité dans laquelle je suis lui et moi à la fois, pourquoi tout semble obstinément revenir à ce point pour lui. Puis…

Je suis Barrons, et je suis à genoux dans le sable.

Le vent se lève. L'orage approche.

J'ai été stupide, si stupide !

La mort à louer. Je riais. Je buvais. Je baisais. Rien ne comptait. Je traversais la vie en me pavanant, tel un dieu. Les hommes faits hurlaient en me voyant arriver.

Je suis né aujourd'hui. J'ai ouvert les yeux pour la première fois.

Tout semble si différent, à présent qu'il est trop tard. Quel maudit tour la vie m'a joué ! Je n'aurais jamais dû venir ici. C'est le contrat que je n'aurais pas dû accepter.

Je serre mon fils contre moi et je pleure.

Les cieux se fendent et l'orage se déverse. La tempête de sable se lève, si épaisse qu'il fait nuit en plein jour.

L'un après l'autre, mes hommes tombent autour de moi.

Je maudis le ciel en mourant. Il me maudit en retour. Il y a du noir. Rien que du noir. J'attends la lumière. Les Anciens disent qu'il y a de la lumière lorsque l'on meurt. Ils disent de courir vers elle. Si elle s'en va, vous errez à jamais à la surface de la Terre.

Aucune lumière ne vient à moi.

J'attends toute la nuit dans l'obscurité.

Je suis mort, mais je peux sentir le désert sous mon cadavre, l'abrasion du sable sur ma peau, jusque dans mes narines. Des scorpions me piquent les mains et les pieds. Mes yeux ouverts et sans vie, incrustés de sable, regardent le ciel nocturne dans lequel les étoiles s'allument et s'éteignent tout à tour. L'obscurité est absolue. J'attends, intrigué. La lumière va venir. J'attends, j'attends.

La seule lumière qui vient pour moi est celle de l'aube.

Je me relève, mes hommes se relèvent, et nous nous regardons les uns les autres, mal à l'aise.

Puis mon fils se relève à son tour, et je ne prête plus attention à eux. Je n'ai aucune pensée à perdre pour cette étrange nuit qui n'aurait pas dû être. L'univers est un mystère et les dieux capricieux. Je suis, il est, et cela me suffit. Je le dépose sur mon cheval et laisse mes hommes derrière moi.

— Mon fils a été tué deux jours plus tard.

J'ouvre les yeux et les referme rapidement, plusieurs fois de suite. J'ai encore le goût du sable sur les lèvres et sa brûlure sous mes paupières. Des scorpions courent autour de mes pieds.

— C'était un accident. Son corps a disparu avant que nous ayons pu l'enterrer.

— Je ne comprends pas. Êtes-vous morts, dans ce désert, ou non ? Et lui ?

— Nous sommes morts. Ce n'est que plus tard que j'ai rassemblé les pièces. Les événements ont rarement du sens sur l'instant. Après être mort une deuxième fois, mon fils est de nouveau mort à de nombreuses reprises, en essayant simplement de revenir vers moi et de rentrer à la maison. Il était loin dans le désert, sans eau ni moyen de transport.

Je le regarde, intriguée.

— Que veux-tu dire ? Que chaque fois qu'il meurt, il retourne à l'endroit exact où il est mort pour la première fois avec toi ?

— Chaque lendemain à l'aube.

— Encore et encore ? Il essayait de s'en sortir, mourait d'un coup de chaleur ou d'une autre cause, et devait recommencer indéfiniment ?

— Il était loin de la maison. Nous ne savions pas. Aucun d'entre nous n'était resté mort pendant longtemps. Nous savions que nous étions différents, mais nous ignorions tout du processus. Cela est venu plus tard.

Je l'observe en attendant qu'il continue. Ceci est le moment crucial de la vie de Barrons. Je veux savoir. Je ne le bouscule pas.

— Cela n'a pas marqué la fin de son calvaire. J'avais des rivaux qui sillonnaient le désert, eux aussi. Des mercenaires. À de nombreuses reprises, nous nous étions mutuellement infligé de lourdes pertes. Un jour, ils l'ont trouvé en train de marcher dans le sable. Ils ont joué avec lui.

Il détourne les yeux.

— Ils l'ont torturé et tué.

— Comment sais-tu cela ?

— Lorsque j'ai fini par comprendre ce qui se passait, j'ai à mon tour martyrisé à mort un certain nombre d'entre eux. Ils ont parlé.

Ses lèvres sourient mais son regard est froid, implacable.

— Ils avaient établi un camp non loin de là où il revenait à la vie chaque matin à l'aube et l'ont trouvé au matin suivant. Quand ils ont vu comment les choses se passaient, ils ont cru qu'il était la progéniture du diable. Ils l'ont supplicié et assassiné sans relâche. Plus il revenait à la vie, plus ils étaient résolus à le détruire. J'ignore combien de fois ils l'ont abattu. Trop. Jamais ils ne l'ont laissé vivre assez pour changer. Ils ignoraient ce qu'il était, et lui aussi. Tout ce qu'ils savaient, c'était qu'il renaissait éternellement. Un jour, une autre bande les a attaqués et ils n'ont pas eu le temps de le tuer. Il est resté seul, attaché sous une tente, pendant des jours. Il a eu si faim qu'il s'est métamorphosé. Et il est resté ainsi. Un an plus tard, nous avons été recrutés pour chasser la bête qui rôdait dans le pays, déchirant la gorge des hommes et leur arrachant le cœur.

Je suis horrifiée.

— Ils l'ont tué chaque matin pendant un an ? Et tu as été engagé pour l'abattre ?

— Nous savions qu'il s'agissait de l'un d'entre nous. Nous nous étions tous métamorphosés. Nous savions ce que nous devenions. Ce ne pouvait qu'être lui. Je l'espérais.

Ses lèvres s'étirent en un sourire amer.

— Oui, j'espérais que c'était mon fils.

Il y a une avidité non dissimulée dans son regard.

— Combien de temps est-il resté un enfant, ce soir ? Combien de temps l'as-tu vu avant qu'il t'attaque ?

— Quelques minutes.

— Je ne l'ai pas vu comme cela depuis des siècles. Je vois qu'il se souvient de la dernière fois.

— Ils l'ont brisé. Il est incapable de contrôler sa métamorphose. Je ne l'ai vu que cinq fois sous l'apparence de mon fils. Comme si, à de rares moments, il trouvait un peu de paix.

— Tu ne peux pas l'atteindre ? Lui apprendre ? Barrons pourrait enseigner à n'importe qui.

— Il a perdu une partie de son esprit. Il était trop jeune. Trop effrayé. Ils l'ont détruit. Un homme aurait pu endurer cela. Un enfant n'avait aucune chance. J'ai essayé de m'asseoir près de sa cage pour lui parler. Quand la technologie l'a permis, j'ai enregistré chaque instant dans l'espoir de l'apercevoir un instant sous l'apparence de mon fils. Les caméras sont éteintes, maintenant. Je ne pouvais pas supporter de visionner les cassettes à la recherche de mon enfant. Je dois le garder enfermer. Si le monde le découvrait, on recommencerait à l'abattre. Encore et encore. C'est une bête féroce. Il tue. C'est tout ce qu'il sait faire.

— Tu le nourris.

— Si je ne le fais pas, il souffre. Une fois rassasié, il arrive qu'il puisse se reposer. Je l'ai tué. J'ai essayé les drogues. J'ai appris la sorcellerie. Le druidisme. J'ai pensé que la Voix pourrait l'aider à dormir, peut-être même à mourir. Cela a semblé l'hypnotiser pendant quelque temps, mais il est extrêmement adaptable. Une machine à tuer ultra-sophistiquée. J'ai étudié. J'ai rassemblé des Objets de Pouvoir. Je lui ai planté ta lance dans le cœur il y a deux mille ans, quand j'ai appris l'existence de cette arme. J'ai contraint une princesse faë à faire tout ce qui était en son pouvoir. Rien n'a fonctionné. Il n'est pas ici. Ou s'il est quelque part, il est dans une agonie permanente, éternelle. Pour lui, cela n'a pas de fin. Sa foi en moi était une erreur. Je ne pourrai jamais...

Le sauver, ne dit-il pas. Je ne le dis pas non plus car si je ne fais pas attention, je vais fondre en larmes, et je sais que cela ne ferait qu'aggraver les choses pour lui. Voilà des milliers d'années qu'il a arrêté de pleurer. Tout ce qu'il veut, c'est la paix. Offrir à son fils le repos éternel. Le border et lui dire bonne nuit pour l'éternité, une dernière fois.

— Tu veux le détruire.

— Oui.

— Depuis combien de temps cela dure-t-il ?

Il ne répond pas.

Il ne me le dira pas. Et je m'aperçois que des chiffres ne m'apporteraient rien. Le chagrin qu'il a éprouvé dans le désert ne s'est jamais apaisé. Je comprends à présent pourquoi ils me tueraient. Il ne s'agit pas seulement de son secret. C'est aussi le leur.

— Chaque fois que vous mourez, vous retournez tous à l'endroit où vous êtes morts pour la première fois.

Aussitôt, il est pris de violence. Je ne m'en étonne pas.

Ils tuent pour que personne ne leur inflige jamais le sort que son fils a subi. C'est là leur unique vulnérabilité. Le lieu où ils renaissent, le lendemain à l'aube. Un ennemi pourrait s'y installer, attendre leur retour et les tuer, éternellement.

— Je ne veux pas savoir où cela se trouve. Jamais, lui dis-je avec sincérité. Jéricho, nous allons capturer le Livre. Nous trouverons un sortilège d'anéantissement. Je te le promets. Nous donnerons à ton fils la paix éternelle.

Je suis soudain furieuse. Qui leur a infligé cela ? Pour quelle raison ?

— Je te le jure, promets-je. D'une façon ou d'une autre, nous y arriverons.

Il hoche la tête, croise les mains sous son crâne, s'adosse à un oreiller et ferme les yeux.

À mesure que le temps passe, je vois ses traits se détendre. Je sais qu'il est dans ce lieu où il peut méditer et contrôler ce qui arrive. Quelle extraordinaire discipline !

Depuis combien de millénaires prend-il soin de son fils, le nourrit-il, essaie-t-il de le tuer et de soulager ses souffrances, ne serait-ce que pour quelques instants ?

Je suis de nouveau dans ce désert, non pas parce qu'il m'y a amenée mais parce que je n'arrive pas à chasser de ma mémoire l'expression de son fils.

Ses yeux disent *Je sais que tu feras cesser la douleur.*

Barrons n'y est jamais parvenu. La souffrance ne s'est jamais arrêtée. Pour aucun d'eux.

L'enfant dont la mort l'a détruit a continué de le briser chaque jour depuis. En vivant.

La mort, a dit un jour Barrons, *n'a rien de difficile. Celui qui meurt prend la fuite, purement et simplement.*

Tout à coup, je suis heureuse qu'Alina soit morte. Si la lumière vient pour tout le monde, elle est venue pour elle. Elle est en paix, quelque part.

Mais pas le fils de Barrons. Ni lui-même.

Je presse ma joue contre son torse afin d'écouter le battement de son cœur.

Et pour la première fois depuis que je le connais, je m'aperçois qu'il ne bat pas. N'ai-je donc jamais entendu son pouls, auparavant ? Son rythme cardiaque ? Comment ai-je pu ne pas m'en apercevoir ?

En levant les yeux vers lui, je m'aperçois qu'il m'observe, tête baissée, une expression indéchiffrable dans le regard.

— Je n'ai rien mangé depuis un moment.

— Et ton cœur s'arrête de battre ?

— Il commence à me faire mal. À la longue, je finis par me métamorphoser.

— De quoi te nourris-tu ? demandai-je prudemment.

— Mêle-toi de tes affaires, me dit-il avec douceur.

Je hoche la tête. Je peux vivre avec cela.

*

* *

Ici, ses mouvements ne sont pas les mêmes. Il n'essaie pas de cacher quoi que ce soit. Ici, il est lui-même. Lorsqu'il bouge, il semble ne faire qu'un avec l'univers. Il coule sans un bruit, lisse comme la soie, d'une pièce à l'autre. Si j'oublie de faire attention à l'endroit où il se trouve, j'ai du mal à le situer. Je découvre qu'il est adossé à une colonne – alors que je pensais qu'il *était* cette colonne – les bras croisés, en train de m'observer.

J'explore sa tanière souterraine. J'ignore combien de temps il a vécu mais il est clair qu'il a toujours bien vécu. Il a été un mercenaire, à une autre époque, dans un autre lieu, qui sait combien de temps auparavant. Il aime les belles choses et ses goûts n'ont pas changé. Je trouve sa cuisine. C'est un rêve de cordon-bleu – tout en acier chromé, rien que du haut de gamme. Beaucoup de marbre, des placards sublimes. Un réfrigérateur Sub-zero et un congélateur bien remplis. Une cave à vin exceptionnelle. Tout en dévorant une assiette de pain et de fromage, je l'imagine ici, toutes ces nuits où je gravissais l'escalier jusqu'à ma chambre du troisième ou du quatrième étage pour dormir seule. Marchait-il sur ces planchers magnifiques, se préparait-il un dîner, ou peut-être le mangeait-il cru ? Pratiquait-il la magie noire, se tatouait-il, sortait-il se promener dans l'une de ses nombreuses voitures ? Il avait été si proche de moi, tout ce temps ! Dans ce souterrain, nu dans des draps de soie... Si j'avais su alors ce que je sais maintenant, cela m'aurait fait perdre la raison.

En le voyant éplucher une mangue, je me demande comment il fait pour trouver des fruits frais dans le Dublin d'après la chute des murs. Elle est si mûre qu'un filet de jus coule entre ses doigts, puis le long de son bras. Je lèche sa main, avant de le repousser en arrière pour laper la pulpe sur son abdomen, puis plus bas... et je me retrouve assise, nue, sur le marbre froid de l'îlot central de la cuisine, et il est de nouveau en moi, tandis que mes jambes entourent solidement ses hanches. Il baisse les yeux vers moi, comme pour graver mon visage dans sa mémoire, et il me regarde comme s'il n'arrivait pas à croire que je suis là.

Je reste assise au même endroit tandis qu'il me prépare une omelette. Je suis affamée – corps et âme. Je brûle plus de calories que je ne peux en absorber.

Il cuisine en tenue d'Adam. J'admire son dos, ses épaules, ses jambes.

— J'ai trouvé la seconde Prophétie, lui dis-je.

Il éclate de rire.

— Pourquoi te faut-il toujours si longtemps pour me dire les choses importantes ?

— Tu es bien placé pour parler, répliqué-je sèchement.

Il dépose l'assiette devant moi et me tend une fourchette.

— Mange.

Lorsque j'ai terminé, je demande :

— C'est toi qui as l'Amulette, n'est-ce pas ?

Il se mord brièvement la langue avant de me décocher un grand sourire qui signifie *Je suis le pire des grands méchants et c'est moi qui ai* tous *les jouets.*

Nous retournons dans sa chambre et je sors de ma poche la page du cahier de Morry la Folle, ainsi que la carte de tarot.

Il observe la lame.

— Où m'as-tu dit que tu l'avais trouvée ?

— Chez Chester. C'est le type aux yeux rêveurs qui me l'a donnée.

— Qui ?

— L'étudiant super-mignon qui tient le bar.

Sa tête bouge bizarrement, comme celle d'un serpent reculant avant de frapper.

— Super-mignon ? répète-t-il.

Je le regarde. Son expression est glaciale. *Si c'est ce genre de vie que tu veux,* semblent dire ses yeux, *fiche immédiatement le camp de chez moi.*

— Rien à voir avec toi, Barrons.

Il se détend.

— Bon, qui est-ce ? L'ai-je déjà vu ?

Je lui dis où et quand il l'a croisé, puis je lui dresse son portrait. Il semble déconcerté.

— Jamais vu ce gamin. J'ai aperçu un homme âgé avec un fort accent irlandais qui servait des cocktails quand je suis venu te chercher, mais personne qui ressemble à cette description.

Je hausse les épaules.

— De toute façon, il est trop tard pour que la première Prophétie se réalise.

Je lui tends le feuillet.

— Darroc était persuadé d'être le seul capable d'utiliser l'Amulette, mais après avoir lu sa traduction, il me semble que cela pourrait être toi, Dageus... ou de nombreux autres hommes.

Barrons me prend le parchemin des mains et le parcourt.

— Pourquoi a-t-il pensé que cela pouvait être lui ?

— Parce qu'il est écrit *Celui qui n'est plus ce qu'il était.* Et que Darroc était faë.

Il la retourne, lit la traduction de Darroc, puis revient à la Prophétie de Morry la Folle.

— Darroc ne parlait pas le vieil irlandais à l'époque où je l'ai formé. S'il l'a appris depuis, il n'a pas été un excellent élève. Sa traduction est erronée. C'est un dialecte rare, et le genre n'est ni masculin ni féminin, mais neutre. Il est écrit *L'être qui est possédé... ou habité.*

— C'est ce que disait la première Prophétie.

Il me regarde en arquant un sourcil. Il me faut quelques instants pour déchiffrer son expression.

— Tu penses que c'est moi.

D'une certaine façon, cela ne me surprend pas. C'est comme si une part de moi-même avait toujours su qu'à la fin, la situation se réduirait à ceci : moi contre le *Sinsar Dubh*, et que le meilleur l'emporte. Cela a un petit arrière-goût de fatalité. Je déteste la fatalité. Je n'y crois pas. Hélas ! j'ai peur que cette garce croie en moi, elle.

Il se dirige vers une cache dissimulée derrière la toile de maître sur laquelle j'ai regardé un peu plus tôt le jeu des flammes des bougies, et il en sort l'Amulette. Elle est sombre dans sa main mais dès qu'il s'approche de moi, elle émet une faible pulsation.

Je tends les doigts vers elle. Lorsque je la touche, elle se met à briller. Elle semble à sa place au creux de ma paume. Je l'ai convoitée dès l'instant où je l'ai vue.

— Tu es le joker, Mac. J'en suis convaincu depuis le début. Cet objet pense que tu as l'étoffe d'une héroïne. Moi aussi.

Un sacré compliment ! Je mets ma main en coupe autour de l'Amulette. Je connais cette pierre. Je rentre en moi-même, cherchant, sondant. J'ai appris tant de choses ce soir, sur lui, sur moi ! Dans cet endroit, je ne ressens pas la peur. Rien ne peut m'atteindre, rien ne peut me blesser gravement. Je me sens plus calme que je ne l'ai été depuis longtemps. Si je peux faire usage de ceci, je peux trouver le sortilège qui détruira son fils. Je peux mettre un terme à leurs souffrances.

Montre-moi ce qui est vrai, dis-je en écartant mes œillères. J'arrête de concentrer ma volonté sur la vérité pour la façonner de force, et je laisse la vérité me façonner à sa volonté. De quoi me suis-je cachée ? Quels monstres m'ont-ils suivie, attendant patiemment que je les voie ?

Je ferme les yeux et ouvre mon esprit. Des fragments d'époques oubliées défilent devant moi, si vite que je n'aperçois que des taches colorées. Je me fie à mon cœur pour me guider jusque-là où j'ai besoin d'aller et me dire où faire halte.

Les images ralentissent, s'immobilisent. Je suis dans un autre lieu, dans un autre temps. Tout est si réel que je peux sentir le parfum épicé de roses, non loin de moi. J'aime cette odeur car elle me fait penser à *elle*. J'ai des roses partout. Je regarde autour de moi.

Je suis dans mon laboratoire.

Cruce est parti.

Je l'ai regardé s'en aller.

Il m'aime, mais il a encore plus d'amour pour lui-même.

Je termine sans lui la quatrième Amulette. Les trois premières étaient imparfaites. Celle-ci obéit à ma volonté.

Elle équilibre les forces entre elle *et moi.*

Elle brillera dans le ciel nocturne avec autant d'éclat que moi. Les géants s'unissent aux géants, ou pas du tout.

Je vais apporter l'Amulette moi-même à ma bien-aimée.

Je ne puis la rendre faë mais je lui offrirai tous nos pouvoirs d'une autre façon.

Peut-être suis-je fou de lui donner une Amulette capable de tisser des illusions susceptibles de me tromper moi-même, mais ma foi en mon aimée n'a pas de bornes.

Mes ailes traînent sur le sol tandis que je pivote sur mes talons. Je suis immense. Je suis unique. Je suis éternel.

Je suis le roi unseelie.

44

Le soir tombe en contours nets et pourpres.
Dancer aimerait cette image. C'est un poète. Super-
doué avec les mots. L'autre jour, il en a écrit un à propos d'assassiner les horloges, parce qu'elles nous trom-
pent, qu'elles nous bloquent dans le passé et nous
empêchent de vivre l'instant présent. Autrefois, je
devais vivre avec ce truc qui me rendait tout le temps
dingue mais maintenant qu'elle sait, je me dis OK, ça
me fait un poids en moins sur les épaules.

Je m'agite, mal à l'aise, tout en surveillant chez *Bar-*
rons – Bouquins et Bibelots. Il y a une limousine qui
stationne devant. Elle s'est garée là il y a des heures et
n'a pas bougé depuis. Je n'ai pas vu qui en sortait.
Quelqu'un a changé l'enseigne. Je suppose que ce doit
être Mac, et ça me fait marrer, mais je n'éclate plus de
rire comme avant. Maintenant, j'intériorise.

Je jurerais pas qu'elle va pas essayer de me tuer.

Et moi, j'ai pas l'intention de mourir.

Voilà où on en est.

Je suppose qu'il va bien falloir que l'une des deux y reste.

Ça fait des jours que je passe de temps en temps pour
jeter un œil. J'épie les espions. Tout le monde est nerveux. On se bouffe le nez.

Le Livre a piqué une crise l'autre jour. Il a transformé un type en bombe suicidaire et l'a envoyé direct chez Chester. Des tas de gens qui essayaient de le mettre à la porte sont morts en sautant avec lui dans l'explosion. À l'Abbaye, c'est la parano complète. Je crois que c'est la prochaine cible. Et personne ne peut localiser cette saleté, maintenant que Mac a disparu.

Et Barrons aussi.

Sans eux, on est coincés. Personne ne peut capter la présence du Livre, jusqu'à ce qu'il soit sur nous. Dancer pense qu'un de ces jours, il va nous la jouer Hiroshima. Nous dégommer tous. Il dit qu'on aurait intérêt à se grouiller de le mettre hors service.

J'observe, les bras autour de mes jambes repliées, perchée sur un château d'eau. Personne ne pense à regarder aussi haut.

On m'a mise à l'écart. Ro refuse de me laisser assister à la moindre opération. Kat et Jo me tiennent au courant. Elles ne savent pas que j'ai tué Alina. Ce que Mac ignore – moi-même, je viens juste de l'apprendre – c'est qu'il existe une *troisième* Prophétie. Une histoire d'images miroirs, de fils et de filles, de monstres à l'intérieur qui sont des monstres à l'extérieur. Jo n'avait pas encore fini de la traduire qu'elle commençait déjà à flipper grave. On dirait que plus le Livre restera longtemps en liberté, plus ça craindra.

J'ai entendu Ro dire à ce type aux cheveux blancs et au regard bizarre que Mac devait mourir, mais pas avant qu'on ait repris le Livre. Ça avait l'air de le rendre fou de rage que le Livre soit entré dans son club et essaie de le faire sauter. On plaisante pas avec Ry-O.

Il a des hommes sur le toit de la librairie. Ils ont une drôle de façon de bouger.

Jo est en train de zoner sur un autre toit, un peu plus loin, avec Kat et son gentil petit troupeau de *sidhebiques*. Je murmure *Bêêê*. Elles regardent dans des jumelles, mais jamais de mon côté. Elles ne voient que ce qu'elles s'attendent à voir. Ce qu'*elle* leur dit de voir. Les gourdes. Sortez la tête du sable ! Ça pue le crottin !

Les choses que je sais.

Les Écossais sont en haut d'un immeuble de quatre étages dans la Zone fantôme. Eux aussi, ils ont des jumelles.

Mes globes oculaires n'ont pas besoin qu'on les aide pour y voir clair. Je suis gonflée à bloc, au top du top, la meilleure ! Je vois tout, j'entends tout, je suis à fond, vingt-quatre heures sur vingt-quatre.

Je sens V'lane. Une odeur épicée dans le vent. Sais pas où il est. Quelque part dans le coin.

Cinq jours que Mac et Barrons sont aux abonnés absents. Depuis la nuit où ils ont essayé d'attraper le Livre.

Ro met tout sur le dos de Mac. D'abord, elle a été contente de sa disparition. Elle disait qu'on n'avait pas besoin d'elle, qu'on ne voulait pas d'elle. Elle a retrouvé ses esprits quand le Livre s'est pointé chez Chester. Il faut dire qu'elle était là quand il s'est ramené, dans son corset de dynamite, et Ro n'aime rien de plus que ses vieilles fesses ridées. Beurk. Voilà une vision dont je me serais passée.

Ry-O accuse les druides. Il dit qu'ils ont dû se tromper de chant.

Les Highlanders disent que c'est de la faute à Ry-O. Ils disent que le mal ne peut pas contrôler le mal. Ry-O se marre et leur demande ce qu'ils sont.

V'lane est furieux contre tout le monde. Il dit qu'on n'est qu'une bande de mortels stupides et mesquins. Je ricane. *Man*, c'est bien vrai. Je soupire, rêveuse. On dirait que V'lane m'a dans la peau. Il faut que je demande à Mac ce qu'elle...

J'ouvre une barre protéinée et mords dedans, agacée. Qu'est-ce que je raconte ? Comme si j'allais encore poser des questions à Mac ! J'aurais dû rechercher ces saloperies qui ont tué Alina. J'aurais dû m'en débarrasser. Elle n'aurait jamais su. Je souris à l'idée de les éliminer. Puis je fronce les sourcils à l'idée que je ne l'ai pas fait.

— C'est l'heure des atermoiements, petite ?

Une voix comme un couteau. Dans un sursaut, je tente de me sauver en zappant mais le salopard m'a pris le bras et ne me lâche pas.

— Fichez-moi la paix ! je crache, la bouche pleine de chocolat et de cacahuètes, tout en me demandant *Qui* utilise *ce genre de mots ?*

En vrai, je sais qui c'est, et il me fait au moins autant flipper que le Livre.

— Ry-O, j'ajoute d'un ton super-cool.

Il me sourit comme la Mort doit sourire – avec de longs crocs et des regards glacés qui n'ont jamais exprimé un *iota* de...

Involontairement, je prends une profonde inspiration au lieu d'avaler... et je m'étrangle avec une cacahuète. Ma gorge est bloquée, impossible de respirer, ça commence à marteler dans ma poitrine.

Il s'est déguisé pour Halloween, ou quoi ? C'est pas encore la saison.

Ça ne suffira pas de me frapper sur le sternum, et je le sais. Il me faudrait la manœuvre de Heimlich, mais je ne peux pas me l'appliquer à moi-même, à moins qu'il me lâche pour que je puisse aller me cogner contre le rebord du toit. Je secoue mon bras de toutes mes forces pour me libérer et je manque de le déboîter.

Il me tient toujours. Je ne vais aller nulle part.

Il me menotte le poignet avec ses longs doigts tout en m'observant. Il me regarde m'étouffer. L'immonde cynique. Il me voit écumer, les yeux fous. Je bave !

Man, je ne suis plus cool du tout.

Je vais mourir ici, en haut d'un château d'eau, en m'étranglant avec une p... de barre protéinée. Basculer et m'écraser sur le trottoir. Tout le monde pourra admirer le spectacle.

Mega O'Malley va crever comme la première venue !

Pas question, p... !

Juste quand je commence à avoir des vertiges, il abat son poing dans mon dos et je recrache une bouchée à moitié mâchée. Pendant une minute, je cherche mon souffle. Puis j'inspire dans un sifflement. L'air ne m'a jamais paru aussi doux.

Il sourit. Ses dents ont l'air normales. Je le regarde, perplexe. Mon imagination me joue des tours. Je mate trop de vidéos.

— J'ai un boulot pour toi.

— Pas le temps, dis-je aussitôt.

J'ai aucune envie de tomber entre ses pattes. Mon petit doigt me dit qu'on n'en sort pas comme ça. On tombe juste. Jusqu'à ce qu'on touche le fond. J'ai pas l'intention de descendre aussi bas. J'ai déjà assez de 'blèmes comme ça.

— Je ne t'ai pas demandé ton avis, ma petite.

— Je roule pas pour les gens qui m'appellent *ma petite.*

— Laisse-la partir.

Je tords le visage en une grimace de contrariété.

— Qui a envoyé les *flyers* ? C'est *mon* château d'eau.

Je suis furieuse. Enfin quoi, c'est abuser, de demander un peu d'intimité ?

L'un des Keltar sort de l'ombre. Je ne l'ai vu qu'à une certaine distance. Je me demande comment il a fait pour s'approcher de moi sans que je m'en aperçoive. C'est flippant. Malgré mes « superceptions », ces fichus Highlanders arrivent à se glisser près de moi.

L'Écossais éclate de rire. Pour tout dire, il ne ressemble plus vraiment à un Highlander. Il aurait plutôt l'air d'un... Dans un sifflement, je secoue la tête avec compassion. Il est en train de se métamorphoser en prince *unseelie.*

Ils m'ont oubliée. Ils sont très occupés à se défier du regard. Ry-O croise les bras. L'Écossais en fait autant.

Je profite du moment. Pas la peine de rester zoner ici pour savoir quel job Ry-O voulait me confier. J'en ai rien à cirer. Et si un gus devenu noir à l'intérieur s'imagine qu'il va trouver le salut en jouant les anges de la vengeance pour ma pomme, j'ai un scoop. Son aide, j'en veux pas.

Mon ticket pour l'Enfer est déjà composté, mes bagages sont chargés, le train à vapeur siffle.

Ça me va très bien. C'est comme de savoir exactement où je suis.

Je file en mode zapping.

Pas de nuit. Pas de jour. Pas de temps. Nous nous perdons l'un dans l'autre. Il m'arrive quelque chose, ici, dans ce souterrain. Je renais. Je suis en paix pour la première fois de ma vie. Je ne suis plus bipolaire. Il n'y a rien en moi dont je me cache.

La terreur vous affaiblit. Je choisirai toujours la vérité plutôt que la peur.

Je suis le roi *unseelie*. Je suis le roi *unseelie*. Je me le répète mentalement en boucle.

Je l'accepte.

J'ignore comment, pourquoi, et je ne le saurai peut-être jamais, mais au moins, maintenant, j'ai regardé droit dans ma part la plus sombre.

C'est vraiment la seule réponse qui explique tout.

D'une certaine façon, c'est presque drôle. Pendant tout ce temps où je m'inquiétais de ce que pouvaient être les gens autour de moi, la plus dangereuse, c'était *moi*.

Ce lac sombre et brillant que je possède, c'est lui. Moi. Nous. Voilà pourquoi il m'a toujours effrayée. En quelque sorte, j'ai réussi à scinder ma psyché pour stocker le roi *unseelie*. Moi. Les parts de moi-même qui n'étaient pas nées vingt-trois ans auparavant, en admettant que je sois effectivement née.

Je ne trouve aucun scénario qui explique comment je suis devenue ce que je suis, mais la réalité de mes souvenirs est incontestable.

Je me suis tenue dans ce laboratoire il y a presque un million d'années. *J'ai* créé les Piliers et *j'ai* aimé la concubine et *j'ai* donné naissances aux *Unseelies*. C'est moi qui ai fait tout cela.

Peut-être est-ce pour cela que Barrons et moi ne pouvons pas résister l'un à l'autre. Nous avons chacun notre monstre intérieur.

— Tu penses vraiment que le mal est un choix ? demandai-je.

— Tout en est un. À chaque instant. Chaque jour.

— Je n'ai pas couché avec Darroc, mais je l'aurais fait.

— Peu importe.

Il bouge en moi.

— Je suis là, maintenant.

— J'avais l'intention de le séduire afin de lui extorquer son raccourci pour trouver le Livre. Et ensuite, je voulais défaire ce monde et le remplacer par un autre, pour t'avoir de nouveau.

Il se fige. Je ne peux pas voir son visage. Il est derrière moi. C'est en partie pour cette raison que j'ai pu dire cela. Je ne pense pas que je pourrais lui avouer cela en face et voir le reflet de moi-même dans ses yeux.

Ce n'était pas pour ma sœur que je voulais détruire le monde. Je l'ai aimée toute ma vie. Lui, je ne le connaissais que depuis quelques petits mois.

— Cela aurait peut-être été un peu épuisant, pour une première tentative de création, dit-il finalement.

Il essaie de ne pas rire. Je lui dis que j'aurais condamné l'humanité pour lui, et il essaie toujours de ne pas rire.

— Cela n'aurait pas été mon premier essai. Je suis une professionnelle. Tu as tort. Je *suis* le roi *unseelie*, lui dis-je.

Il recommence à bouger. Un peu plus tard, il m'attire à lui et m'embrasse.

— Tu es Mac, dit-il. Et je suis Jéricho. Et rien d'autre ne compte. Rien d'autre ne comptera jamais. Tu existes dans un endroit qui est au-delà de toutes les règles pour moi. Est-ce que tu comprends cela ?

Oui.

Jéricho Barrons vient juste de me dire qu'il m'aime.

— Quel était ton plan ? demandai-je, bien plus tard. Une fois que nous aurions capturé le Livre, comment aurais-tu obtenu le sortilège que tu cherches ?

— Les *Unseelies* n'ont jamais bu au Chaudron. Ils connaissent tous le Langage premier. J'ai passé quelques accords, mis un certain nombre de choses en marche.

Je secouai la tête, irritée contre moi-même. Parfois, je passais à côté des évidences les plus criantes.

— Mais maintenant, je t'ai.

— Je serai capable de le lire.

C'était un peu effrayant. À présent, au moins, je savais d'où provenait ma réaction si négative au *Sinsar Dubh*. Tous mes péchés étaient enfermés sous sa couverture. Et ce maudit objet ne voulait pas s'en aller. J'avais tenté d'échapper à ma culpabilité, mais celle-ci avait eu l'audace de se forger une vie bien à elle et de revenir me hanter.

Je comprenais pourquoi il me cherchait. Une fois qu'il avait commencé à devenir conscient – esprit sans pieds, sans ailes, sans moyen de locomotion, sans rien dans tout l'univers qui lui ressemble, à part moi qui le méprisais ouvertement – il devait m'avoir prise en haine. Et puisqu'il *était* moi, il devait aussi m'aimer. Le Livre que j'avais écrit nourrissait une obsession pour moi. Il voulait me faire du mal, mais non me tuer. Parce qu'il espérait attirer mon attention.

Tant de choses prenaient du sens, maintenant que j'acceptais le fait que j'étais le roi !

Je m'étais demandé pourquoi j'avais toujours eu autant de difficulté à entrer et sortir des Miroirs. La malédiction de « Cruce », qui avait en fait été lancée par les autres princes *unseelies*, me reconnaissait et tentait de me tenir à l'écart. Bien entendu, je connaissais mon chemin dans la forteresse noire et l'enfer *unseelie*. Ils avaient été mon foyer. Si chacun de mes pas avait été instinctif, c'est parce que j'avais arpenté ces sentiers glacés des millions de fois, saluant les falaises et pleurant le cruel enfermement de mes fils et mes filles. Je comprenais pourquoi les souvenirs de la concubine s'étaient déroulés devant mes yeux, alors que ceux du roi s'étaient, en quelque sorte, glissés dans mon esprit. Je m'expliquais maintenant pourquoi j'avais su le sésame qui ouvrait les portes de la forteresse royale.

J'étais peut-être le roi, mais au moins, j'étais le « bon » souverain. Je préférais me considérer comme le roi *seelie*, parce que j'avais éradiqué tout le mal en moi. Le maniaque obsessionnel qui avait fait des expériences sur tout et n'importe quoi afin d'atteindre son but était là, sous la forme du Livre, pas en moi. Cela n'était pas un mince réconfort. J'avais décidé de me libérer du mal – j'avais fait un choix, comme avait dit

Barrons – et depuis, j'avais tenté de détruire ces parts les plus sombres de moi-même.

Barrons me parlait. J'avais oublié que nous étions en train de discuter.

— Je compte sur toi pour être capable de le lire. Cela simplifie tout. Il ne nous reste plus qu'à trouver le moyen de le capturer avec trois pierres et pas de druide. Que je sois maudit si je laisse ces empotés l'approcher de nouveau !

Je baissai les yeux vers la chaîne d'or et d'argent et la pierre à l'abri de sa cage en or aux motifs élaborés. Avais-je seulement besoin des pierres ou des druides pour mettre la main sur mon Livre, ou l'Amulette était-elle ce que j'avais recherché tout ce temps ? J'entrais assurément dans la catégorie « habité » ou « possédé ». J'étais le roi des faës dans le corps d'une humaine.

Je me demandai comment la concubine avait perdu l'Amulette. Qui la lui avait prise ? Qui m'avait trahi ? Quelqu'un l'avait-il enlevée avant de maquiller sa disparition en décès, puis de l'emmener à la cour *seelie* pendant que, ivre de douleur, je tentais de me laver de mes péchés ?

Elle ne s'en serait jamais débarrassée volontairement. Et cependant, l'Amulette était ici, dans le monde des humains. Si quelqu'un avait tenté de la capturer, aurait-elle pu la jeter quelque part plutôt que la laisser tomber entre de mauvaises mains, et disposer patiemment des indices dans l'espoir qu'un jour les événements s'aligneraient, que la mémoire me reviendrait, que nous pourrions échapper à ce que l'on nous avait fait et être de nouveau réunis ? Dommage que je n'aie plus envie d'être avec elle !

Elle avait toujours détesté l'illusion. Lorsqu'elle avait planté des jardins et agrandi la Maison blanche, elle l'avait fait selon les anciennes méthodes. La cour de Faëry retournait au néant si les faës qui en étaient chargés ne la maintenaient pas en l'état. La Maison blanche avait été conçue autrement. Elle résisterait à l'épreuve du temps, avec ou sans elle, sans l'aide de quiconque.

Comment était-elle devenue la reine *seelie* ? Qui l'avait kidnappée, enterrée dans une sépulture de glace et abandonnée à une lente agonie dans l'enfer *unseelie* ? À quels jeux jouait-on, quels buts poursuivait-on ? Je connaissais la patience née de l'immortalité. Qui parmi les faës cherchait à gagner du temps, attendant l'instant idéal, l'échéance ultime ?

L'alignement temporel devrait être parfait.

Toutes les princesses, *seelies* et *unseelies*, devraient être mortes – il ne fallait pas qu'il y ait de prétendante au trône du pouvoir matriarcal – et la reine assassinée au moment précis où celui ou celle qui tirait les ficelles aurait fusionné avec le Livre, ou aurait acquis toutes ses connaissances.

Tous les pouvoirs de la reine *seelie* et du roi *unseelie* seraient alors réunis en un seul réceptacle.

Je frissonnai. Cela ne devait jamais advenir. Un être en possession d'une telle puissance ne pourrait plus être arrêté par rien ni par personne. Il ou elle serait imbattable, incontrôlable, indestructible. En un mot, Dieu. Ou le diable, avec l'avantage de jouer à domicile. Nous serions tous condamnés.

Me croyaient-ils mort ? parti ? indifférent ? Pensaient-ils que j'allais regarder tout cela arriver sans réagir ? Cet ennemi inconnu était-il responsable des conditions où je me trouvais actuellement – dans un corps humain, en pleine confusion ? Mon pouvoir allié à la magie de la reine. Qui œuvrait dans l'ombre ? L'un des princes noirs ?

Peut-être était-ce Darroc depuis le début, et le Livre avait-il fait exploser ce plan, exactement comme le grain de raisin qu'avait été sa tête. Peut-être Darroc n'avait-il fait que profiter de la ruse d'un autre, emporté dans le sillage d'un ennemi autrement plus intelligent et plus dangereux.

Je secouai la tête. La magie ne lui aurait pas été accordée, et il le savait. Manger de la chair faë ne suffisait pas. L'héritier de la magie faë devait *être* faë.

À son réveil, la concubine avait expliqué que celui qui l'avait enterrée vivante était un prince faë qu'elle n'avait jamais vu auparavant, et qui disait s'appeler Cruce.

V'lane avait affirmé avoir amené Cruce devant la première reine *seelie* (la garce !), qui l'avait tué sous mes yeux.

Possédais-je ce souvenir ?

Je me tournai en moi-même pour chercher… avant d'enfouir mon crâne entre mes mains sous la violence des images qui me parvenaient. Le décès de Cruce avait été pénible et douloureux. Le malheureux avait protesté et hurlé. À la fin, il avait perdu toute dignité. Il avait nié être le responsable et m'avoir trahi pour la reine. J'avais honte de sa mort.

Cela dit, qui avait fait croire que ma concubine avait trépassé ?

Comment avais-je pu être trompé ?

Trompé !

Était-ce la clef ?

ELLE NE TOMBERA QUE DE SON PROPRE VOULOIR, avait dit la Prophétie en parlant de la Bête.

Quel était le « vouloir » du Livre, limité dans sa forme ? Comment s'y prenait-il pour s'en affranchir et parvenir à ses fins ?

Sa force était celle de l'illusion. Il obligeait les gens à voir ce qu'il voulait qu'ils voient.

Était-ce pour cela que le *Fear Dorcha* – qui se serait probablement révélé l'un de mes meilleurs amis si j'avais eu le temps de fouiller dans tous mes souvenirs – m'avait donné la carte de tarot et m'avait montré l'Amulette ?

Celle-ci pouvait même *me* tromper.

C'était pour cette raison précise que j'avais eu des scrupules à la confier à la concubine. Quel amour merveilleux ! Quelle confiance aveugle !

Le Livre n'était qu'une ombre de moi-même.

Moi seul étais réel. J'étais le roi qui avait créé le Livre.

Et je possédais l'Amulette capable de forger des illusions susceptibles de nous tromper.

C'était simple. Dans un affrontement de volontés, ma victoire serait assurée.

L'excitation me tournait presque la tête. Mes déductions sonnaient si justes ! Tous les signes concordaient. Je savais ce qu'il fallait faire. Aujourd'hui, je pouvais vaincre le Livre une fois pour toutes. Non pas l'enterrer pour qu'il *sommeille avec un œil ouvert*, comme l'avait prédit la première Prophétie, mais l'anéantir. Détruire le monstre.

Après que j'aurai trouvé dans ses pages un sortilège d'anéantissement pour Barrons. Quelle ironie ! J'avais abandonné tous mes sorts à un livre afin de m'en délivrer, et maintenant, j'avais besoin qu'il m'en rende un.

Une fois que je l'aurai, je démasquerai le traître, je le (ou la) tuerai, je restaurerai la concubine sur le trône de la souveraine *seelie* (car assurément, je ne voulais pas d'elle, et que de toute façon, elle ne se souvenait de rien), où elle retrouvera assez de force pour mener son peuple. Et je m'en irai, abandonnant les faës à leurs complots mesquins.

Je rentrerai à Dublin et je redeviendrai cette bonne vieille Mac.

Le plus tôt serait le mieux, en ce qui me concernait.

— Je crois que je sais comment faire, Jéricho.

— Que désirerais-tu si tu étais le Livre et qu'il était le roi ? me demanda Barrons plus tard.

— Je pensais que tu ne croyais pas que j'*étais* le roi.

— Peu importe ce que je crois. Le Livre a l'air de le croire.

— K'Vruck aussi, lui rappelai-je.

Et il y avait le type aux yeux rêveurs. Quand je lui avais demandé si j'étais le roi *unseelie*, il m'avait répondu *Pas plus que moi*. Était-il l'un des aspects de moi-même ?

— Tu feras ta crise d'identité plus tard. Concentre-toi.

— Je pense qu'il veut être reconnu, pardonné – le fils prodigue et toute cette histoire. Il veut que je le reprenne en moi, que je lui dise que j'ai eu tort et que nous soyons de nouveau réunis.

753

— C'est également mon avis.

— Je suis un peu inquiète à propos de la partie qui affirme qu'une fois que le monstre à l'intérieur sera détruit, le monstre à l'extérieur le sera aussi. Quel monstre intérieur ?

— Je l'ignore.

— Tu sais toujours.

— Pas cette fois. C'est ton monstre. Personne ne peut connaître suffisamment le monstre d'un autre pour le capturer. Tu es la seule à pouvoir le faire.

— *Explicitez*, lui demandai-je.

Il esquissa un petit sourire. Cela l'amuse que je lui renvoie ses propres paroles.

— Si tu es le roi *unseelie* – note le mot « si », car je ne suis toujours pas convaincu – on peut supposer que tu as tendance à faire le mal. Une fois que tu seras en possession du *Sinsar Dubh*, il est concevable que tu sois tenté de faire ce qu'il exige. Au lieu d'essayer de l'enfermer, tu pourrais choisir d'abandonner ton apparence humaine et de retrouver ta gloire perdue. De reprendre tous les sortilèges que tu avais remisés entre ses pages et de redevenir le roi *unseelie*.

Jamais. Cependant, j'avais appris à ne jamais dire jamais.

— Et alors ?

— Alors je serai là et je te convaincrai de n'en rien faire. Cela dit, je ne pense pas que tu sois le roi.

Quelle autre explication était possible ? Le Rasoir d'Occam – le critère de mon père en matière de condamnation – et ma propre logique coïncidaient, mais avec Barrons pour me ramener de force à la raison et ma détermination à mener une vie normale, je pouvais le faire. Je savais que je le pouvais. Ce que je désirais se trouvait ici, dans le monde humain. Pas dans une prison glacée en compagnie d'une femme au teint pâle et aux cheveux argentés, prisonnier d'éternels complots de courtisans.

— Ce qui m'inquiète plus, c'est ce que pourrait être ton monstre intérieur si tu n'es pas le roi. Aucune idée ?

Je secouai la tête. Peu importait. Il avait peut-être du mal à accepter ce que j'étais, mais il ne savait pas tout ce que je savais, et je n'avais pas le temps de lui expliquer. Chaque jour, chaque heure de plus où le *Sinsar Dubh* pourrait écumer les rues de Dublin en toute liberté, d'autres gens mouraient. Je n'avais aucune illusion sur la raison de son obstination à aller chez Chester. Il voulait m'enlever mes parents. Il voulait éliminer tout ce qui comptait à mes yeux, jusqu'à ce qu'il ne reste que lui et moi. Comme s'il pouvait m'obliger à l'aimer. Me contraindre à accueillir de nouveau en moi ses ténèbres et ne plus faire qu'un avec lui. Maintenant, je comprenais que Ryodan avait eu raison dès le début. Le Livre essayait de me faire changer de camp et pensait que s'il me dépouillait suffisamment, s'il me plongeait assez dans la colère et dans la souffrance, je me désintéresserais du monde et ne rechercherais plus que le pouvoir. Alors, il aurait beau jeu d'apparaître en disant *Je suis là, prends-moi, utilise ma puissance, fait tout ce que tu voudras.*

Je pris une inspiration saccadée. C'était exactement les dispositions d'esprit qui avaient été les miennes lorsque j'avais cru Barrons mort. J'avais traqué le Livre, résolue à m'en emparer et à fusionner avec lui pour détruire le monde, persuadée que je serais capable de le contrôler.

À présent, j'étais sur mes gardes. J'avais vécu une fois ce chagrin. En outre, j'avais dans la main le raccourci de Darroc. Je possédais la clef qui le contrôlait. Je n'allais pas changer de camp. Barrons était vivant. Mes parents allaient bien. Je ne serais même pas tentée.

Soudain, j'étais pressée d'en finir. Avant que quelque chose aille de travers.

— Je veux être certain que tu peux utiliser l'Amulette.

— Comment ?

— Dupe-moi, dit-il simplement. Et sois convaincante.

Je serrai le poing autour de l'Amulette et fermai les yeux. Voilà bien longtemps, dans la grotte de Mallucé, elle avait refusé de travailler pour moi. Elle avait voulu quelque chose, et j'avais cru qu'elle attendait que je lui donne un gage, comme verser du sang pour elle, par exemple.

Je savais à présent que c'était beaucoup plus simple que cela. L'Amulette avait scintillé d'un vif éclat noir bleuté pour la même raison que les pierres – parce qu'elle m'avait reconnue.

Le problème, c'est que moi-même, je ne m'étais pas reconnue.

Maintenant, c'était le cas.

Je suis ton roi. Tu m'appartiens. Tu m'obéiras en toutes choses.

J'étouffai un petit cri de joie lorsqu'elle étincela dans ma main, plus lumineuse encore qu'avec Darroc.

Je regardai la chambre autour de moi. Je me souvins du sous-sol où j'avais été *Pri-ya*. Jamais je n'en oublierais un seul détail.

Je la recréai à l'instant pour nous, jusque dans les moindres petites choses : les photos d'Alina et moi, les draps de soie pourpre, la douche dans un angle, un arbre de Noël qui brillait, des menottes de fourrure sur le lit. Pendant un temps, cet endroit avait été le plus simple et le plus heureux que j'aie connu.

— Pas exactement le meilleur moyen de me donner envie de m'en aller d'ici.

— Nous devons sauver le monde, lui rappelai-je.

Il tendit les mains vers moi.

— Le monde peut attendre. Moi pas.

QUATRIÈME PARTIE

Voilà comment meurt le monde
Voilà comment meurt le monde
Voilà comment meurt le monde
Non pas dans une explosion mais dans un gémissement.

T.S. ELIOT

Ne lui parle pas, Beauté.
Ne lui parle jamais.

LE TYPE AUX YEUX RÊVEURS

45

Je vis l'instant où il commença à changer d'avis. Je percevais la tension dans son corps, je voyais les rides autour de ses yeux, qui signifiaient qu'il réfléchissait intensément et n'aimait pas ses conclusions.

— Ce n'est pas un plan suffisant, dit-il finalement, avant de sortir du lit.

Il m'était presque impossible de bouger. J'aurais voulu rester étendue pour toujours, mais tant que tout ceci ne serait pas terminé, aucun de ceux que j'aimais ne serait en sécurité. Quant à moi, je serais incapable de trouver le repos et de continuer de vivre. Je me levai, mis mon jean, boutonnai la fermeture et enfilai vivement ma chemise par la tête.

— Que suggères-tu ? Que nous réunissions tout le monde pour faire tenir l'Amulette à chacun, afin de voir si elle réagit à quelqu'un d'autre ? Et si elle s'allume pour quelqu'un comme, au hasard, Rowena ?

Il me jeta un regard noir pendant que je passais l'Amulette autour de mon cou et la glissais sous ma chemise. Elle était froide sur ma peau, et je pouvais voir son étrange lumière noire à travers le vêtement. Je tirai ma veste de cuir par-dessus et la ceinturai.

Elle n'avait pas émis de lumière bleu-noir pour lui. Je savais que si cela avait été le cas, et qu'il avait connu les termes de la deuxième Prophétie, il serait parti voilà longtemps à la recherche du Livre.

— Je n'y crois pas une seule seconde.

Moi non plus, mais je ne voyais aucune alternative.

— Tu m'as aidée à mettre ce plan au point.

— C'était il y a des heures. Maintenant, nous sommes sur le point de sortir dans les rues, et tu vas ramasser ce maudit bouquin en croyant je ne sais quelle Prophétie écrite par une lavandière à moitié folle qui travaillait à l'Abbaye, sans la moindre idée de ce qu'il faut faire concrètement, persuadée que l'Amulette va t'aider à le tromper pour en prendre le contrôle. Il est ce qu'on fait de mieux en matière de séduction mortelle, et tu t'imagines que tu vas improviser ! Ce plan sent mauvais, c'est tout ce qu'il fait. Je me méfie de Rowena. Je me méfie de...

— Tout le monde, finis-je à sa place. Tu ne fais confiance à personne. Sauf à toi-même, et ce n'est pas de la confiance, mais ton ego.

— Pas du tout. C'est la conscience de mes capacités. Et de leur nature limitée.

— Tu t'es fait tuer sur une falaise par Ryodan et moi. Exemple classique d'une situation où un peu de confiance aurait pu changer les choses.

Ses yeux étaient sombres et sans fond. J'étais sur le point de détourner le regard lorsque quelque chose bougea dans leurs profondeurs. *J'ai confiance en toi.*

J'eus soudain l'impression qu'il venait de me donner les clefs du royaume. Cela réglait tout. Je pouvais accomplir n'importe quoi.

— Prouve-le. Tu m'entraînes depuis le moment où je suis arrivée ici pour me rendre assez forte, assez rusée, assez coriace pour faire tout ce qui doit l'être. J'ai traversé l'Enfer, aller et retour, et j'ai survécu. Regarde-moi. Que dis-tu ? Regarde-moi. Tu as fait de moi une guerrière. Maintenant, laisse-moi me battre.

— C'est moi qui vais livrer ce combat.

— Tu le fais déjà. Allons-y ensemble.

— J'observe. Qui conduit cette moto, et qui est dans ce fichu side-car ? Je ne monte pas dans le side-car. Je ne voudrais même *posséder* un de ces ridicules side-cars.

Il semblait extrêmement chagriné.

— Tu fais plus qu'observer. Tu me gardes enchaînée comme lorsque j'étais *Pri-ya* et que je n'arrivais pas à revenir. Je n'y serais jamais arrivée sans toi, Jéricho. J'étais perdue mais je savais que tu étais là, que tu m'ancrais, que tu tenais la corde de mon cerf-volant.

Il était allé jusqu'en Enfer pour moi, s'était assis sur mon canapé à ressorts au beau milieu de ma folie et m'avait empêchée d'y rester enfermée pour toujours. Il m'en avait arrachée par la seule force de sa volonté. Il le ferait toujours.

— J'ai besoin de toi, dis-je simplement.

Un voile pourpre teinta ses iris. Il enfila un pull-over, faisant saillir ses muscles et rouler ses tatouages.

— Il n'est pas trop tard, dit-il d'un ton rude. Nous pouvons laisser le monde aller au diable. Il y en a d'autres. Plein d'autres. Nous pouvons même y emmener tes parents. Qui tu voudras.

Je cherchai son regard. Il était sincère. Il était prêt à partir avec moi, à emprunter le réseau des Miroirs pour aller vivre ailleurs.

— J'aime ce monde.

— Certains prix sont trop élevés. Tu n'es pas invincible. Seulement dotée d'une bonne longévité et difficile à tuer.

— Tu ne pourras pas me protéger éternellement.

Il me décocha un regard qui signifiait *Aurais-tu perdu la tête ? Bien sûr, je le peux.*

Tu me demanderais de vivre comme cela ?

Le mot-clef ici étant : vivre.

Ne m'enferme pas dans une cage. J'attends mieux de toi.

Il me sourit faiblement. *Touché.*

— Nous pourrions voir si l'Amulette répond aussi à Dageus. Lui aussi est habité, du moins c'est ce qu'ils disent.

— Très drôle. Il faudra me passer sur le corps.

— Alors arrête d'attaquer les moulins à vent. Tu ne peux pas te servir de l'Amulette. Il reste donc moi, avec toi à mes côtés. C'est le seul choix. Tu ne peux pas mourir – je veux dire, tu peux, mais tu reviendras toujours. Et nous savons qu'il ne me tuera pas. Nous sommes l'équipe parfaite.

— Personne n'est parfait pour affronter le mal. Il séduit. Lorsque nous le trouverons, il jouera de toutes ses ruses contre toi.

J'étais prête pour cela. Je savais qu'il le ferait. Je pris une lente et profonde inspiration, emplis mes poumons et carrai mes épaules.

— Jéricho, j'ai l'impression que toute ma vie m'a dirigée vers cet instant.

— C'est réglé. La destinée est une garce infidèle. Nous n'y allons pas. Retire tes vêtements et retourne dans mon lit.

J'éclatai de rire.

— Allons, Barrons. As-tu déjà fui devant un combat ?

— Jamais. Et d'autres ont payé pour cela. Je ne veux pas que ce soit ton cas.

— Je n'y crois pas, dis-je d'un ton faussement horrifié. Jéricho Barrons est indécis. La réalité dépasse la fiction !

Le crépitement retentit dans sa poitrine.

— Je ne suis pas indécis, je... Ah, flûte !

Barrons ne se ment jamais à lui-même. Il était hésitant, et il le savait.

— Dès l'instant où j'ai posé les yeux sur toi, j'ai compris que tu créerais des problèmes.

— J'en ai autant à ton service.

— J'ai eu envie de t'attirer entre les rayonnages, de te baiser jusqu'à t'en faire perdre la raison et de te renvoyer chez toi.

— Si tu avais fait cela, je ne serais jamais partie.

— De toute façon, tu es toujours là.

— Tu n'es pas obligé de le dire d'un ton si désobligeant.

— Tu as mis ma vie sens dessus dessous.

— Très bien, je m'en vais.

— Essaie et je t'enchaîne.

Il me décocha un regard furieux.

— *Cela*, c'est de l'hésitation, dit-il dans un soupir.

Quelques instants plus tard, il me tendit la main. Je glissai mes doigts entre les siens.

Le Miroir du bureau de Barrons me projeta violemment. Je volai à travers la pièce et me cognai contre un mur.

J'étais lasse de l'hostilité des Miroirs à mon égard. Lorsque tout ceci serait terminé, il faudrait lever la malédiction de Cruce. J'aimerais profiter de mon temps libre pour explorer la Maison blanche. Je fronçai les sourcils. En fait, peut-être pas. Peut-être aurais-je besoin de couper tous les liens avec mon passé.

Barrons sortit en douceur après moi, aussi élégant et raffiné que d'habitude, ses cheveux noirs et ses sourcils couverts de givre, sa peau glacée.

— Stop ! ordonna-t-il aussitôt.

Mes pieds se vrillèrent dans le plancher.

— Quoi ?

— Il y a des gens sur le toit. Ils parlent.

Il se figea et demeura immobile si longtemps que le givre commença à dégouliner en gouttelettes le long de ses joues et de son cou.

— Ryodan et d'autres personnes. Les Keltar ne sont pas loin. Ils attendent que… Bon sang, quel était ce bruit ?

D'un pas rapide, il passa devant moi et sortit du bureau.

Il traversa en trombe la porte de communication entre la partie résidentielle située sur l'arrière de l'immeuble et le magasin.

Je bondis à sa suite. Dehors, il faisait nuit et un léger brouillard embuait l'air derrière les hautes fenêtres. L'intérieur n'était éclairé que par la faible lueur ambrée des appliques que je laissais tout le temps allumées, afin que la librairie ne soit jamais plongée dans l'obscurité.

— Jéricho Barrons, dit une voix aux inflexions cultivées et sophistiquées.

— Qui êtes-vous, nom de nom ? bougonna-t-il.

Je le rattrapai à temps pour voir un homme sortir des ombres du coin repos de l'arrière de la boutique.

Il se dirigea vers nous et nous tendit la main.

— Je suis Pieter Van de Meer.

Grand et svelte, arborant la posture impeccable d'un homme entraîné aux arts martiaux, il avait entre quarante-cinq et cinquante ans. Des cheveux blonds encadraient son visage aux traits scandinaves. Ses yeux vert clair étaient profondément enfoncés. Il possédait l'expression calme et observatrice d'un serpent qui ondule mais n'attaquera qu'en cas de besoin.

— Un pas de plus et je vous tue, l'avertit Barrons.

L'homme fit halte d'un air à la fois surpris et impatient.

— Monsieur Barrons, nous n'avons pas de temps pour cela.

— C'est moi qui déciderai de ce pour quoi nous avons du temps. Que faites-vous ici ?

— J'appartiens au groupe Triton.

— Et alors ?

— Ne jouons pas à ce petit jeu. Vous savez qui nous sommes, dit l'homme d'un ton agacé.

— Vous possédez l'Abbaye, entre autres. Je n'aime pas votre engeance.

— Notre engeance ? répéta Pieter Van de Meer avec un petit sourire. Voilà des siècles que nous vous observons, Monsieur Barrons. Nous ne sommes pas une « engeance »… contrairement à vous.

— Et pourquoi ne suis-je pas en train de vous tuer ? susurra Barrons.

— Parce que « mon engeance » se montre souvent utile, et qu'il y a longtemps que vous cherchez un moyen d'infiltrer nos rangs. Sans aucun succès, d'ailleurs. Vous êtes curieux d'en savoir plus sur nous. J'ai apporté quelque chose pour la jeune femme. L'heure de la vérité a sonné.

— Que pourrait savoir quiconque dans le groupe Triton de la vérité ?

— Si vous refusez d'entendre avec un peu d'objectivité ce que j'ai à vous dire, peut-être accepterez-vous d'écouter quelqu'un d'autre ?

— Sortez immédiatement de ma librairie et je vous laisse en vie. Cette fois. Il n'y en aura pas d'autre.

— Nous ne pouvons pas faire cela. Vous êtes sur le point de commettre une grave erreur, ce qui nous contraint à jouer cartes sur table. C'est son choix à elle, pas le nôtre.

— Qui ça, *nous* ?

Tout en regardant Van de Meer, j'avais jeté des coups d'œil en direction du coin repos faiblement éclairé, et surveillé avec curiosité une silhouette assise dans la pénombre. L'éclairage n'était pas suffisant pour que je distingue ses traits, mais il me permettait de voir qu'il s'agissait d'une femme. J'avais un nœud à l'estomac et j'étais envahie par un désagréable pressentiment.

Les yeux vert clair de Van de Meer se détournèrent de Barrons pour se poser sur moi. Ses traits s'adoucirent.

Aussitôt, je me sentis mal à l'aise. Il me regardait comme s'il me connaissait. Moi, je ne le connaissais pas. Je ne l'avais jamais vu de ma vie.

— MacKayla, dit-il avec douceur. Que tu es jolie. Je savais que tu le serais. Te laisser partir a été l'épreuve la plus douloureuse pour nous.

— Qui êtes-vous, à la fin ?

Je ne l'aimais pas. Pas du tout.

Il tendit une main vers la personne dans le canapé. Celle-ci se leva et fit un pas dans la lumière.

Je la regardai, bouche bée.

Même si le temps avait apporté de délicats changements sur son visage, adouci la ligne de ses mâchoires, esquissé de petites lignes autour aux coins de ses yeux et aux commissures de ses lèvres, et que ses cheveux plus courts lui arrivaient à présent aux épaules, je n'avais pas le moindre doute sur son identité.

Cheveux blonds, yeux bleus, très belle. Je l'avais vue, plus jeune de vingt ans, monter la garde dans un couloir protégé de l'Abbaye. *Votre présence n'est pas autorisée ici. Vous n'êtes pas des nôtres,* m'avait-elle dit.

Je me tenais devant la dernière maîtresse connue du Cercle, la mère d'Alina.

Isla O'Connor.

— Que... Comment... bafouillai-je.

— S'il te plaît, pardonne-moi.

Sa voix suppliante était toute douceur mais ses yeux étaient pleins d'angoisse.

— Tu dois savoir que c'était nécessaire. Je n'avais pas le choix.

Barrons protesta :

— Vous êtes morte. Je vous ai vue ; vous étiez dans le coma. J'ai assisté à vos obsèques.

Je sursautai. Il venait de le confirmer. Elle était bien Isla O'Connor. J'ignorais pourquoi cela était important pour moi. Elle n'était pas ma mère. Alina avait été son seul enfant. J'étais le roi *unseelie*.

— C'est une longue histoire, dit-elle.

Barrons secoua la tête.

— Et nous n'avons pas l'intention de l'écouter.

— Il le faut, ou vous commettrez une terrible erreur, déclara Pieter Van de Meer d'un ton sévère. Et c'est MacKayla qui paiera pour vous.

— Il a raison. Nous avons besoin de parler avant qu'il soit trop tard.

Isla semblait incapable de détacher son regard de moi.

— Toi, tu veux l'entendre, n'est-ce pas ?

Je secouai la tête. Je jugeais plus prudent de ne pas parler. Pourquoi la vie s'obstinait-elle à m'attaquer par surprise ? Lorsque nous étions entrés dans le Miroir, j'étais persuadée que j'allais en sortir de l'autre côté, monter dans une voiture et sillonner la ville à la recherche du *Sinsar Dubh*.

Pas un seul instant je n'avais envisagé la possibilité qu'Isla O'Connor puisse nous attendre dans la librairie ou qu'une longue limousine noire était garée devant, son chauffeur aux larges épaules se tenant à la hauteur de la portière des passagers pour surveiller la rue d'un côté à l'autre. J'étais prête à parier que j'aurais trouvé une ou deux armes sous son uniforme sombre. Qu'était le groupe Triton, en plus d'être la société qui détenait l'Abbaye ? Pourquoi Barrons détestait-il autant ces gens ? Que faisait Isla – encore une personne qui était supposée être morte mais ne l'était pas – dans cet endroit ?

Son visage aux traits fins se tordit et des larmes roulèrent sur ses joues.

— Oh, ma chérie ! T'abandonner a été ce que j'ai fait de plus dur. Si tu ne veux rien entendre d'autre de ma part, écoute au moins cela. Tu étais mon bébé. Mon tout petit bébé, si fragile, et ils prétendaient que tu allais mener le monde à sa perte. Ils t'auraient tuée s'ils avaient découvert ton existence ! Mes deux filles étaient en danger. Nous étions tous au courant de la Prophétie. Nous savions qu'il avait été prédit que des sœurs naîtraient de l'une des plus puissantes lignées. Rowena me surveillait. Elle me détestait depuis le jour où mes dons avaient commencé à se manifester. Elle voulait que sa fille, Kayleigh, devienne la Maîtresse du Cercle. Elle voulait placer les O'Reilly définitivement à la tête de l'Abbaye. Elle n'a jamais pardonné à Nana d'avoir tourné le dos à l'Ordre. Elle aurait fait n'importe quoi pour se débarrasser de moi. Si elle avait su que j'étais de nouveau enceinte… Je n'avais pas le choix. Il fallait que je t'abandonne et que je disparaisse en faisant croire que j'étais morte.

— Vous n'étiez pas enceinte quand je vous ai aidée à quitter l'Abbaye, dit froidement Barrons.

— J'arrivais à la fin du cinquième mois. Je me tenais droite et je m'habillais pour cacher ma grossesse. C'est un miracle que mon bébé n'ait pas été blessé quand je me suis échappée. J'ai eu si peu de le perdre !

Elle pleura de plus belle.

Je continuai de secouer la tête, incrédule. Je n'arrivais pas à m'en empêcher.

— Oh, MacKayla ! Cela a été une torture chaque jour, de savoir que tu étais ailleurs, élevée par une autre, et de me dire que je ne pourrais jamais vous revoir, Alina et toi, sans vous mettre en danger. Tu es là, maintenant, et tu es sur le point d'accomplir quelque chose qui pourrait avoir de terribles conséquences. Il est temps que les mensonges cessent. Tu dois savoir la vérité.

Je mis mes poings dans mes poches et m'éloignai.

— Ne me tourne pas le dos ! supplia-t-elle. Je suis ta mère !

— Ma mère est Rainey Lane.

— Ce n'est pas très gentil et c'est injuste, dit Pieter. Tu ne lui donnes même pas une chance.

— Qu'est-ce que cela peut vous faire ? bougonnai-je, irritée.

— Je suis son mari, MacKayla. Et ton père.

46

J'avais des frères. Pieter Junior, qui avait dix-neuf ans, et Michael – tout le monde l'appelait Mick – qui en avait seize. On me montra des photos. Nous nous ressemblions. Même Barrons semblait troublé.

— Après avoir mis en scène le décès de ta mère et incinéré une inconnue, nous vous avons fait sortir clandestinement du pays, ta sœur et toi. Nous vous avons emmenées aux États-Unis et fait de notre mieux pour vous trouver une bonne famille d'accueil, loin de tout danger.

Pieter prit la main d'Isla et la serra dans la sienne.

— Ta mère a failli ne jamais s'en remettre. Après ces événements, elle n'a plus parlé pendant des mois.

— Oh, Pieter, je savais qu'il fallait le faire. C'était juste...

— L'enfer, dit-il simplement. Cela a été un véritable enfer de les abandonner.

Je tressaillis. Ils étaient en train de dire exactement ce que j'avais besoin d'entendre. Cela me brisait le cœur. J'avais des parents. Des frères. J'étais née. J'avais un clan. Mon seul regret était qu'Alina n'ait pas connu ce jour. Tout aurait été parfait.

— Vous avez affirmé avoir une information importante à lui communiquer. Faites-le et allez-vous-en, maugréa Barrons.

Je me tournai vers lui, déchirée. Une part de moi aurait voulu lui dire de se taire pour que je puisse en entendre plus, et une autre part de moi avait envie qu'ils s'en aillent et ne reviennent jamais. Je venais de prendre une décision concernant la réalité. Et maintenant, ils voulaient que je renonce à cette vision pour en embrasser une autre. Combien de fois devrais-je encore décider qui je connaissais ou ce que j'étais, pour découvrir ensuite que je m'étais trompée ? Je n'avais plus l'impression d'être bipolaire mais schizophrène, dotée de personnalités multiples.

— Si je suis votre fille, comment se fait-il que j'aie des souvenirs qui appartiennent au roi *unseelie* ?

Isla sursauta.

— C'est le cas ?

Je hochai la tête.

— Je t'avais dit qu'elle était capable de lui avoir fait cela, lui rappela Pieter.

— Qui ? demandai-je. M'avoir fait quoi ?

— La reine *seelie* est venue nous trouver peu de temps après l'évasion du Livre, avant que nous quittions Dublin. Elle se disait prête à tout ce qui était en son pouvoir pour nous aider à le retrouver, m'expliqua Pieter.

— Elle t'a montré un grand intérêt, dit Isla d'un ton sombre. Tu avais à peine trois mois. Je m'en souviens comme si c'était hier. Tu portais une robe en Liberty rose et un ruban arc-en-ciel dans les cheveux. Tu ne la quittais plus des yeux. Tu gazouillais et lui tendais les mains. Vous sembliez fascinées l'une par l'autre.

— À l'époque, nous avons eu peur que la reine t'ait manipulée. Elle est connue pour cela. Elle voit l'avenir et tente d'ajuster de minuscules événements, en appuyant ici ou là pour parvenir à ses fins, expliqua Pieter. Il m'est arrivé plusieurs fois d'avoir l'impression que quelqu'un était venu dans ta chambre quelques instants avant que j'y entre.

— Et vous pensez qu'elle aurait implanté des souvenirs du roi *unseelie* ? D'où les aurait-elle retirés ? Je croyais qu'elle buvait au Chaudron ? Cela devrait avoir effacé tout ce qu'elle savait.

— Qui peut dire, avec elle ? demanda Isla en haussant les épaules. Peut-être s'agit-il de faux souvenirs, habilement inventés ou prélevés sur quelqu'un d'autre. Peut-être n'a-t-elle jamais vraiment bu au Chaudron. Certains affirment qu'elle fait semblant.

— Qui s'en soucie ? demanda Barrons d'un ton impatient. Qu'êtes-vous venus faire ici ?

Isla le regarda comme s'il avait perdu la tête.

— Vous avez pris soin d'elle et nous ne vous en remercierons jamais assez, mais nous sommes venus la chercher pour la ramener à la maison.

— Elle est chez elle. Et elle a un monde à sauver.

— Nous pouvons nous occuper de cela, dit Pieter. C'est notre job.

— Vous avez accompli un sacré travail, jusqu'à présent !

Pieter lui décocha un regard de reproche.

— Vous n'avez guère fait mieux. Nous avons concentré l'essentiel de nos efforts sur la recherche de l'Amulette. La vraie.

Je fronçai les sourcils.

— Pourquoi ?

— Le groupe Triton la cherche depuis des siècles, pour un certain nombre de raisons. Récemment, il est devenu crucial de la trouver, car nous avons découvert qu'elle était le seul moyen d'inhumer de nouveau le Livre, expliqua Pieter. Un représentant de notre compagnie a entendu parler, mais trop tard, de la vente aux enchères où elle avait été achetée. Nous sommes arrivés au château du Gallois peu après le massacre de Johnstone, mais le punk gothique semblait s'être volatilisé dans un nuage de fumée.

— Un bloc de rocher, rectifiai-je en marmonnant.

Jamais je n'oublierais l'enfer de mon incarcération sous le Burren.

— Pendant des mois, nous n'avons eu aucune idée de là où elle se trouvait. Nous soupçonnions Darroc de la détenir mais aucun de nos agents ne parvenait à l'approcher suffisamment. Il n'avait aucune tolérance envers les humains. Puis nous avons reçu des rapports indiquant que MacKayla s'était infiltrée dans son camp et qu'elle était devenue sa confidente.

Son regard brilla de fierté.

— Bien joué, ma chérie ! Tu es aussi douée et pleine de ressources que ta mère.

— Vous avez dit *la vraie*, lui rappelai-je.

— D'après la légende, le roi créa plusieurs amulettes, me répondit Isla. Toutes étaient capables de maintenir différents degrés d'illusion. Utilisées ensemble, elles sont extrêmement puissantes, mais seule la dernière qu'il forgea peut le tromper lui-même. Le Livre est devenu trop puissant pour être arrêté par n'importe quel autre moyen. La seule arme qui peut encore l'arrêter, c'est un mirage.

— Nous avions raison ! m'écriai-je en regardant Barrons.

— La Prophétie est claire. Celle qui est habitée doit utiliser l'Amulette pour capturer le Livre.

— Nous sommes déjà sur le coup, répliqua froidement Barrons.

— Ce n'est pas votre combat, répondit Pieter d'un ton patient. Nous avons déclenché tout ceci ; il nous appartient de régler la situation.

Je m'assis sur le rebord du canapé, les coudes sur mes genoux.

— Que dites-vous ?

— Ta mère est celle qui doit le faire. Bien que si tu lui ressembles un tant soit peu, ma chérie, tu t'imagines certainement que c'est ton problème. Voilà pourquoi nous étions inquiets et sommes venus ici aussi vite que possible ce soir. Isla est celle qui est « habitée ». Voilà vingt-trois ans, lorsque le Livre s'est échappé, il l'a possédée, il l'a habitée. Elle le connaît. Elle a été lui. Elle le comprend. Et elle est la seule à pouvoir l'inhumer.

— Il ne laisse jamais un être humain en vie, rétorqua Barrons d'un ton égal.

— Sauf Fiona, lui rappelai-je.

— Elle avait mangé de l'*Unseelie*. Elle était différente.

— Isla a réussi à le chasser de son corps, insista Pieter. Elle est la seule, à notre connaissance, qui ait été capable de lui résister jusqu'à ce qu'il l'abandonne, encore vivante, pour chercher un nouvel hôte humain plus malléable.

Barrons ne semblait pas vraiment convaincu.

— Oui, mais pas avant de l'avoir contrainte à assassiner presque tout le Cercle.

— Je n'ai jamais prétendu que cela avait été facile, répondit Isla avec douceur, le regard voilé par de douloureux souvenirs. J'éprouve une profonde répulsion pour les actes qu'il m'a contrainte à accomplir. Je dois vivre avec cela chaque jour.

— Enfin, protestai-je, c'est moi qu'il poursuit !

— Il perçoit ta lignée puisqu'il me cherche, répondit Isla.

— Mais... j'ai un destin, dis-je, désorientée.

N'était-ce pas vrai ? J'étais lasse de ne jamais connaître ma place dans le schéma des choses.

Allais-je mener le monde à sa perte ? Étais-je la concubine ou le roi *unseelie* ? Étais-je seulement humaine ? Étais-je celle qui était censée inhumer de nouveau le Livre ?

À toutes ces questions, la réponse était non. J'étais seulement Mac Lane, qui tournait en rond, se prenait les pieds dans le tapis et effectuait des choix stupides.

— Oui, ma chérie, dit Isla, mais ce n'est pas ton combat.

— Ton jour viendra plus tard, renchérit Pieter. Ceci n'est que la première des nombreuses batailles que nous devrons mener. Des jours sombres s'annoncent. Même une fois le Livre de nouveau enterré, il reste la question des murs entre les royaumes. Ils ne peuvent être reconstruits sans le Chant-qui-forme. Une lourde tâche nous attend.

Il sourit.

— Tes frères possèdent leurs dons, eux aussi. Et ils sont impatients de te rencontrer.

— Oh, MacKayla ! s'écria Isla, les larmes aux yeux. Nous allons de nouveau être une famille. C'est tout ce que j'ai toujours voulu.

Je regardai Barrons. Il arborait une mine sombre. Je me tournai vers Pieter et Isla. Moi aussi, c'était tout ce que j'avais toujours voulu. Je n'étais pas le roi. J'étais née. J'étais une personne normale, avec une famille. Mon esprit avait du mal à s'y habituer, mais mon cœur s'y essayait déjà.

Réconciliation familiale mise à part, Barrons n'aimait pas le changement de notre plan, et moi non plus.

Nous avions passé des mois à préparer cet instant, et voilà qu'à la veille du combat, mes parents biologiques faisaient leur apparition et nous disaient que tout ceci n'était plus nécessaire. Qu'ils allaient mener cette bataille et finir cette guerre.

Cela était assez pénible.

— Pouvez-vous percevoir sa présence ? s'enquit Barrons.

C'est Pieter qui répondit.

— Isla en est capable, mais il peut également capter la sienne. De ce fait, il était trop dangereux pour elle de venir à Dublin tant que nous n'étions pas certain que MacKayla s'était procuré l'Amulette.

— Comment avez-vous su que je l'avais ? demandai-je.

— Ta mère dit qu'elle t'a sentie te relier à l'Amulette ce soir. Nous sommes venus aussitôt.

— Il m'avait déjà semblé percevoir que tu te connectais à elle dans le passé, au début du mois d'octobre de l'année dernière, dit Isla, mais la sensation s'est volatilisée aussi vite qu'elle s'était manifestée.

Je battis des cils.

— Je l'ai effectivement touchée en octobre dernier. Comment l'avez-vous su ?

— Je n'en ai aucune idée, admit-elle en toute simplicité. J'ai capté la réunion de deux fortes puissances. Les deux fois, c'est toi que j'ai perçue, MacKayla. J'ai capté la présence de ma fille !

Puis ses traits se tordirent.

— Et celle d'Alina aussi. Une fois.

Elle détourna les yeux et regarda longtemps en direction du poêle éteint, avant de frissonner.

— Elle était à l'agonie. Pourrions-nous faire du feu, s'il vous plaît ?

— Bien entendu, dit aussitôt Pieter.

Il se leva et s'approcha de l'appareil, mais Barrons le battit de vitesse.

Il fusilla Pieter du regard. *Vous pouvez bien essayer de me reprendre cette femme*, semblèrent dire ses yeux, *mais ne vous y trompez pas. Elle est à moi, et ce fichu poêle aussi.*

Après un long moment, Pieter haussa les épaules et revint vers le canapé.

— La nuit porte conseil, dit Barrons. Partez, maintenant. Nous reprendrons contact demain.

Pieter émit un petit ricanement.

— Nous ne pouvons pas nous en aller, Barrons. Ceci doit finir ici, ce soir, d'une façon ou d'une autre. Il n'y a pas de temps à perdre.

Je ne pus m'empêcher de tourner les yeux vers Isla. Il y avait quelque chose dans son visage… En la regardant, je songeai à Rowena. Parce que la vieille femme nous avait persécutées pendant si longtemps, sans doute.

— Pourquoi cela doit-il se terminer ce soir ?

Isla me décocha un coup d'œil curieux.

— MacKayla, ne sens-tu donc rien ?

— Sentir qu...

Je n'achevai pas ma phrase. Je n'avais pas essayé de ressentir quoi que ce soit. J'avais au contraire maintenu mes sens *sidhe-seers* le plus bas possible pendant si longtemps que c'était devenu un réflexe.

— Seigneur ! Le *Sinsar Dubh* ! Il se dirige droit vers nous.

Je déployai mes antennes autant que j'en étais capable.

— Il est... différent.

Je regardai Isla, qui acquiesça d'un hochement de tête.

— Son énergie est plus intense. Comme s'il était gonflé à bloc, prêt à en découdre. Il a attendu cet instant.

Mes yeux s'écarquillèrent.

— Il a encore pris un otage chargé d'une bombe et il va tous nous faire sauter si nous ne l'arrêtons pas !

— Il sait que je suis ici, dit Isla.

Son teint était pâle mais ses yeux brillaient d'une détermination que je connaissais... pour l'avoir vue sur mon propre visage.

— Moi aussi, je suis prête. Il m'a peut-être volé mes enfants et fait voler ma famille en éclats il y a vingt-deux ans, mais ce soir, je vais reconstruire mon clan !

Pieter et Isla s'excusèrent et s'isolèrent quelques instants, avant d'échanger une conversation assourdie mais véhémente.

Je m'assis sur le Chesterfield avec Barrons pour les observer. Tout ceci était parfaitement surréaliste. J'avais l'impression que le Miroir m'avait emmenée dans une réalité alternative, dotée d'une fin heureuse. Ceci était exactement ce que j'avais toujours voulu. Une famille, un refuge sûr, aucune responsabilité dans le fait de sauver le monde.

Alors pourquoi me sentais-je ainsi vidée, déstabilisée ?

Dehors, dans la nuit, je percevais l'approche du Livre. Il avait ralenti pour une raison que j'ignorais et s'était presque arrêté. Je me demandai s'il changeait de « monture ». Peut-être en avait-il trouvé une meilleure.

À mon corps défendant, et malgré mon amour pour Jack et Rainey, le fait de voir mes parents biologiques me donnait une curieuse impression. Savoir qu'ils n'avaient pas voulu m'abandonner avait dénoué une tension dont je n'avais même pas été consciente. Je suppose qu'une part de moi-même avait eu l'impression d'être une enfant diabolique dont tout le monde avait peur, et qui n'avait été bannie que parce que personne ne pouvait se résoudre à assassiner un bébé. Pourtant, pendant toutes ces années, mes vrais parents avaient été non loin de là, pleurant l'absence d'Alina et la mienne, rêvant de nous retrouver. Ils avaient détesté nous abandonner et ne l'avaient fait que pour notre propre sécurité. Nous étions reliées par un puissant lien mère-fille. Nous allions être une famille de nouveau. J'avais tant de questions à poser !

— Je ne leur fais absolument pas confiance, dit Barrons. Cela ne me plaît pas.

Barrons était complètement paranoïaque. *Totalement lucide*, aurait-il dit. C'était mot pour mot ce que je m'étais attendue à l'entendre dire.

— Tout ceci est difficile à croire, admis-je dans un murmure.

— Alors ne les crois pas.

— Regarde-la, Barrons. C'est la gardienne qui m'a empêchée de franchir les protections à l'Abbaye. La dernière maîtresse du Cercle. La femme que tu as aidée cette fameuse nuit. Pour l'amour du ciel, nous nous ressemblons tellement !

Quand j'avais débarqué à Dublin, j'étais différente. J'étais toute en douceur et en rondeurs, et j'avais encore mes joues de bébé. À présent, j'étais comme elle – plus âgée, plus mince, le visage émacié, les traits plus marqués.

Il nous regarda successivement.

— C'est peut-être une cousine.

— C'est peut-être ma mère, dis-je sèchement. Et si elle l'est, je ne suis pas le roi *unseelie*.

Le poids d'innombrables péchés se souleva de mes épaules. Croire que j'étais l'incarnation du mal, le père de tant d'êtres difformes, le responsable de milliards de morts, avait été un fardeau éprouvant.

— Peut-être ont-ils raison, Barrons. Peut-être ceci n'a-t-il jamais été ma bataille. Peut-être Alina et moi avons-nous seulement été prises dans une situation qui nous dépassait. Le Livre, percevant que nous appartenions à sa lignée, nous a harcelées et a brisé nos vies.

— C'est Dani qui a assassiné Alina, me rappela-t-il sans douceur.

Pourquoi fallait-il qu'il me dise cela maintenant ? Je me tournai vers lui, agacée.

Il me regardait, les traits tirés, les yeux fous, et soudain, il rugit le nom de Rowena avec tant de force que je m'étonnai que les fenêtres ne volent pas en éclats. Je battis des cils. Il était de nouveau le Barrons de tous les jours. Il m'observait d'un air curieux.

— Est-ce que ça va ?

— Qu'est-ce que tu as dit ?

— Je t'ai demandé si cela allait.

— Non, avant cela.

— J'ai dit que Dani avait tué Alina à cause de Rowena, sans aucun doute. Où est le problème ? Tu es blanche comme un linge.

Je secouai la tête, embarrassée. Puis, dans un sursaut, je regardai vers la fenêtre.

— Oh, non !

Le *Sinsar Dubh* se déplaçait de nouveau. Il s'approchait rapidement.

— Il arrive ! cria Isla au même instant.

— Combien de temps ? demanda Pieter.

— Trois minutes, peut-être moins. Il est dans une voiture, dit Isla.

J'avais besoin de savoir que nous le situions l'une et l'autre à peu près dans la même zone. À nous deux, nous serions plus difficiles à duper. Que je sois damnée si les choses se passaient de la même façon que la dernière fois que nous avions tenté de le capturer !

— Où le localises-tu ?

— Au nord-ouest de la ville. À cinq kilomètres au maximum.

Je fus soulagée. C'était exactement l'endroit où je le percevais, moi aussi.

— Quel est l'endroit le mieux protégé, ici ? demanda Isla à Barrons.

Il lui adressa un regard peu aimable.

— Tous.

— Quel est le plan ? demandai-je.

— Tu dois donner l'Amulette à ta mère, me dit Pieter.

Je posai la main sur la chaîne à mon cou et regardai Barrons. Il prit une lente inspiration... et je vis ses lèvres s'étirer sur un rugissement silencieux.

Je battis des cils, interdite. De nouveau, il était aussi calme et courtois que d'habitude.

— L'initiative t'appartient, dit-il. Cette fois, c'est à toi de décider.

J'éprouvais une étrange impression. Mac 1.0, serveuse de bar, grande rêveuse devant l'Éternel et professionnelle des bains de soleil, n'aurait rien désiré d'autre que de se décharger sur quelqu'un d'autre de n'importe quelle responsabilité. D'être prise en charge au lieu d'être celle qui fait les choix. Je ne connaissais plus cette jeune femme. J'aimais assumer les décisions difficiles et me battre pour mes convictions. Renoncer à endosser mes devoirs ne me donnait plus la sensation de me libérer d'un poids, mais de me priver des aspects les plus importants de ma vie.

— MacKayla, dit Pieter avec douceur, le temps presse. Tu n'as plus besoin de combattre. Nous sommes là, maintenant.

Je regardai Isla. Ses yeux bleus étincelaient de larmes contenues.

— Écoute ton père, me dit-elle. Tu ne seras plus jamais seule, ma chérie. Donne-moi l'Amulette. Pose ton fardeau et laisse-moi le porter à ta place. Tu n'aurais jamais dû en être chargée.

Je me tournai de nouveau vers Barrons. Il m'observait. Je le connaissais. Il ne me forcerait pas la main. Je me ressaisis. Allons, qui espérais-je tromper ? Bien entendu, Barrons essaierait de me forcer la main, dans cette affaire ! Il voulait le sort de destruction pour mettre un terme à l'existence de son fils. Il avait pratiquement consacré toute sa vie à le chercher. Il allait s'en mêler, discuter, menacer. Il n'allait pas, maintenant qu'il était si près du but, se retirer du jeu en me laissant l'initiative.

— Ne le fais pas, gronda-t-il. Tu as promis.

— Le *Sinsar Dubh* est entré dans la ville, dit simplement Isla. Tu dois prendre une décision.

Je pouvais percevoir le Livre, moi aussi, qui se ruait dans notre direction, comme s'il savait qu'en se dépêchant, il pouvait encore nous prendre au dépourvu, moi encore indécise, notre petit groupe rendu vulnérable par mon incapacité à faire un choix.

Je marchai vers Isla en faisant jouer la chaîne entre mes doigts. Comment accepter que je n'avais pas à livrer cette bataille ? Je m'y étais préparée. J'étais prête. Et cependant, elle était là, me répétant que je n'avais pas besoin de m'inquiéter. Je n'allais pas mener le monde à sa perte et je n'étais pas chargée de le sauver. D'autres s'étaient entraînés pour ce moment ; ils étaient plus qualifiés que moi.

La sensation d'irréalité s'empara de nouveau de moi. Et quel était ce bourdonnement à mon oreille ? J'avais l'impression tenace d'entendre Barrons rugir, mais chaque fois que je le regardais, il ne disait pas un mot.

— J'ai besoin d'un sortilège dans le Livre, dis-je.

— Une fois qu'il sera enfermé, nous y prendrons tout ce dont tu auras besoin. Pieter connaît le Langage premier. C'est comme cela que ton père et moi nous sommes rencontrés – en travaillant sur d'anciens parchemins.

Je scrutai le visage si semblable au mien, à la différence qu'il était plus âgé, plus sage et plus mûr. J'avais envie de dire ce mot, j'en avais besoin, au moins une fois.

— Maman, dis-je maladroitement.

Un sourire tremblant éclaira son visage.

— Ma petite MacKayla chérie ! s'écria-t-elle.

J'avais envie de la toucher, d'être dans ses bras, de sentir le parfum de ma mère et de savoir que j'étais sa fille. Je me concentrai sur mon unique souvenir d'elle, profondément enfoui dans ma mémoire jusqu'à cet instant. Je le contemplai avec toute mon attention en songeant combien il m'était précieux, en me demandant comment j'avais pu l'oublier pendant toutes ces années, en m'étonnant que mon esprit d'enfant ait conservé cette unique scène : Isla O'Connor et Pieter, me regardant, les yeux brouillés de larmes. Ils étaient debout près d'un break bleu, nous disant au revoir de la main. Il pleuvait à verse et quelqu'un tenait un parapluie rose vif avec de grosses fleurs vertes au-dessus de ma poussette, mais le vent poussait un crachin glacé en dessous. Frigorifiée, en larmes, j'agitais mes minuscules poings. Soudain, Isla s'écartait de Pieter pour border ma couverture plus serré.

— Oh, ma chérie ! Te laisser partir, ce jour pluvieux, a été ce que j'ai fait de plus dur dans ma vie. En rajustant ton plaid, j'avais désespérément envie de te prendre dans mes bras et de te garder avec nous pour toujours !

— Je me souviens du parapluie, dis-je. Je pense que c'est pour cela que j'ai toujours aimé le rose.

Elle acquiesça d'un hochement de tête, les yeux brillants.

— Il était rose vif, avec des fleurs vertes.

Des larmes me brûlèrent les paupières. Je l'observai longuement pour graver son visage dans ma mémoire.

Isla m'ouvrit les bras.

— Ma fille ! Ma merveilleuse petite fille !

Une émotion douce-amère m'envahit lorsque je me jetai dans le giron de ma mère. Lorsqu'elle m'enveloppa dans sa chaleur rassurante, je me mis à pleurer.

Elle me caressa les cheveux en murmurant :

— Chut, ma chérie, tout va bien. Papa et moi sommes là, maintenant. Tu n'as plus besoin de t'inquiéter de rien. Tout est fini. Nous sommes de nouveau ensemble.

Je pleurai de plus belle. Parce que je voyais la vérité. Parfois, elle se cache dans d'infimes erreurs.

Ou bien dans trop de perfection.

Les bras de ma mère étaient autour de moi. Elle sentait bon, comme Alina – un mélange de bougie à la pêche et du parfum *Beautiful*.

Et je n'avais pas un seul souvenir de cette femme.

Il n'y avait jamais eu de break bleu. Ni de parapluie rose. Ni de scène sous la pluie.

Je pris ma lance dans mon holster, la levai entre elle et moi…

Et la plongeai droit dans le cœur d'Isla O'Connor.

47

Isla prit une inspiration que la douleur rendait saccadée et se raidit entre mes bras en s'agrippant à mon cou.

— Ma chérie ?

Un regard bleu plongea dans le mien, perdu, désorienté. Elle était Isla.

— Stupide petite garce !

Un regard bleu plongea dans le mien, étincelant de ruse et de haine, brillant de rage. Elle était Rowena.

— Comment as-tu pu me faire cela ? gémit Isla.

— Si seulement je t'avais abattue cette nuit-là dans ce pub ! vociféra Rowena en postillonnant du sang.

— MacKayla, ma chère, chère petite fille, qu'as-tu fait ?

— *Och*, c'est par ta faute que tout ceci est arrivé ! cracha Rowena. Vous autres, maudite engeance O'Connor, vous ne nous avez apporté que le malheur et la catastrophe !

Ses jambes faiblirent sous elle mais elle raffermit sa prise autour de mes épaules et ne me lâcha pas. Cette vieille carne était sacrément coriace.

Je frissonnai. Pas un instant je n'avais parlé à Isla. Elle était Rowena depuis le début, portant le *Sinsar Dubh*, possédée par lui. À présent qu'elle était mourante, la capacité du Livre à maintenir une illusion convaincante s'éteignait avec elle. Elle alternait entre l'Isla chimérique et la Rowena bien réelle.

— Avez-vous tué ma sœur ?

Je la secouai si brutalement que son chignon bien serré se défit.

— C'est Dani qui l'a éliminée. Et dire que vous étiez inséparables, toutes les deux ! *Och*, j'imagine que tu n'as plus les mêmes sentiments pour elle ! caqueta-t-elle.

Je fis appel à la Voix.

— *Lui avez-vous ordonné de l'assassiner ?*

Elle se tordit en se mordant les lèvres. Elle ne voulait pas me répondre. Elle avait envie de me voir souffrir.

— Ouuui !

Le mot jaillit en un sifflement forcé. J'espérai que cela lui faisait mal.

— *Avez-vous usé de coercition mentale pour l'obliger à le faire ?*

Elle serra les dents et plissa les yeux jusqu'à ce qu'ils se réduisent à deux fentes. Je répétai ma question, faisant vibrer les fenêtres du bureau avec les multiples échos du tonnerre de la Voix.

— Ouuui ! J'en avais le droit. C'est pour cela que j'ai reçu de tels dons ! *Et* l'intelligence pour en faire usage. Cela requiert de pouvoir empiler de nombreuses commandes subtiles et de savoir précisément sur quel point appuyer. Nulle autre que moi n'en aurait été capable.

Elle me décocha un sourire satisfait, fière d'elle-même.

Révulsée par tant d'horreur, le visage pincé de dégoût, je détournai les yeux.

Enfin, le moment tant attendu était arrivé – la vérité sur l'assassinat de ma sœur. Je savais maintenant ce qui était arrivé à Alina.

Le jour où elle avait découvert que Darroc était le Haut Seigneur, ce même jour où elle m'avait appelée, en larmes, et m'avait laissé son dernier message, était celui où elle avait été tuée... mais pas du tout pour les raisons que j'avais cru. Sans Rowena, Alina aurait encore été en vie à cette heure.

Je me serais racheté un téléphone, je l'aurais rappelée quelques jours plus tard et elle aurait répondu. La vie aurait continué pour elle et moi. Darroc et elle se seraient probablement réconciliés, et qui peut dire quel tour auraient pris les événements ? Son message m'avait induite en erreur depuis le début, mais elle ne pouvait pas savoir que cette vieille femme était son ennemie.

Cette garce de Rowena, cet odieux tyran persuadé de son bon droit d'user de ses « dons » pour contraindre une enfant à tuer, avait ordonné à Dani d'emmener Alina dans l'allée obscure où elle devait être assassinée.

Mes mains tremblaient. J'avais envie de lui infliger la même agonie.

Rowena avait-elle précisé quels monstres Dani devait trouver, avant de laisser Alina seule avec eux ? Avait-elle demandé à Dani de rester pour assister à l'opération ? Alina avait-elle supplié ? Avaient-elles toutes les deux pleuré, conscientes de l'horreur de tout ceci ? J'avais été forcée à vouloir du sexe. Dani avait été forcée d'assassiner ma sœur. À treize ans. Je refusais d'imaginer ce que l'on éprouvait lorsque l'on se voyait tuer quelqu'un contre sa propre volonté. Dani avait-elle connu Alina ? L'avait-elle aimée ? Avait-elle été contrainte de la mettre à mort malgré tout ?

— Et j'ai essayé de t'éliminer dans ta cellule quand tu n'étais qu'une chienne en chaleur, mais tu ne voulais pas mourir ! Je t'ai tranché la gorge. Je t'ai étranglée. Je t'ai éventrée, je t'ai empoisonnée ! Tu t'en sortais toujours. Finalement, j'ai recouvert les protections de peinture pour qu'ils viennent te chercher et te détruisent !

— C'est vous qui avez peint les... Vous étiez prête à me rendre aux princes ?

J'étais abasourdie. Elle avait effectivement tenté de m'assassiner. Je n'avais pas rêvé. Je chassai ces deux sujets de mon esprit. Je voulais des réponses et, si j'en jugeais à son apparence, elle n'en avait plus pour très longtemps. La Voix jaillit de mes lèvres en multiples échos avant de rebondir sur les murs :

— *Pourquoi avez-vous tué Alina ?*

— Es-tu stupide ? Elle avait fait alliance avec l'ennemi ! Mes espionnes l'ont suivie jusqu'à la maison de celui-ci ; il était avec des *Unseelies*. C'était une raison suffisante. Puis il y a eu la Prophétie. Je l'aurais éliminée à la naissance si j'avais pu. Si j'avais su qu'elle était encore en vie, je l'aurais recherchée !

— *Saviez-vous qui elle était quand vous l'avez tuée ? Saviez-vous qu'elle était la fille d'Isla ?*

— *Och*, bien entendu ! ricana-t-elle. J'ai demandé à Dani de l'attirer vers nous quand mes filles m'ont dit qu'elles avaient repéré une *sidhe-seer* non entraînée, exactement comme je te l'ai envoyée ensuite. Elle disait s'appeler Alina Lane, mais j'ai su qui elle était dès que je l'ai vue. Isla tout crachée, encore elle ! Et ma Kayleigh est morte à cause de sa mère ! J'avais envie de l'étrangler de mes mains pour la faire taire une fois pour toutes. Et de recommencer, encore et encore.

— *Saviez-vous qui j'étais, la première fois que vous m'avez vue ?*

Elle fronça les sourcils d'un air perdu.

— Impossible. Toi, tu ne peux pas être. Tu n'es pas née. Si Isla avait été enceinte, je l'aurais su. Les femmes parlent. Or, elles n'en ont jamais dit un mot !

— *Comment le Livre s'est-il libéré ?* demandai-je.

Une lueur rusée apparut dans ses yeux.

— Tu crois que je l'ai laissé s'échapper. Je n'ai rien commis de tel. J'accomplis l'œuvre des anges ! Un ange m'est apparu pour m'avertir que les sortilèges qui maintenaient le Livre prisonnier s'étaient affaiblis. Il m'a ordonné de me rendre dans la chambre interdite pour consolider les runes. Moi seule pouvais le faire. Il fallait que je sois courageuse ! Il fallait que je sois forte ! J'étais les deux. Je surveille, je sers et je protège. J'ai toujours été là pour mes enfants !

Je retins mon souffle. Le Livre séduisait. J'étais prête à parier qu'il n'y avait jamais eu d'ange. La femme chargée de protéger le monde contre le *Sinsar Dubh* n'avait jamais renforcé les runes de protections. Elle les avait effacées.

— J'ai obéi aux instructions de l'ange. C'est ta mère qui l'a laissé partir !

— *Que s'est-il passé la nuit où le Livre s'est échappé ? Dites-moi tout !*

— Tu es une abomination. Notre fléau !

Un sourire de malice vint répondre à la lueur qui dansait dans ses yeux.

— Je vais trépasser dans l'heure, je le sais bien, mais je ne laisserai aucune d'entre vous en paix. Isla était une traîtresse et une catin, et tu es encore pire.

Puis elle s'empara de ma main et jeta son corps frêle vers la lance, qu'elle fit tourner en même temps.

— Ahhh ! gémit-elle.

Du sang jaillit de ses lèvres.

Elle mourut sur le coup, la bouche et les yeux grands ouverts.

Révulsée, je la lâchai et reculai en la regardant s'effondrer sur le plancher. Le *Sinsar Dubh* tomba dans un son mat. Je bondis en arrière.

Derrière moi, Barrons rugit. Je regardai par-dessus mon épaule. Il était en train de marteler une invisible barrière, les yeux fous, en hurlant.

— Tout va bien, lui dis-je. Je maîtrise la situation. J'ai vu clair dans son jeu.

J'étais parcourue de frissons, transie de froid et brûlante de fièvre, secouée de nausées. Tout avait semblé si vrai ! J'avais eu l'impression de tuer ma propre mère, même si mon cerveau savait que ce n'était pas le cas. L'espace d'un bref instant, j'avais cru à ces mensonges. Et mon cœur saignait comme si j'avais perdu la famille que je n'avais jamais eue.

Je regardai de nouveau Rowena. Elle avait le visage tourné vers le plafond, les yeux vitreux, la bouche ouverte.

Le *Sinsar Dubh* gisait entre nous, fermé, apparemment inerte, sous l'apparence d'un lourd volume noir chargé de nombreux verrous.

Je ne doutais pas qu'il avait choisi Rowena pour ses connaissances en matière de protections, afin qu'elle puisse lui faire traverser les sceaux invisibles que Barrons avait installés et l'emmener droit au cœur de notre forteresse presque inviolable.

Je remontai le fil des événements en cherchant le moment où l'illusion avait commencé. Dès l'instant où j'avais franchi le Miroir, ce soir, rien n'avait été vrai.

Rowena et le *Sinsar Dubh* avaient attendu dans la librairie le moment où j'apparaîtrais pour m'attaquer. Le Livre avait sondé mes pensées pour y prélever les détails que je trouverais les plus convaincants.

Je n'avais jamais quitté le bureau, suivi Barrons dans le coin repos sur l'arrière de la librairie, pris place sur le canapé ou fait la connaissance de ma mère. Le Livre m'avait « goûtée » à de nombreuses occasions. Il me connaissait. Et il avait joué de moi en virtuose, faisant vibrer une corde sensible après l'autre.

La création de mon « père » avait été un coup de génie. Elle avait marié mes souvenirs à mes rêves pour m'offrir ce que je désirais le plus : une famille, la sécurité, la fin des choix impossibles.

Tout cela pour m'inciter à lui donner l'Amulette, me persuader de placer entre les mains de Rowena l'unique objet capable de nous duper tous les deux, Barrons et moi.

Et si je l'avais fait… Oh, Seigneur, si je l'avais fait ! À partir de cet instant, je n'aurais jamais distingué ce qui était vrai de ce qui ne l'était pas.

J'avais été à deux doigts de me laisser berner, mais le Livre avait commis deux erreurs. Je lui avais fourni une pensée au sujet de Barrons, qu'il avait immédiatement modifiée pour qu'elle s'aligne sur mes attentes. Puis je lui avais envoyé un faux souvenir, que j'avais amplifié grâce à l'Amulette, et il l'avait aussitôt fait défiler devant moi.

Je n'en doutais pas, le vrai Barrons avait été séparé de moi pendant tout ce temps. Celui qui s'était tenu à mes côtés dans la librairie n'avait été qu'une chimère que le Livre avait constamment améliorée en s'inspirant de l'information en retour qu'il puisait en moi.

JE T'AI PRESQUE EUE... ronronna-t-il.

— Presque, cela ne compte pas.

Je baissai les yeux vers le *Sinsar Dubh*, avec sa couverture noire et ses nombreuses ferrures ornementées. Quelque chose n'allait pas. Il y avait toujours eu en lui un aspect qui ne me semblait pas juste.

Je fouillai dans ma mémoire. Je me souvenais du jour où le roi *unseelie* l'avait créé. Ce n'était pas ceci qu'il avait fait.

— Montre-moi ce qui est vrai, murmurai-je.

Lorsque la véritable apparence du *Sinsar Dubh* me fut révélée, j'en demeurai bouche bée. Né d'un chant et formé à partir de blocs de l'or le plus pur et d'éclats d'obsidienne, il était d'une exquise beauté. J'avais fait venir des pierres pourpres de l'une des galaxies que les Traqueurs aimaient visiter, dans lesquelles dansaient de minuscules flammes. Et même si j'avais posé des serrures sur mon Livre, en haut et en bas, elles étaient décoratives. Elles n'avaient jamais été destinées à le verrouiller. Mon encodage offrait une protection suffisante.

Ou du moins l'avais-je supposé.

Je l'avais fait superbe, dans l'espoir que sa beauté tempérerait l'horreur de son contenu.

Je souris tristement. L'espace d'un instant, j'avais cru être la fille d'Isla. Je n'avais pas cette chance. J'étais le roi *unseelie*. Et il était grand temps que s'achève ma bataille contre ma moitié obscure. Selon la Prophétie telle que je la comprenais, j'avais triomphé de mon « monstre à l'intérieur ». Celui-ci avait été ma soif d'illusion, mon désir de me perdre dans une vie qui n'avait jamais été la mienne.

Je serrai mon poing autour de l'Amulette. Elle projeta des éclats d'un noir bleuté. J'avais un destin. J'étais forte. J'avais créé cette abomination et je la détruirais. Je ne serais pas vaincue.

PAS UNE VICTOIRE, MACKAYLA. JE VEUX QUE TU RENTRES À LA MAISON.

— Je suis chez moi. C'est ma librairie.

ELLE N'EST RIEN. JE TE MONTRERAI DES MERVEILLES QUI DÉPASSENT TON IMAGINA-TION. TON CORPS EST SOLIDE. TU VAS ME TENIR ET NOUS ALLONS VIVRE. DANSER. FAIRE L'AMOUR. FESTOYER. CE SERA FABU-LEUX. NOUS ALLONS K'VRUCKER LE MONDE.

— Je ne vais pas vous tenir. Jamais.

TU ÉTAIS FAITE POUR MOI. ET MOI POUR TOI. TWO FOR TEA AND T-T-T-TEA FOR TWO…

— Je me tuerai d'abord.

Si je pensais en arriver là, je le ferais.

ET ME LAISSER GAGNER ? TU MOURRAIS ET ME PERMETTRAIS DE RÉGNER ? PERMETS-MOI DE T'ENCOURAGER.

— Ce n'est pas ce que vous voulez, et vous le savez.

QUE CROIS-TU QUE JE VEUX, DOUCE MAC-KAYLA ?

— Vous voulez que je vous pardonne.

JE NE RÉCLAME AUCUNE INDULGENCE.

— Vous voulez que je vous prenne à nouveau.

À L'INTÉRIEUR, MA DOUCE. QUE TU ME PRENNES À L'INTÉRIEUR. LÀ OÙ C'EST CHAUD ET HUMIDE, COMME LE SEXE EST CHAUD ET HUMIDE.

— Vous voulez être le roi. Vous voulez nous plonger une fois de plus dans l'horreur.

LE MAL, LE BIEN, CRÉER, DÉTRUIRE... ESPRITS ÉTROITS. CAVES ÉTROITES. LE TEMPS, MACKAYLA. LE TEMPS ABSOUT TOUT.

— Le temps ne définit pas les actes. Le temps est impartial. Il ne condamne ni ne pardonne. L'acte contient l'intention, mais c'est l'intention qui définit l'acte.

TU M'ENNUIES AVEC CES LOIS HUMAINES.

— Je vous éclaire avec les lois universelles.

TU M'ACCUSES D'AVOIR DES INTENTIONS MALÉFIQUES ?

— Sans la moindre équivoque.

À TES YEUX, JE SUIS UN MONSTRE ?

— Absolument.

JE DEVRAIS ÊTRE... COMMENT DIS-TU... ABATTU ?

— C'est pour ça que je suis ici.

ALORS QUE CELA FAIT-IL DE TOI, MAC-KAYLA ?

— Un roi repentant. J'ai extirpé le mal que j'avais en moi, je t'ai emprisonné déjà une fois et je vais recommencer.

QUE C'EST DRÔLE !

— Riez autant que vous voudrez.

TU TE PRENDS POUR MON CRÉATEUR.

— Je sais que je le suis.

MA DOUCE MACKAYLA, TU ES SI NAÏVE. TU NE M'AS PAS CRÉÉ. C'EST MOI QUI T'AI CRÉÉE.

Un frisson glacial me parcourut l'échine. Sa voix vibrait de satisfaction et de moquerie, comme s'il me regardait foncer vers un accident de train et en savourait chaque instant. Je fronçai les sourcils.

— Je ne vais pas me laisser entraîner dans l'éternel débat de l'œuf et de la poule. Ce ne sont pas vos maléfices qui m'ont fait roi. J'étais le roi et j'ai sombré dans le mal. Puis j'ai trouvé la sagesse et déversé ma part obscure dans un livre. Tu n'aurais jamais dû prendre vie. Et j'ai bien l'intention de rectifier cela.

PAS DE POULES NI D'ŒUFS. UNE FEMME HUMAINE. ET TOI – UN MINUSCULE EMBRYON.

J'ouvris les lèvres sur une réplique mais j'hésitai.

De tous les mensonges qu'il avait tissés, celui-ci sonnait vrai, aussi déconcertant que ce soit. Pourquoi ?

CE QUE JE T'AI DIT AVANT ÉTAIT VRAI. J'AI PRIS ISLA POUR M'ÉCHAPPER DE L'ABBAYE. ET ELLE ÉTAIT RÉELLEMENT ENCEINTE. JE NE M'ATTENDAIS PAS À TE TROUVER EN ELLE. J'IGNORAIS COMMENT LES HUMAINS SE DUPLIQUAIENT. TANDIS QUE JE ME SERVAIS D'ELLE POUR ÉLIMINER LES AUTRES HUMAINS QUI AVAIENT OSÉ ME RES-TREINDRE – MOI, ENFERMÉ DANS UN VIDE DE PIERRE GLACIALE PENDANT UNE ÉTERNITÉ DE NÉANT, AS-TU IDÉE DE L'ENFER ? – TU

ÉTAIS LÀ. QUEL MIRACLE ! UNE VIE EN FOR-
MATION DANS SON CORPS. JE N'AVAIS QU'À
TENDRE LA MAIN POUR TE PRENDRE. JE
M'ÉMERVEILLAIS DE TA BEAUTÉ. NON FINIE,
NON LIMITÉE PAR LES SCRUPULES, NON RES-
TREINTE PAR LES FAIBLESSES HUMAINES. TA
RACE, ET SON OBSESSION DU PÉCHÉ ! VOUS
VOUS ENCHAÎNEZ AUX POTEAUX DE FLAGEL-
LATION PARCE QUE VOUS AVEZ PEUR DU
CIEL. CE SONT CES CHAÎNES, CES LIMITES, QUI
RENDENT SI FRAGILES LES CORPS QUE JE
PRENDS ET LES FONT VOLER EN ÉCLATS SI
RAPIDEMENT APRÈS QUE J'EN AI PRIS POSSES-
SION.
TOI, TU ÉTAIS DIFFÉRENTE. TU AVAIS FAIM,
TU DORMAIS, TU RÊVAIS, MAIS TU ÉTAIS
PURE. TU NE CONNAISSAIS NI LE BIEN NI LE
MAL. TU ÉTAIS VIDE. TU NE ME RÉSISTAIS
PAS. TU ÉTAIS RÉCEPTIVE. JE T'AI EMPLIE. JE
ME SUIS NICHÉ EN TOI, J'AI DUPLIQUÉ MON
ÊTRE ET L'AI LAISSÉ LÀ. TU ES MON ENFANT.
TU AS TÉTÉ À MON SEIN, MACKAYLA. J'AI ÉTÉ
LE LAIT DE TA MÈRE. JE T'AI DONNÉ DES
DÉFENSES CONTRE LE MONDE. CE JOUR-LÀ,
AVANT QUE TON CORPS PUISSE VIVRE SÉPA-
RÉMENT, AVANT QUE TU AIES LA POSSIBILITÉ
DE FAIRE QUELQUE CHOSE D'AUSSI STUPIDE
ET MESQUIN QUE DE DEVENIR HUMAINE, JE
T'AI REVENDIQUÉE. C'EST MOI QUI T'AI
DONNÉ LE JOUR. PAS ISLA.

— Vous mentez. Je suis le roi, dis-je sans me laisser
émouvoir.

TU VEUX LA VÉRITÉ ? PEUX-TU L'AFFRONTER ?
Je ne répondis pas.
LA VÉRITÉ EST EN TOI. ELLE L'A TOUJOURS
ÉTÉ. ELLE EST LÀ, DANS CET ENDROIT OÙ TU
REFUSES DE TE RENDRE.
Je fronçai les sourcils. Peut-être m'étais-je félicitée un peu vite d'avoir soumis mon monstre intérieur. *Ne lui parle pas, Beauté*, m'avait dit le type aux yeux rêveurs il y a bien longtemps chez Chester, bien avant que je rencontre le *Fear Dorcha*. *Ne lui parle jamais.* À l'époque, je m'étais demandé s'il parlait du *Sinsar Dubh*. Trop tard. J'étais dans les sables mouvants jusqu'à la taille. Me débattre ne ferait qu'accélérer ma perte.

TU AS TOUT JUSTE PRIS CE QUE JE
T'OFFRAIS, CE QUE JE LAISSAIS FLOTTER À LA
SURFACE. PLONGE, MACKAYLA. VIENS FOU-
LER LE FOND DE TON LAC. TU M'Y TROUVE-
RAS, RAYONNANT DE TOUTE MA GLOIRE.
SOULÈVE MON COUVERCLE. APPRENDS LA
VÉRITÉ SUR TON EXISTENCE. SI JE SUIS LE
MAL, NOUS LE SOMMES ENSEMBLE. SI JE DOIS
ÊTRE ABATTU, TU DOIS L'ÊTRE AUSSI. IL N'Y
A AUCUNE SENTENCE À LAQUELLE TU
PUISSES ME CONDAMNER SANS T'Y EXPOSER
ÉGALEMENT. TU N'AS AUCUNE RAISON DE ME
COMBATTRE. TU ES MOI, ET NON UN ROI. MOI.
TU L'AS TOUJOURS ÉTÉ. TU LE SERAS TOU-
JOURS. TU NE PEUX PAS M'ARRACHER À TOI.
JE SUIS TON ÂME.

— Ces runes que j'ai trouvées font partie de mes dons *sidhe-seers*.

ISSUS DES MURS DE LA PRISON UNSEELIE ? L'UNIVERS N'A QUE FAIRE D'UN TRISTE MENTEUR. DU PANACHE, MACKAYLA. ESSAIE D'EN AVOIR UN PEU PLUS SI TU VEUX PASSER UNE ÉTERNITÉ AVEC MOI.

— C'est parce que je suis le roi. La bonne part de lui. J'ai ses souvenirs pour le prouver.

NOUS POSSÉDONS DES RÉMINISCENCES D'UNE PORTION DE SON EXISTENCE. IL LUI ÉTAIT IMPOSSIBLE DE SE LIBÉRER DE SON SAVOIR SANS IMPRÉGNER MES PAGES DE L'ESSENCE DE L'ÊTRE QUI LES A CRÉÉES. J'AI ÉTÉ DOTÉ DE CONSCIENCE DÈS L'INSTANT OÙ IL A FINI DE RÉDIGER MES FEUILLETS. TE SOUVIENS-TU DE QUOI QUE CE SOIT AYANT EU LIEU AVANT LE JOUR OÙ LA REINE A REFUSÉ AU ROI L'IMMORTALITÉ POUR SA CONCUBINE ?

Je me tournai en moi pour chercher.

Je ne trouvai rien. Rien qu'une blanche étendue de néant. Comme si la vie avait commencé à cet instant-là.

C'EST LE CAS. C'ÉTAIT LE JOUR OÙ IL A ÉCRIT SON PREMIER SORTILÈGE DE CRÉATION ET OÙ IL A ACCOMPLI SA PREMIÈRE EXPÉRIENCE. NOUS CONNAISSONS SA VIE DEPUIS CE MOMENT. NOUS NE SAVONS RIEN DE SON EXISTENCE ANTÉRIEURE. ET NOUS NE SAVONS PAS GRAND-CHOSE DE SA VIE APRÈS, SAUF LORSQUE JE L'AI TRAQUÉ ET APERÇU. TU N'ES PAS LE ROI. TU ES MON ENFANT, MACKAYLA. JE SUIS MÈRE, PÈRE, AMANT, TOUT. IL EST L'HEURE DE RENTRER À LA MAISON.

Était-il possible qu'il me dise la vérité ? Que je ne sois ni le roi, ni la concubine ? Rien qu'une humaine ayant été touchée par le mal avant sa naissance ?

PLUS QUE TOUCHÉE. DE MÊME QUE LE ROI S'EST DÉVERSÉ EN MOI, JE SUIS EN TOI. TON ORGANISME A GRANDI AUTOUR DE MOI COMME UN ARBRE QUI ABSORBE UN CLOU AU FIL DE SA CROISSANCE, ET IL ATTEND MAINTENANT DE LUI ÊTRE RÉUNI. JE TE MANQUE. SANS MOI, TU N'ES QUE VACUITÉ. NE L'AS-TU PAS TOUJOURS SU ? NE T'ES-TU JAMAIS SENTIE VIDE, AFFAMÉE ? SI JE SUIS LE MAL, ALORS TU L'ES AUSSI. CELA, MA DOUCE MACKAYLA, EST TON MONSTRE À L'INTÉRIEUR. OU PAS.

— Si c'est vous qui m'avez faite, où étiez-vous, ces vingt-trois dernières années ?

J'ATTENDAIS QUE LE BÉBÉ VAGISSANT PRENNE DE LA FORCE AVANT QUE NOUS NOUS RÉUNISSIONS.

— Vous aviez besoin que je change de camp. C'est pour cela que vous avez tenté de tuer ceux que j'aimais.

LA SOUFFRANCE DISTILLE. LES ÉMOTIONS QUI CLARIFIENT.

— Vous avez tout gâché. Vous êtes arrivé trop tôt. Je peux endurer la douleur et je n'ai pas changé de camp.

SOULÈVE MA COUVERTURE ET EMBRASSE TES RÊVES. TU VEUX QU'ALINA REVIENNE ? UN CLAQUEMENT DE DOIGTS. ISLA ET TON PÈRE ? ILS SONT À TOI. DANI, UNE JEUNE FILLE INNOCENTE AVEC UN AVENIR

RADIEUX ? UN MOT SUFFIRA. LES MURS DE NOUVEAU DEBOUT ? NOUS ALLONS LE FAIRE SUR-LE-CHAMP. LES MURS NE SONT PAS UN OBSTACLE POUR NOUS. NOUS LES TRAVERSONS.

— Ce serait un mensonge.

PAS UN MENSONGE, UNE VOIE DIFFÉRENTE, ÉGALEMENT RÉELLE. EMBRASSE-MOI ET TU COMPRENDRAS. VEUX-TU LE SORTILÈGE POUR ANÉANTIR SON FILS ? EST-CE CELA QUE TU VEUX ? LA CLEF QUI LIBÉRERA BARRONS DE L'ÉTERNEL ENFER DE VOIR SON FILS SOUFFRIR ? IL A ÉTÉ TORTURÉ TROP LONGTEMPS. CELA N'A-T-IL PAS TROP DURÉ ?

Je retins mon souffle. De tous les arguments qu'il pouvait fournir, celui-ci était le seul à me tenter.

JE NE SUIS PAS SANS PITIÉ, MACKAYLA, reprit le *Sinsar Dubh* avec douceur. JE SUIS ACCESSIBLE À LA COMPASSION. JE LA VOIS EN TOI. J'APPRENDS. J'ÉVOLUE. PEUT-ÊTRE AS-TU LES BONNES PARTS DU ROI EN TOI, APRÈS TOUT. PEUT-ÊTRE TON HUMANITÉ ME TEMPÉRERA-T-ELLE. TU ME RENDRAS MEILLEUR, PLUS INDULGENT. JE TE RENDRAI PLUS FORTE, MOINS VULNÉRABLE.

Un flot de souvenirs m'assaillit. Je savais que le Livre les filtrait et me manipulait. Il avait trouvé les images que Barrons m'avait montrées, dans le désert, avec l'enfant mourant dans nos bras. Il brodait sur ce que Barrons m'avait dit de ses ennemis, me submergeant presque sous des visions de barbares torturant et tuant l'enfant sans cesse.

À l'arrière-plan, un père arpentait l'éternité, cherchant un moyen de délivrer son fils afin de lui apporter la paix.

Et de la trouver pour lui-même.

IL T'A TOUT DONNÉ ET NE T'A RIEN DEMANDÉ EN RETOUR. JUSQU'À CECI. IL MOURRA MILLE FOIS POUR TOI. TOUT CE QU'IL VEUT DE TOI, C'EST QUE TU LIBÈRES SON FILS.

Il n'y avait rien dans ce qu'il venait de dire que je pouvais contester.

OUVRE-MOI, MACKAYLA. EMBRASSE-MOI. UTILISE-MOI POUR LE BIEN, PAR AMOUR. COMMENT QUELQUE CHOSE OFFERT PAR AMOUR POURRAIT-IL ÊTRE MAUVAIS ? TU L'AS DIT TOI-MÊME – C'EST L'INTENTION QUI DÉFINIT L'ACTE.

La tentation ultime se trouvait là, dans ces quelques mots : prendre le Livre et l'ouvrir pour y chercher le sortilège qui permettrait à Barrons de faire mourir son fils, parce que je n'agirais que pour de bonnes raisons. Même Barrons avait affirmé que le mal n'est pas un état d'esprit mais un choix.

Le roi *unseelie* ne s'était pas fié à lui-même pour retenir le pouvoir contenu dans les pages du *Sinsar Dubh*. Comment l'aurais-je pu ?

Je le regardai, indécise.

Voilà une parfaite définition de l'ironie, avait affirmé Barrons : *la raison pour laquelle je veux le posséder ne m'intéresserait plus si je l'obtenais.*

Si je le ramassais – même le cœur empli des raisons les plus nobles – me soucierais-je encore de libérer l'enfant une fois que j'aurais tourné la couverture ? Me soucierais-je encore de Jack et de Rainey, du monde, de Barrons lui-même ?

CRAINTES NAÏVES, MA DOUCE MACKAYLA. TU DISPOSES DE TOUT TON LIBRE ARBITRE. JE NE SUIS QU'UN CISEAU. C'EST TOI, LE SCULPTEUR. UTILISE-MOI. FAÇONNE TON UNIVERS. SOIS UNE SAINTE SI TU LE VEUX : PLANTE DES FLEURS, SAUVE DES ENFANTS, PROTÈGE LES PETITS ANIMAUX.

Était-ce aussi facile ? Cela pouvait-il être vrai ?

Je pouvais rendre le monde parfait.

Le monde est imparfait, Mac, entendais-je encore Barrons rugir.

Il l'était. Royalement tordu. Bourré d'injustices qui avaient besoin d'être corrigées, de gens mauvais, de situations douloureuses. Je pouvais rendre tout le monde heureux.

TU DÉTIENS L'AMULETTE. AVEC ELLE, TU AURAS TOUJOURS LE CONTRÔLE SUR MOI. TU SERAS TOUJOURS PLUS FORTE QUE MOI. JE NE SUIS QU'UN LIVRE. TU ES VIVANTE.

Oui, il n'était qu'un livre.

PRENDS-MOI, UTILISE-MOI. C'EST EXACTEMENT COMME BARRONS TE L'A TOUJOURS DIT – C'EST LA *FAÇON* DONT TU AGIS QUI TE DÉFINIT. C'EST TOI QUI FAIS LES CHOIX. SON ENFANT VIT UN CALVAIRE. IL Y A TANT DE SOUFFRANCE DANS LE MONDE ! TU PEUX LA FAIRE COMPLÈTEMENT DISPARAÎTRE.

Je le regardai en pliant et dépliant mes doigts. C'était là le point crucial – la douleur. Barrons et son fils subissaient une torture que rien ne viendrait abréger – un enfer qui se poursuivrait jour après jour, pour l'éternité. Sauf si je parvenais à me procurer le sortilège d'anéantissement que je lui avais promis. JE POSSÈDE UN TEL SORT. NOUS OFFRIRONS ENSEMBLE LE REPOS À L'ENFANT. TU SERAS SON SAUVEUR. NOUS ALLONS LE LIBÉRER MAINTENANT, CETTE NUIT. OUVRE-MOI, MACKAYLA. OUVRE-TOI. PERSONNE NE M'A GUIDÉ. TU M'APPRENDRAS.

Je me mordis les lèvres en fronçant les sourcils. Pouvais-je éduquer le *Sinsar Dubh* ? Mon humanité me permettrait-elle d'exercer assez d'empire sur lui ? Je me tournai en moi-même afin de sonder mon cœur et mon âme.

Ce que j'y trouvai me fit redresser le dos et carrer les épaules.

— Je le peux, dis-je. Je peux vous changer. Je *peux* vous rendre meilleur.

OUI, OUI, FAIS-LE MAINTENANT. PRENDS-MOI, TIENS-MOI, OUVRE-MOI, murmura-t-il. JE T'AIME, MACKAYLA. AIME-MOI.

Je ne pus attendre un instant de plus. Je tendis la main vers le *Sinsar Dubh*.

48

Le Livre était glacé sous mes doigts, mais les flammes qui dansaient dans les rubis me réchauffaient l'âme. J'effleurai le *Sinsar Dubh*. Le contact me coupa le souffle. Nous étions des jumeaux séparés à la naissance et se retrouvant. Je l'avais attendu toute ma vie. Avec lui entre mes mains, j'étais entière. Je le serrai contre mon cœur, frémissante, tremblante d'émotion. Une sombre mélopée commença à se former en moi. Le Livre était un doigt et moi le rebord mouillé de vin d'une coupe du cristal le plus fin. Il glissait en un mouvement circulaire, répété, faisant jaillir un chant du plus profond de mon âme en perdition.

Je fis courir mes paumes d'un geste amoureux sur la couverture enchâssée de joyaux.

Je perçus la formidable puissance qu'il contenait. Elle se dilata en moi, amplifiant mon volume, m'enivrant et me tournant la tête. Le bébé que j'avais été autrefois, qui n'avait connu ni le bien ni le mal, était toujours là. Avant notre naissance, nous n'avons pas encore développé de sens moral. Je soupçonne qu'une partie de nous demeure ainsi jusqu'à notre mort.

Nous choisissons. Toute la question est là.

Lorsque, cessant de le serrer contre moi, je le tins à bout de bras pour l'admirer, les runes pourpres qui étaient restées cachées dans l'une de mes paumes émirent une pulsation humide, se dilatèrent, puis fixèrent de minuscules ventouses sur lui, maintenant sa couverture fermée.

QUE FAIS-TU ? hurla le *Sinsar Dubh*.

— Je vous rends meilleur.

Tout en cueillant une autre rune ensanglantée à la surface noire et brillante de mon lac, je me mis à pleurer. J'avais autant besoin du Livre que j'avais besoin de respirer. À présent, je savais pourquoi il m'avait traquée. J'étais effectivement l'hôte idéal pour lui. Nous étions faits l'un pour l'autre. Avec lui, je ne craindrais jamais rien. Je n'avais rien accompli d'aussi difficile de toute ma vie que de le rejeter. Plus amère encore était la certitude qu'avec chaque rune que j'enfonçais dans la couverture et dans la reliure, je condamnais Jéricho Barrons et son fils à l'éternel enfer qu'était leur existence.

COMMENT OSES-TU ME TRAHIR ?

— Je ne manque pas d'audace.

J'avais envie d'arracher les runes et d'ouvrir le Livre pour y prendre mon sort d'anéantissement. Je n'en eus pas le courage. Si je soulevais, ne fût-ce que d'un *iota*, la couverture noire, or et pourpre, son chant ténébreux s'en échapperait et me consumerait.

Elle peut mener le monde à sa perte, avait-on dit.

La tentation était effroyable. Je voulais ramener Alina à la vie. Je voulais reconstruire les murs. Je voulais que Dani redevienne jeune et innocente, au lieu d'être la meurtrière de ma sœur. Je voulais être l'héroïne de Jéricho Barrons. Je voulais le délivrer de sa souffrance sans fin. Le voir se tourner vers l'avenir avec espoir, et peut-être même sourire de temps en temps.

TU DISAIS QUE LE MONDE EST IMPAR-FAIT !!!

— Il l'est.

J'enfonçai une nouvelle rune dégouttant dans sa couverture.

Seulement, c'était mon monde, plein de gens merveilleux tels que mon père et ma mère, la patiente Kat ou l'inspecteur Jayne, qui donnaient tous le meilleur d'eux-mêmes pour en faire un endroit meilleur. Les *Unseelies* grouillaient peut-être sur notre planète, mais il avait été grand temps qu'une menace nous rassemble en un seul peuple et mette un terme à nos mesquines brouilles intestines.

Il y avait de la douleur mais aussi de la joie, et c'est dans la tension entre les deux que la vie se déroulait. Aussi imparfait qu'il soit, ce monde était réel. L'illusion n'était pas une solution. Je préférais affronter une réalité âpre que me perdre dans de doux mensonges.

Je retournai le Livre et plaquai une rune sur sa quatrième de couverture.

Sa voix me parvint, étouffée, affaiblie.

IL VA TE HAÏR !

Ce fut le coup qui m'acheva. J'avais été à deux doigts d'accomplir le but auquel Barrons avait voué toute sa vie et j'avais renoncé. Je lui avais fait une promesse. Je lui avais dit que nous trouverions un moyen, puis je l'avais trahi. Il était impossible de puiser un sortilège aussi puissant dans le *Sinsar Dubh*. Le Livre ne l'aurait jamais laissé remonter jusqu'à la surface pour m'en faire volontairement cadeau. Déjà, il regrettait d'avoir accepté de mettre quoi que ce soit à ma disposition. Il avait pris des risques calculés pour me tenter de plonger plus profondément. Il m'avait offert ce dont j'avais besoin pour survivre, afin que je continue d'aller vers la fusion avec lui, que je le prenne en moi, que je lui abandonne mon corps et qu'il prenne le contrôle. Il savait désormais ce que je voulais et ne me l'accorderait pas tant que je ne me serais pas totalement fondue en lui. Si j'avais soulevé le couvercle – juste un tout petit peu, rien que pour jeter un rapide coup d'œil – dans l'espoir de trouver le sortilège, tout aurait été fini. Il m'aurait envahie par la force et privée de toute volonté. Peut-être une infime part de moi-même, restée consciente, aurait-elle poussé un cri d'horreur sans fin, mais elle aurait été trop faible pour changer la donne.

Ryodan avait eu raison. Le *Sinsar Dubh* recherchait un organisme humain, et il voulait le mien. Si je croyais son histoire, il m'avait formatée avant ma naissance pour être possédée. Il avait attendu que je devienne l'hôte parfait… mais il n'avait pas suffisamment patienté. Ou peut-être trop. *Le Mal est d'une tout autre nature, Mac. Le Mal, c'est quelque chose de mauvais qui se croit* bon.

Je n'avais pas saisi ce qu'il disait, à l'époque. Maintenant, je comprenais.

Je pressai une nouvelle rune dans la reliure.

Jamais je n'offrirais le repos éternel à l'enfant de Barrons. Jamais je ne délivrerais celui-ci.

VAIS TE DÉTRUIRE, GARCE ! PAS LA FIN !
JAMAIS LA FIN !

Encore quatre runes, et le *Sinsar Dubh* fut réduit au silence.

Je m'accroupis. Mes mains tremblaient, j'étais épuisée et mes joues étaient mouillées.

J'étais sur le point de poser ma paume sur la couverture pour confirmer mon impression qu'il était bien enfermé – du moins, aussi bien qu'il pourrait l'être jusqu'à ce que nous l'apportions à l'Abbaye – lorsque la barrière invisible qui retenait Jéricho s'évapora.

Puis je me retrouvai dans ses bras, et il m'embrassait, et tout ce que je pouvais penser, c'était que je l'avais fait, que j'avais survécu... mais à quel prix ?

Depuis le jour où j'avais rencontré Jéricho Barrons, il avait un but et un seul. Il le poursuivait depuis des milliers d'années, en avait fait une obsession unique.

J'étais juste une femme qu'il ne connaissait que depuis quelques mois. Que pouvais-je signifier, comparée à tout cela ?

49

Choquées par l'annonce du décès de Rowena, les survivantes du Cercle jetèrent un regard à Drustan MacKeltar qui tenait le Livre, se présentèrent – oui, Jo était l'une d'entre elles – puis désactivèrent les protections et ouvrirent le couloir afin d'autoriser l'accès à la crypte dans laquelle le *Sinsar Dubh* avait autrefois été inhumé. J'étais ravie que Drustan le porte. Pour ma part, je ne voulais plus avoir affaire au Livre. Je ne voulais plus jamais le toucher. Sinon, je serais obligée de penser au sortilège que Barrons avait tant cherché, au fait qu'il était encore à portée de main, et qu'il me suffirait de soulever sa couverture pour...

Je secouai la tête pour en chasser ces idées.

J'avais accompli ma part. Il était là. Désormais, il relevait de la responsabilité des autres. Par précaution, j'étais venue à l'Abbaye avec les Keltar dans le Hummer. J'avais du mal à croire que tout était fini. Je ne parvenais pas à me débarrasser de l'impression que nous n'étions pas à l'abri d'un coup de théâtre. Dans les films, le méchant a toujours un dernier sursaut. Les nerfs en pelote, j'attendais cet instant.

Jo et les membres du Cercle menaient notre procession dans les entrailles de la forteresse de pierre, suivies par Ryodan et les autres. Les druides Keltar venaient après. Barrons et moi suivions, avec Kat et une demi-douzaine de *sidhe-seers* pour fermer la marche. V'lane et ses *Seelies* devaient se transférer d'un instant à l'autre.

Je suivis d'un œil attentif le Livre que Drustan portait. Nous longeâmes un couloir, passant devant une image désormais silencieuse d'Isla O'Connor que je pouvais à peine regarder, entrâmes dans une salle souterraine, descendîmes d'autres escaliers, traversâmes une nouvelle antichambre, avant d'emprunter d'autres marches.

Une douzaine d'escaliers plus loin, je perdis le compte, mais nous nous étions profondément enfoncés. Une fois de plus, je me retrouvais sous terre.

J'attendais toujours que le Livre, s'apercevant qu'il se rapprochait de l'endroit où il était resté si longtemps emprisonné, tenterait son dernier va-tout pour s'emparer de mon âme... ou de mon corps.

Je me tournai vers Barrons.

— Tu n'as pas l'impression que...

— ... tout n'est pas encore joué ?

Voilà ce que j'adore, chez lui. Il me devine. Je n'ai pas besoin de finir mes phrases.

— Aucune idée ? demandai-je.

— Pas la moindre.

— Serions-nous paranoïaques ?

— Possible. C'est difficile à dire.

Il me regarda. Même si aucune question ne se lisait dans ses yeux, je savais qu'il brûlait d'apprendre tout ce qui s'était passé lorsque je luttais contre le Livre, mais qu'il ne demanderait rien tant que nous ne serions pas seuls. Pendant tout le temps où le *Sinsar Dubh* avait joué aux devinettes avec moi, Barrons m'avait vue me tenir en silence devant Rowena, puis assassiner Rowena, puis me tenir en silence devant le Livre. Les illusions que ce dernier avait tissées à mon intention ne s'étaient déployées que dans mon esprit. Mon combat avait été invisible à l'œil nu, comme le sont les plus rudes batailles.

Durant tout le trajet jusqu'ici, Barrons avait été une masse muette d'hostilité à peine contenue. Dès l'instant où la barrière qui le retenait s'était volatilisée, il n'avait cessé de me toucher. J'absorbais son contact avec avidité. Qui pouvait prédire ses sentiments, d'ici peu ?

Je ne pouvais pas t'atteindre, s'était-il écrié lorsqu'il avait enfin cessé de m'embrasser assez longtemps pour pouvoir parler.

Mais... tu l'as fait ! répondis-je. *Je t'ai entendu rugir. C'est ce qui m'a alertée. Tu es arrivé jusqu'à moi.*

Je n'ai pas pu te sauver, avait-il répliqué, visiblement fou de rage.

Moi non plus, je ne pouvais pas le sauver. Et je n'étais guère pressée de le lui avouer.

L'as-tu trouvé ? Le sortilège d'anéantissement ?

Ses yeux millénaires se vrillèrent dans les miens, emplis d'une douleur toute aussi ancienne. Et d'autre chose aussi. Quelque chose de si étrange, de si inattendu que je faillis fondre en larmes. J'avais vu bien des émotions passer dans son regard depuis que je le fréquentais : du désir, de l'amusement, de la sympathie, de la moquerie, de la prudence, de la fureur. Mais jamais je n'y avais vu ceci.

De l'espoir. Jéricho Barrons espérait, et j'en étais la cause.

Oui, mentis-je. *Je l'ai.*

Je n'oublierai jamais son sourire. Il l'avait illuminé de l'intérieur.

Je poussai un soupir et concentrai mon attention autour de moi. Il y avait une véritable ville souterraine sous l'Abbaye. Même Barrons commençait à sembler impressionner. De larges tunnels semblables à des rues formaient des carrefours. Des allées plus étroites s'en écartaient le long de pentes vertigineuses. Nous longeâmes un gigantesque essaim de catacombes dont Jo nous expliqua qu'elles contenaient les dépouilles de toutes les Grandes Maîtresses qui s'étaient succédé. Quelque part dans ce labyrinthe, caché derrière d'innombrables rangées de mausolées, se trouvait la tombe de la toute première Maîtresse du Cercle originel. J'avais envie de la trouver et de faire courir mes doigts sur les inscriptions pour découvrir la date de fondation de notre ordre. Il y avait ici des secrets qui n'étaient révélés qu'aux initiées, et je voulais les connaître tous.

Kat, elle aussi, était membre du Cercle et n'avait jamais trahi le secret.

— Rowena m'aurait exclue si je te l'avais dit, et j'aurais perdu tout contrôle sur les agissements internes de notre ordre. C'était un risque que je ne pouvais pas prendre. Tu as fait ce qu'il fallait, ce soir, Mac. Elle avait tort à ton sujet. Malgré deux Prophéties qui te condamnaient, tu as gagné pour nous.

Ses yeux gris sereins scrutèrent les miens.

— Je ne peux même pas imaginer ce que tu as traversé.

Son expression me disait qu'elle était curieuse de le savoir, et qu'elle n'attendrait pas longtemps avant de me demander des détails.

— Nous ne te remercierons jamais assez.

— Oh, mais si, dis-je dans un sourire las. Ne le laissez pas s'échapper de nouveau.

Soudain, il y eut des heurts devant nous.

Les *Seelies* venaient de se transférer, à l'exception de V'lane, tout près de Ryodan, Lor et Fade. Je n'aurais su dire lesquels étaient les plus dégoûtés... ou les plus assoiffés de meurtre.

— Vous n'avez aucun droit d'être ici, siffla Velvet.

— Tuez-le, dit simplement Ryodan.

— Je vous l'interdis ! s'exclama Jo.

— Putain de fées, marmonna Lor.

— Touchez un seul d'entre eux et je...

— Et quoi, la fille ? aboya Ryodan à Jo. Comment comptez-vous m'en empêcher ?

— Ne me cherchez pas.

— Arrêtez, dit Drustan avec calme. Ceci est un Livre faë ; ils sont venus pour le voir enfermer, c'est leur droit.

— C'est tout de même à cause d'eux qu'il s'est échappé, rétorqua Fade.

— Nous sommes *Seelies*, pas *sidhe-seers*. Ce sont les *sidhe-seers* qui l'ont laissé partir.

— C'est vous qui l'avez fabriqué.

— Certainement pas. Ce sont les *Unseelies*.

— *Seelies, Unseelies*... pour moi, vous êtes tous des fées, grommela Lor.

— Je croyais que l'on ne pouvait pas opérer de transfert dans cette partie de l'Abbaye ? demandai-je.

— Nous avons dû désactiver toutes les protections pour laisser tout le monde entrer. Il y a trop de diversité dans...

— ... l'ADN de chacun ? demandai-je sèchement.

Kat sourit.

— Faute d'un meilleur terme. Les Keltar sont un groupe, Barrons et ses hommes un autre, les faës un troisième.

Et moi ? La question me brûlait les lèvres mais je gardai le silence. Étais-je humaine ? Le Livre m'avait-il dit quoi que ce soit de vrai ? Portais-je réellement le *Sinsar Dubh* en moi ? Avait-il imprimé sa marque, mot pour mot, dans mon esprit de fœtus si vulnérable ? Au fil des années, l'avais-je toujours perçue – cette chose fondamentalement maléfique en moi – et avais-je fait de mon mieux pour la ceindre d'un caisson hermétique... ou la noyer sous un lac sombre et brillant afin de m'en protéger ?

Si je possédais effectivement en moi toute la magie noire du Livre et que Kat s'en apercevait, essaieraient-ils de m'enfermer, moi aussi ?

Je tremblai. Allaient-ils me traquer comme nous avions traqué le *Sinsar Dubh* ?

Barrons baissa les yeux vers moi.

Qu'y a-t-il ?

J'ai juste froid, mentis-je.

Si j'avais le *Sinsar Dubh* en moi, cela signifiait-il que le sortilège que j'avais refusé se trouvait dans mon lac brillant ? Là, au fond, comme l'avait dit le Livre ? Quelle était la différence, dans ce cas ? Avais-je réellement terrassé le dragon ou vivait-il toujours en moi ? Le monstre était-il la tentation, et en avais-je triomphé ?

— Où est V'lane ? demandai-je, cherchant désespérément un sujet terre à terre.

— Il est parti chercher la reine, dit Velvet.

Ceci déclencha une nouvelle querelle.

— Si vous croyez que nous allons la laisser venir ici et ouvrir le *Sinsar Dubh*, vous vous trompez.

— Et comment comptez-vous reconstruire les murs sans le Livre ? s'enquit Dree'lia.

— Nous n'avons pas besoin de murs. Vous êtes aussi faciles à tuer que les humains, rétorqua Fade.

— Est-elle seulement consciente ? demandai-je.

— *Nous* avons besoin de murs, déclara Kat d'un ton calme.

— Elle revient à elle de temps en temps mais la plupart du temps, elle est dans le coma, m'expliqua Ryodan. Quoi qu'il en soit, si quelqu'un doit lire ce maudit bouquin, ce ne sera pas une fée. Ce sont elles qui ont semé toute cette fichue pagaille.

Dix minutes plus tard, lorsque nous atteignîmes la caverne destinée à contenir le *Sinsar Dubh*, tout le monde était encore en train de se chamailler.

Au moment où nous nous approchions des portes, Christian me jeta un coup d'œil par-dessus son épaule et je hochai la tête. Je savais à quoi il pensait. Nous avions déjà vu un portail identique, bien que plus petit, à l'entrée de la forteresse de glace noire du roi *unseelie*. Kat appuya sa paume contre un motif runique sur le battant, qui pivota sur ses gonds en silence.

L'obscurité qui s'étendait au-delà était si vaste et si totale qu'elle parut absorber, quelques pas devant nous, les minces rais de lumière de nos lampes de poche.

J'entendis le frottement d'une allumette, puis Jo enflamma une torche à huile placée dans une applique d'argent fixée au mur. Lorsque celle-ci s'embrasa, sa flamme se propagea à toutes les autres, jusqu'à ce que la caverne soit brillamment éclairée.

Un silence tomba sur notre groupe.

Taillée dans une roche d'un blanc laiteux, la grotte s'élevait à une hauteur vertigineuse, sans aucun pilier apparent. Chaque parcelle – sol, murs, plafond – était couverte de runes argentées qui étincelaient comme si elles avaient été imprimées dans la pierre avec de la poussière de diamant. La lueur des torches rebondissait sur elles, rendant la crypte presque aveuglante. Je plissai les yeux. J'aurais dû me douter que le seul endroit de Dublin où j'aurais besoin de mes lunettes de soleil serait sous terre !

La grotte était sans doute aussi vaste que la chambre du roi *unseelie*. Les portes et les dimensions de l'endroit constituaient de solides arguments en faveur de la théorie affirmant que le fondateur de notre ordre n'était autre que le roi, et que celui-ci avait originellement apporté ici son Livre maudit pour qu'il y soit enterré.

Au centre, une pierre plate était couchée en travers de deux rochers. Elle était également couverte de symboles brillants mais ceux-ci, dans un mouvement perpétuel, tout comme les tatouages sous la peau des princes *unseelies*, défilaient de bas en haut avant de disparaître au sommet de la dalle, puis de réapparaître à sa base.

— Tu as déjà vu des runes comme celles-ci, Barrons ? s'enquit Ryodan.

— Non. Et toi ?

— Jamais. Ça pourrait servir.

J'entendis le son d'un téléphone prenant des photos. Puis celui d'un téléphone que l'on fracassait contre la roche.

— Vous êtes dingue ? demanda Ryodan d'un ton incrédule. C'était mon portable !

— Possible, dit Jo, mais ici, personne n'enregistre rien.

— Écrasez encore une de mes affaires et je vous brise le crâne.

— Vous commencez à me fatiguer, dit Jo.

— Moi aussi, j'en ai assez de vos fesses, la *sidhe-seer*, gronda Ryodan.

— Laissez-la tranquille, intervins-je. C'est leur Abbaye.

Ryodan me décocha un regard noir. Barrons l'intercepta et Ryodan détourna les yeux, mais seulement après un long silence tendu.

— Vous devez déposer le Livre sur la dalle, ordonna Kat. Puis les quatre pierres seront placées autour de lui.

— Et ensuite, MacKayla, tu ôteras les runes de la reliure, déclara la voix de V'lane.

— Pardon ? m'écriai-je en pivotant sur mes talons, au moment où il se transférait. Pas question de les enlever !

— Je croyais que tu devais amener la reine ? s'étonna Barrons.

— Je m'assure d'abord qu'elle ne risque rien.

V'lane parcourut la crypte d'un œil acéré, scrutant chaque personne, chaque faë, chaque druide. Manifestement, il n'avait pas confiance. Son regard se posa un instant sur Velvet, qui hocha la tête. Puis il s'adressa à moi.

— Toutes mes excuses, mais c'est la seule façon de la protéger. Je ne peux pas être deux à la fois sans diviser mes capacités d'autant.

— Que voulez-vous dire ?

Il ne répondit pas.

Mes parents apparurent soudain. Ma mère et mon père, ici avec le *Sinsar Dubh*, dans le dernier endroit au monde où je les aurais amenés. Et j'étais supposée retirer les runes ? C'était ce que nous allions voir !

Mon père tenait la reine entre ses bras, solidement enveloppée de couvertures. Elle était si bien emmitouflée que je ne pouvais voir que quelques mèches argentées et le bout de son nez. En voyant ma mère se tenir tout près de mon père, je compris pourquoi. Les excuses que V'lane avait présentées étaient justifiées.

Il avait contraint mes parents à faire un rempart de leur corps à la reine *seelie*.

— Vous les avez transformés en boucliers humains ?

— Tout va bien, mon bébé. Nous voulions aider, dit Jack.

Rainey approuva d'un coup de menton.

— Tu ressembles tellement à ta sœur ! Tu veux tout assumer toute seule alors que ce n'est pas nécessaire. Nous sommes une famille. Nous affrontons les situations ensemble. Sans compter que si je dois passer une journée de plus dans cette cage de verre, je vais devenir folle. Voilà des mois que nous sommes enfermés là-dedans.

Sur un coup de tête de Barrons, Ryodan, Lor et Fade allèrent se placer autour de mes parents pour faire écran autour d'eux.

— Merci, murmurai-je.

Il nous protégeait toujours, moi et les miens. Seigneur, je me faisais horreur !

V'lane continuait de dévisager les occupants de la crypte.

— Je n'ai pas eu le choix, MacKayla. Quelqu'un l'a enlevée. Au début, j'ai cru qu'il devait s'agir de l'un des miens, mais à présent, je me demande si ce n'est pas l'un des tiens.

— Finissons-en, dis-je d'une voix tendue. Pourquoi dois-je enlever les runes ?

— Ce sont des parasites au comportement imprévisible. Tu les as directement plaquées sur un être doué de conscience. Sur des murs, sur une cage, elles sont utiles. Sur une entité vivante et pensante, elles deviennent incroyablement dangereuses. Avec le temps, le Livre et les runes vont se métamorphoser. Qui sait à quelle sorte de monstre nous aurons affaire, alors ?

Je laissai échapper un soupir. C'était d'une implacable logique faë. J'avais plaqué des êtres vivants *unseelies* sur un autre être vivant *unseelie*. Qui pouvait prédire si cela ne risquait pas de renforcer le Livre, voire de lui donner ce dont il avait besoin pour se libérer ?

— Il doit être inhumé de nouveau précisément comme il l'était avant. Sans les runes.

— Elle ne les enlèvera pas, protesta Barrons. C'est trop dangereux.

— Cela le sera si elle les laisse.

— S'il se transforme, nous nous en occuperons en temps utile, déclara Barrons.

— Tu ne seras peut-être plus là, répliqua V'lane d'un ton glacial. On ne pourra pas éternellement compter sur Jéricho Barrons pour sauver le monde.

— Je serai toujours là.

— Les runes sur les murs, au plafond et sur le sol rendent celles-ci inutiles. Elles le contiendront.

— Il s'est échappé, dans le passé.

— Il a été emporté, rectifia Kat. C'est Isla O'Connor qui l'a pris. En tant que maîtresse du Cercle, elle était la seule à posséder le pouvoir de lui faire traverser les protections. Je gardai le silence, pensive. La justesse des paroles de V'lane éveillait un profond écho en moi. Moi-même, je craignais les runes pourpres. Elles étaient puissantes. Elles m'avaient été offertes par le *Sinsar Dubh*. En soi, cela suffisait à les rendre suspectes. S'agissait-il d'un autre piège patiemment tendu par le Livre ? L'avais-je scellé avec ce dont il avait précisément besoin pour se libérer de nouveau un jour ?

Tout le monde me regardait. J'étais lasse de prendre toutes les décisions.

— Il y a du pour et du contre. Je ne connais pas la réponse.

— Alors votons, proposa Jo.

— On ne va pas mettre aux voix une question aussi importante ! grommela Barrons. Ceci n'est pas une fichue démocratie.

— Préférerais-tu une dictature ? susurra V'lane. Et qui placerais-tu à sa tête ?

— Pourquoi ne serait-ce pas une démocratie ? demanda Kat. Tous ceux qui sont là sont venus parce qu'ils ont joué un rôle utile et important. Tout le monde devrait avoir voix au chapitre.

Barrons lui lança un regard glacial.

— Certains sont plus utiles et importants que d'autres.

— Tu parles, marmonna Christian.

Barrons croisa les bras.

— Qui a laissé les *Unseelies* entrer ici ?

Christian lui sauta dessus. Dageus et Cian fondirent sur Christian pour le retenir. Les biceps du jeune Highlander saillirent lorsqu'il se débarrassa de ses oncles.

— J'ai une idée ! s'écria-t-il. Soumettons Barrons à un détecteur de mensonge.

Je poussai un soupir.

— Pourquoi pas tous les autres aussi, Christian ? Et toi, qui te testera ? Seras-tu le juge et le jury pour nous tous ?

— Je pourrais, dit-il froidement. Aurais-tu quelques petits secrets que tu ne voudrais pas voir dévoiler, Mac ?

— Tiens donc, et c'est *toi* qui parles, prince Christian ?

— Assez ! tonna Drustan. Aucun d'entre nous n'est qualifié pour choisir seul. Passons à ce fichu vote et finissons-en.

Les faës se prononcèrent en faveur de la suppression des runes et renouvelèrent leur confiance à V'lane, naturellement. Druides des faës de mémoire d'homme, les Keltar en firent autant. Ryodan, Lor, Barrons, Fade et moi-même votâmes contre. Les *sidhe-seers* étaient partagées en deux camps – Jo voulait enlever les runes, Kat les laisser. Entre Lor, Fade et Ryodan, je voyais à peine le sommet de la tête de mon père, mais mes parents se rangèrent de mon côté. C'étaient des gens intelligents.

— Ils ne devraient pas compter, protesta Christian. Ils n'ont rien à voir avec tout ceci.

— Ils protègent la reine de leurs corps, déclara Barrons sans émotion. Ils ont leur mot à dire.

Nous perdîmes malgré tout.

Drustan déposa le Livre sur la dalle. Barrons prit les pierres des mains de Lor et de Fade, puis disposa les trois premières autour du Livre. V'lane mit la dernière en place. Dès que les quatre furent installées, elles se mirent à émettre une irréelle lueur bleu-noir ainsi qu'une vibration aiguë, régulière.

Toute la partie supérieure de la dalle était baignée de la lumière noir bleuté.

— Maintenant, MacKayla, m'indiqua V'lane.

Je me mordis la lèvre, indécise, me demandant ce qui se passerait si je refusais.

— Nous avons voté, me rappela Kat.

Je poussai un soupir. Je savais ce qui arriverait. Nous y serions encore le lendemain, et le jour d'après, et encore le suivant, en nous disputant sur ce qu'il convenait de faire.

J'avais un très mauvais pressentiment, mais j'en avais eu d'autres dans le passé, qui ne s'étaient soldés par rien de plus qu'une crise de nerfs. Après tout ce que j'avais traversé, il était normal que la seule présence du Livre suffise à me rendre anxieuse.

Je regardai V'lane. Il m'encouragea d'un hochement de tête.

Je me tournai vers Barrons. Il était d'une immobilité tellement inhumaine que pour un peu, je l'aurais cru absent. En cet instant, il n'était rien de plus que l'ombre projetée de n'importe qui d'autre dans la crypte brillamment illuminée. C'était habilement joué. Je savais ce que signifiait cette fixité. Il n'aimait pas cela non plus, mais il en était arrivé à la même conclusion que moi. Notre groupe était instable. Il avait voté. Si j'allais contre cette décision, une rixe générale éclaterait. Nous en viendrions aux mains, et qui sait quel tour catastrophique pourrait prendre la situation ?

Mes parents étaient là. Devais-je enlever les runes, au risque de les mettre en danger ? Ou refuser... au risque de les mettre en danger ?

Il n'y avait pas de bon choix.

Je m'approchai de la lumière bleu-noir et entrepris de décoller la première rune du dos du Livre. Tandis que je la retirais, elle émit une sorte de pulsation rageuse, puis elle laissa une plaie qui s'emplit de sang noir avant de disparaître.

— Que suis-je supposée en faire ? demandai-je en la tenant à bout de bras.

— Velvet les transférera à mesure que tu les ôteras, me dit V'lane.

Une à une, je les arrachai ; elles se volatilisaient aussitôt.

Lorsqu'il n'en resta qu'une, je m'interrompis et posai mes paumes sur la couverture. Elle semblait inerte. Les runes à l'intérieur de ces murs seraient-elles suffisantes pour contenir le Livre ? Je n'allais pas tarder à le savoir.

Je soulevai la dernière de la reliure. Elle vint avec réticence, s'agitant comme une sangsue affamée, et tenta de m'attaquer lorsque je brisai le lien.

Velvet la fit disparaître.

Je retins mon souffle tandis que la rune pourpre s'évanouissait. Une vingtaine de secondes plus tard, j'entendis une série de soupirs. Je suppose que nous nous étions tous attendus à voir le Livre se métamorphoser en Bête et faire pleuvoir l'apocalypse sur nous.

— Eh bien ? demanda V'lane.

Je déployai mes sens *sidhe-seers* pour tenter de le sonder.

— Est-il contenu ? insista Barrons.

Je le palpai avec toutes mes antennes, étirant, poussant aussi loin que je le pouvais cette part de moi capable de détecter les Objets de Pouvoir. L'espace d'un instant, je perçus tout l'intérieur de la crypte et je compris le fonctionnement des runes.

Chacune avait été méticuleusement ciselée dans la roche, de sorte que si l'on traçait des lignes pour les relier, du sol au plafond et d'un mur à l'autre, elles révéleraient un réseau finement imbriqué. Une fois le Livre positionné sur la dalle et les pierres disposées autour de lui, les runes s'étaient activées. À présent, elles sillonnaient la crypte d'une immense et invisible toile d'araignée en trois dimensions. Je pouvais presque voir les fils de soie élastiques filer au-dessus de ma tête et les sentir me traverser.

Même si le Livre parvenait à s'échapper de la dalle, il se prendrait instantanément dans le premier des innombrables compartiments collants. Plus il se débattrait, plus le réseau s'entortillerait autour de lui, jusqu'à l'envelopper dans un cocon.

C'était fini. C'était vraiment fini. Il n'y aurait pas de coup de théâtre.

Il y avait eu une époque où j'avais cru que ce jour ne viendrait jamais. La mission avait semblé trop difficile, les chances en notre faveur trop faibles.

Pourtant, nous l'avions fait.

Le *Sinsar Dubh* était vaincu. Enfermé. Incarcéré. Emprisonné. Mis à terre. Neutralisé. Inerte. Tant que personne ne viendrait jamais ici pour le libérer une fois de plus.

Nous allions avoir besoin de meilleurs verrous à la porte. Et j'allais proposer une règle interdisant à toute *sidhe-seer* du Cercle d'avoir accès à la clef, cette fois. J'ignorais pourquoi elles étaient parvenues à y entrer, autrefois. Il n'y avait aucune raison pour que quiconque pénètre dans cette crypte. Jamais.

Une vague de soulagement me submergea. J'avais du mal à intégrer l'idée que tout était vraiment, réellement fini, et à en envisager toutes les conséquences.

La vie pouvait reprendre. Elle ne serait jamais aussi normale qu'avant, mais elle le serait infiniment plus qu'elle ne l'avait été depuis bien longtemps. À présent que la menace la plus effrayante, la plus pressante était levée, nous pouvions concentrer nos énergies sur la reconquête et la reconstruction de notre monde. J'allais me procurer des pots et de la terre, et commencer un jardin en patio sur le toit de la librairie.

Plus jamais je ne marcherais dans une rue sombre en redoutant que le Livre soit en embuscade, prêt à m'infliger une effroyable migraine, à me mettre le dos en feu ou à me tenter par des mirages. Plus jamais il ne prendrait possession de l'un d'entre nous. Plus jamais il n'effectuerait de mortelle randonnée parmi nos rangs. Plus jamais il ne pourrait menacer ceux que j'aimais.

Et je n'aurais plus jamais besoin de me déshabiller lorsque j'irais chez Chester. Les vêtements près du corps seraient bientôt passés de mode !

Je tournai sur moi-même. Tout le monde semblait suspendu à mes lèvres. Tous semblaient si tendus, si anxieux, qu'ils auraient probablement sauté au plafond si j'avais crié : « Bouh ! »

L'espace d'un instant, je fus tentée de le faire, mais je ne voulais pas laisser quoi que ce soit nous priver de la joie de cet instant. J'ouvris les mains et haussai les épaules en souriant.

— C'est fini, dis-je. Nous avons réussi. Le *Sinsar Dubh* n'est qu'un livre. Rien de plus.

Des hourras retentirent, assourdissants.

50

Bon, d'accord, peut-être les hourras ne furent-ils pas assourdissants, mais il me sembla qu'ils l'étaient, parce que je criai aussi, et plus fort que la plupart des autres. En vérité, les *sidhe-seers* hurlaient de joie, Papa et Maman riaient, Drustan applaudissait, Dageus et Cian grognaient, Christopher semblait inquiet, Christian se détournait et s'éloignait en silence, Barrons et ses hommes grinçaient des dents et les *Seelies* fronçaient les sourcils.

Puis les querelles reprirent de plus belle.

Je poussai un soupir de lassitude. Il était temps qu'ils apprennent à jouer le jeu et à célébrer les bons moments un peu plus longtemps avant de retomber dans leurs dissensions... J'avais vécu sous la menace d'une Prophétie annonçant que j'allais perdre ou sauver le monde et je... Eh bien, techniquement je n'avais fait ni l'un ni l'autre. Je ne l'avais pas perdu, mais je ne voyais pas en quoi je l'avais sauvé. À moins que je ne l'aie sauvé simplement en ne le perdant pas. Quoi qu'il en soit, je savais combien il est important de s'accorder de temps à autre des moments de réjouissance, ne serait-ce que pour alléger la tension nerveuse.

— Nous ne pouvons pas reconstruire les murs sans le Chant, déclara V'lane.

— Qui a dit que nous avions besoin de les remonter ? ricana Barrons. Vous êtes des blattes, et nous l'insecticide. Nous finirons par vous éradiquer.

— Nous ne sommes pas de la vermine, s'offusqua Velvet d'un ton pincé.

— Je parlais des *Unseelies*. Je supposais que vous autres, saletés de fées, alliez nous aider à éradiquer vos cafards de frères et cesser de vous pavaner chez nous.

— Je ne me pavane pas, moi, rectifia Dree'lia d'un air outré. Aurais-tu oublié les délices que tu as connues entre mes bras ?

Je regardai Barrons, incrédule.

— Tu as couché avec elle ?

Il leva les yeux au plafond.

— C'était il y a une éternité, et uniquement parce qu'elle prétendait avoir des informations sur le Livre.

— Mensonges, l'Ancien. Tu me suivais comme un toutou…

— Barrons n'a jamais suivi personne comme un toutou, l'interrompis-je.

Son regard noir pétilla d'amusement.

Voilà qui est inattendu. Merci de me défendre.

Eh bien, c'est vrai, non ? En tout cas, avec moi !

C'est discutable. Ryodan ne serait pas d'accord avec toi.

Couche avec une autre fée et je me fais Pri-ya *personnelle de V'lane.*

Une lueur meurtrière passa dans ses yeux, mais il répliqua avec légèreté :

Serais-tu jalouse ?

Ce qui est à moi est à moi.

Il se figea.

Est-ce ainsi que tu me considères ?
Le temps sembla interrompre sa course tandis que nous nous dévisagions. Les discussions autour de nous s'estompèrent. La crypte se vida. Il n'y avait plus que lui et moi. L'instant s'étira entre nous, vibrant de mille possibles. Je déteste ce genre de situation. Impossible de mentir.

Il voulait une réponse. Et il ne s'en irait pas tant qu'il ne l'aurait pas. Je le voyais dans ses yeux. J'étais terrifiée. Si je disais oui, et qu'il répondait par une réplique cinglante ? Si je sombrais dans la sensiblerie larmoyante, et qu'il me laissait me dévoiler entièrement ? Pire encore, que se passerait-il lorsqu'il découvrirait que je n'avais pas obtenu le sortilège qui libérerait son fils ? Allait-il retirer ma nouvelle enseigne, saccager ma librairie adorée et s'en aller avec son enfant au cœur de la nuit, s'évanouir comme de la brume dans le soleil du matin et disparaître à tout jamais de ma vie ?

J'avais appris une ou deux petites choses.

L'espoir renforce. La peur tue.

Mets-toi bien dans la tête que tu es à moi, mon gars, rétorquai-je.

Je le revendiquais haut et fort et j'étais prête à me battre pour me défendre – à mentir, à tricher et à voler. En effet, je n'avais pas obtenu le sort. Pas encore. Demain était un autre jour. Et si Barrons ne m'avait désirée que pour le sortilège, il ne me méritait pas.

Il rejeta la tête en arrière dans un grand éclat de rire qui fit étinceler ses dents sur son visage mat.

Une seule fois, je l'avais vu en proie à une telle hilarité. La nuit où il m'avait vue en train de danser sur

Bad Moon Rising, coiffée de mon MacHalo, enjambant des ottomanes d'un seul bond, fendant l'air et poignardant des oreillers. Je retins mon souffle. Comme le rire d'Alina, plus radieux que le soleil brûlant de l'après-midi, le sien vibrait d'une joie communicative.

Tout le monde autour de nous réapparut peu à peu. Sans un mot, ils nous observaient, Barrons et moi.

Barrons cessa aussitôt de rire et éclaircit sa voix. Puis il fronça les yeux.

— Bon sang, qu'est-ce qu'il fabrique ? Nous n'avons rien décidé !

— C'est ce que j'essayais de vous dire, expliqua Jack, mais vous n'avez pas entendu une seule de mes paroles. Vous couviez ma fille du regard comme si...

— Bas les pattes, V'lane ! gronda Barrons. Si quelqu'un doit consulter le Livre, c'est Mac.

— Il n'est pas question que Mac le touche ! protesta aussitôt Rainey. Cette effroyable chose devrait être détruite.

— Impossible, Maman. Cela ne marche pas comme ça.

Pendant que tout le monde se querellait et que Barrons et moi étions absorbés dans notre conversation silencieuse, V'lane avait pris des bras de mon père la reine/concubine emmitouflée dans ses couvertures. Il se tenait à présent devant la dalle, le regard baissé vers le *Sinsar Dubh*.

— Ne l'ouvrez pas, l'avertit Kat. Il faut d'abord que nous en discutions. Que nous mettions les choses au point.

— Elle a raison, approuva Dageus. Ce n'est pas quelque chose à faire à la légère, V'lane.

— Certaines précautions doivent être observées, renchérit Drustan.

— Assez parlé, répondit V'lane. Mes devoirs envers mon peuple sont clairs. Ils l'ont toujours été.

Barrons ne gaspilla pas sa salive. Il s'élança comme la bête qu'il était, trop rapide pour être vu. Un instant, il était à quelques pas de moi, et la seconde suivante, il...

... se fracassait contre une invisible barrière et rebondissait en grognant.

Un mur de cristal limpide venait de jaillir tout autour de V'lane, doublé de barreaux d'un noir bleuté s'élevant très haut, jusqu'au plafond.

V'lane ne s'était même pas retourné. C'était comme s'il ne nous entendait plus. Il déposa le corps inanimé de la reine sur le sol près de la dalle et tendit la main vers le *Sinsar Dubh*.

— V'lane, ne l'ouvrez pas ! hurlai-je. Je pense qu'il est inerte, mais nous n'avons aucune idée de ce qui peut arriver si vous...

Trop tard. Il avait tourné la couverture.

Les bras droits devant lui, tenant le Livre à deux mains, la tête baissée, V'lane commença à lire en faisant bouger ses lèvres.

Barrons se jeta contre le mur. Et rebondit de nouveau.

V'lane nous avait bloqué tout accès.

Ryodan, Lor et Fade rejoignirent Barrons. Quelques instants plus tard, les cinq Keltar et mon père étaient à ses côtés, martelant la barrière, la frappant de leur épaule ou de leurs poings.

Quant à moi, je restai là, les yeux écarquillés, essayant de comprendre ce qui se passait et faisant défiler mes souvenirs, en remontant jusqu'au jour où j'avais fait la connaissance de V'lane. Il m'avait dit qu'il servait sa reine et que celle-ci, sans le Livre, n'avait aucune chance de retrouver le Chant perdu. À l'époque, mon unique préoccupation avait été de démasquer le meurtrier d'Alina et de maintenir les murs debout. J'avais eu très envie que la reine trouve cette chanson et renforce cette muraille.

Cependant, il m'avait aussi dit que la rumeur selon laquelle, faute d'héritière pour la magie de la reine à la mort de celle-ci, la sorcellerie matriarcale de la Vraie Race irait au mâle le plus puissant, n'était qu'une légende.

Il ne m'aurait certainement pas dit cela s'il avait décidé de monter sur le trône. L'aurait-il fait ? Était-il naïf à ce point ?

Ou tellement arrogant qu'il m'avait donné l'ensemble des indices, tout en riant de la « mesquine petite humaine » incapable de les réunir ?

S'il lisait le *Sinsar Dubh* en entier, cela ferait-il de lui, sans le moindre doute, le mâle le plus puissant, plus fort même que le roi *unseelie* ?

Je n'avais pas vu de princesse *unseelie*. Pas une seule. Et toutes les princesses *seelies* étaient, selon V'lane, mortes ou portées disparues.

Et s'il achevait la lecture du Livre et assassinait sa souveraine ?

Il posséderait tout le savoir ténébreux du roi *unseelie* et toute la magie de la reine. Rien ne pourrait plus l'arrêter.

Était-il le joueur qui avait manipulé les événements pour gagner du temps, dans l'attente de l'instant parfait ?

Je cherchai à tâtons ma lance dans mon holster. Elle ne s'y trouvait plus. Je pris une rapide inspiration, les narines frémissantes. Depuis combien de temps s'était-elle volatilisée ? Me l'avait-il prise pour poignarder la reine ? En aurait-il seulement besoin ? Une fois qu'il aurait absorbé le Livre, pourrait-il, tout simplement, la détruire ?

Étais-je en train de devenir paranoïaque ?

Ce n'était que V'lane, après tout. Il ne recherchait probablement que des extraits du Chant pour sa souveraine. Une fois qu'il les aurait trouvés, il refermerait le volume maudit.

Je m'écartai légèrement pour mieux voir.

Les hommes mobilisaient toutes leurs forces contre le mur – Christopher et Christian en fredonnant une sorte de mélopée, les autres à coups de poing. Leurs efforts semblaient n'avoir aucun effet.

Alors que j'essayais de regarder entre eux, je vis soudain V'lane en toute clarté. Indifférent aux assauts contre la barrière qu'il avait érigée, il se tenait, la tête rejetée en arrière, les paupières closes. Ses mains n'étaient pas, comme je l'avais cru, posées de chaque côté du Livre.

Elles étaient *dessus*, une paume à plat sur chacune des deux pages ouvertes.

Comment pouvait-il toucher une relique *unseelie* ? Les feuillets étaient d'une beauté fascinante, faits d'or martelé et rehaussés de pierres précieuses, couverts d'une écriture cursive étonnamment audacieuse et dynamique qui se ruait d'une marge à l'autre telles des vagues sans fin. Le Langage premier était aussi fluide que la reine originelle avait été statique.

V'lane ne *lisait* pas le *Sinsar Dubh*.

Les sortilèges inscrits sur les plages dorées disparaissaient du Livre pour remonter le long de ses bras et entrer dans son corps, laissant les feuillets vides. Il l'aspirait. L'absorbait. Le devenait.

— Barrons ? hurlai-je pour me faire entendre pardessus les rugissements et les halètements des hommes qui se jetaient contre la forteresse imprenable. Alerte rouge !

— Même page, Mac. Même fichue ligne.

51

L'année de mes quinze ans, Papa m'a appris à conduire. Maman était terrifiée à l'idée qu'il me confie le volant, mais je ne m'en suis pas si mal sortie.

Je me vois encore prendre un virage un peu trop rapidement, manquant de peu une boîte aux lettres et demandant à Papa *Mais comment fait-on pour rester sur la chaussée ? Qu'est-ce qui empêche les gens de déraper ? Ce n'est pas comme si on était sur des rails !* Il avait éclaté de rire. *Il y a des ornières dans la route. Elles n'y sont pas vraiment mais à force de rouler dedans, tu finiras par les sentir, et une sorte de pilote automatique se mettra en place.*

La vie est pareille. Des ornières dans la route. Mon ornière, c'était que V'lane faisait partie des gentils. *Attention*, avait précisé Jack, *les pilotes automatiques peuvent être dangereux. Un chauffard ivre peut se jeter sur toi. Le plus important à savoir à propos des ornières, c'est la façon et le moment de s'en extraire.*

J'étais paralysée par l'indécision. V'lane était-il réellement l'un des méchants ? Était-il vraiment en train d'essayer d'usurper tous les pouvoirs faës pour régner ? Devais-je intervenir ? Que pouvais-je faire ?

Tandis que ma mère et moi observions la scène, Kat, Jo et les autres *sidhe-seers* s'élancèrent à leur tour à l'assaut du mur. J'étais sur le point de les rejoindre quand ma mère s'exclama :

— Qui est ce charmant jeune homme ? Il n'était pas ici tout à l'...

Sans achever sa phrase, elle se figea.

Tout le monde dans la crypte s'immobilisa.

Les Keltar interrompirent leur chant. Barrons et mon père firent halte en plein élan. Même V'lane en fut affecté, bien que de façon moins marquée. Les sortilèges qui remontaient le long de ses bras ralentirent, tel un torrent impétueux se transformant en paisible ruisseau.

Je regardai dans la direction qu'indiquait ma mère... et faillis en perdre le souffle.

Il était près de la porte. Non, derrière moi. Non, juste en face de moi ! Lorsqu'il me sourit, je me perdis dans ses yeux. Ils s'agrandirent jusqu'à devenir immenses, puis je fus happée par l'obscurité, et je dérivai dans l'espace entre des supernovas.

— Salut Beauté ! me dit le type aux yeux rêveurs.

— Doigts de papillon, articulai-je avec peine. Vous ?

— Le meilleur chirurgien, acquiesça-t-il.

— Vous avez aidé.

— Je t'ai dit de ne pas lui parler. Tu l'as fait.

— J'ai survécu.

— Jusqu'à présent.

— Il y a autre chose ?

— Toujours.

Je ne pouvais m'empêcher de le dévisager. Je savais qui il était. Et maintenant que je savais, je refusais de croire que je ne m'en étais pas aperçue plus tôt.

— Je ne l'ai jamais permis, petite chose.

— Laissez-moi vous voir, maintenant.

— Pourquoi ?

— Par curiosité.

— Les chats qui meurent...

— Ont neuf vies, finis-je.

Il sourit, puis sa tête pivota d'une façon caractéristique des *Unseelies*. Je voyais également, en surimpression sur une zone spatiale qui n'était pas supposée exister – du moins, pas dans ce royaume – une immensité obscure qui me regardait. Sa tête ne tournait pas sur son axe, elle crissait, comme de la pierre contre de la pierre. Il me semblait que le roi était si vaste qu'aucun royaume unique ne pouvait le contenir. Autour de lui, les dimensions se fissuraient, se chevauchaient, se déplaçaient. Ses yeux se vrillèrent dans les miens, s'ouvrirent toujours plus grands, jusqu'à ce qu'ils avalent toute l'Abbaye, et je me mis à tournoyer sur moi-même dans leurs profondeurs, pieds par-dessus tête, suivie par l'Abbaye qui décrivait des tonneaux derrière moi.

J'étais enveloppée dans de gigantesques ailes de velours noir, emportée jusqu'au cœur des ténèbres qu'était le roi *unseelie*.

Il m'était tellement inconcevable que je ne comprenais même pas le commencement de ce qu'il était. Le mot « ancien » ne convenait pas car en outre, il renaissait à chaque instant. Le temps ne le définissait pas. C'était lui qui définissait le temps. Il n'était ni vie, ni mort. Ni création, ni destruction. Il était tous les possibles et aucun à la fois, la totalité et le néant, un abysse sans fond qui vous rendait votre regard si vous y plongiez les yeux. Il était une vérité de l'existence. Une fois que vous aviez été exposé à lui, vous n'étiez plus le même. De même qu'une maladie contagieuse infectant le sang et le cerveau, il obligeait de nouvelles voies neuronales à se former, rien que pour supporter ce bref contact. C'était ça, ou devenir fou.

L'espace d'une seconde, alors que je flottais dans son étreinte immense et éternelle, je compris tout. Tout prenait du sens. Les univers, les galaxies... L'existence se déployait précisément comme elle le devait, révélant une structure symétrique, organisée, d'une beauté stupéfiante.

J'étais minuscule, nue, perdue entre ses ailes d'un velours noir si doux, si riche et si sensuel que je voulais ne plus jamais les quitter. Son obscurité n'était pas effrayante. Elle était verdoyante, vibrante d'une vie sur le point d'éclore. De brillantes perles de mondes se nichaient dans ses plumes. Je roulai entre elles, riant de plaisir. Je crois qu'il tourbillonna avec moi, observant ma réaction à lui, m'apprenant, me goûtant. Je continuai de décrire des pirouettes parmi les planètes, les étoiles, les constellations... Elles dansaient au bord de ses pennes, suspendues, tremblantes d'un effort de plus en plus intense. Attendant le jour où il les libérerait, les projetterait à travers le stade d'un coup de batte, pour voir ce qu'elles deviendraient. Un *home run*[1].

— *Eh, batteur, batteur ! Une balle haute, attention !*
Cette balle est nulle, elle n'est pas cousue assez serré...
Les coutures sont en train de céder...

---

1. *Home run :* coup de batte qui permet au batteur de marquer un point en faisant un tour complet du stade en une seule fois. *(N.d.T.)*

Je nous vis par ses yeux : des mites en train de danser dans un rai de lumière traversant le toit rouillé d'une grange. Il pouvait tout aussi bien nous balayer d'un revers de la main et nous regarder nous disperser que se désintéresser de ce sous-produit aléatoire d'une toiture trouée. Ou peut-être nous éternuer tous dans les espaces vertigineux, où nous nous éparpillerions en tourbillonnant dans une dizaine de directions différentes, perdus dans la solitude et l'oubli, pour ne jamais nous retrouver.

D'après nos critères, il était fou – totalement, complètement fou – mais de temps à autre, il revenait à la raison pour quelques instants. Cela ne durait jamais longtemps.

D'après ses critères, nous étions des poupées de papier, plates, dénuées de toute profondeur, aboyant comme des enragés dans sa direction, mais de temps à autre, l'un d'entre nous revenait à la raison pour quelques instants. Cela ne durait jamais longtemps.

Au demeurant, tout était bien ainsi. La vie était. Le changement survenait.

Moi. Il pensait que j'étais à peu près saine d'esprit. Je ris, jusqu'à ce que je fonde en larmes en roulant sur moi-même dans ses plumes. À cause de son empreinte à l'intérieur de moi ? Si j'étais un magnifique exemple de ma race, nous devrions tous être abattus.

Il me montra des choses. Me prit par la main et m'escorta dans un gigantesque théâtre où j'assistai à un jeu incessant d'ombres et de lumières, assise dans un siège luxueux du premier rang. Il m'observa, le menton sur un poing, de son fauteuil de velours froissé pourpre dans une baignoire proche de la scène.

— Jamais pu l'éliminer complètement.

Sa voix jaillissait de tous les haut-parleurs à la fois, puissante et mélodieuse.

— Le Livre ?

— Impossible d'éviscérer son moi essentiel.

— On joue encore au docteur ?

— J'essaie. Tu écoutes, cette fois ?

— Il est en train de voler votre Livre. Vous écoutez ?

Le type aux yeux rêveurs détourna la tête de la scène. Le théâtre disparut comme il était apparu. Nous étions de retour dans la crypte.

Ses ailes ne me berçaient plus.

J'avais froid et j'étais seule. Ses ailes me manquaient. Je me languissais de lui. Cela me faisait mal.

— Cela va passer, dit-il d'un ton absent. Tu oublieras la douleur de la séparation. Tout le monde oublie.

Puis il concentra son attention sur V'lane.

— Oui, en effet.

— N'allez-vous pas l'arrêter ?

— *Qué sera, sera.*

J'étais obsédée par une chanson, hantée par un orgue de barbarie infernal.

— C'est votre responsabilité. Vous devriez vous en occuper.

— Devoir est un faux dieu. Aucun plaisir.

— Certains changements valent mieux que d'autres.

— Explicite.

— Si vous l'arrêtez, le changement sera bien plus intéressant.

— Opinion. Subjective.

— La vôtre l'est aussi, m'indignai-je.

Ses yeux étoilés scintillèrent d'amusement.

— S'il me remplace, je deviendrai quelque chose d'autre.

Je pouvais presque entendre le *Sinsar Dubh* me demander : PEUT-IL EXISTER UN SEUL ACTE DE CRÉATION QUI NE COMMENCE PAS PAR UNE DESTRUCTION ? La pomme ne tombait jamais loin de l'arbre...

— Je ne veux pas que vous soyez remplacé. Je vous aime comme vous êtes.

— Tu flirtes avec moi, Beauté ?

Je tentai d'aspirer de l'air, sans succès. Le roi *unseelie* me touchait, m'embrassait. Je pouvais sentir ses lèvres sur ma peau et je... je... je...

— Respire, Beauté.

Je retrouvai mon souffle.

— S'il vous plaît, arrêtez-le.

Je n'éprouvais aucune honte à le supplier. J'étais prête à tomber à genoux. Si V'lane parvenait à s'emparer du pouvoir ultime, je ne voulais pas vivre dans ce monde. Pas s'il régnait. Avec un sortilège de destruction, il pouvait tuer Barrons, et il avait clairement établi, chaque fois qu'il en avait eu l'occasion, que c'était son intention. Il fallait l'arrêter. Je refusais de perdre ceux que j'aimais. Mes parents devaient vivre jusqu'à un âge avancé. Barrons devait vivre pour l'éternité. Et moi ? Eh bien, je n'étais pas certaine de ce que je devais faire, mais j'étais décidée à vivre une existence longue et bien remplie.

— C'est très important pour moi.

— Tu aurais une dette envers moi. Comme tu en as une envers ma Femme Grise.

Y avait-il quelque chose qu'il ignorait ? *Les pactes avec les diables...* aurait dit Barrons s'il n'avait pas été figé.

— Tope-la.

Il me décocha un clin d'œil.

— De toute façon, j'en avais l'intention.

— Oh ! Alors pourquoi avez-vous...

— Jolie fille et tout ça. Qui me supplie. J'adore. L'étoffe des héros. Je ne joue pas souvent ce rôle.

Il était parti. Il réapparut près de la dalle et regarda V'lane à travers les murs de cristal.

Horrifiée, je vis que celui-ci avait déjà absorbé la moitié du *Sinsar Dubh*.

Tout allait s'arranger. Le roi allait l'arrêter, l'écraser comme un cafard. À peine V'lane aurait-il jeté un regard sur celui qui était venu le chercher qu'il se transférerait loin d'ici, la queue entre les jambes, en geignant de peur. Le roi allait sceller de nouveau la crypte et tout irait bien. Personne n'aurait aucun sort d'anéantissement. Barrons resterait invulnérable. J'avais besoin d'avoir ce roc éternel, permanent, sous les pieds.

— ... heure, finit ma mère. D'où peut-il donc être venu ?

Puis, fronçant les sourcils, elle ajouta :

— Et où est-il passé ?

Le temps reprit son cours. Tout le monde dans la crypte recommença à se mouvoir.

La tête de V'lane retomba et ses yeux s'ouvrirent.

Sa réaction ne fut pas du tout ce que j'avais cru.

Ses lèvres s'étirèrent en un sourire tranquille.

— Vous vous montrez enfin, vieil homme. Il était temps.

— Ah, dit le roi *unseelie*. Cruce.

52

Cruce ? V'lane était Cruce ?

Je parcourus la crypte du regard. Tout le monde, sans doute aussi abasourdi que moi, observait successivement V'lane et le type aux yeux rêveurs.

Lorsque je m'étais tenue aux côtés de Darroc, étudiant les armées *seelie* et *unseelie* face à face dans une rue enneigée de Dublin, j'avais été impressionnée par la dimension mythique de l'événement.

À présent, d'après le type aux yeux rêveurs qui n'était autre que le roi *unseelie*, l'être *seelie* qui s'était fait passer pour V'lane pendant des centaines de milliers d'années se révélait être le légendaire Cruce, alias la Guerre, le dernier et le plus parfait des *Unseelies* jamais mis au monde par le Chant.

Et il affrontait son créateur.

Cruce regardait le roi *unseelie* de haut.

Il y avait là la matière à des légendes multimillénaires.

Je fis passer mon regard de l'un à l'autre. On aurait entendu une mouche voler.

Je me tournai vers Barrons, qui arquait les sourcils d'un air stupéfait. Pour une fois, il y avait quelque chose qu'il avait ignoré, lui aussi. Puis son regard se posa sur le type aux yeux rêveurs.

— C'est lui, le roi *unseelie* ? Ce petit vieillard tout fragile ?

— Un vieillard ? demanda Jo. Vous voulez parler de cette jolie Française ? Elle est barmaid chez Chester.

— Une Française ? C'est le sosie de Morgan Freeman qui sert au bar du septième niveau chez Chester, rectifia Christian.

— Mais non, intervint Dageus, c'est l'ex-jardinier du château d'Édimbourg qui a été engagé au pub de Ryodan pour débarrasser les tables depuis que les murs sont tombés.

Et moi, je voyais un étudiant aux yeux rêveurs... Il m'adressa un autre clin d'œil. Lorsque nous le regardions, nous apercevions tous quelqu'un de différent.

Je me tournai de nouveau vers V'lane... enfin, Cruce.

Comment avais-je pu ne rien remarquer ? Comment avais-je pu me laisser duper sur toute la ligne ? Cette nuit-là, dans les rues enneigées de Dublin, il n'y avait jamais eu un prince *seelie* contre un prince *unseelie*, mais *deux* princes *unseelies*. Si le frère de la Guerre l'avait reconnu, il n'en avait rien trahi.

V'lane était Cruce.

V'lane était la Guerre.

J'avais marché main dans la main avec lui sur une plage. Je l'avais embrassé. Plus de fois que je ne pouvais compter. J'avais eu son nom sur la langue. J'avais été secouée de multiples orgasmes entre ses bras. Il m'avait rendu Ashford. L'avait-il seulement prise, d'ailleurs ?

La Guerre. Bien entendu. Il avait retourné mon monde sur lui-même. Il avait monté des armées l'une contre l'autre et s'était confortablement installé pour admirer le chaos qu'il avait semé. Il s'en était même mêlé et avait combattu à nos côtés. Sans doute en riant sous cape, ravi de compliquer encore la situation, d'être au cœur de l'action et d'observer d'aussi près son œuvre.

Était-il derrière tout cela ? Avait-il poussé Darroc depuis des millénaires en le préparant à défier la reine ? Et lorsque Darroc avait été rendu mortel, Cruce avait-il murmuré à quelques oreilles *unseelies*, peut-être implanté certaines informations cruciales, afin de l'aider à faire tomber les murs tout en restant dans les coulisses ? Avait-il observé, attendant le jour où il pourrait s'approcher suffisamment du *Sinsar Dubh* pour dérober le savoir du roi, tuer la reine actuelle et s'emparer de sa magie ?

Les faës possédaient-ils une telle patience ?

Il avait éliminé toutes les princesses et caché la reine en vue de l'assassiner au moment opportun.

Il avait monté les cours *seelie* et *unseelie* l'une contre l'autre et leur avait offert notre monde comme champ de bataille.

Nous étions tous des pions sur son échiquier.

Je ne doutais pas qu'il était à la recherche du pouvoir ultime. Quelle audace, quelle arrogance ! C'était *lui* qui m'avait dit que cela pouvait être accompli, et de quelle façon. C'était lui qui m'avait raconté la légende, pour commencer. N'avait-il pas résisté au plaisir de se vanter ? Lorsque je lui avais posé des questions sur Cruce, il avait pris un air irrité pour répondre : *Un jour, c'est de moi que tu auras envie de parler.* Il avait été jaloux de lui-même, furieux de ne pouvoir révéler sa véritable majesté. Il avait dit : *Cruce était le plus beau de tous, bien que le monde ne le sache jamais. C'est beaucoup de perfection gâchée, que personne ne pose jamais les yeux sur un être tel que lui...* Comme cela avait dû l'agacer de devoir dissimuler si longtemps son vrai visage !

Je m'étais fait bronzer dans une chaise longue de soie, étendue près de lui. J'avais trempé mes doigts de pieds dans les vagues en tenant la main de la Guerre. J'avais admiré le corps nu d'un prince *unseelie*. Je m'étais demandé ce que ce serait de faire l'amour avec lui. J'avais conspiré avec l'ennemi sans jamais m'en douter. Pendant tout ce temps, il avait effleuré et ajusté les événements afin de nous pousser dans une direction ou dans une autre.

Et cela avait fonctionné.

Il avait obtenu exactement ce qu'il désirait. Voilà où il en était : debout au-dessus du Livre du roi, absorbant son savoir maléfique, la reine inconsciente gisant à ses pieds, afin qu'il puisse la tuer et s'emparer également de la Vraie Magie de leur peuple. Il l'avait placée dans la glace de la prison *unseelie* afin de la garder sous son contrôle, vivante, jusqu'à ce qu'il soit certain d'être le mâle le plus puissant parmi les siens. Le roi avait renoncé à sa science ténébreuse. Une fois que Cruce s'en serait emparé, deviendrait-il plus redoutable que le souverain ?

Je regardai les sortilèges inscrits dans le *Sinsar Dubh* s'élever de la page, remonter par ses doigts le long de ses mains, de ses bras, de ses épaules, puis disparaître sous sa peau. Il avait presque fini. Pourquoi le roi ne l'arrêtait-il pas ?

— Commencé. Ne peut être interrompu. Tu penses que je devrais laisser une part du Livre dans deux endroits, alors qu'elles n'ont même pas pu en surveiller un ? demanda le roi.

Barrons et les autres hommes avaient recommencé à frapper les murs en essayant d'y ouvrir une brèche pour atteindre Cruce.

Trop tard. Il ne lui restait plus que quelques pages.

Je restai là, tremblante, faisant passer mon regard de Cruce au roi, en priant pour que ce dernier sache ce qu'il faisait.

Cruce tourna la page finale.

Tandis que le dernier sortilège disparaissait, le Livre s'effondra sur lui-même sur la dalle, ne laissant qu'un petit tas de poussière d'or et une poignée de rubis aux lueurs palpitantes.

Le *Sinsar Dubh* avait enfin été détruit.

Hélas ! Il vivait et respirait désormais à l'intérieur du plus puissant des princes *unseelies* jamais créé…

La transition se fit sans à-coup.

L'instant d'avant, j'étais encore dans la crypte en compagnie de tous les autres. Et voilà que je me trouvais sur le vaste flanc d'une colline herbeuse, avec Cruce et le roi.

Une énorme lune oblitérait l'horizon. Jaillissant de sous la planète, elle occupait tout le ciel nocturne, à l'exception d'une poignée d'étoiles éparpillées sur une palette cobalt au-dessus d'elle.

La prairie vallonnée s'élevait en pente douce pendant des kilomètres et disparaissait dans la lune, me donnant l'impression que si je gravissais l'éminence jusqu'à son sommet, je pourrais sauter par-dessus la barrière de pin et relier la planète à son satellite d'un seul bond. L'air bourdonnait d'une vibration électrique à basse tension et, au loin, le tonnerre roulait. Des mégalithes noirs se dressaient tels les doigts d'un géant tombé à terre s'enfonçant dans l'œil fixe et glacé de l'astre lunaire. Nous nous tenions entre les pierres dressées – Cruce faisant face au roi, moi à mi-distance entre eux deux. La reine gisait aux pieds de Cruce.

Je reculai et m'éloignai pour mieux voir. Je me demandais qui nous avait amenés ici, laissant les autres derrière nous. Cruce, ou le roi ? Et pourquoi ?

Une rafale m'emmêla les cheveux. La brise était chargée de senteurs épicées et de celle du jasmin de nuit. Des Traqueurs volaient devant la lune en faisant entendre leur glapissement lugubre, et l'astre leur répondait.

Je n'avais aucune idée du monde sur lequel je me trouvais mais une partie de moi – mon roi intérieur – connaissait cet endroit. Nous avions choisi la colline de Tara comme modèle, mais la Tara terrestre n'était qu'une pâle imitation de celle-ci. Sur terre, la lune n'était jamais aussi proche qu'ici, et il n'y en avait qu'une, et non pas trois, dans le ciel nocturne. Le pouvoir palpitait depuis le cœur cristallin de cette planète et dans ses veines minérales. La magie de la Terre, en revanche, avait été épuisée par les hommes depuis bien longtemps.

— Pourquoi nous trois ? demandai-je.

— Enfants, répondit le roi.

Je n'aimais pas ce que ce mot semblait impliquer. La Guerre n'était *absolument* pas mon frère.

— MacKayla, dit doucement Cruce.

Je lui décochai un regard glacé.

— Vous trouvez cela drôle ? Vous m'avez menti depuis le début. Vous vous êtes servi de moi.

— Je voulais que tu m'acceptes comme je suis, mais... comment dis-tu ? Ma réputation m'a précédé. D'autres ont empli ta tête de mensonges au sujet de Cruce. J'ai tenté de les rectifier, de te dessiller les yeux.

— En me racontant d'autres affabulations ? V'lane n'a pas tué Cruce le jour où le roi et la reine se sont combattus. Vous avez changé de place avec lui.

— Avec les trois amulettes que le roi n'avait jamais trouvées assez réussies, je les ai tous trompés. Ensemble, elles sont puissantes.

Il effleura son cou, une lueur satisfaite au fond des yeux, et même si je ne pouvais les voir, je devinai qu'il les portait toujours. Il les avait utilisées pour maintenir son charme parfait de prince *seelie*. Je n'avais vu celui-ci vaciller qu'une seule fois, lorsqu'il s'était approché des protections de l'Abbaye.

— Ce jour où je vous ai appelé pour m'aider à vaincre la gardienne à l'Abbaye... Quand vous avez disparu dans un sifflement...

— C'était une protection de vérité, faite de sang et d'os. Elle m'a perçu comme *unseelie*. Si j'étais resté, il m'aurait été impossible de conserver mon voile d'illusion. Cela dit, toi non plus, tu n'as pas pu passer. Pour quelle raison ?

Je ne répondis pas.

— La reine a passé V'lane au fil de son épée sans jamais savoir que c'était lui. Depuis, vous usurpez son identité.

— V'lane était un imbécile. Après mon audience auprès de la souveraine, c'est à lui qu'elle a confié la mission de me confiner dans ses appartements privés. J'ai pris son visage et lui ai donné le mien. Il ne m'arrivait pas à la cheville. Il ne savait rien de la véritable illusion et aurait été incapable de créer une amulette ayant ce pouvoir, même s'il avait vécu un million d'années. Alors je l'ai amené à la reine pour qu'elle le tue. Il a été pathétique. Il a plaidé son innocence. À la fin, il s'est mis à geindre, ridiculisant mon nom. Les autres princes *unseelies* se sont essayés à la malédiction et m'en ont fait porter la responsabilité, aussi.

— Pendant tout ce temps, vous vous êtes caché parmi les *Seelies*.

— Sans jamais boire au Chaudron. En observant. En attendant la parfaite conjonction d'événements. Le Livre avait disparu depuis une éternité. Le vieux fou l'avait caché. Il y a vingt-trois ans, j'ai perçu sa présence et j'ai su que le moment était venu. Mais assez parlé de moi. Qu'es-tu, MacKayla ?

— Vous avez établi Darroc.

— J'ai donné des encouragements là où ils étaient utiles.

— Vous voulez être roi, dis-je.

Les yeux iridescents de Cruce étincelèrent.

— Pourquoi ne le voudrais-je pas ? Il faut bien que quelqu'un dirige. Il a tourné le dos à ses enfants. Nous étions une création accidentelle qu'il a tenté de contenir et de dissimuler. Il a peur du pouvoir ? Moi pas. Il refuse de mener les miens ? Je les soutiendrai comme il ne l'a jamais fait.

— Et quand ils se lasseront de ton règne ? demanda le roi. Quand tu t'apercevras que tu ne pourras jamais les contenter ?

— Je les rendrai heureux. Ils m'aimeront.

— C'est ce que s'imaginent tous les dieux. Au début.

— Taisez-vous, vieil homme.

— Pourtant, tu portes le visage de V'lane. Que crains-tu ? demanda le roi.

— Je n'ai peur de rien.

Son regard s'attarda longuement sur moi.

— Je me bats pour mon peuple, MacKayla. Je l'ai fait depuis ma naissance. Il voudrait nous dissimuler dans la honte et nous condamner à un semblant d'existence. Souviens-t'en. Il y a des raisons à tout ce que j'ai fait.

Tout à coup, sa crinière dorée devint aile de corbeau tandis que sa peau d'or velouté se teintait de bronze.

Ses yeux irisés se vidèrent. Un torque tressé d'argent s'enroula autour de son cou. Sous sa peau, des tatouages kaléidoscopiques s'écrasèrent comme des vagues dans une mer démontée. Il était sublime. Il était hideux. Il détruisait l'âme. Un halo doré entourait son corps.

Et son visage… Seigneur, son visage ! Je le connaissais. Je l'avais vu. Penché sur moi, tenant ma tête entre ses bras, me berçant…

Tandis qu'il bougeait en moi.

— C'était *vous*, le quatrième, à l'église ! m'écriai-je.

Il m'avait violée. Avec ses autres frères obscurs, il avait fait de moi une coquille vide avant de m'abandonner sur le trottoir, nue, brisée. Et je serais restée ainsi pour toujours si Barrons n'était pas venu m'enlever, aidé de ses hommes armés, et ne m'avait pas reconstruite.

Le prince *unseelie* inclina la tête d'un air aussi peu naturel que ses frères. Ses dents pointues projetèrent un éclat blanc contre sa peau sombre.

— Ils t'auraient tuée. Ils n'avaient jamais eu une femme humaine. Darroc avait sous-estimé leur ardeur.

— Vous m'avez violée !

— Je t'ai sauvée, MacKayla.

— Si c'était le cas, vous m'auriez fait échapper à cela !

— Tu étais déjà *Pri-ya* quand je t'ai trouvée. Ta vie ne tenait qu'à un fil. Je t'ai donné mon élixir...

— *Ton* élixir ? répéta le roi d'un ton indulgent.

— ... pour panser tes plaies.

— Vous n'étiez pas obligé de coucher avec moi pour le faire !

— Je te désirais. Tu te refusais à moi. J'étais las de tes scrupules. Tu avais envie de moi. Tu y pensais. Tu n'étais même pas là. Quelle différence ?

— Vous croyez que cela vous décharge de vos responsabilités ?

— Je ne comprends pas tes objections. Je n'ai rien fait qui n'ait déjà été fait par les autres. Rien à quoi tu n'aies déjà songé. Et je l'ai mieux fait.

— Que m'avez-vous donné *exactement* ?

— Je ne sais pas *exactement*, dit-il en imitant mes inflexions à la perfection. Je ne l'avais jamais administré auparavant à un être humain.

— Est-ce l'élixir de la reine ?

— C'était le mien, rectifia le roi.

— Je l'ai amélioré. Vous êtes le passé, dit Cruce. Je suis l'avenir. Il est temps que vous soyez détruit.

Il allait détruire le roi ? Était-ce possible ?

— Les enfants. Quelle plaie. Me demande pourquoi je les ai faits. Relations impossibles.

— Vous n'avez pas idée, approuva Cruce. Amener la reine à tuer V'lane n'a pas été la première illusion que j'ai tissée pour l'imprimer en vous, vieil homme, même si c'est la première que vous avez vue. *Ceci* a été la première.

Il se pencha et prit la reine par les cheveux pour la soulever. À cet instant, les couvertures retombèrent.

Le roi se figea.

Dans ses yeux, je vis le boudoir noir et blanc, vide de tout sauf de souvenirs vides, une éternité de désolation, un deuil sans fin. Je vis une solitude à la mesure – ou à la démesure – de ses ailes. Je connaissais la joie de leur union et le désespoir de leur séparation.

Je n'avais plus confiance dans le visage de personne. Je cherchai ma zone *sidhe-seer*, la renforçai à l'aide de l'Amulette et demandai que l'on me montre ce qui était vrai.

Elle était toujours la concubine. La mortelle bien-aimée du roi, celle qui l'avait rendu fou, pour qui il avait créé le *Sinsar Dubh*, pour qui il avait quitté son peuple.

— Puisqu'elle est la souveraine régnante, sa mort me garantira la Vraie Magie de notre race. Je l'ai épargnée pour la tuer sous vos yeux, avant de vous détruire. Cette fois, en revanche, quand vous la verrez morte, ce ne sera pas une illusion.

Comme le roi ne répondait pas, Cruce demanda d'un ton impatient :

— Vous n'avez pas envie de savoir comment j'ai accompli cela, vieux débris têtu ? Non ? Vous ne disiez jamais ce que vous pensiez lorsque cela aurait été important. Le jour où vous êtes parti combattre la reine, j'ai pris à la concubine un autre de vos fameux élixirs, mais cette fois, ce n'était pas une potion. C'était une tasse volée au Chaudron de l'oubli. La concubine était dans votre boudoir quand j'ai effacé tous ses souvenirs de vous. Quand son esprit a été vide, je l'ai penchée sur votre lit et je l'ai possédée. Je l'ai cachée là où je savais que vous ne la chercheriez jamais. À la cour *seelie*. J'ai pris la place de V'lane et prétendu qu'elle était une humaine dont je m'étais amouraché. Avec le temps, alors que les courtisans buvaient au Chaudron et oubliaient, alors que les princesses *seelies* accédaient au pouvoir puis étaient déposées, elle est devenue l'une des nôtres. J'ai réussi ce que toutes vos potions n'ont jamais pu faire. Le temps en Faëry, nos breuvages et notre mode de vie l'ont rendue faë. N'est-ce pas amusant ? Un jour, elle fut si puissante qu'elle devint notre reine. Elle était toujours là, bien vivante, mais vous ne l'avez même pas regardée. Je l'ai mise au seul endroit où je savais que l'arrogant roi non-*seelie* n'irait jamais. Je vous ai laissé dormir avec votre amertume tandis que je couchais avec votre putain. Votre concubine est devenue ma maîtresse et ma souveraine. Et maintenant, je vais la tuer et devenir vous.

Le roi avait le regard triste.

— De plus de façons que tu ne le sais, en admettant que ce soit vrai. Mais quelqu'un d'autre se dresse en travers de ta route.

Il me regarda.

J'écarquillai les yeux et, aussitôt, je secouai la tête.

— Où voulez-vous en venir ? À ce qu'il me tue ? Je ne suis pas sa rivale !

— Notre magie préfère une femme. Je crois que c'est toi qu'elle choisirait.

— J'ai le *Sinsar Dubh*, objecta Cruce. Pas elle.

Le roi éclata de rire.

— Tu penses devenir moi. Elle devient elle-même. Pas le seul possible.

Je fus horrifiée. Il me sembla comprendre ce qu'il disait et cela ne me plaisait pas du tout.

— Peut-être Barrons devient Cruce. Qui, alors, criera à l'injustice ? demanda le roi.

— Barrons ne deviendrait pas la Guerre, m'empressai-je de protester.

— Ou moi. Cela dépend des nuances.

Le roi regarda la concubine que Cruce tenait toujours.

— Tout cela est sans intérêt. Je n'en ai pas encore fini.

Elle disparut.

— Qu'est-ce que... ?

Les mains de Cruce étaient vides. Il plongea en avant et se heurta contre un mur indécelable à l'œil nu. Fronçant les sourcils, il entonna un chant qui me glaça le sang. Il carillonnait, comme le prince de sang *unseelie* qu'il était pleinement.

Sur un geste du roi, le tintement s'éteignit.

Cruce traça un signe complexe dans les airs, le regard rivé sur le souverain. Rien ne se passa. Il recommença à carillonner. Le roi le réduisit de nouveau au silence.

Cruce invoqua une rune et la lança sur le roi. Elle se heurta contre la barrière invisible et tomba. Il en projeta une douzaine d'autres. Toutes firent de même. J'avais l'impression de voir une scène de ménage dans laquelle l'homme tentait d'éviter à la femme de se faire trop mal.

Cruce bascula en arrière sur ses talons, et ses ailes commencèrent à s'ouvrir, énormes, toutes de velours noir, encadrant un corps nu et musclé d'une telle perfection que des larmes roulèrent sur mes joues. Ses longs cheveux noirs ruisselaient sur ses épaules. Des couleurs lumineuses dansaient sous sa peau bronzée.

J'effleurai mon visage. Mes doigts étaient couverts de sang.

J'étais sidérée par la noire majesté qui émanait de lui. Je savais pourquoi la Guerre était aussi souvent révéré que craint. Je savais ce que c'était d'être bercée entre ces ailes pendant qu'il bougeait en moi.

Le roi *unseelie* le regarda, une lueur d'orgueil paternel au fond des yeux.

Cruce tentait de le détruire, et il était *fier* de lui.

Tel un parent observant son enfant qui retire les roulettes de son vélo et s'élance dans la rue sans aide pour la première fois.

Je compris alors que tant que le roi voudrait bien exister, Cruce n'aurait jamais la moindre chance.

Le danger ne serait jamais de savoir si le roi était assez fort – il était et serait toujours le plus puissant d'entre eux.

Le vrai danger était qu'il s'en *soucie* assez.

Il voyait l'existence d'une façon complètement différente de n'importe qui d'autre. Ce que *nous* considérions comme une défaite ou une destruction, *lui* le voyait – de même que Livre qu'il avait créé – loin en avant sur les flèches du temps, comme un acte de création. Qui sait ? Peut-être est-ce le cas.

Cependant, j'aimais vivre ici et maintenant ; je me battrais pour cela. Je ne voyais pas les choses d'en haut et n'en avais nulle envie. J'aimais trottiner comme un petit chien, soulevant les feuilles d'automne et furetant dans la rosée de printemps, reniflant des senteurs sur le sol, vivant ma vie. J'étais trop heureuse de laisser le vol à ceux qui avaient des ailes.

Je cherchai ma lance. Elle était dans son holster. Je compris qu'elle y était toujours restée, même lorsque « V'lane » était dans les parages. Cela faisait partie de la complexe illusion qu'il avait élaborée. En tant qu'*Unseelie*, il n'avait jamais été capable de la toucher, mais elle aurait pu le tuer. Voilà pourquoi, chaque fois que nous avions été ensemble, il m'avait fait croire qu'elle ne se trouvait plus dans son étui. Exactement comme les princes *unseelies* m'avaient fait croire que je l'avais retournée contre moi-même dans cette église.

Je ne l'avais jamais fait. J'avais choisi de la jeter au loin parce que je m'étais laissée duper. J'aurais pu les tuer cette nuit-là, si j'avais été capable de voir à travers le voile d'illusion. Le pouvoir avait toujours été à ma disposition, en moi. Il aurait suffi que je le sache…

Maintenant, j'allais le tuer.

— N'y songe même pas, me dit le roi *unseelie*.

— Il vous a pris votre concubine. Il a fait croire à sa mort. Il m'a *violée* !

— Ni préjudice, ni déshonneur.

— Vous plaisantez !

Il regarda sa bien-aimée.

— Journée passionnante.

Tout d'un coup, la lune et les mégalithes disparurent.

Nous étions de nouveau dans la crypte.

Cruce carillonnait, ses ailes déployées dans toute leur gloire majestueuse, ses yeux étincelants d'une fureur indignée, ses lèvres retroussées sur un ricanement.

Le roi le figea dans cette attitude.

Tel un ange de la vengeance dans le plus simple appareil, enchâssé dans un cristal clair. Des barreaux bleu-noir jaillirent du sol, le cernant de leur prison.

J'aurais dû demander au roi de couvrir sa nudité.

D'opacifier la glace, afin qu'on ne le voie pas. De dissimuler ces fascinantes ailes de velours. D'atténuer le nimbe doré qui l'auréolait.

De lui donner l'air moins… angélique, excitant, érotique. Enfin, le genre de choses que l'on se dit rétrospectivement…

Le roi dit à Kat :

— Il est votre *Sinsar Dubh*, à présent.

— Non ! s'écria Kat. Nous ne voulons pas de lui !

— Votre faute s'il s'est échappé. Gardez-le mieux, cette fois.

J'entendis Barrons s'exclamer :

— McCabe ? Qu'est-ce que tu fiches ici, bon sang ?

Des gens commençaient à apparaître dans la crypte, se transférant les uns après les autres. Le McCabe en costume blanc de Casa Blanc fut rejoint par le réceptionniste aux allures de lutin de ma première nuit à la pension Clarin House, puis par le vendeur des rues qui m'avait indiqué le chemin du poste des *gardai*, celui qui m'avait traitée de tête de linotte.

— Liz ? demanda Jo. D'où viens-tu ?

Sans répondre, Liz se dirigea, comme les autres, vers le roi *unseelie*.

— Il est trop grand pour un seul corps, murmurai-je, abasourdie.

— Je *savais* qu'il y avait quelque chose qui n'allait pas chez elle ! s'exclama Jo.

Le roi avait observé Barrons et les *sidhe-seers*. Il s'était fait passer pour l'un des joueurs à la recherche de son propre Livre. Il m'avait surveillée tout ce temps-là. Depuis le jour où j'étais arrivée à Dublin. C'était lui qui m'avait accueillie à Clarin House.

— Avant cela, Beauté.

Il me décocha un regard en biais qui m'horrifia. Ses yeux étoilés brillaient de fierté.

Mon prof de gym du lycée le rejoignit. Lorsque le directeur de mon école primaire apparut, je serrai les dents et lançai un coup d'œil furieux au roi. *Depuis le début*.

— J'aurais apprécié un peu d'aide.

Le roi serra tendrement sa concubine contre lui.

— Que changerais-tu ?

— Vous devez nous la confier, exigea Dree'lia. Nous avons besoin d'elle. Sans V'lane, qui nous gouvernera ?

— Trouvez une nouvelle reine. Elle est à moi.

Velvet tressaillit.

— Il n'y a personne d'autre pour...

— Sois un homme, Velvet, rétorqua sèchement le roi.

— Nous ne *voulons* pas de Cruce, insista Kat. Prenez-le, *vous* !

— Bon sang, s'impatienta Drustan, qu'est-ce que c'est que cette histoire ? Vous ne pouvez pas prendre la reine ! Nous travaillons pour elle !

— Et le Pacte ? renchérit Cian. Nous avons besoin de le renégocier !

— Faites-moi redevenir ce que j'étais ! supplia Christian. Je n'en ai mangé qu'une seule bouchée. Cela ne justifie pas qu'on me fasse subir cela ! Pourquoi suis-je puni ?

Le roi n'avait d'yeux que pour la femme entre ses bras.

— Vous ne pouvez pas partir avant d'avoir remonté ces fichus murs, gronda Dageus. Nous n'avons aucune idée de la façon de…

— Vous trouverez.

Des peaux commencèrent à tomber au sol, coquilles vides des différents « moi » du roi. L'espace d'un instant, je craignis de voir ma propre enveloppe glisser à terre, mais il n'en fut rien.

Barrons m'avait arrachée à mon état de *Pri-ya*. Je ne doutais pas que le roi retrouverait sa concubine, lui aussi. Où qu'elle soit, dans quelque grotte d'amnésie qu'elle se languisse, il la rejoindrait. Il lui raconterait des histoires. Il lui ferait l'amour. Jusqu'au jour où ils se lèveraient et s'en iraient ensemble.

Le type aux yeux rêveurs commença à se métamorphoser, tout en absorbant les ombres qui provenaient des coquilles vides.

Il s'étira, grandit, jusqu'à nous dominer de toute la haute taille de la bête du *Sinsar Dubh*, mais sans sa malveillance, et lorsque ses ailes se déployèrent, plongeant la crypte dans l'obscurité, des étoiles et des mondes dansant au bout de ses plumes, je perçus sa joie.

L'idée qu'elle l'avait volontairement abandonné l'avait rendu fou.

C'était faux. Elle lui avait été enlevée.

Il l'avait aimée depuis le commencement du monde.

Avant qu'elle soit née.

Après qu'il l'avait crue disparue.

Un rayon de soleil sur la glace qu'il était. Un voile de givre sur la fièvre qu'elle était.

Je leur souhaitais un bonheur éternel.

À toi aussi, Beauté.

Et le roi *unseelie* disparut.

CINQUIÈME PARTIE

Quand ma foi s'affaiblit
Et que j'ai envie de renoncer
Tu souffles de nouveau en moi...

SKILLET, « *Éveillé et vivant* »

53

L'enseigne était lourde, mais j'étais résolue. Certes la force de Barrons m'aurait considérablement aidée, mais je me débrouillai sans lui. Je n'étais pas d'humeur à me disputer avec lui.

Tandis que je dévissais du mât de cuivre scellé dans la brique au-dessus de la porte la dernière équerre à laquelle était suspendu le panneau aux couleurs joyeuses, celui-ci glissa de mes mains, tomba sur le trottoir et se brisa juste au milieu.

MacKayla – Manuscrits et Miscellanées mordit la poussière avant qu'un seul client ait levé les yeux dessus et l'ait lu.

Cela me convenait très bien. Ce nom ne sonnait pas bien. Certes, j'aurais adoré avoir mon prénom là-haut, mais je ne m'y serais jamais habituée. Ce lieu était... eh bien, *MacKayla – Manuscrits et Miscellanées* n'était pas l'appellation qui s'imposait.

Je n'avais nullement l'intention de lui rendre la librairie.

Je la gardais pour toujours. Et je conservais aussi son nom. Je ne pouvais pas l'imaginer autrement.

Vingt minutes plus tard, l'enseigne d'origine avait retrouvé sa place.

Après m'être épousseté les mains, j'appuyai l'échelle contre une colonne et reculai pour admirer mon travail.

L'immeuble de trois étages... Je levai les yeux. Ce soir, il y en avait quatre. L'immeuble de quatre étages s'appelait de nouveau officiellement *Barrons – Bouquins et Bibelots*. Et il était désormais la propriété d'une certaine MacKayla Lane. Barrons m'avait donné l'acte la veille au soir.

J'allai jusqu'au milieu de la chaussée pour observer mon magasin d'un œil critique. C'était à moi d'en prendre soin, et je n'en céderais pas une parcelle aux vandales ou aux éléments. Gardé par des protections et par un homme qui ne pouvait pas mourir, il avait mieux enduré que la plupart des autres lieux de la ville l'ouragan *unseelie*.

Je me souvins de la première fois que je l'avais vu. Je sortais de la Zone fantôme, terrifiée, seule, cherchant désespérément des réponses. Ce soir-là, il avait rayonné, à mes yeux, de la lueur sacrée du salut.

Mon sanctuaire. Mon refuge.

La façade rétro toute en cuivre et bois de cerisier étincelait. L'entrée en alcôve, entre deux colonnes majestueuses, s'ornait d'une nouvelle suspension qui projetait une chaude lumière ambrée sur la magnifique porte de bois à panneaux et les étroites vitrines de verre teinté qui la flanquaient.

Les hautes fenêtres sur les côtés du bâtiment, encadrées de colonnes de même style et d'élégants croisillons de fer forgé, n'avaient pas une seule fêlure, et les piliers ne montraient aucune éraflure. Les fondations étaient solides et fortes. Les puissants spots fixés au toit, contrôlés par des minuteries, allaient s'allumer d'une minute à l'autre. Sur la vitrine à l'ancienne, teintée de vert, un panneau clignotant indiquait OUVERT.

Même si la Zone sombre était vide, cet endroit serait toujours un bastion de lumière, tant qu'il serait à moi. J'en avais besoin. Il m'avait sauvée. J'aimais ce lieu.

Ainsi que l'homme.

Et c'était là le problème.

Plusieurs jours s'étaient écoulés depuis la confrontation finale à l'Abbaye, mais nous n'en avions toujours pas parlé.

Après le départ du roi, nous nous étions juste regardés les uns les autres, puis nous nous étions dirigés vers la sortie, comme si nous ne pouvions pas retourner assez vite en lieu sûr.

Il avait suffi à Papa et Maman d'un seul regard sur Barrons et moi pour décider de retourner chez Chester. J'ai les parents les plus intelligents et les plus cools au monde ! Barrons et moi étions rentrés à la librairie et allés directement au lit. Nous n'en étions sortis que chassés par la faim.

Le final n'avait pas été parfait, et certainement pas ce à quoi je m'étais attendue l'automne précédent, lorsque nous faisions nos tentatives désespérées pour maintenir les murs entre le royaume des faës et celui des hommes.

Le *Sinsar Dubh* avait été détruit.

Et, conformément à la logique faë, quelque chose d'autre s'était formé.

Les *sidhe-seers* étaient furieuses d'en avoir été désignées les gardiennes, mais il est difficile de négocier avec un souverain absent.

Kat, assurant la relève, avait pris la place de Rowena et accepté d'y rester jusqu'à ce que l'Abbaye soit nettoyée des Ombres et que les rangs sidhe-seers soient reconstitués, époque à laquelle la communauté reviendrait à un vote démocratique et refonderait le Cercle.

Mon projet était de décrocher une place dans ce saint des saints pour y faire la promotion de changements significatifs – en premier lieu, sceller une fois pour toutes la crypte où le *Sinsar Dubh* était pour l'instant figé dans son apparence si dangereusement séduisante. Puis la doubler de fer. Avant d'y injecter du béton.

Les Keltar étaient retournés en Écosse en emmenant Christian avec eux, mais aucun de nous ne s'imaginait en avoir terminé avec eux.

Avant Halloween, nous avions tous cru que la vie pouvait encore revenir un jour à la normale. Ce temps-là était révolu.

La moitié de la population mondiale avait été décimée. Plus de trois milliards d'êtres humains étaient morts.

Les murs étaient tombés, et j'étais à peu près certaine qu'ils le resteraient, sans souveraine, sans personne pour diriger les *Seelies*. Le roi, je n'en doutais pas, avait pris un congé sabbatique de longue durée.

Jayne et ses hommes patrouillaient sans relâche, toujours prêts au combat, fermement décidés à vider les rues des *Unseelies* et le ciel des Traqueurs. Je prévoyais de lui en parler. Je me demandais si nous ne pourrions pas négocier un traité avec les Traqueurs. Je n'aimais pas l'idée que K'Vruck se fasse tirer dessus.

Kat avait contacté les filiales internationales de Post Haste, Inc. Elle m'avait appris que les Zones sombres pullulaient sur la planète, mais que le mode de fabrication de l'anti-Ombre de Dani avait été traduit dans presque toutes les langues. En outre, la production de MacHalos était une industrie florissante. Dans certaines régions du monde, on pouvait en échanger un contre une vache. Il y avait des millions de maisons, de voitures, d'appareils électroniques sans propriétaire – toutes ces choses que j'avais rêvé de posséder un jour, qu'il suffisait de s'approprier. Et pourtant, j'aurais allègrement échangé la Porsche turbo 911 de Barrons contre un verre de jus d'orange frais.

Les OFI dérivaient, telles de minuscules tornades, mais Ryodan et ses hommes, qui connaissaient un moyen de les enchaîner, avaient commencé à retirer les plus importantes de la ville. Non pas par philanthropie, m'avait expliqué Ryodan sans état d'âme, mais parce qu'elles n'étaient pas bonnes pour les affaires.

Chez Chester était plus bondé jamais. Ce jour-là, alors que je sortais faire des courses, une gamine m'avait lancé : « On se voit en Faëry ! » Comme si elle avait dit : « Tiens, salut ! »

Ce nouveau monde était étrange.

La guerre continuait sous une forme atténuée. *Seelies* et *Unseelies* s'affrontaient, mais ils avaient adopté plus de discrétion, comme s'ils craignaient notre réaction au cas où ils abîmeraient encore plus notre monde et qu'ils n'avaient pas envie de savoir ce qu'elle serait.

Pour l'instant.

Pour moi, un bon faë est un faë mort. PS : les Traqueurs ne sont pas faës.

L'électricité n'était pas encore rétablie dans la plupart des endroits. Les générateurs étaient très demandés.

Les antennes de téléphonie portable ne fonctionnaient pas – les appareils de Barrons et de ses hommes constituant une mystérieuse exception. Le réseau internet était hors service depuis des mois. Certaines personnes évoquaient la possibilité de ne pas restaurer l'organisation telle qu'elle était autrefois et d'explorer de nouvelles pistes moins gourmandes en énergie. Je supposais qu'il y aurait de nombreuses écoles de pensée, avec des enclaves surgissant ici et là, chacune adoptant leurs propres philosophie et organisation sociale.

Je n'avais aucune idée de la direction que prenait le futur.

Toutefois, j'étais heureuse d'être en vie et je n'imaginais pas qu'il existe un autre endroit où je préférerais me trouver qu'ici et maintenant, observant le nouveau monde en train de s'inventer.

J'étais comme Barrons : je n'aurais jamais assez de vie.

Les hommes de Ryodan n'avaient localisé Tellie que la veille, et j'avais pu parler brièvement à celle-ci grâce au portable de Barrons. Elle m'avait confirmé qu'Isla O'Connor était enceinte de moi la nuit où le Livre s'était échappé. J'étais bel et bien née. J'avais une mère biologique. Tellie s'était mise en route pour venir me raconter toute l'histoire ; elle serait là dans quelques jours.

Mes parents étaient heureux et en bonne santé. Les méchants avaient perdu et les bons avaient gagné. Pour cette fois.

La vie était merveilleuse.

À une seule et douloureuse exception.

Il y avait un enfant derrière ma librairie, sous le garage, et chaque seconde de son existence était une agonie.

Et il y avait un père qui ne m'avait pas dit un mot sur lui ni sur le sortilège depuis que nous avions quitté la crypte sous l'Abbaye.

J'ignorais absolument pourquoi. Je m'étais attendue à ce qu'il exige le sort d'anéantissement dès notre retour à la librairie. Il l'avait recherché, il n'avait vécu que pour cela depuis une éternité.

Il n'en avait rien fait. Chaque jour qui passait, je redoutais un peu plus mon inévitable confession. Non seulement mon mensonge prenait des proportions croissantes, mais il me semblait de plus en plus difficile de me rétracter.

Jamais je n'oublierais l'espoir dans ses yeux. La joie dans son sourire.

C'était *moi* qui les y avais mis. En le bernant.

Quand il découvrirait la vérité, il ne me pardonnerait jamais.

Tu peux encore le faire...

Je fermai les paupières avec énergie.

La petite voix insidieuse me torturait depuis que nous avions quitté l'Abbaye : le *Sinsar Dubh*. Je ne parvenais pas à discerner s'il s'agissait d'un souvenir de ce qu'il m'avait dit lorsqu'il m'avait incitée à l'embrasser, ou d'une réalité qui se trouvait réellement en moi.

Le Livre avait-il effectivement « téléchargé » une copie de lui-même en moi alors que je n'étais qu'un embryon dans le ventre de ma mère ?

Avait-il vraiment créé l'hôte parfait pour lui-même vingt-trois ans auparavant, faisant de moi un fac-similé humain de lui, attendant que je mûrisse ?

Et, plus important : le sortilège qui permettrait au fils de Barrons de reposer en paix se trouvait-il effectivement en moi ?

Pouvais-je le lui offrir ? Entendre de nouveau de la joie dans son rire ? Les libérer tous les deux ? À quel prix ? J'enfonçai mes ongles dans mes paumes.

La veille au soir, avant de sombrer dans le sommeil, j'avais entendu l'enfant-bête hululer. De faim, d'angoisse, de détresse sans fond.

Nous l'avions tous les deux entendu. Il m'avait embrassée en faisant la sourde oreille. Plus tard, lorsqu'il était parti... Eh bien, faire ce qu'il faisait pour s'occuper de l'enfant, j'avais ravalé des larmes de honte et de dépit.

Il ne m'avait demandé qu'une seule chose. Je n'avais pas été assez forte pour la lui obtenir et y survivre.

J'ouvris les yeux et regardai la librairie, ainsi que l'enseigne qui se balançait doucement dans la brise. Le crépuscule teintait le magasin de nuances de violet. Une touche d'argent métallisé nimbait les vitres, l'une des nombreuses nouvelles couleurs faës.

Barrons serait bientôt de retour. Je n'avais aucune idée de l'endroit où il allait lorsqu'il s'en allait, mais j'avais compris le schéma. Quand il serait revenu, je pourrais sentir son cœur battre.

Je ne m'autorisai pas à réfléchir à ce que je m'apprêtais à faire. Je savais que si j'y pensais, je ne trouverais plus le courage et reculerais. Je laissai ma vision se brouiller et plongeai.

L'eau était glaciale et hostile, noire comme dans un gouffre, comme le péché originel. Je n'y voyais rien. Je m'enfonçai avec énergie.

Je me sentais petite, jeune, effrayée.

Je continuai ma descente.

Le lac était immense. J'avais en moi des lieues et des lieues d'eau sombre et glacée. J'étais surprise que mon sang ne soit pas noir et froid.

DU MÉLODRAME. TU VOIS QUE TU EN AS FINALEMENT UN PEU, susurra une voix familière. QUE DEVIENT CE PANACHE ? L'UNIVERS DÉTESTE LES FILLES TERNES.

— Où êtes-vous ?

CONTINUE DE NAGER, MACKAYLA.

— Êtes-vous réellement là-dedans ?

DEPUIS TOUJOURS.

Je plongeai de plus belle, m'enfonçant toujours plus profondément dans l'obscurité. Je ne voyais plus rien. J'aurais aussi bien pu être aveugle.

Et soudain, il y eut de la lumière.

PARCE QUE J'AI DIT : QU'ELLE SOIT ! commenta-t-il d'une voix suave.

— Vous n'êtes pas le bon Dieu, maugréai-je.

NI LE DIABLE. JE SUIS TOI. ES-TU ENFIN PRÊTE À TE REGARDER ? À VOIR CE QU'IL Y A TOUT AU FOND, LA RACINE CENTRALE ?

— Je suis prête.

À peine avais-je prononcé ces paroles qu'il apparut. Rayonnant, resplendissant, au fond de mon lac. Des rais dorés en jaillissaient, ses rubis étincelaient, ses ferrures brillaient.

Le *Sinsar Dubh*.

J'ÉTAIS ICI TOUT LE TEMPS. DEPUIS AVANT TA NAISSANCE.

— Je vous ai battu. Dans le bureau, j'ai lu deux fois dans votre jeu. Je me suis détournée de la tentation.

ON NE PEUT ARRACHER SON SOI ESSENTIEL.
Je n'étais plus en train de nager. Je descendais en
flottant vers le sol d'une caverne noire, ruisselante
d'eau. Mes pieds bottés effleurèrent la surface. Je
regardai autour de moi en me demandant où j'étais.
Dans la nuit obscure de mon âme ? Le *Sinsar Dubh*
était ouvert sur un majestueux piédestal noir en face de
moi. Ses pages dorées miroitantes, il attendait.

Il était beau, si beau…

Il avait été en moi pendant tout ce temps. Toutes ces
nuits que j'avais passées à le traquer, il avait été juste
sous mon nez. Ou plutôt, derrière. De même que Cruce,
j'*étais* le *Sinsar Dubh*, mais contrairement à lui, je ne
l'avais jamais ouvert. Jamais accueilli. Jamais lu.
C'était pour cette raison que je n'avais pas compris les
runes qu'il m'avait offertes. Je n'avais pas regardé en
lui. Seulement pris ce qu'il m'offrait pour en faire
l'usage recommandé.

Si j'avais plongé vers le fond de mon lac brillant et
regardé dans le Livre, j'aurais eu à ma disposition tout
le savoir sombre du roi, en détail. Chaque sortilège,
chaque rune, la recette de chaque expérience, incluant
la façon de créer les Ombres, l'Homme Gris, et même
Cruce ! Pas étonnant que le roi *unseelie* m'ait regardée
avec tant de fierté paternelle. Je détenais une telle
quantité de ses mémoires, de sa magie ! Je supposais
que cela était ce qui se rapprochait le plus, pour le roi,
de l'expérience d'avoir une fille. Il avait éjecté une
partie de lui-même, et celle-ci se trouvait à présent en
moi. Sperme, soi essentiel… quelle différence pour un
faë ? Il pouvait se voir en moi, et les faës adoraient
cela.

Pas étonnant non plus que K'Vruck, après m'avoir sondée mentalement, m'ait reconnue. Il avait trouvé en moi une part du souverain et à ses yeux, le roi était le roi. Son compagnon de voyage lui manquait. *Idem* pour les Miroirs. Ils avaient identifié en moi l'essence du monarque, et bien que la plupart aient résisté lorsque j'entrais en eux et m'aient énergiquement expulsée – grâce à la malédiction imparfaite de Cruce, qui n'était en fait pas de lui – le plus ancien et le premier Miroir qui reliait la chambre du roi à celle de la concubine, n'étant pas affecté par le sortilège, m'avait permis de le traverser pour les mêmes raisons. J'étais parfumée à l'*Eau du Roy* ! Même Adam avait capté quelque chose en moi, et je savais que Cruce devait en avoir fait autant. Ils n'avaient tout simplement pas su avec exactitude ce qu'il y avait. Puis il y avait eu ce jour où le type aux yeux rêveurs avait dit au *Fear Dorcha* de regarder plus profondément, et où la terreur à rayures avait reculé.

JE SUIS OUVERT AU SORTILÈGE QUE TU VEUX. TU N'AS QU'À T'APPROCHER SUFFI-SAMMENT DE MOI POUR LIRE, MACKAYLA. C'EST AUSSI FACILE QUE CELA. NOUS SERONS RÉUNIS. ET TU POURRAS OFFRIR LE REPOS ÉTERNEL À L'ENFANT.

— Je suppose que tu avais une excellente raison de détruire mon enseigne ? demanda soudain Jéricho, qui venait d'apparaître à mes côtés.

Puis, d'un ton irrité, il ajouta :

— J'ai dû peindre moi-même ce maudit écriteau. Il ne reste plus un seul fabricant de panneaux dans toute la ville. J'ai plus urgent à faire que de la pein-ture.

Je le regardai, bouche bée. Jéricho Barrons se tenait près de moi.

DANS MA TÊTE.

Je secouai celle-ci, m'attendant à moitié à le voir basculer et rouler à terre.

Il resta debout, aussi élégant et droit que toujours.

— Ce n'est pas possible, lui dis-je. Tu ne peux pas être ici. C'est *ma* tête.

— Tu t'invites dans la mienne. J'ai simplement projeté une image, cette fois, pour te donner quelque chose à regarder.

Il me décocha un faible sourire.

— Ça n'a pas été facile d'entrer. Je comprends pourquoi on appelle le crâne « le caillou ».

J'éclatai de rire. C'était plus fort que moi. Il envahissait mes pensées et même là, il arrivait à plaisanter.

— Je t'ai trouvée debout dans la rue, en train de regarder l'enseigne au-dessus de la librairie. J'ai essayé de te parler mais tu ne répondais pas. J'ai pensé que je ferais bien de jeter un coup d'œil. Que fabriques-tu, Mac ?

Il avait parlé avec douceur. C'était Barrons, dans ce qu'il avait de plus alerte et de plus dangereux…

Mon rire s'éteignit et les larmes jaillirent de mes yeux. Il était dans ma tête. Je ne voyais guère l'intérêt de lui cacher quoi que ce soit. Il n'avait qu'à regarder autour de lui pour voir la vérité de ses yeux.

— Je n'ai pas obtenu le sortilège.

Ma voix se brisa. Je l'avais trahi. Je me haïssais pour cela. Il ne m'avait jamais trahie, lui.

— Je sais.

Je levai les yeux vers son visage, abasourdie.

— Tu… savais ?

— J'ai compris que c'était un mensonge dès l'instant où tu l'as dit.

Je scrutai son regard.

— Enfin... Tu avais l'air heureux ! Tu souriais ! J'ai vu tes yeux s'éclairer !

— J'*étais* heureux. Je savais pourquoi tu avais menti.

Son regard sombre, millénaire, inhumain, était inhabituellement tendre. *Parce que tu m'aimes.*

Je laissai échapper un soupir saccadé.

— Partons d'ici, Mac, Il n'y a rien pour toi ici.

— Le sortilège ! Il est là ! Je peux le prendre. M'en servir. Lui offrir le repos éternel.

— Et tu ne serais plus toi-même. Tu ne peux pas prélever seulement un sort dans cette chose. C'est tout ou rien. Nous trouverons un autre moyen.

Le *Sinsar Dubh* émit son fiel.

IL MENT. IL TE DÉTESTE POUR L'AVOIR TRAHI.

— Enferme-le, Mac. Fige le lac dans la glace.

Je regardai le Livre, qui étincelait dans toute sa gloire. Le pouvoir pur et simple. Je pouvais créer des mondes.

FIGE-LE, LUI ! IL EST SEULEMENT INQUIET QUE TU DEVIENNES PLUS PUISSANTE QUE LUI.

Barrons me tendit sa main.

— Ne me quitte pas, ma poupée arc-en-ciel.

Sa poupée arc-en-ciel. Était-ce donc moi ?

Cela semblait si lointain ! Je souris faiblement.

— Tu te souviens de la jupe que je portais pour aller chez Mallucé, le jour où tu m'as dit de m'habiller gothique ?

— Elle est là-haut, dans ton armoire. Je ne l'ai jamais jetée. Sur toi, c'était un vrai rêve érotique.

Je pris sa main.

Et tout d'un coup, nous nous retrouvâmes dans la rue devant chez *Barrons – Bouquins et Bibelots*.

Au fond de moi, le Livre se referma dans un claquement assourdi.

Alors que nous nous dirigions vers l'entrée, j'entendis des tirs. Nous levâmes les yeux. Deux dragons ailés passèrent devant la lune.

Jayne faisait de nouveau feu sur les Traqueurs.

Les Traqueurs.

J'ouvris grand les yeux.

K'Vruck !

Cela pouvait-il être aussi simple ?

— Bon sang, mais c'est bien sûr ! murmurai-je.

Barrons me tenait la porte ouverte.

— Quoi ?

Une bouffée d'excitation et d'impatience monta en moi. Je lui serrai le bras.

— Peux-tu me trouver un Traqueur pour faire un tour ?

— Bien entendu.

— Alors fais vite. Je crois que j'ai trouvé une solution, pour ton fils.

54

Jéricho Barrons enterra son enfant dans un cimetière des environs de Dublin, après cinq jours de veille devant son corps sans vie, attendant qu'il se volatilise et ressuscite là où ils renaissaient tous.

Son fils ne disparut jamais et ne revint jamais à la vie.

Il était mort. Mort pour de bon.

Je restai moi-même en faction à la porte de son bureau, le regardant observer le magnifique petit garçon, pendant ces jours et ces nuits sans fin.

La solution avait été si simple, une fois que j'y avais songé !

Il avait fallu un certain temps pour *le* trouver, alors qu'il survolait la ville, mais il avait fini par venir à ma rencontre, plus noir que le ciel nocturne, avec ses commentaires tels que *Nuitventvolehautliiibre* et ses réflexions sur le thème *Mon vieil ami*, serein et onctueux, brassant l'air nocturne de petits souffles glacés. Le vent s'était évaporé comme de la glace sèche dans son sillage.

Je lui avais demandé une faveur – une de celles que préférait un Traqueur. Elle l'avait amusé.

Barrons dut faire appel à cinq de ses hommes pour hisser l'enfant/bête soigneusement enchaîné depuis le sous-sol du garage jusque sur le toit d'un immeuble voisin.

Une fois qu'ils se furent suffisamment éloignés, ils m'envoyèrent un message radio et j'expédiai mon nouveau « vieil ami » à tire-d'aile, faire ce qu'il faisait de mieux.

La mort est loin d'être aussi définitive qu'un bon *K'Vruckage*.

Lorsqu'il referma ses immenses ailes de cuir noir autour de la bête en prenant une longue et profonde inspiration, le monstre se métamorphosa en garçon.

Et le garçon mourut.

Comme si K'Vruck avait tout simplement inhalé son essence vitale.

Après je ne sais combien de milliers d'années de souffrance, l'enfant avait enfin trouvé la paix. Et Barrons également.

Ryodan et ses hommes étaient restés aux côtés de Barrons nuit et jour, attendant, se demandant s'il était possible que l'un d'entre eux soit tué pour de bon. Ils avaient paru aussi vexés qu'ils avaient été soulagés. Kasteo était demeuré assis des heures dans la pièce en me regardant sans ciller. Ryodan et les autres avaient dû le traîner de force pour le faire sortir. Je me demandais ce qu'ils lui avaient fait, un millénaire auparavant. Je savais reconnaître le chagrin.

Après leur départ, malgré l'hostilité qu'ils m'avaient manifesté, je savais que j'avais gagné un report d'exécution.

Ils n'allaient pas me tuer. Pas pour l'instant. J'ignorais combien de temps durerait leur bienveillance, mais je prendrais ce que je pourrais.

Et si un jour ils me déclaraient la guerre, ils l'auraient.

Quelqu'un avait fait de moi une guerrière. Avec lui à mes côtés, rien ne m'était impossible.

— Tu es là-haut, Bébé ? appela la voix de baryton de Papa depuis la rue.

Je regardai par-dessus le rebord du toit et souris. Papa, Maman et l'inspecteur Jayne se tenaient en bas, devant l'entrée de la librairie. Papa apportait une bouteille de vin. En voyant Jayne équipé d'un bloc-notes et d'un stylo, je compris qu'il avait l'intention de m'interroger sur les méthodes pour exécuter les faës, et tenter une fois de plus de m'extorquer ma lance.

Pour ma plus grande joie, mes parents avaient décidé de rester à Dublin. Ils avaient pris une maison en ville, pour que nous puissions nous voir facilement. Un de ces jours, je rendrais à Maman la plupart des affaires d'Alina. Nous prendrions le temps de discuter, puis d'aller visiter son appartement. Je l'emmènerais à Trinity College, où Alina avait été heureuse pendant un certain temps. Nous nous souviendrions d'elle et célébrerions ce qui nous avait été donné de partager avec elle. Maman était une autre femme, désormais. Plus forte et plus vivante que jamais.

Papa allait devenir une sorte de *brehon*, ou de législateur, et travailler avec Jayne et son équipe pour maintenir l'ordre dans New Dublin. Il voulait se battre, même si Maman n'était pas très emballée par cette idée.

Elle dirigeait une association appelée FRND – Faire reverdir New Dublin – qui, comme son nom l'indiquait, se consacrait à fertiliser les sols, garnir les parterres, reconstituer les pelouses et, à terme, faire renaître les parcs et les espaces verts. C'était le job idéal pour elle. Elle était un oiseau nicheur par excellence, et le nid de Dublin avait grandement besoin d'être regarni de plumes.

— C'est ouvert, montez ! criai-je.

Maman portait deux jolis pots de céramique, dont jaillissait la pointe verte de bulbes à fleurs. Mes jardinières de fenêtres et mes pots étaient encore vides. Je n'avais pas trouvé le temps d'aller à l'Abbaye prélever quelques plantes. J'espérais qu'il s'agissait d'un cadeau pour ma pendaison de crémaillère.

Je me retournai pour inspecter la table. Les boissons étaient fraîches, le couvert mis, les serviettes bien pliées. C'était ma première *garden-party* !

Jéricho, penché sur un barbecue à gaz, était occupé à faire griller d'épaisses tranches de steak tout en essayant, sans succès, de cacher son dégoût. Je n'aurais su dire si ce qui le choquait autant était de faire cuire de la viande – plutôt que de la manger crue – ou s'il n'avait pas une passion pour la vache morte, parce qu'il préférait de la vache vivante… ou n'importe quoi de vivant.

Je ne posai pas la question. Certaines choses gagnent à rester cachées.

Il me regarda. Je frissonnai. Je ne me lasse pas de lui. Je ne me lasserai jamais de lui.

Il vit.

Il respire.

Je le veux. Lui. Toujours.

Du feu sur ma glace. De la glace sur ma fièvre.

Plus tard, nous allions nous mettre au lit, et lorsqu'il se soulèverait au-dessus de moi, sombre, vaste, éternel, je connaîtrais la joie. Qui sait ? Bien plus tard, peut-être irions-nous jusqu'à la Lune sur deux Traqueurs.

Pendant que j'attendais que nos invités montent les escaliers, je regardai la ville. Elle était plongée dans l'obscurité, avec seulement quelques lumières qui scintillaient. Ce n'était pas la même cité que celle que j'avais rencontrée au mois d'août précédent. Pourtant, je l'aimais. Un jour, elle serait de nouveau pleine de vie et vibrante de *craic*.

Dani était dans ces rues, quelque part. Bientôt, je partirais à sa recherche.

Pas pour la tuer.

Nous combattrions, dos à dos.

Comme des sœurs.

Je pense qu'Alina pourrait comprendre.

Les bons et les méchants ne sont pas aussi faciles à distinguer les uns des autres que je le croyais. Il ne suffit pas de poser les yeux sur quelqu'un pour savoir ce qu'il vaut.

Il faut le regarder avec le cœur.

Fin…

… pour l'instant !

Remerciements

Ce roman ne serait jamais arrivé entre les mains de ses lecteurs sans l'intelligence et l'énergie de mon agent, Amy Berkower. Et il n'aurait jamais été ce qu'il est sans la formidable équipe de Random House. Un grand merci en particulier à Gina Centrello, pour m'avoir écoutée et pour avoir été là. Les mots ne suffisent pas pour exprimer ma gratitude ! Merci aussi à Shauna Summers, ma géniale éditrice et ma plus grande fan, ainsi qu'à toute l'équipe de chez Random House : Libby McGuire, Scott Shannon, Matthew Schwartz, Sanyu Dillon, Gina Wachtel, Anne Watters, Kristin Fassler, au service maquette pour la superbe couverture, aux équipes de vente pour avoir placé mon livre et aux libraires qui conseillent la série avec autant d'enthousiasme. Merci à mes premiers lecteurs qui ont vu le manuscrit avant tout le monde et m'ont offert une critique intransigeante : la talentueuse et impressionnante Geneviève Gagne-Hawes, et mon mari Neil Dover (cordon-bleu, musicien, éditeur, et ma source d'inspiration dans plus d'un domaine !). Sans vous deux, je n'y serais jamais arrivée. Merci à Leiha Mann, pour avoir géré en douceur les événements et le site Internet, comme par magie. Et pour finir par le meilleur, merci à VOUS, chers lecteurs, pour votre passion enthousiaste qui a fait de la série Fièvre un tel succès, et m'a permis de faire chaque jour ce que j'aime le plus.